KB007809

Доктор **Живаго**

닥터 지바고 제1권

초판 1쇄 발행 | 2022년 11월 20일

지은이 보리스 파스테르나크
옮긴이 이영의
발행인 한명선

편집팀장 김수경
마케팅 김예진 **관리** 박미실 **디자인** 모리스

주소 서울시 종로구 평창길 329(우편번호 03003)
문의전화 02-394-1037(편집) 02-394-1047(마케팅)
팩스 02-394-1029
전자우편 saeum98@hanmail.net
블로그 blog.naver.com/saeumpub
페이스북 facebook.com/saeumbooks
인스타그램 instagram.com/saeumbooks

발행처 (주)새움출판사
출판등록 1998년 8월 28일(제10-1633호)

ⓒ 이영의, 2022
ISBN 979-11-92684-08-6
ISBN 979-11-92684-10-9 04890(세트)

Доктор Живаго

닥터 지바고

1

보리스 파스테르나크 지음
이영의 옮김

새홍

역자의 말

『닥터 지바고』는 러시아 서정시인 보리스 파스테르나크의 유일한 장편으로, 1958년 노벨문학상 수상작으로 선정되며 "동시대 서정시와 러시아 서사 문학의 위대한 전통의 계승에 기여"했다는 평가를 받았다. 이후 반세기를 이어오며 이 작품은 명실상부 고전문학 반열에 올랐고 여전히 세계적 조명을 받고 있다.

물론 이 작품은 노벨상 수상 이전이나, 이 후에도 작품의 성격에 대한 다양한 문제제기로 그 운명이 순탄치 않았다. 수상 전 해에 소비에트 출판계의 출판 거부로 우여곡절 끝에 러시아가 아닌 서구에서 번역되어 나온 데다, 노벨상 수상 결정 후로도 소비에트 러시아에서 극심한 비난과 비평에 직면하기도 했다. 사회주의를 비판하고 사회주의 문학 이념과 배치된다는 이유로 작가와 소비에트 사이의 갈등이 계속되고 작가는 추방 위기로 내몰리다, 결국 노벨상 수상을 거부하기에 이르렀다. 작가에 대한 이러한 공격은 2년 후 작가의 죽음에도 영향을 미쳤으며, 작품이 러시아어로 출판되고 러시아 독자들과 만난 것은 더 오랜 시간이 흐른 1988년이었다.

이념이나 정치성에 대한 논란, 그리고 노벨상이라는 유명세는 차치하더라도 이 작품의 난해함과 난독성 역시 다양한 문제를 제기했다.

『닥터 지바고』는 보통 소설로 이해되지만, 작품이 갖고 있는 다양한 문학적 특성과 형식은 이 작품을 일정한 장르로 분류하기 어렵게 한다. 주인공들과 사건들에 대한 서사적 요소가 많이 생략되고, 시적 어조가 자주 등장하는 부분은 소설이 아닌 서사시처럼 보이게도 한다. 작품의 각 장들에 등장하는 에피소드들은 마치 무대 위에 연기자들이 각자의 목소리를 내는 연기, 혹은 독백처럼 보이기도 한다. 또 어느 땐 심오한 철학 비평서처럼 인간 존재와 삶과 예술에 대한 맹렬한 논평이 펼쳐지기도 하고, 더 자주는 참혹한 러시아 혁명기의 중요 사건의 현장을 하나하나 찾아가는 역사적 기록물 같기도 하다. 특정 사건의 진실을 파헤쳐 가는 추리물 같다가도, 애정 소설의 서정적 노랫가락이 흘러나온다. 그리고는 다시 혁명에 유폐된 한 비극적 지식인의 무력한 참회가 이어진다.

이렇듯 『닥터 지바고』는 일반적인 소설의 특징을 뛰어넘는 복잡다단한 형식과 광범위한 철학적 사유, 인류 역사와 예술, 신화와 러시아 전설과 종교, 인간 삶의 다양한 서사들을 종합하는 한 시대의 총서처럼 보인다.

그것은 당시의 정치적 상황에서 예술 활동이 제약을 받고 자유로운 창작이 불가능했던 파스테르나크가 선택할 수밖에 없는 창작의 길이었을 터다. 백조의 마지막 단 한 번의 노래처럼, 생의 마지막에 이르러, 자신의 전 생애를 통한 모든 사유와 경험과 증언들을 담아내는 모든 것의 노래를 창작해야 한다는 의무감 때문이었을 터다.

『닥터 지바고』는 죽음 같은 혁명의 계절 속에서 부르는 생의 찬가이다. 유사 이래 전무후무한 사회주의 혁명이 진행되는 역사의 한복판에 서 있었던 주인공 지바고. 파스테르나크와 마찬가지로 그는 작품이 시작되는 1902년 이후 1929년 사망 때까지, 그리고 지바고의 사후에 작품이 출판되는 1953년까지, 러일전쟁과 3차에 걸친 사회주의 혁명, 두 번의 세계대전, 러시아 내전, 레닌의 등장과 스탈린의 소비에트연방 성립, 그리고 1953년 스탈린 사후 해빙기를 거치는 혁명기를 살아냈다. 이 시기 러시아는 폭주하는 기관차처럼 혁명과 사회주의 건설을 향해 모든 것을 짓뭉개며 요란하게 달려갔다. 혁명 앞에서 기존의 모든 선악은 부정되고 모든 가치, 심지어 인간의 생명과 삶마저 도구화되고 희생되었다. 사회주의 이념만이 유일한 선악의 기준이 되었다.

혁명을 부정하든 수용하든 역사로부터 누구도 자유로울 수는 없었겠지만, 이 시대의 무기력한 개인들, '무서운 시대의 아이들'인 수많은 지바고들은 광적인 정치적 이념에 저당 잡힌 하나의 객체로 전락했고, 개개인의 삶은 유예되고, 파편화되었다.

그러나 혁명 시대의 이데올로기가 요구하는 거짓과 기만이

극성을 부릴수록 지바고는 무엇이 참된 가치인가를 간절하게 묻는다.

이념이 아닌 인간 존재 자체의 가치를 되찾는 것, 목청 높은 주장과 구호 대신 소박한 삶의 일상을 살아가는 것, 자연과 함께 호흡하는 것, 진정한 사랑을 이루는 것, 그것이 지바고가 추구하는 진실이다. 일상의 삶과 사랑은 어떤 이유로도 유예되거나 무엇을 "준비하기 위한 것"이어서는 안 되는 인간 존재의 신성한 권리이자 의무인 것이다. 파스테르나크는 "이제 나는 죽을 것이다. 그러나 내 삶은 남을 것"이라고 천명한다. 죽음과 침묵과 획일화된 집단화 속에서 끝까지 살아남아 존재하는 것, 이것이 파스테르나크와 지바고의 생명의 찬가이다.

그에게 참된 생명이란 생물학적인 삶과 죽음을 뛰어넘는 것이다. 육체는 죽어 사라질지라도 우리의 모든 것을 참된 생명으로 되살아나게 하는 것, 그것은 바로 예술이다. 예술을 통해서만, 혁명의 암흑 속에 사라지고 잊힐 동시대의 이름 없는 사람들, 나무들, 러시아의 대지, 러시아의 정신, 그 모든 것을 후손들의 기억 속에 되살리고 부활하게 할 수 있는 것이다.

지바고가 환자를 치료하는 의사였다는 것, 죽음을 앞두고 시를 창작하는 일에 마지막 열정을 쏟았던 것, 그의 성 지바고가 러시아어의 '생명', '살아있는', 혹은 '삶'이라는 의미의 어원에서 온 것은 모두 우연이 아니다. 지바고는 예술을 통해 모든 죽어

가는 것들을 인류의 기억 속에 되살리고 불멸하게 하는 존재, 러시아 혁명기의 십자가를 스스로에게 지운 희생자 그리스도라는 상징성을 스스로에게 부여한 것이다.

지바고와 파스테르나크가 온 존재를 녹여 완성한 예술 작품은 우리에게 다시 이렇게 일깨운다. "그의 삶은 고통이지만, 그가 남긴 예술은 아름다운 것이다."

2022. 8.

이영의

차
례

역자의 말   4

제1장
다섯 시 급행열차   13

제2장
다른 세상에서 온 소녀   49

제3장
스벤티츠키 집에서의 크리스마스 축제   131

제4장
피할 수 없는 운명   185

제5장
과거와의 이별   259

제6장
모스크바의 야영지   327

제7장
여행길   409

제8장
도착   495

제1장

다섯 시
급행열차

1

장례 행렬은 「영원한 기억」*을 노래하며 길게 이어졌고, 가끔 행렬이 멈추면, 노래를 이어 부르듯, 발소리와 말발굽 소리, 그리고 바람 소리가 그 뒤를 따랐다.

행인들은 장례 행렬에 길을 내주며, 화환의 수를 세기도 하고 성호를 긋기도 했다. 몇몇은 호기심을 보이며 행렬 가까이 다가가 질문을 하기도 했다.

"어느 댁 장례요?" 그러면 이렇게 답하곤 했다. "지바고 댁 장례랍니다." "아, 그렇군요. 누군지 알겠습니다." "그분이 아니라, 부인이랍니다." "아무튼, 명복을 빌겠습니다. 장례식이 아주 성대하네요."

드디어 돌이킬 수 없는 마지막 절차들이 차례로 진행되었다. "땅과 거기 충만한 것과 세계와 그 가운데 있는 자가 다 여호와의 것이로다."** 사제가 마리야 니콜라예브나의 주검 위로 성호를 그으며 흙 한 줌을 뿌렸다. 사람들은 「의인들의 영혼을 따라」***를 노래하기 시작했다. 그러자 갑자기 부산해졌다. 관

---

* 러시아 슬라브 정교 장례의식에 따라 출관 시에 부르는 장송곡. 파스테르나크는 소설의 도입부에 소설의 중심 테마로 이 구절을 인용하고 있다.
** 구약성서 시편 24편 1절.
*** 러시아정교회의 장례식에서 하관할 때 부르는 노래.

뚜껑을 닫고, 못을 박은 후, 하관을 시작했다. 네 자루의 삽으로 무덤 속에 흙을 퍼붓자, 흙이 비처럼 관을 때렸다. 곧이어 그 위에 흙무덤이 생겨났다. 그 위로 열 살 난 소년이 올랐다.

성대한 장례식 후에 으레 뒤따라오기 마련인 무감각하고 멍한 상태가 된 소년이 어머니의 무덤 위에 대고 무슨 말인가 하고 싶어 하는 것처럼 보였다.

높은 곳에 올라선 소년은 고개를 들어 황량한 가을 들판과 수도원의 둥근 지붕들을 멍하니 바라보았다. 그의 들창코 얼굴이 잔뜩 일그러져 있었다. 목은 앞으로 쑥 내민 채였다. 막 울부짖기 직전의 새끼 늑대의 모습이 아마도 딱 그랬으리라. 갑자기 소년은 두 손으로 얼굴을 감싼 채, 흐느끼기 시작했다. 그때 구름이 그쪽으로 몰려와 차갑고 축축한 세찬 빗줄기를 퍼부으며 그의 두 손과 얼굴을 때리기 시작했다. 그러자 한 남자가 무덤 쪽으로 다가왔다. 통이 좁고 꼭 끼는 소매 위에 잔주름이 잡힌 검은 옷을 입은 그는 고인의 동생이자 울고 있는 소년의 외삼촌으로, 성직에서 스스로 물러난 니콜라이 니콜라예비치 베데냐핀이었다. 그는 소년에게 다가가 그를 데리고 수도원 묘지를 나왔다.

2

그들은 니콜라이와의 오랜 친분으로 수도원에서 내준 방에서 하룻밤을 지내게 되었다. 그날은 성모제* 전야였다. 다음 날 두 사람은 멀리 남부의 볼가강 유역에 있는 어느 지방 도시로 갈 참이었다. 사제였던 니콜라이가 진보적 지방 신문을 발행하는 그 지역의 출판사에서 일하고 있었던 것이다. 차표도 구해 두었고, 방 안에 짐도 꾸려 놓았다. 기차역과 가까워서인지 교체 작업을 하는 증기기관차의 흐느끼는 듯한 기적소리가 바람결에 그곳까지 들려오곤 했다.

저녁이 되자 몹시 추워졌다. 지면까지 내려온 두 개의 창문 밖으로는 노랑아카시아 덤불로 둘러싸인 듬성듬성한 채소밭 귀퉁이와 신작로의 얼어붙은 물웅덩이, 그리고 오늘 낮에 마리야 니콜라예브나를 매장한 묘지가 훤히 내다보였다. 채소밭은 추위로 새파래진 양배추의 물결무늬 몇 이랑 외에는 아무것도 없었다. 잎이 다 떨어진 아카시아 덤불이 바람이 불 때마다 미친 듯 몸부림치다 길 위로 드러눕곤 했다.

한밤중 유라**는 창문 두드리는 소리에 잠이 깼다. 하얀 빛이 일렁이며 어두운 방 안을 기이하게 비추고 있었다. 유라는 루바시카***를 입은 채로, 창문으로 달려가 차가운 유리창에 얼굴을 댔다.

창밖에는 길도 묘지도 채소밭도 보이지 않았다. 뜰에는 눈

---

* 성모를 기념하는 러시아정교회의 축일로, 10월 14일이며 첫눈 오는 날로 기념한다.
** 유리 안드레예비치 지바고. '유라'는 유리의 애칭.
*** 러시아의 전통적인 남성복으로, 품이 넉넉한 블라우스 모양의 셔츠를 말한다.

보라가 휘몰아치고 있었고, 대기는 온통 눈으로 희뿌옇게 보였다. 폭풍이 자기 위력을 뽐내며, 유라가 겁을 먹은 것에 만족해하는 것처럼 보였다. 폭풍은 으르렁거리고 울부짖으며 어떻게든 유라의 관심을 끌려고 안간힘을 쓰고 있었다. 하늘에서는 하얀 천 뭉치가 한없이 빙글빙글 돌아 흘러내리며 땅 위를 수의壽衣로 감싸는 것 같았다. 땅 위에는 오직 눈보라만 휘날릴 뿐, 아무것도 눈보라에 맞서 대항하지 못했다.

유라는 창틀에서 내려와 우선 옷부터 챙겨 입고, 무슨 일을 하든지 일단 밖으로 뛰어나가야겠다고 생각했다. 유라는 캐지 못한 수도원의 양배추가 휩쓸려 가지는 않을까, 들판의 눈 속에 파묻힌 엄마가 아무런 저항도 못한 채, 그에게서 점점 더 멀어지며 땅속 깊이 빠져 들어가 버리지는 않을까 두려웠던 것이다.

결국 다시 울음을 터뜨리고 말았다. 잠에서 깬 외삼촌이 예수님의 이야기를 들려주며 그를 달래다가, 하품을 하더니 창문 쪽으로 다가가 한동안 생각에 잠겼다. 두 사람은 떠날 채비를 했다. 날이 밝아 오고 있었다.

3

어머니가 살아 계신 동안에는, 아버지가 오래전에 자신들을 버리고 시베리아와 외국을 돌아다니며 방종과 방탕을 일삼고, 수많은 재산을 탕진한 사실을 알지 못했다. 유라에게는 항상 아버지가 페테르부르크나 어느 큰 시장에 갔다고, 그리고 더 자주는 이르비트*에 갔다고 말했다.

그러다가 항상 병약했던 어머니가 결핵에 걸렸다는 사실이 밝혀졌다. 어머니는 치료를 위해 남부 프랑스와 북부 이탈리아를 방문하곤 했고, 두어 번은 유라도 함께 간 적이 있었다. 이렇게 유라는 불안정하고 비밀스런 환경에서 어린 시절을 보냈고, 계속 바뀌는 낯선 사람들의 손에 맡겨졌다. 그는 이런 변화에 익숙해졌고, 불안한 상태가 지속되는 와중에도 아버지의 부재를 이상하게 여기지 않았다.

그가 어렸을 때만 해도, 다양한 대상에 그의 성姓이 붙어 있었다. 지바고 공장, 지바고 은행, 지바고 건물, 넥타이를 매고 핀을 꽂는 지바고 방식, 심지어는 지바고라는 명칭이 붙은 바바롬** 비슷한 동그란 케이크까지 있었다. 그리고 한때는 모스크바에서 마부에게 "지바고 댁으로 갑시다!" 하면, 마치 "세상 끝으로 갑시다!"라고 말한 것처럼, 마부가 썰매에 당신을 싣고 머나먼 동화 속 왕국으로 데려갔을 것이다. 그곳에 도착하면 한적한 공원이 당신을 둘러싼다. 축 늘어진 전나무 가지 위로 까마귀들이 내려앉으면 가지에 쌓였던 눈서리가 흩날린다. 까마귀 울음소리는 나뭇가지들이 부러지는 소리처럼 사

* 우랄 지역 페르미 지방의 한 도시. 17세기 이래 2월 1일부터 한 달 동안 큰 장이 서곤 했다.
** 건포도가 든 케이크.

방으로 울려 퍼져 나간다. 혈통 좋은 개들이 숲속 빈터 뒤의 새 건물에서 길을 가로질러 사방으로 뛰어다닌다. 곳곳에 하나둘 등불이 켜진다. 그리고 황혼이 내린다.

그런데 갑자기 그 모든 것이 산산조각 났다. 그들은 몰락해 버렸다.

4

1903년 어느 여름날, 유라와 삼촌은 한 쌍의 말이 끄는 타란타스*를 타고 들판을 가로질러 두플랸카로 가고 있었다. 견사 공장 주인이자 예술계의 대후원자인 콜리그리보프의 영지인 그곳에 머물고 있는 이반 이바노비치 보스코보이니코프를 찾아가는 중이었다. 그는 교육자이자 실용지식 계몽가였다.

그날은 카잔 성모제 감사절**이었고, 추수가 한창이었다. 점심때라 그랬는지, 감사절이라 그랬는지 들판에는 사람 그림자 하나 보이지 않았다. 밀다 만 죄수의 뒤통수***처럼, 추수가 덜 된 밭이랑엔 태양이 뜨겁게 내리쬐고 있었다. 새들이 들판 위를 빙빙 돌고 있었다. 밀은 이삭을 늘어뜨린 채, 바람 한 점 없는 가운데 꼿꼿이 서 있거나, 길에서 멀리 떨어진 한 귀퉁이

* 덮개가 달린 러시아 특유의 여행용 마차.

** 1571년 카잔에서 발견된 성모마리아의 성상화(Icon)를 기념하는 날로, 신력으로 7월 21에 열리는 축일이자 추수감사절.

*** 제정러시아 시대에 죄수들은 머리를 짧게 깎고, 절반은 면도를 하는 것이 규정이었다.

에 열십자 모양의 밀단으로 묶여 서 있기도 했다. 길에서 한동안 지켜보고 있자면, 그 모습이 마치 움직이는 형체로 보이기도 했는데, 멀리 지평선을 따라 측량사들이 오가며 무언가를 적고 있는 것 같았다.

"그런데 여기는……" 니콜라이 니콜라예비치가 파벨을 향해 물었다. 어느 출판사에서 잡일도 하고 경비 일을 하기도 했던 파벨은 자신이 이런 마부 노릇이나 하고 있을 사람이 아니라는 것을 보여 주기라도 하는 듯, 뻐딱하게 허리를 굽히고 다리를 꼰 채, 마부석에 앉아 있었다. "지주의 땅인가, 농부의 땅인가?"

"여기는 지주들 땅이고……" 담배를 물며, 파벨이 대답했다. "그리고 저기는……" 그는 불을 붙여 담배를 한 모금 빨고 나서 한참 뜸을 들이다가, 채찍 끝으로 다른 한쪽을 가리키며 말했다. "저기는 저희 땅이죠. 요 녀석들아, 잠이 든 게냐?" 그는 마치 기관사가 압력계를 쳐다보듯, 말들의 꼬리와 궁둥이를 힐끗힐끗 쳐다보며 말들을 향해 고함을 쳤다.

그러나 말들은 세상의 여느 말들처럼 평소대로 마차를 끌고 있었다. 중앙에 있는 축마軸馬는 정직한 천성과 곧은 성격 그대로 내달리고 있었고, 옆의 곁말은 모르는 사람 눈에는 백조처럼 몸을 구부리고, 자기가 뛰면서 내는 방울 소리에 맞춰 춤이나 추려는 형편없는 게으름뱅이처럼 보였다.

니콜라이 니콜라예비치는 더욱 엄격해진 검열의 압박 때문에 출판사가 재검토해 달라고 요청한, 토지 문제에 관한 그의 저서의 교정지를 보스코보이니코프에게 가져가는 중이었다.

"여기 군郡에서 민중들이 소란을 피운 모양이던데……." 니콜라이 니콜라예비치가 말했다. "파니코프 읍邑에서는 상인이 칼을 맞고, 젬스트보* 서기의 종마장種馬場이 불타지 않았나. 자네는 이것을 어떻게 생각하나? 자네 마을에서는 뭐라고들 하는가 말이야?"

그런데 파벨은 그 사태를 농지개혁에 대한 보스코보이니코프의 급진적인 주장을 억압하는 검열관보다 훨씬 더 어둡게 전망하고 있었다.

"뭐라고 하냐고요? 민중들을 너무 풀어 주었다고요. 완전히 고삐가 풀렸다고들 합니다. 우리들끼리 무엇을 할 수 있겠습니까? 농민들에게 자유를 주면, 서로 목을 조르려고 달려들 텐데요. 요것들아! 잠이 들었냐?"

외삼촌과 조카는 이번이 두 번째 두플랴카 여행이었다. 유라는 길이 낯익어 보였다. 멀리 사방으로 들판이 펼쳐져 있고, 가느다란 경계선처럼 숲이 들판의 앞뒤를 둘러싼 광경이 나타날 때마다, 유라는 그곳이 어디쯤인지 알 것 같았다. 이제 곧 길이 우측으로 휘어지고, 모퉁이를 돌아 조금만 더 가면 멀리 반짝이는 강물이 나타나고, 그 뒤로 철길이 길게 이

---

* 1864년 황제 알렉산드르 2세가 도입한 지방자치회의. 1864년 발족해 1917년의 러시아 혁명 때까지 존재했다.

어지는 10베르스타*나 되는 콜로그리보프의 전경이 파노라마처럼 펼쳐졌다가 뒤로 사라질 거라고 짐작했다. 그러나 예상은 번번이 빗나갔다. 들판을 하나 지나면, 또 다른 들판이 나타났다. 그리고 다시 들판을 에워싸고 있는 다른 숲이 나타나곤 했다. 시시각각 그렇게 변하는 전경을 바라보고 있으려니 가슴이 확 트이는 것 같았다. 그는 앞으로 일어날 일들을 생각하며 즐겁게 공상에 빠져들었다.

훗날 니콜라이 니콜라예비치에게 유명세를 안겨 줄 책들은 아직 한 권도 쓰이지 않은 때였다. 그러나 이미 그의 사상은 확고하게 세워져 있었다. 물론 그는 자신의 시대가 얼마나 가까워졌는지 알지 못했다.

그러나 머지않아 당대 문학의 대표자들과 교수들, 그리고 혁명 사상가들 사이에, 그들과 모든 논제를 공유하면서도, 기본적인 개념을 제외하고는 아무런 공통점이 없는 이 인물이 등장할 참이었다. 그들은 모두 하나의 독단에 사로잡혀, 수사와 외형적인 것에 몰두했지만, 신부 니콜라이는 톨스토이주의**와 혁명을 뛰어넘어 부단히 앞으로 나아간 사제였다. 그는 자신의 앞날을 진실로 올바른 방향으로 이끌어 주고, 좀 더

---

* 러시아의 미터법 이전 거리 단위. 1베르스타는 1,067킬로미터.
** 1880년대 레프 톨스토이가 타락한 현대 그리스도교가 아닌 원시 그리스도교의 교리를 기반으로 하여, 무정부주의적이고 인도주의적이며 반교회적인 사상을 피력하며, 지상에 그리스도의 왕국을 세울 것을 천명한 사상이다. 이러한 사상을 바탕으로 한 톨스토이의 위대한 행동과 가르침이 톨스토이즘으로 명명된다.

나은 세상을 만들기 위해 무언가를 변화시키며, 번개가 치고 천지가 진동하는 우레처럼 어린아이나 무지한 사람들까지도 이해할 수 있는 고무적이고 실질적인 어떤 사상을 갈망했다. 전혀 새로운 것을 원했던 것이다.

유라는 외삼촌과 함께 있는 것이 좋았다. 외삼촌은 엄마와 닮았다. 엄마가 그랬던 것처럼, 외삼촌 역시 관습을 거부하는 일을 두려워하지 않는 자유로운 사람이었다. 또한 엄마처럼 살아 있는 모든 것을 평등하게 대하는 고상한 감정을 갖고 있었다. 엄마처럼 첫눈에 모든 것을 이해하고, 머릿속에 어떤 생각이 떠오르면 그 의미와 생기가 사라지기 전에 처음 떠오른 형태 그대로 표현할 줄 아는 재능도 갖고 있었다.

유라는 외삼촌이 자신을 두플랸카로 데려온 것에 감사했다. 그곳은 매우 아름다웠고, 그곳의 풍경은 자연을 사랑하여 그를 데리고 자주 소풍을 나갔던 엄마를 떠올리게 했다. 또한 보스코보이니코프의 집에 살고 있는 김나지야* 학생 니카 두도로프를 만날 수 있다는 것도 즐거운 일이었다. 물론 니카는 그보다 두 살이 많다는 이유로 그를 깔보는 것이 분명했고, 더구나 지난번에는 악수를 하던 니카가 손을 아래로 세게 내리는 바람에 머리가 아래로 처지고 머리카락이 이마로 흘러내려 얼굴을 반쯤이나 덮은 일이 있기는 했다.

* 러시아의 교육기관으로 대학 입학 전의 중등 교육기관이다.

5

"빈곤 문제의 핵심은……." 니콜라이 니콜라예비치가 교정한 원고를 읽어 내려갔다.

"본질이라고 하는 것이 더 낫겠소." 이반 이바노비치가 이렇게 말하고는 교정지를 정정했다.

그들은 유리창으로 된 어둑한 테라스 안에서 작업을 하고 있었다. 물뿌리개며, 원예용 도구들이 아무렇게나 나뒹굴고 있는 것이 보였다. 부서진 의자 등받이 위에는 비옷이 걸쳐져 있었다. 그리고 한쪽 구석에는 진흙이 말라붙은 방수 장화가 중간에서 목이 꺾인 채 놓여 있었다.

"한편 출생과 사망 통계를 보면……." 니콜라이 니콜라예비치가 원고를 읽어 내려갔다.

"해당 연도를 기입해야겠군." 이반 이바노비치가 이렇게 말하며 연도를 적어 넣었다.

테라스 안으로 바람이 살짝 불어 들어왔다. 가제본 위에 종이가 날아가지 않도록 대리석 조각을 올려놓았다.

작업을 마치자, 니콜라이 니콜라예비치는 서둘러 돌아갈 채비를 했다.

"소나기가 올 모양이오. 서둘러야겠어요."

"그런 말씀 마시오. 그냥 돌아가시면 안 됩니다. 차 한잔하시지요."

"저녁까지는 꼭 읍내로 돌아가야 합니다."

"절대 안 됩니다. 못 들은 걸로 하겠어요."

안뜰에서 사모바르*를 끓이는 숯 냄새가 새어 들어와 담배 냄새와 헬리오트로프** 향기를 지워 버렸다. 별채에서 달콤한 크림과 나무 열매, 그리고 치즈 케이크를 내왔다. 그때 파벨이 말들을 목욕시키고 수영도 할 겸 강에 나갔다는 이야기를 전해 주었다. 니콜라이 니콜라예비치는 고집을 꺾을 수밖에 없었다.

"차를 끓이는 동안 절벽 쪽으로 올라가, 잠시 벤치에 앉아 있다 오면 어떻겠습니까?" 이반 이바노비치가 제안했다.

이반 이바노비치는 친분이 있던 부호 콜로그리보프의 집에 머무르며, 관리인의 별채 방 두 개를 빌려 쓰고 있었다. 울타리가 둘러쳐진 작은 마당이 딸린 이 별채는, 예전에 저택 안으로 마차가 드나들던 반원형 가로수길이 나 있는 커다란 정원의 후미지고 방치된 한쪽 구석에 자리하고 있었다. 가로수길에는 잡초가 무성하게 자라 있었다. 지금은 그곳으로 사람이 통행하지 않았고, 마른 쓰레기를 버리는 골짜기로 흙과 건축 폐기물을 나를 때에나 이용할 뿐이었다. 진보 사상과 혁명을 지지하는 백만장자 콜로그리보프는 지금 아내와 함께 외국에 머물고 있었다. 영지에는 그의 딸 나댜와 리파만이 가정

---

* 러시아의 전통적인 물 끓이는 주전자로, 중앙에 있는 관에 숯불을 넣어 물을 끓인다.
** 지칫과에 딸린 한해살이풀로 5~9월에 꽃이 피고 향수의 원료로 쓰인다.

교사와 몇 명의 하인들과 함께 지내고 있었다.

관리인의 마당은 무성한 검은 산사나무 생울타리가 둘러쳐져 있어, 연못과 풀밭, 그리고 주인집이 있는 넓은 정원과 구분되어 있었다. 이반 이바노비치와 니콜라이 니콜라예비치는 덤불숲 바깥쪽을 따라 걸었다. 그들이 걸음을 옮길 때마다, 산사나무 위에 앉아 있던 참새 떼가 일정한 간격으로, 일정하게 무리를 지어 날아올랐다. 그러면 이반 이바노비치와 니콜라이 니콜라예비치 앞쪽 울타리를 빙 둘러, 관을 통해 물이 흐르는 듯한 잔잔한 소리가 산사나무를 가득 채우곤 했다.

그들은 온실과 정원사의 거처를 지나, 용도를 알 수 없는 허물어진 석조 건물 근처를 지났다. 두 사람은 학계와 문학계에 새로이 등장한 젊은 세력들에 대한 이야기를 주고받았다.

"재능 있는 사람들이 보이긴 합니다만……" 니콜라이 니콜라예비치가 말했다. "요즘엔 별별 모임과 협회가 유행이더군요. 하지만 그들이 무리를 짓는 것은 그것이 무능한 자들의 도피처가 되기 때문입니다. 솔로비요프*를 추종하든, 칸트를 추종하든, 마르크스를 추종하든 모두 마찬가지입니다. 독립적인 개인들만이 진리를 구하는 법이며, 참되게 진리를 추구하지 않는 사람들과 어울리지 않을 것입니다. 과연 이 세상에 믿고 따를 만한 대상이 있을까요? 그런 것은 매우 드물지

---

* 블라디미르 솔로비요프(1853~1900). 러시아 철학자, 신비주의자, 시인. 그는 러시아 상징주의의 핵심 리더였고, 그의 종교 사상은 20세기 초 러시아 철학에 큰 영향을 끼쳤다.

요. 저는 생명의 좀 더 강한 표현인 불멸을 믿어야 한다고 생각합니다. 불멸을 믿고 그리스도를 믿어야 합니다! 아아, 당신은 얼굴을 찌푸리시는군요. 가엾은 양반. 당신은 여전히 이해하지 못해요."

"흐음……" 금발 머리에, 호리호리하고, 링컨 시대의 미국인 같은 얍삽한 콧수염—그는 자주 콧수염을 한 줌씩 잡고는 그 끝을 입술로 깨물곤 했다—을 길러 민첩해 보이는 이반 이바노비치가 중얼거렸다. "저는 아무 말 않겠습니다. 당신은 제가 이 문제에 전혀 다른 관점을 갖고 있는 것을 아실 테니까요. 그러나저러나, 성직은 왜 그만두셨는지 이야기해 주시겠습니까? 오래전부터 물어보고 싶었거든요. 분명 협박을 받았을 테지요? 혹시 파문당한 것은 아닙니까? 그런가요?"

"화제를 돌리시는군요. 뭐, 아무래도 좋습니다만. 파문을 당했냐고요? 아니요. 요즘엔 그런 짓 따위는 하지 않습니다. 불미스러운 문제가 있었고, 지금까지도 그 여파가 계속되고 있습니다. 사실, 한동안 공직에 나갈 수 없게 되었거든요. 수도*로 들어가는 것도 금지되어 있고요. 뭐, 그런 것은 아무래도 상관없습니다. 아까 하던 이야기로 돌아가지요. 그리스도를 믿어야 한다고 제가 말했었지요. 지금 그 의미를 설명해 드

---

* 여기서 '수도'는 당시의 수도인 '상트페테르부르크'와 표트르 대제가 1712년에 수도를 옮기기 전의 옛 수도였던 '모스크바' 두 곳 모두를 가리킨다. 1917년 혁명 이후에 러시아의 수도는 다시 모스크바가 되었다.

리죠. 당신은 누군가 무신론자로서 신이 존재하는지, 무엇을 위해 존재하는지 모르면서도, 인간은 자연 속이 아니라 역사 속에 살고 있다는 것, 그리고 현대적 개념의 역사는 그리스도에 의해 만들어졌고 복음서가 바로 역사의 기반이라는 것을 인지하고 있다는 사실을 이해하기 힘들 겁니다. 과연 역사라는 것이 무엇일까요? 그것은 죽음에 대한 끊임없는 탐구와, 죽음의 극복을 위해 수 세기에 걸쳐 연구되어 온 결과물입니다. 그것을 위해 수학의 무한성과 전자기파가 발견됐고, 그것을 위해 교향곡이 만들어졌습니다. 특별한 정신적 고양이 없다면, 그 방향으로의 발전은 불가능하니까요. 그러한 발견을 위해서는 영적인 요소가 필요합니다. 그것이 무엇인지는 복음서에 나와 있습니다. 바로 이것이죠. 첫째, 이웃에 대한 사랑입니다. 인간의 마음속에 가득 차면, 필요한 곳으로 저절로 흘러넘치게 되는 이 사랑은 살아 있는 에너지의 최고 형태입니다. 둘째, 이것이 없으면 현대인이라고 할 수 없는, 현대 인간의 중요한 구성 요소인 개인의 자유라는 사상과 희생적 삶이라는 사상입니다. 이것이야말로 유사 이래로 가장 새로운 사상이라고 여겨집니다. 이런 측면에서 보면, 고대인들에겐 역사가 존재하지 않는 것이나 마찬가지지요. 기껏해야 모든 압제자들이 얼마나 무능했는지를 증명하는 잔인한 곰보딱지 얼굴을 한 칼리굴라*들의 무시무시한 야수성만이 존재했으니까요. 그곳에는 청동의 기념비와 대리석 원기둥의 거만하고 영원한 죽음만이 남아 있을 뿐입니다. 오직 예수의 출현 후에야, 수 세기 동안 수많은 세대가 자유롭게 숨 쉴 수 있게 된 것입니다. 오직 그 이후에야, 인간은 대를 이어 살기 시작했고, 담장 아래 길거리가 아니라, 자기 자신의 역사 안에서, 죽음을 불사하는 지고한 작업을 통해서, 이 주제에 자신을 희생하며 죽을 수 있게 되었습니다. 오! 이런, 그야말로 진땀이 다 나네요. 아무리 말해도 소용없는데!"

"선생, 그건 형이상학입니다. 의사가 나에게 금지시켰어요. 내 위장이 소화를 시킬 수 없다면서요."

"뭐, 할 수 없군요. 그만두지요. 아무튼 당신은 행운아입니다! 이 얼마나 멋진 풍광입니까? 아무리 보아도 싫증이 나질 않아요! 그런데 이런 곳에 살면서도 그걸 모르시다니."

강물은 눈이 부셔 바라볼 수가 없었다. 강물이 금속판처럼 휘어졌다 펴졌다 하며, 반사된 햇빛에 반짝이고 있었다. 갑자기 물결이 일렁거렸다. 이쪽 강기슭에서 건너편으로 말과 달구지, 그리고 농부들과 아낙네들을 태운 커다란 나룻배가 움직이기 시작했다.

"이런, 이제 겨우 다섯 시로군." 이반 이바노비치가 말했다. "저기 시즈란**에서 오는 급행열차 보이죠? 다섯 시가 좀 넘으

---

* 로마제국의 제3대 황제. 본명은 가이우스 율리우스 카이사르 게르마니쿠스(12~41). 황제가 된 뒤 잔인하고 기괴한 행동을 일삼고 국고를 탕진해 민심을 잃었다. 즉위 후 3년 만에 자신의 근위대장에게 살해당했다.
** 볼가강 연안에 있는 심비르스크의 항구도시.

면 이곳을 지나갑니다."

멀리 평원을 따라 오른쪽에서 왼쪽으로, 아스라이 아주 작아 보이는 노란색과 파란색의 미끈한 열차가 지나가고 있었다. 그러다가 갑자기 열차가 멈췄다. 하얀 수증기가 증기기관차 위로 뭉게뭉게 피어올랐다. 잠시 후, 날카로운 기적 소리가 들려왔다.

"이상하군요." 보스코보이니크가 말했다. "무슨 문제가 생긴 모양입니다. 그렇지 않으면 열차가 저 늪 한가운데 멈출 이유가 없거든요. 무슨 일이 일어난 거예요. 자, 우리는 차를 마시러 갑시다."

6

마당에도 집 안에도 니카는 보이지 않았다. 유라는 니카가 분명 자신들과 함께 있는 것을 지루해하고, 더욱이 유라를 자기 상대가 안 된다고 생각하여 어디로 피한 것이라고 짐작했다. 외삼촌과 이반 이바노비치는 일을 하기 위해 테라스로 나가며, 유라에게 집 주변을 한번 둘러보라고 말했다.

그곳은 경이로울 만큼 아름다웠다! 삼색 음조의 맑은 꾀꼬리 소리가 일정한 간격을 두고 계속 들려왔다. 갈피리에서 짜낸 듯한 축축한 울음소리가 사방으로 퍼질 때까지 사이를 두었다가, 다시 들려오곤 했다. 꽃밭에는 대기 속을 떠돌던 진한 꽃향기가 뜨거운 열기에 미동도 없이 멈춰 있었다. 아, 그것은 얼마나 앙티브*와 보르디게르**를 떠올리게 하는가! 유라는 계속 오른쪽으로 돌았다 왼쪽으로 돌았다 했다. 풀밭 위에서는 새들의 리드미컬한 지저귐과 벌들의 윙윙거리는 소리가 엄마 목소리의 환청처럼 맴돌며 유라의 귀에 들려왔다. 어머니가 그를 계속 부르며 어디론가 데려가려는 듯한 느낌이 들어, 유라는 몸을 부르르 떨었다.

그는 골짜기 아래로 발길을 옮겼다. 위쪽 골짜기의 성글고 깨끗한 수풀을 지나 울창한 오리나무 숲이 있는 아래쪽으로 내려왔다.

음습하게 그늘진 곳에는 바람에 쓰러진 나무와 죽은 동물 사체가 나뒹굴고, 꽃은 별로 없이, 성서 속 삽화에 나오는 이집트풍 장식의 지팡이나 석장 같은 마디진 쇠뜨기 줄기들만이 눈에 띄었다.

유라는 몹시 울적해졌다. 울고 싶었다. 그는 무릎을 꿇고 눈물을 흘렸다.

"하나님의 천사이시며, 저의 거룩한 수호자시여!" 유라는 기도를 올렸다. "제가 바른 길을 갈 수 있도록 지혜를 주시고, 엄마에게 저는 여기서 잘 지내고 있으니 걱정하지 말라고 전

---

* 프랑스 남동부에 위치한 항구도시로 니스 남서쪽의 지중해 연안에 위치하고 있다. 꽃을 재배하는 중심 지역으로, 겨울철에는 휴양지로 유명하다.
** 이탈리아 북서부에 위치한 리구리아주(州)의 임페리아 지방에 있는 자치도시.

해 주세요. 만약 저세상이 있다면, 성자들과 의인들의 얼굴이 별처럼 밝게 빛나는 천국으로 엄마를 데려가 주세요. 엄마는 정말 좋은 분이셨어요. 아무 죄도 짓지 않았을 거예요. 엄마를 불쌍히 여겨 주세요. 주여, 엄마가 고통당하지 않게 해주세요. 아, 엄마!" 그는 가슴이 찢어지는 듯한 아픔에 몸부림치며, 새로운 성녀라도 부르듯, 하늘에 있는 엄마를 불렀다. 그러다가 땅바닥에 쓰러져 정신을 잃고 말았다.

한동안 그는 의식을 잃고 누워 있었다. 그가 정신을 되찾았을 때, 위쪽에서 삼촌이 부르는 소리가 들렸다. 그는 대답을 하고 위쪽으로 올라가기 시작했다. 그러다가 문득 마리야 니콜라예브나가 가르쳐 준, 행방불명된 아버지에 대한 기도를 올리지 않았다는 생각이 들었다.

그러나 기절했다 정신이 돌아와 기분이 좋아진 그는, 상쾌한 기분을 다시 망치고 싶지 않았고, 기분이 나빠질까 봐 겁이 났다. 그래서 아버지를 위한 기도는 나중에 해도 별일이 없으리라고 생각했다.

"좀 기다리시라고, 좀 참으시라고 하지 뭐." 하고 생각했다. 유라는 아버지의 얼굴도 전혀 기억나지 않았다.

7

오렌부르크 출신 변호사인 아버지와 함께 열차의 이등 객실에 앉아 여행 중이던 미샤 고르돈*은 김나지야 2학년에 재학 중이었다. 그는 사색적인 얼굴에, 크고 검은 눈의 열한 살 소년이었다. 소년은 아버지 그리고리 오시포비치 고르돈이 모스크바로 전근을 가게 되어, 모스크바 김나지야로 전학을 가는 길이었다. 어머니와 누나들은 벌써 오래전에 집과 이삿짐을 정리하기 위해 모스크바에 가 있었다.

소년은 아버지와 함께 사흘째 열차를 타고 가는 중이었다.

차창 밖으로는 햇빛에 석회처럼 하얗게 바랜 러시아가, 들판이, 초원이, 마을과 도시들이 뜨거운 먼지구름에 싸인 채, 나는 듯이 스쳐 지나고 있었다. 도로 곳곳에는 힘겹게 건널목을 건너는 짐마차 행렬이 길게 뻗어 있는 광경이 보였다. 빠르게 진주하는 열차에서 그 광경을 보고 있노라면, 짐마차들이 움직이지 않고 멈춰 있는 것처럼, 말들이 제자리에서 다리만 올렸다 내렸다 하는 것처럼 보였다.

열차가 큰 정거장에 설 때마다 승객들은 앞다투어 뛰어내려 식당으로 달려가곤 했고, 정거장 광장에 서 있는 나무 뒤로 이울어 가던 석양은 그들의 다리를 환하게 비추며, 열차 바퀴 밑으로 빛을 드리우곤 했다.

세상의 모든 움직임은 개별적으로는 계획적이고 계산된 것이지만, 전체적으로는 그 운동을 연결시키는 보편적인 생명

---

* 미하일 그리고리예비치 고르돈. '미샤'는 미하일의 애칭.

의 흐름에 자연스레 결합되게 마련이다. 사람들은 개인 관심사의 메커니즘에 따라 동분서주하며 일하곤 하지만, 궁극적이고 본질적인 평정심이 그들을 자체적으로 조절할 수 없다면, 그 메커니즘은 제대로 작동되지 않을 것이다. 이 평정심은 바로 모든 인간 존재의 연대감, 인간의 삶이 서로 연결되어 있다는 확신, 이 세상에서 일어나는 모든 일들이, 죽은 자를 매장하고 마는 이 지상에서뿐만 아니라, 어떤 사람들에게는 신의 왕국으로 불리고, 또 어떤 사람들에게는 역사로 불리고, 또 다른 사람들에게는 다른 이름으로 불리는, 어느 다른 차원의 세계에서 반드시 이루어질 것이라고 믿는 행복한 감정에 기인하고 있다.

그러나 소년은 이러한 원칙에서 벗어난, 예외적으로 불행하고 고통스러운 존재였다. 그 본질적인 원인은 불안감이었고, 평정심이 그를 안심시켜 주지도, 고양시켜 주지도 못했다. 그는 자신의 내면에 이러한 유전적 특질이 자리하고 있다는 사실을 알고 있었고, 그 징후를 아주 예리하게 포착해 냈다. 그 유전적 특성이 그를 괴롭혔다. 그런 것이 존재한다는 사실이 그에게는 굴욕이었다.

철이 들자, 그는 똑같은 팔과 다리를 갖고 있고, 공통된 언어와 관습을 가졌는데도, 누군가는 다른 사람들과 차별을 받고, 더구나 몇몇 사람들에게는 호감을 얻을 수도 있지만, 다른 사람들에게는 환영받지 못한다는 사실에 놀라움을 금할 수 없었다. 남보다 열악한 처지에 놓인 그가, 그것으로부터 벗어나기 위해 아무리 노력을 한다 해도 결코 헤어날 수 없는 경우가 있다는 사실을 받아들이기 어려웠다. 유대인이란 무슨 뜻일까? 유대인은 왜 존재하는 것일까? 슬픔 외에는 아무것도 주지 않는 이 피할 수 없는 운명은 무엇으로 보상받고 정당화되는 걸까?

소년이 아버지에게 이 문제를 제기하자, 아버지는 기본적인 전제가 잘못되었다고, 그렇게 판단해서는 안 된다고 말했을 뿐, 논리적으로 미샤를 충분히 납득시키지도, 운명을 순순히 받아들일 수 있는 대안을 제시하지도 못했다.

그래서 미샤는 아버지와 어머니를 제외하고는, 다 먹지도 못할 죽을 끓여 대는 어른들을 점차 경멸하게 되었다. 소년은 어른이 되면 그 모든 것을 깨끗이 해결하리라고 확신했다.

방금처럼, 승강구로 뛰어나간 미치광이를 아버지가 뒤따라 나간 것이 잘못이라든가, 그 미치광이가 그리고리 오시포비치를 있는 힘껏 밀치고 열차의 문을 열어젖힌 후, 흡사 잠수를 하기 위해 수영장 도약대를 달려 다이빙을 하듯, 전속력으로 열차에서 뛰어내려 철둑길에 머리를 처박았을 때, 열차를 정지시킨 것이 잘못이라고 말할 사람은 아무도 없을 것이다.

그러나 비상 브레이크의 손잡이를 돌린 사람은 다름 아닌 그리고리 오시포비치였고, 그 두 사람 때문에 납득할 수 없을 만큼 오랫동안 열차가 멈춰 선 것은 사실이었다.

물론 열차가 정차한 이유를 아는 사람은 아무도 없었다. 어떤 이들은 갑자기 열차가 멈춘 것을 두고 공기 브레이크의 고장 때문이라고 하기도 하고, 어떤 이들은 열차가 가파른 언덕길로 들어서서, 증기기관차의 가속 없이는 열차를 움직일 수 없기 때문이라고도 했다. 그리고 세 번째 견해로는, 열차에서 몸을 던진 사람이 유명 인사이며, 열차를 타고 동행하던 그의 고문 변호사가 사건의 조서를 작성하기 위해, 근처의 콜로그리보프카역에 입회인 요청을 했기 때문이라고 했다. 기관사의 조수가 전신주* 위로 올라간 것도 그 때문이고, 궤도차도 이미 출발했을 터라는 것이었다.

객실 안은 악취를 없애려고 향수를 뿌렸지만, 여전히 화장실의 악취가 새어 나왔고, 찌든 기름종이에 싼 상한 닭튀김 냄새도 났다. 객실 안에서는, 기관차에서 나온 연기와 기름진 화장으로 얼룩져 거의 모두가 가무잡잡한 집시 여자처럼 보이는, 페테르부르크 출신의 회색 머리 부인들이 얼굴에 분을 다시 바르는가 하면, 손수건으로 손을 닦기도 하고, 나지막하고 새된 목소리로 수다를 떨기도 했다. 그들이 어깨를 숄로 감싼 채 좁은 복도를 핑계로 살짝 교태를 부리며 고르돈 부자의 객실 옆을 지날 때마다 미샤는 그들이 투덜거린다는 생각이 들었는데, 그들의 오물거리는 입술을 보아 이렇게 투덜거

---

* 당시 기둥 모양으로 조금 높이 세워진 통신 장비 시설을 이름.

리는 것이 분명해 보였다. "우리가 얼마나 세련된 사람들인지 보세요! 우린 특별한 사람들이에요! 교양 있는 사람이고요! 그런데 이런 일은 정말 참을 수가 없군요!"

자살자의 주검은 철둑 가의 풀밭 위에 놓여 있었다. 만신창이가 된 그의 이마와 눈두덩을 가로질러 흘러내린 선명한 핏자국이 십자 모양으로 얼굴을 가리며 검게 변해 갔다. 핏자국은 그의 몸에서 흘러나온 피가 아니라, 다른 첨가물이나 회반죽, 말라붙은 진흙, 혹은 젖은 자작나무 잎사귀 등이 붙어 있는 것처럼 보였다.

호기심과 동정심을 보이는 구경꾼들이 시체 주위를 서성거렸다. 자살자의 친구이자 동행자인 뚱뚱하고 거만한 변호사, 땀에 흠뻑 젖은 루바시카를 입은 순혈 동물이 무표정한 얼굴로 시체를 내려다보며 서 있었다. 그는 더위에 지쳤는지 가벼운 모자로 연신 부채질을 하고 있었다. 그러면서 사람들이 질문할 때마다, 거들떠보지도 않고, 어깨를 들썩이며 무뚝뚝하게 이렇게 대답할 뿐이었다. "알코올중독자입니다. 그래도 이해가 안 됩니까? 아주 전형적인 정신착란증의 결과죠."

모직 원피스에 레이스 스카프를 머리에 쓴 깡마른 노파가 시신 옆을 두세 번 오갔다. 그녀는 아들 둘을 기관사로 둔 과부 티베르지나였다. 그녀는 며느리 둘을 데리고 직원용 삼등 칸 무임승차권으로 여행하는 중이었다. 스카프를 이마 위로 내려쓴 얌전해 보이는 두 며느리는 수녀원장의 뒤를 따르는 수녀들처럼 말없이 노파의 뒤를 따라다녔다. 사람들은 이 일행들에게 정중하게 행동했다. 그들이 지나가면 길을 내주곤 했다.

티베르지나의 남편도 철도 사고로 불에 타 죽었다. 사람들 사이로 시신이 보이는 곳에서 몇 걸음 떨어진 곳에 멈춰 선 노파는 남편의 사건을 떠올리기라도 하듯 몇 번이나 한숨을 내쉬었다. 노파는 "이것도 다 운명이지." 하며 중얼거리는 것 같았다. "모두가 하나님의 뜻이겠지만, 남부럽지 않게 살던 사람이 머리가 돌아서 이런 망측한 일을 당하다니, 참!"

열차 승객들은 대부분 죽은 사람을 보러 왔다가, 혹여 그 사이 짐을 도둑맞을까 봐 걱정되어, 서둘러 객실로 돌아갔다.

철둑 위로 내려선 승객들은 몸을 풀거나 꽃을 꺾기도 하고, 가볍게 뛰면서, 모두들 비슷한 감정을 느꼈다. 열차가 멈춘 덕분에 이런 곳을 발견하게 되었다는 것, 만약 이 불행한 사건이 일어나지 않았더라면, 여기저기 보이는 언덕과 벌채지, 넓은 강과 강 건너 언덕 위에 서 있는 아름다운 교회와 집, 이런 것들도 이 세상에 존재한다는 것을 알지 못했으리라는 사실을.

태양마저 마치 이곳에 속한 것처럼 느껴졌는데, 근처의 소떼 무리에서 빠져나온 한 마리 암소가 살금살금 철길로 다가와 사람들을 구경하듯, 태양이 석양빛을 띠며 수줍게 내려앉아 철로 옆 광경을 비추고 있었다.

이 모든 일에 충격을 받은 미샤는 처음에는 놀라기도 하고 가엾은 마음에 울음을 터뜨렸다. 긴 여행 기간 동안, 자살한 고인은 몇 번인가 고르돈 부자의 객실을 찾았고, 몇 시간씩 미샤의 아버지와 이야기를 나누곤 했다. 고인은 이 부자의 화기애애하고 순수한 도덕적 위안과 이해심으로 정신적 안정을 되찾았다고 말하며, 그리고리 오시포비치에게 어음과 재산 양도 증서, 그리고 파산과 사기 등에 관한 소송 문제와 여러 가지 자세한 법률적인 문제를 자문하기도 했다.

"아, 그런가요?" 그는 고르돈의 설명을 들으며 놀라곤 했다. "당신은 아주 관대하게 법을 해석하시는군요. 저의 변호사는 당신과는 다른 견해를 갖고 있는데 말입니다. 그는 훨씬 더 비관적인 견해를 피력했거든요."

신경과민인 이 남자가 겨우 안정을 되찾을 만하면, 일등 객실에서 그의 동행이 이곳 이웃 객실로 찾아와 샴페인을 마시자며 그를 식당차로 데려가곤 했다. 그는 건장한 체격에 수염을 말끔하게 깎고 멋지게 차려입은 변호사로, 지금 시신을 내려다보고 서 있으면서도 전혀 놀란 기색을 보이지 않는 바로 그 사람이었다. 그의 의뢰인의 계속된 흥분 상태가 그에게는 무언가 더 이익이 되었을 거라는 느낌을 떨쳐 버릴 수 없었다.

아버지는 고인이 이름난 부호에 호인이었지만, 방탕하고 이미 정신이 반쯤 나간 상태였다고 했다. 그는 미샤가 옆에 있는데도 아랑곳하지 않고 미샤와 동갑내기인 아들 이야기며, 죽은 부인에 대한 이야기를 했고, 이어서 역시 헤어진 두 번째 가족 이야기로 화제를 돌리곤 했다. 그러다가 어떤 다른 생각이 떠오르기라도 하면, 갑자기 공포에 질린 창백한 얼굴로 횡설수설하다가 어찌할 바를 모르곤 했다. 그가 미샤에게 보인 아주 호의적인 태도는 아마도 미샤가 아닌 다른 누군가를 향한 애정 표현인 것 같았다. 그는 큰 역에 열차가 멈출 때면 매번 책 진열대가 있고 장난감이나 지방 특산물을 파는 대합실 매점으로 달려가 무엇인가 사서 선물을 하곤 했다.

그는 줄곧 술을 마셔 댔으며, 석 달째 불면증을 앓고 있는데다, 잠깐이라도 정신이 정상으로 돌아오면 보통 사람은 상상할 수도 없는 고통에 시달린다고 하소연했다.

그는 죽기 직전, 그리고리 오시포비치의 객실로 들어와 그의 손을 잡고 무슨 이야기를 하려고 하다가, 말을 채 하지 못하고 복도로 뛰어나가 열차에서 몸을 던졌던 것이다.

미샤는 고인의 마지막 선물이 된 우랄 지방의 조그마한 광석* 세트가 든 나무 상자에 열중해 있었다. 갑자기 주위가 소란스러워졌다. 반대쪽 선로에서 열차 쪽으로 궤도차가 다가왔다. 그곳에서 의사와 경찰 두 사람, 그리고 모표帽標가 달린 모자를 쓴 예심판사가 뛰어내렸다. 냉랭하고 사무적인 말소리가 들렸다. 질문을 던지기도 하고 뭔가를 적기도 했다. 경찰들과 차장들이 연신 부딪치고 모래밭에 미끄러지며, 간신히

* 우랄은 아름다운 광석의 산지로 알려져 있다.

사체를 철둑 위로 끌어 올렸다. 한 시골 여자가 울음을 터뜨렸다. 승객들에게 객실로 들어가라는 소리가 들리는가 싶더니, 이내 기적이 울렸다. 열차가 움직이기 시작했다.

8

'등잔 기름*이 또 나타났군!' 니카는 짜증을 내며 방 안을 서성댔다. 손님들의 목소리가 점점 가까워졌다. 도망갈 길이 없었다. 방에는 침대 두 개가 있었는데, 보스코보이니코프의 것과 니카 자신의 것이었다. 니카는 급한 대로 자기 침대 밑으로 기어 들어갔다.

그는 다른 방에서 그를 찾으며 부르는 소리, 그가 보이지 않는다고 하는 소리를 모두 듣고 있었다. 드디어 손님들이 그 방으로 들어왔다.

"뭐, 할 수 없군." 베데냐핀의 말소리가 들렸다. "나가자, 유라. 좀 있다가 나타나면, 그때 함께 놀도록 해라."

한동안 그들이 페테르부르크와 모스크바 대학생들의 소요 사태에 대해 대화를 하는 바람에, 니카는 거의 이십여 분 동안이나 굴욕적이고 우스운 꼴로 방 안에 갇혀 있었다. 드디어 두 사람이 테라스로 나가는 소리가 들렸다. 니카는 살그머니

* 유리 지바고의 별명.

창문을 열고 나와 정원으로 도망쳤다.

오늘 그는 정신이 없는 데다, 간밤에는 한숨도 잠을 이루지 못했다. 니카는 곧 열네 살이 될 터였다. 그는 자신이 아직 어리다는 사실이 지겨웠다. 밤새 뜬눈으로 보낸 그는 새벽녘에 별채를 빠져나왔다. 해가 떠오르자, 이슬에 젖은 나무 그림자가 정원 바닥에 구불구불 길게 드리웠다. 나무 그림자는 검은빛이 아니라, 젖은 펠트 같은 검회색을 띠고 있었다. 질식할 듯한 아침 향기는 어쩌면 소녀의 손가락을 닮은 길고 가느다란 미광으로 땅 위에 드리워진 축축한 이 그림자에서 풍겨 나는지도 모를 일이었다.

갑자기 그로부터 몇 발 떨어진 곳에서 풀 위의 이슬방울 같은 은빛 물줄기가 반짝거리며 스르르 흐르기 시작했다. 물줄기는 계속 흘러가면서도 땅으로 스며들지 않았다. 그러다가 갑자기 물줄기가 뒤틀리며 옆으로 휙 돌더니, 이내 사라져 버렸다. 그것은 풀뱀이었다. 니카는 부르르 몸을 떨었다.

그는 별난 소년이었다. 흥분하면 큰 소리로 혼잣말을 하곤 했다. 그리고 그의 어머니처럼 고상한 주제와 역설을 좋아하기도 했다.

'이 세상은 얼마나 좋은가!' 하고 그는 생각했다. '그런데 왜 이렇게 세상으로 인해 항상 괴로울까? 물론 신은 존재한다. 그러나 신이 존재한다면 신은 바로 나다. 자, 그렇다면 저것에 명령을 내려 보자.' 그는 꼭대기에서부터 밑동까지 벌벌 떨고 있는 사시나무─이슬에 젖은 잎사귀들이 마치 금속판을 오려 붙인 것 같았다─를 주시했다. '바로 저 나무에게 명령을 해보자…….' 그는 소리를 내지 않고, 혼신의 힘을 다해 정신을 집중했다. '멈춰라!' 그러자 나무가 그 뜻에 복종하기라도 하듯, 움직임을 멈추었다. 니카는 기분이 좋아져 깔깔대며, 힘껏 내달려 강으로 수영을 하러 갔다.

테러리스트였던 그의 아버지 데멘티이 두도로프는 교수형을 선고받았지만, 황제의 특사로 감형되어 지금 유형 중이었다.

어머니는 그루지야의 에리스토프 공작 가문 출신으로, 아직 젊고 미인이었으며, 항상 폭동이라든가 반역자들, 혹은 극단적 이론이나 유명한 배우들, 그리고 불행한 낙오자들의 문제 등에 깊은 관심을 갖고 있었다.

어머니는 니카를 무척 사랑했고, 원래 이름인 이노켄티를 이노체크니, 노첸카니 하는, 생각해 내기도 힘든 엉뚱하고 애정이 담긴 많은 애칭으로 부르기도 했고, 고향 친지들에게 아들을 보여 주려고 티플리스*에 데려가기도 했다. 그곳에서 니카가 가장 놀랐던 것은 그들이 머물던 집 마당에 서 있던 장상엽 나무였다. 이상한 모양의 열대 거목인 그 나무는 코끼리 귀 같은 잎사귀로 남국 하늘의 뜨거운 열기를 막아 주며 온 마당을 덮고 있었다. 니카는 그것이 나무라는 것, 동물이 아

* 캅카스 남쪽에 위치한 그루지야의 수도.

니라 식물이라는 것이 믿기지 않았다.

소년에게는 아버지의 무서운 성姓을 계속 따르는 것이 위험천만한 일이었다. 그래서 이반 이바노비치는 소년의 어머니 니나 갈라치오노브나의 동의를 얻어, 니카의 외가 쪽 성을 쓸 수 있도록 황제에게 청원할 참이었다.

침대 밑에 숨어서 세상 모든 것에 분노를 터뜨리고 있을 때, 그는 무엇보다 맨 먼저 그 생각이 떠올랐다. 대체 보스코보이니코프가 뭔데, 남의 일에 간섭하는 거야? 언젠가 본때를 보여 주겠어!

게다가 또 나댜는 어떤가! 열다섯 살이라는 이유로, 콧대를 세우고, 나를 어린애 취급할 권리가 있나? 나댜도 가만두지 않을 테다! "그녀가 너무 싫어." 그는 몇 번이나 혼잣말을 했다. "그녀를 죽여 버릴 거야! 보트에 태우고 나가서 물에 빠뜨려 버릴 테야."

엄마 역시 나빠! 떠나면서 자신과 보스코보이니코프를 깜빡 속이지 않았던가. 무슨 캅카스를 간다는 거야? 다음 정거장쯤 가서 태연하게 열차를 바꿔 타고 북쪽으로, 페테르부르크로 가서 대학생들과 어울려 경찰에게 총질이나 해댈 테지. 그런데 나는 이런 말도 안 되는 시골구석에 파묻혀 썩어 가고 있지 않은가. 하지만 나도 모두를 보기 좋게 속여 줄 테다. 나댜를 물속에 빠뜨리고, 학교를 그만두고, 아버지가 계신 시베리아로 가서 반란을 일으킬 테다.

연못은 온통 수련으로 뒤덮여 있었다. 보트는 바스락대며 무성하게 자란 수련들 사이를 헤치며 나갔다. 수련이 갈라지는 곳에는 세모 모양으로 조각을 파낸 수박에 즙이 고이듯 연못의 물이 솟아올랐다.

소년과 소녀는 수련을 꺾기 시작했다. 고무줄처럼 질겨 잘 꺾이지 않는 줄기 하나를 둘이서 같이 붙잡았다. 줄기가 그들을 한데 엮었다. 두 사람의 머리가 서로 부딪쳤다. 보트는 갈고리에 걸린 것처럼 기슭으로 끌려갔다. 줄기들이 마구 뒤엉켜 짧아지고, 핏줄 선 달걀노른자 같은 선명한 꽃술이 달린 하얀 꽃들이 물속으로 들어갔다가 물을 튕기며 다시 떠오르곤 했다.

나댜와 니카는 점점 보트를 옆으로 기울여, 뱃전에 거의 나란히 눕다시피 하며 계속 수련을 꺾었다.

"공부하기 지겨워." 니카가 말했다. "이젠 인생을 시작할 때가 되었어. 사회에 나가 돈을 벌어야겠어."

"그것도 모르고, 너에게 이차방정식을 설명해 달라고 부탁할 뻔했구나. 대수학代數學이 약해서, 하마터면 재시험을 치를 뻔했거든."

니카는 이 말에 어떤 가시가 돋쳐 있다는 느낌을 받았다. 그녀는 그가 아직 어리다는 것을 상기시키며 본때를 보여 주려 한 것이 분명했다. 이차방정식이라니! 아직 대수학 같은 건 냄새도 맡지 못한 그들이 아닌가.

그는 아무렇지도 않은 듯, 짐짓 냉담하게 그녀에게 질문을 던졌다가, 곧바로 바보 같은 질문을 했다는 생각이 들었다.

"이다음에 크면 누구랑 결혼할래?"

"아, 그건 아직 먼 미래의 이야기야. 더구나 나는 결혼하지 않을 테고. 아직 그런 생각은 해본 적도 없어."

"부탁인데, 내가 그런 것에 관심이 있어서 그런 거라고는 생각하지 마."

"그럼 왜 물었니?"

"넌 바보야."

둘은 말다툼을 시작했다. 니카는 아침에 여자를 증오했던 생각이 떠올랐다. 그는 나댜에게 계속 기분 나쁘게 말하면 연못에 빠뜨리겠다고 으름장을 놓았다.

"어디 해보시지." 나댜가 대꾸했다.

그는 두 손으로 나댜의 허리를 붙잡았다. 둘은 뒤엉켜 싸웠다. 그러다가 몸의 중심을 잃고 둘이 함께 연못에 빠졌다.

두 사람 모두 수영은 할 줄 알았지만, 손발에 수련 줄기가 감기고, 바닥에 발이 닿지 않았다. 둘은 개흙 속에 빠져 허우적대다가, 간신히 강가로 나왔다. 둘 다 신발과 호주머니에서 물이 줄줄 흘렀다. 니카가 훨씬 더 지쳐 보였다.

만약 이런 일이 바로 얼마 전에, 올봄이 오기 전에 일어났더라면, 두 사람은 그렇게 실컷 수영을 한 후, 물에 빠진 생쥐 꼴로 앉아서, 한바탕 소란을 떨고 고함을 치다가 깔깔대고 웃고 말았을 것이다.

그러나 지금은 이런 어처구니없는 일을 당한 것이 분해서, 서로 아무 말 없이 씩씩거리기만 했다. 화가 잔뜩 난 나댜는 아무 말도 하지 않았고, 니카는 몽둥이로 팔다리를 얻어맞고 갈비뼈가 부러진 듯 온몸이 쑤셔 왔다.

결국, 나댜가 어른스럽게 나직이 말했다. "이건 미친 짓이 야!" 그러자 니카 역시 어른스럽게 대답했다. "미안해."

둘은 자리에서 일어나 집으로 향했다. 그들 뒤로 두 개의 물지게 통에서 물이 흘러내린 것처럼 물자국이 남았다. 뱀들 이 우글거리는 먼지투성이 오르막을 따라 나 있는 길은 아침 에 니카가 풀뱀을 보았던 곳에서도 그리 멀지 않았다.

니카는 어젯밤에 느꼈던 마법 같은 감동과 새벽녘, 그리고 자유자재로 자연을 복종시켰던 아침나절의 신비한 마력을 떠 올렸다. 이번엔 그녀에게 어떤 명령을 내려 볼까? 내가 이 세 상에서 가장 원하는 것은 뭐지? 무엇보다, 지금 이 순간 내가 가장 바라는 것은 언젠가 다시 한번 나댜와 연못에 빠지는 일이다. 그런 일이 다시 일어날 수만 있다면, 그 어떤 대가라 도 치를 텐데.

제2장

다른 세상에서
온 소녀

1

일본과의 전쟁*은 아직 진행 중이었다. 그런데 갑자기 다른 사건들이 전쟁을 뒤덮어 버렸다. 혁명의 파도가 더 강하고 위협적으로 러시아를 휩쓸고 있었던 것이다.

이 무렵, 벨기에 출신 기사技師의 미망인으로, 러시아에 귀화한 프랑스인 아말리야 카를로브나 기샤르가 아들 로디온과 딸 라리사를 데리고 우랄 지방에서 모스크바로 왔다. 아들은 예비 사관학교에 입학시키고, 딸은 여자 김나지야에 넣었는데, 공교롭게도 나댜 콜로그리보바가 다니던 학교였고, 둘은 같은 반이 되었다.

마담 기샤르의 남편은 채권을 유산으로 남겼는데, 처음엔 시세가 오르다가, 지금은 떨어지고 있었다. 재산이 점점 주는 것도 막아야 했고, 하릴없이 두 손 놓고 있을 수도 없었던 마담 기샤르는 자그마한 사업을 해보려고 개선문 근처에 있는

---

* 러일전쟁(1904. 2. 10.~1905. 9. 5.). 러시아와 일본이 만주와 한국의 지배권을 두고 벌인 제국주의 전쟁. 러시아는 이 전쟁에서 패한 후, 사회적으로 불안이 고조되었고, 1905년 1월 22일 가폰 사제의 지휘로 '피의 일요일'이라고 불리는 노동자 파업이 페테르부르크를 중심으로 일어났다. 정부의 개혁을 요구하는 평화 시위였지만, 정부는 무력으로 이들을 진압해 수많은 사상자가 발생했다. 시위가 전국적으로 확산되자 결국 니콜라이 2세는 1905년 8월에 두마 설치를 허용했고, 다시 10월에 전국적으로 파업이 일자 '10월 선언'을 한다.

레비츠카야의 양장점을 매입했고, 레비츠카야의 상속인으로부터 이전의 상호 사용권과 단골들, 양재사와 견습공까지 모두 인수를 받았다.

　마담 기샤르는 변호사 코마롭스키*의 조언을 받아 이 일을 진행했다. 그는 마담의 남편 친구였고, 그녀가 의지하는 인물이었다. 그는 러시아의 사업계를 손바닥 들여다보듯 훤히 알고 있었고, 동시에 냉혹한 사업가이기도 했다. 그녀는 코마롭스키와 서신 연락을 통해 모스크바로 이주하는 일을 진행했는데, 그가 역으로 마중을 나오고, 온 모스크바를 가로질러, 미리 예약해 둔 오루제이느이 거리**의 가구 딸린 '체르노고리야' 여관방으로 그들을 안내해 주었다. 그리고 그는 로댜***를 예비 사관학교에, 라라****를 자신이 지정한 학교에 입학시키도록 권했고, 로댜에게 거리낌 없이 농지거리를 하고, 라라의 얼굴이 빨개지도록 빤히 쳐다보기도 했다.

2

　그들은 양장점에 딸린 방 세 칸짜리 작은 집으로 옮기기

---

* 빅토르 이폴리토비치 코마롭스키.

** 모스크바 북쪽에 위치해 있으며, 지금은 마야콥스키 광장 뒤편에 있다.

*** 로디온의 애칭.

**** 라리사의 애칭.

전까지, 한 달 남짓을 체르노고리야에서 지냈다.

그곳은 모스크바에서도 가장 험한 지역으로, 거리 전체가 마부들의 싸구려 술집과 사창가가 들어선, '타락한 인간들'의 빈민굴이었다.

아이들은 불결한 방과 빈대와 낡은 가구에도 놀라지 않았다. 아버지와 사별한 후, 어머니는 항상 가난에 대한 공포를 느끼며 살았다. 로댜와 라라는 파멸에 직면했다는 말을 자주 들어 왔다. 그들은 물론 자신들이 부랑자 아이들과는 다르다고 생각했지만, 마음속에서는 고아원의 아이들과 마찬가지로 부자들 앞에서는 주눅이 들곤 했다.

그 두려움의 생생한 본보기가 그들의 어머니였다. 아말리야 카를로브나는 금발 머리에 풍만한 서른다섯 안팎의 여자였는데, 심장 발작과 어리석은 행동을 번갈아 일으키곤 했다. 그녀는 아주 겁이 많고, 남자를 몹시 두려워했다. 그런 두려움 때문에 갈피를 잡지 못하고, 이 남자 저 남자의 품을 전전했다.

그들은 체르노고리야의 23호실에 묵었고, 24호실에는 대머리에 가발을 쓰고, 항상 땀을 흘리는 첼리스트 티시케비치가 이곳이 문을 연 첫날부터 계속 머물고 있었다. 상냥한 성품을 가진 그는 남에게 무엇인가를 설득할 때는 기도하듯 합장한 두 손을 가슴에 얹는 습관이 있었고, 연주회나 상류 사회의 모임에 나가 연주를 할 때면, 고개를 뒤로 젖힌 채, 황홀한 기분에 휩싸여 눈을 동그랗게 뜨곤 했다. 그는 집에 있을 때가 드물었고, 온종일 볼쇼이극장이나 음악학교에 나가 있곤 했다. 그들은 인사를 나눈 후로, 서로 배려하고 호의를 베풀며 가까워졌다.

이따금 코마롭스키가 아이들이 집에 있을 때 찾아오기라도 하면, 아말리야 카를로브나는 당황해 했다. 티시케비치는 그녀에게 열쇠를 맡기고 나가며, 그의 방에서 손님을 맞으라고 배려해 주었다. 얼마 안 가서 마담 기샤르는 그의 친절에 익숙해졌고, 몇 번이나 그의 방을 찾아가 눈물을 흘리며, 그녀의 후견인으로부터 자신을 보호해 달라고 부탁하기도 했다.

3

양장점은 트베르스카야 거리의 모퉁이 가까운 곳에 있는 단층 건물이었다. 브레스트 철도와는 가까운 거리였다. 건물 바로 옆부터 철도 국유지였기에, 그곳에는 철도원의 관사와 기관고, 그리고 창고들이 길게 이어져 있었다.

모스크바 화물역 직원의 조카이자 아주 영리한 소녀 올랴 데미나는 그곳에서 양장점으로 출퇴근을 했다.

올랴는 재능 있는 견습생이었다. 양장점의 전 주인도 그녀를 인정했고, 지금의 새 주인도 그녀를 곁에 가까이 두게 되었다. 올랴 데미나는 라라를 무척 좋아했다.

지금도 레비츠카야가 있을 때와 달라진 것은 아무것도 없었다. 재봉틀 바퀴는 피곤에 지친 재봉사들의 발이나 재빠른 손길 아래서 정신없이 돌아갔다. 어떤 이들은 실을 꿴 긴 바늘을 든 손을 쭉 뻗어 올리며 테이블에 앉아 말없이 바느질을 했다. 마룻바닥에는 천 조각들이 흩어져 있었다. 재봉틀 돌아가는 소리며, 옛 여주인이 그 이름의 비밀을 무덤 속으로 가져가 버린, 키릴 모데스토비치라고 불리는, 아치형 창문가에 걸린 새장 속 카나리아가 지저귀는 소리 때문에 사람들은 목청을 높여 이야기를 주고받았다.

응접실에는 그림처럼 아름다운 부인들이 잡지가 쌓인 테이블 주위에 모여 있었다. 그들은 그림에 나온 자세로 서 있기도 하고, 앉아 있기도 했으며, 몸을 기댄 자세를 취하기도 하고, 모델들을 살펴보며 패션에 관한 조언을 주고받기도 했다. 관리자가 있는 다른 테이블에는 아말리야 카를로브나의 조수이며 재단 담당 주임인 파이나 실란티예브나 페티소바가 앉아 있었다. 앙상한 체구의 그녀는 볼이 움푹 꺼지고 축 처진 데다 사마귀도 몇 개 나 있었다.

그녀는 누런 이빨 사이에 궐련을 끼운 상아 파이프를 문 채, 코와 입으로 누르스름한 연기를 내뿜으며 흰자위가 노란 눈을 가늘게 뜨고는, 방 안 가득 들어찬 고객들의 치수나 요구 사항, 주소 등을 장부에 적고 있었다.

아말리야 카를로브나는 양장점 내에서는 아무 경험이 없

는 신참에 불과했다. 그녀는 진정한 의미의 주인이라고 할 수 없었다. 하지만 직원들은 정직했고, 페티소바도 성실했다. 그러나 시대가 워낙 혼란스러운 때였다. 아말리야 카를로브나는 미래를 생각만 해도 두려웠다. 그녀는 깊은 절망에 빠졌다. 모든 것이 손아귀에서 빠져나가는 것 같았다.

종종 코마롭스키가 찾아왔다. 안채로 들어가기 위해 빅토르 이폴리토비치는 작업실을 가로질러 가곤 했다. 그가 나타나면 옷을 갈아입던 멋진 부인들이 깜짝 놀라 칸막이 뒤로 숨으며, 그의 음탕한 농지거리에 짓궂게 대꾸를 했고, 재봉사들은 그의 등 뒤에 대고 욕을 하고 빈정거리며 "또 납시셨군." "주인 나리가 왔어." "아말킨의 기둥서방이지." "물소 같으니라고." "호색한이야." 하며 쑤군대곤 했다.

게다가 그보다 더 미움을 받은 것은 그의 불도그 잭이었다. 이따금 줄에 묶인 잭이 따라오는 날이면, 그놈이 앞장서서 어찌나 세게 끌어당기는지, 코마롭스키는 장님이 안내견을 따라가듯, 비틀거리며 두 손을 뻗고, 그 뒤를 끌려가곤 했다.

어느 봄엔가는, 잭이 라라의 다리를 물어 스타킹을 찢은 적도 있었다.

"내가 저 악마를 없애 버리고 말 테야." 올랴 데미나가 심술궂게 쉰 목소리로 라라의 귀에 속삭였다.

"정말 징그러운 개야. 하지만 이 바보야, 네가 무슨 수로 그렇게 한다는 거야?"

"조용히 해. 소리 내지 마. 내가 어떻게 처치할지 말해 줄게. 돌로 만든 부활절 달걀 있잖아. 그러니까 네 엄마 장롱에……"

"대리석과 수정으로 만든 것이 있어."

"그래, 바로 그거야! 고개를 숙여, 귀를 좀 빌려줘. 그것을 가져다가 돼지기름을 묻히는 거야. 기름이 묻어 있으니, 그놈이 덥석 삼키겠지? 그러면 저 옴딱지 수캐, 마귀 새끼 목구멍에 막히겠지. 그럼 그것으로 끝이지! 발을 위로 번쩍 들걸. 죽는다고!"

라라는 웃음을 터뜨리며, 올랴가 부럽다는 생각이 들었다. 그녀는 가난 속에 사는 어린 소녀였음에도 열심히 노력하며 살았던 것이다. 보통 가난한 집안 출신의 아이들은 조숙하기 마련이었다. 그런데도 내면엔 아직 순수하고 천진난만함이 남아 있었다. 달걀과 잭을 생각해 내다니! '하지만 나의 운명은 왜 이럴까.' 라라는 이렇게 생각했다. '눈에 보이는 모든 것들이 고통스럽게만 느껴지니 말이야.'

4

'그러니까 엄마는, 그 사람을 뭐라고 부르더라……. 그러니까 그는 엄마의 바로……. 그것은 더러운 말이야. 입에 올리고 싶지도 않아. 게다가 그는 왜 나를 그런 눈으로 보는 걸까? 난

엄마의 딸인데도.'

라라는 이제 막 열여섯 살이 겨우 지났지만, 몸매는 완전히 성숙한 아가씨였다. 열여덟 살도 훨씬 넘어 보였다. 그녀는 머리도 좋고 성품도 쾌활했다. 외모도 매우 아름다웠다.

그녀와 로댜는 살면서 모든 것을 스스로 헤쳐 나가야 한다는 것을 알고 있었다. 귀족이나 부자들과는 반대로 섣불리 방자한 행동을 한다거나, 현실적으로 전혀 관계없는 일에 이론적인 호기심을 가질 여유도 없었다. 불필요한 것들은 나쁜 것이라고 여겼다. 라라는 세상에서 가장 순결한 존재였다.

남매는 모든 것의 가치를 알고 있었고, 자신들이 얻은 것을 소중히 여겼다. 그리고 성공을 위해서는 세상의 좋은 평판이 필요했다. 라라가 학교에서 공부를 열심히 한 이유는 특별히 지식에 대한 욕구 때문이라기보다는, 좋은 성적을 얻어야 상학금을 받을 수 있었기 때문이었다. 라라는 공부도 잘했고, 집에서는 설거지도 곧잘 했으며, 양장점 일도 거들고, 엄마의 잔심부름도 했다. 그녀는 동작이 조신하고 유연했으며, 눈에 띄지 않는 재빠른 몸놀림과 신장, 목소리와 잿빛 눈동자, 윤기 나는 금발 등, 그녀의 모든 것이 조화를 이루고 있었다.

7월 중순의 어느 일요일이었다. 휴일은 늦게까지 침대 위에서 느긋하게 누워 있어도 괜찮았다. 라라는 두 손을 머리 뒤로 받치고 반듯하게 침대에 누워 있었다.

양장점 안은 유난히 조용했다. 한길로 향한 창문이 열려 있었다. 멀리 자갈길 위의 사륜마차가 철도마차 레일의 홈 속으로 들어가며, 덜컹거리던 바퀴 소리가 기름 위를 달리듯 부드럽게 바뀌는 소리가 들렸다. 라라는 '조금만 더 자자.' 하고 생각했다. 도시의 소음이 자장가처럼 졸음을 불러왔다.

라라는 왼쪽 어깻죽지와 오른쪽 엄지발가락의 두 지점으로 자기의 키와 침대 위의 자기 위치를 가늠하고 있었다. 팔과 다리, 그리고 다른 모든 것들이 크든 작든 그녀 자신이었으며, 육체의 틀 안에 잘 조화를 이룬, 미래를 향해 줄달음치는 그녀의 영혼이며 본질이었다.

라라는 '자야 해.' 하고 생각하면서도, 그 시간, 카레트 시장의 해가 비치는 곳의 풍경, 깨끗하게 닦은 마루에 판매용 대형 마차가 늘어선 마차 가게 전시장, 마차 램프의 컷글라스, 박제된 곰들과 충만한 삶의 활기를 떠올렸다. 거리를 조금 더 내려가서는, 즈나멘스키 부대 연병장에서 경기병들이 훈련을 받는 모습, 말들이 우아하게 원을 그리며 활보하는 모습, 나는 듯이 안장으로 뛰어오르는 모습, 말을 타고 천천히 속보로, 혹은 구보로, 모둠발로 말을 달리는 모습, 그리고 연병장 밖에 유모나 보모와 함께 나온 아이들이 나란히 서서 입을 벌리는 광경도 머릿속에 그려 보았다. 그리고 더 아래로 내려가면 나오는 페트롭스키 방향의 페트롭카 거리를 떠올렸다.

'라라! 어떻게 그런 생각을 하지요? 나는 그저 내가 사는 집을 보여 주고 싶었을 뿐인데, 바로 근처에 있거든.'

그날은 카레트에 살고 있는, 코마롭스키 지인의 어린 딸이자 대녀代女인 올가의 명명일*이었다. 어른들은 이날을 핑계 삼아 댄스와 샴페인을 즐기고 있었다. 그는 엄마를 초대했지만, 엄마가 몸이 좋지 않아 갈 수가 없었다. 엄마는 "라라를 데리고 가 주세요. 당신은 늘 '아말리야, 라라를 잘 보살펴야 하오.'라며 충고를 하곤 했잖아요. 그러니 당신이 그 애를 데리고 가서 좀 보살펴 주세요." 하고 말했다. 그래서 그는 그녀를 그렇게 보살펴 주었던 거지, 기가 막힐 일이야! 하하하!

왈츠를 추는 것은 얼마나 미친 짓인가! 아무 생각 없이 그저 빙글빙글 돌 뿐이다. 음악이 연주되는 동안에는 소설 속의 삶처럼 시간이 흐르는 것도 모른다. 그러다가 음악이 멈추면, 마치 찬물을 뒤집어쓴 듯, 알몸이 드러난 듯, 그제야 충격을 느끼지. 더욱이 그런 방송을 일삼는 것은 자신노 이젠 어른이 되었다는 것을 다른 사람들에게 보여 주고 싶은 허영심 때문이지.

그녀는 그가 그렇게 춤을 잘 추리라고는 생각지도 못했다. 허리를 껴안았을 때의 그 능숙하고 당당한 손놀림이라니! 그러나 누구에게도 두 번 다시 그렇게 키스를 허락할 수 없어. 그녀는 타인의 입술이 자기 입술을 그토록 오랫동안 누르고

---

* 슬라브 정교 전통에 따라 러시아에서는 아이가 태어나면 출생 후 8일째 되는 날, 정교회 달력에서 그날을 기념하는 성인의 이름을 따서 이름을 붙여 주거나, 출생일과 가까운 성인들 중에서 골라 아이의 이름을 정하는데, 그날을 명명일이라고 한다. 오히려 생일보다 명명일을 더 기념하는 전통이 있고, 귀족들은 이날 성대한 파티를 열어 기념하곤 했다.

있는데도, 어떻게 아무 수치심도 없이 타인의 입술에 몰입할 수 있었는지 이해할 수 없었다.

그런 어리석은 짓을 하면 안 된다. 이번이 마지막이야. 순진한 척한다든가, 아양을 떤다든가, 수줍게 눈을 내리까는 짓도 해서는 안 된다. 결국은 파멸에 이르고 말 거야. 바로 그 옆은 무시무시한 경계선이다. 한 발만 잘못 내디디면 함정으로 빠지게 돼. 춤이라는 것은 이제 생각하지도 말자. 그것이 모든 악의 화근이야. 단호하게 거절해야 해. 춤을 추지 못한다거나, 다리를 다쳤다고 이유를 대야 해.

5

그해 가을, 모스크바 철도 분기점에서 소요가 일었다. 모스크바-카잔* 철도노선이 파업에 들어갔다. 모스크바-브레스트** 노선의 합류도 예정되어 있었다. 파업 결정은 내려졌지만, 파업위원회는 아직 파업 개시 날짜를 결정하지 못하고 있었다. 모든 철도 노동자들은 파업을 기정사실로 받아들였고, 자발적으로 파업이 일어날 표면적인 구실을 기다리는 참이었다.

쌀쌀하고 안개 낀 10월 초순 아침이었다. 이날은 노동자들

---

* 러시아연방 타타르스탄 자치공화국의 수도.

** 모스크바와 스몰렌스크 사이에 위치해 있으며, 모스크바와 바르샤바를 잇는 주요 교통 요지이다.

의 급여가 나오는 날이었다. 그런데 경리과에서 오랫동안 소식이 없었다. 한참이 지나서야 직원이 사무실로 출근부와 임금 계산서, 그리고 범칙금 공제를 위해 모아 둔 서류 뭉치를 가지고 나타났다. 임금 지불이 시작되었다. 승무원들과 전철수들, 철공들, 기관사들, 조수들, 차고의 여자 청소부들이 정거장과 작업장, 창고와 기관고, 선로와 관리사무소의 목조건물과 경계가 지어진, 아직 건물이 들어서지 않은 넓은 공터에 길게 줄을 섰다.

도심의 겨울이 시작되는 냄새가 풍겨 왔다. 짓밟힌 단풍잎과 녹은 눈, 기관차의 연기 냄새, 정거장 구내식당 지하실에서 방금 구워 페치카*에서 막 꺼낸 따끈한 검은 빵 냄새 등이었다. 열차들이 들어왔다 나가곤 했다. 깃발을 감거나 펼쳐 흔드는 신호에 따라 열차가 연결되거나 분리되곤 했다. 경비원들의 호적 소리, 연결수들의 호각 소리, 기관차의 나직한 기적 소리가 제각각 소음을 내고 있었다. 연기 기둥이 하늘로 사닥다리 모양으로 끝없이 치솟아 올랐다. 불을 지핀 기관차들이 출발을 준비하며 차가운 겨울 구름 속에 뜨거운 증기구름을 뿜어내고 있었다.

선로 가장자리를 따라 철도기사이자 관구장인 푸플르이긴과 정거장 주변 구역의 보선기사**인 파벨 페라폰토비치 안티

---

* 러시아식 벽난로로, 여기에서 음식을 조리하거나 빵을 굽기도 한다.
** 선로의 설계, 시공, 작업 감독 및 선로의 유지, 보수 업무를 하는 직업.

포프가 왔다 갔다 하고 있었다. 안티포프는 선로 덮개 보수를 위해 공급된 자재에 불만을 품고 보선부에 불평을 해댔다. 강철은 장력이 약했다. 휨과 파손 검사를 통과하지 못한 레일이 엄동설한에는 터지고 말 것이라고 안티포프는 판단한 것이다. 그런데도 담당 부서에선 파벨 페라폰토비치의 의견을 들은 척도 하지 않았다. 중간에 누군가 자기 호주머니를 채운 것이 분명했다.

푸플르이긴은 철도 제복의 가장자리 장식이 달린 비싼 모피 외투의 단추를 채우지 않고 살짝 걸치고 있었고, 그 안에 새 모직 제복을 입고 있었다. 그는 양복 가장자리의 전체적인 선과 반듯한 바지 주름, 그리고 고급스러워 보이는 신발을 흐뭇하게 내려다보며 노반路盤 위를 조심조심 걸었다.

그는 안티포프의 말을 한쪽 귀로 듣고 한쪽 귀로 흘려보냈다. 푸플르이긴은 딴생각에 잠긴 채, 자주 회중시계를 꺼내 보며, 어딘가로 서두르고 있었다.

"맞네, 자네 말이 맞아." 그는 초조해하며 안티포프의 말을 막았다. "하지만 위험한 곳은 주요 간선이나 교통량이 많은 직통선에나 해당되지 않나? 그런데 자네가 말하는 선로들은 어떤가? 대피선이나 인입선*뿐이잖나. 쐐기풀과 민들레 천지에다, 고작해야 빈 차량의 조차장과 조차용 소형 기관차 '뻐꾸기'

---

* 본선에서 특정한 장소까지 따로 끌어들인 선로.

의 대피선뿐이라고! 그런데 뭐가 불만인가? 제정신인가! 그런 곳에는 좋은 레일이 필요 없어, 목재 레일을 깔아도 된다고."

푸플르이긴은 회중시계를 꺼내 시간을 확인하더니 뚜껑을 탁 닫고는, 선로 가까이에 있는 도로 건너편을 바라보았다. 마차 하나가 길모퉁이에 나타났다. 푸플르이긴의 마차였다. 아내가 그를 마중 나온 것이다. 마부는 말들을 제어하며, 보채는 아이를 꾸짖는 유모처럼, 열차를 무서워하는 말들에게 연신 날카로운 여자 목소리로 소리를 지르며 노반 가까이에 말을 세웠다. 마차 안쪽에는 아름다운 부인이 편안한 자세로 쿠션에 기대앉아 있었다.

"그럼, 이보게, 다음에 보세." 관구장이 손을 흔들며 말했다. "자네의 레일이 문제가 아니야. 그보다 더 중요한 일이 있네."

그러고는 관구장 부부는 마차를 달려 떠나 버렸다.

6

그 후, 서너 시간이 지나, 땅거미가 질 무렵, 철길에서 좀 떨어진 들판에서, 조금 전만 해도 보이지 않던 두 사람의 그림자가 갑자기 땅속에서 솟아난 듯 나타나더니, 연신 뒤를 돌아보며 걷다가 이내 사라졌다. 안티포프와 티베르진*이었다.

---

* 키프리얀 사벨리예비치 티베르진.

"서두르세." 티베르진이 말했다. "감시자들이 우리 뒤를 밟을까 봐 두려워서가 아니라, 금방 사보타주*가 끝나면, 그들이 땅굴에서 나와 우리를 따라올 텐데, 놈들의 얼굴을 마주치고 싶지 않아서야. 만약 지금처럼 계속 꾸물대면, 이런 일이 다 무슨 소용이겠나? 그런 위원회는 무용지물일세. 불장난을 치고는 땅 밑으로 기어들다니! 자네도 마찬가지야. 니콜라옙스키** 철도지부에 동조해 이런 난장판을 만들다니."

"아내 다리야가 티푸스에 걸렸어. 병원에 데려가야 해. 그녀를 병원으로 데려가기 전까지는 다른 생각할 여유가 없다고."

"오늘 급여를 지불한다고 하더군. 사무실에 들러야겠어. 만약 오늘 급여가 나오지 않았다면, 하늘에 맹세코, 난 자네들을 무시하고, 한시도 지체 없이 결행을 하고 말았을 거야."

"어떻게 말인가?"

"그야 간단하지. 기관실로 내려가 기적을 울리면 끝나는 거지."

그렇게 둘은 작별 인사를 하고 각자 다른 방향으로 걸어갔다.

티베르진은 선로를 따라 시내 쪽으로 갔다. 사무실에서 급여를 받고 돌아가는 사람들과 마주쳤다. 아주 많은 사람들이

---

* 고의적인 사유재산 파괴나 태업 등을 통한 노동자의 쟁의행위. 프랑스어의 사보(sabot : 나막신)에서 나온 말로, 중세 유럽 농민들이 영주의 부당한 처사에 항의하여 수확물을 사보로 짓밟은 데서 연유한다.
** 모스크바와 페테르부르크 간의 국영 철도.

었다. 티베르진의 어림짐작으로는 기차역의 거의 모든 노동자들이 급여를 받은 것 같았다.

어둠이 내렸다. 사무실에서 흘러나온 불빛이 작업을 마치고 사무실 옆 광장에 모여 있는 노동자들의 모습을 비추고 있었다. 광장 입구에는 푸플르이긴의 마차가 서 있었다. 푸플르이긴의 아내는 아침부터 내내 마차 밖으로 나오지 않았는지, 여전히 예의 그 포즈로 앉아 있었다. 그녀는 사무실에 급여를 받으러 간 남편을 기다리고 있었다.

갑자기 축축한 진눈깨비가 내리기 시작했다. 마부가 마부석에서 내려와 가죽 포장을 씌우기 시작했다. 그가 마차 뒤쪽에 한 발을 딛고 서서 뻑뻑한 가름대를 잡아당기는 동안, 푸플르이긴 부인은 사무실에서 흘러나오는 불빛에 진눈깨비가 은빛 구슬처럼 반짝이는 것을 멍하니 바라보고 있었다. 그녀는 눈 한 번 깜박이지 않고 꿈꾸는 듯한 눈길로, 그곳에 모인 노동자들을 바라보고 있었다. 그 눈길은 마치 필요하다면, 구름이나 진눈깨비를 투과하듯, 아무렇지도 않게 그들을 투과해 버릴 수 있을 것 같은 눈길이었다.

티베르진은 우연히 그녀의 그런 표정을 포착했다. 역겨웠다. 그는 푸플르이긴 부인에게 인사도 건네지 않고 지나치며, 혹여 사무실에서 그녀의 남편과 마주칠지도 모른다는 생각에, 급여는 나중에 받으러 가야겠다고 생각했다. 그는 희미하게 불이 비치는 작업장을 향해 계속 걸었다. 기관고로 들어

가는 여러 개의 선로와 전차대轉車臺가 있는 그곳은 어둠에 싸여 있었다.

"티베르진! 쿠프리크!"* 어두컴컴한 곳에서 몇 사람이 그를 부르는 소리가 들렸다. 한 무리의 사람들이 작업장 앞에 모여 있었다. 안에서는 고함 소리가 들리고, 아이의 울음소리도 들렸다. "키프리얀 사벨리예비치, 얼른 들어가 아이를 구해요." 무리 중 한 여자가 말했다.

나이 든 직공장 표트르 후돌레예프**가 여느 때처럼, 그의 희생양인 어린 견습공 유수프카를 때리고 있었다.

후돌레예프는 원래 견습공을 괴롭힌다거나 술에 취해 싸움질이나 할 사람은 아니었다. 젊어서는 어엿한 노동자로 모스크바 근교 공장 지대의 상인이나 사제 딸들의 선망의 대상이 되기도 했었다. 그는 당시 그리스정교 감독 교구의 학교를 졸업한 티베르진의 어머니***에게 청혼을 했다가 거절당했다. 그녀는 그의 동료였던 티베르진의 아버지, 기관사 사벨리 니키티치 티베르진에게 시집을 가버렸다.

사벨리 니키티치가 무서운 죽음―1888년의 유명한 철도 충돌 사고로 불에 타 사망했다―을 당한 지 오 년이 지났을 무렵, 표트르 페트로비치는 다시 구혼을 했지만, 마르파 가브

---

* '쿠프리크'와 뒤에 나올 '쿠프리니카' 모두 키프리얀 사벨리예비치 티베르진의 애칭이다.
** 표트르 페트로비치 후돌레예프.
*** 마르파 가브릴로브나.

릴로브나는 또 거절했다. 그 이후, 후돌레예프는 지금의 자신의 모든 불행이 이 세상 탓이라 여기고, 분풀이로 술을 마시며, 툭하면 난동을 부렸다.

유수프카는 티베르진이 사는 건물 경비원인 기마제트딘*의 아들이었다. 티베르진이 작업장에서 그 소년의 뒤를 봐주고 있었다. 그 때문에 후돌레예프의 미움을 더 산 것이다.

"줄칼을 잡은 그 자세가 뭐냐, 이 아시아 놈아!" 후돌레예프가 유수프카의 머리카락을 한 움큼 잡아당겨 목덜미를 주먹으로 치며 호통을 쳤다. "누가 그따위로 주물을 떼라고 했어? 내 작업을 망쳐 놓겠다는 거야 뭐야, 이 요망한 카시모프 신부新婦야!"**

"아야, 다시는 안 그럴게요, 아저씨, 다시는 안 그럴게요! 아악, 아파요!"

"먼저 굴대를 맞추고, 다음에 완충기를 죄라고 가르쳐 주면 그대로 해야지, 아무리 가르쳐도 제멋대로야, 하마터면 내 굴대를 부러뜨릴 뻔했잖아, 이 개새끼야!"

"아저씨, 저는 굴대는 건드리지도 않았어요. 맹세코 손도 대지 않았다고요."

---

* 타타르인의 성이다. 당시에 러시아에서는 타타르인들이 아파트 건물의 경비원으로 일하는 것이 일반적이었다. 기마제트딘의 아들 오시프(유수프카)는 나중에 소설에서 주요 역할을 하게 된다.

** 『카시모프의 신부』는 유명한 철학자 블라디미르 솔로비요프의 형제인 브세볼로드 솔로비요프(1849~1903)가 쓴 소설이며, 카시모프는 현재는 랴잔의 도시로, 15세기에는 카시모프 타타르 왕국의 수도였다. 여기서는 회교도인 타타르족을 비하하는 말로 쓰였다.

"왜 어린애를 그렇게 못살게 굴어요?" 티베르진이 사람들 사이를 밀치고 들어가며 말했다.

"우리 개들이 싸우는데, 다른 개가 끼어들면 되나!" 후들레예프가 단호하게 대꾸했다.

"왜 어린애를 그렇게 못살게 구냐고 묻잖아요?"

"좋게 말할 때 썩 꺼져, 이 사회주의자야. 이놈은 죽여도 시원치 않아. 하마터면 내 굴대를 부러뜨릴 뻔했다고. 이 사팔뜨기 악마가 아직 살아 있는 것만 해도 나한테 고마워해야 할걸. 그런데도 난 그냥 이놈의 귀를 비틀고 머리카락을 좀 잡아당겼을 뿐이야."

"아니, 그럼, 후돌레이 아저씨, 목이라도 쳐야 한다고 생각하세요? 부끄럽지도 않아요? 머리가 하얗게 센 나이 든 직공장이 그런 사리분별을 못하다니 말예요?"

"당장 꺼져, 절단 나기 전에 꺼지라고! 안 그러면 요절을 내고 말 테다. 감히 나에게 설교를 하려고 들어, 이 개자식이! 넌 더러운 핏줄이야, 네 애비가 빤히 보는 앞에서 침목 위에서 만들어졌다고. 축축한 꼬리가 달린 네 어미가 누군지 나는 잘 알고 있어. 더러운 암고양이! 누더기 치맛자락이지!"

그 순간 갑자기 일이 벌어졌다. 두 사람은 묵직한 공구와 쇳조각이 뒹굴고 있는 선반 위로 손을 뻗어 닥치는 대로 아무것이나 집어 들었다. 사람들이 급히 그들을 갈라놓지 않았다면, 살인이 일어났을 것이다. 후돌레예프와 티베르진은 목을 쭉 빼고, 창백한 얼굴에 벌겋게 충혈된 눈으로 이마를 맞대다 시피 하고 서 있었다. 어찌나 흥분했는지 말도 한마디 못했다. 두 사람 모두 팔이 뒤로 단단히 붙잡혀 있었지만, 뒤에서 붙들고 있는 동료들을 뿌리치려고 계속 안간힘을 쓰고 온몸을 뒤틀며 몸부림쳤다. 옷의 후크와 단추가 떨어져 나가고, 윗도리와 루바시카가 벗겨져 어깨가 드러났다. 두 사람의 주변에서는 고함 소리가 계속 들려왔다.

"끌! 저 사람 손에서 끌을 빼앗아요. 머리통을 깨겠어." "가만, 가만히 있어요. 표트르 아저씨. 안 그러면 팔 빠져요!" "이래선 아무것도 안 돼! 둘을 따로 떼어 가둬 둬야 해. 그래야 끝이 나겠어."

그 순간 티베르진이 있는 힘을 다해 붙잡고 있는 사람들의 손을 뿌리치고는 문 쪽으로 달려갔다. 그를 뒤따라 쫓아가려던 사람들은 그가 좀 가라앉은 것을 보고는 그냥 내버려 두었다. 그는 문을 쾅 닫고, 뒤돌아보지도 않고 성큼성큼 앞으로 걸었다. 어둡고 축축한 가을밤과 어둠이 그를 에워쌌다. "나는 그들을 위해 생고생을 하는데, 그들은 내 옆구리에 칼을 겨누는군." 그는 이렇게 중얼거리며 정처 없이 걸었다.

비열하고 허위에 찬 이 세상이, 살찐 젊은 부인들은 우매한 노동자들을 오만한 눈빛으로 쳐다보고, 이 체제의 희생양은 알코올중독이 되어, 동료를 학대하며 쾌감을 얻는 이 세상이, 그 어느 때보다 더 증오스러웠다. 그는 빨리 걸을수록, 이 세상이 지금 그가 열렬히 갈망하는, 합리적이고 조화로운 시대로 더 가까워지기라도 할 것처럼 서둘러 걸었다. 그는 최근 며칠 동안의 분투, 철도 노동자들의 소요, 집회의 연설과 파업의 결정—아직 실행되지는 않았지만, 그렇다고 중지된 것도 아닌 상태—등, 이 모든 것이 위대한 미래의 길을 향한 조각들임을 인식하고 있었다.

그러나 그는 지금 너무 흥분한 나머지 숨도 쉬지 않고, 단숨에 그 목적지를 향해 돌진하고픈 심정이었다. 그는 어디로 가는지 의식하지도 못한 채, 성큼성큼 걸었지만, 그의 발은 어디로 가야 할지를 잘 알고 있었다.

한동안 티베르진은 자신과 안티포프가 참호를 나온 직후, 파업위원회가 그날 밤 비밀 집회에서 파업을 결정했으리라고 믿어 의심치 않았다. 위원회 위원들은 그 자리에서 어떤 위원을 어디로 파견할지, 누구를 어디에서 교체할지 결정했다. 티베르진의 저 깊은 영혼 속에서 울려 나오듯, 기관차 수리장에서 둔중한 경적 소리가 점차 또렷하게 일정한 신호를 보내자, 벌써 사람들이 시내 쪽 입구 신호기로부터 시작해, 기관고에서 나온 무리들과 수화물역에서 나온 무리들, 그리고 기관실에서 티베르진의 경적 소리에 작업을 멈춘 새로운 무리들과 합류하면서, 모두 시내 쪽으로 향했다.

티베르진은 수년 동안 그날 밤 작업과 열차 운행을 멈추게 한 사람은 자신뿐이라고 생각했다. 하지만 나중에 파업 관련

닥터 지바고 1

재판이 진행되는 과정에서, 그의 기소 목록에 파업선동죄는 없고, 동조 혐의만 적용된 것을 보고, 그것이 착각이었음을 알게 되었다.

사람들이 달려 나오며 물었다. "사람들더러 어디로 가라는 거야?" 어둠 속에서 누군가 대답했다. "아니, 귀머거리도 아니고, 저 소리가 안 들리나, 화재 경보야, 불을 꺼야지." "어디서 불이 났는데?" "경보가 울리는 것을 보면, 불이 났다는 소리 아니야?"

문이 쾅쾅 여닫히며 새로운 무리들이 밀려 나왔다. 다른 목소리도 들렸다. "불은 무슨 불이야! 이런 촌놈 같으니! 바보 같은 소리 하지 마! 파업한다는 신호야, 알겠어? 에잇, 이놈의 멍에, 에잇, 이놈의 굴레, 이제 나는 더 이상 노예가 아니다. 이봐요, 모두들 집으로 돌아갑시다."

점점 더 많은 무리들이 여기에 합류했다. 철도가 파업에 들어갔다.

7

사흘째 되는 날, 티베르진은 몸이 꽁꽁 얼어붙은 데다 잠도 못 자고, 수염은 더부룩하게 자란 모습으로 집으로 돌아왔다. 간밤에 갑자기 때 이른 추위가 닥쳤지만, 티베르진은 아직 가을 옷을 입고 있었다. 현관에서 경비원 기마제트딘이 그를 맞았다.

"고맙습니다, 티베르진 나리." 그는 몇 번이나 이렇게 말했다. "유수프카를 곤경에서 구해 주셨다니, 당신을 위해 죽을 때까지 하나님께 기도하겠습니다."

"무슨 정신 나간 말이오, 기마제트딘! 갑자기 나리라니? 제발, 그따위 말은 집어치워요. 할 말이 있으면 빨리 하세요. 보다시피 날씨가 몹시 추우니까요."

"춥기는요. 따뜻해질 겁니다, 사벨리치. 어제 모스크바 화물역에서 당신 어머니 마르파 가브릴로브나와 함께 아주 잘 마른 자작나무 장작을 날라다 창고에 가득 쌓아 두었어요."

"감사합니다, 기마제트딘. 더 할 말이 있으면 어서 하세요. 보시다시피 몸이 꽁꽁 얼어서 말입니다."

"사벨리치, 오늘 밤에는 집에 있지 않는 것이 좋겠어요. 몸을 피해야 해요. 초병이 찾아와서 묻고, 파출소장도 와서 여기 드나드는 사람이 누구냐고 묻더라고요. 아무도 없다고 말은 해두었어요. 조수나 기관차 승무원들, 그리고 철도원들만 드나든다고 했지요. 낯선 사람은 전혀 오지 않는다고요!"

독신인 티베르진이 어머니와 결혼한 남동생과 함께 살고 있는 이 건물은 이웃해 있는 성삼위일체 교회의 부속 건물이었다. 이곳에 살고 있는 사람들은 교구 성직자 몇 명과 시내에서 행상으로 노점에서 일하는 과일 장사꾼들과 고기를 파는 장사꾼들 외에는, 거의 모두가 모스크바-브레스트 철도의 하급 직원들이었다.

집은 목조 회랑이 딸린 석조 건물이었다. 회랑은 지저분하고 포장도 안 된 안마당을 사방으로 둘러싸고 있었다. 회랑을 통해 위로 오르는 더럽고 미끄러운 나무 층계가 나 있었다. 그 위에서는 고양이 냄새와 절인 양배추 냄새가 풍겨 왔다. 현관 입구에는 야외 화장실과 맹꽁이자물쇠가 채워진 창고가 붙어 있었다.

티베르진의 동생은 병사로 징용되어 전쟁에 나갔다가 와팡구*에서 부상을 당했다. 크라스노야르스크 육군 병원에서 지금은 거의 치료가 끝났고, 그의 아내와 두 딸이 그가 퇴원하면 집으로 데려오기 위해 그곳에 가고 없었다. 대대로 철도 노동자였던 티베르진 가족은 여행을 좋아해서 무임승차권으로 러시아 곳곳을 여행하기도 했다. 지금 집안은 조용하고 텅 빈 것 같았다. 티베르진과 어머니만 있었기 때문이다.

티베르진 가족이 사는 곳은 이층이었다. 바깥 현관문 앞의 회랑에는 물장수가 정기적으로 물을 길어다 놓는 물통이 있었다. 층계 위로 올라온 키프리얀 사벨리치는 물통 뚜껑이 옆으로 치우쳐 있는 데다, 양철 컵이 물이 얼어붙은 얼음 표면에 들러붙어 있는 것을 발견했다.

---

* 러일전쟁의 격전지인 중국 와팡뎬을 가르키며, 이 전투(1904. 6. 14~15.)에서 아무르항 탈환을 시도한 스타켈버그 장군 휘하의 러시아 군대는 일본의 장군 오쿠가 이끄는 군대에 참혹하게 패했다.

'프로프가 틀림없어.' 티베르진이 히죽 웃으며 생각했다. '아무리 마셔도 갈증이 안 가시는 모양이야. 배 안에 구멍이 났는지, 뱃속에 불이 난 건지, 원.'

마르파 가브릴로브나의 먼 친척인 프로프 아파나시예비치 소콜로프는 젊은 나이에 풍채가 좋은 남자로, 성가 담당 신부였다.

키프리안 사벨리예비치는 얼음 위에 들러붙어 있던 컵을 떼어 내 물통 뚜껑을 덮고는, 출입문 위에 달린 종의 손잡이를 잡아당겼다. 훈훈한 공기와 구수한 냄새를 풍기는 김이 훅 풍겨 왔다.

"불을 많이 때셨네요, 엄마. 집 안이 아주 따뜻하고 좋아요."

어머니는 그에게 달려들어 목을 끌어안고 울음을 터뜨렸다. 그는 그녀의 머리를 쓰다듬고, 조금 기다렸다가 그녀를 살짝 떼어 놓았다.

"엄마, 용기만 있으면 도시도 무너뜨릴 수 있어요." 그가 조용히 말했다. "우리 철도가 모스크바에서 바르샤바까지 멈췄어요."*

"알고 있다. 그래서 우는 거다. 상황이 너에게 불리하게 돌아가고 있어. 피신해야겠다, 쿠프리니카.** 어디든 멀리 피해 있어야 해."

---

* 1905년 10월 6일에 모스크바-카잔 철도 파업이 시작되었다.
** 키프리안의 애칭.

"하마터면 엄마의 절친한 남자 친구이자 친절한 목자인* 표트르 페트로프** 영감한테 머리가 박살 날 뻔했어요!"

그는 그녀를 웃겨 보려고 그렇게 말했다. 하지만 그녀는 그의 농담을 이해하지 못하고, 심각하게 대답했다.

"쿠프리니카, 그분을 놀리면 안 된다. 불쌍하지 않니? 정말 가여운 사람이야. 불행한 영혼이란다."

"파시카*** 안티포프가 체포되었어요. 파벨 페라폰토비치 말예요. 밤중에 들이닥쳐서 온 집 안을 뒤졌대요. 그러고는 아침에 데려갔다는 거예요. 그의 아내 다리아는 티푸스에 걸려 병원에 있고요. 실업학교에 다니는 아들 파블루쉬카****만 귀머거리 이모와 집에 남아 있어요. 더구나 그들은 집에서 쫓겨날 판이에요. 아무래도 그 애를 우리가 맡아야 할까 봐요. 그건 그렇고, 프로프는 무슨 일로 왔다 갔어요?"

"어떻게 그걸 알았니?"

"물통 뚜껑이 열린 채, 컵이 놓여 있었거든요. 밑 빠진 독 같은 프로프가 물을 엄청 들이마셨구나 생각했지요."

"눈썰미가 정말 좋구나, 쿠프리니카. 네 말이 맞다. 프로프, 프로프, 바로 프로프 아파나시예비치가 다녀갔어. 장작을 빌

---

  * 이 구절은 알렉산드르 푸시킨의 소설을 기초로 표트르 차이콥스키가 제작한 오페라 「스페이드의 여왕」(1890)에서 인용한 것이다.

  ** 후돌레예프의 이름과 부칭.

  *** 파벨의 애칭.

**** 체포된 파벨 페라폰토비치 안티포프의 아들 파벨 파블로비치 안티포프의 애칭.

리러 왔길래 좀 내주었다. 아이고, 이런, 나 좀 보게. 바보같이 장작 이야기나 하고 있다니! 프로프가 전해 준 소식을 깜빡 잊고 있었구나. 글쎄, 황제 폐하가 선언서*에 서명을 하셔서, 이제 세상이 완전히 바뀔 거라고 하더구나. 이젠 아무도 무시 당하지 않고 살 수 있고, 농민들에게는 토지도 나눠 주고, 모 든 사람이 귀족과 평등해질 거라고 했어. 어떻게 생각하니? 서명한 칙령은 공표만 하면 된다던데. 종무원**에서 공문을 보 냈는데, 호칭 기도문이나 아니면 축원 기도문에 그 내용을 추 가하라고 했다던가 하더구나. 잘 모르겠다. 프로브시카에게 듣고도 다 잊어버렸구나."

8

체포된 파벨 페라폰토비치와 병원에 입원 중인 다리야 필 리모노브나의 아들 파툴랴*** 안티포프는 티베르진의 집으로 들어와 살게 되었다. 그는 아마색 머리 한가운데에 가르마를 탄 반듯한 용모에 단정하고 깔끔한 소년이었다. 머리는 항상 얌전하게 빗질을 하고, 교복과 실업학교 버클이 달린 혁대를 반듯하게 가다듬곤 했다. 파툴랴는 기막힌 유머 감각에, 관찰

---

* 1905년 10월 17일 서명한 「국가질서개선조서」.

** 제정러시아 시대의 총주교 제도가 폐지된 뒤, 1917년까지 정교회를 관리한 기관이다.

*** '파툴랴'와 뒤에 나올 '파셴카' 역시 파벨(아들)의 애칭.

력도 뛰어났다. 어쩌나 흉내를 잘 내고 웃기는지, 자신이 보고 들은 모든 것을 똑같이 재현해 낼 정도였다.

10월 17일의 선언 이후, 얼마 되지 않아 트베르스카야 관문에서부터 칼루가 거리까지 대규모 시위가 계획되었다. 하지만 이 계획은 '유모가 많을수록, 아기는 방치된다.'*는 속담 꼴이 났다. 이 계획에 참여하기로 한 몇몇 혁명 단체는 그들 사이에 서로 이견이 생겨, 하나둘 손을 뗐다가, 예정된 날 아침에 모든 군중이 거리로 나온 것을 보고는 서둘러 각 대표들을 시위대에 파견했다.

마르파 가브릴로브나는 키프리얀 사벨리치의 만류와 반대를 무릅쓰고, 쾌활하고 붙임성 좋은 파튤랴와 함께 시위행진에 나섰다.

11월 초순의 건조하고 쌀쌀한 날이었다. 납 같은 샛빛의 고요한 하늘에서 흩날리던 눈송이들이 땅에 떨어지기 직전, 잠시 공중에서 맴돌다, 푸석한 잿빛 먼지가 되어 도로 위 마차 바퀴에 움푹 팬 곳으로 내려앉았다.

거리를 따라 아래쪽으로 군중들이, 수많은 무리들이, 얼굴, 얼굴, 얼굴들의 소용돌이가, 누빈 겨울 외투와 양털 가죽 모자들이, 노인들과 강습생들이, 아이들이, 제복을 입은 철도 노동자들이, 장화에 가죽점퍼를 입은 기관사들과 전화국 종

---

* 우리 속담 '사공이 많으면 배가 산으로 간다.'와 비슷한 의미.

업원들이, 그리고 중학생과 대학생들이 물밀듯이 쏟아져 나왔다.

한동안 군중들은 「바르샤뱐카」라든가, 「그대들은 희생되어 쓰러졌네」, 「라 마르세예즈」 등의 노래를 불렀다. 그러다가 행렬 선두에서 뒷걸음질 치며, 쿠반카* 모자를 휘둘러 노래를 지휘하던 사람이 갑자기 노래를 멈추고 모자를 쓰고는, 몸을 돌려 앞으로 가더니, 같이 걷고 있던 다른 간부들의 말에 귀를 기울였다. 노래는 흐지부지되다가 이내 멎었다. 얼어붙은 포장도로 위로 수많은 군중의 발소리가 울려 퍼졌다. 시위 동조자들로부터 지도부에 다급한 정보가 전달되었다. 앞쪽에서 카자크 기병**들이 시위 행렬을 기다리고 있다는 것이었다. 그 근처의 약국에 전화를 걸어, 매복 부대가 있다는 사실을 알려 준 것이다.

"그렇다면……" 하고 주동자들이 말했다. "이럴 때일수록 중요한 것은 냉정을 유지하는 것이오. 곧장 가장 가까운 곳에 있는 공공건물을 점거하고, 사람들에게 위험이 닥친 것을 알리고 각자 해산하도록 합시다."

그러고는 어디가 가장 적합한 장소인지, 입씨름이 벌어졌다. 몇몇은 점원협회 건물이 낫다고 하고, 다른 이들은 기술고

---

* 캡 없이 위쪽이 평평하고, 모피 테가 둘러진 가죽 모자.

** 러시아 남부 변경 군영 지대에서 농사를 지으면서 군무에 종사하던 카자크인들의 자치 군대였으며, 제정러시아 말기에 폭동을 진압하는 데 동원되어 악명을 떨쳤는데, 그들을 보통 카자크 기병이라고 불렀다.

등학교가, 또 다른 이들은 해외통신학교가 좋겠다고 했다.

의견이 분분한 사이, 시위대는 한 공공건물의 모퉁이 앞에 이르렀다. 그 안에 학교가 들어서 있었는데, 거론되던 다른 건물보다 은신처로 가장 적합해 보였다.

행렬이 학교 앞에 이르자, 주동자들이 반원형 현관 앞의 층계에 올라, 행렬의 선두를 향해 정지하라는 신호를 보냈다. 여러 개의 출입문이 열리고, 외투 뒤로 외투가, 모자 뒤로 모자들이 뒤따라, 일제히 학교 현관으로 밀려들어 층계를 오르기 시작했다.

"강당으로, 강당으로!" 뒤에서 몇 사람들이 한목소리로 소리쳤지만, 군중은 그냥 안으로 몰려들어 제멋대로 복도와 교실로 흩어져 안쪽으로 들어갔다.

주동자들은 간신히 사람들을 강당으로 불러 모아 의자에 앉힌 뒤, 몇 번이나 카자크 기병대가 전방에 함정을 파고 기다리고 있다는 사실을 알리려 했지만, 아무도 그 말에 귀를 기울이지 않았다. 그들은 임시 집회를 열기 위해 행진을 중단하고 건물에 들어왔다고 생각했는데, 정말로 곧 집회가 시작되었다.

오랫동안 노래를 부르며 행진하느라 지친 사람들은 잠시 입을 다물고 쉬고 싶었고, 다른 누군가가 자기 대신 소리를 질러 주기를 바랐다. 잠시 휴식을 취할 수 있다는 사실에 만족한 그들은 어떤 문제에서든 드러나기 마련인 발언자들의 약간의 의견 차이는 아무 문제도 아니라고 생각했다.

그래서인지 가장 큰 인기를 얻은 연사는 청중들이 신경을 곤두세워 연설을 들을 필요가 없는 가장 어눌한 연설자였다. 그의 말 한마디 한마디에 동조하는 열렬한 함성이 뒤따랐다. 동조하는 함성 때문에 그의 연설이 들리지 않았지만, 아무도 불평하지 않았다. 말이 끝나기 무섭게 그의 의견에 찬성하며, "치욕이다!" 하고 구호를 외쳐 대고, 항의 전문電文을 쓰기도 했다. 그러다가 갑자기 단조로운 연사의 목소리에 싫증이 난 군중들이 일제히 박차고 일어나더니, 연사를 내버려 둔 채, 강당을 뛰쳐나가 모자의 물결을 이루며 층계를 내려가 거리로 쏟아져 나갔다. 행진이 재개되었다.

집회가 진행되는 동안 거리에는 눈이 내렸다. 포장도로가 하얗게 뒤덮여 있었다. 눈발은 점점 더 거세졌다.

시위 행렬 뒤쪽에 있던 사람들은 카자크 기병들이 돌진해 오는데도, 처음엔 전혀 눈치채지 못했다. 군중들이 "만세!"를 외칠 때처럼, 갑자기 앞쪽에서부터, 물결 같은 함성이 일었다. "살인자다!" "사람 살려!" 하는 비명과 알 수 없는 수많은 소리가 여기저기서 들려왔다. 함성이 울려 퍼지는 바로 그 순간, 군중이 양쪽으로 싹 갈라지며 생겨난 좁은 통로를 따라 말머리와 말갈기, 그리고 기병들이 휘두르는 군도들이 소리도 없이 순식간에 밀려들었다.

소대의 절반이 곧장 군중들 사이를 헤치고 달려가서는, 다시 방향을 바꾸어 대열을 갖추더니, 행렬의 뒤쪽에서부터 밀고 들어오기 시작했다. 살육이 시작되었다.

몇 분 후, 거리는 거의 텅 비었다. 골목길을 따라 사람들이 도망쳤다. 눈발은 좀 약해졌다. 저녁은 목탄화처럼 건조했다. 건물들 너머 어딘가로 기울어 가던 석양이 갑자기 모퉁이에 멈춰 서서, 손가락으로 가리키듯, 길 위의 모든 붉은 것들을, 기병의 붉은 모자와 땅바닥에 떨어진 붉은 깃발을, 눈 위에 점점이 혹은 줄줄이 이어진 핏자국들을 비추어 주었다.

도로 가장자리로 머리가 깨진 한 남자가 신음 소리를 내며 두 손을 짚고 기어가고 있었다. 거리 아래쪽에서는 몇몇 기병들이 대열을 이루어 빠르게 달려오고 있었다. 그들은 시위대들을 뒤쫓아 갔다가 되돌아오는 길이었다. 머릿수건을 내려쓴 티베르진의 어머니는 말발굽에 채일 뻔했는데도, 정신없이 "파샤! 파툴랴!" 하고 부르며 온 거리가 떠나가게 소리쳤다.

파샤는 계속 그녀와 함께 걸어가며, 집회의 마지막에 나온 연사를 그럴싸하게 흉내 내며 그녀를 웃기기도 했는데, 갑자기 기병이 달려드는 바람에 어디로 사라져 버렸다. 마르파 가브릴로브나도 그들과 부닥쳤을 때, 등에 채찍을 한 대 얻어맞은 터였다. 다행히 두터운 솜옷을 입고 있어, 통증을 느끼진 않았지만, 그녀는 그들이 수많은 선량한 사람들 앞에서 자신 같은 노파에게까지 막무가내로 채찍을 휘둘러 댄 것에 분통이 터져, 멀어져 가는 기병들을 향해 주먹을 휘두르며 욕설을 퍼부었다.

마르파 가브릴로브나는 걱정스러운 눈길로 거리 양쪽을 두리번거렸다. 그 순간 다행히, 길 건너 보도에 소년이 서 있는 것을 발견했다. 식료품 가게와 석조 건물 현관 사이의 움푹 들어간 그곳에는 몇몇 사람들이 넋 나간 모습으로 모여 서 있었다.

한 기병이 보도로 말을 몰고 올라가 말 궁둥이와 옆구리로 사람들을 그곳으로 몰아넣은 것이다. 기병은 공포에 질린 사람들의 모양이 우스웠는지, 그들 앞을 가로막고, 바로 앞에서 말을 뒷발로 서서 회전을 시키는가 하면, 뒷걸음질을 시키기도 하고, 서커스를 하듯 천천히 뒷다리로 서는 모습을 보여 주기도 했다. 그러다가 갑자기 앞쪽에서 동료들이 되돌아오는 것을 보고는, 말에 박차를 가해, 두세 번 높이 뛰어오르더니, 그들의 대열에 합류했다.

막다른 골목에 몰려 있던 사람들은 뿔뿔이 흩어져 달아났다. 그때까지 겁에 질려 입을 다물고 서 있던 파샤가 할머니에게 달려왔다.

두 사람은 집으로 발걸음을 돌렸다. 마르파 가블리로브나는 계속 화가 나서 씩씩거렸다.

"저주받을 살인마들 같으니! 천벌을 받을 못된 놈들! 폐하께서 자유를 주셔서 백성들은 기뻐하고 있는데, 저놈들은 그것이 못마땅한 게야. 모든 것이 다시 뒤집어지기를 바라고, 모든 약속을 깨뜨리려는 수작이지."

그녀는 기병뿐 아니라, 온 세상, 그리고 그 순간에는 자기 아들한테도 화가 났다. 이렇게 화가 나는 순간이면, 그녀는 현재 일어나는 모든 일은 잘난 체나 하고 형편없는 쿠프리니카 같은 패거리들의 수작으로 치부했다.

"사악한 독사들 같으니라고! 그런 미치광이들은 도대체 왜 그러는 거야? 아무것도 모르면서! 소리만 지르고 욕지거리나 하지. 그건 그렇고, 파셴카, 아까 그 연사가 어떻게 했다고 했지? 자, 우리 귀염둥이야, 다시 한번 해보렴. 오오, 정말 우습구나, 우스워 죽겠어. 정말 영락없어. 투-루-루-루. 아이고, 이런 간질이 비단벌레, 말꼬리 같으니라고!"

집에 돌아오자마자, 그녀는 주근깨 고수머리 기마병, 얼뜨기 놈이 자기처럼 나이 든 사람의 등싹에 채찍질을 했다며 괜히 아들에게 욕설을 퍼부었다.

"어머니, 아무리 그래도 제가 기병대장도 아니고 헌병대장도 아닌데, 그러시면 어떻게 해요?"

9

니콜라이 니콜라예비치는 창가에 서서 사람들이 도망가는 모습을 지켜보고 있었다. 그들이 시위 무리라는 것을 알게 되자, 그는 그 속에 혹시 유라나 아는 얼굴이 있지는 않을까 해서, 여기저기 둘러보며 한참을 살폈다. 그러나 아는 얼굴은 전혀 보이지 않았고, 두도르프의 아들—그 소년의 이름은 잊어버렸다—이 잽싸게 지나가는 모습이 한차례 눈에 띄었을 뿐이다. 얼마 전에 왼쪽 어깨에서 총알을 빼내는 수술까지 받고도, 가서는 안 될 곳을 쏘다니는, 분별력이라곤 없는 녀석이다.

지난가을, 니콜라이 니콜라예비치는 페테르부르크에서 이곳으로 왔다. 모스크바에는 자기 집이 없었고, 호텔에 머물고 싶지도 않았다. 그래서 먼 친척인 스벤티츠키의 집에 머물고 있었다. 그들이 위층 다락방 모퉁이 서재를 그에게 내준 것이다.

아이가 없는 스벤티츠키 부부에게는 너무 큰 집이었던 이 층짜리 이 별채는, 고인이 된 스벤티츠키 양친이 언제였는지 기억에도 없을 만큼 오래전에, 돌고루키 공작에게서 빌린 것이었다. 마당이 세 개나 되고 정원과 다양한 양식으로 무질서하게 지어진 건물들로 이루어진 돌고루키의 영지는 골목길 세 개와 접해 있었고, 옛 이름 그대로 무치노이* 마을이라고 불리고 있었다.

서재 안은 창문이 네 개나 있었지만 어두컴컴했다. 책과 서류들, 그리고 양탄자와 판화들이 방 안을 가득 채우고 있었기 때문이다. 서재 바깥에는 이 건물 귀퉁이를 에워싸고 있는

---

* 밀가루란 뜻.

반원형 발코니가 나 있었는데, 겨울에는 이 발코니의 이중 유리문이 굳게 닫혀 있었다.

서재의 창문 두 개와 발코니의 유리문을 통해 멀리 썰매 자국이 이어지는 길과 구부정하게 늘어선 작은 집들, 그리고 기울어진 울타리들이 늘어선 기다란 골목길이 내다보였다.

서재 안으로 정원의 나무들이 라일락 빛깔의 그림자를 드리우고 있었다. 라일락 빛깔의 나무들은 물결무늬 진 굳은 촛농 같은 무거운 성에가 낀 가지를 마루 위에 내려놓기라도 할 듯, 방 안을 기웃거렸다.

니콜라이 니콜라예비치는 골목길을 내다보며 페테르부르크에서 보낸 지난겨울과 당시에 만났던 가폰*과 고리키**와 비테,*** 그리고 현대 작가들에 대해 생각하고 있었다. 그는 구상 중이던 책을 쓰기 위해 북새통을 피해 평온과 고요를 찾아 이곳 옛 수도****로 왔다. 그런데 이곳 상황도 말이 아니었다! 불꽃을 피하려다, 불구덩이 속으로 뛰어든 셈이었다. 매일 강연과 연설이 이어졌고, 정신이 하나도 없었다. 여자전문학교니,

---

* 가폰 신부. 혁명 지도자로 1905년 동궁 앞에서 '피의 일요일' 데모를 지휘했으나, 나중에 스파이 누명을 쓰고 살해되었다.
** 막심 고리키(1868~1936). 러시아혁명기에 프롤레타리아문학을 확립한 러시아 작가. 소설 『어머니』로 유명하다.
*** 세르게이 비테(1849~1915). 1905년 혁명 당시의 제정러시아 수상이었고, 일본과의 강화회의에서 러시아 전권대사로 활약하기도 했다.
**** 모스크바를 가리키며, 당시에는 수도가 페테르부르크였다. 페테르부르크는 1712년부터 1918년까지 러시아의 수도였으며, 그 이전과 이후에는 모스크바가 수도였다.

종교철학협회니, 적십자사와 파업기금위원회니 하는 곳들로 동분서주했다. 스위스 같은 조용한 시골 숲에 숨어 버리면 좋았으련만. 평온한 호수, 햇살, 산, 하늘, 그리고 사방에서 메아리가 울리는 맑은 공기.

니콜라이 니콜라예비치는 창가에서 물러났다. 누군가를 방문하든가, 아니면 그냥 좀 걷고 싶은 생각이 들었다. 그런데 문득 톨스토이주의자인 브이볼로츠노프가 볼일이 있어 방문하기로 한 것을 기억해 냈다. 그는 방 안을 서성댔다. 조카 생각이 났다.

니콜라이 니콜라예비치는 볼가강 연안 지역에서 페테르부르크로 거처를 옮기게 되었을 때, 유라를 우선 베데냐핀 가家, 오스트로므이슬렌스키 가, 셀랴빈 가, 미하엘리스 가, 스벤티츠키 가, 그리고 그로메코 가의 친척들이 살고 있는 모스크바로 데려갔다. 친척들은 유라를 처음엔 페지카라고 불리는 게으르고 말 많은 노인 오스트로므이슬렌스키에게 맡겨 두었다. 페지카는 그의 수양딸 모타와 몰래 동거 생활을 하고 있었는데, 그래서인지 자신을 기본원리의 파괴자, 이상의 수호자라고 자처하기도 했다. 그뿐 아니라 친척들의 믿음을 저버리고 유라의 양육비로 맡긴 돈을 가로채고 허비해서, 나쁜 손버릇까지 들통났다. 그 후 유라는 그로메코 교수의 집으로 옮겨 가게 되었고, 그곳에서 살고 있었다.

그로메코 가족은 유라에게 매우 호의적이었다.

'대단한 삼총사야.' 니콜라이 니콜라예비치는 생각했다. '유라와 그의 친한 김나지야 동급생 고르돈, 그리고 그로메코 교수의 딸 토냐 말이야. 이 삼총사는 「사랑의 의미」와 「크로이체르 소나타」를 탐독하고는, 성적 순결이라는 교리에 푹 빠져 있어.'*

청소년 시절엔 누구나 순결을 추종하는 시기를 거치기 마련이다. 그러나 그들은 도가 지나쳐 거의 맹목적일 정도였다.

그들은 대단한 괴짜들에 아직 유치하기도 했다. 그들은 무슨 이유에선지 관능을 '저속한 것'이라고 표현하고, 그것을 남발하며 극도의 과민반응을 보였는데, 그런 표현은 부적절했다! 그들은 본능의 소리, 포르노 문학, 여성 착취, 그리고 거의 모든 육체적 영역이 이 '저속한 것'에 속한다고 치부했다. 그들은 이 단어를 말할 때마다, 얼굴을 붉히거나 새하얗게 질리곤 했다.

'내가 모스크바에 있었더라면, 그런 지경에 이르게 하지는 않았을 텐데. 경계는 해야 하겠지만, 그것도 정도가 있지…….' 하고 니콜라이는 생각했다.

"아, 닐 페오크티스토비치,** 어서 오시오!" 그는 반가워하며 손님을 맞기 위해 일어섰다.

---

* 「사랑의 의미」(1892~1894)는 러시아 철학자이자 시인이며 신학자인 블라디미르 솔로비요프가 발표한 성애론인, 성적 사랑의 육체적 정신적 일치를 주장하는 이론이 담긴 논문이며, 「크로이체르 소나타」(1889)는 남녀 사이의 성애와 질투, 현대사회의 이성 사이의 관계에 대한 맹렬한 비판이 담겨 있는 레프 톨스토이의 중편소설이다.
** 닐 페오크티스토비치 브이볼로츠노프.

10

재빛 루바시카에 넓은 혁대를 찬 뚱뚱한 남자가 방으로 들어섰다. 그는 펠트 장화를 신고 있었고, 바지는 무릎 부분이 부풀어 올라 있었다. 그는 구름 속을 거니는 선인 같은 인상을 풍겼다. 코 위에는 넓은 검은 리본이 달린 조그만 코안경이 심술궂게 흔들거렸다.

현관에서 그는 외투를 벗는 둥 마는 둥 했다. 목에 걸린 목도리는 끝자락이 방바닥에 질질 끌렸고, 둥근 펠트 모자는 계속 손에 들고 있었다. 목도리와 모자 때문에 브이볼로츠노프가 니콜라이 니콜라이비치에게 악수를 건넬 때도 좀 거북했고, 서로 안부를 묻고 인사를 나누는 데도 방해가 되었다.

"으음……." 그는 방의 구석구석을 살피고, 당황해하며 중얼거렸다.

"아무 데나 편한 곳에 놓으세요." 니콜라이 니콜라예비치는 브이볼로치노프가 마음을 가라앉히고, 제대로 말을 할 수 있도록 이렇게 말했다.

그는 결코 안식을 몰랐던 천재의 사상을, 오랫동안 편안한 휴식을 즐기는 것쯤으로 취급해, 돌이킬 수 없이 천박하게 만들어 버린, 레프 니콜라예비치 톨스토이의 추종자들 중의 한 명이었다.

브이볼로츠노프는 니콜라이 니콜라예비치에게 정치범들

닥터 지바고 1

을 위해, 어느 학교에서 열리게 될 강연을 해달라는 부탁을 하러 찾아왔다.

"이미 그곳에서는 강연을 했습니다만."

"정치적인 면에서 하셨나요?"

"네."

"그럼 한 번 더 하시지요."

니콜라이 니콜라예비치는 좀 주저했지만 결국 승낙했다.

찾아온 용무는 이렇게 마무리되었다. 니콜라이 니콜라예비치는 닐 페오크티스토비치를 더 붙잡지 않았다. 그는 일어나서 돌아가도 상관없었다. 그러나 브이볼로츠노프는 그렇게 바로 돌아가는 것이 예의가 아니라고 여긴 것 같았다. 그래서 나가기 전에 좀 흥미롭고 자연스러운 화제로 대화를 끌어가려고 했다. 그런데 대화가 어색하고 불쾌하게 돌아갔다.

"당신은 데카당파가 되셨나요? 신비주의에 빠진 겁니까?"

"무슨 뜻이죠?"

"길을 잃은 거예요. 지방자치회를 기억하시죠?"

"물론 기억합니다. 함께 선거운동을 하지 않았습니까."

"그리고 농촌학교나 사범학교 세미나를 위해서 투쟁하기도 했었죠?"

"물론이죠. 열렬한 투쟁이었지요."

"그 후에 당신은 공중보건과 사회복지에 관심을 가지게 되셨죠? 제 말이 맞죠?"

"한동안 그랬지요."

"으흠. 그런데 지금 당신은 판*이라든가, 님프**라든가, 고대 그리스 청년이라든가, 『태양처럼 되자』*** 따위에 관심을 갖고 있지 않습니까? 정말 이해할 수가 없습니다. 유머도 있고 민중을 잘 아시는 똑똑한 분이……. 아닙니다. 그만합시다. 어쩌면 제가 괜한 간섭을 하는지도……. 혹시 무슨 비밀이 있는 것은 아니죠?"

"왜 함부로 그런 이야기를 하십니까? 무슨 말을 하고 싶으세요? 당신은 저의 사상도 모르잖습니까?"

"지금 러시아에 필요한 것은 판이나 님프가 아니라, 학교와 병원입니다."

"누가 그것을 반대하겠습니까?"

"농민은 헐벗고 굶주려 퉁퉁 붓고……."

엉뚱한 방향으로 대화가 흘러갔다. 니콜라이 니콜라예비치는 이런 시도가 아무 소용도 없다는 것을 알면서도, 자신이 몇몇 상징주의 작가에게 끌린 이유를 설명하고, 다음에는 톨스토이 사상으로 화제를 돌렸다.

"물론 어느 정도까지는 저도 동의합니다. 그러나 레프 니콜

---

* Pan. 그리스신화에 나오는 숲·들·목축의 신. 상반신은 사람의 모습이고 다리와 꼬리는 염소 모양이며 이마에 뿔이 있다. 공황을 의미하는 패닉(panic)의 어원이 되었다.
** Nymph. 그리스신화의 숲·들·동굴에 사는 반신반인의 요정.
*** 콘스탄틴 발몬트(1867~1942)의 시집. 발몬트는 러시아 시인으로, 러시아 상징주의의 초기 리더였다. 시집 『북방의 하늘 아래』(1894)는 명상적 경향이 나타나 있으며, 해방적인 자아를 그려 냈다.

라예비치는 인간이 미美를 추구할수록 선善에서 멀어진다고 했습니다."[*]

"그럼, 당신은 그 반대라고 생각하십니까? 신비론자들이나 다른 부류의 사람들, 그러니까 로자노프[**]나 도스토옙스키[***] 같은 사람들처럼, 미美가 세상을 구한다는 겁니까?"

"잠깐만요, 저의 생각을 먼저 말씀드리죠. 제 견해로는, 인간의 마음속에 내재된 야수성을 감금이나 죽음이라는 어떤 징벌을 통해 억누를 수 있다면, 인류 최고의 표상은 자기희생적인 설교자가 아니라, 서커스의 채찍을 휘두르는 조련사가 될 것입니다. 그러나 여러 세기에 걸쳐 인간을 짐승보다 더 높은 위치로 고양시킨 것은 몽둥이가 아니라 음악이었습니다. 즉, 음악은 무력을 사용하지 않는 강력한 진실의 힘이며, 그것이 전형적인 음악의 매력적 요소입니다. 지금까지는 십계명의 도덕적 가르침과 계율을 복음서의 가장 핵심으로 여겼지만, 저는, 그리스도가 일상에서 얻은 비유를 가지고 하셨던 말씀, 즉 일상의 빛으로 진실을 밝힌 것이 핵심이라고 봅니다. 그 기저에 놓인 사상은 바로, 인간은 필멸의 존재이지만, 인간 사

---

[*] 레프 톨스토이는 그의 논문 「예술이란 무엇인가?」에서 예술에 있어서 '미에 대한 완전히 잘못된 개념'을 공격하고, 대신 '선'의 개념으로 대체했다.

[**] 바실리 로자노프(1856~1919). 러시아 철학자이자 비평가로, 도스토옙스키에게 깊은 영향을 받았고, 혁명기 러시아 도시 인텔리 층에 영향을 주었던 인물이다.

[***] "미가 세계를 구원한다."는 개념은 일반적인 개념이었는데, 도스토옙스키가 언급한 것으로 잘못 이해되고 있다. 물론, 그의 소설 『백치』(1868)의 주인공 므이시킨의 입을 통해 이야기되고 있다.

이의 교감은 불멸이라는 것, 생명이 상징적인 것은 생명이 의미를 갖고 있기 때문이라는 것입니다."

"전혀 이해할 수가 없군요. 그 문제에 대해서는 책으로 쓰시는 것이 좋을 것 같습니다."

브이볼로츠노프가 돌아간 후, 니콜라이 니콜라예비치는 기분이 몹시 언짢았다. 아무런 공감도 못하는 어리석은 브이볼로츠노프에게 마음속에 품고 있던 사상의 일부를 털어놓고 말았다는 사실에 화가 치밀었다. 그러다 종종 있었던 일처럼, 갑자기 니콜라이 니콜라예비치의 분노의 대상이 바뀌었다. 그는 마치 브이볼로츠노프가 다녀간 적도 없던 것처럼 까맣게 그를 잊어버렸다. 다른 생각이 떠오른 것이다. 그는 보통 일기를 쓰지는 않았지만, 일 년에 한두 번쯤은 두터운 노트에 큰 충격을 받은 이야기를 적어 두곤 했다. 그는 노트를 꺼내 알아보기 쉬운 큰 필체로 뭔가를 써 내려갔다. 이것이 그가 쓴 글이다.

하루 종일 바보 같은 실레진게르라는 여자 때문에 기분이 좋지 않다. 아침에 와서 점심때까지 나를 붙들고, 꼬박 두 시간 동안이나 죽치고 앉아 황당한 글을 읊어 대는 바람에 질식할 것 같았다. 작곡가 B의 교향곡 「천지 창조」에 삽입된 상징파 시인 A의 시에 나오는 우주 정령이니, 사원소의 목소리니 하는 소리를 끝도 없이 읊어 댔다. 나는 참고 참다가 폭발해서 제발 그만두라고 간청했다.

문득 나는 모든 것을 깨달았다. 그것이 왜 『파우스트』 속에서조차, 그렇게 참을 수 없는 심각한 부자연스러움을 내포하는지 알게 된 것이다. 그것은 인위적이고 위선적인 관심이기 때문이다. 현대인은 그런 것에 관심이 없다. 현대인이 우주의 비밀에 압도되는 순간은 헤시오도스* 시의 6보격 운율에서가 아니라, 물리학에 심취해 있을 때인 것이다.

문제는 구태한 형식이라든가, 시대착오에 있는 것이 아니다. 과학이 분명히 밝혀 낸 것들을 다시 땅과 하늘의 정령들로 혼란시키고 있다는 점에 있는 것도 아니다. 문제는 바로 이 장르가 모든 현대 예술의 정신과 예술의 본질, 그리고 예술의 동기가 되는 모티브와 모순된다는 사실에 있다.

아직 지구에 인간이 많지 않았던, 아직 자연이 인간으로 뒤덮이지 않았던 고대 세계에서는 이런 우주론이 아주 당연했을 것이다. 그때는 매머드가 땅 위를 활보하고 용이나 공룡에 대한 기억이 생생하던 때였고, 인간의 눈에 자연이 살아 움직이고, 인간의 피부에 두렵고 실감나게 와 닿던 때였기에, 정말로 신들이 지상에 가득 차 있었을 것이다. 이것이 바로 인류 연대기의 첫 페이지이자, 막 시작되는 때였다.

이 고대 세계는 로마에서 인구과잉으로 종말을 맞게 되었다. 로마는 다른 나라에서 차용해 온 신들과 정복된 민족들의 고물 시장이자, 땅과 하늘의 두 층으로 이루어진 아수라장이었으며,

---

* 기원전 8세기의 그리스 시인.

꼬인 창자처럼 세 개의 매듭으로 자신을 휘감은 오물 덩어리였다. 다키아인들,* 헤룰리인들,** 스키타이인들,*** 사르마티아인들,**** 북극인들, 바퀴살 없는 무거운 수레바퀴, 지방 덩어리 눈, 수간 獸姦, 이중 턱, 학식 있는 노예의 살점을 물고기에게 먹이던 행위, 무지몽매한 황제들……. 그 후 어느 때보다 사람들이 불어났고, 그들은 콜로세움의 통로에서 짓눌려 고통받게 되었다.

그 순간, 그 저속한 대리석과 황금 더미 위로 가볍고 빛나는 옷을 입은, 지극히 인간적이고 의도적인 초라한 행색의 한 갈릴리 사람이 나타났으니, 그 이후로는, 모든 민족이 사라지고, 모든 신이 사라졌으며, 오직 한 사람, 목수이자 농부이며, 석양에 양떼를 모는 양치기인 한 사람, 지극히 겸손한 한 사람, 세상의 모든 어머니들의 자장가와 전 세계의 화랑에 감사히 울려 퍼질 한 사람이 첫발을 내디뎠다.

11

페트롭카 거리는 페테르부르크의 어느 골목을 모스크바에

---

* 현재 루마니아 영토를 지배했던 고대의 루마니아인들을 가르킨다. 이들은 2세기에 도나우강 유역을 두고 로마제국과 전쟁을 벌여, 106년에 트라야누스 황제에 의해 정복되었는데, 이후에 다키아인들과 로마인들이 뒤섞여 현재의 루마니아가 되었다.

** 현재 니더작센 지역의 고대 게르만족의 소왕국으로 기원전 4년경에, 로마제국에 대항한 헤르만의 이름을 따서 세워진 왕국.

*** 기원전 8세기경부터 기원전 3세기 사이, 남러시아 초원지대를 무대로 활동한 이란계 유목민.

**** 사르마티아인들은 스키타이인들처럼 이란계 유목민으로 기원전 7세기경 돈강 동쪽에서 출현해서 기원전 3세기경부터 스키타이인들을 몰아내고 유럽의 초원지대를 지배했다.

옮겨 놓은 듯한 인상을 풍겼다. 도로의 양편에는 세련된 조소로 정면 입구를 장식한 책방과 도서관, 지도 제작소와 고급 담배 가게, 그리고 고급 레스토랑이 들어선 건물들이 마주 보고 서 있었고, 레스토랑 앞에는 육중한 돌출부에 흐릿한 둥근 전등갓을 쓴 가스등이 달려 있었다.

겨울이면 이곳은 어둡고 인적이 드물어 음산한 느낌을 주었다. 여기엔 주로 성실하고 자존심이 강하며, 수입이 좋은 자유직 종사자들이 살고 있었다.

이곳의 널찍한 참나무 난간이 달린 계단 층계를 따라 올라가면 나오는 호화로운 독신자 아파트 이층에 빅토르 이폴리토비치 코마롭스키가 세 들어 살고 있었다. 그의 사생활에는 전혀 참견하지 않으면서도, 그의 모든 일을 세심하게 돌봐주는 가정부 엠마 에르네스토브나는 아무것도 안 들리는 듯, 아무것도 안 보이는 듯, 그의 조용한 은둔 생활의 관리자로 모든 집안 살림을 돌보았고, 코마롭스키는 그런 그녀에게 보답하는 차원에서, 신사로서 당연한, 예의 바른 태도를 취했을 뿐만 아니라, 평온한 노처녀의 세계를 방해할 만한 손님이나 여자를 집에 들이는 법이 없었다. 항상 집 안은 수도원처럼 고요했고, 수술실처럼 커튼이 드리워져 있었으며, 먼지나 얼룩 하나 보이지 않았다.

일요일이면 빅토르 이폴리토비치는 점심식사 전에, 늘 불도그를 데리고 페트롭카 거리와 쿠즈네츠키 다리를 산책하는 습관이 있었고, 그때마다 어느 골목쯤에서 배우이자 도박사인 콘스탄틴 일라리오노비치 사타니지가 달려 나와 그와 합류하곤 했다.

그들은 함께 보도를 휩쓸며 걸어 내려갔고, 수치심도 없이 헐떡거리며, 그저 으르렁거리는 개소리로 치부해도 무방할 단편적이고 무의미한, 세상의 온갖 것을 경멸하는 농담과 비난을 퍼부어 가며, 몸이 움직일 때마다 내뱉는 질식할 것 같은 낮은 베이스 목소리로 쿠즈네츠키 거리의 양쪽 보도를 가득 채우곤 했다.

12

날씨가 풀렸다. 물방울이 지붕의 양철 홈통과 처마를 따라 똑, 똑, 똑 떨어지고 있었다. 봄이면 으레 그렇듯, 여기저기 지붕에서 교대로 물방울 떨어지는 소리가 났다. 해빙기였다.

라라는 길을 걷는 동안 내내 멍한 상태였고, 집에 도착해서야 자신에게 무슨 일이 일어났는지를 깨달았다.

가족들은 모두 잠들어 있었다. 정신이 아득하고 계속 넋이 나간 상태였던 그녀는 무도회에 가려고 양장점에서 하루 저녁 빌려 온, 레이스 장식과 긴 베일이 달린 거의 흰색에 가까운 연보랏빛 드레스를 입은 채로, 어머니의 화장대 앞에 털썩 주저앉았다. 그녀는 거울 속의 자기 모습을 마주 대하고 앉아 있었지만, 눈에는 아무것도 들어오지 않았다. 그러다가 그녀는 화장대 위에 두 손을 포개고 그 위에 엎드렸다.

만약, 엄마가 이 사실을 안다면, 가만두지 않을 것이다. 그녀를 죽이고 엄마도 자살하고 말 것이다.

어떻게 이런 일이 일어났을까? 어떻게 이런 일이 벌어졌단 말인가? 이제는 늦었다. 미리 예견했어야 하지 않았을까?

이제 그녀는, (그걸 뭐라고 하더라?) 그러니까 그녀는 이제 타락한 여자인 것이다. 그녀는 프랑스 소설에 나오는 그런 여자가 되어 버렸고, 내일 학교에서, 옆에 나란히 앉을 동급생들은 그녀에 비하면 어린애들에 불과하게 된 것이다. 하나님, 오, 하나님! 어떻게 이런 일이 일어났을까요?

언젠가, 긴 세월이 지난 후에, 말을 해도 될 때가 오면, 라리는 이 일을 올랴 데미나에게 이야기하리라. 그러면 올랴는 그녀의 머리를 끌어안고 울음을 터뜨리겠지.

창문 밖에는 물방울이 속살거리고 눈 녹은 물이 재잘대고 있었다. 길거리에서 누군가 옆집 문을 쾅쾅 두드리는 소리가 들렸다. 라라는 머리도 들지 않고 그대로 있었다. 그녀의 양쪽 어깨가 들썩였다. 그녀는 울고 있었다.

13

"오, 엠마 에르네스토브나! 신경 쓰지 말아요. 그냥 진저리가 날 뿐이오."

그는 커프스와 루바시카의 칼라 따위를 양탄자와 소파 위로 마구 집어던지기도 하고, 무엇을 찾고 있는지도 모른 채, 계속 경대 서랍을 여닫기도 했다.

정작 그에게 필요한 것은 그녀였는데, 이번 일요일에는 그녀를 만날 가망이 없었다. 그는 안절부절못하고, 우리 안의 맹수처럼 방 안을 서성댔다.

그녀는 무엇과도 비교할 수 없는 영감의 대상이었다. 그녀의 두 손은, 위대한 어떤 사상에 충격을 받았을 때처럼, 경이로운 감격을 안겨 주었다. 호텔 방 벽면에 드리워진 그녀의 그림자는 순결의 실루엣 같았다. 루바시카는 수틀에 바짝 끼워진 리넨 조각처럼, 그녀의 가슴을 있는 그대로 팽팽하게 감싸고 있었다.

코마롭스키는 아스팔트 길을 따라 아래로 따가닥따가닥 소리를 내며 천천히 지나가는 말발굽 소리에 장단을 맞춰, 손가락으로 유리창을 탁탁 두드렸다. 그는 '라라' 하고 속삭이며 눈을 감았다. 그러자 잠시도 눈을 떼지 않고 몇 시간째 그가 바라보고 있다는 사실도 모른 채, 눈썹을 내리깔고 꿈을 꾸며, 그의 팔 위에 머리를 대고 잠을 자던 그녀의 얼굴이 떠올랐다. 베개 위에 흐트러진 그녀의 탐스러운 머리카락이 아름다운 연기가 되어 코마롭스키의 눈을 찌르고 그의 영혼 속으로 스며들었다.

그의 일요일 산책은 엉망이 되었다. 코마롭스키는 잭을 데리고 보도를 몇 걸음 걷다가 멈춰 섰다. 쿠즈네츠키 거리, 사타니드의 농담, 마주치게 될 많은 지인의 얼굴들이 떠올랐다. 아니다. 그 모든 것이 그에게 견딜 수 없게 느껴졌다! 이 모든 것들이 견딜 수 없게 불쾌했다! 코마롭스키는 발길을 돌렸다. 개는 깜짝 놀라, 못마땅한 눈길을 보내며, 마지못해 어슬렁어슬렁 그의 뒤를 따라 걸었다.

'이게 다 무슨 꼴이지!' 그는 생각했다. '이것은 무얼 의미하는 거지? 갑자기 양심이라도 생겼나! 아니면 연민의 감정인가? 후회라도 하는 건가? 아니면 그저 불안해서 그런 걸까?' 아니다. 그녀는 틀림없이 아무 문제없이, 그녀의 집에 있을 것이다. 그런데 그녀가 왜 머릿속에서 떠나지 않는 걸까!

코마롭스키는 현관으로 들어가, 충계를 오른 다음, 충세참에 다다라 모서리를 돌았다. 충계참에는 네 귀퉁이에 문장을 그려 넣은 베니스풍의 스테인드글라스 창문이 있었다. 창을 통해 채색된 빛의 조각들이 마룻바닥과 창문턱에 드리워져 있었다. 코마롭스키는 두 번째 충계참의 계단 중간에서 멈춰 섰다.

이런 끈적하고 우울한 감정에 짓눌려서는 안 된다. 그는 어린애가 아니다. 그는 죽은 친구의 딸인 아직 어린애를, 이 작은 소녀를, 자신의 광기의 대상이자 심심풀이의 수단으로 삼았을 때, 이미 무슨 일이 일어날지 짐작하지 않았던가. 정신을 차리자! 자신에게 충실하자! 자신의 원칙을 바꾸지 말자!

자칫하면 모든 것이 산산조각 나고 말 것이다.

코마롭스키는 넓은 난간을 손이 아프도록 꽉 쥔 채, 잠시 눈을 감고 있다가, 단호하게 되돌아 계단을 내려가기 시작했다. 빛의 조각들이 산재한 층계참에서 그는 불도그가 보내는 존경해 마지않는 눈길과 마주쳤다. 잭은 아래쪽에서 고개를 들어 올려 그를 쳐다보고 있었다. 늘어진 볼때기에 침을 흘리고 있는 모습이 늙은 난쟁이처럼 보였다.

개는 소녀들을 싫어해서, 라라의 스타킹을 찢고, 이빨을 드러내고 으르렁거렸다. 개는 라라를 질투했고, 자기 주인이 라라에게서 어떤 인간적인 점이라도 전염될까 두려워하는 것 같았다.

"옳지, 바로 그랬구나! 네놈은 모든 것이 여느 때처럼 될 거라고 생각했구나. 사타니디도, 파렴치한 행동도, 농담들도 모두 말이지? 그렇다면, 어디 이놈아, 당해 봐라, 이놈, 이놈아!"

그는 불도그를 발로 차고 지팡이를 휘둘렀다. 잭은 비명을 지르며 짖다가, 엉덩이를 떨며 층계를 달려 올라가, 문을 긁으며 엠마 에르네스토브나에게 낑낑거렸다.

며칠이 지나고 몇 주일이 흘렀다.

14

아아, 이 무슨 악의 고리인가! 라라의 인생에 침입한 코마롭스키가 라라에게 오직 혐오감만을 불러일으켰다면, 그녀는 그를 단호히 거부하고 피했을 터였다. 그러나 문제는 그렇게 간단하지가 않았다.

사람들이 우러러보고, 신문에도 난 적이 있으며, 아버지뻘이 되는 머리가 희끗한 이 멋진 신사가 그녀에게 돈과 시간을 쓰고, 그녀를 천사라고 부르며 극장과 음악회에 데리고 다녔으니, 한편으론 '지성적으로 성숙시켜 주고' 그녀를 만족시켜 주기도 했던 것이다.

사실 그녀는 아직 갈색 교복을 입은 미성년의 김나지야 여학생이었고, 학교에서는 천진한 모략과 장난질에 어울려 다니는 어린 소녀 아닌가? 그러나 마부가 바로 앞에 앉아 있는 마차 안이나, 모든 사람들이 보고 있는 극장의 칸막이 부속실 어디에서든, 코마롭스키의 은밀하고 대담한 엽색은 그녀의 마음을 사로잡았고, 그녀의 내부에 잠들어 있던 악마를 깨어나게 했던 것이다.

그러나 장난기 어린 여학생의 불장난은 금세 꺼져 버렸다. 극도로 고통스러운 자괴감과 자신에 대한 두려움이 오랫동안 그녀의 가슴에 깊이 뿌리를 내렸다. 그리고 항상 졸음이 몰려왔다. 밤잠이 부족한 데다, 끝없는 눈물과 만성 두통, 그리고 학과 공부와 온몸의 피로 때문이었다.

15

그는 그녀의 저주의 대상이었고, 증오의 대상이었다. 그녀는 매일 그 생각을 곱씹곤 했다.

이제 그녀는 그의 평생의 노예가 되었다. 어떻게 그는 그녀를 노예로 만들었나? 무엇으로 그녀를 굴복시켰으며, 그녀는 왜 그에 복종해 그의 욕정을 채워 주고, 수치스러운 행위로 그를 즐겁게 했던 것일까? 나이가 많아서일까. 엄마가 재정적으로 그에게 의존해서일까? 라라를 교묘하게 협박하기 때문일까? 아니다, 아니다, 아니다. 모두 헛소리다.

예속된 사람은 그녀가 아니라 바로 그였다. 그가 그녀를 얼마나 갈망하는지, 그녀는 진정 몰랐을까? 그녀는 아무것도 두려울 것이 없었고, 그녀의 양심은 깨끗했다. 만약, 그녀가 그를 폭로한다면, 두려워하고 수치스러워해야 할 사람은 분명 그다. 하지만 문제는 그녀가 그런 짓을 절대 하지 않을 것이라는 사실에 있다. 그녀에게는 코마롭스키가 자신에게 굴종하는 자나 약자를 대할 때 보여 주는 핵심인 비열함이 결여되어 있었던 것이다.

바로 이것이 그들의 차이점이었다. 그래서 인생이 온통 두려운 것이다. 인생을 귀먹게 하는 것은 무엇일까? 천둥과 번개일까? 아니다, 의심하는 눈길과 중상의 귓속말이다. 인생의 모든 것은 속임수이며 모호한 것들뿐이다. 거미줄처럼, 한 가닥의 실은 잡아당기면, 끊어지지만, 그 그물에서 벗어나려고 할수록 더욱더 엉켜드는 법이다.

비열하고 약한 자가 이렇게 강자를 지배하는 것이다.

16

그녀는 자신에게 물었다. '만약 결혼을 한다면 어떻게 될까? 무엇이 달라질까?' 그녀는 소피즘*의 길로 들어섰다. 하지만 이따금 그녀는 헤어날 길 없는 고통에 몸부림치곤 했다.

그는 수치심도 잊고 그녀의 발아래 엎드려 이렇게 애원하기도 했다. "이대로 계속 살 수는 없어. 내가 너에게 무슨 일을 저질렀는지 봐. 너는 절벽으로 굴러떨어지고 말 거야. 너의 어머니에게 털어놓자. 결혼하자."

그러고는 마치 그녀가 반대하고 동의하지 않고 있다는 듯 울며 간청했다. 그러나 그 모든 것은 그저 말뿐이었고, 라라 역시 그의 비통해하고 공허한 말에 귀 기울이지 않았다.

그런 와중에도 그는 베일을 내려쓴 그녀를 끔찍한 그 레스토랑의 별실로 계속 데리고 다녔고, 그곳의 종업원들과 손님들은 그녀를 발가벗길 듯한 시선으로 쳐다보곤 했다. 그러면 그녀는 그저 이렇게 자문할 뿐이었다. '사랑한다면서 이런 모

---

* 소피즘은 궤변이나 잘못된 추리의 총칭이다. 외견상으로나 형식상으로 타당하게 보이는 논거로 타인을 납득시키고자 하는 논법.

멸감을 줄 수 있을까?'

어느 날 라라는 꿈을 꾸었다. 땅속에 그녀가 묻혀 있었는데, 왼쪽 옆구리와 어깨, 그리고 오른쪽 발바닥만이 남아 있었다. 그녀의 왼쪽 젖꼭지에서는 풀 한 포기가 돋아나 있었고, 땅 위에서는 사람들이 「검은 눈동자와 하얀 젖가슴」, 「마샤는 강을 건널 수 없다네」를 노래하고 있었다.

17

라라는 종교인이 아니었다. 종교적 의식도 믿지 않았다. 그러나 가끔은 삶을 견디기 위해, 어떤 내적인 음악의 반주가 필요했다. 매번 그런 음악을 스스로 만들어 낼 수는 없었다. 그 음악은 바로 삶에 대한 하나님의 말씀이었기에, 라라는 그 말씀을 듣고 울기 위해서 교회에 가곤 했다.

12월 초의 어느 날, 라라는 「뇌우」*의 카테리나와 같은 심정이 되어, 금방이라도 발밑의 땅이 갈라지고, 교회의 둥근 천장이 무너져 내릴 것 같은 기분이 들어 교회에 기도하러 갔다. 자업자득이었다. 그리고 모든 것이 끝장날 터였다. 단지 수다

---

* 「뇌우」는 알렉산드르 니콜라예비치 오스트롭스키의 희곡이다. 오스트롭스키는 러시아 리얼리즘의 대표 극작가로, 주로 상인과 지주, 그리고 관리의 탐욕과 위선을 고발하고, 그로 인해 고통받는 사람들의 분노와 비애를 그렸다. 연출가로 활동하면서, 러시아제국 극장이었던 말리극장의 개혁에도 힘썼다. 그의 대표작 「뇌우」는 1860년에 발표하고 공연한 작품이다.

쟁이 올랴 데미나를 데리고 온 것이 유감이었다.

"프로프 아파나시예비치야." 올랴가 그녀의 귀에 대고 속삭였다.

"쉿, 가만히 있어 봐. 어떤 프로프 아파나시예비치 말이야?"

"프로프 아파나시예비치 소콜로프 말이야. 우리 재당숙 아저씨야. 지금 낭송하는 저분 말이야."

그녀는 성가 낭송자를 가리키며 말했다. 그는 티베르진의 친척이었다.

"쉿, 조용히 해. 제발, 나 좀 내버려 둬."

그들은 예배가 시작되었을 때에 도착했다. 사람들이 '내 영혼아, 주님을 찬미하여라. 내 안의 모든 것들아, 그분의 거룩하신 이름을 찬미하여라'*를 찬송하고 있었다.

교회 안은 거의 비어 있어, 소리가 낭랑하게 울려 퍼졌다. 앞쪽에만 사람들이 오밀조밀 모여 기도하고 있었다. 교회는 새로 지은 건물이었다. 채색이 안 된 유리 창문은 눈 덮인 잿빛 골목과 길을 오가는 행인들, 그리고 마차를 타고 가는 사람들을 그대로 환히 보여 주고 있었다. 교회 교구위원이 창문가에 서서, 예배에는 집중하지 않고, 교회 전체가 울리도록 큰 소리로 어떤 바보 같은 여자 귀머거리 거지에게 훈계를 하고 있었다. 그의 목소리 역시 창문과 골목만큼이나 단조롭고

---

* 시편 103장 1절.

사무적으로 들렸다.

라라가 동전을 손에 쥐고 자기 몫의 양초와 올랴의 양초를 사기 위해 기도하는 사람들 사이를 천천히 돌아 입구 쪽으로 갔다가, 다른 사람과 부딪히지 않도록 조심스레 다시 되돌아오는 동안, 프로프 아파나시예비치는 마치 무슨 물건처럼, 그가 말하지 않아도 모두 알고 있는 아홉 가지 지복至福을 북치듯, 줄줄 낭송했다.

"마음이 가난한 자는 복이 있나니……. 애통해하는 자는 복이 있나니…… 의에 주리고 목마른 자는 복이 있나니……."*

라라는 걸음을 옮기려 몸을 부르르 떨더니, 제자리에 멈추었다. 이것은 그녀에 대한 말씀이었다. 그리스도는 말하고 있었다. 짓밟힌 자들의 운명이야말로 부러움의 대상이라고. 그들은 자신에 대해 할 이야기가 있다. 그들에겐 미래가 열려 있다. 그리스도는 그렇게 생각했다. 이것이 그리스도의 뜻이다.

18

프레스냐 봉기** 때였다. 그들의 집은 봉기가 일어난 지역 안에 있었다. 집에서 몇 걸음 떨어진 트베르스카야 거리에 바리케이드가 쳐졌다. 거실 창문으로 그것이 보였다. 사람들은 돌

* 마태복음 5장 3~6절.
** 1905년 12월에 모스크바 서북부 공업지대인 프레스냐 지역을 중심으로 일어난 무장봉기.

과 쇠 부스러기로 만들어진 바리케이드를 얼음으로 굳히려고, 그 집 마당에서 물통에 물을 담아 바리케이드에 갖다 부었다.

이웃집 마당은 일종의 의료소나 급식소 같은 민병대의 집합소였다.

그곳에 두 소년이 드나들었다. 라라는 두 소년을 알고 있었다. 한 명은 라라가 나댜의 집에서 만난 적이 있는 나댜의 친구 니카 두도르프였다. 그는 직선적이고 자만심이 강한 데다 과묵해, 라라와 같은 부류에 속했다. 자신의 성격과 비슷했기 때문인지 라라는 그에게 관심을 두지 않았다.

다른 한 소년은 올랴 데미나의 할머니 티베르지나의 집에 살고 있는 실업학교 학생 안티포프였다. 라라는 종종 마르파 가브릴로브나의 집에 놀러 가곤 했는데, 자신이 이 소년에게 어떤 영향을 끼치고 있다는 사실을 알아챘다. 파샤 안티포프는 아직 어린애처럼 순수했고, 라라의 방문을 매우 반기곤 했다. 그는 라라를 마치 방학 때면 가곤 했던 깨끗한 풀밭과 구름이 떠 있는 자작나무 숲처럼 느꼈기 때문에, 사람들의 비웃음도 아랑곳 않고, 그녀에 대한 순수한 환희를 스스럼없이 드러냈다.

자신이 그에게 모종의 영향력을 갖고 있음을 알게 된 라라는 그것을 무의식적으로 이용하기 시작했다. 그러나 그녀가 훨씬 더 부드럽고 유연하며 진지한 길들이기에 몰입하게 된 것은 그와의 우정이 좀 더 깊어진, 몇 년 후의 일이었다. 그때 파툴랴는 이미 그녀를 열렬히 사랑하고 있었고, 일생 동안 그녀에게서 벗어날 수 없다는 사실을 알고 있었다.

이 소년들은 놀이 중에서도 가장 무서운 어른들의 놀이인 전쟁놀이를 하고 있었는데, 자칫 잘못 가담했다가는 교수형에 처해지거나 유형을 당하게 될 놀이였다. 그러나 뒤통수에 끈을 묶은 방한모를 쓴 그들의 모습을 보면, 그들이 아직 어린아이들에 불과하다는 사실을, 아직 엄마와 아빠의 품을 벗어나지 못했다는 사실을 보여 주었다. 라라는 어른이 아이들을 바라보듯 그들을 보았다. 그들의 위험한 놀이는 순수했다. 그런 순수한 이미지는 그들과 관련된 모든 것에 투영되었다. 어찌나 두터운지 하얗게 보이지를 않고 검게 보이는 성에로 꽁꽁 얼어붙은 저녁에도, 푸르스름한 마당에도, 소년들이 숨어 있는 맞은편 집에도, 그리고 가장 중요한, 그곳에서 계속 쏘아 대는 권총 소리에도, 라라는 그저 '아이들이 총을 쏘는구나.' 하고 생각했다. 그녀는 니카와 파샤가 아니라, 총을 쏘고 있는 도시 전체를 두고 그렇게 생각하는 터였다. '착하고 정직한 아이들이야.' 그녀는 생각했다. '좋은 아이들이지. 그래서 총을 쏘는 거야.'

19

그들은 바리케이드가 포격을 받을 수도 있고, 자신들의 집

닥터 지바고 1

도 위험에 노출되었다는 것을 깨달았다. 모스크바의 다른 구역에 사는 지인의 집으로 옮길까도 생각했지만, 이미 이 구역이 포위되어 때를 놓쳤다. 포위망 안에서 최대한 가까운 피난처를 찾아야 했다. '체르노고리야' 여관이 생각났다.

그러나 그들만 그렇게 생각한 것이 아니었다. 여관은 이미 사람들로 북적대고 있었다. 많은 사람들이 그들과 같은 처지였다. 여관에서는 옛정을 생각해 침구실이라도 내주겠다고 약속했다.

트렁크는 남의 이목을 끌 수 있어, 최소한으로 필요한 것만 챙겨 세 개의 꾸러미로 짐을 싸둔 채, 여관으로 옮길 날을 차일피일 미루고 있었다.

양장점은 전통적인 도덕관념이 지배적이었던 탓에 다른 곳의 파업에도 아랑곳하지 않고 전에 하던 대로 일을 계속하고 있었다. 그러던 어느 날, 날씨가 차고 우중충한 어느 저녁 무렵에 초인종이 울렸다. 어떤 사람이 항의를 하러 와서 고함을 질렀다. 방문객은 현관에서 주인을 나오라고 했다. 파이나 실란티예브나가 문제를 해결하려고 현관으로 나갔다.

"여러분, 모두 이리로 나와 봐요!" 그녀는 얼른 여자 재봉사들을 찾아, 모두 그쪽으로 불러내 차례차례 방문객에게 소개했다.

방문객은 예의를 갖춰 어색하게 그들과 악수를 나누고는, 파이나 실란티예브나에게 몇 마디하고 밖으로 나갔다.

작업실로 돌아온 여자 재봉사들은 스카프를 매고, 팔을 머리 위로 올려, 꼭 끼는 모피 코트의 소매에 팔을 집어넣었다.

"무슨 일이야?" 아말리야 카를로브나가 다가와서 물었다.

"부인, 우리도 소집당했어요. 파업에 들어갑니다."

"도대체 내가…… 내가 무슨 잘못을 했다고 이러지?" 기샤르 부인이 울음을 터뜨렸다.

"너무 속상해하지 마세요, 아말리야 카를로브나. 부인에게 무슨 악감정이 있어서가 아니에요. 우리는 부인께 매우 감사하고 있어요. 이 문제는 부인과 우리 사이의 문제가 아니에요. 지금 여기 모두가, 온 세상이 그렇게 돌아가고 있어요. 그러니 우리라고 거역할 수는 없잖아요?"

마지막 한 사람까지 모두 나간 다음, 올랴 데미나와 파이나 실란티예브나까지 여주인에게, 파업은 가게와 가게 주인을 위해 받아들인 척하는 것이라고 귓속말을 하고 나갔다. 그러나 여주인은 도무지 진정이 되지 않았다.

"어떻게 이렇게 배은망덕할 수가 있담! 내가 뭘 그렇게 잘못했다고! 그 계집애는 내가 그렇게 정성을 다해 보살펴 주었는데도! 물론, 그 애는 아직 어리니까 그렇다고 해. 하지만 그 늙은 마녀까지 그러다니!"

"엄마, 진정하세요. 엄마 때문에 이 사람들이 파업에 빠질 수는 없잖아요." 라라는 그녀를 달랬다. "아무도 엄마에게 악감정을 갖고 있지 않아요. 오히려 그 반대예요. 지금 여기서 일어나고 있는 모든 일들은 약자를 보호하고, 부녀자와 어린이의 권리를 위해 인류의 이름으로 하고 있는 일이에요. 제 말이 맞아요. 그렇게 믿을 수 없다는 듯 머리를 흔들지 마세요. 이런 일들을 통해서 언젠가 엄마나 제가 더 나은 삶을 누리게 될 테니까요."

그러나 어머니는 아무것도 이해할 수 없었다.

"글쎄 항상 이렇다니까." 그녀가 흐느끼며 말했다. "어떻게 된 게, 너는 내가 혼란스러워할 때마다 사람을 더 놀래키는 말을 하는 거니? 내가 이렇게 끔찍한 일을 당했는데, 그것이 나에게 더 좋을 거라고 하니, 도무지 모를 일이구나. 아니야, 정말 난 정신이 나갈 것 같다."

로댜는 예비 사관학교에 가 있었다. 라라와 어머니는 둘이서 텅 빈 집을 서성댔다. 불 꺼진 거리가 부심한 눈길로 방 안을 들여다보고 있었다. 방들도 거리에 같은 눈길을 보냈다.

"엄마, 여관으로 가요. 더 어두워지기 전에요. 엄마, 제 이야기 듣고 있어요? 머뭇거릴 시간이 없어요."

"필라트, 필라트!" 그들이 경비원을 불렀다. "필라트, 체르노고리야 여관으로 우리를 좀 데려다줘요."

"예, 마님."

"여기 이 짐을 좀 들어 주고, 부탁이니, 일이 잠잠해질 때까지 집도 좀 지켜 줘요. 키릴 모제스토비치에게 모이와 물을 주는 것도 잊지 말아요. 그리고 모든 곳에 열쇠를 채워요. 참,

그리고 혹시 무슨 일이라도 생기면 우리에게 연락해요."

"알겠습니다, 마님."

"고마워요, 필라트. 신의 가호가 있기를. 자, 그럼 우리도 떠나기 전에 잠시 앉아 신의 축복을 빌자꾸나."*

그들은 거리로 나왔다. 오랫동안 병을 앓고 난 후처럼, 공기가 아주 낯설게 느껴졌다. 꽁꽁 얼어붙은 대기 속으로, 선반 공장에서 갈아 낸 듯한 둥글고 매끄러운 소리가 사방으로 가볍게 울려 퍼지고 있었다. 일제사격 소리와 총소리가 탕탕거리고 쿵쿵거리며 모든 것을 박살 낼 듯 요란하게 들려왔다.

필라트가 아무리 부인을 해도, 라라와 아말리야 카를로브나는 그 총소리가 공포空砲라고 우겼다.

"바보 같은 소리 하지 말아요, 필라트. 잘 생각해 봐요, 누가 쏘는지 보이지도 않는데, 어떻게 진짜 총소리라는 거야? 천사가 쏘기라도 한다는 거예요? 저 소리는 분명 공포야."

어느 교차로에서, 순찰대가 그들을 멈춰 세웠다. 카자크 병사들이 이를 드러내고 히죽거리며 머리에서 발끝까지 그들을 더듬으며 수색했다. 턱끈이 달린 그들의 챙 없는 모자가 한쪽 귀 위로 비스듬히 얹혀 있었다. 그 때문에 모두가 애꾸눈처럼 보였다.

'정말 다행이야!' 하고 라라는 생각했다. 그들이 다른 구역

---

* 길을 떠나기 전에 신의 가호를 빌며 잠시 앉았다 떠나는 러시아의 전통.

과 차단되어 있는 동안에는 코마롭스키를 만날 수 없을 테니까! 어머니 때문에 그와 관계를 끊는 것도 어려웠다. '엄마, 제발 그를 만나지 마세요.'라고 말할 수는 없었다. 그러면 모든 것이 다 탄로나고 말 테니까. 그러면 어째서? 무엇 때문에 그걸 두려워하지? 오, 신이시여, 모든 것을 다 잃게 되더라도, 제발, 이 모든 것을 끝장내 주세요. 아, 하나님, 하나님, 하나님! 그녀는 극심한 혐오감에 휩싸이며, 한순간 정신을 잃고 길거리에 쓰러질 것만 같았다. 무슨 생각이 그 순간 떠올랐던 것일까?! 모든 것이 시작되었던, 맨 처음 갔던 별실에 걸려 있던 그림, 뚱뚱한 로마인이 소름 끼치게 그려져 있던 그 그림을 뭐라고 했더라? 「여자냐 꽃병이냐」*였어. 그래, 바로 그거야. 틀림없어. 그것은 유명한 그림이었어. 「여자냐 꽃병이냐」. 물론 그때의 그녀는 아직 그런 값비싼 미술품과 비교할 성노의 여자는 아니었다. 그것은 오랜 후의 일이었다. 식탁은 매우 호화롭게 차려져 있었다.

"애야, 어딜 그렇게 미친 듯이 가는 거니? 도저히 너를 따라가지 못하겠구나." 아말리야 카를로브나가 숨을 헐떡이며 간신이 라라의 뒤를 쫓아오며 투덜댔다.

라라는 서둘러 걸음을 옮겼다. 그녀는 마치 어떤 힘에 실려 가듯, 생기 있고 당당하게, 공중을 떠가는 것 같았다.

---

* 「여자냐 꽃병이냐」는 헨리크 시미라드츠키(1843~1902)가 그린 그림 제목으로, 손님들이 여자 노예를 살지, 비싼 꽃병을 살지 고르고 있는 고대 로마의 상점을 묘사하고 있다.

'정말 맹렬하게 쏘아 대는군.' 그녀는 생각했다. '학대받은 자는 복이 있나니, 배반당한 자는 복이 있나니. 총소리여, 신의 가호가 있기를! 총소리야, 총소리야, 너희들도 나와 같은 생각이지?'

20

그로메코 형제의 집은 시브체프 브라조크와 다른 골목이 만나는 길목에 있었다. 알렉산드르 알렉산드로비치 그로메코와 니콜라이 알렉산드로비치 그로메코는 둘 다 화학 교수였는데, 형은 페트로프 아카데미에서, 동생은 대학에서 강의하고 있었다. 니콜라이 알렉산드로비치는 독신이었지만, 알렉산드르 알렉산드로비치는 처녀 때의 성이 크류게르인 안나 이바노브나와 결혼했다. 그녀의 아버지는 철강업자였고, 우랄의 유랴틴 부근의 별장이 있는 광대한 숲과 수지가 맞지 않는 많은 폐광의 소유주이기도 했다.

그로메코의 집은 이층집이었다. 몇 개의 침실과 공부방, 알렉산드르 알렉산드로비치의 서재와 도서실, 안나 이바노브나의 내실, 그리고 토냐와 유라의 방이 있는 이층은 가족들이 거주했고, 아래층은 손님들을 맞는 공간이었다. 이곳 아래층은 피스타치오 색깔의 커튼, 그랜드피아노 뚜껑의 거울 같은 반사광, 수족관, 올리브나무 원목 가구, 그리고 방 안에 있는 해초 모양의 관상식물들로 꿈결처럼 흔들리는 초록빛 해저 같은 인상을 주었다.

그로메코 가족은 교양 있고 손님 접대를 즐겼으며, 음악에 조예가 깊은 애호가들이었다. 그들은 집에서 모임을 주도해 실내악 야회를 개최하곤 했는데, 피아노삼중주나 바이올린소나타, 혹은 현악사중주 등이 연주되곤 했다.

1906년 1월, 니콜라이 니콜라예비치가 해외여행을 떠난 직후, 시브체프에서 정기적인 실내악 야회가 열릴 예정이었다. 타네예프 학교*를 졸업한 어느 신인의 바이올린소나타와 차이콥스키 삼중주가 연주될 계획이었다.

전날부터 준비가 한창이었다. 가구를 옮기고 홀을 정리했다. 한쪽 구석에서는 조율사가 똑같은 음을 수백 번씩 치면서, 구슬 같은 아르페지오를 흩뿌려 댔다. 부엌에서는 가금류의 털을 뽑고, 야채를 씻고, 소스와 샐러드에 쓸 올리브 오일과 겨자를 섞고 있었다.

아침부터 안나 이바노브나와 흉금을 터놓고 지내는 아주 가까운 친구 수라 실레진게르가 찾아와 부산을 떨었다.

수라 실레진게르는 키가 크고 날씬했으며, 이목구비가 뚜렷하고 약간 남성적인 그녀의 얼굴은 어딘가 황제를 닮아 보

---

* 19세기 러시아의 유명한 작곡가이자 피아니스트, 교육자이자 음악 활동가였던 세르게이 이바노비치 타네예프(1856~1915)의 이름을 딴 유서 깊은 모스크바의 음악학교.

였는데, 특히 회색 아스트라한* 털모자를 쓴 모습이 그랬다. 그녀는 그곳에 머무르는 내내, 모자를 그대로 쓴 채, 모자에 달린 베일만 살짝 들어 올리고 있었다.

슬픈 일이나 근심거리가 있을 때, 두 친구는 대화를 나누며 위안을 얻곤 했다. 그 위안이란 것이 수라 실레진게르와 안나 이바노브나에게는 신랄한 독설을 서로에게 마구 퍼붓는 것이었다. 그렇게 험악한 장면을 연출하고 난 후에, 금방 눈물과 화해로 마무리를 짓곤 했다. 이러한 정기적인 말다툼은 지혈에 거머리를 붙이듯, 두 사람의 마음을 진정시키는 효과가 있었다.

수라 실레진게르는 여러 번 결혼했지만, 이혼과 동시에 남편을 잊고, 특별한 의미를 두지 않았기 때문에, 언제나 독신녀 같은 냉정한 태도를 보여 주고 있었다.

수라 실레진게르는 신지학**에 밝았을 뿐만 아니라, 슬라브 정교 예배 과정을 아주 잘 알고 있었기 때문에, 완전히, 환희, 무아지경에 빠져 있을 때에도, 참지 못하고 성직자에게 무슨 말을 하고 어떤 노래를 불러야 하는지 말해 주곤 했다. '주여 들으소서', '영원하리', '성스러운 게루빔'*** 하면서 빠르게 읊조

---

* 러시아의 아스트라한 지방에서 나는 갓 낳은 새끼 양의 모피.
** 일반적인 신앙이나 추론으로는 알 수 없는 심오한 신의 본질과 행위에 관한 지식을, 신비적인 체험이나 특별한 계시를 통해 접하게 되는 철학적·종교적 지혜 및 지식.
*** 지품천사(智品天使)를 말하며, 구품천사 중 제2품에 속하는 천사로 숭고한 지혜를 가졌다고 한다.

닥터 지바고 1

리는 나지막한 그녀의 목소리가 들려오곤 했다.

수라 실레진게르는 수학이든 인도의 밀교密敎든, 아니면 모스크바 음악원의 유명한 교수들의 주소든, 그리고 누가 누구와 동거를 하는가 하는 사실까지, 모르는 것이 없을 정도였다. 그래서 그녀는 누군가의 인생에 심각한 문제가 생겼을 때, 심판관이나 해결사로 불려 다니곤 했다.

예정된 시간이 되자, 손님들이 도착하기 시작했다. 아델라이다 필리프포브나, 긴츠, 푸프코프 부부, 바수르만 부부, 베르지츠키 부부, 그리고 카프카즈체프 대령이 왔다. 눈이 내려, 희끗희끗한 크고 작은 눈 무더기들이 현관문이 열릴 때마다 공기 중으로 미친 듯이 밀려들곤 했다. 목이 긴 헐렁한 장화를 신은 남자들이 추운 바깥에서 안으로 들어오는 모습은 하나같이 얼빠진 몰골에 촌뜨기 같아 보였지만, 추위로 인해 더 생기가 넘쳐 보이는 부인들은 모피 코트의 윗단추를 두 개씩 풀고, 서리가 앉은 머리 위에 쓴 부푼 숄을 뒤로 젖힌 채, 절대로 믿을 수 없는 교활함 그 자체인 방탕한 악녀의 모습을 연출하고 있었다. 드디어 이 집에 처음 초대된 피아니스트가 나타나자, '큐이*의 조카랍니다.'라고 속삭이는 소리가 들렸다.

문이 열린 홀의 양쪽 문을 통해, 기다란 겨울 길처럼, 음식이 차려진 기다란 식탁들이 보였다. 붉은 마가목 열매로 담

---

* 세자르 큐이(1835~1918). 발라키례프·무소르그스키·림스키-코르사코프·보로딘과 더불어 러시아 국민악파의 '5인조'로 활동했던 러시아 작곡가.

근 보드카가 크리스털 병 속에서 불빛을 받아 반짝이며 흔들리고 있었다. 은쟁반 위에 놓인 식초와 기름이 들어 있는 작은 유리병들, 그림 같은 들새 요리와 전채 요리는 황홀할 정도였고, 각 접시 세트 위를 장식하고 있는 피라미드 모양의 냅킨들과 편도扁桃 향을 풍기는 연한 자줏빛 시네라리아 꽃바구니도 식욕을 돋우었다. 지상의 양식을 맛볼 순간을 늦추지 않으려면, 가능한 한 서둘러 정신의 양식에 집중해야 한다. 사람들이 열을 지어 홀에 자리를 잡았다. 피아니스트가 피아노 앞에 자리를 잡을 때 '큐이의 조카랍니다.' 하는 귓속말이 다시 들렸다. 음악회가 시작되었다.

이 소나타가 지루하고 억지스럽고 무미건조하다는 것은 알려져 있었다. 소나타는 그 사실을 확인시켜 주었을 뿐 아니라, 끔찍할 정도로 질질 끌었다.

휴식 시간에 평론가 케림베코프와 알렉산드르 알렉산드로비치는 이 문제에 대해 논쟁했다. 평론가는 이 소나타를 혹평했고, 알렉산드르 알렉산드로비치는 옹호했다. 다른 사람들은 의자를 이리저리 옮겨 가며, 담배를 피우거나 담소를 나누었다.

그 와중에도 사람들은 옆방의 미끈한 식탁보에 다시 시선을 던졌다. 사람들이 시간을 끌지 말고 어서 음악회를 계속하자고 제안했다.

피아니스트는 옆으로 흘끗 청중에게 눈길을 돌리고는, 파트너들에게 시작하자며 고개를 끄덕했다. 바이올린 주자와 티시케비치가 크게 활을 휘둘렀다. 삼중주가 흘러나왔다.

유라와 토냐, 그리고 지금 절반은 그로메코 집에서 생활하고 있는 미샤 고르돈이 세 번째 줄에 앉아 있었다.

"예고로브나가 찾는데요." 유라가 바로 앞에 앉아 있던 알렉산드르 알렉산드로비치에게 귓속말을 건넸다.

그로메코 집안의 늙은 하녀 아그라페나 예고로브나가 홀의 입구에 서서 유라에게 다급한 눈길을 보내며, 알렉산드르 알렉산드로비치 쪽으로 고갯짓을 해, 서둘러 주인을 불러 달라는 뜻을 유라에게 전했다.

알렉산드르 알렉산드로비치는 흘끗 고개를 돌려 예고로브나를 나무라는 시선을 보내고는, 어깨를 한 번 으쓱했다. 그러나 예고로브나는 물러서려 들지 않았다. 두 사람은 홀의 한쪽 끝과 다른 쪽 끝에서 수신호를 주고받았다. 모두가 그들을 쳐다보았다. 안나 이바노브나는 남편에게 핀잔하는 눈초리를 보냈다.

하는 수 없이 알렉산드르 알렉산드로비치는 자리에서 일어났다. 뭔가 조치를 취해야 했다. 그는 얼굴을 붉히며 홀의 한쪽 구석을 따라 발소리를 죽이며 예고로브나에게 다가갔다.

"이게 무슨 짓이오, 예고로브나! 도대체 왜 이렇게 야단법석을 떨어요? 무슨 일인지 어서 말해 봐요."

예고로브나가 그에게 귓속말을 했다.

"무슨 체르노고리야를 말하는 거요?"

"여관 말이에요."

"무슨 일인데 그래요?"

"급히 사람을 불러 달랍니다. 누가 위급하대요."

"위급하다고? 알았어요. 그렇지만 안 돼요. 예고로브나. 이 번 곡이 다 끝나면 말하겠소. 그 전엔 안 돼요."

"여관에서 사람이 와서 기다리고 있어요. 마부도 대기 중이 에요. 지금 사람이 위급하다고 하잖아요. 무슨 말인지 아시잖 아요? 어떤 부인이랍니다."

"안 돼요, 안 돼. 아무리 그래도 몇 분을 기다릴 수 없겠 소?"

알렉산드르 알렉산드로비치는 찡그린 얼굴로 콧등을 문지 르며, 다시 조심스럽게 벽면을 따라 자기 자리로 돌아갔다.

첫 악장이 끝나고, 박수가 터져 나오는 동안, 그는 연주자 들에게 다가가 갑자기 위급한 일로 파데이 카지미로비치를 모 시러 와서, 잠시 연주를 중단해야 할 것 같다고 말했다. 그러 고는 알렉산드르 알렉산드로비치는 홀을 향해 손을 내저어 박수를 멈추게 한 다음, 큰 소리로 말했다.

"여러분, 삼중주는 잠시 멈춰야 할 것 같습니다. 안타깝게 도 파데이 카지미로비치에게 일이 생겼습니다. 급한 일이 생 겼어요. 지금 가셔야 합니다. 그리고 이분을 혼자 보낼 수가 없군요. 저의 도움이 필요할지 모르니까요. 저도 함께 가야겠습니다. 유로치카, 얼른 나가서 세몬에게 현관에 마차를 대라고 전해라. 벌써 마구는 채웠을 테니. 여러분, 작별 인사는 하지 않겠습니다. 모두 그대로 남아 주시기 바랍니다. 저는 곧 돌아오도록 하겠습니다."

추운 밤이었지만, 두 소년도 알렉산드르 알렉산드로비치와 같이 가겠다고 고집을 부렸다.

21

12월 이후, 한동안 일상은 평정을 되찾았지만, 아직도 도처에서 총소리가 들려오고 있었고, 타다 남은 잔해를 완전히 태우기라도 할 듯, 계속 화재가 새로 발생하곤 했다.

소년들은 지금껏 이날 밤처럼 그렇게 멀리까지 오랫동안 마차를 타본 적이 없었다. 사실 체르노고리야는 팔을 뻗으면 닿을 만한 가까운 거리에 있었다. 스몰렌스키와 노빈스키 거리를 지나 사도바야의 중간 지점에 위치해 있었던 것이다. 그러나 안개 자욱한 매서운 추위가, 세상 어디든 똑같은 공간은 없다는 듯, 공간을 비정상적으로 조각조각 갈라놓았다. 뭉실뭉실 피어오르다 흩어지는 거리의 모닥불의 연기, 저벅저벅 울리는 발소리와 썰매 날의 날카로운 쇳소리는 지금 그들이 아주 머나먼 어느 미지의 무서운 곳을 향해 달려가고 있는 듯한 느낌을 주었다.

여관 앞에는 날렵하고 우아한 모양의 썰매를 매단 말이 붕대 감긴 말굽에 두툼한 덮개를 두른 채, 대기하고 있었다. 마부는 추위를 막아 보려고 장갑 낀 손으로 피곤한 머리를 감싼 채, 손님 자리에 앉아 있었다.

로비 안은 따뜻했고, 입구와 현관의 외투 보관소를 가르는 난간 뒤에서 환풍기 돌아가는 소리와 페치카가 타닥타닥 타는 소리, 그리고 사모바르가 쉭쉭 끓는 소리에 잠이 든 수위가 코를 드르렁 골다가, 자기 코 고는 소리에 놀라 잠에서 깼다.

로비 왼쪽의 거울 앞에는 밀가루를 뒤집어쓴 듯, 짙은 화장을 한 토실토실한 얼굴의 한 여자가 서 있었다. 그녀가 입고 있는 모피 재킷은 날씨에 비해 너무 얇아 보였다. 여자는 위에서 누군가 내려오기를 기다리는 것 같았는데, 거울에 등을 대고 자신의 뒷모습을 왼쪽, 오른쪽으로 번갈아 비춰 보고 있었다.

추위에 꽁꽁 언 마부가 여관 안으로 들어왔다. 그가 입고 있는 카프탄* 때문에 그는 빵집 간판 위에 그려진 크렌델**처럼 보였는데, 아마 그의 몸에서 뭉게뭉게 피어오르는 김 때문에 더 그렇게 보이는 것 같았다.

"바로 떠나실 겁니까, 부인?" 그는 거울 옆에 선 부인에게 물었다. "부인의 동행을 기다리다가 말이 얼어 죽겠습니다."

---

* 옷자락이 길고 띠가 달린, 농민들이 주로 입는 외투.
** 8자형으로 꼬아 만든 흰 빵.

24호실의 사건은, 여관 종업원들이 일상적으로 겪는 사건 치고는 그래도 사소한 것에 속했다. 계속해서 벨은 울려 댔고, 벽에 붙은 기다란 유리 상자에서 번호표가 튀어나왔다. 그것은 무엇을 원하는지 자신도 모르는 어느 방의 어느 손님이 정신이 나가 종업원들을 괴롭히고 있다는 표시였다.

그 순간 24호실에서는, 어리석은 노파 기샤로바*에게 구토제를 먹여 위와 장을 세척하는 중이었다. 하녀 글라샤는 마룻바닥을 닦고, 방바닥의 오물을 치우며, 양동이에 깨끗한 물을 길어 오느라 정신없이 오갔다. 그러나 지금 종업원 방에서 일어난 소란은 이 난리가 나기 훨씬 전부터 시작되었다. 그때만 해도 아직 아무 기미가 없었던 때로, 의사와 그 불행한 첼리스트를 모셔 오라고 테레시카를 마차에 태워 보내기 전이었나. 코마롭스키도 아직 달려오기 전이었고, 관계없는 사람들이 방문 앞 복도에 몰려들어 통행을 방해하지도 않을 때였다.

오늘의 이 소동은 낮에 누군가가 식당에서 좁은 복도로 갑작스럽게 돌아서다가 웨이터 스이소이를 툭 치는 바람에 벌어지게 되었다. 그는 몸을 구부린 채, 요리가 가득 담긴 쟁반을 오른손에 받쳐 들고 문을 나와 복도로 서둘러 가던 참이었다. 그 바람에 스이소이는 쟁반을 떨어뜨렸고, 수프는 엎질러졌으며, 대접 세 개와 접시 한 개가 깨졌다.

* 기샤르의 여성형 성.

스이소이는 부딪친 상대가 접시닦이 여자라는 것을 알아 채자, 그녀 잘못으로 몰아, 변상하라고 주장했다. 그때는 밤 열 시를 넘어, 이제 곧 종업원들 절반이 퇴근할 시간인데도, 그들은 이 문제로 계속 입씨름을 했다.

"계속 손발을 벌벌 떨면서, 하는 일이라곤 보드카를 여편 네처럼 밤낮없이 껴안고 사는 수오리 딸기코 주제에, 누가 밀 쳐서 접시를 깨고 생선 수프를 엎질렀다고 하는 거야! 도대체 누가 너를 밀었다는 거야, 이 사팔뜨기 악마야, 사악한 놈! 도 대체 누가 밀었다는 거야, 이 못된 자식, 뻔뻔한 작자야!"

"마트료나 스테파노브나! 말조심하라고 했을 텐데요."

"소란을 피우고 접시를 깰 만한 무슨 일이라도 있다면 또 모르지만, 이게 다 무슨 꼴이야. 갈보 마담 말이야. 추잡하고 신경질적인 그년이 글쎄 용감하게도 비상砒霜을 먹었다나 어 쨌다나. 자기가 무슨 숫처녀라도 되나? 여기 체르노고리야에 서, 저렇게 엉덩이 가벼운 여자나 바람둥이 수캐는 본 적이 없 다니까."

미샤와 유라는 호텔방 앞에서 복도를 따라 왔다 갔다 했다. 이곳의 모든 상황은 알렉산드르 알렉산드로비치가 기대했던 것과는 딴판이었다. 그는 첼리스트와 관련된 어떤 엄숙하고도 숭고한 비극을 상상했던 것이다. 그런데 도대체 이건 뭐란 말 인가. 아이들이 봐서는 안 될 이런 추행과 스캔들이라니.

소년들은 복도에서 발을 굴러 댔다.

"아주머니 방에 들어가 보세요, 도련님들." 벌써 두 번이나, 종업원이 소년들에게 다가와 침착하고 조용한 목소리로 말했다. "안으로 들어가세요, 아무 일 없으니 안심하세요. 이제 다 괜찮아요. 그리고 여기 서 있으면 안 됩니다. 그렇지 않아도 여기서 방금 사고가 생겨, 비싼 그릇들을 깨뜨렸거든요. 보세요, 서빙을 하느라 뛰어다녀서, 비좁잖아요. 어서 들어가세요."

소년들은 그의 말에 따랐다.

방 안에는 원래 식탁 위에 걸린 기름통에서 떼어 낸 석유램프가, 찌든 냄새가 진동하는 방의 다른 한쪽 판자 칸막이 너머로 옮겨져 있었다.

그곳의 구석 자리에 침대가 놓여 있었고, 사람들의 눈을 피하기 위해 먼지투성이 접이식 커튼을 그곳에 가져다 놓았다. 그런데 지금 정신이 없는 상황이다 보니, 커튼을 치는 깃을 잊고 있었다. 커튼 자락을 칸막이 위에 올려놓고 있었다. 램프는 침대가 있는 구석의 소파 위에 놓여 있었는데, 극장 무대의 조명처럼 아래쪽에서 그곳을 환히 비추고 있었다.

여자 접시닦이가 알고 있던 것과는 달리, 여자는 비상이 아니라, 요오드로 고통스러워하고 있었다. 방 안은 아직 여물지 않아 손을 대면 초록색 껍질이 까맣게 변하는 호두의 떨떠름한 냄새로 가득했다.

칸막이 뒤에서는 하녀가 마루를 닦고 있었고, 침대 위에는 물과 눈물과 땀에 범벅된 반라의 여자가 큰 소리로 울부짖으며, 끈적하게 엉겨 붙은 머리카락을 한데 묶은 머리를 대야에 떨군 채 누워 있었다. 그쪽을 쳐다보기가 민망하고 수치스러웠던 소년들은 다른 곳으로 시선을 돌렸다. 그 와중에도 유라는, 긴장해서 힘을 준 탓인지 어딘가 어색하게 뒤로 버팅기고 있는 그녀의 모습이 조각가가 빚어내는 여성의 조각품처럼 보이지 않고, 짧은 바지를 입고 경기에 임하는 울퉁불퉁한 근육질의 선수 같다는 느낌을 받았다.

그제야 칸막이 뒤에 있던 사람들이 커튼 치는 것을 잊어버렸다는 사실을 알아차렸다.

"파데이 카지미로비치, 선생님 손이 어디 있죠? 손 좀 이리 주세요." 여자가 눈물과 구토로 목멘 소리로 말했다. "아, 정말 무서운 짓을 했어요! 당치도 않는 의심을 하다니! 파데이 카지미로비치…… 내가 그런 상상을……. 하지만 다행히 모두가 어리석었던 짓이고, 오해에서 비롯되었다는 것을 알았어요. 파데이 카지미로비치, 이제 얼마나 마음이 편한지 몰라요! 그리고 결과적으로…… 그리고 이렇게…… 이렇게 나는 살아났어요."

"진정해요, 아말리야 카를로브나, 제발 부탁이니 진정해요. 이게 다 무슨 꼴입니까? 솔직히, 얼마나 우스운 꼴이 되었습니까?"

"우린 이제 가봐야겠군." 알렉산드르 알렉산드로비치가 아이들을 향해 돌아서며 말을 내뱉었다.

엉거주춤하고 있던 그들은 칸막이가 안 된 어두운 현관방의 문지방에 서서, 시선을 어디에 둘지 몰라서, 램프가 치워진 방 안쪽을 쳐다보고 있었다. 방 안의 벽에는 온통 사진이 걸려 있었고, 서가에는 악보가 가득 꽂혀 있었으며, 책상 위에는 서류며 앨범들이 아무렇게나 쌓여 있었다. 뜨개질한 테이블보가 덮인 탁자 뒤에 한 처녀가 의자에 앉아 팔로 의자 등받이를 두르고, 뺨을 기댄 채, 잠들어 있었다. 얼마나 피곤했는지, 주변의 소음과 소란에도 아랑곳하지 않고 자고 있었다.

그들은 이곳에 온 것도 잘못이었고, 계속 머물러 있는 것도 예의에 벗어나는 일이었다.

"이제 가자." 알렉산드르 알렉산드로비치가 재차 말했다. "파데이 카지미로비치가 저기 나오는 모양이다. 인사를 해야겠다."

그러나 칸막이 뒤에서 나온 것은 파데이 카지미로비치가 아니라 다른 사람이었다. 그는 건장한 체구에 면도를 한 당당하고 자신감 넘치는 사람이었다. 그가 기름통에서 떼어 낸 램프를 머리 위로 들어 올렸다. 그는 소녀가 자고 있는 탁자로 다가가더니 기름통 위에 램프를 걸었다. 불빛이 비치자 소녀가 잠에서 깼다. 그녀는 다가온 그에게 미소를 지어 보이고는, 눈을 가늘게 뜨고 기지개를 켰다.

낯선 사람의 갑작스러운 등장에 미샤는 놀라 몸을 움찔하며 그를 뚫어져라 쳐다보았다. 그는 유라에게 무슨 말인가를 하려는 듯, 유라의 옷소매를 끌어당겼다.

"다른 사람들 앞에서 귓속말을 하는 것은 예의에 어긋나는 일 아닌가? 다른 사람들이 어떻게 생각하겠나?" 유라는 그의 말을 막으며 외면했다.

그 사이 소녀와 남자는 무언극을 하고 있었다. 그들은 서로 한마디 말도 없이, 눈길만으로 의사를 주고받았다. 그러나 그들은 상대의 말을 마법처럼 어찌나 잘 이해하는지, 남자는 인형극의 조종자이고, 그녀는 그의 손놀림에 따라 움직이는 꼭두각시 같았다.

그녀가 지친 듯한 얼굴로 미소를 짓자, 그녀의 눈이 감기고, 입술이 살짝 열렸다. 남자가 냉소적인 눈길을 보내자, 공범자 같은 교활한 윙크로 그녀가 답했다. 두 사람은 모든 것이 다행히 잘 해결되었고, 비밀도 드러나지 않았으며, 음독했던 이도 살아나서 만족한 모양이었다.

유라는 두 사람을 뚫어져라 주시했다. 사람들의 눈이 미치지 않는 어둠 속에서 그는 눈 한번 깜박이지 않고, 환한 등불 주변을 응시했다. 노예가 된 소녀와 주인 사이에 벌어지고 있는 광경은 아주 내밀해 보였고, 뻔뻔스러울 만큼 노골적이었다. 그는 모순된 감정으로 가슴이 답답했다. 한 번도 경험해본 적이 없는 기운에 그의 심장은 움츠러들었다.

그것이 바로 미샤와 토냐와 그가 지난 일 년 동안, '저속함'이라는 아무 의미도 없는 명칭 아래, 때론 놀라고 때론 이끌리며 열렬히 토론했고, 안전거리를 확보한 채, 그저 말로만 쉽게 언급하곤 했던 것이었다. 바로 이곳에 그런 기운이 유라의 눈앞에서 손에 집힐 듯 생생하면서도 흐릿하고 몽롱하게, 무서우리만큼 파괴적이면서도 가엾고 애절하게 감지되었던 것이다. 그들의 유치했던 철학은 어디로 갔으며, 이제 유라는 무엇을 해야 하나?

"그 사람이 누군지 알아?" 그들이 거리로 나왔을 때, 미샤가 물었다. 유라는 자기 생각에 열중해 묵묵부답이었다. "그 사람이 바로 너의 아버지를 알코올중독자로 만들고 죽게 한 사람이야. 기억나? 내가 열차에 함께 탔었다고 말했잖아."

유라는 아버지나 과거가 아니라, 소녀와 미래를 생각하고 있었다. 처음에 그는 미샤가 무슨 말을 하는지도 듣지 못했다. 너무 추워 대화를 하기도 어려웠다.

"춥지, 세묜?" 알렉산드르 알렉산드로비치가 물었다.

그들은 집으로 향했다.

제3장

스벤티츠키 집에서의
크리스마스 축제

1

어느 해 겨울, 알렉산드르 알렉산드로비치는 안나 이바노브나에게 고풍스러운 옷장을 하나 선물했다. 그가 그것을 구한 것은 우연이었다. 흑단으로 만들어진 옷장은 매우 컸다. 어느 문으로도 옷장을 그대로 들여올 수가 없었다. 결국 옷장을 분해해 집 안으로 들여놓긴 했지만, 다음엔 어디에 두어야 할지 고민이었다. 아래층 방들이 널찍하긴 했지만, 용도에 맞지 않았고, 위층은 좁아서 들여놓을 수가 없었다. 결국 주인 내외의 침실 출입구 옆의 안쪽 층계참에 놓기로 결정했다.

옷장 조립을 위해 문지기 마르켈을 불렀다. 그는 여섯 살짜리 딸 마린카를 데리고 왔다. 마린카에게는 가느다란 보리엿 막대사탕을 쥐어 주었다. 마린카는 코를 훌쩍이며 사탕과 침이 범벅된 손가락을 핥으며, 눈을 찡그린 채, 아버지가 일하는 모습을 쳐다보고 있었다.

얼마 동안은 모든 일이 순조롭게 진행되는 듯했다. 안나 이바노브나의 눈앞에서 옷장이 점점 커졌다. 드디어 뚜껑을 올리는 일만 남게 되자, 그녀는 마르켈을 도와야겠다고 생각했다. 그래서 옷장의 높은 받침대로 올라섰다가, 그만 발이 미끄러져, 장부맞춤으로만 겨우 지탱되고 있던 옆면을 툭 쳤다. 그 바람에 마르켈이 가장자리를 대충 묶어 놓은 매듭이 풀어져 버렸다. 마루로 굴러떨어지는 널판지들과 함께 안나 이바노브나는 벌러덩 나자빠져 심하게 다쳤다.

"아이고, 마님." 마르켈이 그녀에게 달려들며 외쳤다. "왜 그러셨어요, 마님? 뼈는 괜찮습니까? 뼈를 만져 보세요. 뼈가 문제지요. 말랑말랑한 부분은 아무래도 괜찮아요. 말랑말랑한 부분은 숙녀의 맵시를 위한 미끼일 뿐이라는 말도 있잖아요. 그런데 너는 왜 울고 있니, 이 바보야!" 그는 울고 있는 마린카를 나무랐다. "얼른 콧물 닦고 엄마한테 가 있어. 아이고, 마님께선 제가 혼자서는 이 옷장 하나 못 맞출 거라고 생각하셨습니까? 그냥 보면, 제가 그저 문지기로만 보이시겠지만, 원래는 목수 출신이랍니다. 마님은 믿지 못할 지도 모르지만, 칠을 했든, 아니면 마호가니든 호두나무든, 이런 가구나 부엌 찬장들이 모두 제 손을 거치지 않은 것이 없습니다. 그런데 이렇게 말씀드려 죄송합니다만, 그 많던 부잣집 아가씨들이 제 코앞을 그냥 스쳐 가고 말았지요. 다 사라져 버렸어요. 모두가 다 술 때문입니다. 아주 지독한 술고래니까요."

안나 이바노브나는 마르켈의 부축을 받아 그가 끌어다 놓은 안락의자로 다가가 앉아서는, 멍든 곳을 문지르며 신음 소리를 냈다. 허물어진 옷장은 마르켈이 수습했다. 뚜껑까지 모두 씌우고 나서 그는 말했다.

"자, 이제 문만 달면, 전시회에 내놔도 손색이 없겠어요."

안나 이바노브나는 옷장이 마음에 들지 않았다. 옷장의 형태나 크기가 영구차나 황제의 영묘와 비슷해 보였다. 그래서인지 옷장은 그녀에게 미신적인 공포감을 주었다. 그녀는 옷장에 '아스콜리드의 무덤'*이라는 별명을 붙였다. 이 별명으로 보아, 안나 이바노브나는 올레그의 말**을 자기 주인에게 죽음을 가져다준 존재로 이해한 것으로 보였다. 그러나 체계 없이 닥치는 대로 책을 읽는 여자였던 안나 이바노브나는 유사한 개념을 혼동했던 것이다.

그 일이 있은 뒤, 안나 이바노브나는 폐질환을 앓기 시작했다.

2

1911년 11월 한 달 동안, 안나 이바노브나는 병상에 누워 있었다. 폐렴이었다.

다음 해 봄에 유라와 미샤 고르동은 대학을 졸업할 예정이었고, 토냐는 여자고등전문학교를 졸업할 예정이었다. 유라는 의학을, 토냐는 법학을, 그리고 미샤는 철학부에서 언어학을

---

* 아스콜리드는 러시아, 즉 키예프 루시를 창건한 사람 중의 한 명으로 그의 무덤은 드네프르강 절벽 위에 아직도 남아 있다. 그는 류리크 왕조의 시조인 올레그에게 죽임을 당했다.
** 키예프의 초대 대공인 올레그가 애마에 의해 죽음을 당할 거라는 예언 때문에 그는 자신의 애마를 죽였는데, 오랜 세월이 지난 후에 죽은 애마의 두개골에서 나온 뱀에 물려 죽게 되었다는 이야기가 전해진다.

전공했다.

유라는 정신적으로 여전히 안정을 찾지 못하고 혼란한 상태였지만, 그의 사고와 재능, 그리고 성향은 매우 독창적이었다. 그는 비할 수 없이 감수성이 예민했고, 감각적인 독창성이 매우 뛰어났다.

물론 유라는 예술이나 역사에 관심이 많았지만, 진로를 정하는 데 특별히 고민하지 않았다. 타고난 쾌활함이나 우울한 기질이 직업이 될 수 없듯이, 예술을 천직으로 삼을 수는 없다고 그는 생각했다. 물리학과 자연과학에도 흥미가 있었기에 그는 실생활에서도 무언가 유용한 일에 종사하기로 했다. 그래서 그는 의학을 선택했다.

사 년 전, 대학 1학년 때, 그는 한 학기 내내 대학 건물 지하에 있는 시체해부실에서 시간을 보냈다. 그는 나선형의 층계를 따라 지하실로 내려가곤 했다. 해부실 안쪽에는 머리가 부스스한 학생들이 혼자, 혹은 몇몇이 그룹을 지어 모여 있곤 했다. 어떤 학생들은 뼈를 늘어놓고 너덜거리는 교과서의 페이지를 넘기며 암기를 하기도 하고, 어떤 학생들은 구석에서 묵묵히 해부를 하기도 했으며, 또 다른 학생들은 잡담을 하거나 농담을 던지기도 하고, 시체안치실의 돌바닥을 기어 다니는 많은 쥐떼들을 쫓기도 했다. 어두컴컴한 그곳에는 알몸으로 인해 도드라지게 드러나 보이는 신원을 알 수 없는 젊은 자살자들과 썩지 않고 잘 보존된 익사한 여자들의 시체가 인

광처럼 빛을 발하고 있었다. 체내에 주입된 알루미늄염 용액으로 시체들은 놀랍게 부풀어 올라, 실제보다 훨씬 젊어 보였다. 우리가 죽은 이들을 개복하고 절단하고 해체해, 아무리 작은 조각으로 자른다 해도, 어느 부분에든 인간 육체의 아름다움은 고스란히 남아 있게 마련이라, 아연판 위에 아무렇게나 던져진 어느 루살카* 앞에서 느끼는 경이로움은 그녀의 잘린 손이나 절단된 팔에서도 여전히 사라지지 않았다. 지하실은 항상 포르말린과 석탄산 냄새를 풍겼고, 길게 누워 있는 모든 시체의 알 수 없는 운명에서부터, 자기 집인 양, 자기 본거지인 양, 이곳을 차지하고 있는 죽음과 삶의 비밀 그 자체에 이르기까지, 그 모든 것에 비밀이 깃들어 있다는 것을 느끼게 해주었다.

이 비밀의 목소리가 유라를 다른 모든 것들로부터 차단시키고, 그의 해부 실험을 방해하며 뒤따라 다녔다. 물론 일상생활에서도 그를 괴롭히는 것은 많았다. 그것에 그는 점차 익숙해져 갔고, 그의 주의를 분산시키는 방해물에 더 이상 영향을 받지 않았다.

유라는 깊이 사유했고, 글쓰기에도 매우 뛰어났다. 아직 김나지야 학생 시절부터 그는 자신이 경험하고 숙고하며 가장 인상 깊었던 것들을, 보이지 않는 화약고처럼 장치해 둘 수 있

* 러시아 민담이나 신화에 나오는 물의 요정.

는 산문이나 전기를 쓰겠다는 꿈을 꾸었다. 그러나 그런 책을 쓰기에는 아직 어렸기에, 그 대신 시를 쓰기 시작했다. 가장 위대한 그림을 그리기 위해 화가가 평생 스케치를 하듯.

유라는 이렇게 쓰인 시들의 미숙함을 자신만의 에너지와 독창성으로 보완했다. 에너지와 독창성이라는 이 두 가지 특질이야말로, 다른 모든 추상적이고 무익하며 무의미한 예술에 리얼리티를 부여하는 것이라고 생각했다.

유라는 자기 성격의 형성에 외삼촌이 큰 영향을 미쳤다는 사실을 인지하고 있었다.

니콜라이 니콜라예비치는 로잔에 머물고 있었다. 그는 그곳에서 러시아어와 번역판으로 출판된 몇 권의 책에서, 역사란 인류가 시간과 기억이라는 현상을 통해 죽음을 이해하기 위해 구축해 놓은 제2의 우수라는 오랜 자신의 사상을 제시했다. 그 저서들에 나타난 정신은 새로운 관점으로 이해된 기독교였고, 직접적인 그 결과물은 새로운 예술 사상이었다.

그의 사상은 유라보다 그의 주변 사람들에게 더 큰 영향을 미쳤다. 그의 영향을 받아 미샤 고르돈은 철학을 전공하기로 결정했다. 학부 때, 신학 강의를 듣고, 나중에는 신학 아카데미로 전과하겠다는 생각까지 했다.

유라는 외삼촌의 영향으로 점점 더 성장해 가고 자유로워졌지만, 미샤는 오히려 구속되었다. 유라는 그의 출신이 그의 극단적 열정에 큰 영향을 주고 있다는 것을 알고 있었다. 그러나 조심스럽고 분별력을 갖고 있었던 유라는, 미샤에게 황당한 계획을 단념하라고 충고하지는 않았다. 다만 그는 자주 미샤가 삶에 좀 더 가까운 현실주의자가 되기만을 바랐을 뿐이다.

3

11월 말의 어느 날 밤, 유라는 하루 종일 굶은 채, 몹시 지친 몸으로 늦게야 학교에서 집으로 돌아왔다. 그는 낮에 무서운 소동이 일어났었다는 이야기를 전해 들었다. 안나 이바노브나가 경련을 일으켜 의사 몇몇이 불려 오고, 신부를 모셔 오라는 충고도 나왔지만, 나중에는 그럴 필요까지는 없었다고 했다. 지금 그녀는 호전되어 정신을 차렸는데, 유라가 돌아오는 즉시 그녀에게 데려오라는 지시가 있었다고 했다.

유라는 그 말을 듣고, 옷도 갈아입지 않은 채, 그녀의 침실로 갔다.

방 안은 얼마 전의 소동의 흔적이 역력했다. 간호사가 소리 없이 침대 밑에 놓인 탁자 위의 물건들을 정리하고 있었다. 주위에는 구겨진 화장지와 습포로 사용한 젖은 타월이 아무렇게나 뒹굴고 있었다. 대야 속의 물은 뱉어 낸 가래에 섞여 나온 피 때문에 연분홍색을 띠고 있었다. 그 속에 목을 딴 유리 앰플 몇 개와 물에 젖어 부풀어 오른 탈지면이 들어 있었다.

땀에 범벅이 된 환자는 혀끝으로 바싹 마른 입술을 적시곤 했다. 그녀의 얼굴은 유라가 아침에 마지막 보았을 때보다 훨씬 핼쑥해 보였다.

유라는 '진단이 잘못된 건 아닐까?' 하고 생각했다. '모든 증상이 급성폐렴 증상이야. 지금이 고비인 것 같은데.' 그는 안나 이바노브나에게 인사를 하고 나서, 통상 그런 경우에 하기 마련인 의미 없는 격려의 말을 건넨 뒤, 간호사를 방에서 내보냈다. 유라는 맥박을 재려고 한 손으로 안나 이바노브나의 손목을 잡고, 다른 한 손은 청진기를 꺼내기 위해 재킷 주머니에 넣었다. 안나 이바노브나가 머리를 흔들며 그럴 필요 없다고 했다. 유라는 그녀가 무언가 다른 것을 원하고 있다는 생각이 들었다. 그녀가 가까스로 말을 꺼냈다.

"애야, 의사들이 고해성사를 권했단다……. 죽음이 눈앞에 있어……. 순간순간이 어쩌면……. 이를 빼려고 하면 무서워하고, 아플까 봐 겁이 나서 마음의 준비를 하지……. 하지만 이건 이가 아니라 전부를, 나의 전부를, 삶 전부를…… 뽑아 버리는 거지. 집게로 뽑듯이 말이야……. 도대체 이것이 무엇일까? 아무도 모르지……. 그래서 슬프고 무섭구나."

안나 이바노브나는 말을 멈추었다. 눈물이 방울방울 그녀의 뺨을 타고 흘러내렸다. 유라는 아무 말도 하지 못했다. 잠시 후 안나 이바노브나가 다시 말을 이었다.

"넌 재능이 많아……. 다른 사람에게 없는 재능이지……. 넌 분명 뭔가를 알고 있을 거야……. 무슨 말이든 해주렴…… 내 마음을 편하게 해줘."

"무슨 이야기를 할까요?" 이렇게 말한 유라는 안절부절못하며 의자에 앉아 있다가, 벌떡 일어나 왔다 갔다 하더니 다시 의자에 앉았다. "우선, 내일이면 훨씬 더 나아질 겁니다. 그런 징후가 보여요. 확실해요. 그리고 죽음이니, 의식이니, 부활의 신앙이니 하는 것들 말입니다만…… 과학자로서의 제 의견을 듣고 싶으신 가요? 다음으로 미루면 어떨까요? 안 된다고요? 지금 바로요? 그럼, 원하시니 말씀드리겠습니다. 다만 단번에 이야기하기는 어려운데……"

그는 곧바로 강의를 시작했는데, 어떻게 그런 말이 나왔는지 스스로도 놀랄 정도였다.

"부활에 대해 말씀 드릴게요. 부활을 약자에 대한 위로라고 여기는 유치한 견해에 저는 동의하지 않습니다. 산 자와 죽은 자에 대한 그리스도의 말씀도 저는 항상 다르게 해석하지요. 수천 년에 걸친 수많은 사람들을 어떻게 한곳에 모아 둘 수가 있겠습니까? 전 우주로도 부족할뿐더러, 신도, 선도, 가치도, 모두 이 세상에서 밀려나고 말 겁니다. 탐욕스럽고 동물적인 군중에 압사당하고 말 거예요.

그러나 전 우주는 무한히 동일한 범주의 각각의 생명들이 채우고 있으며, 이 생명들은 무수한 결합과 변화를 통해 매번 새로워집니다. 당신은 '자신이 부활할 수 있을 것인가?' 하고 염려하시겠지만, 당신은 태어났을 때 이미 부활하신 것입니다. 단지 그것을 깨닫지 못했을 뿐입니다.

당신이 통증을 느끼고 세포가 파괴되는 것을 느낄 수 있을까요? 그러니까 다른 말로 표현해, 당신의 의식에선 무슨 일이 일어날까요? 더구나 그 의식이란 무엇일까요? 한번 생각해 봐요. 우리가 의식적으로 잠들려고 하는 것이 불면증이며, 소화기관의 운동을 의식적으로 느껴 보려는 시도는 신경장애입니다. 의식은 독입니다. 자신을 의식하는 것, 그것이 자가중독의 원인입니다. 의식은 우리가 걸려 넘어지지 않도록 우리 앞을 비춰 주는 외부로 향한 빛입니다. 의식은 달리는 기관차 앞에 달린 전조등입니다. 그 빛을 내부로 향하게 하면, 재앙이 일어날 것입니다.

그러면, 당신의 의식은 어떻게 될까요? 당신의 의식. 당신의 의식 말입니다. 그러면 당신이란 무엇일까요? 여기에 문제의 핵심이 있겠지요. 한번 생각해 볼까요? 당신은 무엇을 통해 자신을 기억하십니까? 신체의 어느 부분을 의식해서요? 신장입니까, 간입니까, 아니면 혈관입니까? 아닙니다. 아무리 당신이 기억을 더듬어 본다 해도, 당신의 존재는 항상 밖으로 드러난 당신의 활동상, 즉 당신이 했던 일에서, 당신의 가족들이나 다른 사람들 안에서만 발견할 수 있습니다. 좀 더 구체적으로 말하죠. 인간의 영혼은 다른 사람들 안에 들어 있는 것입니다. 그것이 바로 당신이며, 당신의 의식이 평생 동안 숨 쉬고, 영양을 공급받고, 마셔 온 것입니다. 당신의 영혼, 당신의 불멸, 그리고 당신의 생명은 타인 속에 존재합니다. 그래서 어떻게 되느냐고요? 당신은 타인 속에 존재했고 타인 속에 남게 됩니다. 이것을 훗날 기억이라고 부른들 무슨 상관이겠습니까? 당신은 미래의 구성원들 속에 바로 이렇게 존재하게 되는 겁니다.

이제, 마지막 문제만 남았네요. 걱정할 것은 아무것도 없습니다. 죽음이란 존재하지 않으니까요. 죽음은 우리와 관계가 없어요. 그리고 당신이 방금 재능에 대해 언급하셨는데, 그것은 다른 차원의 문제로, 그것은 우리에게 속해 있고, 우리에게 허락된 것입니다. 재능은 가장 넓고 고차원적인 의미에서 인생의 선물 같은 것입니다.

'더 이상 죽음은 없으리라.'고 말한 사도 요한의 단순 명쾌한 논리에 주목해 보세요. 지나간 과거는 모두 없어졌기 때문에 이제 죽음은 없다는 겁니다. 즉, 이렇게 볼 수 있습니다. 지금까지 우리가 경험한 것은 모두 해묵고 낡은 것들이다. 이제 우리에게 필요한 것은 새로운 것이다. 바로 이 새로운 것은 영원한 생명이기에 죽음은 없다는 말입니다."

그는 말을 하며 방 안을 왔다 갔다 했다. 그러다가 안나 이바노브나의 침대로 다가가 그녀의 이마에 손을 얹고 말했다. "좀 주무세요." 그러고는 몇 분이 지났다. 안나 이바노브나가 잠이 들었다.

---

* 사도 요한이 「요한계시록」에서 언급한 말.

유라는 조용히 방을 나와, 예고로브나에게 간호사를 침실로 들여보내라고 말했다. '이런 제기랄.' 하며 그는 생각했다. '이게 무슨 돌팔이 의사 노릇이람. 이마에 손을 얹고 주문을 외우며, 치료를 하려 들다니⋯⋯.'

안나 이바노브나는 다음 날 상태가 조금 나아졌다.

4

안나 이바노브나는 점차 회복되었다. 12월 중순경에, 그녀는 자리에서 일어나 보려고 했지만, 아직 쇠약했다. 의사는 그녀에게 푹 쉬어야 한다고 말했다.

그녀는 종종 유라와 토냐를 불러, 몇 시간씩이나 우랄의 르인바강 근처의 바르이키노에 있는 그녀의 할아버지 영지에서 보낸 어린 시절의 이야기를 들려주곤 했다. 그곳은 유라와 토냐가 한 번도 가본 적이 없는 곳이었지만, 유라는 안나 이바노브나의 이야기만 듣고도, 수천 년 동안 아무도 들어간 적 없는 칠흑처럼 어두운 5천 데샤티나*의 숲과, 칼로 도려낸 듯 숲을 관통해 흐르는 거친 물살의 강과 자갈이 깔린 강바닥, 그리고 크류게르 강변을 따라 이어지는 가파른 절벽들을 쉽게 상상할 수 있었다.

* 1데샤티나는 1,092헥타르이다.

그 무렵, 유라와 토냐는 난생처음 야회복을 맞췄다. 유라는 검은 프록코트를, 토냐는 목이 약간 드러나는 밝은색 공단으로 만든 이브닝드레스였다. 두 사람은 27일에 스벤티츠키 씨 집에서 연례행사로 열리는 전통적인 크리스마스 파티에 새 옷을 입고 갈 참이었다.

주문했던 옷이 양복점과 양장점에서 같은 날 배달되었다. 유라와 토냐는 옷을 입어 보며 매우 만족했다. 그들이 아직 정장을 입고 있을 때에, 예고로브나가 와서 안나 이바노브나가 그들을 부른다고 전했다. 유라와 토냐는 새 옷을 입은 채로, 안나 이바노브나에게 갔다.

그들이 들어서자, 그녀는 팔꿈치를 짚고 일어나, 둘의 옆모습을 한참 바라보다가, 뒤돌아보라고 하고는 말했다.

"정말 멋지구나. 정말 훌륭해. 벌써 완성된 걸 모르고 있었네. 어디, 토냐, 다시 한번 보자. 오, 아니야, 괜찮구나. 겨드랑이 쪽이 약간 구겨진 것 같아 보여서 그런 거야. 내가 너희들을 왜 불렀는지 알겠니? 유라, 먼저 너에게 몇 마디 하마."

"저도 알고 있어요, 안나 이바노브나. 제가 당신께 그 편지를 보여 드리라고 했으니까요. 당신도 니콜라이 니콜라예비치처럼 제가 포기하면 안 된다고 하시겠지요. 잠깐만요. 말을 하시면 몸에 해롭습니다. 제가 모든 걸 설명 드리겠습니다. 물론 당신도 잘 알고 계실 테지만요.

그러니까 첫째, 지바고 가족의 상속 소송 사건과 관련된 변호사 비용과 재판 경비 문제입니다. 실제로, 유산은 한 푼도 없고 부채에다 복잡하기만 하고, 더구나 이런 경우에 으레 드러나기 마련인 추악한 꼴만 보게 될 것입니다. 설령 돈으로 바꿀 만한 무엇이 있다 해도, 결국 그것은 법원의 차지일 뿐, 저에게 돌아오는 것도 아니잖습니까? 그래서 소송은 쓸데없다는 것입니다. 이것저것 파헤치느니, 있지도 않은 재산에 대한 청구권을 포기하고, 몇몇 명의상의 경쟁자와 욕심 많은 자칭 상속인들에게 양보하는 것이 더 나을 겁니다. 지바고라는 성을 갖고, 파리에서 아이들을 데리고 살고 있다는 어떤 마담 알리스라는 여자의 유산 청구에 대해서는 오래전에 들은 바가 있습니다. 하지만 당신과 제가 모르는 새 청구인들이 더 늘었고, 저도 최근에야 이런 사실들을 알게 되었거든요.

엄마가 아직 살아 계실 때 이미, 아버지가 스톨부노바-엔리치 공작부인이라는 어떤 괴팍한 몽상가 여자에게 빠져 있다는 사실이 알려졌었죠. 그녀는 아버지와의 사이에서 아들을 낳았는데, 지금 열 살이고, 이름은 예브그라프라고 한답니다.

공작부인은 은둔 중이라고 하더군요. 생활비가 어디서 나오는지 알 수 없지만, 그녀는 아들과 함께 옴스크 교외의 자기 집에서 사람들을 피해 살고 있답니다. 그 집의 사진을 본적도 있습니다. 다섯 개의 큰 창문이 있고, 카르니스(배내기)*

---

* 벽 윗부분의 돌출부나 처마 부분의 벽에 수평으로 테를 두른 장식.

에 메달*이 조각되어 있는 아름다운 집이었습니다. 그리고 최근에는 그 집이 다섯 개의 창문으로, 시베리아와 유럽적 러시아**를 가르는 수천 베르스타 너머에서 저에게 곱지 않은 시선을 보내고 있고, 조만간 저주의 눈길을 보낼 거라는 느낌을 받았어요. 아무튼 과장된 재산, 사기꾼 경쟁자들, 그들의 악의적인 태도와 질투 따위가 저에게 무슨 의미가 있겠습니까? 물론 변호사들도 마찬가지고요."

"그래도 넌 포기하면 안 돼." 안나 이바노브나가 반박했다. "내가 너희를 왜 불렀는지 아니?" 그녀는 이렇게 묻고는 이야기를 계속했다. "그 이름이 생각났단다. 어제 내가 산지기 이야기 했었지? 그 이름이 바크흐***였어. 정말 대단하지 않니? 눈썹까지 수염이 난 컴컴한 숲속의 도깨비도 바크흐라고 불렀는데! 흉측하게 일그러진 그의 얼굴은 곰의 습격을 받아서 그랬다는 거야, 그렇지만, 결국은 물리쳤대. 그곳은 대부분 그런 사람들이야. 이름들도 그랬지. 단음절이었어. 또렷하고 한 귀에 쏙 들리도록 그런 거지. 바크흐, 아니면 루프. 그리고 파브스트도 있었지.**** 조금 더 이야기해 줄게. 그런 사람들이 이런저런 사무를 보고하러 오곤 했지. 할아버지의 사냥총 두 개

---

* 원이나 타원형의 테를 두르고, 그 안에 조각이나 무늬 등을 조각한 장식.
** 일반적으로 러시아는 우랄산맥을 기준으로 동쪽은 아시아적 러시아, 서쪽은 유럽적 러시아로 구분한다.
*** 술의 신, 바쿠스를 말한다.
**** 이름들은 러시아어로 모두 단음절이다.

에서 나오는 일제사격처럼 무슨 아브크트니 프롤이니 하는 사람들이 등장하면, 우리는 아이들 방에서 나와 부리나케 우르르 부엌으로 몰려가곤 했지. 그러면 그곳엔 살아 있는 새끼 곰을 데리고 온 숯장수나, 산림감시소에서 광물 표본을 가져온 감시인이 와 있곤 했어. 할아버지는 그들에게 쪽지를 적어 주고 사무소로 보내곤 했어. 할아버지는 누구에겐 돈을, 누구에겐 곡물을, 누구에겐 사냥총 총알을 주었지. 창문 바로 앞은 숲이었어. 아, 눈, 눈도 내렸지! 집보다 더 높이 쌓이곤 했어!" 안나 이바노브나가 기침을 시작했다.

"그만하세요, 엄마. 몸에 해로워요." 토냐가 말렸다. 유라는 그녀를 부축했다.

"괜찮다. 별거 아니야. 그런데 말이다. 예고로브나 말로는, 너희들이 모레 열리는 크리스마스 파티에 가는 길 밍설인다고 하던데. 다시는 그런 바보 같은 소리 하지 마라! 그런 말을 왜 하니? 그리고 유라, 너는 그러면서 의사라고 할 수 있니? 이미 결정된 거야. 아무 소리 하지 말고 가거라. 아무튼, 다시 바크흐 이야기로 돌아가자. 바크흐는 젊어서는 대장장이였대. 그가 싸움질을 하다 그만 내장이 터졌대. 그래서 새로 쇠로 된 내장을 만들었다고 하더구나. 유라, 너도 참, 괴짜로구나. 설마 내가 그 말을 정말로 믿었겠니? 그 말을 곧이곧대로 믿지는 않아. 하지만 사람들은 모두 그렇게 말했지."

안나 이바노브나는 다시 기침을 했고, 이번에는 훨씬 오래 계속되었다. 기침 발작이 멈추질 않았다. 숨을 쉬기도 힘들 정도였다.

유라와 토냐는 동시에 그녀에게 달려갔다. 그들은 그녀의 침대 옆에 나란히 어깨를 대고 섰다. 계속 기침을 하면서, 안나 이바노브나는 자신의 손을 붙잡고 있는 그들의 손을 끌어당겨 한참이나 두 사람의 손을 포개어 잡고 있었다. 그러고는 숨을 가다듬고 말했다.

"내가 죽게 되더라도, 서로 헤어지지 말거라. 너희는 서로를 위해 태어났어. 결혼해라. 너희들의 결혼을 승낙하마." 그녀는 그렇게 덧붙이고는 울음을 터뜨렸다.

5

라라가 여자 김나지야의 마지막 학년에 올라가기 전이었던 1906년 봄, 이미 육 개월에 걸친 코마롭스키와의 관계는 라라의 인내심의 한계를 넘어섰다. 교묘하게 그녀의 낙담한 마음을 이용했던 그는, 자신에게 필요할 때마다, 겉으로 내색은 하지 않으면서도, 은근히 그녀의 수치스러운 부분을 상기시키곤 했다. 그것을 상기시킴으로써, 그는 보통 호색한이 여자에게 바라는 혼란한 상황으로 라라를 밀어 넣었다. 이러한 혼란은 라라를 더욱 관능적인 악몽의 포로로 만들었고, 정신을 차렸을 때는 온통 머리카락이 쭈뼛거리곤 했다. 밤의 광기의 모순은 악마의 마법처럼 이해할 수가 없었다. 모든 것이 뒤죽박죽인 데다, 아무 논리도 없었고, 예리한 통증은 은방울 구르는 웃음으로 바뀌었으며, 거부와 거절이 동의의 의미로 변하며, 학대자의 손에 감사의 키스를 퍼붓게 되곤 했다.

그런 생활이 영원히 끝날 것 같지 않았다. 그러나 봄이 되어, 아직 남은 학기 말의 어느 수업 시간에, 라라는 '여름방학이 되면, 그나마 코마롭스키를 피할 핑계였던 수업이 없으니, 그와 더 자주 만나게 될 것이고, 그런 만남을 거절할 수가 없어 얼마나 괴로울까?' 하고 생각하다가, 즉시 자신의 미래의 삶을 영원히 바꾸어야겠다고 결심했다.

무더운 아침이었고, 폭풍우가 몰려오고 있었다. 교실에서는 창문을 연 채 수업을 하고 있었다. 멀리 시가지에서 양봉장의 꿀벌 소리 같은 단조로운 톤의 웡웡거리는 소리가 들려왔다. 운동장에서는 뛰노는 아이들의 소리가 들려왔다. 땅에서 올라오는 풀내음과 어린 초목의 향기가 마슬레니차* 축제 때의 보드카나 팬케이크 굽는 냄새처럼 머리를 어지럽혔다.

역사 선생님이 나폴레옹의 이집트 원정에 대해 설명하고 있었다. 이야기가 프레쥐스 상륙**에 이르렀을 때, 하늘이 갑자기 어두워지더니 폭풍우가 몰아치고 천둥과 번개가 치면서,

---

* 러시아정교회의 전통 축일로, 사순절 직전 일주일 동안 열리는 봄맞이 축제.
** 1799년 10월 9일, 나폴레옹이 이집트에서 탈출해 남부 프랑스의 항구 프레쥐스에 상륙한 일.

풋풋한 냄새와 함께 먼지와 모래의 회오리바람이 창문을 통해 교실로 밀려 들었다. 아첨쟁이 두 학생이 관리인에게 창문을 닫으라고 전하기 위해 잽싸게 복도로 달려 나갔다. 그들이 문을 열자, 바람이 쌩 하고 밀려드는 바람에, 책상에 놓여 있던 노트 위의 압지들이 온 교실에 날아올랐다.

창문이 닫혔다. 도시의 먼지와 뒤섞인 거무튀튀한 소나기가 내렸다. 라라는 노트 한 장을 찢어내, 옆자리에 있던 친구 나댜 콜로그리보바에게 쪽지를 써서 보냈다.

나댜, 나는 우리 엄마와 따로 떨어져 살아야 할 것 같아. 수입이 괜찮은 가정교사 자리 좀 알아봐 줄래? 너희 집은 부자들을 많이 알고 있잖아.

나댜도 같은 방법으로 답장을 써 보냈다.

마침 우리 집에서 리파를 가르칠 가정교사를 구하던 중이었어. 우리 집으로 와. 정말 잘됐다! 우리 아빠와 엄마가 널 얼마나 좋아하시는지 잘 알잖아.

6

라라는 돌벽에 갇힌 듯, 콜로그리보프 집에서 삼 년을 보냈다. 어디에서도 그녀를 데려가려 하지 않았고, 아주 서먹해진 어머니와 남동생마저 그녀는 잊고 지냈다.

라브렌티 미하일로비치 콜로그리보프는 새로운 사상을 지닌 대단한 실업가이자 능력 있고 학식 있는 인물이었다. 그는 시대착오적인 구체제를 양가적 입장에서 증오했다. 한편에서는 국유재산을 살 수 있을 만큼 어마어마한 재력을 가진 대부호의 입장에서, 또 다른 한편에서는 믿을 수 없을 만큼 성공한 평민 출신의 입장에서 보여 준 증오였다. 그는 자기 집에 정치범을 숨겨 주기도 하고, 정치 재판의 피고인에게 변호사를 대주기도 했으며, 사람들이 농담으로 생각했던 것처럼, 혁명에 자금을 지원함으로써, 자기 스스로 자본가로서의 자신을 타도하며, 자기 소유의 공장에서 파업을 일으키기도 했다. 사격의 명수인 데다 열렬한 사냥꾼이기도 했던 라브렌티 미하일로비치는 1905년 겨울에는 일요일마다 민병대에서 사격을 가르치기 위해 세레브랴니 숲과 로신섬을 방문하기도 했다.

그는 훌륭한 인물이었다. 그의 아내인 세라피마 필리포브나도 그에게 어울리는 반려자였다. 라라는 두 사람에게 깊은 존경심을 갖고 있었다. 그들의 가족들도 모두 그녀를 한 식구처럼 사랑했다.

라라가 아무 걱정 없이 지낸 지 사 년째 되던 해에, 남동생 로댜가 볼일이 있다며 그녀를 찾아왔다. 그는 기다란 두 다리를 흔들며 거들먹거리는가 하면, 일부러 콧소리를 길게 늘여 어색한 말투로 그녀에게 이야기를 꺼냈다. 졸업을 앞둔 예비 사관학교 동기생들이 졸업식 때, 사관학교의 교장에게 기념 선물을 사기 위해 돈을 모아 그것을 로댜에게 주면서, 선물을 고르고 구입하는 일을 맡겼다고 했다. 그런데 그 돈을 이틀 전에 도박으로 몽땅 잃었다는 것이다. 이야기를 마친 로댜는 기다란 몸을 소파에 털썩 내던지고는 울기 시작했다.

라라는 그 말을 듣고 온몸이 얼어붙었다. 로댜는 흐느끼며 말을 이었다.

"어제 빅토르 이폴리토비치에게 갔었어. 그는 이 문제로는 나와 할 말이 없다면서, '만약 누나가 원한다면……' 하고 말했어. 비록 누나가 이제 우리 모두를 사랑하지 않는다 해도, 그에게 미치는 누나의 힘은 아직 크다고 말했어…… 라로치카…… 누나의 한마디면 충분해……. 누나는 이 일이 얼마나 큰 수치이고, 사관학교 생도인 내 제복의 명예에 얼마나 큰 영향을 줄지 알겠지? 그에게 가서 부탁 좀 해줘. 누나한텐 어려운 일도 아니잖아……. 누나는 탕진한 돈을 내가 피로 씻어 내기를 바라진 않겠지?"

"피로 씻어 내기를……. 사관학교 생도의 제복의 명예라……." 분노에 찬 라라는 말을 반복하며 흥분해서 방 안을 왔다 갔다 했다. "그럼, 나는 생도가 아니고 명예도 없으니, 무슨 짓을 해도 상관없단 말이네. 너는 지금 나에게 무슨 부탁을 하고 있는지 알기나 해? 그 사람이 너에게 한 제안이 무슨

닥터 지바고 1

의미인지 생각해 보기나 했냐고? 몇 해 동안이나 시시포스의 고통으로 밤잠도 못 자고 쌓아 올린 것을, 네가 갑자기 나타나서는, 그런 것은 아무래도 상관없다는 듯이, 태연하게 무시하며 모든 것을 산산조각 내고 있어! 지옥에나 떨어져 버려. 제발, 자살이라도 해버리라고. 내가 알 게 뭐야? 그래서 돈은 얼마나 필요한데?"

"육백구십 몇 루블이야. 대강 칠백 루블이야." 로댜는 잠깐 말을 끊었다가 말했다.

"로댜! 아니, 너 정말 정신 나갔구나! 네가 지금 무슨 말을 하고 있는지 알기나 하는 거야? 칠백 루블을 날렸다고? 로댜! 로댜! 보통 나 같은 사람이 정당한 노동으로 그런 돈을 모으려면 얼마나 많은 시간이 필요한지 알아?"

그녀는 잠시 말을 멈추었다가 일어나며, 차갑고 냉정하게 말했다.

"좋아. 해볼게. 내일 와. 그리고 자살하려던 그 권총도 가져와. 나에게 줘. 잊지 말고 총알도 많이 가져와." 그녀는 콜로그리보프에게 그 돈을 빌렸다.

7

콜로그리보프 집에서 가정교사 일은 했지만, 그 일은 라라가 김나지야를 졸업하고, 대학에 입학해 좋은 성적을 거두며,

다음 해 1912년에 졸업을 하기까지, 그녀에게 전혀 어려운 일이 아니었다. 1911년 봄에 그녀가 가르치던 리포치카가 김나지야를 졸업했다. 리포치카는 이미 약혼자가 있었는데, 그는 프리젠단크라는 젊은 기사技師로 훌륭하고 유복한 가정 출신이었다. 리포치카의 부모는 그녀의 선택을 존중했지만, 아직 이른 나이에 결혼하는 것을 반대하며 좀 더 기다려 보라고 충고했다. 그 일로 큰 소동이 일었다. 가족의 사랑을 흠뻑 받고 자란 탓에, 고집 세고 응석받이였던 리포치카는 어머니와 아버지에게 소리를 치고 울고 불며 발을 동동 구를 정도였다.

라라를 가족처럼 여겼던 부유한 이 가족은 그녀가 로댜 때문에 빌린 돈에 대해서는 완전히 잊어버렸고, 더 이상 언급하지도 않았다.

만약 그녀가 남모르게 고정적으로 지출하는 돈이 없었다면, 그 빚은 이미 오래전에 갚았을 것이다.

그녀는 파샤 몰래, 유형수인 그의 아버지 안티포프에게 돈을 보내 주고, 또 매번 병약하고 성마른 그의 어머니도 도와주곤 했다. 그 외에도 큰 비밀이 있었는데, 그녀는 파샤의 식비와 방세 모두를 아파트 주인에게 지불해, 그의 부담을 줄여주고 있었다.

파샤는 라라보다 더 어렸고, 그녀를 열렬히 사랑했기에, 무슨 일이든 그녀의 말에 따랐다. 그는 라라의 권유에 따라 실업학교를 마치고, 문과대학에 들어가기 위해 라틴어와 그리스어를 따로 공부했다. 라라는 일 년 후에 국가고시에 합격하면 파샤와 결혼해 우랄 지방으로 가서, 그곳의 여학교와 남학교에서 각자 교사로 일하겠다는 계획을 세웠다.

파샤는 예술극장 가까이에 있는 카메르게르스키 거리에 있는 새로 지은 건물의 조용한 하숙방에서 살고 있었는데, 라라가 직접 집을 구하고 세를 얻어 주었다.

1911년 여름, 라라는 콜로그리보프 가족과 함께 마지막으로 두플란카로 갔다. 라라는 주인 가족들보다 더 그곳을 좋아했다. 모두가 그 사실을 알고 있었고, 특히 라라에게 여름 여행은 일종의 불문율처럼 되어 있었다. 뜨겁고 검게 그을린 열차는 그들을 데려다주고 멀리 사라져 갔고, 끝없이 아스라이 펼쳐진 숨 막히는 적막함에 넋을 놓은 라라는 말을 잃었다. 나머지 사람들은 그녀가 혼자 영지를 가도록 내버려 둔 채, 그 사이 간이역에서 짐을 내려 짐마차로 옮겨 실었고, 빨간 루바시카 위에 소매 없는 마부용 외투를 걸쳐 입은 두플란카 마부는 반半포장마차에 타고 있는 손님들에게 지난 계절에 있었던 그 지방의 소식을 전해 주었다.

라라는 순례자와 방랑자들에 의해 다져진 선로 주변의 오솔길을 따라 걷다가, 숲으로 난 풀밭길로 접어들었다. 그곳에서 그녀는 걸음을 멈추고 눈을 가늘게 뜬 채, 온갖 향기가 뒤섞인 드넓은 주변 들판의 공기를 깊게 들이마셨다. 그것은 아버지와 어머니보다 더 친근하고, 애인보다 더 사랑스럽고, 책보다도 더 지혜로웠다. 그 순간 라라 앞에 다시 한번 존재의 의미가 드러났다. 자신이 이곳에 있는 것—그녀는 그렇게 받아들였다—은 광기 어린 대지의 매혹을 느끼고, 모든 것을 각자에게 알맞은 이름으로 불러 주기 위함이며, 만약 힘에 부쳐 그 일을 할 수 없다면, 삶에 대한 사랑으로, 자기 대신 그 일을 해줄 후손을 낳기 위한 것이다.

그해 여름, 두플랸카에 도착했을 당시, 라라는 스스로 지고 있던 과도한 일들로 완전히 지친 상태였다. 그녀는 자주 기분이 울적해지곤 했다. 그녀의 마음속에는 전에 없던 의심하는 버릇도 생겼다. 그런 의심은 항상 너그럽고 사소한 일에 얽매이지 않는 라라를 의기소침하게 만들기에 충분했다.

콜로그리보프 가족은 그녀를 계속 데리고 있었다. 그 집에서 그녀는 예전처럼 여전히 사랑받고 있었다. 그러나 리파가 성장하자, 라라는 이제 그 집에서 자신이 불필요한 존재라고 여겼다. 그녀는 월급을 거절했다. 그러나 그들은 억지로 월급을 주었다. 돈이 필요하긴 했지만, 그 집에서 신세를 지면서 다른 곳에서 일하는 것도 난처했고, 실제로 일자리를 얻기도 힘들었다.

라라는 입장이 매우 곤혹스럽고 견디기 힘들었다. 모두들 그녀를 짐스러워하면서도 내색하지 않을 뿐이라고 생각했다. 그녀도 자신이 짐스러웠다. 그녀는 자기 자신으로부터, 그리고 콜로그리보프 가족으로부터 어디로든 도망치고 싶었다. 그러나 그녀는 그전에 콜로그리보프에게 돈을 갚아야 한다고

생각했지만, 당장 돈이 들어올 곳은 전혀 없었다. 어리석은 로
댜의 잘못으로 자신이 볼모로 잡혀 있다고 생각하니, 무력감
과 분노로 견딜 수가 없었다.

그녀는 모든 점에서 자신이 무시당한다고 느꼈다. 콜로그리
보프의 집에 드나드는 지인들이 조금 관심을 보이면, 자신을
고분고분한 '가정교사'이자 쉬운 먹잇감으로 취급한다고 생각
했다. 반대로 그녀를 아는 척하지 않으면, 자신을 업신여기고
무관심하다고 생각했다.

그렇다고 라라의 이런 우울증이 두플랸카를 방문하는 수
많은 손님들과 즐겁게 지내는 데 방해가 되지는 않았다. 그녀
는 물놀이를 하거나 수영을 하고, 배를 타기도 했으며, 강 건너
로 밤 소풍을 가서, 사람들과 함께 불꽃을 쏘아 올리고 춤을
추기도 했다. 그녀는 아마추어 연극에도 출연하고, 무엇보다
총신이 짧은 모제르총으로 목표물을 쏘는 사격 경기에 열광하
기도 했지만, 그러나 그녀가 더 좋아한 것은 로댜의 가벼운 권
총이었다. 그녀는 많은 사격으로 총알을 수없이 소모했고, 결
투에 뛰어난데도 여자라서 포기해야 하는 것이 아쉽다며 농
담을 하기도 했다. 그러나 쾌활해지려고 하면 할수록 라라는
더 우울했다. 그녀는 자신이 무엇을 원하는지 알 수가 없었다.

도시로 돌아온 후에는, 우울증이 더 심해졌다. 더구나 파
샤와 가벼운 다툼—라라는 파샤를 자신의 마지막 피난처로
생각했기 때문에 그와 심하게 싸우는 일은 애써 피했다—후

에, 그녀의 기분은 더 악화되었다. 최근 들어 파샤는 뭔지 모를 자신감을 보였다. 그의 말 속에 담긴 훈계 투의 어조는 라라의 눈에 가소롭게 보였고, 그녀를 슬프게 하기도 했다.

파샤, 리파, 콜로그리보프 가족, 돈—이 모든 것들이 그녀의 머릿속에서 맴돌았다. 라라는 사는 것이 지겨웠다. 그녀는 점점 이성을 잃어 갔다. 그녀가 지금껏 알고 있었고, 경험한 모든 것을 버리고, 무언가 새로운 것을 시작하고 싶은 충동이 일었다. 그녀가 1911년 크리스마스 때, 운명을 결정해야겠다고 결심하게 된 것은 이런 심리 상태에서였다. 콜로그리보프 가족을 떠나, 혼자 독립적인 생활을 하자고, 필요한 돈은 코마롭스키에게 요구하자고 결심한 것이다. 라라는 그들 사이에 일어났던 일이며, 그녀가 어렵게 자유를 얻었던 일이 이미 여러 해가 지났으므로, 그는 어떤 설명도 요구하지 않고, 사심 없이, 그리고 비열하지 않은 기사도 정신으로 자신을 도와줘야 한다고 생각했다.

그녀는 그 목적으로, 12월 27일 저녁, 페트롭카 거리로 향했다. 그녀는 만일 빅토르 이폴리토비치가 거절을 한다거나 오해를 한다든가, 아니면 어떤 식으로든 모욕을 주려 한다면, 그를 쏘아 버릴 작정으로, 장전해서 안전장치를 푼 로댜의 연발 권총을 토시 속에 넣고 거리로 나왔다.

축제 분위기에 들뜬 거리를 걸으면서도 그녀는 공포와 혼란에 싸여, 주변의 아무것도 의식할 수 없었다. 누구를 겨냥한 것인지는 중요하지 않았고, 그녀의 마음속에 다짐한 총격은 이미 진행되고 있었다. 그녀가 의식할 수 있는 유일한 것은 총성이었다. 길을 가는 동안 계속 포성이 울렸다. 그것은 코마롭스키, 자기 자신, 자기 자신의 운명, 그리고 풀밭 위에 서 있는 사격 표시가 새겨진 두플랸카의 참나무를 겨냥한 발사였다.

8

"토시는 만지지 마세요." 옷 벗는 것을 도와주려고 손을 대다가 깜짝 놀란 엠마 에르네스토브나에게 라라가 말했다.

빅토르 이폴리토비치는 집에 없었다. 엠마 에르네스토브나는 계속 라라에게 들어와 외투를 벗으라고 권했다.

"안 돼요. 급한 일이 있어서요. 그는 어디 있죠?"

엠마 에르네스토브나는 그가 크리스마스 파티에 초대되어 갔다고 말했다. 주소를 받아 든 라라는 모든 것을 생생하게 상기시키는 그 꽃무늬 창문이 달린 어둡고 낯익은 층계를 뛰어내려가, 무치노이 거리에 있는 스벤티츠키의 집으로 향했다.

라라는 거리로 다시 나온 뒤에야 사방을 둘러보았다. 도시의 겨울밤이었다.

꽁꽁 얼어붙을 것 같은 추운 날이었다. 거리는 깨진 맥주병 바닥처럼 두껍고 더러운 얼음으로 덮여 있었다. 숨도 쉬기 힘들었다. 잿빛 서리를 가득 머금은 대기는 라라의 입속으로 귀찮게 파고드는 얼어붙은 회색 목도리의 털처럼, 자신의 텁수룩한 수염으로 간질이고 콕콕 찌르는 것 같았다. 라라는 두근거리는 가슴으로 텅 빈 거리를 걸었다. 길가의 술집과 찻집 출입문에서 연기가 새어 나오고 있었다. 안개 속에서 소시지처럼 빨갛게 얼어붙은 행인들의 얼굴들이, 얼음이 얼어붙은 털투성이 말들과 개들의 머리들이 불쑥 나타나곤 했다. 두꺼운 얼음과 눈으로 뒤덮인 건물 창문은 백묵을 칠한 것 같았고, 불투명한 창문 위에 불 켜진 크리스마스트리와 그 안에서 즐거워하며 사람들이 움직이는 그림자들이 비치는 광경은, 마치 집 안에서 거리의 사람들에게 움직이는 환등기幻燈機로 하얀 스크린 위에 어렴풋이 비추는 그림 같았다.

라라는 카메르게르스키 골목에 이르자 걸음을 멈췄다.

'난 못하겠어. 못 견디겠어.' 그녀는 거의 소리를 지를 뻔했다. '잠깐 들러 그에게 모든 걸 이야기해야겠어.' 정신을 가다듬고 그녀는 생각했다. 그녀는 건물 입구의 육중한 문을 열었다.

9

얼굴이 빨갛게 상기된 파샤는 혀로 뺨을 부풀리며 거울 앞에서 셔츠 깃을 달고는, 빳빳하게 풀 먹인 셔츠 앞섶의 장식깃 구멍에 구부러진 커프스단추를 채우느라 애를 먹고 있었다. 어딘가를 방문하려고 준비 중이던 그는, 아직 순수하고 경험이 없었던 터라, 노크도 없이 들어온 라라에게 제대로 정장을 차려입지 않은 자신의 모습을 들키자, 몹시 당황했다. 그러고는 그녀가 매우 불안해하고 있다는 것을 바로 눈치챘다. 그녀의 다리가 후들거리고 있었다. 그녀는 시냇물을 건너듯, 치맛자락을 옆으로 싸안고 방으로 들어왔다.

"왜 그래? 무슨 일 있어?" 그는 놀라서 그녀에게 다가서며 물었다.

"옆에 앉아 봐. 그대로 앉아. 옷을 입을 필요는 없어. 난 지금 시간이 없거든. 바로 나가야 해. 토시는 만지지 마. 기다려. 잠시 옆으로 몸을 돌리고 있어 봐."

그는 그녀가 시키는 대로 했다. 라라는 영국식 복장을 하고 있었다. 그녀는 외투를 벗어 못에 걸고, 로댜의 연발 권총을 토시에서 꺼내 외투 호주머니에 넣었다. 그런 다음, 소파로 돌아와 말했다.

"이제 봐도 돼. 그리고 전등은 끄고 촛불을 켜 줘."

라라는 촛불을 켜고 어스름 속에서 대화하는 것을 좋아했다. 파샤는 그녀를 위해 항상 새 양초 묶음을 준비해 놓곤 했다. 그는 촛대에서 타다 남은 양초를 새것으로 바꾸어 창문턱에 올려놓고 불을 붙였다. 불꽃은 스테아린*으로 질식할 듯하다가, 사방에 별빛을 흩뿌리고는, 화살촉 모양으로 뾰족하게

* 양초를 만드는 데 쓰이는, 지방으로 만들어진 무색 고체.

변했다. 은은한 불빛이 방 안을 채웠다. 촛불이 타는 높이의 창문에 얼어붙은 성에가 거무스름하고 동그란 모양으로 녹고 있었다.

"파툴랴, 내 말 잘 들어." 라라가 말했다. "난 지금 곤경에 빠졌어. 내가 헤어날 수 있도록 도와줘. 놀라지도 말고 묻지도 말아 줘. 하지만 우리가 다른 사람과 같다는 생각은 하지 마. 가볍게 생각해서도 안 돼. 나는 항상 위험에 노출되어 있어. 네가 나를 사랑하고 나를 파멸로부터 구하려면, 뒤로 미루지 말고 빨리 결혼하자."

"그건 내가 항상 원했던 거야." 그가 그녀의 말을 가로막았다. "곧 날을 정하도록 하자. 네가 원하는 날이면 언제라도 좋아. 그런데 무슨 일인지 분명하고 간단하게 말해 봐. 수수께끼 같은 말로 나를 괴롭히지 말고."

그러나 라라는 살짝 말을 돌려 직답을 피하며, 그의 주의를 다른 데로 돌렸다. 그들은 라라의 슬픔과는 관계없는 주제로 오랫동안 이야기를 나누었다.

10

이번 겨울, 유라는 대학 내의 금메달 경시에 대비해 망막 신경계에 관한 학술 논문을 썼다. 유라는 일반 내과를 수료했지만, 앞으로 안과의사가 되어도 충분할 만큼 눈에 대해 완벽하게 공부했다.

시각전기생리학視覺電氣生理學에 대한 관심은 유라의 다른 측면의 천성적 자질을 보여 주었는데, 그것은 그의 창조적 재능, 그리고 예술적 형상의 존재와 논리적인 사상의 구축에 대한 그의 사유였다.

토냐와 유라는 전세 낸 썰매를 타고 스벤티츠키 집에서 열리는 크리스마스 파티에 갔다. 두 사람은 육 년이라는 세월을, 그러니까 유년 시절의 후반기와 청년 시절의 초반기를 함께했다. 그들은 서로 아주 작은 부분까지 속속들이 알고 있었다. 그들은 같은 습관도 갖고 있었는데, 짤막한 농담을 주고받을 때 대답 대신 단속적으로 깔깔 웃는 습관 등이 그랬다. 지금도 그들은 추위로 말없이 입을 꼭 다물고 가면서도, 가끔 몇마디 짤막한 말을 주고받았다. 그러고는 다시 각자 자기 생각에 빠져들었다.

유라는 경시 날짜가 다가오자 서둘러 논문을 써야겠다고 생각했지만, 거리에서 느껴지는 연말의 축제 분위기를 접하자, 생각이 다른 쪽으로 흘러갔다.

고르돈의 학부에서는 등사판으로 인쇄하는 학생 잡지를 펴내고 있었다. 고르돈이 편집장을 맡고 있었다. 유라는 오래전부터 블로크*에 대한 논문을 잡지에 기고하기로 약속했

---

* 알렉산드르 블로크(1880~1921). 20세기 러시아 상징주의의 대표 시인.

었다. 미샤와 유라도 당시 두 수도의 모든 젊은이들이 열렬히 추종했던 블로크에게 몹시 경도되어 있었다.

그러나 그 생각도 유라의 머릿속에 오래 남아 있지 않았다. 그들은 턱을 깃 속으로 푹 집어넣고, 추위에 얼어붙은 귀를 문지르며 이런저런 상념에 빠져들곤 했다. 그러다가 그들의 생각이 하나로 모아졌다.

얼마 전 안나 이바노브나의 병상에서 있었던 일은 두 사람을 다시 태어나게 했다. 그들은 갑자기 눈이 뜨인 것처럼 서로를 새로운 시선으로 바라보게 된 것이다.

오랜 친구였고, 어떤 설명도 필요 없을 만큼 완벽하게 이해할 수 있을 것 같았던 토냐가, 유라가 상상할 수 있는 모든 대상 가운데 가장 가까이하기 어렵고 복잡한 존재, 여자로 변해버린 것이다. 유라는 약간의 상상력만 발휘해도 자신을 아라라트산*에 올라간 영웅이든, 예언자이든, 승리자이든, 그 누구로도 쉽게 상상할 수 있었지만, 여자로는 상상할 수가 없었다.

그런데 토냐는 여자라는 어렵고 놀라운 짐을 가냘프고 허약한 자신의 어깨 위에 짊어졌다(그녀는 실제로 건강한 아가씨였지만, 그 순간 갑자기 유라에게는 가냘프고 약한 존재로 느껴졌다). 그 때문에 그는 그녀에게 뜨거운 연민과 수줍은 경이감을 갖게 되었고 그것이 애정의 불씨가 되었다.

---

* 터키 동부에 있는 높이 5,137미터의 휴화산. 성경에서 노아의 방주가 상륙한 곳으로 기록돼 있다.

물론 유라에 대한 토냐의 태도에도 이런 변화를 동반한 유사한 현상이 나타났다.

유라는 그들이 집을 비우는 것이 과연 잘한 일인지 의문이 들었다. 그들이 없는 동안 무슨 일이 일어나지는 않을까 걱정되었다. 그들은 이미 외출 준비를 마쳤지만, 안나 이바노브나의 병세가 악화되고 있다는 것을 알자, 그녀에게 달려가 집에 있겠다고 말했다. 그러나 그녀는 예전처럼 신경질적으로 그들의 제안을 거부하며, 크리스마스 파티에 가야 한다고 고집했다. 유라와 토냐는 날씨가 어떤지 보려고, 커튼 뒤로 창문이 나 있는 깊숙한 벽감 안으로 들어갔다. 그들이 벽감에서 나올 때, 양쪽에 달린 레이스 커튼이 새로 맞춘 그들의 옷에 달라붙었다. 잘 달라붙는 가벼운 레이스가 면사포처럼 토냐의 뒤에 붙어 따라왔다. 아무도 말하지 않았지만, 침실에 있던 사람들의 눈에는 그 모양이 면사포와 너무 흡사해, 모두 웃음을 터뜨렸다.

유라는 사방을 둘러보았다. 그가 보기 직전에 라라가 보았던 광경이 그의 눈에도 들어왔다. 그들이 탄 썰매는 얼음에 뒤덮인 정원과 가로수길의 나무 아래로, 유난히 큰 소리로 긴 메아리를 불러일으키며 달려갔다. 불빛이 새어 나오는 건물의 성에 낀 창문들은 연기에 겹겹이 싸인 토파즈로 만든 값비싼 보석 상자처럼 보였다. 그 안에서는 모스크바의 성스러운 일상이 따뜻하게 펼쳐지며 크리스마스트리가 타올랐고, 손님들은 무리를 지어 우스꽝스러운 가면을 쓰고 숨바꼭질과 반지 찾기 놀이를*하고 있었다.

유라는 갑자기 블로크가 러시아 삶의 전 영역에, 북방 도시의 생활양식과 최신 러시아 문학에, 그리고 지금 이 거리의 별이 빛나는 하늘 아래, 현 세기의 거실에서 밝게 빛나고 있는 트리 주변에 나타난 크리스마스의 현현顯現은 아닐까 생각했다. 블로크에 관해서는 어떤 논문도 필요 없이, 네덜란드의 화가처럼, 추위와 늑대들과 울창한 전나무 숲과 더불어, 동방 박사 세 사람처럼, 러시아식 경배를 묘사하면 충분하다는 생각이 들었다.

그들은 카메르게르스키 거리를 지나고 있었다. 유라는 성에 낀 어느 창문에 성에가 녹아 거무스름하게 생긴 동그란 구멍을 주의 깊게 쳐다보았다. 그 구멍 속에는 촛불 하나가 짐짓 거리를 향해 눈길을 보내듯 빛나고 있었고, 분명 지나가는 마차를 내려다보며 누군가를 기다리고 있는 것 같았다.

'탁자 위에 촛불이 타오르고 있었다. 촛불이 타오르고 있었다…….' 유라는 마음속으로 어떤 분명치 않은 무형의 시의 첫머리를 중얼거리며, 저절로 다음 시구가 떠오르기를 기대했다. 그러나 아무것도 떠오르지 않았다.

---

* 반지 찾기 놀이는 원을 그리고 서 있는 사람들의 손에서 손으로 건너가는 반지를 원 속의 사람이 맞히는 놀이이다.

11

스벤티츠키 집에서 열리는 크리스마스 파티는 아주 오래전부터 항상 같은 방식으로 진행되곤 했다. 아이들이 모두 집으로 돌아가는 열 시가 되면, 젊은이들과 성인들을 위해 두 번째로 트리에 불이 켜지고, 다음 날 아침까지 파티가 계속되었다. 나이가 지긋한 어른들은 기다란 홀과 연결된, 삼면을 큰 청동 고리에 무겁고 두터운 커튼으로 막아 놓은 폼페이식 거실에 앉아 밤새도록 카드놀이를 했다. 그러다가 새벽이 되면, 모두 함께 밤참을 먹었다.

"왜 이렇게 늦었어요?" 스벤티츠키의 조카 조르주가 숙부와 숙모의 방으로 가기 위해 현관을 지나 달려가다 물었다. 유라와 토냐도 주인 부부에게 인사를 가려고, 외투를 벗고 지나가다가, 홀 안을 들여다보았다.

겹겹의 빛줄기에 감싸인 채, 뜨거운 열기를 뿜어내는 크리스마스트리 옆에는, 춤은 추지 않고 옷자락을 살랑대며, 서로의 발등을 밟으며 돌아다니거나 이야기를 주고받는 사람들이 검은 벽처럼 움직이고 있었다.

둥글게 둘러선 원 안에서는 춤추는 사람들이 미친 듯이 돌고 있었다. 검사 아들인 귀족학교 학생 코카 코르나코프가 그들을 빙그르르 돌게 하거나, 짝을 맞추게도 하고, 한 줄로 나란히 손을 잡아끌기도 하며 리드하고 있었다. 그가 홀의 한쪽 끝에서 반대쪽 끝까지 다 들리도록 큰 소리로 "그랑 농! 셴 시 누와즈!Grand rond! Chaine chinoise!"*라고 외치며 춤추는 사람들에게 지시하면, 모든 사람들이 그의 말에 따랐다. 그가 피아니스트에게 "윈 발스 실 부 플레!Une valse s'il vous plait!"**라고 외치고는, 첫 번째 원의 선두에서 자기 짝에게 "아 투르아 탕, 아 두 탕a trois temps, a deux temps."*** 하고 말하면, 스텝이 점점 좁아지고 느려지며, 이내 겨우 눈에 띌 만큼 제자리걸음을 하다가, 드디어 잔상만을 남기며 왈츠는 마무리되었다. 박수로 왈츠가 마무리되자, 들떠서 수다를 떠는 사람들에게 아이스크림과 시원한 음료가 제공되었다. 흥분한 젊은 남녀들은 웃고 떠들다가 잠시 멈추고, 시원한 과일 주스와 레모네이드를 벌컥벌컥 들이켰고, 잔을 쟁반에 내려놓기가 무섭게 무슨 에너지 음료라도 들이켠 듯, 그들 사이에서는 전보다 몇 배는 더 큰 고함과 웃음소리가 다시 터져 나왔다.

토냐와 유라는 홀에 들르지 않고, 곧바로 주인 부부의 안채로 갔다.

---

* 프랑스어로, "커다란 원을 그리고! 중국식으로 한 줄로!"라는 뜻이다.
** 프랑스어로, "왈츠 한 곡 부탁합니다."라는 뜻이다.
*** 프랑스어로, '세 박자, 두 박자'라는 뜻이다

12

스벤티츠키 집의 안채에는 거실과 홀을 더 넓히려고 그곳에서 옮겨 온 잡동사니들이 가득 쌓여 있었다. 그곳은 주인 부부의 마법의 주방이자, 크리스마스 선물 창고였다. 그곳에서는 물감 냄새와 풀 냄새가 났고, 감아 놓은 색종이 뭉치와 코티용 춤*에 사용될 별표가 담긴 상자와 여분의 크리스마스 장식용 양초가 든 상자가 높이 쌓여 있었다.

스벤티츠키 노부부는 선물 상자의 번호와 지정된 만찬 좌석의 카드, 그리고 예정된 제비뽑기에 쓸 표에 번호를 써 넣고 있었다. 조르주가 그들을 도와주고 있었지만, 자주 숫자를 혼동하는 바람에 부부는 역정을 내곤 했다. 스벤티츠키 부부는 유라와 토냐를 반갑게 맞았다. 유라와 토냐는 어렸을 때부터 그들과 아는 사이였기 때문에, 격식을 차리거나 다른 말을 할 필요 없이, 바로 그들을 도왔다.

"이런 일은 손님들이 한창 몰려오기 전에 미리 해놓아야 한다는 것을 펠리차타 세묘노브나는 잘 모르는 모양이다. 아니, 이런, 엉망진창 뒤죽박죽, 조르주! 숫자를 또 엉망으로 써놓았구나! 봉봉 과자 상자는 탁자 위에, 빈 상자는 소파 위에 놓으라고 했을 텐데, 다시 엉망으로 만들어 버렸구나."

---

* 두 사람, 네 사람 또는 여덟 사람으로 그룹을 지어 추는 역동적인 프랑스 춤.

"아네트*가 좋아졌다니 무척 기쁘구나. 피에르**와 나는 많이 걱정했단다."

"그래요, 하지만 여보, 그녀가 점점 악화된다는데, 당신은 항상 드방-데리에르devant-derrière***로 말하는군요."

유라와 토냐는 크리스마스 날 밤의 절반을 무대 뒤에서 조르주, 노부부와 함께 그렇게 보냈다.

13

그들이 스벤티츠키 부부와 함께 있는 동안, 라라는 내내 홀에 있었다. 그녀는 무도회 복장도 아니었고, 아는 사람 하나 없었지만, 꿈을 꾸듯, 자기도 모르게 그녀 앞에서 빙빙 돌며 춤을 추는 코카 코르나코프를 상대하기도 하고, 의기소침한 모습으로 홀 주위를 서성대기도 했다.

라라는 홀 쪽을 향하고 앉아 있는 코마롭스키가 자신을 발견해 주기를 기대하며, 벌써 두어 번, 거실 문지방에서 주저하며 발을 멈추고 서 있곤 했다. 그러나 그는 실제로 그녀를 보지 못했는지, 아니면 일부러 모르는 척하는지 알 수 없었지만, 방패처럼 왼손에 든 카드를 앞으로 내밀고, 계속 카드만

* 안나의 프랑스식 애칭.
** 표트르의 프랑스식 발음.
*** '반대 방향'이나 '뒤집어서'라는 뜻의 프랑스어.

보고 있었다. 라라는 수치심에 숨이 막힐 지경이었다. 바로 그 때, 라라가 모르는 한 아가씨가 홀에서 거실로 들어갔다. 코마롭스키는 라라에게 익숙했던 그 눈길로 그곳으로 들어서는 아가씨를 쳐다보았다. 우쭐한 아가씨는 코마롭스키에게 미소를 지어 보이고, 얼굴을 붉히며 환한 빛을 발했다. 그 광경을 목격한 라라는 하마터면 비명을 지를 뻔했다. 수치심으로 얼굴이 빨개졌고, 이마와 목까지 빨갛게 변했다. '새 제물이군.' 그녀는 생각했다. 라라는 거울에 비추어 보듯, 자신의 모든 것과 과거를 반추했다. 그러나 그녀는 코마롭스키와 이야기를 해야겠다는 생각을 아직 포기하지 않은 채, 더 좋은 기회가 될 때까지 자신의 시도를 미루기로 하고, 간신히 마음을 진정시키며 홀로 돌아왔다.

탁자에서 카드놀이를 하고 있던 사람은 코마롭스키 외에 모두 세 사람이었다. 그 옆에 앉은 사람들 중의 한 사람은 라라에게 왈츠를 신청했던 멋쟁이 귀족학교 학생의 아버지였다. 라라는 그 파트너와 홀 안을 돌 때, 두세 마디 대화를 통해서 그 사실을 알게 되었다. 그리고 갈색 머리에 검은 옷을 입고, 미친 듯이 불타는 눈동자를 가진 키가 큰 여자, 뱀처럼 기분 나쁜 뻣뻣한 목을 가진 여자, 수시로 카드놀이를 하는 남편이 있는 객실과 아들의 활동 구역인 홀을 계속 왔다 갔다 하는 여자가 코카 코르나코프의 어머니라는 사실, 그리고 라라에게 복잡한 감정을 불러일으킨 그 아가씨가 코카의 여동생이라는 사실을 우연히 알게 된 라라는 자신의 추측이 근거가 없다는 것을 알게 되었다.

코카는 처음에 라라에게 "코르나코프입니다."라고 자신을 소개했다. 그러나 그때 그녀는 그 말을 알아듣지 못했다. 왈츠의 마지막 매끄러운 원을 그린 다음, 그녀를 소파로 안내한 후, 고개를 숙이며 그가 다시 "코르나코프입니다."라고 말했다.

그때서야 라라는 겨우 그의 말을 알아들었다. 그녀는 '코르나코프, 코르나코프' 하고 그의 이름을 되뇌며 무언가를 기억해 내려고 노력했다. '어디서 들은 것 같아. 어떤 불쾌한 일과 관련된 것 같은데.' 나중에야 그녀는 기억해 냈다. 코르나코프는 모스크바 법정의 검사였다. 그는 티베르진과 함께 재판을 받고 있던 철도 노동자들을 기소했었다. 라라의 요청으로 라브렌티 미하일로비치는 재판 과정에서 그들에게 너무 가혹한 처벌을 하지 말아 달라고 탄원하러 그에게 갔지만, 설득하지는 못했다. '아, 바로 그거였어! 그래, 그래, 그래. 흥미롭군. 코르나코프, 코르나코프……'

14

밤 열두 시에서 한 시쯤 되는 시각이었다. 유라는 귀가 먹먹했다. 식당에서 작은 케이크를 곁들여 차를 마시는 휴식 시간이 끝나고, 다시 무도회가 시작되었다. 크리스마스트리 위의 초는 모두 타 버렸지만, 아무도 다시 새것으로 갈아 끼우려고 하지 않았다.

유라는 홀 한가운데에 멍하니 서서, 낯선 사람과 춤을 추고 있는 토냐를 바라보고 있었다. 토냐는 물고기가 지느러미로 물을 철썩 거리듯, 새틴 드레스의 기다란 치맛자락을 발로 차대며, 유라의 옆을 유연하게 지나쳐, 춤추는 무리 속으로 사라졌다.

그녀는 매우 들떠 있었다. 휴식 시간에 식당에 앉아 있을 때에도, 토냐는 차도 마시지 않고, 손쉽게 벗겨지는 향기로운 귤 껍질을 연신 벗겨 대며 귤로만 갈증을 달랬다. 그녀는 허리띠와 소매 끝에서 수시로 과일나무 꽃잎 같은 아주 작은 아마포 손수건을 꺼내어, 입가에 흐르는 땀과 끈적거리는 손가락 사이를 닦곤 했다. 그녀는 미소를 지으며 계속 유쾌하게 이야기를 이어 가며, 손수건을 허리띠나 소매 끝에 익숙하게 넣곤 했다.

그런 다음, 토냐는 낯선 파트너와 춤을 추며 몸을 돌릴 때마다, 얼굴을 찡그린 채, 한쪽에 비켜 서 있던 유라를 톡톡 치며, 장난스레 그의 한 손을 잡고 의미심장한 미소를 지어 보였다. 그렇게 손을 잡곤 하다가, 한번은 그녀의 손에 들려 있던 손수건이 유라의 손에 건네졌다. 그는 손수건을 입술에 대고 눈을 감았다. 손수건은 귤껍질 향과 열에 들뜬 토냐의 손 냄새가 뒤섞여 야릇한 매혹적인 향기를 풍겼다. 그것은 유라가 지금까지 살아오면서 한 번도 경험한 적이 없던, 머리에서 발끝까지 예리하게 관통하는 전혀 새로운 느낌이었다. 어린아이 같은 순수한 향기는 어둠 속에서 속삭이는 말처럼 친근하고 익숙하게 느껴졌다. 유라는 그대로 선 채, 손수건을 든 손에 눈과 입술을 묻고 숨을 들이쉬었다. 그때 갑자기 집 안에서 총성이 울렸다.

모든 사람들이 홀과 거실 사이에 드리운 커튼 쪽으로 얼굴을 돌렸다. 순간 정적이 흘렀다. 그러고는 큰 소동이 일었다. 모두 허둥대며 비명을 질러 댔다. 몇 사람이 코카 코르나코프를 뒤따라, 총소리가 난 곳으로 달려갔다. 그곳에서는 벌써 사람들이 뛰쳐나오면서 손을 휘저으며 비명을 질러 댔고, 서로 말을 가로막으며 싸우기도 했다.

"이 애가 무슨 짓을 한 거야, 무슨 짓을 저지른 거야!" 코마롭스키가 절규했다.

"보랴,* 당신 무사해요? 살아 있어요?" 코르나코바 부인이 히스테릭하게 소리를 질렀다. "드로코프 박사님이 와 계신 걸로 아는데, 그분은 대체 어디, 어디 계시죠? 아니, 제발, 가만히 계세요! 당신에겐 찰과상이지만, 나에게는 일평생 내 생각이 옳았다는 것을 증명하는 거예요. 오, 이런 가엾은 희생자, 범죄자들이라면 모조리 잡아들인 분이시니! 저기 있군, 저기 있어, 이런 쓰레기 같은 년, 네 눈알을 뽑아 버릴 테다, 이 요

* 검사 코르나코프의 애칭.

망한 것! 이 애를 붙잡아요! 네? 지금 무슨 말씀이세요, 코마롭스키! 당신을요? 저 여자애가 당신을 겨눈 거라고요? 아니요, 그럴 리가 없어요. 너무 혼란스럽군요. 코마롭스키, 정신 차리세요, 지금 농담할 상황이 아니잖아요. 코카, 코코치카, 너는 어떻게 생각하니? 네 아버지를……. 아, 그래. 하지만 하나님……. 코카! 코카!"

거실에 있던 사람들이 홀로 몰려들었다. 코르나코프는 가벼운 찰과상을 입어 피가 맺힌 왼손의 상처를 깨끗한 냅킨으로 누른 채, 큰 소리로 농담을 던지고 모두에게 자신은 아주 무사하다고 장담하며, 홀 가운데를 걸어 다녔다. 그곳에서 조금 떨어진 곳에서는 다른 한 무리의 사람들이 라라의 손을 뒤로 잡아 데려갔다.

유라는 그녀를 발견하고는 망연자실했다. 바로 그 여자애였다! 이런 이상한 상황에서 그녀를 다시 보게 되다니! 그리고 저 반백의 남자도! 유라는 이제 그가 누군지 알게 되었다. 아버지의 상속 사건과 관계된 유명한 변호사 코마롭스키다. 굳이 인사를 할 필요는 없었다. 유라와 그는 서로 모르는 척했다. 그런데 그녀가…… 그녀가 총을 쏘았단 말인가? 검사를? 분명 정치적 이유일 것 같은데. 가엾게 됐군. 이젠 그녀도 무사하진 못할 거야. 하지만 정말 당당하고 멋지군! 그런데 저들은 어떤가? 빌어먹을. 도둑이라도 체포한 것처럼 손을 뒤로 붙잡아 그녀를 끌고 다니고 있잖아.

그러나 곧 그것이 오해였음을 알게 되었다. 라라는 다리를 후들거리고 있었다. 사람들은 그녀가 쓰러질까 봐 팔을 잡고 가까운 소파로 간신히 데려갔고, 그녀는 소파에 털썩 주저앉았다.

유라는 그녀에게 달려가 정신을 차리도록 도와주고 싶었지만, 예의상, 먼저 피습당한 것으로 보이는 사람에게 관심을 보여야 할 것 같았다. 그는 코르나코프에게 다가가 말했다.

"의사의 도움이 필요할 것 같군요. 제가 도와드리겠습니다. 손을 보여 주십시오……. 아, 정말 다행입니다. 가벼운 상처라서 붕대는 감지 않아도 되겠어요. 하지만 요오드는 좀 발라야겠습니다. 저기 계신 펠리차타 세묘노브나에게 부탁해 보죠."

그 때, 얼굴이 사색이 된 스벤티츠카야 부인과 토냐가 급히 유라를 향해 다가왔다. 그들은 유라에게 당장 모든 일을 중단하고 서둘러 코트를 입으라고 말하며, 집에 일이 생겨 그들을 데리러 왔다고 전했다.

깜짝 놀란 유라는 최악의 사태를 예견하며, 모든 일을 뒤로 하고 코트를 입으려고 달려 나갔다.

15

시브체프의 집 현관에 도착한 두 사람은 황급히 집 안으로 달려 들어갔지만, 이미 안나 이바노브나는 이 세상 사람이 아니었다. 그들이 도착하기 십 분 전에 죽음이 찾아온 것이다.

사인은 제때에 발견하지 못한 급성 폐부종으로 인해 장시간 천식 발작을 일으킨 것으로 밝혀졌다.

처음 몇 시간 동안, 토냐는 목 놓아 울부짖고 경련을 일으키며 아무도 알아보지 못했다. 다음 날, 그녀는 안정을 되찾고, 간신히 울음을 참으며 아버지와 유라의 말을 듣고 있었지만, 고개만 끄덕여 답할 뿐이었다. 여전히 슬픔에서 헤어나지 못한 상태였던 탓에, 입을 열면 억지로 참고 있던 가슴속의 울부짖음이 자신도 모르게 터져 나올 것 같았기 때문이다.

그녀는 진혼 미사가 진행되는 사이사이, 고인 옆에 몇 시간씩이나 무릎을 꿇고 앉아, 아름다운 두 팔을 크게 벌려 화환에 뒤덮인 관을 받치고 있는 단상의 모서리와 관 끄트머리를 안고 있었다. 그녀는 주변 사람들을 아무도 알아보지 못했다. 그러다 우연히 가까운 이들과 눈길이 마주치면, 마루에서 벌떡 일어나 눈물을 터뜨리며, 홀에서 이층으로 뛰어올라가, 자기 방 침대 위에 쓰러져, 베개에 얼굴을 묻고, 가슴에서 터져 나오는 절망을 토해 내곤 했다.

장시간 서 있었던 데다가, 슬픔과 수면 부족, 슬픈 노래, 그리고 밤낮으로 타오르는 밝은 빛, 그즈음에 걸린 감기 등으로 인해, 유라의 마음은 몽롱하게 느꺼운, 어떤 황홀한 비애감이 느껴지는 달콤한 혼란으로 차 있었다.

십 년 전, 엄마의 장례식 때만 해도 유라는 아직 어린애였다. 그때 얼마나 슬피 울었는지, 얼마나 슬픔과 공포에 사로잡혀 있었는지 지금도 기억이 생생했다. 그 당시에 중요했던 것은 그 자신이 아니었다. 그때는 그가 독립적이며 어떤 의미와 가치를 갖는 유라라는 존재가 있다는 사실도 거의 인식하지 못했다. 그때 중요했던 것은 주변, 즉 외부 세계였다. 외부 세계는 숲처럼 논쟁의 여지없이 완벽하고 확실하게 유라를 에워싸고 있었기 때문에, 유라는 엄마와 함께 그 숲에서 방황하다, 엄마 없이 혼자 남겨지자, 엄마의 죽음에 심한 충격을 받았던 것이다. 그 숲은 세상의 모든 것들이었다. 구름, 거리의 간판, 소방서 망루에 떠 있는 공,* 성모마리아의 성상화聖像畵를 싣고 가는 마차 앞에서 말을 타고 길 안내를 하며, 성물 앞이라, 모자도 쓰지 않고 맨머리에 귀마개만 한 수도원의 마부들이었다. 또한 숲은 아케이드 상점의 진열장들, 별들과 하나님과 성인들이 사는 까마득한 높은 밤하늘이었다.

어린 시절, 유모가 성스러운 이야기를 들려줄 때면, 손이 닿을 수 없는 저 높은 하늘이 유모의 옷자락 속에 감싸인 아기의 정수리까지 몸을 굽혀 낮아지고 낮아져서, 마치 열매를 따려고 가지를 구부리는 골짜기의 개암나무 꼭대기처럼, 손에 닿을 듯 가깝게 느껴지곤 했다. 그 높은 하늘이 지상으로 내려와 아이 방에 놓인 황금 대야에서 불과 황금으로 목욕을 하는 것 같기도 했고, 유모의 손에 이끌려 가곤 했던 골목

---

* 화재가 일어나면 이를 알리기 위해 망루에 매달아 두었던 가죽 공. 밤에는 등불을 달았다.

의 작은 교회에서 새벽 미사와 오전 미사로 바뀌는 것 같기도 했다. 교회에서는 하늘의 별들이 작은 등불이 되고, 하나님은 아버지가 되어, 모든 것이 크든 작든 자기 능력에 따라 제자리에 앉아 있곤 했다. 그러나 중요한 것은, 숲처럼 어른들의 현실 세계와 도시가 점점 더 그의 주변을 어둡게 한다는 사실이었다. 그때 유라는 반쯤은 동물적인 모든 믿음을 다해 산지기를 믿듯이, 그 숲의 신을 믿었었다.

그러나 지금은 상황이 전혀 달랐다. 중등학교와 대학 과정을 보낸 십이 년 동안, 유라는 가문의 연대기나 집안의 족보처럼 고전문학과 성서, 전설과 시, 역사와 자연과학을 공부했다. 이제 그는 삶도 죽음도 두렵지 않았고, 이 세상의 모든 것들, 모든 사물들이 그의 사전辭典 속의 단어일 뿐이었다. 그는 자신이 우주와 동일한 선상에 서 있다고 느꼈고, 예전의 어머니의 장례식 때와는 전혀 다른 자세로 안나 이바노브나의 진혼 미사에 임했다. 그때는 비통한 마음에 정신을 잃고 겁에 질려 기도했었다. 그러나 지금 그는 추모 미사를 자신과 직접 관련되고, 직접적으로 그를 향한 전언으로 받아들였다. 그는 매사에 그렇듯이, 그 말을 귀담아듣고, 그 속에 표현된 정확한 의미를 찾아내려 했으며, 위대한 조상처럼 숭배했던 하늘과 땅의 지고한 힘이 자기 내부에 흐르고 있다는 감정은 종교적인 신앙심과는 다른 것이었다.

16

'신성한 신이시여, 신성하고 전능한 신이시여, 신성한 불멸의 신이시여, 우리에게 자비를 베푸소서.' 이 말은 무슨 뜻일까? 그가 어디에 있다는 말일까? 발인 시간이다. 밖으로 관을 내가고 있다. 일어나야 한다. 새벽 다섯 시에 그는 옷을 그대로 입은 채 소파 위에 쓰러져 잠이 들었다. 열이 좀 났다. 사람들이 지금 그를 찾아 온 집안 구석구석을 찾지만, 아무도 그가 천장까지 닿는 서재 안 높은 책장 뒤편 구석에 곤히 잠들어 있다고는 생각지 못한다.

"유라, 유라!" 어딘가 가까운 곳에서 문지기 마르켈이 그를 부른다. 발인이 시작되어, 거리로 화환을 끌어내야 하는데도, 마르켈은 유라를 찾을 수 없다. 더구나 열린 옷장 문이 침실 문을 가로막고 있어, 그는 산더미처럼 화환이 쌓인 침실을 빠져나가지 못하고 있었다.

"마르켈! 마르켈! 유라!" 아래층에서 그들을 찾았다.

마르켈은 문을 단번에 가격해 장애물을 돌파한 다음, 화환 몇 개를 들고 층계를 따라 아래층으로 달려 내려갔다.

"신성한 신이시여, 신성하고 전능한 신이시여, 신성한 불멸의 신이시여." 하고 부르는 성가는 살랑거리는 바람에 실려 골목길을 휘돌다 머물러 있었고, 부드러운 타조 깃털로 대기를 쓸듯, 화환이, 지나가는 사람들이, 깃털 장식을 단 말 머리들이, 사제의 손에서 길게 늘어진 향로가, 그리고 발밑의 하얀 땅이, 그 모든 것들이 흔들리고 있었다.

"유라! 오, 이런 맙소사, 어서 일어나라, 어서." 그를 찾아낸 수라 실레진게르가 그의 어깨를 흔들었다. "어떻게 된 거니? 발인하는데 너도 가야 되잖아?"

"물론 가야죠."

17

장례식이 끝났다. 추위로 발을 동동 구르던 거지들이 두 줄로 점점 가까이 모여들었다. 영구 마차와 화환을 실은 이륜 마차, 그리고 크류게르 가家의 마차와 장례 행렬이 들썩이는가 싶더니 조금씩 움직이기 시작했다. 교회 가까이로 마차들이 몰려들었다. 실컷 울고 난 수라 실레진게르가 교회에서 나와, 눈물 젖은 베일을 걷어 올리고는, 마차 행렬을 따라 재빠르게 시선을 던지며 누군가를 찾았다. 행렬 속에서 운구자들을 발견한 그녀는 고갯짓으로 그들을 불러, 그들을 데리고 교회 안으로 사라졌다. 교회에서는 사람들이 점점 더 많이 쏟아져 나왔다.

"오늘은 안니-이바나나* 차례야. 가엾은 고인이 작별 인사

---

* 안나 이바노브나. 외국식 발음.

를 하고, 이젠 돌아올 수 없는 길을 나서는구나."

"그래요, 불쌍한 사람. 무도회가 끝나고, 우리 잠자리*가 이젠 쉬려고 떠났군요."

"마부를 부르시겠어요? 아니면 11번을 타고 가시겠어요?"**

"오래 서 있었군요. 좀 걷다가 타고 가기로 하지요."

"푸프코프가 얼마나 비통해하는지 보셨죠? 눈물을 줄줄 흘리고, 코를 풀면서 눈에 넣을 듯이 바라보고 있더군요! 그녀의 남편이 옆에 있는데도 말예요."

"한평생 그녀를 바라며 살았으니까요."

사람들은 이런저런 이야기를 나누며, 도시의 다른 쪽 끝에 있는 묘지를 향해 천천히 걸어갔다. 그날은 맹추위가 조금 꺾인 후였다. 하늘이 낮게 드리우고, 추위가 풀리고, 한 생명이 스러진 이날은, 마치 장례식을 위해 자연이 마련한 날 같았다. 더럽혀진 눈은 엉망으로 구겨진 크레이프 천을 통해 비치는 것 같았고, 담장 너머로 지켜보고 있는, 검게 세공한 은처럼 까맣고 축축한 전나무들은 상복을 입은 것처럼 보였다.

이곳은 바로 마리야 니콜라예브나가 잠들어 있는, 잊을 수 없는 그 묘지였다. 유라는 최근 몇 년 동안 어머니의 무덤에 와본 적이 없었다. 그는 멀리서 그쪽을 향해 '엄마' 하고 옛날처럼 입만 달싹이며 속삭였다.

* 안나 이바노브나를 가리킴.
** 두 발로 걸어간다는 의미.

음울한 걸음걸이와는 다르게 말끔하게 치워진 구불구불한 길을 따라, 사람들이 엄숙하고도 그림 같은 모습으로 걸어가고 있었다. 알렉산드르 알렉산드로비치는 토냐를 부축하며 걸었다. 그 뒤로 크류게르 가족들이 따라왔다. 토냐는 상복이 잘 어울렸다.

둥근 지붕 위의 십자가에서 길게 흘러내린 사슬들과 장밋빛 수도원 벽은 곰팡이처럼 털이 수북한 서리로 뒤덮여 있었다. 멀리 수도원 마당의 한쪽 구석에는 벽과 벽 사이에 몇 개의 빨랫줄을 매어 놓고 흠뻑 젖어 소매가 부푼 루바시카와 복숭아색 식탁보, 그리고 잘못 짜서 뒤틀린 침대 시트 등을 널어 말리고 있었다. 유라는 그쪽을 바라보며, 새로 들어선 건물 때문에 모습이 좀 바뀌기는 했지만, 그곳이 눈보라가 휘몰아치던 날의 바로 그 수도원이라는 것을 알 수 있었다.

유라는 다른 사람들을 지나쳐 빠르게 혼자서 앞으로 걸어갔다가, 가끔 멈춰 서서 그들을 기다리기도 했다. 유라는 천천히 뒤에서 따라 걷는 사람들이 느끼고 있을 죽음의 허무함과는 달리, 격렬하게 소용돌이치며 심연 속으로 빨려 들어가는 물처럼 불가항력적인 어떤 충동이 가슴속에 일어나는 것을 억누를 수 없었다. 그것은 상상하고, 사유하고, 형식을 고민하고, 아름다움을 창조하고 싶은 갈망이었다. 어느 때보다 지금, 예술이 예외 없이, 언제나 두 가지 문제에 관심을 기울여 왔다는 사실을 분명하게 그는 깨달았다. 예술은 집요하게 죽음을 사유하고, 그것을 통해 집요하게 삶을 창조한다. 진정 위대한 예술은 「요한계시록」이라고 불리는 바로 그것이며, 또 그것을 완결하는 일이리라.

유라는 하루나 이틀쯤, 가족과 대학의 울타리를 벗어나, 안나 이바노브나에 대한 자신의 추모시追慕詩에 그의 마음속에 그 순간 떠오른 모든 것을, 그의 인생에 끼어든 모든 우연들을, 그러니까 망인의 두세 가지 훌륭했던 장점이라든가 상복을 입은 토냐의 모습, 혹은 묘지에서 돌아오는 길에 보았던 거리의 이런저런 풍경, 눈보라가 휘몰아치던 오래전의 어느 날 밤과 어린 소년이 울고 있던 그곳에서 펄럭이던 빨래 등을 묘사하고 싶다는 열망이 솟구쳐 올랐다.

제4장

피할수없는운명

1

라라는 반쯤 정신이 나간 상태로 펠리차타 세묘노브나의 침대 위에 누워 있었다. 그녀 옆에서 스벤티츠키 부부와 의사 드로코프, 그리고 하녀가 조용히 대화를 나누고 있었다.

텅 빈 스벤티츠키의 집은 어둠에 잠겨 있었고, 길게 늘어선 방들 중간에 위치한 작은 거실에만 벽에 걸린 램프가 희미하게 타오르며, 한 줄로 길게 이어진 통로의 앞뒤로 빛을 비추고 있었다.

그곳에서 화가 난 빅토르 이폴리토비치가, 손님이 아니라 집주인이라도 되는 양, 거칠고 단호한 걸음걸이로 왔다 갔다 하고 있었다. 그는 침실에서 무슨 일이 일어나고 있는지 슬쩍 들여다보기도 하고, 다시 건물 반대편 끝으로 걸음을 옮겨, 은구슬로 꾸며진 크리스마스트리 옆을 지나, 식당이 있는 곳까지 걸어가곤 했다. 식당에는 손도 대지 않은 음식이 차려진 식탁이 그대로 있었고, 창문 밖 거리에 마차가 지나가거나 식탁보 위의 접시들 사이로 쥐가 달려갈 때면, 식탁 위의 녹색 포도주잔이 달가닥거리곤 했다.

코마롭스키는 화가 나서 제정신이 아니었다. 상반된 감정으로 마음이 혼란했다. 이런 스캔들에 추태라니! 그는 분노에 휩싸여 어쩔 줄 몰랐다. 그는 불리한 입장에 놓이게 되었다. 그의 평판을 손상시킬 수도 있다. 무슨 수를 써서라도 늦기 전에 소문을 차단해야 하고, 만약 소문이 이미 퍼졌다면 싹을 잘라 더 이상 번지지 않도록 막아야 한다. 그런데도, 이렇게 극단적이고 정신 나간 아가씨가 얼마나 매혹적인지 다시 인정할 수밖에 없었다. 그녀가 다른 사람들과 다르다는 사실은 이미 첫눈에 알아챘다. 그녀에게는 언제나 특별한 무언가가 있었다. 그런데 그는 그녀의 인생에 너무 깊고 돌이킬 수 없는 상처를 입히고 말았다! 그녀는 자신의 운명을 바로잡아 자신이 원하는 대로 다시 새롭게 태어나고 싶은 열망에 얼마나 몸부림쳤을 것인가.

방을 얻어 준다든가 하는 여러 가지 방법으로, 그녀를 도와야 한다. 하지만, 어떤 경우에도 그녀를 건드려서는 안 된다. 오히려 그녀의 눈에 띄지 않도록 모습을 감추고, 멀리 떨어져 있어야 한다. 그녀의 성격으로 보아, 또 무슨 일을 벌일지 알 수 없으니까!

앞으로 얼마나 성가신 일이 일어날 것인가! 이 일이 조용히 넘어가지는 않을 것이다. 법적으로도 문제가 되겠지. 아직 밤이고, 사건이 일어난 지 채 두 시간이 지나지도 않았는데, 벌써 경찰에서 두 번이나 사람들이 왔고, 코마롭스키는 해명을 하기 위해 경찰관을 데리고 식당을 들락거리며 겨우 무마시키지 않았던가.

그러나 시간이 갈수록 일은 더 복잡해질 것이다. 라라가 코르나코프가 아니라, 그를 겨냥했다는 증거를 요구할 것이다. 물론 그 문제만으로 해결되는 것도 아니다. 라라가 죄를 일부 감면받는다 해도, 남아 있는 다른 죄목으로 라라는 기소될 터였다.

물론 그는 온 힘을 다해 그런 사태가 오지 않도록 막겠지만, 혹시 사건이 확대되더라도, 저격 당시 라라가 제정신이 아니었다는 정신과 의사의 감정을 이끌어 내어 기소를 중지시켜야 한다.

이렇게 계획을 세우고 나니, 코마롭스키도 점차 마음이 안정되기 시작했다. 날이 밝았다. 빛줄기가 도둑이나 전당포 감정가처럼 방마다 스며 들어와 식탁과 소파 위를 기웃거렸다.

코마롭스키는 침실에 들러, 라라의 상태가 아직 회복되지 않은 것을 보고는, 스벤티츠키 집을 나와, 마차를 타고 루피나 오니시모브나 보이트-보이트콥스카야를 찾아갔다. 그녀는 정치 망명가의 아내이자 변호사로 그와 아는 사이였다. 여덟 개나 되는 방이 딸린 그녀의 아파트는 그녀에게 전부 필요하지도 않았고, 분수에 맞지도 않았다. 그래서 방 두 개를 세를 놓고 있었다. 그런데 최근에 방 하나가 비게 되자, 코마롭스키는 라라를 위해 그 방을 빌렸다. 몇 시간 후, 고열로 정신이 반쯤 나간 라라는 그곳으로 옮겨졌다. 그녀는 신경성 열병을 앓고 있었다.

2

진보적 성향의 여성이었던 루피나 오니시모브나는 편견을 싫어했으며, 그녀가 판단하고 표현한 대로, 그녀를 둘러싸고 있는 모든 '긍정적이고 활달한' 것에 호의적인 사람이었다.

그녀의 장식장 위에는 저자의 헌사가 적힌 「에르푸르트 강령」* 한 부가 놓여 있었다. 벽에 걸린 사진들 중에서 하나는 그녀의 남편인 '나의 착한 보이트'가, 스위스의 한 공원에서 플레하노프**와 함께 평범한 사람들처럼 산책하는 모습을 찍은 것이었다. 두 사람 모두 러스트린 실크 양복을 입고 파나마모자를 쓰고 있었다.

루피나 오니시모브나는 처음부터 앓고 있는 이 세입자를 마음에 들어 하지 않았다. 그녀는 라라를 못된 꾀병 환자로 치부했다. 루피나 오니시모브나의 눈에는 라라의 헛소리가 순전히 꾸며 낸 행동으로 보였던 것이다. 그녀는 라라가 감옥에 갇힌 미친 마르가르타***의 흉내를 내고 있다고 굳게 확신했다.

루피나 오니시모브나는 아주 드러내 놓고 유난스레 라라를 경멸했다. 그녀는 쾅 소리를 내며 방문을 여닫는가 하면, 큰 소리로 노래를 부르고, 온 집 안을 회오리바람처럼 휘젓고

---

* 1891년 당 대회에서 채택된 독일 사회민주당 강령.
** 게오르기 발렌티노비치 플레하노프(1856~1918). 러시아의 마르크스주의자로 러시아 혁명 활동가이자 이론가.
*** 괴테의 『파우스트』에 나오는 여주인공 그레트헨을 말하고 있다.

다녔으며, 매일 온종일 자기 방을 환기시키기도 했다.

그녀의 아파트는 아르바트 거리에 있는 커다란 건물의 맨 위층에 있었다. 이곳은 동지 때가 되면, 해빙기에 범람하는 강처럼, 넓고 푸르고 빛나는 하늘이 창을 가득 채우곤 했다. 나머지 절반의 겨울 동안은, 다가올 봄의 징후들과 봄의 전조들로 아파트가 가득 차곤 했다.

남쪽에서 따뜻한 바람이 환기창으로 불어 들어오고, 정거장에서는 기관차가 돌핀처럼 포효하고 있었다. 병상에 누운 라라는 하릴없이 지난날의 추억에 잠기곤 했다.

칠팔 년 전이었던, 잊지 못할 어린 시절, 우랄에서 모스크바에 도착했던 첫날 밤이 자주 떠오르곤 했다.

그들은 마차를 타고 기차역에서 여관까지 모스크바를 온통 가로질러, 수많은 어두운 골목길을 달렸다. 가까워졌다 멀어지는 가로등들이 몸을 웅크린 마부의 그림자를 건물 벽에 그려 내곤 했다. 그림자는 점점 커져서, 기이하게 커지다가, 도로와 지붕을 덮었다가 이내 사라졌다. 그런 다음, 모든 것이 처음부터 다시 반복되곤 했다.

어둠 속에서 머리 위로 모스크바의 사십의 사십* 교회가 종을 울리고, 땅 위에서는 철로마차**가 방울 소리를 울리며 사방으로 질주하고 있었다. 비명을 질러 대는 진열장들과 불

---

* 1,600개나 되었다는 예전 모스크바의 사원의 수를 가리킨다.
** 말이 끄는 전차.

빛들도 종소리며 바퀴 소리처럼 그들의 소리를 내는 것처럼 느껴져, 라라의 귀가 먹먹했다.

새로 이사한 것을 환영해 코마롭스키가 여관방의 식탁 위에 마련해 놓은 믿을 수 없을 만큼 큰 수박을 보고 라라는 어리둥절했다. 수박은 라라에게 코마롭스키의 부와 권력의 상징처럼 보였다. 빅토르 이폴리토비치가 차갑고 달콤한 과육을 가진 기이하고 둥근 초록색 수박을 칼로 자르자, 쩍 소리를 내며 둘로 갈라진 수박을 보았을 때, 라라는 깜짝 놀라 숨이 턱 막힐 지경이었지만, 감히 거부할 수 없었다. 그녀는 장미 빛깔의 향기로운 수박 조각을 억지로 삼키다가 그만 너무 흥분해서인지 목구멍에 걸려 버렸다.

값비싼 음식과 수도 모스크바의 밤을 경험하며 느꼈던 두려움은 그 후 코마롭스키 앞에서 되풀이되었고, 다음에 일어날 모든 일의 주된 원인이 되었다. 그러나 그가 지금은 완전히 다른 사람이 되었다. 아무것도 요구하지 않고, 그를 기억해 낼 만한 어떤 일도 하지 않았으며, 얼굴조차 내보이지 않았다. 항상 거리를 두고 조심스럽게 도와주려 했을 뿐이다.

콜로그리보프의 방문은 그와는 전혀 달랐다. 라라는 라브렌티 미하일로비치가 찾아오자 매우 기뻐했다. 그가 키가 크고 위엄이 있어서가 아니라, 그 자체에서 풍기는 당당함과 재기 가득한 이 손님의 빛나는 눈빛과 지혜로운 미소가 방의 절반을 채웠기 때문이다. 방 안이 한층 좁게 느껴질 정도였다.

그는 두 손을 비비며 라라의 침대 가에 앉아 있었다. 페테르부르크 국무회의에 초청되어 갈 때도, 고위층 인사들을 마치 개구쟁이 학생을 대하듯 이야기를 하던 그였다. 그러나 지금 그 앞에 누워 있는, 얼마 전까지 친딸과 같고 그의 가족이나 마찬가지였던 그녀와 이야기를 나눌 때는, 다른 자기 가족들을 대할 때처럼, 눈길을 교환하며 걷거나, 몇 마디 말을 살짝 주고받을 뿐이었다(그것은 그들의 단단하고도 강렬한 유대감의 특별한 매력으로, 두 사람 모두 그것을 알고 있었다). 그는 라라를 어른 대하듯 엄격하고 냉담하게 대할 수가 없었다. 그는 혹시라도 그녀가 상처를 받을지도 몰라, 어린아이 대하듯 웃으며 이렇게 말했다.

"우리 아가씨가 무슨 일을 꾸민 건가? 이런 멜로드라마가 왜 일어났지?" 그는 말을 멈추고 습기로 얼룩진 천장과 벽을 바라보았다. 그러고는 책망하듯 고개를 흔들고 말을 이었다. "뒤셀도르프에서 그림과 조각, 그리고 원예를 전시하는 국제 전시회가 열릴 거야. 나는 그곳에 갈 계획이지. 여긴 습기가 가득하군. 그런데 우리 아가씨는 하늘과 땅 사이를 이렇게 계속 배회할 작정이신가? 이곳은 정말 갑갑하군. 우리 식으로 말하면, 이 보이테사라는 여자는 점잖은 쓰레기 같은 여자야. 난 그 여자를 알아. 거처를 옮기도록 해요. 이렇게 계속 빈둥거리고 있어선 안 되지. 아플 땐 어쩔 수 없었겠지만. 이제 일어나도록 해요. 거처를 옮기고 공부를 계속해서 학업을 마쳐야겠지. 내가 아는 화가가 한 사람이 있는데, 이 년 동안 투르키스탄으로 여행을 가게 되었어. 그 작업실은 칸막이로 나뉘어 있어서, 독립된 작은 아파트라고 해도 무방하지. 그는 가구까지 포함해 마땅한 사람에게 빌려주려는 것 같았어. 내가 주선할 테니 가보겠어? 그리고 또 할 얘기가 있어. 이건 사무적인 일인데. 오래전부터 내가 신성한 의무로 여겼던 일이고…… 그러니까 리파가 졸업을 했을 때부터인데 말이야…… 액수는 얼마 안 되지만, 그 애의 졸업에 대한 보답이야……. 아니, 아니, 내가 이렇게 부탁하는 거니까, 고집 부리지 말고……. 아니, 제발."

그러고는 방을 나가면서, 그녀가 거부하고 눈물을 흘리며, 격렬하게 저항하는데도 아랑곳하지 않고, 만 루블짜리 은행 수표를 그녀에게 쥐어 주었다.

자리를 털고 일어난 라라는 콜로그리보프가 주선한 새 거처로 이사했다. 스몰렌스키 시장에서 아주 가까운 곳이었다. 아파트는 오래된 아담한 석조 건물 이층에 있었다. 아래층은 상품들을 쌓아 둔 보관소로 쓰이고 있었다. 건물에는 짐마차 마부들이 살고 있었다. 마당은 자갈로 포장되어 있었고, 항상 흩어진 귀리와 떨어진 건초로 뒤덮여 있었다. 마당에는 비둘기들이 구구거리며 돌아다녔다. 그러다가 쥐들이 마당의 석조 홈통을 따라 우르르 달려가면, 비둘기들은 푸드덕거리며 땅 위로 날아올랐다. 그러나 라라의 창문까지는 올라오지 않았다.

3

파샤는 몹시 괴로웠다. 라라가 심하게 앓는 동안, 그녀를 찾는 것이 금지되어 있었다. 그의 심정이 어땠을까? 라라는 그녀와 특별한 관계도 없는 사람을 살해하려 했고, 그 다음엔 살해당할 뻔했던 바로 그 남자의 비호를 받고 있다. 그리고 그 모든 일이, 크리스마스이브에 타오르는 촛불 앞에서 그들이 잊을 수 없는 대화를 나눈 직후에 일어났다는 사실이다. 만약 그 사람이 아니었더라면, 라라는 체포되어 재판을 받았을 것이다. 그는 그녀가 형벌을 피할 수 있게 해주었다. 그녀는 그 사람 덕분에 탈 없이 온전하게 학업도 유지할 수 있었다. 파샤는 그런 상황이 몹시 당혹스럽고 괴로웠다.

몸이 좀 나아지자, 라라는 파샤를 불렀다. 그녀가 말했다.

"난 나쁜 여자야. 너는 나를 잘 모르고 있어. 나중에 말해 줄게. 보다시피 눈물 때문에 목이 메어 말을 할 수 없어. 날 버리고 잊어 줘. 나는 아무 가치도 없는 여자야."

이어서 말할 수 없는 비통한 장면들이 연출되었다. 보이트 콥스카야는 눈물로 범벅─이 일은 아직 라라가 아르바트에 머물고 있을 때 일어난 일이었다─된 파샤의 모습을 보고는, 복도에서 자기 방으로 뛰어 들어가 소파에 쓰러져 배를 움켜잡고 웃어 대며 말했다. '아, 정말 웃겨서 견딜 수가 없어, 견딜 수가 없는걸! 이거야말로 정말…… 하하하! 전설 속의 영웅이

야! 하하하! 예루슬란 라자레비치*가 따로 없군!'

라라는 더럽혀진 사랑에서 파샤를 벗어나게 하고, 그 사랑을 뿌리째 뽑아 고통을 끝내겠다는 생각으로, 파샤에게 더 이상 그를 사랑하지 않으며, 그와 완전히 관계를 끊겠다고 선언했다. 하지만 그녀가 어쩌나 흐느껴 우는지, 그녀의 말을 믿을 수 없었다. 파샤는 그녀가 무서운 죄를 지었으리라고 의심하며, 그녀의 말을 한마디도 믿지 않고, 그녀를 저주하고 미워하려 했다. 그러나 그는 그녀를 극히 사랑했고, 그녀의 개인적인 생각이나, 그녀가 물을 따라 마신 컵, 그리고 그녀가 베고 있는 베개까지 질투할 지경이었다. 미치지 않으려면 얼른 서둘러 확실하게 행동해야 했다. 그래서 그들은 졸업 시험 때까지 미루지 말고, 당장 결혼을 하기로 했다. 부활절 다음 주일에 결혼식을 올리자고 했다. 그러나 결혼은 다시 라라의 요구에 따라 연기되었다.

그들은 두 사람이 별일 없이 졸업할 수 있으리라는 것이 확실해졌을 때인 성령강림절의 두 번째 날, 성령의 날**에 결혼식을 올렸다. 모든 일은 라라의 동급생이며 그녀와 함께 졸업하게 될 투샤 체푸르코의 어머니인 류드밀라 카피토노브나 체푸르코가 맡아 진행해 주었다. 류드밀라 카피토노브나는 큰

---

* 러시아 민담에 나오는 젊고 멋진 인물로, 온갖 모험 끝에 아름다운 공주와 결혼하게 된다.
** 성령의 날은 부활절부터 50일째의 오순절 이튿날인 월요일이다. 두 사람은 1912년 5월 14일 월요일에 결혼식을 하는 셈이다.

가슴과 저음의 목소리를 가진 아름다운 여성으로 노래도 잘 부르고 이야기를 꾸며 내기도 잘했다. 그녀가 알고 있는 실제 징조나 미신에 덧붙여, 즉흥적으로 자기만의 미신을 많이 만들어 내곤 했다.

라라에게 '황금관을 씌워 주기*' 위해 데려가기 전에 신부 옷을 입혀 주며, 류드밀라 카피토노브나가 집시 파냐나** 같은 낮은 목소리로 웅얼거리던 그때는 온 도시가 몹시 무더웠다. 교회의 황금빛 돔과 산책로 위의 깨끗한 모래가 눈을 찌를 듯이 노랗게 빛나고 있었다. 성령강림절 전날 밤에 베어 낸 자작나무의 먼지투성이 어린잎들이*** 햇볕에 그을려 말려 올라가, 교회 담장을 따라 축 늘어진 채, 걸려 있었다. 내리쬐는 햇빛으로 눈이 부셨고 숨이 턱턱 막혔다. 주변에는 신부처럼 머리를 곱슬곱슬하게 말아 올리고 밝은색 옷을 입고 있는 아가씨들과 으레 축일이면 그렇듯, 포마드를 바르고 딱 맞는 검은색 정장을 입은 젊은이들로 마치 수천 쌍의 결혼식이 진행되는 것처럼 보였다. 모두들 흥분해 있었고 더위에 지쳐 있었다.

라라의 또 다른 동급생 어머니인 라고디나는 라라가 카펫 위로 올라서자, 앞으로 부자가 되라며, 발아래 은전 한 움큼

---

* 러시아정교회의 정통 결혼 예식에서 결혼식 때 수행원들이 신랑과 신부에게 황금관을 씌워 준다.
** 바랴랴 파니나(1872~1911). 유명한 집시 가수로 목소리가 깊고 음악성이 뛰어났다.
*** 러시아정교회 전통에는 성령강림절 때, 자작나무의 가지나 풀과 꽃으로 교회와 신자의 집을 장식하는 풍습이 있었다.

을 던졌다. 류드밀라 카피토노브나 역시 같은 이유로 라라에게 왕관을 씌워 주며,* 맨손이 아니라 베일이나 레이스 자락으로 손을 감싸고 성호를 그으라고 조언했다. 그러고는 라라가 촛불을 높이 들면, 그녀가 집안에서 주도권을 쥘 수 있다고도 조언했다. 그러나 파샤를 위해 자신의 미래를 희생하려 했던 라라는 가능한 한 촛불을 낮춰 들었다. 그러나 아무리 애써도 그녀의 촛불이 파샤의 촛불보다 높아, 원하는 대로 되지 않았다.

교회에서 나온 하객들은 곧장 안티포프 부부가 미리 정돈해 둔 피로연이 열리는 화가의 작업실로 몰려갔다. 하객들이 한쪽에서 "써서 못 마시겠어." 하고 소리치자, 다른 쪽 끝에서 그 소리에 동조하며 "달달하게 해줘야지." 하고 답했다. 그러자 젊은 부부는 수줍은 미소를 지으며 키스했다. 류드밀라 카피토노브나는 축복의 노래로 '하나님께서 너희에게 사랑과 지혜를 허락하시기를'이라는 후렴이 두 번 반복되는 송가 「포도나무」와 「땋은 머리 풀려라, 금발이여 풀려라」**를 큰 소리로 불렀다.

드디어 손님들이 모두 돌아가고, 둘만 남게 되자, 갑자기 밀려든 적막감에 파샤는 안절부절못했다. 라라 방의 창문 맞은

---

* 결혼식에서 결혼반지를 교환한 후에, 사제가 신랑, 신부에게 차례로 관을 씌워 주는 풍습이 있었다.
** 러시아 민속 전통에서 땋은 머리는 '처녀의 상징'으로 혼례가에 자주 이 모티브가 나타나는데, 땋은 머리를 푸는 것은 결혼을 상징한다.

편 마당에 서 있는 가로등 불빛은 라라가 아무리 커튼으로 가려도 가느다란 빛이, 판자의 벌어진 틈새처럼, 커튼의 벌어진 틈새로 새어 들었다. 환한 빛 때문에 파샤는 누군가가 뒤에서 그들을 엿보는 것처럼 불안한 느낌이 들었다. 파샤는 자신과 라라보다, 그녀에 대한 자신의 사랑보다 더, 이 가로등에 신경이 쓰인다는 사실에 깜짝 놀랐다.

영원처럼 길게 느껴지던 그날 밤 내내, 그의 친구들이 '스테파니다'라든가, '아름다운 아가씨'라고 불렀던, 얼마 전까지만 해도 학생이었던 안티포프는, 행복의 절정과 절망의 심연을 오락가락했다. 그의 의혹에 찬 추측과 라라의 고백은 엇갈렸다. 그가 질문을 퍼붓고 라라가 대답할 때마다, 그는 나락으로 떨어지는 절망을 느끼곤 했다. 상처 입은 그의 상상력은 새롭게 터져 나오는 폭로를 따라잡기엔 역부족이었다.

그들은 날이 새도록 이야기를 나누었다. 안티포프의 생애에서 그날 밤보다 더 충격적이고 갑작스러운 변화를 겪은 적이 없었다. 아침이 되자, 그는 어제까지와 같은 이름으로 불리는 것이 놀라울 정도로 전혀 다른 사람이 되어 깨어났다.

4

열흘 후, 바로 그 방에서 친구들이 송별회를 열어 주었다. 파샤와 라라 둘 다 좋은 성적으로 졸업했고, 두 사람은 우랄의 한 도시에 나란히 초청을 받아, 내일 아침 그곳으로 떠나기로 되어 있었다.

또다시 그들은 술을 마시고 노래하고 놀았지만, 이번에는 어른들은 없이, 모두 젊은이들뿐이었다.

손님들이 모여 있는 커다란 작업실과 침실 공간을 분리한 칸막이 뒤쪽에 큰 여행 가방과 라라의 중간 크기의 바구니 하나, 트렁크와 식기 상자가 놓여 있었다. 구석에는 몇 개의 자루도 놓여 있었다. 짐이 꽤 되었다. 그중 일부는 다음 날 아침, 일반 화물로 부칠 것들이었다. 짐은 거의 꾸려졌지만, 아직 더 정리할 것이 남아 있었다. 상자와 바구니는 뚜껑이 열린 채였고, 맨 윗부분은 아직 공간이 좀 남아 있었다. 라라는 간간이 무언가를 기억해 내며, 잊어버린 물건을 칸막이 뒤로 가져가 바구니 속에 담고, 울퉁불퉁한 곳을 반듯하게 다시 정리하곤 했다.

출생증명서와 서류들을 받기 위해 대학의 사무처에 다녀온 라라가, 다음 날의 여행 짐을 싸고 묶는 데 필요한 포장과 굵고 튼튼한 밧줄 다발을 손에 든 문지기와 함께 집으로 돌아왔을 때, 파샤는 이미 손님들과 함께 집에 도착해 있었다. 라라는 문지기를 보내고, 일부 손님들과 돌아가며 축하의 악수를 나누고, 또 일부 지인들과는 키스를 한 다음, 옷을 갈아입기 위해 칸막이 뒤로 갔다. 옷을 갈아입은 그녀가 나오자, 모두들 손뼉을 치고 소리를 지르며 자리를 잡고 앉아, 며칠

전 결혼식 때처럼 와자지껄 떠들어 댔다. 아주 적극적인 사람들은 옆 사람에게 보드카를 따랐고, 포크로 무장한 많은 손들이 식탁 중앙의 빵과 전채 요리와 안주가 담긴 접시를 향해 부지런히 오고 갔다. 사람들이 일장 연설을 하기도 하고, 꽥꽥거리며 목을 축이기도 하고, 농담을 지껄이기도 했다. 몇 사람은 이내 취기가 돌기 시작했다.

"피곤해 죽을 지경이야." 라라가 남편 옆에 앉으며 말했다. "이젠 네가 해야 할 일은 다한 거지?"

"응."

"아무튼 난 기분이 매우 좋아. 행복해. 너는?"

"나도 마찬가지야. 나도 좋아. 하지만 나중에 이야기해."

젊은 친구들과의 송별회에 코마롭스키의 동석이 예외적으로 허락되었다. 송별회가 끝날 무렵 그는, 젊은 친구들이 떠나면 자신은 홀로 남겨져, 모스크바는 이제 그에게 황폐하고, 사하라사막이 될 거라고 말하려다, 감정에 복받쳐 흐느끼는 바람에, 잠시 말을 중단했다가 다시 해야 했다. 그는 안타포프 부부와 서신 왕래도 하고, 만약 못 견디게 그리우면, 그들의 새 이주지인 유랴틴을 방문하게 해달라고 부탁했다.

"그럴 필요는 전혀 없어요." 라라가 큰 소리로 냉정하게 대답했다. "서신이 무슨 필요가 있고, 사막이 다 무슨 말이에요. 그곳에 올 생각은 하지도 마세요. 우리 없이도 잘 지내실 거예요. 언제부터 우리가 당신에게 그렇게 소중한 존재였죠? 안 그래, 파샤? 당신은 우리 대신 다른 젊은 친구들을 곧 찾게 될 거예요."

그러다가 누구와 무슨 이야기를 하고 있는지 까맣게 잊어 버린 채, 라라는 갑자기 무언가가 생각나, 서둘러 일어나 칸 막이 뒤의 부엌으로 나갔다. 그곳에서 그녀는 고기 써는 기계 의 나사를 풀고, 여러 부분으로 분해한 부품을 건초로 싸서 식기 상자의 한쪽 귀퉁이에 밀어 넣었다. 그 순간 그녀는 하 마터면 날카롭게 갈라진 모서리에 긁혀 손이 찢길 뻔했다.

라라는 일에 열중하느라 손님이 있는 것도 잊어버렸고, 그 들의 소리도 듣지 못했다. 그러다가 갑자기 칸막이 너머로 유 난히 떠들썩한 소리가 들려, 다시 그들을 상기해 냈다. 그 순 간 라라는 술을 마신 사람들은 언제나 실제 취한 것보다 더 바보처럼 행동하고, 어설픈 연기를 하며, 일부러 더 취한 척한 다는 생각이 들었다.

그때 열린 창문으로 마당에서 들리는 매우 기이한 소리가 라라의 주의를 끌었다. 라라는 커튼을 들고 밖으로 고개를 내 밀었다.

마당에서 다리가 묶인 말이 절뚝거리면서 뛰어다니고 있었 다. 누구의 말인지 알 수 없었는데, 아마 길을 잘못 든 것 같 았다. 벌써 날이 밝긴 했지만, 해가 뜨려면 아직 멀었다. 죽은 듯이 잠든 도시는 잿빛을 띤 보랏빛의 새벽 냉기 속에 가라앉 아 있었다. 라라는 눈을 감았다. 발이 묶인 말의 절묘한 말발굽 소리는 뭐라고 형언할 수 없었고, 어딘지 모를 어느 아름다운 시골로 라라를 데려가는 것 같았다.

층계에서 초인종 소리가 들렸다. 라라는 귀를 쫑긋 세웠다. 누군가 식탁에서 일어나 문을 열려고 나갔다. 나댜였다! 라라는 안으로 들어서는 그녀를 향해 달려갔다. 열차에서 내려 곧장 이곳으로 온 나댜는 온통 두플랸카 골짜기의 은방울꽃 향기를 풍기듯, 생기발랄하고 매력적이었다. 두 친구는 말 한마디 못한 채, 마주 서서 소리를 질러 댔고, 질식할 듯 세게 껴안았다.

나댜는 온 집안 가족들이 보내는 축하와 환송 인사, 그리고 부모님이 선물로 보낸 보석을 가져왔다. 그녀는 여행 가방에서 종이에 싼 보석함을 꺼내 펼친 다음, 뚜껑을 열어 진귀하고 아름다운 목걸이를 라라에게 건네주었다.

두 사람은 감탄사를 연발했다. 취객 중의 어떤 사람이 술에서 잠시 깨어나 말했다.

"장밋빛 히아신스야. 그래, 그래, 정말 장밋빛이야. 이 보석은 다이아몬드 못지않아요."

그러나 나댜는 노란색 사파이어라고 주장했다.

라라는 나댜를 자기 옆에 앉히고 음식을 권했고, 자기 접시 옆에 목걸이를 놓아둔 채, 눈을 떼지 못하고 계속 바라보았다. 보랏빛 보석함의 쿠션 위에 한데 모아 둔 목걸이가 반짝이며 광채를 띠는 모습은, 방울방울 이슬이 맺힌 것 같기도 하고, 조그마한 포도송이처럼 보이기도 했다.

그 사이 식탁에 앉아 있던 몇몇이 정신을 차렸다. 정신이 든 손님들은 나댜를 환영하는 뜻으로 포도주잔을 다시 돌렸다. 어느새 나댜도 취하고 말았다.

순식간에 집은 잠의 왕국으로 바뀌었다. 대부분의 손님들이 내일 역까지 마중 가기로 했기 때문에 그곳에 남아 묵어야 했다. 그중 절반은 이미 오래전부터 구석 자리에 한데 뒤섞여 코를 골고 있었다. 라라도 얼마 전부터 소파에 잠들어 있던 이라 라고지나의 옆에 옷을 입은 채로 누웠는데, 언제 잠이 들었는지도 몰랐다.

라라는 바로 귓전에서 울리는 커다란 말소리에 잠을 깼다. 잃어버린 말을 찾으러 한길에서 마당으로 들어온 낯선 사람들의 목소리였다. 라라는 눈을 뜨고는 깜짝 놀랐다. '파샤가 왜 저러지, 불안해하며 방 한가운데 장승처럼 서서 무얼 뒤지고 있는 걸까.' 바로 그때 파샤라고 생각했던 사람이 그녀 쪽으로 돌아섰다. 그녀는 그가 파샤가 아니라, 이마에서 턱까지 칼자국이 난 곰보딱지 괴한이라는 것을 알아챘다. 그 순간 강도가 집에 침입했음을 짐작하고는 소리를 지르려고 했지만, 목소리가 나오지 않았다. 갑자기 그녀는 목걸이 생각이 나서, 살그머니 팔꿈치를 짚고 일어나 식탁 위를 곁눈으로 비스듬히 쳐다보았다.

목걸이는 빵 조각과 먹다 만 캐러멜 사이에 그대로 놓여 있었는데, 멍청한 도둑은 어질러진 물건들 속에 있던 목걸이는 발견하지 못하고, 라라의 짐 꾸러미 속에 정리를 해둔 내복 등속을 마구 뒤지고 있었다. 아직 취기가 남아 잠이 덜 깬 라라는 상황을 제대로 파악하지 못하고, 애써 정리해 둔 짐 꾸러미만 안타깝게 생각했다. 화가 치민 그녀는 다시 소리를 질러 보려고 했지만, 여전히 입을 열고 혀를 움직일 수가 없었다. 그러다 그녀는 옆에서 자고 있는 이라 라고지나의 명치를 있는 힘껏 무릎으로 쳤다. 그녀가 아파서 괴성을 지르자, 라라도 같이 소리를 지르기 시작했다. 놀란 도둑은 훔친 물건이 든 보따리를 떨어뜨리고, 황급히 방을 뛰쳐나갔다. 펄쩍 뛰며 일어난 남자들 중 몇 명이 무슨 일인지를 짐작하고, 도둑을 뒤따라 달려 나갔지만, 도둑은 이미 자취를 감춘 뒤였다.

소동이 벌어지고 이러쿵저러쿵 하는 논란이 사람들을 깨우는 신호 역할을 했다. 라라에게 남아 있던 취기는 싹 가셨다. 라라는 좀 더 자고 더 누워 있게 해달라는 이들의 간청을 무시하고, 잠든 친구들을 모두 깨워, 서둘러 커피를 마시라고 하고는, 나중에 열차가 출발하는 시간에 맞춰 역에서 만나자며, 각자 집으로 돌려보냈다.

모두 나가고 나자, 할 일이 많았다. 라라는 특유의 민첩한 손놀림으로, 여행 가방들 사이를 뛰어다니며, 베개들을 밀어 넣고 끈으로 묶으면서도, 파샤와 문지기 아내에게는 오히려 방해가 되니, 도울 생각은 하지 말라고 했다.

모든 일이 시간에 맞춰 착착 진행되었다. 제시간에 안티포프 부부는 역에 도착했다. 그들을 전송하러 나온 친구들이 작별 인사를 하며 흔들어 주는 모자의 움직임에 박자를 맞추듯 열차가 부드럽게 출발했다. 모자를 흔들던 손들이 내려가고, 저 멀리서 어떤 함성 소리—분명 '만세'를 외쳤으리라—가 세 번 들려올 즈음, 열차는 속도를 내며 달리기 시작했다.

5

굳은 날씨가 사흘째 이어졌다. 전쟁* 후 두 번째 가을이었다. 전쟁 첫해에 거둔 승전 이후로는, 전세가 급격히 기울어졌다. 카르파티아산맥에 집결한 브루실로프** 장군의 제8군은 협로를 따라 내려가 헝가리를 침략하려 했지만, 오히려 전군이 철수함에 따라, 뒤로 퇴각하며 후퇴했다. 급기야 전쟁 초기 몇 달간의 전투로 수중에 넣은 갈리치아***까지 내주게 되었다.

예전에는 유라로 불리다가, 지금은 이름과 부칭인 유리 안드레예비치라고 더 자주 불리게 된 의사 지바고는 지금 막 아내 안토니나 알렉산드로브나를 입원시킨 병실의 출입문 맞은

* 1914년 7월에 있었던 제1차 세계대전을 말한다.
** 알렉세이 브루실로프. 제1차 세계대전 때의 러시아 장군. 그의 이름을 따서 '브루실로프 공세'라고 부르는 전투를 펼쳐 오스트리아-헝가리 제국군을 괴멸 지경에 이르게 했지만, 이후 보강된 독일군과 오스트리아군에 의해 세력이 약화되었다.
*** 폴란드 남동부에서 우크라이나 북부에 걸친 지역.

편에 있는 산부인과 병원의 산과 병동 복도에 서 있었다. 아내와 인사를 하고 밖으로 나온 그는, 아내가 원할 때 어떻게 그에게 연락을 할 수 있는지, 그리고 자신이 토냐의 건강 상태를 문의하려면 어떻게 해야 하는지 물어보기 위해 조산사를 기다리고 있었다.

그는 시간이 급했다. 그가 일하고 있는 병원으로 빨리 가야 했고, 그전에 왕진을 다녀와야 할 환자도 두 명이나 있었다. 그럼에도 그는 지금 귀중한 시간을 쓸데없이 허비하며, 창밖을 바라보고 있었다. 창밖에는 들판의 이삭이 폭풍에 뒤엉키고 쓰러지듯, 빗줄기가 세찬 가을바람에 한쪽으로 기울어지며 비스듬하게 흘러내리고 있었다.

아직은 그리 어둡지 않았다. 병원 뒤뜰과 제비치에 광장에 서 있는 저택들의 유리로 된 테라스, 그리고 한 병동의 어두운 출입구까지 연결된 시내 전차의 지선이 유리 안드레예비치의 시야에 들어왔다.

태연하게 땅으로 떨어지는 빗물 때문에 짜증이 났는지, 바람은 더 거칠게 불어 대는데도 빗줄기는 더 세지지도 약해지지도 않고, 음울하게 내리고 있었다. 돌풍이 휘몰아치며 테라스에 가지를 감고 있는 야생 포도나무의 어린 가지를 뒤흔들었다. 바람은 나무를 통째로 뽑을 듯이, 나뭇가지를 하늘로 들어 올려 뒤흔들더니, 낡은 누더기를 내던지듯, 밑으로 내동댕이쳤다.

두 대의 트레일러를 매단 전동차가 테라스를 지나 병원 쪽으로 다가왔다. 전동차에서 부상병들을 옮기기 시작했다.

모스크바 병원들은 루스카야 작전* 이후로 더 이상 수용하기 힘들 정도로 부상자들이 가득 차서, 층계참과 복도에까지 부상자들을 눕혀 놓았다. 모든 시중 병원들에 부상자가 넘쳐나, 급기야 부인과 병동도 병상을 내주어야 했다.

지친 유리 안드레예비치는 창에서 돌아서며 하품을 했다. 멍하니 있던 그는 갑자기 어떤 생각이 떠올랐다. 며칠 전, 그가 근무하고 있는 성십자병원의 외과 병동에서 어떤 여자 환자가 사망한 적이 있었다. 유리 안드레예비치는 그녀의 간이 포충증에 감염되었다고 확신했다. 다른 사람들은 모두 그의 의견에 동의하지 않았다. 그래서 오늘 그녀를 해부하기로 했었다. 해부를 하면 진실이 밝혀질 것이다. 그러나 그 병원의 해부 의사는 알코올중독자였다. 그가 이것을 어떻게 할지는 신만이 아는 일이었다.

순식간에 어둠이 내렸다. 창밖의 물체를 분간하기도 힘들었다. 모든 창문에 마술 지팡이를 휘두른 듯 일제히 불이 켜졌다.

거대한 체구의 산부인과 주임이 토냐의 병실을 나와 병실과 복도와 구분되는 좁은 로비로 걸어왔다. 그는 천장을 쳐다

---

* 1916년 6월 4~7일에 우크라이나 남서부의 루스크에서 브루실로프 장군 휘하의 제8군이 루스크를 점령한 작전.

보며 어깨를 한 번 으쓱하는 것으로 모든 질문에 답하곤 했다. 수화 같은 그의 그런 동작은 아무리 학문이 위대한 성과를 냈다고 해도, '나의 친구 호레이쇼여, 세상에는 아직 과학으로 풀 수 없는 수수께끼가 많다네.'*라고 말하는 듯했다. 그는 유리 안드레예비치에게 고개를 숙인 채, 미소를 짓고 옆으로 지나가며, 꾹 참고 얌전히 기다릴 수밖에 없다는 뜻으로, 두터운 손바닥과 통통한 팔을 헤엄치듯 몇 번 흔들어 보인 후, 담배를 피우러 복도를 따라 휴게실로 향했다.

그때 말없는 의사와는 전혀 다른, 몹시 수다스러운 여자 조수가 유리 안드레예비치 쪽으로 다가왔다.

"제가 선생님 입장이라면 집으로 돌아가겠어요. 내일 성십자병원으로 선생님께 전화 드리겠습니다. 그전에 시작될 것 같진 않거든요. 수술은 하지 않고, 자연분만을 할 거라고 믿어요. 하지만 골반이 좀 좁기도 하고, 태아가 앉아 있는 위치가 제2후두부인 데다, 진통도 없고, 수축도 약해서 약간 불안하긴 해요. 그렇지만 미리 예측할 수는 없어요. 문제는 분만이 시작되었을 때, 산모가 진통을 잘 버티는가에 달려 있거든요. 두고 보면 알겠지요."

다음 날 그가 전화를 하자, 전화를 받은 병원 경비원은 수화기를 내려놓지 말고 기다리라고 한 뒤, 물어보러 들어가더

* 셰익스피어의 『햄릿』에 나오는 말.

니, 십 분이나 기다리게 하고서도, 앞뒤도 맞지 않는 퉁명스러운 말투로 말했다. "부인을 너무 일찍 모셔 와서, 다시 데려가야 한다고 전하라고 하셨습니다." 화가 난 유리 안드레예비치는 누구든 좀 더 정확한 답변을 해줄 수 있는 사람을 바꿔 달라고 했다. 그러자 간호사가 "가진통이었어요." 하고 그에게 말했다. "의사 선생님께서는 불안해하지 마시고 하루 이틀 더 참으시래요."

사흘째 되는 날, 그는 토냐가 밤에 분만이 시작되었음을, 새벽에 양수가 터지고, 아침부터 심한 진통이 계속되고 있다는 사실을 전해 들었다.

그는 정신없이 병원으로 달려가, 복도를 지나다 우연히 반쯤 열린 병실 문으로 심장이 찢어질 듯한 토냐의 비명 소리를 들었다. 그것은 열차 바퀴에 깔려 사지가 절단되어 죽어 가는 사람이 내지르는 소리 같았다.

분만실 입장은 허락되지 않았다. 그는 피가 나도록 손가락 관절을 깨물며, 창가로 다가갔다. 창밖에는 어제와 그제처럼 여전히 빗줄기가 비스듬히 흐르고 있었다.

병실에서 간호조무사가 나왔다. 안에서 갓난아기의 울음소리가 들렸다.

"무사하구나, 무사해." 유리 안드레예비치는 기뻐하며 혼잣말을 계속했다.

"아들입니다. 사내아이요. 순산했어요." 리드미컬한 어조로 간호조무사가 말했다. "물론 지금은 볼 수 없어요. 때가 되면 보여 드리겠어요. 그때 산모에게 후한 선물을 주세요. 몹시 힘들었거든요. 초산이잖아요. 초산 때는 매우 힘드니까요."

"무사하구나. 무사해." 유리 안드레예비치는 너무 기뻐서 간호조무사가 무슨 말을 하는지, 또 그녀가 왜 자신을 출산의 참여자로 여기는지 이해할 수 없었다. 그가 이 일에 무슨 도움을 주었다는 것일까? 아버지, 아들……. 아무런 노력도 없이 얻게 된 아버지라는 호칭에 어떤 자부심도 느껴지지 않았고, 하늘에서 떨어진 듯한 아들이라는 호칭에 아무 감정도 일지 않았다. 그 모든 것이 그의 의식 밖에 있었다. 중요한 것은 토냐, 죽음의 위기를 맞았지만, 용케 그 고비를 넘긴 토냐이다.

병원에서 멀지 않은 곳에 왕진을 다녀와야 할 환자가 있었다. 그는 환자를 왕진하러 갔다가 삼십 분 후에 다시 돌아왔다. 복도에서 로비로 통하는 출입문과 로비에서 산실로 들어가는 문이 모두 약간 열려 있었다. 유리 안드레예비치는 자신도 모르게 로비 안으로 살그머니 들어갔다.

그때 흰 가운을 입은 덩치 큰 산부인과 주임이 순식간에 갑자기 나타나 두 팔을 뻗어 그의 앞을 가로막았다.

"어딜 가십니까?" 그가 산모에게 들리지 않도록 목소리를 낮추며, 그를 막았다. "당신 정신 나갔어요? 정신적 충격은 말할 것도 없고, 상처에, 출혈에, 소독도 해야 하는데. 대단합니다! 당신도 의사 아닙니까?"

"나는 그저…… 그저 잠깐만 보려고. 여기서요. 틈새로 보겠습니다."

"뭐, 그건 괜찮습니다. 좋아요. 하지만 만약에! ……조심하십시오! 만약 산모가 눈치를 챈다면, 당신은 죽음이오. 가만두지 않겠소!"

병실 안에는 가운을 입은 조산사와 보모가 문을 등지고 서 있었다. 보모의 팔에는 검붉은 고무 조각처럼 움츠렸다 폈다 하며 울어 대는 귀여운 인간의 자손이 꾸물대고 있었다. 조산사는 태반에서 아이를 떼어 내기 위해, 탯줄에 끈을 묶고 있었다. 토냐는 병실 한가운데 높낮이 조절이 가능한 외과용 수술 침대 위에 누워 있었다. 그녀가 누운 곳은 봉긋 솟아올라 있었다. 흥분으로 모든 것이 과장되어 보이는 유리 안드레예비치의 눈에는, 서서 글을 쓸 수 있는 책상 정도의 높이에 그녀가 누워 있는 것처럼 보였다.

보통 사람들이 누워 있는 곳보다 천장 가까이로 더 높이 올라 있는 토냐는 지칠 대로 지쳐, 자신이 흘린 땀의 증기 속에 가라앉아 있었다. 병실 한가운데 높이 올라간 토냐의 모습은 어느 미지의 세계에서 이곳으로 이주하는 새로운 생명을 싣고, 죽음의 바다를 건너 생명의 땅으로 건너와 부두에 닻을 내린 후, 짐을 부리고 떠 있는 범선 같아 보였다. 이제 막한 생명을 상륙시킨 후, 가벼워진 선체를 완전히 비운 채, 그녀는 쉬고 있는 중이었다. 닳고 약해진 삭구들과 뱃머리들, 그리고 조금 전에 어디에 있었는지를, 어디를 향해하고 어느 곳에 정박했는지를 깡그리 잊어버린 망각과 기억들도 그녀와 함께 휴식을 취하고 있었다.

그녀가 지리적으로 어느 나라의 깃발 아래 정박했는지 알수 없었기에, 어느 나라 말로 그녀에게 말을 걸어야 할지 알수가 없었다.

직장에서는 모두들 질세라 그에게 축하 인사를 건넸다. 어떻게 그렇게 빨리 알았을까! 유리 안드레예비치도 놀랄 지경이었다.

그는 의사 대기실로 갔다. 그곳은 선술집으로, 혹은 쓰레기 창고로 불리는 곳으로, 병원이 초만원 상태라 장소가 비좁아져, 근래에는 덧신을 신은 채, 거리에서 이 방으로 들어와 외투를 벗기도 하고, 다른 곳에서 가져온 물건들을 그 방에 내버려 두기도 했으며, 담배꽁초와 종이까지 나뒹굴고 있었기 때문이다.

피부가 부석부석한 해부의가 대기실 창가에 서서, 안경 너머로 흐릿한 액체가 든 유리병을 두 손에 들고 한참이나 햇빛에 비추며 살펴보고 있었다.

"축하하오." 그는 눈도 돌리지 않고, 계속 예의 유리병을 쳐다보며, 유리 안드레예비치에게 말했다.

"고맙습니다. 감동인데요."

"고마울 것 없소이다. 나는 아무 도움도 주지 않으니 말이오. 피추즈킨이 해부를 했소. 모두가 놀랐어요. 포충증이었어요. 모두들 당신을 진단 전문의라고 말합디다! 나도 동감이오."

바로 그때 병원장이 방 안으로 들어왔다. 그는 두 사람에게 인사를 하고는 말했다. "이런 제기랄! 의사 대기실이 아니라, 아주 길바닥이나 마찬가지군. 아주 엉망진창이야! 그건 그렇고. 지바고, 당신 말처럼 포충증이 맞았어요! 우리가 틀렸소. 축하하오. 그건 그렇고, 다른 문제가 좀 있어요. 당신의 병역 면제 자격에 대한 재심이 또 있게 될 것이오. 이번에는 당신을 구할 수가 없을 것 같소. 전선의 의료진이 절대적으로 부족한 상태거든요. 결국 화약 냄새를 맡게 될 것 같소."

6

안티포프 부부는 유랴틴에서 생각보다 빨리 자리를 잡았다. 그곳 사람들은 기샤르 집안에 호감을 갖고 있었다. 그것이 라라가 새로운 곳에 자리를 잡는 데 도움이 되었다.

라라는 업무와 집안일로 매일 분주했다. 그녀는 가정과 세 살 난 어린 딸 카텐카를 돌보아야 했다. 안티포프 집안의 하녀인 붉은 머리 마르푸트카가 힘써 도왔지만 그것만으로는 역부족이었다. 라리사 표도로브나는 파벨 파블로비치의 일에도 하나하나 관여했다. 여자 김나지야에서 아이들도 가르쳐야 했다. 그녀는 쉴 새 없이 일했지만 행복했다. 이것이 바로 그녀가 꿈꾸던 생활이었다.

그녀는 유랴틴에서의 삶에 만족했다. 그곳은 그녀의 고향이었다. 유랴틴은 중류와 하류로 배가 오가는 큰 르인바강에 위치해 있었고, 우랄 철도의 한 지선에 접해 있었다.

유랴틴에서는 보트의 주인들이 강에서 보트를 끌어내 달구지에 싣고 시내로 가는 것을 보고, 겨울이 오고 있음을 짐작하곤 했다. 각자의 집으로 옮겨진 보트는 봄이 올 때까지 마당에 놓인 채, 겨울을 보냈다. 마당 안쪽에 밑바닥을 위로 향한 채 하얗게 빛나는 유랴틴의 보트는 다른 지역의 학들의 가을 이동이라든가, 첫눈 같은 의미를 갖고 있었다.

안티포프 가족이 세 들어 사는 집 마당에 바닥을 위로 향해 누운 흰색 보트도 그중 하나였는데, 카텐카는 마치 공원 정자의 둥근 지붕 밑에서처럼 그 보트 밑에서 놀곤 했다.

라리사 표도로브나는 벽지의 생활 습관과 펠트 장화에 회색 플란넬로 만든 따뜻한 조끼를 입고 북방식 사투리를 쓰는 시골 인텔리들과 그들의 순수하고 사람을 잘 믿는 기질을 좋아했다. 라라는 대지와 소박한 사람들에게 정이 끌렸다.

이상하게도 모스크바 철도 노동자의 아들인 파벨 파블로비치는 어쩔 수 없는 도시 성향을 드러냈다. 그는 아내보다 더 엄격한 태도로 유랴틴 사람들을 대했다. 거칠고 무지한 그들을 그는 견디기 힘들었다.

얼마 전, 그는 속독으로 지식을 얻고 그것을 내면화하는 데 뛰어난 재능이 있다는 사실을 알게 되었다. 예전에 그는 어느 정도 라라의 도움을 받아 상당히 많은 책을 읽은 터였다. 그러나 군郡에 묻혀 사는 몇 년 동안 많은 지식을 얻은 그를, 이제는 라라도 지적인 면에서 따를 수 없을 정도가 된 것이다. 그는 동료 교사들보다 훨씬 높은 수준에 이르렀고, 그들 사이에 있는 것이 답답했고 못마땅했다. 더욱이 이번 전쟁 기간 동안 유행한 관제적이고 맹목적인 애국주의는 안티포프의 훨씬 더 복잡한 애국적 감정과도 맞지 않았다.

파벨 파블로비치는 고전문학과를 졸업했다. 김나지야에서는 라틴어와 고대사를 가르쳤다. 그러나 실업학교 학생 시절부터 그의 가슴속에 잠재해 있던 수학과 물리학 등의 자연과학에 대한 열정이 갑자기 생겨났다. 그는 독학으로 그 모든 과목을 대학 수준까지 공부했다. 그는 가능한 한 우선 그 교과목에 대한 지방 시험에 합격한 후, 수학 교사로 재출발했다가, 나중에 가족을 데리고 페테르부르크로 나가기를 바랐다. 그 때문에 파벨 파블로비치는 밤마다 무리하게 공부했고, 급기야 건강을 해치게 되었다. 불면증이 생긴 것이다.

그와 아내의 사이는 좋았지만 좀 복잡한 부분이 있었다. 그녀의 상냥함과 보살핌이 그에게 압박이 되었던 것이다. 그러나 그는 그녀를 비판하지 않았다. 그는 혹시라도 그녀를 향한 단순한 지적이 그녀에게 어떤 은밀한 비난으로 들리지는 않을까. 말하자면, 그녀는 훌륭한 가문 출신인 데 비해 자신은 그렇지 못하다든가, 아니면, 그를 만나기 전에 그녀가 다른 사람을 만났다든가 하는 비난의 의미로 들리지 않을까 두려워, 매우 조심스러워했던 것이다. 라라가 불쾌하고 의미 없는 어떤 오해로 그를 의심할지도 모른다는 두려움 때문에 그들의 생활은 조심스러워졌다. 두 사람은 서로 지나치게 예의 바르게 대하다가 일을 더 복잡하게 만들어 버린 것이다.

파벨 파블로비치의 동료 교사 몇 명과 라라가 근무하는 학교의 여교장, 그리고 파벨 파블로비치가 언젠가 조정위원으로 있었던 중재재판소의 판사 한 사람, 그리고 그 외 몇 사람이 안티포프 부부를 방문했다. 파벨 파블로비치의 관점에서는 그들이 모두 바보 같았다. 그는 라라가 그들 모두에게 친절하게 대하는 것을 보고 놀라움을 금치 못했고, 그녀가 이곳의 모든 사람들에게 진심으로 호감을 갖고 있다는 사실이 믿어지지 않았다.

손님들이 돌아간 후, 라라는 한참 동안 방을 환기시키고 청소를 한 다음, 부엌에서 마르푸트카와 설거지를 했다. 그러고는 카텐카가 제대로 이불을 덮고 자는지, 그리고 파벨이 잠이 들었는지 확인한 다음, 서둘러 옷을 벗고 불을 끄고는, 엄마의 침대로 기어드는 어린아이처럼 자연스럽게 남편 곁에 누웠다.

안티포프는 잠든 척했지만, 깨어 있었다. 그는 최근에 계속 불면증에 시달리는 중이었다. 그는 이대로 서너 시간 동안, 잠을 이루지 못할 게 분명했다. 그는 불면증에 도움이 될 산책도 좀 하고, 손님들이 피운 담배 냄새도 피할 겸, 살짝 일어나 잠옷 위에 모자와 외투를 걸쳐 입고 밖으로 나왔다.

맑고 추운 가을밤이었다. 유리 같은 얇은 얼음장이 날카로운 소리를 내며 안티포프의 발밑에서 바스러졌다. 별이 가득한 하늘은 알코올램프의 불꽃처럼 푸르스름하게 떨리며 진흙덩어리들이 얼어붙어 있는 검은 대지 위를 비추고 있었다.

안티포프 가족이 살고 있는 집은 시내의 선창 반대쪽에 위치해 있었다. 거리의 맨 끝에 있는 건물이었다. 집 뒤로는 들판이 펼쳐져 있었다. 들판을 가로질러 기찻길이 나 있었다. 기찻길 가까이에는 경비초소가 서 있었다. 그리고 기찻길을 가로질러 건널목이 있었다.

안티포프는 뒤집어 놓은 보트 위에 앉아 별을 바라보았다. 최근 몇 년 동안 계속되어 왔던 심각한 고민에 빠져들었다. 빠르든 늦든 언젠가 결론을 내려야 할 일이라면, 오늘 실행하는 것이 좋겠다는 생각이 들었다.

더 이상 이런 식으로 살아갈 수는 없을 것 같았다. 그 모든 것을 미리 예견할 수도 있었을 텐데, 그는 뒤늦게야 그 사실을 깨달은 것이다. 도대체 그녀는 왜 아직 어린애였던 그에게 사랑을 받아들였으며, 그녀가 그를 통해 이루고 싶었던 것은 무엇이었을까? 왜 그는 자신들이 결혼하기 전 겨울에 그녀가 그 문제로 고집을 피웠을 때, 그녀를 포기하지 않았을까? 그녀는 그가 아니라 그녀가 헌신할 수 있는 대상, 그에 대한 자신의 고상한 임무를 사랑했었다는 것을 왜 그는 깨닫지 못했을까? 감동적이고 칭송할 만한 그녀의 임무와 실제 가정생활이 무슨 공통점이 있단 말일까? 하지만 더 심각한 문제는, 지금도 그가 예전처럼 그녀를 사랑한다는 사실이었다. 그녀는 매우 아름다웠다. 혹시 그가 마음속에 품고 있는 감정이 사랑이 아니라, 그녀의 미모와 너그러움에 감동한 감사의 마음 아닐까? 아아, 누가 그것을 알랴! 귀신도 모를 일이다.

그러면 이런 상황에서 어떻게 해야 할까? 어떻게 라라와 카텐카를 이 위선적인 상황에서 자유롭게 해줄 수 있을까? 그것은 그가 자유로워지는 것보다 더 중요한 일이었다. 그러면 어떻게 해야 할까? 이혼을 해야 할까? 물에 빠져 버릴까? '제기랄, 이 무슨 흉측한 생각인가.' 그는 화가 치밀었다. '절대 그런 짓을 하지는 못할 거야. 그런데 아무리 생각뿐이라지만, 왜 그런 못된 짓을 떠올린단 말인가?'

그는 조언이라도 구하듯, 별들을 바라보았다. 별들은 한데 모여 있기도 하고, 흩어져 있기도 했으며, 크거나 작거나, 푸르거나 무지갯빛으로 빛나고 있었다. 그 순간 갑자기 별빛이 희미해지는가 싶더니, 누군가 불타는 횃불을 흔들며 들판에서 대문을 향해 달려오는 듯, 안티포프가 앉아 있는 보트와 마당에 환하고 강렬한 섬광을 비추었다. 그 빛은 지난해부터 밤낮으로 불꽃이 섞인 누런 연기를 하늘로 뭉게뭉게 뿜어 올리며, 수없이 건널목을 지나던 서부행 군용열차였다.

파벨 파블로비치는 씩 웃으며 보트에서 일어나 잠자리에 들었다. 원했던 해결책을 얻었다.

7

파샤의 결정을 듣고 난 라리사 표도로브나는 어안이 벙벙 해져, 처음에는 자기 귀를 의심했다. '무슨 헛소리람. 또 변덕 을 부리는군.' 그녀는 이렇게 생각했다. '모른 척하고 있으면, 자신도 잊어버릴 거야.'

그러나 남편은 이미 이 주일 전부터 준비를 시작해, 징병사 무소에 서류를 제출했고, 긴나지야에서는 후임 교사가 결정 되었으며, 옴스크에 있는 육군 사관학교에서는 입대 통지서 가 날아들었다. 떠날 날이 다가왔다.

라라는 시골 여인네처럼 안티포프의 손을 붙잡고 울부짖 으며, 그의 발밑에 엎드려 애원했다.

"파샤, 파센카……." 그녀가 소리쳤다. "나와 카텐카는 어쩌 라는 거야? 제발 그러지 말아. 안 돼! 아직 늦지 않았어. 내가 모든 일을 다시 되돌려 놓을게. 당신은 의사에게 제대로 진찰 도 받지 않았잖아. 당신 심장 말이야. 부끄럽기나 해? 자기 가 족을 변덕스러운 자신의 광기의 희생 제물로 삼으려고 하다 니, 부끄럽지 않아? 지원병이라니! 항상 로댜를 속물이라고 비웃더니, 갑자기 부러워지기라도 한 거야? 군도를 철렁거리고 다니는 장교가 되고 싶었던 모양이지? 파샤, 도대체 무슨 일이야? 당신을 전혀 이해할 수가 없어! 완전히 다른 사람이 되어 버렸다고. 무슨 독초라도 먹은 거야? 제발 이야기해 줘. 솔직하게, 그리스도의 이름으로 말 좀 해봐. 제발 입에 발린 소리는 그만둬. 그것이 러시아를 위한 거야?"

그러다가 문득 라라는 문제가 여기에 있는 것이 아니라는 것을 깨달았다. 모든 것을 자세히 알 수는 없지만, 그녀는 중요한 것을 깨달았다. 그녀는 자신이 파툴랴를 대하는 것에 그가 오해하고 있다는 생각이 들었다. 그는 라라가 그에게 평생 주고 싶어 했던 모성애를 하찮은 것으로 생각했고, 보통 여성으로서 보여 주는 사랑보다 모성애가 훨씬 가치 있다는 사실을 깨닫지 못하고 있다는 생각이 들었다.

그녀는 두들겨 맞은 사람처럼, 입술을 깨물고 마음을 가라앉히고는, 말없이 조용히 눈물을 삼키며, 남편의 출발을 준비하기 시작했다.

그가 떠나자, 모든 도시는 한적해지고, 심지어는 하늘을 나는 까마귀 수마저 줄어든 것 같았다. "마님, 마님." 마르푸트카가 그녀를 불러도, 그녀는 대답도 하지 않았다. "엄마, 엄마." 카텐카도 그녀의 소매를 잡아당기며 계속 옹알거렸지만 소용이 없었다. 이것은 그녀의 인생에서 가장 쓰라린 패배였다. 가장 밝게 빛나던 그녀의 희망이 무너져 버린 것이다.

남편이 시베리아에서 보낸 편지들을 보고서야 라라는 그에 대한 모든 사실을 이해하게 되었다. 그는 얼마 지나지 않아, 모든 것을 명확하게 깨닫게 되었다. 아내와 딸이 무척 그리워졌다. 몇 달 후, 파벨 파블로비치는 예정보다 빨리 소위보로 임관되었고, 뜻밖에도 전투부대에 배치되었다. 그는 열차를 타고 급박하게 멀리 유랴틴을 지나갔고, 모스크바에서도 아무도 만날 시간이 없었다.

전선에서 그는 편지를 보내기 시작했고, 옴스크 사관학교 시절의 슬픈 편지보다는 훨씬 활기에 차 있었다. 안티포프는 어느 전투에서 포상을 받거나, 아니면 가벼운 부상이라도 당해 가족을 만날 휴가를 얻기 위해 공을 세우고 싶어 했다. 승진할 수 있는 가능성도 보였다. 나중에 브루실로프 공세*로 유명해진, 얼마 전에 있었던 전투 이후로, 군대는 공격적으로 돌아섰다. 안티포프로부터 편지가 끊겼다. 라라는 처음에는 불안해하지 않았다. 그녀는 파샤의 무소식을 지금 전개되고 있는 군사 활동과 행군 중에 편지를 쓰기가 불가능하기 때문이라고 여겼다.

가을이 되자, 군대의 이동이 중단되었다. 군대는 참호 속으로 기어들었다. 그러나 여전히 안티포프로부터는 어떤 소식이나 연락도 없었다. 라리사 표도로브나는 불안해지기 시작했

---

* 1916년 5~6월 사이에 러시아 장군 브루실로프 휘하의 기병 군단이 서남부 전선에서 독일-오스트리아군을 돌파한 유명한 전투.

다. 그녀는 처음에는 유랴틴에서, 나중에는 우편으로 모스크바와 파샤가 속했던 이전 부대의 주소지로 그의 소식을 수소문했다. 그러나 어디에서도 소식을 알 수 없었고, 어디에서도 답장이 오지 않았다.

군郡에서 자원봉사하는 많은 부인들처럼 라리사 표도로브나도 전쟁이 시작된 이후, 유랴틴 젬스트보 병원에서 힘닿는 데까지 돕고 있었다.

얼마 전 그녀는 기초의학을 열심히 공부해, 이곳 병원의 간호사 자격시험에 합격했다.

자격증을 얻은 그녀는 근무하던 김나지야에서 반년 동안의 휴가를 얻어, 마르푸트카에게 유랴틴의 집을 돌봐 달라고 맡기고 카텐카를 데리고 모스크바로 떠났다. 그곳에서 그녀는 딸을 리포치카에게 맡겼다. 그녀의 남편인 독일 출신 프리젠단크는 다른 민간인 포로들과 함께 우파*에 억류되어 있었다.

멀리 떨어진 곳에서 찾는 것이 별 의미가 없다고 판단한 라리사 표도로브나는 최근에 전투가 벌어진 지역으로 찾아가보기로 결심했다. 그럴 목적으로 그녀는 리스키시를 경유해, 헝가리 국경 지역인 메조-라보르치로 향하는 병원 열차의 간호사로 들어갔다. 파샤가 그녀에게 보낸 마지막 편지가 온 곳이 메조-라보르치이기 때문이었다.

---

* 우파는 현재 바시코르토스탄 공화국에 속해 있으며, 모스크바에서 동쪽으로 1,400킬로미터 떨어진 곳에 위치한 벨라야강과 우파강이 만나는 곳에 세워진 도시이다.

8

자선가들의 지원으로 타티야나 부상병 구호위원회*가 마련한 욕실 설비가 완비된 열차가 전선 사령부에 도착했다. 짧고 볼품없는 화물칸으로 구성된 기다란 열차의 일등칸에는 장교들에게 줄 선물을 싣고 모스크바에서 온 사회활동가들과 병사들이 타고 있었다. 그 속에 고르돈이 있었다. 그는 어린 시절의 친구 지바고가 멀지 않은 시골의 사단 야전병원에서 일하고 있다는 소식을 전해 들었다.

고르돈은 전선 지역 이동 시, 반드시 필요한 허가를 받아, 통행증을 갖고, 그 지역으로 가는 작은 마차를 타고 친구를 만나러 갔다.

백러시아인이나 리투아니아인으로 보이는 마부는 러시아어가 서툴렀다. 스파이 공포증 때문에 모든 대화는 판에 박힌 사무적인 이야기로 마무리되었다. 겉으로 호의적인 척하는 태도로는 대화를 나눌 수가 없었다. 멀리 길을 가는 동안에도 손님이나 마부나 아무 말이 없었다.

100베르스타를 기준으로 거리를 측정해 군대를 이동시키곤 했던 사령부에서는 가려고 하는 마을이 20베르스타나 25

---

* 타티야나 부상병 구호위원회는 니콜라이 2세의 여동생 타티야나 콘스탄티노브나 로마노소프 대공비가 전쟁 초기에 전투에서 다치거나 사망한 이들과 그 가족들을 돕기 위해 만든 위원회이다.

베르스타 정도밖에 안 되는 바로 근처에 있다고 자신 있게 말했다. 그러나 실제로 그 마을까지 가는 데는 80베르스타가 넘었다.

그들이 가던 도로의 왼쪽 지평선 너머에서 그르렁거리는 꺼림칙한 소리가 계속 들려오고 있었고, 이따금 커다란 굉음이 터지기도 했다. 고르돈은 지금껏 한 번도 지진을 목격한 적이 없었다. 그러나 지하의 진동과 화산이 폭발하며 그르렁거리는 소리와 멀리서 희미하게 들려오는 적군의 붕붕거리는 기분 나쁜 대포 소리가 비슷할 거라고 생각한 그의 짐작은 옳았다. 해가 기울자, 그쪽 하늘 아래로 장밋빛 불꽃이 타올랐고, 불꽃은 다음 날 아침까지도 수그러들지 않았다.

마부는 고르돈을 태우고 파괴된 마을들을 지나갔다. 몇몇 마을들은 주민들이 모두 떠나 버렸다. 어떤 마을 사람들은 땅속 깊은 지하로 들어가 있었다. 마을들은 온갖 쓰레기와 자갈 더미가 예전에 서 있던 집들처럼 한 줄로 쭉 늘어서 있었다. 불에 탄 마을들은 풀 한 포기 없는 황야처럼, 이쪽 끝에서 저쪽 끝까지 모든 것이 한눈에 다 드러나 보였다. 빈 들판 위에서는 화재를 당한 노파들이 불타 버린 자기 집의 잿더미 속을 파헤쳐 무언가를 파내서 여기저기에 감추곤 했는데, 그들은 사방 벽에 둘러싸여 있었던 예전처럼, 지금도 타인의 눈에 띄지 않을 거라고 생각하는 것 같았다. 그들은 세상이 바로잡혀 평화와 질서가 곧 회복될 수 있을까를 묻는 눈길을 보내며 고르돈을 맞이하고 보내곤 했다.

밤중에 마차를 타고 가다가 기병 척후대를 만났다. 그들은 되돌아가 비포장도로를 빠져나간 다음, 이 지역을 우회해 돌아가라고 명령했다. 마부는 새로 난 길을 알지 못했다. 그들은 두 시간 정도를 정신없이 헤매 다녔다. 동이 트기 전에야 마부와 여행자는 찾고 있던 마을에 겨우 도착했다. 그곳에서는 야전병원에 대해 전혀 모른다고 했다. 그곳에서 새로 알게 된 사실은, 그 지역에 이 마을과 같은 이름을 가진 마을이 있고, 그곳이 그들이 찾던 마을이라는 것이었다. 그들은 아침이 되어서야 겨우 목적지에 도착했다. 카모마일 약제와 요오드포름 냄새가 풍기는 마을 부근을 지나며, 고르돈은 지바고의 숙소에 머무는 대신, 낮 동안 그와 시간을 보내고, 저녁에는 동료들이 남아 있는 역으로 다시 돌아가야겠다고 계획을 세웠다. 그러나 그는 여러 가지 사정으로 이곳에 일주일 넘게 남게 되었다.

9

그 무렵 전선이 술렁이기 시작했다. 전선에 갑작스러운 변화가 나타난 것이다. 고르돈이 방문한 지역에서 남쪽으로, 아군의 한 휘하 부대가 따로 분산되어 있던 병력과 연합해 공격에 성공해서 요새화된 적군의 방어선을 돌파한 것이다. 돌격

부대는 더욱 공격을 강화해 적진 깊숙이 파고들어 갔다. 그 뒤로 돌파구를 확장하며 후속 부대가 따라왔다. 그런데 그들이 점차 지체되면서 선두 부대와의 사이가 점점 벌어졌다. 그러다가 선두 부대원들이 포로로 잡혔다. 그런 상황에서 안티포프 소위보가 포로로 잡히고, 그의 중대 역시 투항할 수밖에 없었다.

그즈음 그에 대한 헛소문이 돌았다. 폭발 때 생긴 흙구덩이 속에 그가 파묻혀 사망했다는 소문이었다. 지인이자 같은 연대의 소위 갈리울린의 말에 따르면, 안티포프가 부대원을 이끌고 공격했을 때, 감시초소에서 쌍안경으로 그의 전사를 목격했다는 것이다.

갈리울린은 여느 때처럼 눈앞에서 벌어지고 있는 돌격 부대의 돌격 장면을 보고 있었다. 부대원들은 바람에 흔들리는 메마른 쑥 무더기와 위로 불쑥 솟아 가만히 서 있는 가시투성이 엉겅퀴가 양쪽 군대를 갈라놓고 있는 가을 들판을 거의 뛰다시피 하는 속보로 지나가야 했다. 돌격대는 참호 속에 들어가 대치하고 있는 오스트리아군을 백병전으로 용감하게 유인하거나 수류탄을 던져 섬멸할 임무를 띠고 있었다. 달려가는 병사들에게 들판은 끝이 없어 보였다. 그들의 발밑에서 땅이 늪처럼 출렁이고 있었다. 소위보는 처음에는 선두에서, 나중에는 병사들 사이에서 뛰며, 머리 위로 권총을 치켜올리고, 귀까지 찢어지도록 입을 크게 벌리고 '만세!'라고 외쳤지만,

그 소리는 자신은 물론 주위를 달리는 병사들에게도 전혀 들리지 않았다. 정확한 간격을 두고 달리던 병사들이 땅에 엎드렸다가 일제히 일어나 고함을 지르며 앞으로 달려 나갔다. 그렇게 달려갈 때마다, 숲을 벌목할 때면 키 큰 나무들이 베어 넘어지듯, 각각의 다른 모습으로 하나둘 총탄에 맞아 그대로 쓰러져 다시는 일어나지 못했다.

"너무 멀리 쏘는군. 포병대에 연락하시오." 불안해진 갈리울린이 옆에 서 있는 포병 장교에게 말했다. "아니요. 포탄이 더 깊숙이 떨어지도록 잘하고 있어요."

그때 돌격대는 적군 가까이에 이르렀다. 포격이 중지되었다. 정적이 흐르자, 감시초소에 서 있던 사람들의 심장이 눈에 띄게 빠르게 뛰었다. 마치 자신이 안티포프가 되어, 오스트리아군의 참호 가까이 병사들을 이끌고 가서 금방이라도 용맹하고 용감하게 기적을 만들어 낼 기세였다. 바로 그 순간 전방에서 독일군의 16인치 포탄 두 발이 연달아 터졌다. 흙과 연기로 뒤덮인 검은 기둥이 다음에 펼쳐질 모든 장면을 덮어 버렸다. "오, 알라신이시여!* 다 됐군! 끝장이야!" 소위보와 병사들이 모두 죽었다고 생각한 갈리울린이 하얗게 질린 입술로 중얼거렸다.

세 번째 포탄이 감시초소 근처로 날아들었다. 모두 땅에 납

---

* 갈리울린은 타타르계로, 회교도라는 것을 보여 준다.

작 엎드렸다가 서둘러 감시초소를 벗어나 더 뒤쪽으로 물러났다.

갈리울린은 안티포프와 같은 엄폐호에서 지냈었다. 연대에서는 그가 전사했고, 다시 돌아오지 못할 거라고 판단했다. 평소에 안티포프와 가깝게 지냈던 갈리울린에게 그의 유품을 맡기며 나중에 그의 아내에게 전해 달라고 했다. 안티포프의 짐 속에는 여러 장의 작은 사진들이 들어 있었다.

지원 사병이었다가 얼마 전에 소위보가 된 갈리울린은 티베르진 아파트의 문지기였던 기마제트딘의 아들이자, 예전에 직공장 후돌레예프에게 두들겨 맞곤 했던 기계 견습공*이었다. 그가 진급하게 된 것은 바로 그 과거의 학대자 덕분이었다.

소위보로 진급한 갈리울린은 어찌 된 셈인지, 그의 기대와는 다르게, 한적한 후방 수비대의 한 곳인 따뜻하고 한가한 지역에 배치되었다. 그곳에서 그는 반장애인으로 구성된 부대의 지휘를 맡게 되었고, 아침마다 그들 못지않게 형편없는 전문기술 교관들은 오래전에 잊어버린 제식훈련을 시키고 있었다. 그 외에 갈리울린은 경리부 창고의 보초를 제대로 서고 있는지 살피는 일도 했다. 그 외에는 아무 할 일이 없는 무사태평한 생활이었다. 그러다가 어느 날 모스크바에서 그의 휘하로 나이 든 예비역 보충병들이 배치되어 왔는데, 그 속에

---

* 오시프(유수프카) 기마제트디노비치 갈리울린.

낯익은 표트르 후돌레예프가 끼어 있었다.

"아니 이런, 어디서 본 얼굴인데!" 갈리울린이 히죽 웃으며 말했다.

"네, 그렇습니다, 대장님." 후돌레예프가 이렇게 대답하고 부동자세로 경례를 했다.

물론 그렇게 간단하게 끝날 일은 아니었다. 첫 번째 교련에서 하급 병사가 실수를 저지르자 소위보는 호통을 쳤고, 병사가 두 눈으로 똑바로 보지 않고 애매하게 다른 곳을 보고 있다는 생각이 들자, 그의 따귀를 후려치고는 꼬박 이틀 동안 빵과 물만 주는 영창에 집어넣었다.

그 후, 갈리울린의 행동 하나하나에는 지난날의 복수심이 담겨 있었다. 그러나 상관에 대한 절대복종이라는 엄격한 환경에서 이런 방법으로 복수를 한다는 것은 너무 불공평하고 비열한 게임이었다. 어떻게 해야 하나? 더 이상 한 장소에 두 사람이 있을 수는 없었다. 그러나 장교가 자기 부대에 소속된 병사를 징계에 붙이는 것 외에, 무슨 구실로 어디로 전출시킨단 말인가? 반대로 갈리울린이 무슨 이유를 들어 자신의 전출을 요청한단 말인가? 결국 갈리울린은 수비대 근무가 지루하고 무익하다는 이유를 들어, 자신을 전선으로 배치해 달라고 요청했다. 그것으로 그는 좋은 평판을 얻게 되었고, 뒤이은 전투에서 자신의 또 다른 능력을 보여 줌으로써 훌륭한 장교라는 것을 증명해, 곧바로 소위로 진급했다.

갈리울린은 안티포프가 티베르진 집에서 지내던 시절부터 알고 있었다. 1905년, 파샤 안티포프가 반년 동안 티베르진의 집에서 머물렀을 때, 유수프카는 휴일마다 그 집으로 놀러 가 함께 놀곤 했었다. 그때 그 집에서 라라를 한두 번 본 적도 있었다. 그 이후로는 그들의 소식을 전혀 듣지 못했다. 파벨 파블로비치가 유랴틴을 떠나 그의 연대로 들어왔을 때, 갈리울린은 옛 친구의 변한 모습에 깜짝 놀랐다. 아가씨처럼 수줍어하고 얌전을 빼며 잘 웃던 장난꾸러기였던 그가, 신경질적이고 세상의 모든 것을 달통한 듯한 비관적인 우울증 환자로 변해 있었다. 그는 영리하고 매우 용감했지만, 과묵하고 조소적이었다. 갈리울린은 이따금 그를 보며, 깊은 창문 같은 안티포프의 고뇌에 찬 시선 속에 누군가 또 다른 사람이 들어 있는 것 같았고, 그 속에 단단하게 뿌리내린 듯한 사상, 딸에 대한 그리움, 그리고 그의 아내의 얼굴이 보였다고 맹세도 할 수 있었다. 안티포프는 마법에 걸린 동화 속의 인물 같았다. 그런데 이제 그는 없고, 갈리울린의 손에 안티포프의 서류와 사진들, 그리고 그의 변신의 비밀만이 남게 된 것이다.

결국 언젠가는 라라가 갈리울린을 찾을 날이 올 것이다. 아무래도 그녀에게 답장을 써야겠다는 생각이 들었다. 그러나 정신이 없었다. 당장은 답장을 쓸 수가 없었다. 그녀가 앞으로 받게 될 충격을 대비할 수 있게 해야 한다고 그는 생각했다. 그래서 그녀에게 자세한 편지 쓰기를 미루고, 그러다가 그녀가 어느 전선에 간호사로 있다는 사실을 알게 되었다. 그렇게 되자, 어디로 그녀에게 편지를 보내야 할지 알 수 없게 되었다.

10

"오늘은 사정이 어떤가? 말을 구할 수 있을까?" 고르돈은 의사 지바고가 오후에 점심을 먹으러 그들이 머물고 있는 갈리치아의 농가로 올 때마다, 이렇게 묻곤 했다.

"이곳에 무슨 말이 있겠나? 그리고 앞과 뒤가 모두 막혔는데 어딜 가겠다는 건가? 사방이 모두 난리라고. 누구도 아무것도 알 수 없는 상황일세. 남부에서는 아군이 독일군을 포위를 했다고 하고, 몇몇 지역에서는 독일군을 돌파했다는데, 또 한편에선 흩어진 얼마간의 아군 부대가 함정에 빠졌다고도 하고, 또 북부에서는 건널 수 없다고 했던 지점인 스벤타강을 독일군이 건넜다는 이야기도 돌고 있네. 그들은 한 군단 규모의 병력을 갖춘 기병대라는 거야. 그들이 철도를 폭파하고 보급소를 파괴시키는 중인데, 우리도 포위되는 것 아닌가 싶네. 지금 전황이 이런 상황이야. 그런데 자네는 한가하게 말 타령이나 하고 싶은가. 그건 그렇고 카르펜코, 어서 점심이나 차려 와. 오늘 메뉴는 뭐지? 오, 송아지 다리군. 그거 좋지."

야전병원과 모든 관련 분과를 갖추고 있는 위생 부대는 기적적으로 온전하게 남아 있는 마을 여기저기에 흩어져 있었다. 사방 벽면에 서양식의 좁은 여닫이 유리창문이 빛을 발하고 있는 마을의 집들이 최근까지 그대로 보존되어 있었던 것이다.

늦더위가 찾아와, 뜨거운 황금빛 가을의 끝자락에 맑은 날들이 이어졌다. 군의관들과 장교들은 낮에는 창문을 열어 놓고, 창문턱과 흰 칠을 한 낮은 천장에 새카맣게 떼를 지어 다니는 파리를 잡기도 하고, 여름 제복에 군복 단추를 풀어 놓고, 땀을 뻘뻘 흘리며 혀가 델 정도로 뜨거운 야채수프와 차를 마시기도 했다. 밤에는 활짝 열린 페치카의 아궁이 앞에 웅크리고 앉아, 축축해서 잘 타지 않는 장작 밑에서 가물가물하는 숯불을 불어 대고, 연기 때문에 눈물을 흘리며, 당직병에게 제대로 불도 붙이지 못한다며 호통을 치기도 했다.

고요한 밤이었다. 고르돈과 지바고는 양쪽 벽에 놓인 긴 의자에 마주 보고 누워 있었다. 그들 사이로 식탁과 벽의 한쪽 끝에서 다른 쪽 끝까지 길고 좁은 창문이 나 있었다. 방 안은 불을 많이 땐 데다 담배 연기까지 가득 차 무더웠다. 그들은 창문 양쪽 끝에 달린 환기창을 열어 놓고, 유리창에 서리를 만드는 가을밤의 서늘한 공기를 들이마셨다.

그들은 요즘 항상 밤낮으로 했던 대화를 나누고 있었다. 여느 때처럼 전선 쪽의 지평선은 붉게 불타고 있었다. 잠시도 멈추지 않고 일정하게 그르렁거리는 포격 소리 중간마다, 훨씬 낮고 확연히 두드러지는 육중한 굉음이 지축을 흔들면, 지바고는 그 소리에 경의를 표하듯 말을 멈추고, 잠시 침묵한 후 계속 말을 잇곤 했다.

"저것이 베르타포砲야. 16인치 독일군 대포인데 무게가 60푸드*나 되는 물건이지." 그리고 무엇에 대해 말했는지 잊고는, 다시 대화를 시작했다.

"이 마을에서 계속 풍기는 냄새가 무슨 냄새지?" 고르돈이 물었다. "첫날부터 눈치챘는데, 들쩍지근한 것이 느끼하고 역겨워. 마치 쥐 냄새처럼."

"아, 무얼 말하는지 알겠어. 그건 대마야. 여기는 대마 밭이 많거든. 대마 자체가 불쾌하고 끔찍한 냄새를 풍기지. 그 외에도 전쟁터에서 죽은 사람이 대마 밭에 쓰러지면 오랫동안 발견되지 않고 썩게 돼. 그래서 여기엔 송장 썩는 냄새가 진동하지. 여기선 그것이 전혀 이상하지도 않아. 또 베르타포 소리가 나는군. 들리지?"

그들은 최근 며칠 동안, 세상의 온갖 이야기를 화제에 올렸다. 고르돈은 전쟁과 시대정신에 대한 친구의 생각을 알게 되었다. 유리 안드레예비치는 그에게 동족상잔의 피의 논리, 부상병들의 모습, 특히 요즘에 나타나는 온갖 부상의 공포, 최근 전투 기술에 힘입어 살아남았지만, 흉칙한 살덩어리로 변

---

* 러시아의 무게 단위로 1푸드는 16.38킬로그램이다.

한 채, 불구가 된 사람들에게 익숙해지느라 얼마나 고통스러운지를 이야기했다.

고르돈은 매일 지바고와 함께 여기저기를 돌아다닌 덕에 깨닫게 된 것이 있었다. 다른 사람들의 용기와 다른 이들이 얼마나 초인적인 힘으로 죽음의 공포를 이겨냈으며, 그것을 위해 무엇을 희생하고, 어떻게 위험을 무릅썼는지를 방관자적으로 바라보는 것이 얼마나 부도덕한지를 알게 된 것이다. 또한 그런 상황에서 아무 행동도 하지 않고, 힘없이 한숨이나 내쉬는 것도 더 낫다고 생각되지 않았다. 그는 자신이 처한 상황에 따라 명예롭고 진실하게 행동해야 한다고 생각했다.

그는 서쪽에 위치한, 최전선이나 다름없는 야전병원에서 일하는 적십자 유격부대를 찾아갔다가, 부상자의 모습에 기절할 수도 있다는 것을 직접 체험하게 되었다.

그들은 포탄의 화염에 절반이나 날아가 버린 거대한 숲 가장자리에 이르렀다. 꺾이고 짓밟힌 관목 덤불 속에 부서지고 찌그러진 포차들이 뒤죽박죽 나뒹굴고 있었다. 그곳의 나무에 기마용 말 한 필이 매어져 있었다. 숲속 깊숙한 곳에 있는 산림청의 목조건물은 지붕 절반이 날아가고 없었다. 야전병원은 산림청의 사무소와 산림청에서 길 건너 숲 한가운데에 있는 부서진 두 개의 커다란 잿빛 천막에 자리 잡고 있었다.

"자네를 괜히 이리로 데려왔군." 지바고가 말했다. "참호는 1베르스타 반이나 2베르스타밖에 떨어지지 않은 가까운 곳에 있고, 아군의 포병 중대는 바로 저기 숲 너머에 있어. 무슨 일이 벌어지고 있는지 들리지? 영웅을 믿지도 않지만, 제발 영웅 흉내를 내지는 말게. 지금 자넨 두려울 테지. 그건 당연해. 시시각각 전황이 바뀌게 될 거야. 이곳에 포탄도 날아올 테고."

숲속 길바닥에는, 지치고 먼지를 잔뜩 뒤집어쓴 어린 병사들이 견갑골과 가슴 부위가 땀에 흠뻑 젖은 군복을 입고, 무거운 장화를 신은 두 발을 벌리고, 엎드려 있거나, 반듯이 누워 있는 것이 보였다. 그들은 수가 크게 줄어든 어느 부대의 생존자들이었다. 나흘간 밤낮으로 계속된 전투에서 그들을 퇴각시켜, 잠깐 휴식을 취하도록 후방으로 보낸 것이다. 돌덩어리처럼 누운 그들은 미소를 짓거나, 상소리를 지껄일 힘도 없었고, 이륜마차 몇 대가 덜컹거리며 깊은 숲길로 빠르게 다가와도, 누구 하나 고개를 돌리지 않았다. 그것은 빠른 속도로 달리는 용수철이 없는 타찬카*였다. 타찬카는 위로 통통 튀며 불행한 부상병들의 뼈를 부러뜨리고, 내장을 뒤틀리게 하며 야전병원으로 싣고 와, 응급처치를 하고, 신속하게 붕대를 감아 주었으며, 위급한 경우에는 응급수술을 하기도 했다. 그들은 모두 삼십 분 전, 포격이 잠시 멎었을 때, 참호 앞 들판에서 무더기로 실려 온 부상병들이었다. 그들의 절반은 이미

* 러시아 내전 시기에 기관총을 운반하던 이륜마차 혹은 사륜마차.

의식이 없었다.

사무소 현관으로 그들을 데려오자, 안에 있던 위생병들이 들것을 들고 내려와 타찬카에서 부상병들을 내리기 시작했다. 천막 자락을 손으로 잡고 천막 안에서 한 간호사가 밖을 내다보았다. 지금 그녀는 근무 중이 아니었다. 그날은 비번이었다. 천막 뒤 숲에서는 두 사람이 큰 소리로 싸우고 있었다. 높고 싱그러운 숲으로 그들의 싸우는 소리가 멀리 울려 퍼졌지만, 무슨 말인지는 들리지 않았다. 부상병들을 싣고 왔을 때쯤, 싸우던 두 사람은 사무소 쪽의 도로로 나왔다. 흥분한 장교는 적십자 유격부대 의사에게 전에 이 숲속에 있던 포병대가 어디로 이동했는지를 물으며 고함을 질렀다. 의사는 아무것도 몰랐고 아무 관련도 없었다. 그는 장교에게 부상병들이 실려 와 정신이 없으니, 소리를 지르거나 방해하지 말라고 부탁했지만, 장교는 진정하기는커녕, 적십자와 포병대, 그리고 이 세상 모든 것에 욕설을 퍼부었다. 지바고가 의사에게 다가갔다. 그들은 인사를 하고 산림청 안으로 들어갔다. 장교는 타타르 억양이 있는 말투로 소리를 지르고, 계속 욕지거리를 하며, 나무에 매어져 있던 말을 풀어 올라타고는, 길을 따라 깊은 숲속으로 달려갔다. 간호사는 내내 그 광경을 지켜보고 있었다.

갑자기 그녀의 얼굴이 공포로 일그러졌다.

"지금 뭐 하는 거예요? 당신들 정신 나갔군요." 그녀는 부축

도 받지 않고 들것 사이로 야전병원으로 다가오는 두 명의 경
상자들을 향해 소리치며 달려갔다.

들것에 실려 온 부상병은 흉측한 괴물처럼 얼굴이 심하게
손상된 중상자였다. 포탄의 탄피가 그의 찢겨진 뺨의 턱뼈에
그대로 박혀 있었다. 탄피는 그의 얼굴을 짓이기고, 혀와 이를
피범벅으로 만들고도, 아직 숨을 끊어 놓지는 못했다. 부상병
은 가느다란 목소리로 짐승 같은 짧고 단말마적인 신음 소리
를 내뱉곤 했다. 빨리 자신을 죽여서, 견딜 수 없이 계속되는
고통을 멎게 해달라는 기도임이 분명했다.

간호사는 옆에 걸어가던 두 경상자가 신음 소리를 듣고 맨
손으로 중상자의 뺨에서 무시무시한 파편을 뽑으려는 줄 알
았다.

"지금 뭐 하세요. 그렇게 해선 안 돼요! 외과의사가 특수 기
구를 사용해야 해요. 물론 그럴 필요가 있다면요." (오, 하느님!
저 사람을 구해 주소서. 저로 하여금 당신의 존재를 의심하지 않게
하소서.)

중상자를 병원 현관 위로 끌어올리는 순간, 그는 비명을 지
르고 온몸을 부르르 떨더니 숨을 거두었다.

사망한 중상자는 예비역 병사 기마제트딘이었고, 숲속에서
소리 지르던 장교는 그의 아들 갈리울린 중위였으며, 간호사
는 라라, 그리고 고르돈과 지바고는 목격자로서, 그들 모두가
그 자리에 함께 있었고 옆에 있었지만, 그들은 서로를 알아볼

수 없었으며, 서로 모르는 이들도 있었다. 그리고 어떤 일은 영원히 알려지지 않은 채로 남겨졌고, 또 어떤 일은 다음 기회에 새로운 만남이 있을 때까지 기다린 후에야 밝혀지기도 했다.

11

이 지역의 몇몇 마을은 기적적으로 온전히 남아 있었다. 그 마을들은 파괴의 바다 가운데 고스란히 남은 작은 섬처럼 불가사의하게 보였다. 저녁이 되자 고르돈과 지바고는 숙소로 돌아가고 있었다. 해가 지고 있었다. 그들이 지나가던 어느 마을에서 젊은 카자크 병사 한 명이 주변 사람들의 환호성 속에서, 5코페이카 동전을 위로 던져, 기다란 프록코트에 잿빛 수염을 기른 늙은 유대인에게 그것을 받게 하고 있었다. 노인은 계속 동전을 놓쳤다. 매번 동전은 애처롭게 뻗은 그의 두 손을 빗겨나 진흙탕에 떨어지곤 했다. 노인이 동전을 주우려고 허리를 굽힐 때마다, 카자크 병사는 노인의 엉덩이를 철썩 때렸고, 주위에 서 있던 사람들은 신음 소리가 날 만큼 허리를 잡고 웃어 댔다. 그것이 그들의 유일한 낙이었다. 아직은 특별히 악의적이라고 볼 수 없었지만, 그러다가 훨씬 심각한 상태로 발전하지 말라는 법도 없었다. 건너편 농가에서 그의 늙은 아내가 달려 나와 소리를 지르며 노인에게 두 손을 내밀었다가, 번번이 겁을 먹고 다시 안으로 숨어 버리곤 했다. 농가의 창문에서는 두 처녀가 노인을 내다보며 울고 있었다.

그 광경이 꽤 재미있다고 생각한 군용 마차의 마부는 손님들에게 그 광경을 구경시켜 줄 요량으로 말을 천천히 몰았다. 그러나 지바고는 카자크 병사를 불러 꾸짖고, 희롱은 그만두라고 명령했다.

"알겠습니다, 상관님." 카자크 병사가 즉각 대답했다. "저희는 별생각 없이 그저 장난을 좀 쳤을 뿐입니다."

고르돈과 지바고는 가는 동안 내내 아무 말도 하지 않았다.

"정말 끔찍하군." 그들의 마을이 보이자, 유리 지바고가 말을 꺼냈다. "이번 전쟁에서 불행한 유대인들이 얼마나 수난을 당했는지, 자네는 상상할 수도 없을 걸세. 그런데 이제는 유대인 강제 거주지에서 또 저런 수난을 당하고 있어. 지금까지 당하고 견뎌 온 고난, 갈취당하고 파산당한 것도 부족해 이번에는 학살을 당하고 모욕을 받고, 애국심이 부족하다고 비난을 받고 있다고. 사실, 적국의 치하에 있는 유대인들은 모든 권리를 누리는데, 아군 치하에서는 박해를 당하고 있으니, 무슨 애국심이 있겠나? 유대인에 대한 증오 자체도, 그 근거도 모두 모순투성이일세. 감동을 받고 호의를 갖게 해주어야 하는데, 오히려 분노를 유발시키고 있어. 그들의 빈곤과 인구과잉, 그들의 나약함과 반항하지 못하는 무능력. 도무지 이해할 수가 없어. 거기엔 숙명적인 뭔가가 있어."

고르돈은 아무 대꾸도 하지 않았다.

12

그리고 밤이 되자, 다시 그들은 좁고 긴 창문 양편의 의자에 누워 대화를 이어 갔다.

지바고는 고르돈에게 전선에서 황제*를 본 이야기를 해주었다. 그는 이야기를 재미있게 끌어갔다.

때는 전선에서 맞은 첫 봄이었다. 그가 소속된 부대의 사령부는 카르파티아산맥의 분지 안에 있었고, 그 전투부대가 헝가리 계곡 쪽에서 들어오는 진입로를 차단하고 있었다.

분지 아래쪽에 철도역이 있었다. 지바고는 고르돈에게 이 지역의 외형적인 풍경을, 꼭대기에 하얀 구름 타래를 이고 있는 우람한 전나무와 소나무들로 울창한 산들을, 닳아서 해진 두꺼운 모피 얼룩처럼, 숲 가운데 드러나 보이던 잿빛 점판암과 흑연 절벽들을 설명해 주었다. 그날은 그 점판암처럼 축축한 잿빛을 띠는 잔뜩 흐린 4월의 어느 날 아침으로, 사방이 높은 봉우리들로 막혀, 바람 한 점 없이 숨 막히는 날이었다. 날씨는 몹시 후텁지근했다. 분지 위로 안개가 끼어, 세상이 온

---

* 니콜라이 2세(1868~1918)로 혁명 당시 러시아 황제. 로마노프왕조 최후의 황제이자 러시아제국의 마지막 황제였던 그는 1894년부터 1917년까지 재위했고, 1905년에 일어난 혁명과 패전에 임해, 국회 개설을 약속하며 혁명을 억제하기도 했다. 제1차 세계대전 때는 총사령관이었던 니콜라이 니콜라예비치 대공을 파면하고, 자신이 직접 총사령관이 되어 전선을 지휘했지만, 전황의 불리한 데다 식량 부족으로 민중의 불만이 누적되는 등, 러시아의 상황이 혼란에 빠지고 1917년 2월에 혁명이 일어난 후, 퇴위했다. 그 후, 시월혁명이 일어나고 소비에트 정부가 들어서면서, 체포되어 가족과 함께 총살되었다.

통 뿌옇게 보였고, 기차역에서 피어오르는 증기와 초원의 잿빛 아지랑이, 그리고 잿빛 산들과 어두컴컴한 숲, 시커먼 구름, 모든 것이 아지랑이가 되어 기다랗게 위로 오르고 있었다.

당시 황제는 갈리치아를 순방 중이었다. 명예 총사령관이었던 그가 갑자기 이곳 부대를 방문할 것이라는 소식이 전해졌다.

그가 도착할 시간이 점점 가까워지고 있었다. 플랫폼에는 그를 영접하기 위해 의장대가 대기하고 있었다. 한 시간, 두 시간, 괴로운 기다림의 시간이 흘렀다. 그러고는 수행원들이 탄 두 량의 열차가 차례로 빠르게 지나갔다. 잠시 후, 황제가 탄 열차가 도착했다.

황제는 니콜라이 니콜라예비치 대공*을 대동하고 정렬한 척탄병들을 열병했다. 그의 나직한 인사말의 음절 하나하나가 들릴 때마다, 흔들리는 물통 속에서 물이 철썩이듯, 천둥 같은 '만세' 열창과 고함이 뒤따랐다.

당황한 미소를 짓는 황제는 루블 지폐나 메달에 그려진 것보다 더 노쇠한 느낌을 주었다. 그의 얼굴은 힘이 없어 보였고, 조금 부어 있었다. 그런 상황에서 자신이 어떻게 해야 할지 몰라, 약간 미안해하며, 니콜라이 니콜라예비치를 곁눈질하면, 그는 황제의 귀 가까이 공손한 자세로 몸을 굽혀, 말 대

---

* 니콜라이 1세의 손자로 제1차 세계대전 때 총사령관을 지냈다.

신 눈썹이나 어깨를 움직이는 제스처로 황제를 곤란한 상황에서 구해 주었다.

흐리고 후텁지근한 산악지대의 그날 아침, 황제는 가련해 보였다. 그런 소심한 수줍음과 조심스러운 성격이 압제자의 본성일 수도 있고, 그런 심약한 심장으로 처형을 하기도 하고, 사면을 하기도 하며, 구속을 하기도 하고, 어떤 결정을 내린다고 생각하니 끔찍한 생각이 들었다.

"그는 무슨 말이든 한마디 했어야 했어. 이를테면, 빌헬름 황제처럼 '나와 나의 칼과 나의 민족은'이라든가 하는, 무언가 위엄 있는 말을 해야 했던 거지. 물론 민족에 대해서도 한마디 해야 했지. 그러나 자네가 이해할 수 있을지 모르지만, 그는 러시아식으로는 아주 자연스러웠던 사람이고, 유감스럽게도 그런 속물근성을 넘어선 사람이었네! 러시아에서 그런 연극은 통하지 않거든. 그건 연극에 불과하니까. 그렇지 않나? 카이사르의 시대라면 무슨 갈리아인이니, 수에비인*이니, 일리리아인**이니 하는 그런 민족이 무엇인지 이해할 수 있지. 하지만 그때 이후로 민족이란, 황제들이나 정치가들이 '민족'이니, '나의 민족'이니 하며 그것에 관한 연설을 할 때나 존재하는 허구인 셈이지."

---

* 수에비인은 기원 불명의 갈리아 지역의 게르만족의 부족 연맹. 카이사르나 타키투스 작품에 언급된다.
** 일리리아인은 고대의 발칸반도 서부에 살았던 민족으로 알려져 있다.

"지금 전선에는 온갖 통신원들과 신문기자들이 득실거리고 있네. 그들은 '관찰'이라느니 민중의 지혜로운 '견해'라느니 하는 것들을 써대고, 부상병들을 시찰하며, 민중 혼의 새 이론을 만들어 내는 중이네. 말하자면, 그런 것들은 새로운 달*의 한 유형으로, 허구적이고 언어적 장애의 배설물을 기록한 것일 뿐일세. 이런 부류가 한 유형이고, 또 다른 유형이 있는데, 짧은 연설, '스케치와 비망록', 회의주의, 염세주의 등이 그것이네. 예를 들면, 어떤 글—내가 직접 읽었지—에 이런 문장이 있네. '밤처럼 어두컴컴한 날이다. 아침부터 비가 내리고 구질구질한 날씨다. 창밖으로 길을 내다보고 있다. 도로에는 포로의 행렬이 끝없이 이어진다. 부상병들을 실어 나른다. 대포를 쏜다. 또다시 어제처럼 오늘도, 오늘처럼 내일도. 그리고 매일, 매순간, 대포를 쏘아 댄다……' 얼마나 예리하고 날카로운 문장인지 보게! 왜 그는 대포에 화를 내지? 대포에 변화를 기대하다니, 얼마나 이상한 요구인가? 왜 대포 대신 매일 똑같은 나열, 똑같은 콤마, 똑같은 상투적 문구의 대포를 쏘아 대는 자신에게 놀라지 않는 걸까? 왜 벼룩처럼 성급한 저널리즘의 인류애의 포격을 멈추려 들지 않는 걸까? 왜 그는 이해하지 못할까? 매일 똑같은 반복을 그만두고, 새로워져야 하는 것은 대포가 아니라 자기 자신이라는 것을, 노트에 쓸모

* 러시아의 민속학자이자 언어학자로 『러시아 대사전』, 『러시아 속담집』 등을 편찬하기도 했다.

없는 말들을 잔뜩 나열해 봐야 아무 의미가 없다는 것을, 만약 무엇인가 자유분방한 인간적 천재성의 어떤 요소나, 어떤 신비로운 자신만의 무엇인가를 그 속에 불어넣지 않는다면, 진실은 존재하지 않는다는 것을 왜 모르는 걸까?"

"자네 말이 맞네." 고르돈이 그의 말을 가로챘다. "이젠 내가 자네에게 오늘 우리가 본 그 광경에 대한 답을 하겠네. 가없는 유대인 노인을 조롱하던 그 카자크 병사는 다른 수많은 경우와 마찬가지로, 가장 단순하고 비열한 행동의 한 사례일 뿐이니, 그것에 대한 철학적 설명이 필요하지 않을 테고, 그저 따귀나 한 대 갈기면 끝나는 거지. 그러나 문제가 유대인 전체에 해당된다면, 그것은 철학적인 문제가 되고, 그렇게 되면 뜻하지 않은 국면을 초래하게 될 걸세. 물론 여기서 자네에게 언급할 만한 새로운 사실은 아무것도 없네. 나의 모든 생각은 자네처럼 자네 외삼촌한테 배운 것이니까."

"민족이 무엇이냐고 자네가 물었지. 과연 민족을 과잉보호할 필요가 있는지, 그리고 민족을 고려하지 않으면서도, 자기 작품의 최고의 미와 위업을 통해 그 민족을 전 세계적으로 드높이고 불후의 것으로 만든 사람이 민족을 위해 더 위대한 일을 한 것이 아니냐고 물었네. 맞는 말일세, 맞는 말이야. 사실 그리스도 시대가 도래한 이후, 민족에 대한 무슨 이야기를 할 수 있겠나? 이것은 단순한 민족이 아니라, 개종되고 개조된 민족이며, 모든 문제는 바로 이 변화에 있는 것이네. 교조적 원칙에 대한 믿음에 있는 것이 아니라는 걸세. 복음서를 생각해 보게. 복음서는 이 문제를 어떻게 보고 있나? 첫째, 복음서는 이건 이렇고 저건 저렇다고 주장하지 않네. 복음서는 소박하고 조심스럽게 제안할 뿐이지. 복음서는 그저 '지금까지와는 다른 새로운 삶을 원하지 않으십니까? 영혼의 행복을 바라지 않으십니까?' 하면서 말이야. 그렇게 모두 이 제안을 받아들였고, 수천 년 동안 그것을 따르게 된 걸세.

복음서에서 하나님의 왕국에는 헬라인도, 유대인도 없다고 한 것은 신 앞에서 모든 사람들이 평등하다는 것을 말하고자 한 것뿐이었을까?* 아니야. 그것을 말하려고 했다면 복음서는 필요 없었을 거야. 그것은 복음서 이전에 이미, 그리스의 철학자나 로마의 도덕주의자들, 그리고 구약의 예언자들도 인식한 것이니까. 복음서가 말하고자 했던 것은, 마음에서 우러나오는 새로운 생활 방식, 새로운 사회 형태, 즉 신의 왕국으로 불리는 곳에서는 민족이 아닌, 각 개인들이 존재한다는 것이었네.

바로 자네가 말한 대로, 사실에 어떤 의미를 부여하지 않으면, 그 사실은 무의미한 것이 되어 버리고 말아. 어떤 사실이 인간에게 의미를 갖게 하려면, 그 속에 바로 그리스도의 정신과 개인성의 비밀을 부여해야 하네.

* 바울의 갈라디아서 3장 28절에서 "너희는 유대인이나 헬라인이나 종이나 자유인이나 남자나 여자나 다 그리스도 예수 안에서 하나이니라." 하고 말씀하고 있다.

우리는 삶과 세계에 대해 종합적으로 말할 수 없는 평범한 정치평론가들에 대해서, 그리고 항상 어떤 민족, 그러니까 특정 소수 민족을 언급하며, 그들의 고통에 대해 판단하고, 연민을 보내며, 자기만족을 얻기 위해, 지엽적인 문제만 떠들어 대는 아류들에 대해서 말한 적이 있지 않았나. 이런 습성의 가장 완벽하고 완전한 실례가 유대 민족일세. 그들에게는 몇 세기 동안이나 민족주의 관념에 따른 민족, 오직 그런 민족으로만 남아 있어야 했던 가혹하고 피할 수 없는 운명이 지워져 있었던 것이네. 그 몇 세기 동안, 그 무리에서 나온 어떤 한 힘에 의해, 어느 때부터 전 세계는 그 굴욕적인 그 숙명에서 벗어나게 되었어. 정말 놀라운 일 아닌가! 어떻게 이런 일이 가능했을까? 이 기쁜 축제, 비참한 저주에서의 해방, 무의미한 일상 세계로부터의 비상, 이 모든 것이 유대 땅에서 일어났고, 유대인들의 언어로 이야기되었으며, 유대 종족의 소유가 되었던 거지. 하지만 그들은 이 사실을 보고 들었으면서도, 그만 놓쳐 버렸네. 어떻게 그들은 그토록 영적으로 경이로운 아름다움과 위력을 놓쳐 버린 것일까? 어떻게 그들은 그것이 전 세계적인 승리를 거두고, 모든 세상을 지배하게 될 것을 옆에서 보면서도, 언젠가 자신들이 버린 이 기적의 빈껍데기로만 남을 생각을 했던 것일까? 그들의 자발적인 고난이 누구에게 도움이 되었으며, 무엇 때문에 수 세기 동안 비웃음을 당하고, 아무 죄 없는 노인들과 여자들, 어린아이들, 그토록 선하며 다정했던 수많은 사람들이 피를 흘려야 했던 것일까! 모든 민족의 민족애를 표방하는 문필가들은 왜 그토록 나태하고 무능하단 말인가? 이 민족의 정신적 지도자들이 그토록 쉽게 주어진 모종의 형태의 세계적 비극과 아이러니컬한 예지를 극복할 수 없었던 이유는 무엇일까? 왜 그들은 증기보일러가 압력에 의해 폭발하듯, 자기 임무의 압박으로 폭발할지 모르는 위험을 무릅쓰고서라도, 무엇을 위해 싸우며 무엇을 위해 죽어 가는지도 모르는 민족이라는 그 집단을 해산시키려 하지 않은 걸까? 왜 그들은 '정신을 차려라. 그것으로 충분하다. 더 이상은 필요 없다. 옛날처럼 우리를 부르지 말라. 한 곳에 모이지 말고 흩어져라. 모든 이들과 함께하라. 그대들은 세계 최초의, 가장 뛰어난 그리스도 교도들이다. 너희들 중의 가장 열등하고 가장 약한 자들이 그대들을 지금의 그대들로 만든 것이다.'라고 말하지 못하는 것일까?"

13

다음 날 식사를 하러 온 지바고가 말을 꺼냈다.

"이보게, 그동안 떠나고 싶어 안달했는데, 이제 드디어 소원을 풀게 되었네. 하지만 이것이 '그대의 행운'이라고 말하기는 어려울 것 같네. 아군이 다시 밀리고, 공격을 받아 가능해진 행운이기 때문일세. 동부로 가는 도로는 자유롭지만, 서부에서는 아군이 밀리고 있어. 모든 위생 부대에 이동 명령이 내렸어. 우리는 내일이나 모레 떠나게 될 거야. 어디로 가는지는 몰라. 카르펜코! 미하일 그리고리예비치의 빨래는 물론 세탁이 안 되어 있겠지? 항상 똑같아. 어떤 여자가 빨래를 해주고 있다고는 하는데, 어떤 여자냐고 자세히 물어보면, 자기도 몰라. 멍청한 녀석."

그는 위생병의 변명과 고르돈이 그의 속옷과 루바시카를 입고 떠나게 되어 미안해하는 것도 전혀 개의치 않았다. 지바고가 계속 말했다.

"아아, 우리의 생활이 집시의 방랑 생활이나 진배없군. 이곳에 처음 도착했을 때는, 모든 것이 마음에 들지 않았어. 페치카도 제자리에 없고, 천장은 낮고, 더럽고, 답답했어. 그런데 이제는 아무리 떠올려 보려고 해도 우리가 전에 머물렀던 곳이 어땠는지 생각이 나지 않는다니까. 이제는 여기 햇살에 반짝이는 타일 위에 길가의 나무 그림자가 어른거리는 페치카가 놓인 구석을 바라보며 백 년도 살 수 있을 것 같거든."

그들은 천천히 짐을 꾸리기 시작했다.

한밤중, 그들은 소음과 비명, 총성과 추격 소리에 잠을 깼다. 마을은 심상치 않게 모두 불이 밝혀져 있었다. 창가에 그림자들이 어른거렸다. 벽 뒤에서는 잠이 깬 주인 내외가 서성대고 있었다.

"카르펜코! 밖에 나가서 무슨 일인지 알아보고 오게." 유리 안드레예비치가 말했다.

곧 모든 이유가 드러났다. 지바고는 즉시 옷을 입고, 사실을 확인하기 위해 직접 야전병원에 다녀왔다. 소문은 사실이었다. 독일군이 이곳 전투 지역의 방어벽을 뚫은 것이다. 방어선은 이 마을 쪽으로 이동했고, 점점 더 가까워지고 있었다. 마을이 포격을 당했다. 야전병원과 부대시설은 철수 명령을 기다리지 않고, 곧바로 이동하기 시작했다. 모든 것을 새벽까지 완료해야 했다.

"자네는 제1진의 수송대와 함께 떠나게. 대형 수송마차가 지금 출발할 거야. 자네를 기다려 달라고 말해 두었네. 자, 그럼 잘 가게. 자네를 데려다주고 자네가 마차를 타고 떠날 때까지 같이 있겠네."

그들은 파견대가 대열해 있는 마을 반대쪽 끝으로 뛰어갔다. 집들을 지나갈 때는, 허리를 굽히고 건물 돌출부의 뒤로 몸을 피했다. 거리에는 소총탄이 윙윙거리고 휙휙 소리를 냈다. 길이 교차하는 들판의 교차로부터는 유산탄이 그들의 머리 위에서 폭발하며 활짝 퍼진 우산의 불꽃이 퍼지는 것이 보였다.

"그런데 자네는 어떻게 할 건가?" 고르돈이 뛰며 물었다.

"나는 다음에 가겠네. 짐을 가지러 다시 숙소로 돌아가야 해. 나는 제2진과 같이 가겠네."

그들은 마을 입구에서 작별했다. 몇 대의 이륜마차와 사륜

마차로 이루어진 선발대가 서로 밀쳐 대며 차츰 대열을 지어 움직이기 시작했다. 유리 안드레예비치는 떠나는 친구를 향해 손을 흔들었다. 불타고 있던 창고의 불길이 그들을 비추었다.

늘어선 오두막을 따라 귀퉁이에 몸을 숨기며 유리 안드레예비치는 숙소 쪽으로 서둘러 걸었다. 숙소까지 두 집을 남겨 둔 곳에서 그는 폭발의 불길로 쓰러졌고, 유산탄의 파편에 상처를 입었다. 유리 안드레예비치는 피를 흘리며 길 한복판에 쓰러져 의식을 잃었다.

14

철수한 야전병원은 서부 지역의 여러 도시 중 하나로 사령부가 가까이 있는 철도역 근처에 은밀하게 세워졌다. 2월 말의 포근한 날씨가 계속 이어졌다. 회복기의 장교들을 위한 병실에서 치료를 받고 있던 유리 안드레예비치의 부탁으로 그의 침대 가까운 곳의 창문이 열려 있었다.

점심시간이 가까워졌다. 환자들은 점심시간까지 각자 할 일을 하면서 남은 시간을 보냈다. 병원에 새로운 간호사가 들어왔고, 오늘 처음으로 그들을 회진할 것이라는 이야기가 환자들 사이에 돌았다. 유리 안드레예비치의 맞은편에 누워 있던 갈리울린은 방금 받아 든 잡지 「레치」와 「루스코예 슬로보」를 읽고 있다가, 하얗게 지워진 빈 칸에 검열 도장이 찍힌 것을 보고 분개했다. 유리 안드레예비치는 토냐에게서 온 편지를 읽고 있었다. 지금껏 쌓여 있던 편지들이 야전 우체국을 통해 한꺼번에 전달되었던 것이다. 편지지와 신문이 바람에 가볍게 흔들렸다. 가벼운 발걸음 소리가 들려왔다. 유리 안드레예비치는 편지에서 눈을 들었다. 병실에 들어선 간호사는 라라였다.

유리 안드레예비치와 소위 갈리울린은 각각 그녀를 알아보았지만, 두 사람은 서로 상대가 그녀를 알고 있다는 사실은 모르고 있었다. 그녀는 두 사람 모두를 알지 못했다. 그녀가 말했다.

"안녕하세요? 창문이 왜 열려 있죠? 춥지 않으세요?" 그러고는 갈리울린에게 다가갔다. "기분이 좀 어떠세요?" 하고 묻고는 맥을 짚기 위해 그의 손을 잡았다가 얼른 손을 내려놓고, 당황해하며 그의 침대 옆 의자에 앉았다.

"이게 어찌 된 일입니까, 라리사 표도로브나?" 갈리울린이 물었다. "저는 당신 남편과 같은 연대에서 근무해 파벨 파블로비치를 알고 있습니다. 제가 당신께 전해 드릴 그의 짐을 갖고 있습니다."

"그럴 리가요. 그럴 리가 없어요." 그녀가 재차 말했다. "정말 놀라운 일이군요. 그러니까 당신이 그이를 알고 있었단 말이세요? 어서 말해 주세요. 일이 어떻게 된 것인지 말해 주세요. 정말 그이가 죽었나요, 흙구덩이에 묻혔단 말인가요? 아무엇도 숨기지 마세요, 제 걱정은 마시고요. 저도 모든 걸 알고 있으니까요."

갈리울린은 소문으로 들었다는 이야기를 그녀에게 확인시켜 줄 용기가 없었다. 그는 그녀를 안심시키기 위해 거짓말을 하기로 했다.

"안티포프는 포로가 되었어요." 그가 말했다. "그는 공격 당시, 부대를 이끌고 너무 멀리 전방으로 들어가 고립되었습니다. 그는 포위되자, 어쩔 수 없이 투항했어요."

그러나 라라는 갈리울린의 말을 믿지 않았다. 갑작스럽고 충격적인 이야기에 그녀는 어쩔 줄을 몰랐다. 눈물이 쏟아져 더 이상 질문을 할 수도 없고, 또 타인들이 보는 앞에서 눈물을 보이고 싶지도 않았다. 복도로 나가 진정해야겠다는 생각으로 그녀는 서둘러 자리에서 일어나 병실을 나갔다.

몇 분이 지난 후, 그녀는 냉정을 찾고 다시 돌아왔다. 울음을 터뜨릴까 봐, 그녀는 의식적으로 갈리울린 쪽을 보지 않았다. 그녀는 유리 안드레예비치의 침대로 곧바로 다가가, 무관심하고 기계적으로 말했다.

"안녕하세요? 어디가 불편하시죠?"

유리 안드레예비치는 그녀가 동요하고 눈물을 흘리는 것을 보며, 무슨 일이냐고 묻고 싶었고, 또 그녀를 두 번, 그러니까 김나지야 학생 시절에, 그리고 대학 시절에, 그녀를 본 적이 있다는 사실을 말하고 싶었다. 그러나 그런 행동이 너무 예의 없고, 그녀가 오해할 수도 있겠다는 생각이 들었다. 더구나 그 순간 관 속에 누워 있던 죽은 안나 이바노브나와 그때 시브체프에서 토냐가 울부짖던 소리가 기억나, 감정을 자제하고는, 대신 이렇게 말했다.

"고맙습니다. 저는 의사라서 제가 스스로 치료할 수 있습니다. 저는 아무것도 필요치 않습니다."

'이 사람은 왜 나에게 화를 내는 걸까?' 라라는 이렇게 생각하고는 특별히 잘생긴 데라곤 없는 들창코의 낯선 남자를 놀란 눈으로 쳐다보았다.

며칠 동안 변덕스럽고 불안정한 날씨가 이어졌고, 밤이면 축축한 흙냄새가 풍기는 따뜻한 바람이 살랑거리며 불어왔다.

그 무렵 총사령부에 이상한 정보가 들려왔고, 국내의 가족에게서는 불안한 소식이 들려오곤 했다. 페테르부르크와의 전화도 끊어졌다. 여기저기 사방에서 정치적인 풍문들이 들려오기 시작했다.

근무 때마다 간호사 안티포바는 아침, 저녁으로 두 차례 병실을 돌며, 갈리울린과 유리 안드레예비치를 포함한 병실의 다른 환자들과 별 의미 없는 몇 마디 말을 주고받곤 했다. 그녀는 유리 안드레예비치를 '호기심을 불러일으키는 이상한 사람'으로 생각했다. '젊지만 상냥하지는 않아. 들창코에 잘생겼다고 할 수도 없어. 하지만 좋은 의미로 말해, 영리하고, 지성적인 매력이 있는 생기 넘치는 사람이야. 하지만, 그런 것이 문제가 아니야. 하루빨리 이곳에서의 임무를 마치고 모스크바로, 카텐카 곁으로 돌아가야 해. 그리고 모스크바로 가서 군 간호사직을 사퇴하고, 유랴틴의 학교로 돌아가 근무를 해야겠어. 가엾은 파샤에 관해서는 모든 것이 밝혀졌고, 아무 희망도 없으니, 더 이상 전쟁터의 주인공으로 남아 있을 필요가 없지. 이 모든 것이 그를 찾기 위한 일이었는데, 이제 모두 아무 소용없는 일이 되어 버렸어.'

지금 카텐카는 어떻게 지낼까! 가엾은 작은 고아 같으니(그러다 그녀는 울기 시작했다). 최근 들어 급격한 변화가 일어났다. 얼마 전까지만 해도 조국에 대한 의무와 용감한 군인 정신, 높은 사회적 책임감이 신성한 것으로 여겨졌었다. 그러나 전쟁에서 패하자, 그것이 가장 근본적인 불행이 되었고, 그 때문에 나머지 모든 것이 위상을 완전히 상실했고 더 이상 아무것도 신성하게 느껴지지 않았다.

갑자기 분위기와 어조가 바뀌고, 모든 것이 바뀌어, 어떻게 생각하고 누구의 말을 믿어야 할지 알 수 없게 되었다. 지금까지 계속 손을 잡고 다니던 어린아이에게 갑자기 혼자 걷는 걸 배우라며, 손을 놓아 버린 것 같았다. 주위에는 아무도 없고, 가족도, 권위자도 없었다. 그럴 때는 가장 본질적인 것, 즉 생명력, 아름다움, 혹은 진실 같은 것에 의지하고 싶어지는 법이다. 평화롭고 익숙한 삶에서 그랬던 것보다도 더 간절하게, 당신을 이끌던 전도된 인위적 제도가 아닌, 이제는 사라져 버리고 없어진, 바로 이런 가치들에 충실해지고 충만해지도록 말이다. 그 순간 그녀는 자신의 경우에는, 카텐카가 그런 목적이자 절대적인 대상이라고 생각했다. 파툴레츠카가 없는 지금, 라라는 이제 오직 어머니로만 존재할 뿐이고, 가엾은 고아 카텐카에게 모든 힘을 바칠 것이다.

고르돈과 두도로프는 유리 안드레예비치에게 편지를 보내, 그의 허락 없이 책을 펴냈다. 그 책이 지금 호평을 받고 있으며, 문학적 장래가 촉망된다는 평가를 받고 있다. 모스크바는 지금 매우 혼란스럽지만, 흥미롭고, 하층계급의 잠재적인 불만이 팽배해지고 있어, 중대한 어떤 사건이 일어나기 직전이며, 심각한 정치적 대사건이 가까워지고 있다고 알려 왔다.

늦은 밤이었다. 유리 안드레예비치는 극심한 졸음에 시달리고 있었다. 그는 간간이 졸기도 하고, 낮에 너무 흥분해서 쉽게 잠이 들지도 않고, 잠이 오지도 않는다고 생각했다. 창문 밖에는 졸음에 겨운 바람이 졸린 듯 하품을 하며 윙윙거리고 있었다. 바람이 흐느끼며 소곤댔다. '토냐! 슈로치카!* 너무 보고 싶소. 얼마나 집과 직장으로 돌아가고 싶은지 모르겠소!' 유리 안드레예비치는 속삭이는 바람결에 잠이 들었는데, 변화무쌍한 날씨와 불안한 밤처럼, 행복과 슬픔이 격렬하고 불안하며 빠르게 교차되는 동안 잠이 깨었다가 들었다가를

---

* 지바고의 아들 알렉산드로의 애칭.

반복했다.

라라는 생각에 잠겼다. '그는 친절하게도 가엾은 파툴레츠카의 소지품과 추억을 간직했다가 나에게 전해 주었는데, 이 기적이게도, 난 이렇게 그가 누구이고 어디서 왔는지조차 물어보지 않았구나.'

다음 날 아침 회진 때, 그녀는 그동안 무관심했던 자신의 행동을 사과하고, 자신의 배은망덕을 속죄할 생각으로 갈리울린에게 이것저것 자세히 물으며, 깜짝 놀라기도 하고, 탄성을 지르기도 했다.

"오, 하나님, 당신의 거룩한 뜻이여! 브레스트 거리 28번지, 티베르진의 집, 혁명이 일어난 1905년 겨울! 유수프카요? 아니요. 유수프카는 잘 기억나지 않아요. 어쩌면 잊어버렸을지도 모르죠. 죄송해요. 그런데 그해, 바로 그해였네요. 그리고 그 집도 생각나요. 정말 그 집도 있었고, 그해 맞아요!" 그녀는 갑자기 그 모든 것을 아주 생생하게 다시 떠올렸다! 그때 총성이 울렸고, 그리고…… (오, 하느님! 그리고 어떻게 되었더라?) "이런, 세상에!" 아, 인간은 유년 시절의 첫 경험들을 얼마나 강렬하고 예리하게 느끼곤 하는지! "죄송하지만, 죄송하지만, 소위님 성함이 어떻게 되신다고 했지요? 네, 네, 이미 전에 저에게 말씀하셨었죠. 감사해요. 아, 얼마나 당신께 감사한지, 오시프 기마제트디노비치, 당신은 저에게 그때의 추억과 그때의 기억을 일깨워 주셨어요!"

그녀는 하루 종일 '그 집'을 마음속에 품고 다니며, 연신 감탄을 하고, 소리 내어 그때를 회상하기도 했다.

브레스트 거리 28번지만이 생각난다! 그리고 또다시 총성이 울렸다. 이번엔 몇 배나 더 무서운 총소리였다! 이건 '아이들이 총을 쏘는 것'이 아니다. 아이들은 자라서 모두 군인이 되어 이곳에 있다. 모두가 그런 집에서, 그런 마을에서 온 평범한 사람들이다. 정말 무섭구나! 정말 무서운 일이야!

이웃 병실에서 부상당한 군인들과 걸을 수 있는 환자들이 지팡이와 목발을 탁탁 치며 이쪽 병실로 걷거나 달려 들어와, 앞다투어 소리쳤다.

"비상사태다. 페테르부르크에서 소요가 일어났다. 페테르부르크 수비대가 폭동에 가담했다. 혁명이 일어났다!"

제5장

과거와의 이별

1

소도시는 멜류제예프라고 불렸다. 그곳은 흑토지대*였다. 이곳을 지나는 전투부대와 수송대 차량들이 일으키는 검은 먼지가 메뚜기떼처럼 도시의 지붕들 위로 내려앉곤 했다. 전투부대와 수송 차량들은 아침부터 밤까지 어떤 부대는 전쟁터에서 돌아오고, 또 다른 부대는 전쟁터로 나가느라 양방향으로 오가고 있어, 전쟁이 계속되는 중인지, 이미 끝났는지 확실히 말할 수가 없었다.

버섯처럼 매일 새 임무가 늘어났다. 그들에게 모든 일이 맡겨졌다. 지바고 자신과 갈리울린 중위, 간호사 안티포바와 그들의 동료 중 몇몇, 그리고 대도시에서 온 사람들과 정보도 많고 경험도 많은 몇몇 사람들이었다.

그들은 시 자치회에서 일을 하기도 하고, 군부대와 위생 부대에서 말단 위원으로 활동을 하는 등, 여러 업무를 번갈아 하면서, 즐거운 야외 오락이나 술래잡기 놀이를 하는 것처럼 행동했다. 그러나 그들은 이런 놀이에서 벗어나, 집으로, 예전의 직장으로 돌아가고 싶은 날이 점점 많아졌다.

* 흑토로 이루어진 반(半)건조 지역의 스텝 지대로 우크라이나와 러시아 남서부에 걸쳐 있는 지대를 말한다.

안티포바와 지바고는 일 때문에 자주 활발하게 어울리게
되었다.

2

비가 내리자 도시의 검은 먼지는 커피색의 짙은 갈색 진창
으로 변해, 도시의 대부분의 비포장도로를 뒤덮고 있었다.

소도시는 그다지 크지 않았다. 어느 곳에서든 길모퉁이만
돌면, 바로 음울한 초원과 거무스름한 하늘이, 전쟁의 광막한
공간이, 혁명의 광막한 공간이 펼쳐져 있었다.

유리 안드레예비치는 아내에게 편지를 썼다

군부대는 문란하고 무질서한 상태가 계속되고 있소. 병사들의
규율을 강화하고 사기를 높이는 방안이 강구되는 중이오. 나
는 이 근처의 몇몇 군부대도 돌아보았소.

마지막으로 덧붙일 말은, 사실 진작 당신에게 말했어야 했는
데, 여기서 모스크바에서 온 우랄 출신의 군 간호사 안티포바
와 같이 일하고 있소.

당신 어머니가 돌아가신 그 무서웠던 크리스마스 파티에서 변
호사에게 총을 쏜 소녀 기억나오? 아마 그 후에 그녀는 재판
을 받았을 거요. 그때 내가 당신에게 이야기한 기억이 나는데,
당신 아버지와 함께 갔던 한 지저분한 여관방에서 미샤와 함
께 그 당시 여학생이던 그녀를 본 적이 있었소. 몹시 추운 밤이

었는데, 왜 그곳에 갔는지 기억나지는 않지만 말이오. 지금 생각하니, 그때가 바로 프레스냐에 무장봉기가 일어난 때였던 것 같소. 그녀가 바로 안티포바라오.

몇 번이나 집에 가려고 노력했소. 하지만 그리 쉬운 일이 아니라오. 꼭 일 때문에 지체가 되는 것은 아니오. 일은 언제라도 다른 사람에게 넘겨줄 수가 있으니까. 오히려 가는 일 자체가 어려운 일이오. 열차가 잘 다니지도 않지만, 그나마 사람들로 꽉 차 있어 그냥 지나치는 바람에, 도저히 열차에 올라탈 수가 없기 때문이오.

그렇다고 계속 이렇게 있을 수는 없어서, 완쾌한 사람이나 제대한 사람, 나나 갈리울린, 그리고 안티포바처럼 동원 해제된 사람들은 무슨 일이 있어도, 다음 주에는 떠나기로 결정했고, 열차의 사정에 따라 각자 다른 날에 떠나기로 했소.

머리 위로 떨어지는 눈송이처럼 불쑥 내가 나타날지도 모르오. 그러나 전보를 치도록 노력하겠소.

그러나 유리 안드레예비치는 출발하기 전에, 안토니나 알렉산드로브나의 답장을 받았다.

울어서인지 문맥도 맞지 않고, 눈물 자국과 얼룩이 구두점처럼 되어 버린 편지에서, 안토니나 알렉산드로브나는 남편에게 모스크바로 돌아오지 말고, 평범한 인생을 살아가는 토냐 자신과는 비교도 할 수 없을 만큼, 아주 적절한 때에 출현해 우연의 일치에 따라 인생을 살아가는 그 대단한 간호사와 함께 곧장 우랄로 가버리라고 억지를 부렸다.

'사샤와 아이의 장래에 대해서는 걱정 마세요.' 그녀는 이렇게 썼다. '당신은 그 애에게 부담 느낄 필요 없어요. 저는 그 애를, 당신이 아이였을 때, 우리 집에서 교육을 받았던 그 방식과 규범대로 키우겠다고 약속하겠어요.'

'토냐, 당신 정신 나갔군.' 안드레예비치는 당장 답장을 썼다.

무슨 엉뚱한 의심을 하는 거요! 정말 당신은 두 해 동안, 잔혹하고 참혹한 전쟁 속에서 죽음과 온갖 고통으로부터 나를 구해 준 것이 당신과 당신에 대한 그리움이었고, 당신과 가정에 대한 믿음이었다는 걸 모르겠소? 아니면 이해를 하지 못한단 말이오? 하긴 다른 말이 무슨 필요가 있겠소. 우리는 곧 만나게 될 테고, 다시 예전처럼 살게 되면 모든 것이 해결될 테니 말이오.

그런데 당신이 나에게 보낸 답장은 전혀 다른 측면에서 나를 당황하게 했소. 내가 만약 당신에게 그런 답장을 보낼 만한 빌미를 제공했다면, 실제로 내가 애매모호한 행동을 했다는 뜻이 되고, 그랬다면 나는 그녀에게도 죄를 지은 셈이오. 그녀가 오해를 받게 했으니, 그녀에게도 용서를 빌어야 하지 않겠소? 그녀가 가까운 몇몇 마을을 돌아보고 돌아오면 바로 사죄해야겠소. 예전에는 주州나 군郡에만 있던 시 자치회가 이제 더 작은 단위인 읍에도 생기는 중이라오. 안티포바는 새로 만들어진 기관의 지도자로 일하고 있는 그녀의 지인을 도와주러

갔다오.

안티포바와 같은 건물에 살면서도 나는 지금까지 그녀의 방이 어디에 있는지도 몰랐고, 관심도 없었다니, 나도 놀랍소.

3

멜류제예프에서 동쪽과 서쪽으로 큰 도로가 두 갈래로 나 있었다. 하나는 비포장도로로 숲을 지나 곡물거래소가 있는 즈이부시노로 이어졌다. 즈이부시노는 행정상으로는 멜류제예프 관할이었지만, 모든 면에서 멜류제예프를 앞서고 있었다. 자갈이 깔린 다른 길 하나는 여름이면 바짝 말라붙는 소택지의 목초지를 지나, 멜류제예프에서 그리 멀지 않은, 두 철로가 교차하는 분기역인 비류치로 나 있었다.

6월에 즈이부시노에는 제분공 블라제이코가 선포한 즈이부시노 독립공화국이 두 주째 유지되고 있었다.

공화국은 무기를 지닌 채, 212보병연대에서 탈영해, 혁명*을 틈타 비류치를 거쳐 즈이부시노로 들어온 탈영병들에 의해 유지되고 있었다.

공화국은 임시정부**를 인정하지 않았을 뿐 아니라, 러시아

---

* 1917년 2월에 페트로그라드의 노동자와 수비대 병사들에 의해 일어난 혁명으로, 이것을 계기로 러시아 제정 정부가 붕괴되고 러시아 황제가 자리에서 물러났다.
** 1917년 이월혁명(2월 23~27일, 4월 8~12일)으로 러시아의 마지막 황제 니콜라이 2세가 퇴위하고, 임시정부가 세워졌다. 임시정부는 반공산주의 자유연합과 입헌 민주주의자

의 다른 지역으로부터 완전히 고립되어 있었다. 젊은 시절 톨스토이와 서신 왕래를 하기도 했던 분리파* 교도 블라제이코는 새로운 즈이부시노의 천년 왕국과 노동과 재산의 공동 소유를 선언하고, 지방자치청을 교황청으로 이름을 바꿨다.

즈이부시노는 항상 전설이나 황당한 소문의 본거지였다. 이곳은 깊은 숲속에 자리하고 있어서, 동란기** 때의 기록에도 언급되었을 뿐 아니라, 그 후에도 그 주변은 도둑들로 우글거리는 곳이었다. 이곳은 무역상들이 번창하고, 놀랄 만큼 비옥한 토지로 유명했다. 몇몇 미신이나 풍습, 그리고 전방 지대의 일부인 이곳 서부를 특징짓는 독특한 사투리도 즈이부시노에서 온 것들이었다.

요즘 떠도는 이상한 이야기들은 수석 부관 블라제이코에 관한 것이었다. 사람들은 그가 태생부터 귀머거리에 벙어리였는데, 신이 내리면 말을 할 수 있는 능력이 생겼다가, 신이 물러가면 다시 능력을 잃는다는 이야기를 믿고 있었다.

였던 게오르기 리보프(1861~1925)가 이끄는 사회당에 의해 구성되었다. 1917년 7월 왕자 게오르기는 사회주의 혁명주의자(SR) 알렉산드르 케렌스키(1881~1970)로 대체되었다. 임시정부의 의지는 민주적 선거와 의회를 설립하는 것이었다. 그러나 그들의 계획은 레닌과 볼셰비키에 의해 거부되었고, 1917년 10월 임시정부는 볼셰비키 혁명에 의해 무너졌다.

* 17~18세기에 주로 활약하던 러시아정교회 보수파인 구교도.

** 1598년 류리크 왕조의 마지막 혈통이었던 표도르 이바노비치 황제 사후 1613년에 새로운 왕조의 초석이 된 미하일 로마노비치 황제(1656~1645)가 새로 선출되기까지를 말한다. 표도르 황제 사후, 왕비의 오빠였고 황제의 최측근이었던 보리스 고두노프에 의해 1605년까지 통치되기도 했지만, 전례 없는 기근과 질병으로 민심이 이반되고 이후 1613년까지 농민 소요와 동란으로 혼란스러웠다.

7월에 즈이부시노 공화국이 무너졌다. 임시정부 휘하의 정규군이 그곳에 입성한 것이다. 탈주병들은 즈이부시노에서 쫓겨나 비류치로 물러갔다.

그곳은 길 뒤편으로 벌채된 숲이 수 베르스타에 달하고 있었고, 벌채지 위를 산딸기가 뒤덮고 있었으며, 운반되지 않은 나무 더미는 절반이나 도둑맞은 채, 그대로 쌓여 있었다. 한때는 이곳에서 철마다 벌채를 하던 벌목꾼들의 오두막들도 다 쓰러져 가고 있었다. 바로 그곳에 탈영병들이 자리를 잡았다.

4

의사가 치료도 받고, 의사로 근무하기도 하다가, 이제 떠날 준비를 하고 있는 그 병원은, 전쟁 초기부터 부상병들을 치료할 목적으로 자브린스카야 백작 부인이 기부한 저택 안에 들어서 있었다.

이층으로 된 이 건물은 멜류제예프에서 가장 좋은 위치 중의 한 곳에 자리 잡고 있었다. 이 건물은 중심 거리와 예전에는 연병장이라고 불리며 병사들을 훈련시켰고, 요즘엔 밤마다 집회가 열리는 중앙광장이 교차하는 곳에 있었다.

저택은 사방이 툭 트인 사거리에 위치해 전망이 매우 좋았다. 이곳에서는 중심 거리나 광장 외에도 인접한 이웃집의 마당, 시골 생활과 다를 바 없는 가난하고 소박한 살림살이가 모두 눈에 들어왔다. 그 뒤쪽 담장으로는 백작 부인의 오래된 정원이 펼쳐져 있었다.

자브린스카야에게 이 집은 그 자체만으로는 아무 가치도 없었다. 이 집은 이곳에 '라즈돌노예'라는 대규모 영지를 소유하고 있었던 그녀가 가끔 이 도시에 볼일이 있어 들렀을 때 숙소로 이용하거나, 여름이면 각지에서 이 영지로 찾아오는 손님을 맞이하는 장소로만 사용했던 것이다.

현재는 이 건물 안에 병원이 들어섰고, 여주인은 거주하고 있던 페테르부르크에서 체포되었다.

이 저택의 예전 고용인들 중에 흥미를 끄는 두 여자가 여전히 이곳에 남아 있었는데, 지금은 결혼한 백작 부인 딸의 늙은 가정교사였던 마드무아젤 플레리와 백작 부인의 전 수석 요리사였던 우스티냐였다.

불그레한 얼굴에 머리가 하얗게 센 노파 마드무아젤 플레리는 슬리퍼를 끌며 닳아 빠진 헐렁한 재킷에 꾀죄죄하고 지저분한 모습으로, 자브린스키 가족들과 함께 살던 예전처럼, 익숙한 저택 안의 병원을 여기저기 돌아다녔고, 러시아어 단어의 어미를 프랑스식으로 삼키며, 이상한 발음으로 말을 하곤 했다. 그녀는 손짓을 해가며 젠체하기도 했고, 수다를 떨고 나서 허스키하게 깔깔대고 웃다가, 웃음 끝에는 좀체 멈추지 않는 기침이 이어지곤 했다.

마드무아젤은 간호사 안티포바에 대해 잘 알고 있었다. 그녀는 의사와 간호사가 분명 서로 좋아하게 될 거라고 예견했다. 라틴계의 본성에 깊이 뿌리박혀 있는 중매자로서의 역할에 열성적이었던 마드무아젤은 두 사람이 함께 있는 것을 보면 아주 좋아했고, 손가락을 흔들며 의미심장한 위협을 하거나 장난스레 윙크를 하기도 했다. 안티포바는 당황해하고 의사는 화를 냈지만, 마드무아젤은 보통 괴짜들처럼 자신의 예견을 더욱 확신하며, 좀처럼 그만두려 하지 않았다.

더 독특한 성격을 갖고 있었던 인물은 우스티냐였다. 그녀는 알을 품은 암탉처럼, 위쪽으로 갈수록 가늘어지는 기이한 체형을 가지고 있었다. 우스티냐는 차갑고 적의가 느껴질 만큼 냉정했지만, 그런 분별력과 동시에 무분별한 미신적인 몽상도 갖고 있었다.

우스티냐는 민간인들의 주문呪文도 많이 알고 있어, 집 밖으로 나갈 때면 악귀를 물리치기 위해 꼭 아궁이 불 앞에서 주문을 외우고, 열쇠 구멍에 주문을 외우고 나서야 외출하곤 했다. 그녀는 즈이부시노 태생이었다. 소문에는 그녀가 시골 주술사의 딸이라고도 했다.

우스티냐는 몇 년 동안이라도 말을 하지 않고도 살 수도 있었지만, 한 번 발작이 일어나면 아무도 말릴 수가 없었다. 그녀는 열렬한 진실의 수호자였다.

즈이부시노 공화국이 와해된 후, 멜류제예프 인민위원회는 그곳에 퍼진 무정부주의적 풍조를 타파하는 캠페인을 벌이기 시작했다. 연병장에서는 매일 밤, 예전에 여름이면 소방서 입구 근처의 광장에서 열리곤 했던 집회처럼, 일이 없는 몇몇 멜류제예프 사람들이 모이는 평화롭고 자발적인 집회가 열리곤 했다. 멜류제예프 문화위원회는 이 집회를 장려하고, 위원회 위원이나 외부 활동가들을 토론의 지도자 자격으로 파견하기도 했다. 그들은 즈이부시노의 귀먹은 벙어리가 말을 할 줄 알았다는 소문을 매우 황당무계한 소리로 치부하고, 특별히 그에 관한 일화를 자주 인용해 공격을 해대곤 했다. 그러나 멜류제예프의 소규모 수공업자들과 병사들, 그리고 예전에 귀족의 고용인들이었던 사람들은 그렇게 생각하지 않았다. 그들은 귀먹은 벙어리 이야기가 절대 거짓이라고 믿지 않았다. 그들은 귀먹은 벙어리 편을 들고 나섰다.

그를 옹호하는 군중이 외치는 다양한 함성 중에는 우스티나의 목소리도 자주 들렸다. 그녀는 처음에는 여성스럽게 수줍어하며 앞에 나서려고 하지 않았다. 그러나 점차 용기를 내어 멜류제예프에 대해 옳지 않은 의견을 내는 연사에게 점점 대담하게 항변하기 시작했다. 그러다가 어느새 그녀는 단상에 선 진짜 웅변가가 되었다.

열린 저택의 창문으로 광장에서 다양한 목소리가 뒤섞인 웅성거리는 소리가 들려오곤 했다. 특히 조용한 밤에는 여러 사람들의 연설 소리가 들려오곤 했다. 우스티나가 연설을 하면, 마드무아젤은 자주 방으로 뛰어 들어와, 지금 들리는 연설을 들어 보라고 청하며, 이상한 발음으로 신나게 연설을 흉내 내곤 했다.

"해방! 해방! 악당 차르*! 즈이부시노! 귀먹은 벙어리! 반역! 반역!"

마드무아젤은 예리한 언변을 가진 여전사를 마음속으로 자랑스럽게 여겼다. 두 여자는 서로 좋아하면서도 자주 투닥거리기도 했다.

5

유리 안드레예비치는 떠날 채비를 하기 시작했고, 여러 집들과 관청을 돌아다니며, 사람들과 작별 인사를 하고 필요한 서류도 만들었다.

그때, 이곳 전선 지대의 새 군사위원이 부대로 가는 길에 이 도시에 잠시 머물고 있었다. 그가 아직 새파란 애송이에 불과하다는 소문이 떠돌았다.

당시는 대대적인 공격을 새로 준비 중이었다. 그래서 느슨해진 병사들의 정신 상태를 쇄신할 수 있는 어떤 변화를 모색할 필요가 있었다. 군기도 강화되었다. 전시 혁명재판소가 설치되고, 근래에 폐지되었던 사형제도도 다시 부활했다.**

---

* 황제의 러시아어.
** 임시정부의 첫 번째 행동은 사형제도의 폐지였다. 그러나 1917년 7월 독일과 전쟁을 계

의사는 출발하기 전에 사령관에게 면직 신청을 해야 했다. 사령관직은 멜류제예프 사람들이 줄여서 '지방관'이라 부르는 군사령관이 맡고 있었다.

평소에도 수많은 사람들이 그를 방문했다. 사람들은 현관 대기실이나 안마당, 그리고 창문 앞에 난 도로의 중간까지 몰려와 있었다. 사람들을 헤치고 그의 책상 앞까지 가는 일마저 쉽지 않았다. 수백 명의 목소리가 웅얼대는 바람에 무슨 소리인지 아무도 아무것도 알아들을 수 없었다.

그날은 접수일이 아니었다. 점차 복잡해지는 업무에 불만을 표하는 서기들이 텅 빈 조용한 사무실에서 얄궂은 시선을 주고받으며 말없이 글을 쓰고 있었다. 지방관실에서 유쾌한 목소리가 들려왔는데, 여름 제복의 단추를 풀고 시원한 음료수라도 마셨는지, 아주 상쾌한 목소리였다.

그 방에서 일반 사무실로 나오던 갈리울린이 지바고를 발견하고는, 달리기 시합이라도 준비하는 듯한 제스처를 취하며, 지방관실로 들어와 같이 즐기자며 의사를 불러들였다.

의사는 어차피 서명을 받기 위해 지방관실로 들어갈 참이었다. 그곳은 아주 창조적인 무질서한 분위기를 연출하고 있었다.

이곳 도시를 술렁이게 했던 이날의 주인공인 새 군사위원

속하기 어려워지고 대규모 탈주병들이 생겨나자, 특별군사법정이 세워지고, 사형제도가 부활하였다. 이후 볼셰비키에 의해 사라졌다가 다시 부활하기도 했다.

은 자신이 임명된 목적과는 달리, 참모본부의 중요한 역할이나 작전 문제와는 아무 관계도 없는 이곳 사무실에 나타나, 군軍 문서 왕국의 행정가들 앞에 나와 열변을 토하고 있었다.

"자, 여기 또 한 명의 스타가 납시었습니다." 지방관이 군사 위원에게 의사를 소개했다. 그러나 군사위원은 연설에 몰두해, 의사를 쳐다보지도 않았다. 의사가 내민 서류를 받아 서명을 하기 위해 지방관은 약간 자세를 바꾸며, 정중한 태도로 지바고에게 방 가운데 있는 낮고 폭신한 소파를 가리켰다.

그곳 사무실에 배석한 인물들 가운데 인간적인 모습으로 앉아 있는 사람은 의사뿐이었다. 나머지 사람들은 모두 경쟁이나 하듯, 독특하고 방만한 자세로 앉아 있었다. 지방관은 손으로 머리를 받치고, 페초린* 식으로 책상 옆에 몸을 기대고 반쯤 누워 있다시피 했고, 그의 부관은 여자용 말안장에라도 앉은 듯이, 발을 뒤로 빼고 회전의자 팔걸이에 걸터앉아 있었으며, 갈리울린은 뒤로 돌려놓은 의자의 등받이를 껴안고, 그 위에 머리를 올려놓은 채 앉아 있었다. 젊은 군사위원은 창틀에 손을 짚고 살짝 뛰었다가 다시 내려오기도 했고, 돌고 있는 팽이처럼 잠시도 가만히 있지 않고, 어린애 같은 종종걸음으로 온 사무실을 휘젓고 다녔다. 그가 계속해서 말했

* 러시아 시인이자 소설가인 미하일 레르몬토프(1814~1841)의 소설 『우리 시대의 영웅』 (1839~1841)에서 잉여인간으로 그려진 주인공이다. 페초린은 세상에 싫증 내고 냉소적이지만, 동시에 용감하고 감상적인 육군 장교이다.

닥터 지바고 1

다. 이야기는 비류치의 탈주병들에 관한 것이었다.

이 군사위원에 관한 소문은 사실이었다. 호리호리하고 균형 잡힌 몸매에 아직 햇병아리에 불과한 그는 촛불처럼 아주 숭고한 이상으로 불타고 있었다. 그가 좋은 가문 출신으로 원로원 의원의 아들이라는 소문도 있고, 이월혁명 당시 중대를 최초로 제국 두마*로 이끈 인물들 중의 한 명이라는 소문도 있었다. 의사에게 그를 소개할 때, 그의 성을 긴체 혹은 긴츠라고 부르는 것 같았는데, 발음이 정확하게 들리지 않았다. 군사위원은 정확한 페테르부르크 발음이었지만, 너무 정확하게 발음하다 보니 발트해 쪽 억양처럼 들리기도 했다.

그는 몸에 꼭 끼는 군복 상의를 입고 있었다. 자신이 너무 젊은 것이 쑥스러웠는지, 나이가 좀 더 들어 보이려고, 못마땅하다는 듯 얼굴을 찡그리고, 의식적으로 등을 구부정하게 하고 있었다. 게다가 바지 주머니에 손을 푹 찔러 넣고, 새 견장이 달린 어깨를 위로 치켜올린 그의 모습은 진짜 기병처럼 보였고, 어깨에서 발끝까지 두 개의 직선으로 그을 수도 있을 것 같았다.

"철로를 따라 여기서 몇 구간을 지나면 카자크 연대가 있어요. 믿을 만한 붉은 군대죠. 그들을 불러 폭도들을 포위하면

---

* 러시아 의회(1906~1917)인데, 제4차 의회는 1912년에 세워졌고 1917년까지 이어졌다. 이 월혁명 동안 두마는 임시정부의 설립을 주도한 제국의 장관들을 대신해 대표 위원회를 파견했다.

일은 끝납니다. 군단장도 그들을 빨리 무장해제 시킬 것을 주장하고 있어요." 지방관이 군사위원에게 말했다.

"카자크라니요? 그건 절대 안 돼요!" 군사위원이 펄쩍 뛰었다. "무슨 1905년 사건을, 혁명 전의 흐릿한 추억을 떠올리자는 겁니까? 우리는 당신들과 다른 입장입니다. 당신네 장군들은 너무 잔꾀를 부리는군요!"

"아직 아무것도 하지는 않았습니다. 모두 계획이고 제안일 뿐입니다."

"작전명령에는 관여하지 않겠다고 군 통수부와 약속했소. 카자크군을 반대하진 않겠어요. 허용합니다. 그러나 내 입장에서 신중한 행동을 취해야 합니다. 그곳에 그들의 야영지가 있습니까?"

"글쎄요. 어쨌든 진지가 있지요. 무장하고 있어요."

"좋소. 직접 그들에게 가보겠소. 이 폭도들, 숲속의 강도들을 보고 싶소이다. 폭도들이고 탈주병들이라 해도, 여러분, 그들도 당신들이 잊어버린 인민들입니다. 인민들은 어린아이들이기 때문에, 그들을 이해하고 그들의 심리를 알아야 하는데, 그러기 위해서는 특별한 접근법이 필요합니다. 그들의 가슴을 울리는 가장 감동적인 현으로 그들을 사로잡을 줄 알아야 하죠. 내가 벌채지의 그들에게 가서 가슴을 터놓고 설득해 보겠소. 그들이 도망쳐 왔던 곳으로 아주 질서 있게 다시 돌아가는 것을 보게 될 것입니다. 내기라도 하겠소? 믿기지 않소?"

"글쎄요. 하지만, 제발 그렇게 되기를 빕니다!"

"그들에게 이렇게 말할 작정이오! '형제들이여, 나를 보시오. 나는 우리 가족의 희망인 유일한 아들이지만, 세계의 그어떤 민족도 누리지 못한 수준의 자유를 당신들이 누릴 수있게 하기 위해, 아무것도 아까워하지 않고, 나의 명예와 지위, 그리고 부모님의 사랑까지도 희생했습니다. 우리 선조들의 영광스러운 근위대와 강제노동에 끌려간 나로드니키*들과 실리셀부르크 요새에 갇힌 인민의지당 당원들**은 물론이고, 저와 같은 많은 젊은이들이 모두 그랬습니다. 우리가 우리 자신을 위해 그렇게 싸웠을까요? 우리에게 그것이 필요했을까요? 이제 여러분은 더 이상 이전의 일개 병사들이 아니라, 세계 최초의 혁명군 전사들입니다. 여러분이 이런 숭고한 소명에 부응했는지, 솔직하게 자신에게 물어보십시오. 여러분들이 이런 명예로운 지위를 받을 자격이 있는지를. 바로 이 순간에도 조국은 히드라처럼 우리 주변을 압박해 오는 적을 물리치기 위해 피를 흘리며 마지막 힘을 다해 노력하고 있는데, 여러분은 정체불명의 사기꾼들에게 속아, 자신도 모르게 폭도

---

* 19세기 후반에 러시아 사회주의혁명 운동을 실천한 세력으로, 마르크시즘과 공산주의를 지향했고, 인민주의자라는 뜻을 가지고 있다.
** 19세기 후반의 혁명 테러 조직으로 1881년 알렉산드르 2세 황제 암살을 위한 여러 가지 일에 책임이 있다. 그들의 프로그램은 반마르크시즘, 자본주의를 회피하는 평화적 혁명을 목표로 하였다. 그들 중 몇몇 일원은 20세기 초에 사회주의혁명당(SR)에 의해 감옥에서 석방되었다. 실리셀부르크 라도가 호수 근처의 네바강의 작은 섬에 세워진 요새가 정치범들을 수용하는 감옥으로 사용되었다.

가 되어, 자유를 집어삼킨 방종한 떼강도로 변해 버렸습니다. 이런 자들은 아무리 많이 주어도 부족해서, 돼지 새끼를 식탁 밑에 놓으면, 곧이어 식탁 위로 발도 올린다는 말이 현실이 될 것입니다.' 아아, 나는 진실로 이렇게 말함으로써, 그들이 수치심을 느끼도록 하겠소."

"아니요, 안 됩니다. 그건 위험합니다." 지방관이 그의 부관과 의미심장한 눈길을 힐끗 주고받으며 반론을 제기했다.

갈리울린도 군사위원의 무모한 계획을 말렸다. 그는 자신이 근무했던 부대가 소속된 212연대의 난폭하고 무분별한 무리들을 익히 알고 있었던 것이다. 그러나 인민위원은 그의 말을 귀담아들으려 하지 않았다.

유리 안드레예비치는 자리에서 일어나 나갈 기회를 계속 엿보고 있었다. 군사위원의 순진한 생각은 아주 곤혹스러울 정도였다. 그렇다고 경험 많고 노회한 지방관과 그의 부관의 조소적이고 은근한 교활함이 더 낫다고 볼 수도 없었다. 어리석음과 교활함은 잘 어울렸다. 그 모든 것들은 말의 홍수가 되어 쏟아져 나왔지만, 그것은 우리의 삶 자체가 그토록 기피해 마지않는 과장되고, 무의미하며, 불필요한 것들일 뿐이었다.

오, 가끔은 이 의미 없고 어리석은 인간의 장광설을 피해 웅대한 자연의 고요 속으로, 쉼 없는 오랜 노동의 고단한 정적 속으로, 깊은 꿈속으로, 진정한 음악과 진실한 교감이 있는 침묵 속으로 침잠할 수 있다면 얼마나 좋으랴!

의사는 유쾌하지는 않지만, 안티포바에게 꼭 설명해야 할 일이 있었다는 것이 생각났다. 비싼 대가를 치르게 된다 해도, 그녀를 만나야 할 이유가 생겼다는 사실이 기뻤다. 아직 그녀가 돌아왔을 리는 없다. 의사는 기회를 보다가, 자리에서 일어나 살짝 사무실을 빠져나왔다.

6

그러나 그녀는 이미 돌아왔다. 마드무아젤은 의사에게 라리사 표도로브나가 돌아왔다는 사실을 알려 주며, 그녀가 몹시 지쳐서, 서둘러 식사를 마친 후, 방해하지 말라고 부탁하고 방으로 들어갔다고 덧붙였다.

"그래도 방문을 한번 노크해 보세요." 마드무아젤이 조언했다. "아마 아직 잠들지는 않았을 거예요."

"그녀의 방이 어디죠?" 의사가 그렇게 묻자, 마드무아젤은 깜짝 놀랐다.

그녀는 안티포바의 방은 이층 복도 끝에 있다고 설명해 주었다. 그곳은 자브린스카야 부인의 비품들을 넣어 두고 자물쇠를 채워 둔 다른 방들 옆에 있었는데, 의사는 한 번도 가 본 적이 없는 곳이었다.

그 사이 날이 어두웠다. 길은 더 좁아 보였다. 집들과 담장들이 저녁 땅거미 속에 한데 어우러져 있었다. 나무들은 정원 깊은 곳에서 나와 환한 등불이 비치는 창문 근처로 다가와 있었다. 무덥고 후텁지근한 밤이었다. 움직일 때마다 땀이 주르르 흘렀다. 정원을 비추는 석유 등불의 불빛도 나무줄기를 따라 지저분한 땀방울처럼 흘러내렸다.

의사는 충계 맨 끝에서 멈춰 섰다. 아무래도 먼 길을 다녀와 지친 사람에게 방문을 노크하는 것만으로도, 무례하고 귀찮게 하는 짓이라는 생각이 들었다. 이야기는 다음 날로 미루는 편이 나을 것 같았다. 그는 결정을 바꿀 때마다 항상 따라오는 허전한 마음을 안고, 복도를 따라 반대쪽 끝으로 걸어갔다. 그곳 벽면에 이웃집 뜰을 향해 난 창문이 있었다. 의사는 창문 밖으로 몸을 내밀었다.

밤은 고요하고 비밀스러운 소리로 가득 차 있었다. 옆쪽 복도의 세면대에서 물방울들이 천천히 규칙적으로 떨어지고 있었다. 창밖 어디에선가 소곤대는 소리가 들려왔고, 텃밭이 시작되는 곳에서는 누군가 오이 이랑에 물을 주기 위해 양동이에서 양동이로 물을 옮겨 붓기도 하고, 우물에서는 물을 퍼올리느라 찰그랑거리는 쇠사슬 소리를 내기도 했다.

온갖 꽃들이 한꺼번에 향기를 뿜어내고 있었다. 한낮에는 죽은 듯이 누워 있던 땅도 그 향기에 지금 막 의식을 되찾은 듯했다. 바람에 쓰러진 커다란 나뭇가지들이 길을 가로막고 있는 백작 부인의 오래된 정원에는 이제 막 꽃을 피우는 늙은 보리수의 텁텁하고 진한 향기가, 나무들만큼 키가 크고 커다란 건물 벽처럼 어마어마한 향기가 둥둥 떠다니고 있었다.

오른쪽 담장 너머의 도로에서 고함 소리가 들려왔다. 휴가병이 행패를 부리고, 문이 여닫히고, 어떤 노래 구절들이 날개를 치고 있었다.

백작 부인 정원의 까마귀 둥지 뒤에서 기이한 크기의 검붉은 달이 모습을 드러냈다. 달은 처음엔 즈이부시노 제분소의 증기 같은 벽돌색으로 보였다가 나중에는 비류치 철도의 급수탑처럼 노랗게 보였다.

창문 바로 아래쪽 뜰에서는 꽃차처럼 향기로운 신선한 건초 냄새가 분꽃 향과 어우러져 풍겨 왔다. 얼마 전에 암소 한 마리를 멀리서 사온 적이 있었다. 암소는 하루 종일 끌려오느라 지친 데다, 남겨 두고 온 가족들이 그리웠는지, 낯선 새 여주인이 주는 먹이를 먹지 않았다.

"자, 자, 그러면 안 되지, 워 워, 이놈아, 뿔로 받으면 안 돼." 여주인이 암소를 달래 보려 했지만, 암소는 화가 났는지, 머리를 이리저리 내두르고, 목을 쭉 빼더니, 갑자기 청승맞게 음매 음매 울어 댔고, 멜류제예프 식으로 지어진 거무스름한 헛간 너머로는, 마치 암소를 동정하는 다른 세계의 외양간이라도 존재하는 듯 별들이 반짝이며, 암소에게 보이지 않는 연민의 끈을 드리워 주는 것처럼 보였다.

주변의 모든 것들이 신비한 존재의 효모에 의해 발효되고 성장하고 부풀어 올랐다. 생의 환희가 조용한 바람이 되고 드넓은 파도가 되어, 들과 도시의 사방으로 흘러넘쳐, 벽과 담장을 건너고, 나무의 속과 겉을 통과해, 거리의 모든 것을 휩쓸고 지나갔다. 의사는 이 물결의 흐름을 멈춰 세우기 위해, 연병장 터로 집회의 연설을 들으러 갔다.

7

달이 어느새 하늘 높이 떠올랐다. 하얀 물감이라도 뿌린 듯, 온 세상이 환한 달빛에 잠겨 있었다.

광장을 빙 둘러 높은 기둥을 세운 석조 관공서 건물의 그림자가 건물의 현관 주위에 검은 융단처럼 드리워져 있었다.

집회는 광장 반대편에서 열리고 있었다. 귀를 기울이면, 연병장 터를 가로질러 들려오는 소리를 모두 알아들을 수 있었다. 그러나 의사는 주변의 장엄한 광경에 눈길이 갔다. 그는 길 건너에서 들려오는 소리에는 아랑곳하지 않고, 소방서 출구 옆의 의자에 앉아, 양쪽 주변을 둘러보았다.

인적이 드문 작은 골목길들이 광장 옆으로 뻗어 있었다. 골목 안쪽에는 허름하고 쓰러져 가는 작은 집들이 보였다. 길은 시골길처럼 푹푹 빠지는 진창길이었다. 진창길 위에는 가재를 잡으려고 연못에 던져 놓은 통발이나, 물속에 놓아둔 광주리처럼 버드나무 가지를 엮어 만든 기다란 울타리가 솟아올라 있었다.

작은 집들의 열린 들창이 희미하게 빛나고 있었다. 집 앞 텃밭에는 기름을 칠한 듯 반짝이는 수술을 단 채, 땀을 흘리고 있는 아마색 옥수수가 방 안쪽까지 뻗어 있었다. 축 늘어진 울타리 뒤쪽, 창백하고 파리한 아욱들이 먼 곳을 향한 채, 군데군데 서 있는 모습은 마치 시원한 공기를 마시려고 숨 막힐 듯한 찜통 속 오두막을 뛰쳐나온 루바시카 차림의 농부들처럼 보였다.

자비롭고 투명해 보이는 경이로운 달빛이 빛나는 밤, 환하게 반짝이는 동화 속 같은 고요 속으로 갑자기 귀에 익은 듯한 누군가의 일정하고 율동적인 목소리가 들려왔다. 열정적이고 매력적인 확신에 찬 목소리였다. 의사는 귀를 기울여 그 소리를 듣고는, 목소리의 주인공이 누구인지 짐작했다. 군사위원 긴츠였다. 그가 광장에서 연설을 하고 있었다.

당국에서 권력을 이용해 자기들을 지지해 달라고 요청을 했는지, 그는 혼신의 힘을 다해, 멜류제예프 주민들의 조직력의 부재를 비난하고, 바로 그 때문에 즈이부시노 사건의 진범이 분명한 볼셰비키의 부패한 영향에 쉽게 항복했다고 비난했다. 그는 사령관실에서 연설하던 그 기세로, 잔인하고 막강한 적에 대항해, 조국을 위해 싸울 때가 왔음을 상기시켰다. 누군가가 그의 연설 중간에 끼어들었다.

그러자 한쪽에선 연사의 말을 방해하지 말라는 요구와 그것에 반대하는 다른 쪽의 고함 소리가 번갈아 들려왔다. 항의

하는 쪽의 발언이 점점 늘어나고 커져 갔다. 긴츠와 동행해, 지금 의장 역할을 하는 어떤 사람이, 청중석에서의 발언은 허용되지 않으니, 질서를 지켜 달라고 호소했다. 한쪽에선 청중들 가운데 한 여성에게 발언권을 주자고 요구했고, 다른 쪽에서는 조용히 해달라고, 방해하지 말라고 요구하기도 했다.

한 여성이 군중을 헤치며 궤짝을 뒤집어 만들어 놓은 연단 쪽으로 나왔다. 그녀는 궤짝 위로 올라서지 않고, 궤짝을 밀치더니 그 옆에 섰다. 사람들이 익히 알고 있는 여성이었다. 침묵이 흘렀다. 군중들이 그녀를 주목했다. 그녀는 우스티냐였다.

"이것 보세요, 군사위원 동지, 당신은 즈이부시노에 관해서 말하고, 다음에는 눈에 대해 이야기하며, 밝은 눈을 가지고 속지 말아야 한다고 했는데, 당신의 이야기를 들어 보니, 오히려 당신이 볼셰비키니 멘셰비키*니 비꼬기나 하고, 볼셰비키와 멘셰비키 외에는 아무 이야기도 들을 수가 없군요. 모두 형제처럼 더 이상 싸우지 말자고 했는데, 그건 하나님이 하실 일이지, 멘셰비키가 할 수 있는 일이 아니에요. 그리고 공장과 기업들을 무산자에게 나눠 주라고 했지만, 이것 역시 볼

---

* 볼셰비키는 1903년 러시아 사회민주노동당의 제2차 대회 때 레닌을 지지한 러시아 마르크스 당의 다수파를 가리키며, 그에 대립했던 마르토프를 지지했던 소수파는 멘셰비키를 가리킨다. 그 후, 1918년 당 대회에서 당명을 러시아 공산당이라 개칭하면서 볼셰비키는 공산당의 별명이 되었다. 스탈린 사후, 1952년 제19차 당 대회에서 이 이름은 당의 명칭에서 정식으로 빠지게 된다.

셰비키가 할 일이 아니라, 인간의 자비심이 할 일입니다. 더구나 귀먹은 벙어리 이야기는 당신이 아니라도, 너무 많은 비난을 들어, 신물이 납니다. 그가 당신에게 무슨 잘못을 했습니까! 당신은 왜 그를 싫어하세요? 내내 벙어리로 있다가 갑자기, 아무에게도 묻지 않고 말을 하기 시작해서요? 그런 일은 믿기지 않겠죠. 그러나 그런 일도 있어요! 가령 그 유명한 암나귀 이야기가 있잖아요. '발람, 발람.' 암나귀가 말했죠. '진심으로 간청하니, 그쪽으로 가지 말아요. 후회할 거예요.' 물론, 다 알다시피, 그는 그 말을 듣지 않고 갔죠. 암나귀는 당신이 말한 '귀먹은 벙어리'와 같아요. 그는 동물인 암나귀의 이야기를 들을 필요가 없다고 생각했죠. 짐승이라고 멸시한 거죠. 나중에 그가 얼마나 후회했게요. 어떻게 끝이 났는지는 당신도 알고 있겠죠."*

"어떻게 되었소?" 군중들 사이에서 누군가가 물었다.

"됐어요." 우스티냐가 퉁명스럽게 말했다. "많이 알면 빨리 늙는 법이에요."

"아니요, 그럴 수 없어요. 어떻게 됐는지 말해요." 예의 그 목소리가 고집했다.

"어떻게 되긴 어떻게 돼요, 참, 끈질기네요! 소금 기둥**으로 변했어요."

---

* 예언자, 민수기 22장 22절 참조.
** 창세기 19장 16절 참조.

"대모님, 그게 무슨 말이오! 그건 롯이에요. 롯의 아내 이야기예요." 사람들이 소리를 질러 댔다.

모두 웃음을 터뜨렸다. 의장이 장내의 질서를 호소했다. 의사는 잠을 자러 갔다.

8

다음 날 저녁, 그는 안티포바를 만났다. 식기세척실에서 그녀를 발견했다. 라리사 표도로브나는 세탁기에서 막 꺼낸 세탁물을 앞에 수북이 쌓아 두고 다림질을 하고 있었다.

뒤쪽 방들 중의 하나인 식기세척실은 이층 정원을 향하고 있었다. 이 방에 사모바르도 놓아두고, 부엌에서 수동식 승강기로 올라온 음식 접시들을 정돈해 두었다가, 사용한 접시를 개수대로 내려보내기도 했다. 병원의 물품보고서도 이곳에 보관되어 있었다. 여기서 목록에 따라 식기와 세탁물을 검사하기도 했고, 한가할 때는 이곳을 휴게실로 이용하기도 했으며, 이따금 사람들의 모임 장소로 이용하기도 했다.

정원 쪽 창문들이 열려 있었다. 식기세척실에는 오래된 공원에서 나는 듯한, 보리수 꽃향기와 메마른 가지의 진한 회향풀 향기가 났고, 두 개의 증기다리미에서 나오는 약한 탄내도 풍겼다. 라리사 표도로브나는 두 개의 다리미를 번갈아 사용하고 있었는데, 하나를 쓰고 있는 동안에는, 다른 하나가 뜨거워지도록 통풍관 속에 넣어 두곤 했다.

"어제는 왜 저에게 들르지 않으셨어요? 마드무아젤이 귀띔해 주던걸요. 하지만 잘하셨어요. 그땐 벌써 잠자리에 들어서 들어오시게 할 수 없었거든요. 그건 그렇고, 잘 지내시죠? 앗, 조심하세요. 옷에 묻겠어요. 석탄가루를 흘렸거든요."

"병원 세탁물을 모두 당신이 다리는 것 같군요."

"아니에요. 여기 있는 건 대부분 제 것이에요. 당신은 항상 제가 여기서 영원히 벗어나지 못할 거라며 약 올리곤 하셨죠. 하지만 이젠 진짜 떠날 거예요. 보세요. 이렇게 떠날 준비를 하고 있잖아요. 짐이 다 꾸려지면, 떠나는 거죠. 저는 우랄로, 그리고 당신은 모스크바로 가겠죠. 그리고 언젠가 당신에게 누군가 '혹시 멜류제예프라는 작은 마을 이름을 들어 본 적 있어요?' 하고 물으면, '글쎄, 생각이 안 나는데요.', '그러면 안 티포바를 아세요?' 하고 물으면, '전혀 모르겠는데요.'라고 하시겠죠."

"그럼, 그렇다고 해두죠. 둘러보고 온 마을들은 어땠어요? 그곳 마을은 괜찮아요?"

"간단하게 대답할 수가 없어요. 어쩜, 이렇게 다리미들이 빨리 식는지 모르겠네! 죄송하지만, 새것을 좀 건네주시겠어요? 저기 통풍관 속에 보이시죠? 그리고 이것은 통풍관 속에 다시 넣어 주시고요. 됐어요. 고마워요……. 음, 마을마다 사정이 다르죠. 모든 것은 주민들에게 달렸어요. 어떤 곳은 주민들 모두 열심히 일하고 부지런해요. 그런 곳은 괜찮아요. 그런데 어떤 마을은 주민 모두가 술주정뱅이들이라니까요. 그런 곳은 엉망이에요. 보기만 해도 무서울 지경이니까요."

"그런 말도 안 되는 말 하지 말아요. 주정뱅이라니요? 잘도 조사했군요. 마을의 남자들이 모두 징용되어 아무도 없기 때문이겠죠. 뭐, 아무튼, 좋아요. 그런데 새로운 혁명 시 자치회는 뭡니까?"

"주정뱅이에 대해선 당신이 잘못 알고 있어요. 전 그렇게 생각하지 않아요. 시 자치회요? 시 자치회는 오랫동안 골칫거리가 될 거예요. 지시가 시행되지 않아요. 마을에는 일할 사람도 없어요. 지금 농부들은 토지 문제*에만 관심이 있어요. 라즈돌노예에 잠깐 들러 봤어요. 아주 아름다운 곳이죠! 한번 가보시면 좋을 텐데. 지난해 봄에 화재가 나고 약탈을 당하기도 했어요. 창고가 모두 타고, 과수원도 탄 데다가, 건물 정면의 한쪽도 그을렸더군요. 즈이부시노에는 갈 수가 없어 들르지 못하고 왔어요. 그런데 도처에서 귀먹은 벙어리에 대한 이야기가 꾸며 낸 이야기가 아니라고 믿더군요. 그의 외모에 대해서도 이야기해 주었어요. 젊고 학식 있는 사람이래요."

"어제 우스티냐가 연병장 광장에서 그를 옹호하느라 애를

---

* 임시정부가 당면한 가장 큰 문제는 토지 재분배와 옛 지주들로부터 빼앗은 토지의 계속된 경작이었는데, 전쟁 기간 동안 농산물의 감소에 따른 위기 상황을 만들었다. 1917년 5월, 멘셰비키와 사회주의 혁명당의 견해를 출판하는 페트로그라드의 신문 『이즈베스치야』의 헤드라인으로 '모든 토지는 인민들에게'라는 뉴스를 내보냈다.

쓰더군요."

"어제 막 돌아왔을 때 보니, 라즈돌노예의 잡동사니들을 또 한 무더기 가져왔더군요. 몇 번이나 가만 내버려 두라고 당부 했는데. 우리들이 가진 것만으로도 충분하거든요! 오늘 아침 에는 사령부에서 보초병이 지방관의 쪽지를 가지고 왔어요. 백작 부인의 은제 찻잔과 크리스털 포도주잔이 꼭 필요하니, 저녁까지 보내 달라는 거예요. 꼭 하루 저녁만 쓰고 돌려주겠 다고 하면서요. 하지만 그들이 돌려준다고 말하는 의미가 무 엇인지 잘 알고 있어요. 물건의 절반은 찾지 못할 거예요. 저 녁 파티가 있다고 하던데요. 무슨 손님이 왔다면서요."

"아, 짐작이 갑니다. 새 군사위원이 와 있어요. 우연히 그를 보았어요. 탈주병들을 포위해 붙잡아다 무장해제시키겠다고 하더군요. 인민위원은 아직 어려서 일에 서툴러요. 이곳 관리 들이 카자크 이야기를 꺼내자, 그가 눈물로 그들을 설득해 보 겠다고 하더군요. 인민은 모두 어린애이고 어쩌고 하는데, 그 는 모든 것을 어린애 장난으로 생각해요. 갈리울린이 잠든 짐 승을 깨우지 말라고, 우리에게 그냥 맡겨 달라고 설득하긴 했 지만, 그런 부류는 일단 머리에 꽂히면, 남의 말을 전혀 들으 려 하지 않아요. 다림질은 잠깐 멈추고 내 말 좀 들어 봐요. 얼마 안 되어 이곳에 무서운 난투가 벌어질 겁니다. 우리 힘 으로 그것을 막을 수는 없어요. 혼란이 일어나기 전에 당신이 여길 떠나기 바랍니다."

"아무 일도 일어나지 않을 거예요. 당신이 과장하는 거예요. 그래도 어차피 저는 떠날 거예요. 그렇다고 발로 문을 쾅차며 안녕이라고만 할 수는 없잖아요. 비품명세서에 따라 인계도 해야 하고요. 그렇지 않으면, 제가 무엇이라도 훔쳐 간 것처럼 보일 테니까요. 누구에게 인계를 해야 할까요? 이것이 문제죠. 여기 비품들 때문에 무척 힘들었는데도, 저에게 돌아오는 건 비난뿐이죠. 자브린스카야 백작 부인의 재산을 병원 소유로 등록해 두었어요. 그것이 법령에 맞겠다고 생각했거든요. 그런데 이제 와서 내가 주인의 재산을 지키려고 일부러 그랬다고 해요. 정말 추악한 짓이죠!"

"제발 양탄자니 도자기니 하는 건 다 무시해 버려요. 없어지든 말든 내버려 두라고요. 그런 것에 신경 쓸 것 없어요! 사실은 당신과 내가 어제 만나지 못한 게 더 유감스러운 일입니다. 어제는 아주 영감에 가득 차 있었거든요! 당신에게 천상의 모든 역학을 설명하고, 모든 저주받은 질문들*에 대해서도 답해 줄 수 있었을 텐데 말입니다! 아니, 농담하는 것 아닙니다, 정말 흉금을 터놓고 이야기하고 싶었습니다. 제 아내와 아들에 대해, 내 자신의 인생에 대해서요. 이런 제기랄, 무슨 '흑

---

* 도스토옙스키가 제기한 인간 존재의 궁극적인 저주스러운 질문, 즉 인간의 본성, 신의 존재, 악의 문제, 삶의 의미, 죽음의 수수께끼 등을 말한다. 이탈리아 작가이자 활동가였던 니콜라 시아로몬테가 "위대한 러시아의 질문"이라고 언급했던 이 말을 파스테르나크가 이 작품에서 다시 제기하고 있다(도널드 다비에, 아젤라 리빙스턴의『파스테르나크의 메시지』에서 언급).

심'이라도 있는 것 아니냐는 의심을 받지 않고, 성숙한 남자가 성숙한 여자에게 말도 못합니까? 쳇, 흑심이니 뭐니 모두 내 알 바 아니죠.

당신은 다림질하세요, 그냥 다림질하세요. 내 말은 신경 쓰지 말고, 다림질하세요. 이야기는 나 혼자 하겠소. 오래 말이오.

지금이 어떤 시대인지 한번 생각해 봐요! 우리가 바로 이런 시대에 살고 있습니다! 억겁의 시간 속에서 딱 한 번, 전대미문의 일이 일어나고 있는 시대지요. 생각해 보세요. 모든 러시아가 지붕이 날아가고, 모든 인민들과 함께 우리 모두는 드넓게 펼쳐진 벌판에 서 있는 겁니다. 아무도 우리 뒤를 감시할 사람이 없어요. 자유! 진짜 자유입니다! 말이나 요구에 의해서가 아니라, 하늘에서 뚝 떨어진, 우리의 기대를 넘는 자유입니다. 착오로 인해 우연히 생겨난 자유죠.

모두가 얼마나 혼란하고 어마어마한 일입니까! 당신은 알고 있나요? 각자 자기 자신에 의해, 이제 막 알게 된 자신의 영웅적 행위에 의해 압박당하고 있다는 사실 말입니다.

아니, 계속 다림질하세요. 말은 내가 할 테니까요. 말하지 않아도 돼요. 지겹지 않아요? 다리미를 바꿔 드리죠.

어젯밤에 광장에서 열린 집회를 눈여겨보았습니다. 놀라운 광경이었어요. 조국-러시아가 드디어 움직이기 시작했어요. 그 자리에 멈춰 서 있을 수가 없었던 것이죠. 아무리 걸어도 지치지 않고, 아무리 말해도 다 이야기할 수 없을 겁니다. 사람들만 이야기하는 것이 아니었습니다. 별과 나무가 모여서 대화를 하고, 밤꽃들이 철학을 논하고, 석조 건물들이 집회를 하고 있었어요. 성서에 나오는 어떤 이야기 같지 않습니까? 사도들이 살던 시대처럼 말예요. 사도 바울이 '혀로 말하고 예언하라. 이해할 수 있는 재능을 허락해 달라고 기도하라.*고 한 것 기억나세요?"

"집회하는 나무와 별은 이해가 돼요. 당신이 말하고 싶은 것이 무엇인지 이해해요. 저에게도 그런 일이 있었으니까요."

"절반은 전쟁이, 나머지 절반은 혁명이 이룬 것이죠. 마치 삶을 잠깐 미룰 수 있을 것처럼, 전쟁은 강제로 삶을 중단시켰어요(얼마나 말도 안 되는 일인지!). 너무 오랫동안 참고 있던 한숨처럼, 혁명은 자신도 모르게 터져 나왔던 거예요. 모든 사람들이 생기를 얻어 부활했으며, 모두가 변화와 대변혁을 겪었죠. 이런 표현을 해도 될지 모르겠지만, 모두가 두 번의 혁명을 겪은 것입니다. 한 번은 자기만의 개인적인 혁명이고, 다른 한 번은 대중적인 혁명이죠. 나는 사회주의란 모든 개별적 혁명의 물줄기가 합쳐지는 바다, 삶의 바다, 개성의 바다라고 생각합니다. 그 삶의 바다는 그림에서 볼 수 있는 그런 삶, 천재적인 삶, 창조적 영감으로 충만한 삶을 말합니다. 이제 사람들은 책이 아닌 자기 자신을 통해, 추상이 아닌 현실에서 삶

---

* 고린도전서 14장 5~13절 참조.

을 직접 경험하기로 한 것이죠."

갑자기 그의 목소리가 떨리는 것을 보아, 의사가 흥분했다는 것을 느낄 수 있었다. 라리사 표도로브나는 놀라서 다림질을 멈추고, 정색을 하고 그를 쳐다보았다. 그는 당황해 자신이 무슨 말을 했는지 잊어버렸다. 잠시 침묵한 후, 그는 다시 이야기를 시작했다. 그는 무슨 말을 하는지도 모르고 불쑥 말을 꺼냈다. 그가 말했다.

"요즘엔 정말 정직하고 보람되게 살고 싶습니다! 얼마나 보편적 영감의 일부가 되고 싶은지! 그런데 이렇게 모든 이들의 환희의 소용돌이 속에서, 나는 이 세상이 아닌, 동화 속 어느 먼 나라의 어느 왕국을 떠도는 신비하고 슬픈 당신의 눈빛을 발견했습니다. 당신의 그 슬픈 눈빛을 지울 수 있다면, 당신의 얼굴에 더 이상 그 누구도 필요치 않으며 자신의 운명에 만족스러워하는 얼굴로 바뀔 수 있다면, 나는 무슨 짓이라도 할 수 있을 것 같습니다. 당신의 가까운 누군가가, 당신의 친구나 남편—만약 그가 군인이었다면 가장 좋겠지만—이 내 손을 붙잡고, 당신의 운명에 참견하지 말라고, 괜한 관심으로 당신을 괴롭히지 말라고 요구하도록 말입니다. 그러면 나는 손을 뿌리치고 손을 내저으며…… 아, 내가 제정신이 아니군! 용서하세요, 부탁입니다."

의사는 다시 말문이 막혔다. 그는 손을 저으며, 돌이킬 수 없는 자신의 실수를 깨닫고는 벌떡 일어나 창 쪽으로 다가갔다. 그는 등을 돌린 채 창틀에 팔꿈치를 괴고 손바닥으로 턱을 받치고는 애써 자신을 진정시키며, 아무것도 보이지 않는 어둠에 싸인 정원을 물끄러미 바라보았다.

라리사 표도로브나는 탁자와 창문의 한쪽 끝에 걸쳐 놓은 다리미판을 빙 둘러, 의사와 몇 걸음 떨어진 방 한가운데로 걸어 나와 그의 등 뒤에 섰다.

"아아, 내내 저는 이런 일이 일어날까 봐 두려웠어요!" 그녀가 혼잣말처럼 나직하게 말했다. "이 무슨 운명의 장난일까요! 이러면 안 돼요, 유리 안드레예비치, 안 돼요. 오, 이런! 당신 때문에 제가 무슨 짓을 저질렀는지 보세요!" 그녀가 소리를 지르며 다리미판 쪽으로 뛰어갔다. 깜빡 잊고 그대로 올려 놓은 다리미 밑에서 블라우스가 타며, 매캐하고 가느다란 연기가 피어오르고 있었다. 그녀는 화를 내며 받침대 위에 다리미를 쾅 내려놓고 말을 이었다. "유리 안드레예비치! 정신 차리세요. 잠시 마드무아젤에게 들러 물이라도 좀 마시고, 제가 지금껏 알고 있었던 그분으로, 제가 원하는 모습으로 돌아와 주세요. 유리 안드레예비치! 제 말 들으셨죠? 당신은 그렇게 하실 수 있을 거예요. 부탁이니 그렇게 해주세요."

그 후, 그런 고백은 두 사람 사이에 더 이상 나오지 않았다. 일주일 후, 라리사 표도로브나는 떠났다.

9

얼마 후, 지바고도 떠날 준비를 했다. 그가 떠나기 전날 밤, 멜류제예프에 엄청난 폭풍우가 몰아쳤다.

한데 뒤섞인 폭풍과 장대비 소리가 들렸다. 장대비는 지붕 위로 곧장 떨어지기도 하고, 이리저리 휘몰아치는 바람에 휩쓸리기도 하며, 한 발 두 발 거리를 정복해 가듯, 격류가 되어 흘러갔다.

끝도 없이 요란한 천둥소리가 무서운 굉음을 내며 이어졌다. 연이어 번개가 칠 때마다, 멀리 도망치는 거리를 따라, 나무들도 몸을 수그린 채, 그 뒤를 쫓았다.

한밤중에, 현관문을 두드리는 소리에 마드무아젤 플레리는 잠을 깼다. 깜짝 놀라 자리에서 일어난 그녀는 침대맡에 앉아 귀를 기울였다. 문 두드리는 소리가 계속되었다.

그녀는 '나가서 문을 열어 줄 사람이 병원 안에 아무도 없나? 천성적으로 정직하고 의무감이 투철한 성격 때문에, 이 불쌍한 노파가 혼자 모든 일을 해야 하나?' 하고 생각했다.

물론, 좋다구. 자브린스키 주인 나리들은 부자고 귀족이었으니, 그렇다 치자고. 하지만 이 병원은 그들 인민들의 소유라고 하지 않았던가? 누굴 보고 이 병원을 돌보라는 거야? 그 위생병이란 작자들은 모두 어디로 갔어? 지휘부도, 여자 간호사도, 의사도 모두 도망치고 없으니! 저택 안에는 아직 부상병들이 남아, 예전에 응접실로 쓰이던 이층 외과 병실에 다리가 잘린 부상병이 둘이나 있고, 세탁실 옆에 있는 아래층 창고에는 이질 환자가 가득한데 말이야. 그리고 이 마녀 같은 우스티냐는 누군가를 방문한다고 나가 버리지 않았나. 그 바보가 천둥이 칠 것이라는 것을 알고 있었을 텐데. 아니야, 악마가 꼬드겼겠지. 지금은 다른 곳에서 밤을 보낼 적당한 구실이 생겼다고 좋아하겠지.

휴, 다행히 이젠 그쳤군. 조용해졌어. 아무도 문을 열어 주지 않으니까, 포기하고 가버린 모양이야. 악마가 아니고서야, 이런 날씨에 돌아다닐 사람이 없지. 아니면 혹시 우스티냐가 아니었을까? 아니야, 우스티냐는 열쇠를 가지고 있어. 오, 이런, 다시 문을 두드리고 있잖아? 너무 무서워!

정말 하나같이 나쁜 녀석들이군! 지바고는 그렇다고 쳐. 그는 내일 떠나야 할 테니, 벌써 마음은 모스크바에 가 있거나 여행 생각으로 꽉 차 있을 거야. 그럼, 갈리울린은 뭘 하는 거야! 어떻게 잠을 잔단 말인가. 아니면 저 소리를 듣고도 결국 약하고 의지할 데 없는 이 노파가 일어나, 이 무서운 나라에서, 이 무서운 밤에, 누군지 알 수도 없는 사람에게 문을 열어 주러 나갈 거라는 계산을 하고 편하게 누워 있단 말인가.

어머나, 갈리울린이라니! 그녀는 갑자기 정신이 들었다. 무슨 갈리울린이란 말인가? 아니, 이런 바보같이, 어떻게 그런 얼토당토않는 생각이 머리에 떠올랐을까, 잠이 덜 깬 모양이야! 무슨 갈리울린 이야기야? 그는 멀리 도망쳤을 텐데. 정거장에서 그 무시무시한 처형 사건이 벌어져, 사람들이 군사위원 긴츠를 죽이고, 총을 쏘아 대며 갈리울린을 뒤쫓아 비류치에서 바로 멜류제예프까지 온 도시를 찾아다닐 때, 지바고와 함께 그를 숨기고 평복으로 갈아입혀, 이 지역의 도로와 마을들을 설명해 주고 도망갈 길을 알려 준 것이 바로 자신이 아니었던가. 그런데 갈리울린이라니!

만일, 그때 장갑차들이 나타나지 않았더라면, 이곳에는 돌멩이 하나 남지 않았을 것이다. 우연히 기갑사단이 이곳을 지나가다, 주민들 편을 들어 그 악당들을 진압시켰으니 망정이지.

폭풍우가 잠잠해지더니 물러갔다. 이따금 멀리서 천둥소리가 희미하게 들려왔다. 시간이 지나면서 비는 차차 그쳤고, 물방울이 조심스레 파편을 튀기며 나뭇잎과 홈통을 타고 아래로 계속 흘러내렸다. 번갯불이 소리 없이 마드무아젤의 방을 들러, 빛을 비추며, 무엇을 찾기라도 하는 양, 서성대곤 했다.

한동안 잠잠하던 노크 소리가 갑자기 다시 들려왔다. 다급하고 필사적으로 누군가의 도움을 청하는 듯 문을 두드리고 있었다. 다시 바람이 일었다. 비도 다시 쏟아졌다.

"지금 나가요!" 마드무아젤은 누군지도 모르는 사람에게 소리를 지르고는, 자기 목소리에 자신도 놀랐다.

불현듯 어떤 예감이 스쳤다. 그녀는 침대에서 다리를 내려 슬리퍼를 신고, 가운을 걸친 다음, 아무래도 혼자서는 자신이 없어 지바고를 깨우러 달려갔다. 지바고도 문 두드리는 소리에 촛불을 들고, 내려오고 있었다. 두 사람 모두 같은 생각을 했던 것이다.

"지바고, 지바고! 누가 바깥문을 두드리는데 혼자 열기가 무서워요." 그녀는 프랑스어로 소리치더니 러시아어로 덧붙였다. "아마도 라라가 아니면 갈리울린 중위일 거예요."

유리 안드레예비치 역시 문 두드리는 소리에 잠이 깨어, 분명 누군가 아는 사람일 거라고 생각했다. 길이 막힌 갈리울린이 몸을 숨기려고 은신처를 찾아 돌아왔거나 아니면, 간호사 안티포바가 여행 중 어떤 문제가 생겨 돌아왔을지도 몰랐다.

현관으로 다가간 의사는 마드무아젤에게 촛불을 건네고는, 열쇠를 돌려 빗장을 벗겼다. 돌풍이 그가 잡고 있던 문을 휙 잡아채며, 촛불을 꺼버리고는 거리의 차가운 빗방울을 두 사람에게 흩뿌렸다.

"거기 누구 있어요? 누구세요? 거기 누구 있어요?" 마드무아젤과 의사가 어둠 속에서 앞다투어 외쳤지만, 아무 대답이 없었다.

그때 갑자기 예의 그 노크 소리가 다른 쪽에서 들려왔다. 어두운 길 쪽이거나, 정원으로 난 창문 쪽인 것 같았다.

"바람인 것 같은데요." 의사가 말했다. "그러나 혹시 모르니 뒷문으로 가서 확인해 보세요. 다른 이유라면 모르지만, 정말로 누군가 있다면, 길이 엇갈리지 않게 나는 여기서 기다리죠."

마드무아젤은 집 안으로 들어갔고, 의사는 현관 추녀 밑으로 나왔다. 어둠에 익숙해진 그의 눈에 먼동이 터오는 기색이 역력히 보였다.

도시 위로 먹구름이 도망을 치듯, 미친 듯이 빠르게 질주했다. 조각난 먹구름들이 한쪽 방향으로 몸을 구부린 나뭇가지에 금방이라도 걸릴 것처럼 낮게 날고 있었다. 그 모습이 마치 구부러진 빗자루들로 하늘을 쓸고 있는 것처럼 보였다. 건물의 회색 나무 벽은 비가 들이쳐 검은색으로 변했다.

"어떤가요?" 돌아온 마드무아젤에게 의사가 물었다.

"당신 말이 맞아요. 아무도 없어요." 그녀는 온 집 안을 돌아보았다고 말했다. 보리수 나뭇가지 하나가 유리창을 때려 식기세척실 창문 하나가 깨졌고, 마룻바닥에 커다란 물웅덩이가 생겨, 라라가 머물렀던 방에도 바다, 진짜 바다, 커다란 대양이 하나 만들어져 있었다는 것이다.

"그곳 창문의 덧문이 열려서 창문턱을 때린 거예요. 맞죠? 이제 원인이 다 밝혀진 셈이네요."

그들은 몇 마디를 더 주고받고 나서 문을 잠근 다음, 괜히 불안에 떨었다고 투덜거리며 각자 잠자리로 갔다.

그들은 현관문을 열면, 그들이 아주 잘 알던 여자가 비에 흠뻑 젖은 채, 몸을 떨며 집 안으로 들어설 테고, 그녀가 물기를 닦는 동안, 질문을 퍼부어 댈 것을 은근이 기대했었다. 그런 다음, 그녀가 옷을 갈아입고, 어젯밤에 피운 불이 아직 다

식지 않은 부엌 난롯가에 몸을 말리러 와서, 그녀가 미처 짐작하지 못했던 난관을 이야기해 주며, 머리를 매만지고 웃음을 터뜨릴 거라고 기대했던 것이다.

그들은 그런 상상을 확신했기에, 문을 닫고 나서도, 마음속에는 집 밖의 어느 모퉁이에 흠뻑 젖은 그녀의 형상이, 거리의 갈림길 뒤에, 계속 그녀의 모습이 어른거리고 있었다.

10

사람들은 역에서 군인들이 일으킨 소동의 간접적 원인이 비류치 통신병 콜랴 프롤렌코에게 있다고 생각했다.

콜랴는 멜류제예프의 유명한 시계공의 아들이었다. 멜류제예프 주민들은 그가 어렸을 때부터 그를 잘 알고 있었다. 그는 어린 시절, 라즈돌노예의 하인 한 사람의 집에 살았고, 마드무아젤의 보살핌을 받으며 그녀의 제자인 백작 부인의 두 딸과 어울려 놀곤 했던 터라, 마드무아젤도 콜랴를 잘 알고 있었다. 그는 그때 프랑스어를 조금 배우기도 했다.

멜류제예프 주민들은, 날씨에 어울리지 않는 옷차림에, 모자도 쓰지 않은 채, 캔버스 천으로 만든 여름 신발을 신고, 자전거를 타고 다니는 콜랴를 자주 목격하곤 했다. 그는 자전거 손잡이를 놓고 팔짱을 낀 채, 신작로를 따라 시내를 달리며, 전신주와 배선을 살피고, 전선을 점검하곤 했다.

몇 가구는 기차역 전화선으로 역과 연결되어 있었다. 콜랴는 기차역 조정실에서 전화선을 관리하는 일을 담당하고 있었다.

그곳에서 그는 정신없이 일했다. 철도 전보, 전화, 그리고 가끔 역장 포바리힌이 잠시 자리를 비울 때면, 역시 조정실에 설치되어 있는 통행 신호와 폐쇄 신호를 보내는 장치들까지 모두 그가 관리했다.

한 번에 몇 개의 기계를 다루다 보니, 콜랴는 어쩔 수 없이 독특한 말투, 그러니까 거칠고, 당돌하고, 단호하고, 애매한 말투를 사용하곤 했고, 특히 무엇인가 답하고 싶지 않을 때라든가, 대화를 하고 싶지 않을 때면, 그런 말투가 특히 두드러지곤 했다. 소동이 일어난 날도, 사람들은 그가 이런 말투를 너무 많이 썼다고 했다.

그가 이렇게 말을 하지 않는 바람에 시내에서 전화를 걸어온 갈리울린의 좋은 의도가 사실 모두 허사가 되었고, 어쩌면 본의 아니게, 그 사건에 치명적인 결과를 안겨 주게 되었다.

갈리울린이 전화를 걸어, 역사 안이나 근처 어딘가에 있을 군사위원을 찾아 달라고 요청했다. 갈리울린 자신이 곧 벌채지로 그를 만나러 갈 테니, 자기가 없는 동안은 아무것도 하지 말고, 기다리라고 그에게 말하려던 참이었다. 그런데 콜랴는 비류치로 오는 기차에 신호를 보내느라, 전화선을 사용해야 한다고 핑계를 대며, 긴츠를 불러 달라는 갈리울린의 요청을 거절했다. 그런데 그때 그는 이 핑계 저 핑계 대면서, 비류 치로 소집된 카자크 병사들이 타고 있는 기차를 가까운 대피선에 지연시키고 있었다.

막무가내로 군용열차가 들어오자, 콜랴는 불만을 터뜨렸다.

기관차가 천천히 플랫폼의 검은 차일 밑으로 들어와 조정실의 커다란 유리창 바로 앞에 멈춰 섰다. 콜랴는 검푸른 천양쪽에 철도청의 표식을 새겨 넣은 두툼한 정거장의 휘장을 당겼다. 석조 창틀에는 커다란 쟁반에 큰 물병과 단조롭게 조각된 두꺼운 유리컵이 놓여 있었다. 콜랴는 컵에 물을 따라 몇 모금 마신 후, 창밖을 내다봤다.

기관사가 콜랴를 알아보고, 운전석에서 친근하게 고개를 숙였다. 콜랴는 '저런, 쓰레기 같은 놈, 빈대 같은 놈!' 하며 적의를 품은 채, 기관사에게 혀를 쑥 내밀고는 주먹으로 위협하는 시늉을 했다. 기관사는 콜랴의 몸짓을 눈치챘지만, 어깨를 으쓱하고, 차량 쪽으로 고개를 돌리며, 이해해 달라는 표시를 했다. '어쩔 수가 없잖아? 네가 한번 해보라고. 그의 뜻이 그런 걸.' '아무튼 넌 쓰레기야, 비열한 놈이야!' 콜랴가 다시 몸짓으로 대꾸했다.

화물차 칸에서는 말을 끌어 내리기 시작했다. 말들은 버티며 좀처럼 나오려고 하지 않았다. 차량 출구의 나무 통로를 지날 때의 둔탁한 말발굽 소리가 플랫폼의 돌을 디디는 편자의 쇳소리로 바뀌었다. 뒷발로 곧추선 말들을 끌고 여러 개의 철로를 가로질러 갔다.

철로는 잡초가 무성한 두 개의 녹슨 선로 위에, 두 줄로 서 있는 폐차량들에 막혀 있었다. 파괴된 화물차들은 빗물에 칠이 벗겨지고, 벌레와 습기에 썩어 가며, 선로 저편에서 시작되는 축축한 숲과 자작나무를 좀먹는 말굽버섯과 그 위에 구름들이 겹겹이 층을 이루고 있는 본래의 고향으로 돌아가는 중이었다.

숲 가장자리에 앉아 있던 카자크들은 명령이 떨어지자 일제히 말안장에 올라타고 벌채지로 달려갔다.

212연대의 폭도들은 포위되었다. 말 탄 기병들은 들판보다는 나무 숲속에 있을 때, 더 커 보이고 더 위압적으로 보이는 법이다. 오두막 안에 있던 폭도들은 총을 가지고 있었지만, 카자크 기병들에게 제압되고 말았다. 카자크들이 칼을 빼들었다.

말들로 빙 둘러싸인 가운데 긴츠는 차곡차곡 쌓아 올린 평평한 장작더미 위로 훌쩍 뛰어올라 포위된 병사들을 향해 연설을 시작했다.

역시나 그는 항상 해오던 대로 군인의 의무와 조국의 의미, 그리고 다른 많은 고상한 주제들을 이야기했다. 그러나 그런 개념들은 이곳에서 어떤 호응도 얻어 내지 못했다. 군중들이 너무 많이 모여 있었다. 그를 둘러싼 사람들은 전쟁 동안 너무 많은 고통을 겪어 거칠어진 데다, 지칠 대로 지쳐 있었다. 긴츠가 하는 말은 오래전부터 귀에 못이 박이도록 들어 온

이야기였다. 넉 달이나 계속된 우익과 좌익의 감언이설로 사람들은 지쳐 있었다. 그곳에 모여 있던 일반인들은 긴츠라는 비러시아적 성姓과 그의 발틱 억양에 냉소적이었다.

긴츠는 이야기가 길어지고 있다는 사실을 깨닫자, 자신에게 화가 났다. 그러나 그는 청중들을 이해시키려면 어쩔 수 없다고 생각했다. 그런데 청중들은 고마워하기는커녕, 무관심하고 적대적이며 냉담한 태도로 일관했다. 그는 더욱 흥분해서, 그 무리들에게 더 확고한 어조로 말하고, 지금껏 자제하고 있던 협박 카드를 빼들어야겠다고 결심했다. 그는 술렁대는 소리가 나오기 시작한 것도 듣지 못한 채, 병사들에게 전시혁명재판소가 세워지고 가동되고 있음을 환기시키며, 죽고 싶지 않거든 무장을 해제하고 선동자들을 인도하라고 요구했다. 만약 자기 말을 듣지 않으면, 그들은 비열한 반역자이자 무지한 불량배, 주제넘은 얼간이에 불과하다고 말했다. 그들은 그의 말투를 더 이상 용납할 수 없었다.

수많은 고함 소리가 일었다. "그만하면 충분해요. 됐어요. 좋아요." 그다지 악의가 없는 저음으로 한 무리가 외쳐 댔다. 그러나 다른 한쪽에서는 증오 서린 날카롭고 신경질적인 높은 고함 소리가 들렸다. 사람들이 그 소리에 귀를 기울였다. 그들이 소리쳤다.

"동지들, 우리를 욕하는 소리 모두 들었죠? 옛날 그대로요! 장교들 버릇은 바뀌지가 않았어. 우리가 반역자라고? 그럼,

당신은 어디서 온 사람이오, 선생 나리? 저자를 상대할 필요 없어. 독일인이란 것을 모르겠나? 첩자란 말이오. 이봐, 증명서 좀 보여 줘! 높으신 양반! 그런데 조정자 양반들, 당신들은 왜 입만 딱 벌리고 있소? 자, 여기 우리가 있으니, 어디 체포를 해보시오! 맘대로 해보라고!"

설득력 없는 긴츠의 연설에 카자크들도 점점 반감을 가지게 되었다. '우리는 모두 얼간이이고 돼지란 말이군. 그래서 자기는 귀족이라는 거야?' 그들은 서로 귓속말을 주고받았다. 처음에는 한 사람씩, 나중에는 점점 많은 카자크들이 칼을 칼집에 넣기 시작했다. 그리고 차례로 말에서 내려왔다. 그들이 거의 다 내려오자, 그들은 각자 212연대의 폭도들을 향해 벌채지 가운데로 조금씩 이동해 그들과 합류하기 시작했다. 모두가 한데 뒤섞였다. 연대連帶가 시작되었다.

"당신은 어떻게든 몰래 도망쳐야 할 것 같습니다." 불안을 느낀 카자크 장교들이 긴츠에게 말했다. "건널목에 당신의 차가 있습니다. 차를 가까이 대라고 사람을 보내겠습니다. 빨리 떠나십시오."

긴츠는 그렇게 하기로 했지만, 몰래 도망가는 것이 비겁하다고 생각되었는지, 조심성 없이, 드러내 놓고 정거장으로 향했다. 그는 공포에 휩싸였지만, 자존심 때문에 서두르지 않고 태연한 척 걸어갔다. 정거장에 거의 가까워졌다. 정거장은 거의 숲과 맞닿아 있었다. 선로가 보이는 숲 가장자리에 이르자, 그는 처음으로 뒤를 돌아보았다. 총을 든 병사들이 그 뒤를 따르고 있었다. '왜 그러지?' 하고 긴츠는 생각하며 걸음을 재촉했다.

그를 쫓던 자들 역시 걸음이 빨라졌다. 그와 추격자들 사이의 간격은 그대로였다. 앞쪽에 부서진 차량들의 이중벽이 보였다. 그 뒤로 몸을 숨긴 채, 긴츠는 달리기 시작했다. 카자크인들을 태우고 온 열차는 조차장에 들어가 있었다. 선로가 텅 비어 있었다. 긴츠는 선로를 가로질러 달렸다.

그는 껑충 뛰어 높다란 플랫폼으로 올라섰다. 바로 그때 폐차량들 뒤쪽에서 그를 뒤쫓던 병사들이 달려 나왔다. 포바리힌과 콜랴는 긴츠에게 고함을 지르며, 보호막이 될 수 있는 역사 안으로 들어오라고 손짓했다.

많은 세대를 거쳐 다져진 그의 시민정신이나 희생정신 같은, 그러나 이런 경우에는 전혀 쓸모없는 명예심이, 그의 목숨을 구할 수 있는 길을 막아 버렸다. 그는 최대한 마음의 동요를 진정시키려고 애썼다. 그는 '동지들, 정신 차리시오, 내가 무슨 스파이라는 것이오?'라고 그들에게 소리쳐야 한다고 생각했다. '그들을 진정시킬 수 있는, 무언가 진지하고 감동적인 말을 해야 할 텐데.'

최근 몇 달 동안, 그의 내부에서는 영웅적 행위나 영적 외침의 느낌과 모여든 군중들에게 어떤 호소나 선동을 하려고 뛰어올랐던 의자나 연단, 그리고 강단 같은 것들이 연결되어 있었다.

역사의 문 옆에 있는 역의 신호용 종 밑에 높다란 소화용 물통이 놓여 있었다. 물통은 뚜껑이 단단하게 닫혀 있었다. 긴츠는 물통 뚜껑 위로 올라가, 가까이 다가오는 병사들을 향해 감동적이고 대담하며 두서없는 연설을 했다. 쉽게 도망갈 수 있는 역사의 열린 문에서 두어 걸음밖에 떨어지지 않은 곳에서 벌어진 그의 무모하고 용감한 호소에 병사들은 아연실색해 그 자리에 멈춰 섰다. 그들이 소총을 내렸다.

그러나 긴츠가 뚜껑의 가장자리에 발을 딛는 바람에 뚜껑이 뒤집혔다. 그의 한 발이 물속에 빠지고, 다른 한 발은 물통 가장자리에 걸렸다. 물통 가장자리에 높이 앉은 꼴이 되었다.

병사들은 그의 우스꽝스러운 꼴을 보고 폭소를 터뜨렸고, 맨 먼저 다가온 사람이 불운한 그의 목에 총을 겨누어 일격에 살해하자, 다른 병사들이 시체에 달려들어 총검으로 마구 찔러 댔다.

11

마드무아젤은 콜랴에게 전화를 걸어, 의사에게 편한 좌석을 마련해 주라고 요구하며, 만일 그렇지 않으면 콜랴의 약점을 폭로하겠다고 위협했다.

마드무아젤의 전화를 받으며, 콜랴는 평상시처럼 다른 전화를 받고 있었는데, 어떤 암호로 세 번째 송신기를 통해 전보를 치는 중이었다.

"프스코프, 코모세프, 내 말 들리나? 무슨 반란군? 어느 쪽이오? 그리고 마드무아젤, 당신은 무슨 일이오? 이런 사기꾼, 점쟁이 같으니. 제발, 수화기 좀 내려놔요, 방해하지 말아요. 프스코프, 코모세프, 프스코프. 삼십육, 콤마, 제로, 제로, 십오. 이런, 개가 물어 갈! 테이프가 끊겼어. 네? 네? 안 들려요. 이런 또 마드무아젤, 당신이에요? 러시아어로 내가 당신에게 이야기했잖아요, 안 돼요, 난 못해요. 포바리힌에게 물어보세요. 이 사기꾼, 점쟁이 같으니라고. 삼십육…… 아, 이런 제기랄…… 제발 수화기 내려놔요, 방해하지 말라고요, 마드무아젤."

그러나 마드무아젤은 계속 말했다.

"내 눈을 속이려고 하지 마, 이 마귀야! 프스코프, 프스코프라니, 이 마귀야, 난 깨끗한 물속을 보듯 네 속을 훤히 들여다보고 있어. 내일 열차에 의사 선생님의 자리를 마련해 줘. 그러면 더 이상 어떤 살인자나 배신자 꼬마 유다의 이야기를 하지 않을 테니."

12

유리 안드레예비치가 떠나던 날은 몹시 무더웠다. 그제 밤처럼 다시 폭풍우가 몰려왔다.

뱉어 놓은 해바라기 씨 껍질로 지저분하기 짝이 없는 정거장 옆 마을의 오막살이 흙집들과 거위들은 위협적인 거무스름한 하늘의 찌푸린 시선에 깜짝 놀라 하얗게 질려 있었다.

역사 양편으로는 넓은 들판이 멀리까지 펼쳐져 있었다. 풀들이 온통 짓이겨져 있는 들판은 수 주일씩 기차를 기다리며, 각자 가야 할 방향으로 떠나기를 기다리고 있는 수많은 사람들로 가득 차 있었다.

군중들 가운데에는 이글거리는 햇빛에도 투박한 잿빛 외투를 입고, 소문이나 정보를 얻기 위해 여기저기 모여 있는 무리들 사이를 왔다 갔다 하는 노인들도 있었고, 가축을 지킬 때처럼, 껍질을 깨끗이 벗긴 나뭇가지를 손에 들고 팔꿈치를 괴고 옆으로 누워 있는 열네 살가량의 말없는 십대들도 보였다. 그들의 발치 아래서는 그들의 어린 남동생이나 여동생들이 루바시카를 팔랑대며 불그스름한 다리를 드러낸 채, 뛰어다니고 있었다. 어머니들은 다리를 쭉 펴고 땅바닥에 털썩 주저앉아, 거친 갈색 나사천으로 만든 윗도리를 비스듬하게 여며, 젖먹이 어린애를 품속에 싸매 안고 있었다.

"총소리가 들리자, 사람들이 양떼처럼 모두 흩어졌죠. 사태가 심상치 않았던 거예요!" 역장인 포바리힌이 의사와 함께 역사 문 앞과 대합실 안의 바닥에 줄줄이 드러누운 사람들 사이를 이리저리 헤쳐 지나가며, 못마땅한 듯 말했다.

"순식간에 잔디밭이 텅 비어 버렸죠! 땅이 어떻게 생겼는지 다시 보게 되었다니까요. 얼마나 기뻤는지! 이 사람들 때문에 넉 달 동안이나 땅바닥을 보지 못했으니 잊을 만도 하지요. 바로 여기에 그가 쓰러져 있었어요. 정말 놀랐죠. 전쟁 동안, 별 흉칙한 일을 지겹도록 보아 온 탓에 익숙해질 때도 되었을 텐데 말입니다. 그런데도 그때 얼마나 가슴이 아팠는지! 문제는 아무 이유도 없었다는 것입니다. 무엇 때문이었을까요? 그 사람이 그들에게 무슨 나쁜 짓을 했다고요, 그것이 사람이 할 짓입니까? 소문에는 그가 집안의 귀한 자식이었다고 하더군요. 자, 이젠 오른쪽으로, 이쪽으로, 이쪽으로, 제 방으로 가시지요. 이 열차를 타실 생각은 마세요. 떠밀려 죽을 겁니다. 선생님께는 근거리 지방 열차를 하나 준비하겠습니다. 우리가 직접 편성하는데, 곧 될 겁니다. 다만 열차에 올라탈 때까지는 누구에게도 말을 해서는 안 됩니다! 만약 소문이라도 나면 열차를 연결하기도 전에 사방에 퍼질 테니까요. 오늘 밤 그걸 타고 가다가 수히니치에서 갈아타시면 될 겁니다."

13

준비된 비밀 열차가 차고 뒤에서 정거장으로 후진해 들어오자, 풀밭에 있던 사람들이 천천히 움직이는 열차의 손잡이 쪽으로 한꺼번에 몰려들었다. 사람들은 언덕배기에서 콩처럼 대굴대굴 굴러 제방으로 뛰어올랐다. 서로 밀고 밀리면서 몇몇 사람들은 완충기와 발판 위로 껑충 뛰어올라 왔고, 일부 사람들은 창문과 차량 지붕 위로 기어오르기도 했다. 열차가 아직 움직이고 있는 동안에 이미 열차 안은 사람들로 가득 찼고, 열차가 플랫폼에 닿았을 때는 발 디딜 틈도 없이 사람들이 들어차, 맨 꼭대기에서 아래까지 승객들이 잔뜩 매달려 있었다.

의사는 기적적으로 플랫폼 안으로 밀고 들어간 다음, 도저히 말로 설명할 수 없는 방법으로 겨우 객차 통로로 들어갔다.

그는 통로 바닥에 놓인 자신의 짐짝 위에 걸터앉아 그대로 수히니치까지 계속 갔다.

이미 오래전에 비를 머금은 먹구름은 흩어졌다. 타는 듯한 햇빛이 쏟아지는 들판을 따라 한쪽 끝에서 다른 쪽 끝까지 쉴 새 없이 울어 대는 귀뚜라미 소리가 열차 달리는 소리를 묻어 버렸다.

창가에 선 승객들 때문에 다른 사람들에겐 빛이 닿지 않았다. 그들의 그림자가 바닥으로, 의자로, 칸막이벽으로 두 겹, 세 겹 길게 드리워졌다. 객실 안은 그림자들조차 발 디딜 틈이 없어, 반대편 창문을 지나 밖으로 내몰린 그림자들이 달리는 열차의 그림자와 함께 반대편의 비탈진 노반 위를 도망치듯 달려갔다.

사람들이 주변에서 떠들어 대기도 하고, 큰 소리로 노래를 부르거나 욕지거리를 하는가 하면, 카드놀이를 하기도 했다. 열차가 정거장에 정차할 때면, 밖에서 열차를 기다리던 사람들의 소음과 열차 안의 소음이 한 덩어리가 되곤 했다. 끝도 없이 계속되는 떠들썩한 소리가 바다의 폭풍우처럼 귀를 먹먹하게 했다. 그러다가 열차가 멈추면, 바다 위에서처럼, 갑자기 형언할 수 없는 적막에 휩싸이곤 했다. 그러고 나면, 열차를 따라 부리나케 걷는 발소리, 화물차에서 나는 떠들썩한 소리와 말다툼 소리, 멀리서 전송하는 사람들의 소리, 그리고 정거장 앞마당에서 나직하게 암탉이 꼬꼬댁거리는 소리와 나무들의 술렁이는 소리가 다시 들려오곤 했다.

그 순간, 유리 안드레예비치는 여행 중에 받은 전보처럼, 멜류제예프에서 보내는 인사처럼, 분명 익숙한 향기가 창가에서 풍겨 오는 것을 느꼈다. 향기는 보통 들꽃이나 화단의 꽃들보다 더 높은 어느 한쪽에서 은은하고 고혹적으로 풍겨 왔다.

의사는 사람들이 가득 차 있어, 창문 쪽으로 다가갈 수가 없었다. 그는 직접 볼 수는 없었지만, 머릿속에서 나무들을 떠올렸다. 번잡한 철길에서 날아온 먼지를 뒤집어쓴 나무들은 밤처럼 두텁고, 작은 별처럼 희미하게 빛나는 꽃송이를 뿌려 놓은 듯 잎사귀가 달린 무성한 가지들을 열차 지붕 위로 가만히 뻗은 채, 아주 가까운 곳에 있는 것이 분명했다.

그 향기는 여행하는 내내 지속되었다. 어느 곳이나 사람들로 북새통을 이루고 있었다. 어디나 보리수가 꽃을 피우고 있었다.

사방으로 퍼진 향기가 북쪽을 향해 달리는 열차를 미리 앞질러 가는 것처럼 느껴졌다. 모든 대피역과 초소, 그리고 간이역에 이미 널리 퍼져서, 도착한 승객들마다 어디서나 들을 수 있게 된 소문처럼.

14

밤이 되어 수히니치에 도착하자, 전형적인 고분고분한 구식 짐꾼이 불도 없는 길로 의사를 데려가, 스케줄에도 없이, 지금 막 들어온 임시 열차의 이등칸 뒤쪽에 자리를 잡아 주었다.

짐꾼이 곁쇠로 뒷문을 열고 의사의 짐을 들여놓자마자, 곧바로 그들을 하차시키려는 차장과 실랑이가 붙었지만, 유리 안드레예비치가 사정하자, 난처해하던 차장은 바로 자취를 감췄다.

특수 임무를 띤 이 비밀 열차는 빠르게 달리다가, 경비대의 호위를 받으며 잠깐씩 정차만 할 뿐이었다. 객실 좌석은 텅 비어 있었다.

지바고가 올라탄 객실의 조그만 탁자 위에는 촛불이 촛농을 떨어뜨리며 타고 있었고, 반쯤 열어 놓은 창문에서 들어온 한 줄기 바람에 불꽃이 일렁이고 있었다.

촛불은 객실의 유일한 한 사람의 승객을 위한 것이었다. 그는 금발의 젊은이였는데, 긴 팔과 다리로 보아 키가 커 보였다. 그의 팔다리는 마치 잘못 붙은 접이용 물건의 부품처럼, 관절들이 가볍게 흔들거렸다. 젊은이는 창가의 좌석에 등을 기대고 편한 자세로 반쯤 누워 있었다. 그러다 지바고가 나타나자, 자세를 바로 고치고는 정중하게 일어나, 예의 바른 자세를 취했다.

그가 앉은 좌석 밑에, 마룻바닥을 닦는 걸레 같은 것이 보였다. 그런데 갑자기 좌석 밑에서 걸레의 한쪽 끝이 움직이는가 싶더니, 귀가 늘어진 사냥개 한 마리가 부스럭거리며 기어 나왔다. 개는 킁킁거리며 유리 안드레예비치를 쳐다보고는, 가늘고 긴 주인의 꼬인 다리처럼 다리를 유연하게 내디디며 객실 안을 여기저기 뛰어다니기 시작했다. 주인이 명령을 내리자, 개는 곧바로 좌석 밑으로 다시 기어 들어가, 예의 마루 닦는 구겨진 나사천 같은 모양으로 돌아갔다.

그제야 비로소 유리 안드레예비치는 상자에 들어 있는 총과 가죽 탄약 주머니, 총에 맞은 새들이 가득 들어 있는 가방이 객실 벽에 걸려 있는 것을 발견했다.

젊은이는 사냥꾼이었다.

그는 유난히 수다스러워 보였는데, 허물없는 웃음을 지으며 의사와 곧바로 대화를 나누었다. 대화를 하면서 그는 비유적으로가 아니라, 실제 의미로 계속 의사의 입을 주시했다.

젊은이는 높은 소리를 낼 때마다, 쇳소리 같은 가성이 나오는, 거북하고 높은 목청으로 말했다. 한 가지 더 이상한 점이 있었다면, 그는 분명 러시아인임에도 불구하고, 모음 하나를, 그러니까 '우у'를 아주 이상하게 발음한다는 것이었다. 그는 '우у'를 프랑스어의 '위ü'나 독일어의 '위ü'처럼 약하게 발음했다. 기이한 '우у' 음절을 매우 어렵게 발음했는데, 매우 긴장한 상태로 약간 쉿소리를 내며, 이 소리를 다른 나머지 음들보다 더 강하게 발음했다. 그의 이런 억양이 처음부터 유리 안드레예비치를 당황하게 만들었다.

"바로 어제 아침에 오리를 잡았습니다.*"

그는 매번 극도로 신경을 곤두세우며, 이 결함을 극복하려고 애를 쓰는 것 같았지만, 깜빡 잊어버리고 다시 발음이 잘못되곤 했다.

'이건 무슨 이유 때문일까?' 지바고는 이런 의문이 들었다. '어디선가 읽은 것 같아. 알 것도 같은데, 의사인 내가 그걸 알아야 하는데, 도무지 생각나지가 않는군. 언어장애를 일으키는 어떤 뇌 현상인 것 같아. 그러나 가냘프고 우는 듯한 소리가 너무 우스워서 참을 수가 없고, 진지하게 대화를 나누기가 어려워. 올라가서 자는 편이 낫겠어.'

의사는 그렇게 했다. 그가 상단의 침상에 눕자, 젊은이는 유리 안드레예비치에게 촛불이 자는 데 방해가 된다면 끄는

---

* 그는 '아침에'란 의미의 러시아어 у́тром(우트람)을 utrom(위트람)으로, '오리'를 뜻하는 утка(우트카)를 utok(위트카)로 발음하고 있다.

것이 어떻겠냐고 물었다. 유리 안드레예비치는 청년에게 고맙다며 동의했다. 청년이 불을 껐다. 객실 안이 이내 어두워졌다. 객실 안의 유리창은 반쯤 내려져 있었다.

"창문을 닫는 것이 어떨까요?" 유리 안드레예비치가 물었다. "도둑이 들지도 모르잖아요?"

청년은 아무 대답이 없었다. 유리 안드레예비치는 크게 되물었지만, 여전히 대답이 없었다.

그러자 유리 안드레예비치는 어느새 청년이 객실 밖으로 나가거나, 아니면 그새 잠이 들었을 리가 없지만 혹시 그런지 살펴보려고 성냥불을 켰다.

그러나 아니었다. 그는 그 자리에서 앉아 눈을 뜨고 의사를 쳐다보며 웃음을 지어 보였다.

성냥불이 꺼졌다. 유리 안드레예비치는 다시 불을 켜고, 불빛을 비추며 같은 질문을 세 번째 되풀이했다.

"원하는 대로 하십시오." 사냥꾼은 곧바로 대답했다. "저에겐 도둑이 훔쳐 갈 만한 물건이 전혀 없거든요. 그런데 저는 그냥 두는 것이 낫겠어요. 답답하거든요."

'이런 맙소사!' 지바고는 생각했다. '이상한 사람이야. 아마 밝은 곳에서만 말을 하는 사람인 것 같아. 그리고 지금은 아까처럼 전혀 실수도 하지 않고, 정확하게 발음을 하고 있는데! 정말 이해할 수가 없어!'

15

의사는 지난주에 있었던 일들과 출발하기 전에 느꼈던 흥분, 여행 준비, 그리고 이른 아침부터 열차를 타느라 녹초가 된 상태였다. 그는 편한 잠자리에 눕기만 하면 바로 곯아떨어질 것 같았다. 그러나 그렇지 않았다. 너무 피곤해서인지 오히려 잠을 이룰 수가 없었다. 새벽녘이 되어서야 겨우 잠이 들었다.

그의 머릿속에는 오랜 시간 동안 혼란한 생각들이, 사실대로 말하면, 끈덕지게 달라붙은 두 개의 실타래 같은 두 가지 생각이 얽혔다 풀렸다를 반복하고 있었다.

한 가지 생각은 토냐와 집, 그리고 예전의 소박한 생활에 관한 것이었다. 그 속의 삶에서는 아무리 사소한 것이라도 시적인 감흥이 느껴지고, 진실하고 순수한 느낌이 가득 차 있었다. 의사는 바로 이런 삶을 원했고, 이런 삶이 온전하게 유지되고 보존되기를 기대하며, 이 년이 훌쩍 넘은 이별 후에, 야간 급행열차를 타고 조바심을 내며 다시 그 삶을 향해 달리고 있는 것이었다.

혁명에 대한 믿음과 혁명을 숭배하는 것 역시 이 영역에 속했다. 이것은 중산계급이 받아들였던 혁명의 의미, 블로크를 숭배했고, 1905년 혁명에 참가한 아직 학생이었던 청년들이 받아들였던 혁명의 개념이었다.

익숙하고 친근한 이 영역에는 전쟁 전, 1912년과 1914년 사이의 러시아 사상과 러시아 예술에, 전 러시아와 지바고 개인의 운명에 나타났던 새로움의 특징과 약속, 징조 같은 것들도 포함되어 있었다.

이별 후에, 그가 다시 집으로 돌아가기를 원했듯, 전쟁 후에, 그는 그것들을 되살리고 유지시키는 환경으로 되돌아가고 싶었다.

한편 그의 머릿속을 차지하고 있는 다른 하나의 상념은 전혀 새로운 것이었다. 이전과는 전혀 다른 아주 새롭고 독특한 것, 그것은 그에게 완전히 낯설고, 예전부터 준비된 새로운 것이 아니라, 불가항력적으로, 부지불식간에, 어떤 충격에 의해, 급박한 현실적인 필연에 의해 생겨난 것이었다.

그 새로운 것은 전쟁, 전쟁의 유혈과 공포, 전쟁으로 인해 생긴 유민화流民化와 황폐화荒廢化였다. 또한 전쟁의 시련과 전쟁이 가르쳐 준 삶의 지혜 역시 그 새로운 것에 속했다. 그 외에도 전쟁이 우리를 데려갔던 그 먼 도시와 전쟁이 우리와 만나게 해준 사람들도 여기에 포함되었다. 또한 이 새로운 것에는 1905년의 대학생들의 이상적인 혁명이 아니라, 이 방면에 노련한 볼셰비키들에 의해 조종되며, 그 어떤 것으로도 설명할 수 없는, 지금 일어나는 유혈이 낭자한 군사혁명이었다.

이 새로운 영역에는 간호사 안티포바도 포함되었다. 그에게는 완벽하게 베일에 싸여 있었던 여자, 전쟁에 의해 전혀 낯선 곳에 던져졌으면서도, 어떤 원망도, 그 누구도 탓하는 법이 없고, 신세 한탄도 한 번 없이, 늘 신비로울 만큼 말이 없고, 그 침묵으로 인해 오히려 강해 보이는 그녀였다. 또 한 가지 새로운 점이라면 평생 가족과 친지들은 물론이고, 모든 사람들을 사랑으로 대하려고 노력했던 만큼의 혼신의 힘을 기울여, 그녀를 사랑하지 않으려고 애썼던 유리 안드레예비치의 진정한 노력이었다.

열차는 전속력으로 달렸다. 열린 창문으로 불어드는 맞바람이 유리 안드레예비치의 머리카락을 흩날리고 먼지투성이로 만들었다. 한낮의 정거장처럼 밤의 정거장 역시 사람들로 술렁거렸고, 보리수는 잎사귀들을 살랑거렸다.

밤의 어둠을 뚫고 이따금 짐마차와 이륜마차들이 덜커덩거리며 역으로 달려왔다. 마차 바퀴 소리와 사람들의 소리, 그리고 나무들이 바스락거리는 소리가 한데 뒤엉켰다.

그런 순간이면, 그냥 모든 것을 이해할 수 있을 것 같았다. 그 밤의 그림자들이 왜 술렁대며 서로 몸을 숙이는지, 졸음에 겨운 무거운 잎들을 겨우 달싹이며, 혀짤배기 꼬인 혀로 무슨 말을 속삭이는지, 유리 안드레예비치가 위층 침상에서 엎치락뒤치락하며 생각했던 것도 바로 그런 것들이었다. 러시아에 점점 확산되어 가는 소요와 혁명에 대한 소식, 비극적이고 고통스러운 혁명의 시간에 대한, 그리고 궁극적으로 거대한 결과를 만들어 낼 혁명에 대한 소식.

16

의사는 다음 날 늦게 잠에서 깼다. 열한 시가 넘었다. '마르키즈, 마르키즈!' 동행하던 청년이 목소리를 낮춰, 끙끙거리는 개를 어르고 있었다. 유리 안드레예비치는 그동안 여전히 객실에 자신과 사냥꾼 외에는 아무도 탄 사람이 없다는 사실에 놀랐다. 지나가는 역의 이름도 어려서부터 익숙했던 것들이었다. 열차는 칼루가* 지대를 지나 모스크바 지대 중앙을 달리고 있었다.

전쟁 전의 양식으로 꾸며진 화장실에 가서 간단하게 세수를 마친 의사가 객실로 돌아왔을 때, 기이한 그 동행인은 아침식사를 마련해 두었다. 유리 안드레예비치는 그때서야 그를 좀 더 자세히 관찰할 수 있었다.

이 인물의 매우 두드러지는 특징은, 몹시 수다스럽고 잠시도 가만히 있지 않는다는 것이었다. 정체불명의 그는 계속 말을 하고 싶어 했는데, 그에게 중요한 것은 생각을 교환하고 대화를 하고 싶어 한다기보다는, 말하는 행위 자체, 단어들을 발음하고, 소리를 내고 싶어 한다는 생각이 들었다. 그는 말을 할 때, 용수철 위에 앉은 것처럼, 소파에서 몸을 들썩거렸고, 귀가 멍멍해지도록 이유 없이 웃음을 터뜨리는가 하면,

---

* 모스크바에서 남서쪽으로 170킬로미터 지점에 있는 오카강 상류 연안 지역의 주(州) 지대.

만족스러운 듯 재빠르게 손바닥을 비비기도 했으며, 기쁨을 표현하는 데 좀 부족하다 싶으면, 눈물이 날 때까지 웃어젖히며, 손바닥으로 무릎을 치곤 했다.

대화는 어젯밤과 같이 이상하게 재개되었다. 이 미지의 인물은 놀라우리만치 두서가 없었다. 그는 아무도 강요한 적이 없는데 자신의 비밀을 고백하는가 하면, 문제될 것이 없는 질문에도 아무런 대답을 하지 않고, 모른 척하기도 했다.

그는 자기 신상에 대해 이런저런 사실을 털어놓았지만, 뭔가 모호하고 모순된 이야기들이었다. 유감스럽지만, 그는 과장하는 것 같았다. 그는 극단적인 자기 견해를 통해서, 일반적인 통념을 부정하는, 모종의 효과를 노리는 것이 분명했다.

이 모든 것이 이전에 친숙했던 무언가를 상기시켰다. 바로 그러한 급진적 사고를 드러낸 사람들이 지난 세기의 허무주의자들이었고, 도스토옙스키의 몇몇 주인공들에서 이어지다가, 바로 최근의 그의 직계 자손들, 말하자면 러시아의 지방 인텔리들, 수도에서는 낡고 시대에 뒤떨어졌지만, 변방에서는 잘 보존된 덕분에, 종종 도시보다 더 앞서 나갔던 부류였다.

청년은 자신이 어느 유명한 혁명가의 조카이며, 반대로 그의 부모는 절대 바뀌지 않을 반동으로, 그의 표현대로라면 야생 소들이라고 했다. 그의 가문은 전선에서 가까운 곳에 훌륭한 영지를 소유하고 있었는데, 그곳에서 자랐다고 했다. 그의 부모는 평생 그의 삼촌을 원수로 여겼지만, 삼촌은 원한을

품지 않고, 지금은 자신의 영향력을 발휘해 불미스러운 일이 있으면 해결해 준다고 했다.

삼촌의 이념에 동조한다는 이 수다쟁이는 자신을 인생과 정치, 그리고 예술의 모든 면에서 극단적인 과격주의자라고 했다. 그 이야기는 좌익 사상이라고도 할 수 없는, 타락하고 허풍이나 떨고 다니는 페텐카 베르호벤스키*를 연상시켰다. 유리 안드레예비치가 '이제는 자기가 미래파라고 하겠군.' 했는데, 정말 그들의 화제가 미래파로 옮겨 갔다.** '아마 조금 있으면 스포츠에 대해 말하기 시작할 거야. 경마나 스케이트 선수에 대해서, 아니면 프랑스 격투기에 대해 이야기할걸.' 하고 짐작했는데, 짐작한 대로 대화가 사냥으로 넘어갔다.

청년은 고향에 살 때부터 사냥을 했으며, 자신을 대단한 명사수로, 군 입대를 불가능하게 한 신체적 결함만 없었더라면, 전쟁에서 사격 솜씨로 유명했을 거라고 자랑했다.

그는 의아해하는 지바고의 시선에 소리를 내질렀다.

"왜요? 정말 아무 눈치도 못 채셨어요? 저는 당신이 저의 장애를 벌써 눈치챘을 거라고 생각했는데요."

---

* 페텐카 베르호벤스키는 도스토옙스키의 『악령』(1872)에 나오는 주인공으로 젊은 급진적 조직가이자 이론가이고, 신비주의자이다. 그는 허풍쟁이 선동가의 전형이기도 하다.
** 러시아 미래주의는 이탈리아 작가 F. T. 마리네티(1876~1944)가 1908년에 『미래주의 선언』에서 밝힌 이념을 수용한 일련의 러시아 시인들과 예술가들을 말한다. 1912년 다비드 브률리크, 벨리미흐 흘레브니코프, 알렉세이 크루체이느히, 블라디미르 마야콥스키 등을 중심으로 결성된 미래파는 기존의 전통적인 예술 규범과 가치를 거부하고 '대중의 취향에 따귀를 때려라.'라는 기치를 내걸고 예술 활동을 했다. 초기에 혁명을 지지했다.

그는 주머니에서 두 장의 카드를 꺼내 유리 안드레예비치에게 내밀었다. 한 장은 명함이었다. 그는 두 개의 성姓을 갖고 있었다. 막심 아리스타르호비치 클린초프-포고레프시흐라고 했는데, 그는 지바고에게 포고레프시흐라고 불리는 자기 삼촌의 명예를 기리는 의미로 포고레프시흐로 불러 달라고 부탁했다.

다른 카드에는 네모난 표에 여러 가지 모양의 두 손과 손가락이 그려져 있었다. 그것은 수화 철자였다. 그제야 모든 것이 분명해졌다.

포고레프시흐는 가르트만이나 오스트그라드스키 학교의 놀라운 재능을 가진 청각장애 학생으로, 귀가 아니라, 눈으로 교사의 목 근육의 움직임을 보고, 그것을 흉내 내서 말을 배우고, 같은 방식으로 상대방의 말을 알아듣는 보기 힘든 능력을 가지고 있었다.

그때, 의사는 그의 출생지와 그가 사냥했다는 지방을 머리에 떠올리며, 질문을 던졌다.

"실례지만, 굳이 대답하지 않아도 되는데, 당신은 즈이부시노 공화국의 설립과 무슨 관계가 있습니까?"

"그걸 어떻게…… 실례지만, 블라제이코를 아시나요……? 관계가 있습니다, 있고말고요! 물론 있습니다." 포고레프시흐는 반가워하며 웃음을 터뜨렸고, 이리저리 온몸을 흔들며 무릎을 쳤다. 그러고는 다시 믿기 힘든 이야기가 흘러나왔다.

포고레프시흐의 말에 따르면, 그에게 블라제이코는 구실에 불과하고, 즈이부시노는 그의 이상을 실현하는 기반이라고 했다. 유리 안드레예비치는 그의 말을 이해하기가 어려웠다. 포고레프시흐의 철학은 절반은 무정부주의 원칙과 다른 절반은 순전히 사냥꾼의 거짓말이 어우러진 것이었다.

포고레프시흐는 예언자 같은 침착한 어조로, 머지않아 가공할 소동이 일어날 거라고 말했다. 내심 유리 안드레예비치도 그것을 피할 수 없을 것이라는 사실에는 동의했지만, 이 불쾌한 풋내기가 태연하고 젠체하는 태도로 예언자연하는 것에 화가 났다.

"잠깐, 잠깐만요." 의사가 조심스레 반박했다. "물론 그 모든 일이 실제 일어날 수도 있습니다. 그러나 내 생각에는 혼돈과 붕괴에 처한 상태에서, 몰려오는 적을 앞에 두고, 우리가 그런 위험한 실험을 할 때는 아닌 것 같습니다. 또 다른 혼란이 닥치기 전에, 우리나라는 지금의 이 혼란을 진정시켜야 합니다. 비록 상대적이긴 하지만, 어떤 종류의 평화와 질서가 정착될 때까지 기다려야 합니다."

"그것은 순진한 생각입니다." 포고레프시흐가 말했다. "당신이 붕괴라고 한 것은, 당신들이 그토록 찬양하고 애호하는 질서처럼, 아주 정상적인 현상입니다. 이런 파괴는 더욱 거대한 창조 계획의 합법적이고 전제적인 일부분입니다. 우리 사회는 아직 충분히 붕괴되지 않았습니다. 우리 사회는 산산이 부서

저야 하며, 그런 다음에, 진정한 혁명 정부가 전혀 다른 기반 위에서 점차 사회를 구축할 수 있게 해야 합니다."

유리 안드레예비치는 불쾌한 기분이 들었다. 그는 복도로 나왔다.

열차는 속력을 더하며 모스크바 근교를 지나고 있었다. 차창 밖으로 교외의 별장들과 울창한 자작나무 숲이 끝없이 다가왔다 스쳐 지나가곤 했다. 남녀 여름 피서객들이 서 있는 지붕 없는 좁다란 플랫폼이 빠르게 스쳐 갔다. 플랫폼 위의 피서객들은 열차가 일으키는 먼지구름 속으로 사라지며, 회전목마를 타듯 빙글빙글 돌았다. 열차는 계속 기적 소리를 울리며 달려갔고, 기다란 관을 지나가듯, 기적 소리는 텅 빈, 공허한 숲의 메아리가 되어 멀리 퍼져 나갔다.

유리 안드레예비치는 문득 지난 며칠 만에 처음으로, 자신이 어디에 있는지, 무슨 일이 일어났는지, 한두 시간 지난 후에는 무엇을 만나게 될지, 아주 분명하게 의식하게 되었다.

삼 년 동안 일어난 변화, 불확실성, 이동, 전쟁, 혁명, 쇼크, 포화, 파멸의 현장, 죽음의 광경, 다리 폭파, 파괴, 화재—이 모든 것들이 갑자기 알맹이를 상실한 거대하고 텅 빈 공간으로 변했다. 오랜 단절 후에 겪게 된 진정한 첫 사건은, 현기증이 나게 빨리 달리는 열차를 타고 집으로, 온전하게 아직 세상에 존재하고 있으며, 조약돌 하나하나까지도 소중한 집으로 가까이 다가가고 있다는 사실이었다. 바로 그것이 인생이고,

경험이며, 탐험가들이 찾아 헤매던 것이고, 예술이 추구하는 가치인 귀향, 회귀, 존재의 회복이었다.

숲이 끝났다. 열차는 활엽수 오솔길을 뒤로하고 탁 트인 곳으로 나왔다. 비탈진 들판은 골짜기에서 높아지다가 작은 구릉을 이루며 멀리 사라졌다. 들판은 세로줄로 나 있는 짙푸른 감자 이랑으로 완전히 덮여 있었다. 감자밭이 끝나는 들판의 정상에는 온실에서 떨어져 나온 유리 틀들이 바닥에 놓여 있었다. 들판의 맞은편, 달리는 열차의 꼬리 뒤쪽으로 먹자색 구름이 하늘을 절반이나 뒤덮고 있었다. 구름 뒤에서 새어 나오는 햇살이 바퀴처럼 사방으로 퍼져 나가다가 온실 유리창에 부딪히며 눈부신 반사광을 만들어 내고 있었다.

갑자기 먹구름 속에서 굵은 빗방울의 여우비가 햇빛에 반짝이며 비스듬히 떨어져 내렸다. 빗방울은 열차를 놓칠까 봐 두렵다는 듯, 바퀴를 덜컹이며 천둥 치듯 달려가는 열차와 같은 속도로 빠르게 떨어지고 있었다.

의사가 방심하는 사이, 언덕 위에 구세주 그리스도 사원이 나타났고, 바로 뒤를 이어 돔과 지붕과 도시의 굴뚝들이 드러났다.

"모스크바예요." 그는 객실로 돌아와 말했다. "채비를 해야겠어요."

포고레프시흐는 벌떡 일어나더니, 사냥 자루를 뒤적여, 그 안에서 큼직한 오리를 꺼냈다.

"받으세요." 그가 말했다. "기념입니다. 하루 종일 아주 유쾌하게 보냈으니까요."

의사가 아무리 사양해도 그는 막무가내였다.

"그러면 좋습니다." 그는 하는 수 없이 받아들였다. "제 아내에게 주는 선물로 생각하고 받지요."

"아내에게! 아내에게! 아내에게 주는 선물." 포고레프시흐는 즐거워하며, 그런 말을 처음 들어 보는 것처럼, 반복하더니 온몸을 흔들며 웃어 댔다. 그러자 마르키즈도 뛰어나와 주인과 함께 즐거워했다.

열차가 플랫폼에 닿았다. 객실 안은 밤처럼 어둑해졌다. 귀먹은 포고레프시흐는 의사에게 무언가가 인쇄된 포스터를 찢어 낸 종이에 들오리를 싸서 내밀었다.

제6장

모스크바의 야영지

1

여행 내내 좁은 객실에 꼼짝 않고 앉아 있다 보니, 열차만 움직이고 시간은 정지된 것 같아, 아직 한낮이려니 생각했다.

그러나 마부가 의사와 짐을 싣고, 스몰렌스키 광장에 운집한 수많은 군중들 사이를 가까스로 뚫고 천천히 움직이기 시작했을 때는 이미 날이 어두워지고 있었다.

실제로 그랬는지, 아니면 나중에 겪게 된 경험들이 당시의 의사의 느낌에 더해져서인지는 알 수 없지만, 당시 시장에는 많은 사람들이 습관적으로 모여 있었던 것 같은 기억이 남아 있었다. 하지만 실상은 당시에 사람들이 시장에 모여 있을 아무 이유가 없었다. 이미 그 시기에는 텅 빈 상점들에 셔터가 내려지고, 자물쇠까지 채워져 있었던 데다가, 더러운 쓰레기들과 치우지 않은 오물들로 가득 찬 불결한 시장에서 사고팔 물건이 아무것도 없었기 때문이다.

그리고 이미 그때도 고상한 차림새에 구부정한 할머니와 할아버지들이 보도 위에서, 어색해하며, 말없이 서 있다가, 지나가는 사람들에게 무언가를 내밀며 팔고 있었던 것 같았다. 아무도 사려 하지 않고, 아무에게도 필요 없는 조화나, 유리 뚜껑, 휘파람 소리가 나는 주둥이가 달린 둥근 모양의 알코올

커피 주전자나 검은 망사로 된 무도회 드레스, 그리고 폐지된 관청의 제복 같은 것들이었다.

반대로 평범한 사람들은 더 긴요한 물건들을 팔고 있었다. 이미 딱딱하게 굳은 배급 받은 흑빵 껍질, 더럽고 눅눅한 설탕 부스러기, 포장지째 절반으로 잘린 2온스 살담배 봉지들 등이었다.

알 수 없는 온갖 잡동사니들이 시장에 돌아다녔고, 이 사람 저 사람 손을 거칠 때마다 값이 올랐다.

마부는 광장에 인접한 어느 골목길로 들어섰다. 저물어 가는 해가 그들의 등 뒤로 넘어가고 있었다. 앞에는 짐마차꾼이 덜컹거리는 빈 짐마차를 몰고 있었다. 마차는 석양빛을 받아 구릿빛으로 타오르는 먼지기둥을 일으키며 달렸다.

그들은 마침내 앞서가던 짐마차를 앞질렀다. 속도가 빨라졌다. 의사는 건물들과 담벼락에서 찢긴 오래된 신문 조각들과 벽보 조각들이 골목길과 대로변 여기저기 나뒹구는 것을 보고 깜짝 놀랐다. 바람이 그것들을 한쪽으로 몰아가면, 말발굽과 수레바퀴, 그리고 오가는 사람들의 발길이 그것들을 다른 쪽으로 밀어내곤 했다.

몇 개의 건널목을 지나자, 두 갈래의 길모퉁이에 그의 집이 나타났다. 마부가 마차를 멈췄다.

마차에서 내려 현관으로 다가가 초인종을 누르는 동안, 유리 안드레예비치는 가슴이 방망이질치며 숨이 막힐 것 같았다. 아무 대답이 없었다. 유리 안드레예비치는 다시 초인종을 눌렀다. 그래도 아무 대답이 없자, 초조해진 그는 다급하게 초인종을 눌렀다. 네 번째로 초인종을 눌렀을 때에야, 안에서 빗장이 열리더니, 고리가 풀리는 소리가 들리고, 현관문이 열림과 동시에 옆에서 손을 뻗어 문을 잡고 서 있던 안토니나 알렉산드로브나가 눈에 들어왔다. 너무 뜻밖의 일이라, 두 사람 모두 처음에는 멍하니 서서, 뭐라고 소리쳤는지 귀에 들리지도 않았다. 그러나 안토니나 알렉산드로브나가 손으로 잡고 있던 문을 활짝 열어젖힌 것은 어느 정도는 환영의 의미였기에, 그들은 멍한 상태에서 벗어나 정신없이 서로의 목을 얼싸안았다. 시간이 좀 지난 뒤, 그들은 동시에 서로 질세라 입을 열었다.

"우선, 모두들 괜찮소?"

"네, 그래요. 걱정할 것 없어요. 모두 다 괜찮아요. 당신에게 바보 같은 편지를 보냈어요. 미안해요. 하지만 나중에 다시 이야기해요. 왜 전보를 치지 않았어요? 지금 마르켈이 당신의 짐을 옮길 거예요. 아까는 예고로브나가 문을 열지 않아 웬일인지 걱정했죠? 예고로브나는 시골로 갔어요."

"그런데 당신은 몸이 여윈 것 같군. 하지만 정말 젊고 날씬해 보이는구려! 잠깐만! 마부에게 계산을 하고 오겠소."

"예고로브나는 밀가루를 구하러 갔어요. 다른 하인들은 모두 내보냈고요. 새로 온 뉴샤 하나만 남았는데, 당신은 모르실 거예요. 그 애가 사셴카를 돌보고 있어요. 그 외엔 아무도 없어요. 당신이 올 거라는 이야기를 이미 해두어서 모두들 애타게 기다리고 있었어요. 고르돈, 두도로프, 모두 다요."

"사셴카는 어떻소?"

"다행히 아무 문제도 없어요. 지금 막 잠에서 깼어요. 당신이 여행에서 방금 돌아왔으니, 지금 당장 그 애를 보러 갈 수는 없겠네요."

"아버님은 집에 계시오?"

"편지 못 받으셨나요? 아침부터 밤늦게까지 시 의회에 나가 계세요. 의장이세요. 상상이 돼요? 마부에게 삯을 줬어요? 마르켈! 마르켈!"

그들이 트렁크와 가방을 들고 골목 한가운데서 길을 막고 서 있었기 때문에, 지나가던 사람들이 그들을 빙 돌아가며 머리에서 발끝까지 그들을 훑어보고, 다음에 일어날 일에 호기심을 보이며, 떠나는 마차와 활짝 열린 현관을 힐끔힐끔 쳐다보았다.

그 사이 마르켈은 벌써 젊은 주인들을 향해 문에서 내달렸다. 그는 사라사 루바시카 위에 조끼를 입고 손에 경비원 모자를 든 채, 달리면서 소리쳤다.

"하늘이 도우셨군요. 유로치카 나리님 맞지요? 정말이군요! 확실히 우리 꼬마 독수리 맞군요! 유리 안드레예비치! 우리의 희망이신 당신이 우리의 기도를 잊지 않고, 고향으로 돌아오셨어요! 뭐 필요한 것 없으십니까? 이것들 봐요? 여기 무슨 구경났어요?" 그는 호기심 많은 구경꾼들에게 호통을 쳤다. "가던 길이나 가세요. 이 양반들아. 눈알 빠지겠어요!"

"잘 있었나, 마르켈? 자, 한번 안아 보세. 모자를 쓰게. 무슨 새로운 좋은 소식이 없나? 자네 아내와 딸들도 잘 있나?"

"무슨 일이 있을 턱이 있겠습니까. 아이들도 잘 자라고 있어요. 하나님이 살펴주셔서요. 뭐, 새로운 소식이라면, 나리께서 용감하게 싸우시는 동안, 보시다시피, 저희들도 가만히 있지는 않았습니다. 얼마나 혼란스럽고 난리 속인지, 악마도 놀랄 지경이죠. 뭐가 뭔지 아무것도 알 수가 없어요! 거리는 청소도 하지 않고, 집과 지붕도 손보지 않고, 뱃속은 사순절 때처럼 텅 비었죠. 토지 병합도, 전쟁 보상도 없었고요.*"

"마르켈, 유리 안드레예비치에게 흉 좀 봐야겠어요. 유로치카, 저 사람은 늘 저 모양이에요. 저 사람의 바보 같은 말을 견딜 수가 없어요. 아마 당신이 좋아할 줄 알고, 당신을 위해 그럴 거예요. 나름대로 꿍꿍이가 있어요. 마르켈, 그만둬요, 그만둬. 변명은 그만해요. 당신은 음흉한 사람이에요, 마르켈. 정신 차려요. 당신이 곡물 가게에서 살지는 않잖아요."

짐을 입구로 가져와 현관문을 쾅 닫고 나서, 마르켈이 나직

---

* 1918년 3월 3일 소비에트 정부가 독일, 오스트리아, 터키 등 그 동맹국들과 체결한 단독 강화조약이다. 이때 나온 쟁점 개념으로, 레온 트로츠키가 이끌던 러시아 협상가들은 폴란드, 발트해 연안, 벨로루시의 할양, 우크라이나의 독립 승인 등 러시아 영토의 병합과 전쟁 보상금 지급을 원하지 않았다. 그러나 레닌이 혁명 직후 소비에트 정권을 강화시키는 시간을 벌기 위하여 트로츠키, 부하린 등의 반대파를 누르고 조인하였으나 같은 해 11월, 독일혁명으로 폐기되었다.

하고 단호하게 말을 이었다.

"안토니나 알렉산드로브나는 화가 나 있어요. 직접 들으셨으니 아시겠지요. 항상 그래요. '마르켈, 자네는 속이 온통 시커먼 사람이야. 굴뚝 검댕처럼 새까맣다니까.' 하고 말한답니다. 요즘에는 또 '꼭 어린애 같지 뭐야.' 하기도 하고, '지금은 애완견이나 방 안에서 키우는 삽살개도 뭐가 뭔지 안다.'고 하시지요. 물론 뭐라고 할 수는 없지만, 다만 유로치카 나리, 믿을 수도 있고, 믿지 못할 수도 있지만, 아무튼 학식 있는 사람들만이 백사십 년 동안 돌 밑에 깔려 있던 책을, 미래의 프리메이슨을 발견했다는데, 지금 제 생각에는, 우리를 팔아 버렸습니다, 유로치카, 무슨 말인지 아시겠어요. 팔아 버렸죠, 반 카페이카도 아니고 반의 반 카페이카도 아니고, 코담배 한 줌도 안 받고 우리를 팔아넘기셨단 말입니다. 보세요, 안토니나 알렉산드로브나는 저에게 말도 못하게 하잖아요, 보이시죠? 또다시 나가라고 손짓을 하시네요."

"어떻게 가만둘 수가 있어요. 자, 됐어요. 짐을 마루에 내려놓고 물러가 있어요. 고마워요, 마르켈. 필요하면 유리 안드레예비치가 다시 부를 거예요."

2

"드디어 갔군요. 이제야 벗어났어요. 당신은 그의 말을 믿겠죠. 하지만 순전히 쇼에 불과해요. 다른 사람들 앞에서 바보처럼 굴지만, 만일의 경우를 대비해 몰래 칼을 갈고 있어요. 다만 저이는 아직 누구를 찌를지 결정하지 못했을 뿐이에요."

"너무 지나친 생각 아니오? 내가 보기에는 그냥 술에 취해 주사를 부리는 것으로 보이는데, 그 이상 아무것도 아닐 거야."

"당신은 언제 저이가 제정신일 때를 본 적 있어요? 알 게 뭐예요. 사셴카가 다시 잠들지 않았는지 모르겠네요. 혹시 열차 안에서 티푸스를 옮아온 건 아니죠? 몸에 이는 없어요?"

"그런 것 같지는 않소. 전쟁이 일어나기 전처럼 편안하게 왔소. 좀 씻긴 씻어야겠지? 대충이라도. 나중에 제대로 씻겠소. 아니, 당신 어디로 가는 거요? 왜 응접실로 지나가지 않지? 요즘엔 다른 곳으로 올라 다니는 거요?"

"아, 그렇군요! 당신은 아무것도 모르고 있겠군요. 아버지와 제가, 오래 고심한 끝에 아래층 일부를 농업 아카데미에 내주었어요. 그렇지 않으면, 겨울에 우리 힘으로 난방을 할 수가 없거든요. 이층만으로도 우리에겐 충분해요. 우리가 제안은 했지만, 아직 입주하지는 않았어요. 서책들과 식물채집 표본, 그리고 수집한 종자들만 갖다 놓았어요. 쥐가 들어오지 않아야 되는데. 어쨌든 곡물이니까요. 하지만 방을 깨끗이 치워 놓아 당분간 괜찮을 거예요. 지금은 이곳을 거주 구역이라고 불러요. 이쪽으로, 이쪽으로 오세요. 뭐가 뭔지 모르겠죠? 뒤쪽 계단으로 돌아가야 해요. 알겠어요? 제 뒤를 따라오세요.

제가 알려 줄게요."

"방을 내준 것은 매우 잘한 일이오. 내가 일하던 병원도 귀족의 저택이었다오. 수많은 방들이 끝도 없이 일렬로 연결되어 있고, 어떤 방의 마루는 쪽모이 세공으로 되어 있었소. 밤이면 커다란 나무통에 심어 놓은 종려나무가 침대 위로 유령처럼 손가락을 뻗곤 했지. 전선에서는 용감했던 부상병들도 놀라서 잠이 깨어 소리를 지르곤 했다오. 물론, 완전히 정상이 아닌 전쟁신경증을 앓는 환자들이긴 했지만 말이오. 결국 나무를 옮겨야 했다오. 내가 하고 싶은 말은, 풍족한 생활이 마냥 좋은 것만은 아니라는 것이오. 모두 쓸데없는 것들투성이지. 불필요한 가구들, 불필요한 많은 방들, 불필요한 예민한 감정들, 불필요한 표현들. 사람들에게 방을 내준 것은 매우 잘한 일이오. 그래도 아직 부족하오. 더 많이 내주어야 하오."

"그런데 당신 짐 꾸러미에서 불쑥 튀어나온 저건 뭐예요? 새 주둥이인데, 거위 머리군요. 정말 예쁘네요! 들오리군요! 어디서 났어요? 제 눈을 믿을 수가 없군요! 요즘 같은 때, 이런 건 흔하지 않아요!"

"열차 안에서 선물 받은 거요. 이야기가 길어지니 나중에 말하겠소. 어떻게 하면 좋겠소? 꺼내서 부엌에 갖다 놓을까?"

"네, 그래요. 당장 뉴샤에게 내려가 깃털을 뽑고 내장을 꺼내라고 해야겠어요. 사람들 말이 이번 겨울엔 굶어 죽거나, 얼어 죽거나, 온갖 무서운 일들이 일어날 거라고 하더군요."

"그렇소, 그런 소문이 퍼져 있었소. 방금 전 열차에서도 창밖을 보며 생각했다오. 가정의 평화와 일보다 더 소중한 것이 뭐겠소? 나머지 것들은 우리의 힘을 벗어나는 일이지. 사실 수많은 사람들이 불행에 직면한 것은 분명하오. 어떤 사람들은 남쪽이나 캅카스로 도망치려 하고, 어딘가 더 먼 곳으로 도피하려고 하지. 나는 물론 그런 일에 동의하지 않소. 성인 남자들은 이를 악물고 조국의 운명을 함께 지고 가야 해요. 나는 그래야 한다고 확신하오. 그러나 당신은 달라요. 난 재앙을 당하기 전에 당신을 핀란드 같은 안전한 곳으로 보내고 싶소만. 그런데 우리가 층계마다 이렇게 삼십 분씩 서 있으면 이층까지는 언제 다 올라가겠소?"

"잠깐만요. 제 이야기 좀 들어 보세요. 새로운 소식이 있어요. 이런! 깜빡 잊고 있었네요. 니콜라이 니콜라예비치가 왔어요."

"어떤 니콜라이 니콜라예비치 말이오?"

"콜랴 외삼촌 말이에요."

"토냐! 정말이오? 믿기지가 않소!"

"그러게 말예요. 스위스에서 오셨대요. 크루즈 여행으로 런던에 가셨었다고 했어요. 그 후에 핀란드를 거쳐 오셨대요."

"토냐! 농담 아니지? 외삼촌을 만났소? 지금은 어디 계시오? 당장 가서 만나 볼 수 없겠소?"

"정말 급하시군요. 지금 외삼촌은 시골에 있는 어느 지인의 별장에 가 계세요. 모레 돌아오시겠다고 하셨어요. 너무 변해서 당신이 실망할 거예요. 오시는 도중에 페테르부르크에 머물러 계셨다는데, 볼셰비키 편이 되셨더군요. 목이 쉬도록 아버지와 언쟁하셨어요. 그런데 왜 이렇게 우리가 한 걸음 옮길 때마다 멈춰 서 있죠? 가세요. 당신도 앞으로 좋을 일은 없고, 힘들고 위험하고 예측할 수 없는 일들이 기다리고 있다는 이야기는 들었겠죠?"

"나도 그럴 거라고 생각해요. 그렇지만 어떻게 하겠소. 헤쳐 나가야지. 모든 사람들에게 종말이 오는 것은 아니겠지. 다른 사람들처럼 우리도 지켜보도록 합시다."

"장작도, 물도, 전기도 없을 거라고 해요. 화폐도 폐지된다고 하고요. 보급도 끊기고요. 이런, 우리가 또 서 있네요. 가세요. 잠깐만요. 아르바트 거리의 철물점에 가면 쓸 만한 절제난로를 구할 수 있다고 해요. 신문지를 태워 간단한 음식을 만들 수가 있대요. 주소도 갖고 있어요. 다 팔리기 전에 사야겠어요."

"그래요. 삽시다. 토냐, 당신은 현명해요! 그런데 콜랴 외삼촌, 콜랴 외삼촌이라니! 당신도 생각해 보구려! 어떻게 내가 흥분하지 않을 수 있겠소?"

"저는 이런 계획을 세웠어요. 그러니까 이층의 한쪽을 치워, 아버지와 사샤, 또 뉴샤와 우리가 함께 지낼까 생각해요. 그러니까 방 두 개나 세 개가 연결된 이층 끝쪽 어딘가를 우리가 사용하고. 나머지는 모두 내주면 어떨까 생각 중이에요. 거리에 담장을 치듯, 칸막이를 치면 될 것 같아요. 철제 난로 하나를 중간방에 놓고, 환기창으로 연통을 연결해 놓고 거기서 빨래도 하고, 조리도 하고, 식사도 하고, 손님도 맞고, 모든 것을 한곳에서 하면 연료를 절약할 수 있고, 그렇게 하면 혹시 모르죠. 하나님이 겨울을 무사히 보내게 해주실지도요."

"모르다니? 우리는 반드시 겨울을 무사히 보낼 수 있을 것이오. 아무 문제없어요. 당신 생각이 매우 좋은 것 같소. 대단해. 그리고 이렇게 하면 어떻소? 당신의 계획을 축하하는 파티를 열기로 합시다. 내가 가져온 오리를 요리해서 새 집들이 잔치에 콜랴 외삼촌을 초대하는 거요."

"좋아요. 고르돈에게 술 좀 가져오라고 청해 볼게요. 그는 실험실 같은 곳에서 구할 수 있을 거예요. 자, 여기 보세요. 제가 말한 바로 그 방이에요. 제가 골랐어요. 어때요? 가방은 바닥에 놓고, 아래층에 내려가 트렁크를 가져오세요. 삼촌과 고르돈 외에도 이노켄티와 수라 실레진게르도 불러요. 괜찮죠? 당신 아직 우리 목욕탕이 어디에 있는지 잊어버리진 않았죠? 거기에 가서 어떤 소독약이든 좀 뿌려요. 전 사셴카 방에 가서 뉴샤를 아래층으로 내려보내고 준비되면, 당신을 부를게요."

3

모스크바에 온 그에게 중요한 뉴스는 어린 아들이었다. 유리 안드레예비치는 사셴카가 태어나자마자 소집되었던 터였다. 그는 아들에 대해 아는 것이 전혀 없었다.

소집 명령을 받고 출발하기 전날, 유리 안드레예비치는 토냐를 보러 병원으로 갔었다. 그때가 하필이면 갓난아기들에게 젖을 먹이는 시간이라 들어갈 수가 없었다.

그는 대기실에 앉아 기다렸다. 멀리 신생아실이 있는 복도에서 열 명도 넘는 신생아들이 한꺼번에 우는 소리가 들려왔다. 복도에서 오른쪽으로 꺾이는 곳에 분만실이 있었고, 그 옆에 산모실이 연결되어 있었다. 갓난아기들이 감기에 들지 않도록, 간호사들이 종종걸음을 치며, 쇼핑한 커다란 물건을 나르듯, 양쪽 팔에 아이들을 한 명씩 안고, 젖을 먹일 수 있게 산모들에게 데려다주었다.

아기들은 '응애, 응애' 하면서 우는 일이 자기 일이라는 듯이, 특별한 감정도 없이, 똑같은 톤으로 울어 댔다. 그 합창 소리 가운데 한 아이의 울음소리가 유난히 두드러지게 크게 들렸다. 그 아이 역시 아무 고통스러운 기색 없이 '응애, 응애' 하고 울었지만, 본능적이라기보다는, 어떤 음울한 적개심이 깊이 깔려 있는 것 같았다.

유리 안드레예비치는 이미 그때 장인을 기념하는 의미로

아들의 이름을 알렉산드르라고 부르기로 정했다. 유리 안드레예비치는 무슨 이유로 그때 유별나게 크게 들리던 울음소리가 자기 아들의 울음소리라고 상상했는지 알 수 없었지만, 미래의 성격과 운명이 담겨 있다고 하는 관상처럼 그 울음소리에 알렉산드르라는 이름이 갖고 있는 음색이 느껴진다고 생각했던 것이다.

유리 안드레예비치의 짐작은 틀리지 않았다. 나중에 밝혀진 것처럼, 그것은 바로 사셴카의 울음소리였다. 이것이 그가 아들에 대해 맨 처음 알게 된 사실이었다.

그 다음에 아들을 접하게 된 것은, 전선에 있는 그에게 보내온 편지 속에 동봉된 사진들에서였다. 사진에는 펼쳐진 담요 위에서 큼직한 머리에 입술을 꼭 오므린 쾌활하고 귀엽고 포동포동한 아이가 두 손을 위로 올리고, 오자형 다리를 하고 서 있었는데, 그 모습이 흡사 무릎을 구부리고 춤을 추고 있는 것처럼 보였다. 그때 아들의 나이가 만 한 살이 되어, 걸음마를 배울 때였다. 지금 아들은 만 두 살이 되어, 말을 배우기 시작하고 있었다.

유리 안드레예비치는 마룻바닥에서 트렁크를 들어 올려 끈을 풀고는, 창 옆에 있는 트럼프 테이블 위에 놓았다. 이 방이 전에는 무슨 용도로 사용되었는지, 의사는 전혀 기억이 나지 않았다. 아마도 토냐가 이 방에서 가구를 꺼냈거나, 새로 벽지를 바른 것 같았다.

의사는 트렁크를 열고 세면도구를 꺼냈다. 창문 바로 맞은 편에 높이 솟은 교회 첨탑 기둥 사이로 밝은 보름달이 떠 있었다. 달빛이 트렁크 안에 차곡차곡 쌓인 옷가지와 책들, 그리고 세면도구를 비추자, 방 안이 밝아지면서, 그제야 그 방이 어떤 방이었는지 생각났다.

이 방은 고인이 된 안나 이바노브나가 수납실로 사용하다가 비워 둔 방이었다. 그녀는 예전에 이곳에 부서진 책상이나 걸상, 필요 없는 옛날 서류들을 넣어 두곤 했다. 그곳에는 그녀의 족보도 있었고, 여름에는 겨울옷을 넣어 둔 트렁크들도 있었다. 고인이 살아 있을 때는 이 방의 구석구석에 천장까지 물건이 가득 차 있었고, 평소에는 출입이 금지되어 있었다. 그러나 큰 명절이 되면, 떼로 몰려온 아이들에게 이층에서 마음껏 뛰어놀도록 허락되었고, 이 방도 문이 열렸다. 이 방에서 아이들은 도둑잡기 놀이를 하며 책상 밑에 숨기도 했으며, 불탄 코르크로 얼굴을 칠하고, 가장무도회처럼 옷을 바꿔 입기도 했다.

한참 동안 의사는 옛일들을 회상하고 서 있다가, 아래층에 놓아둔 짐을 가지러 내려갔다.

소심하고 수줍음이 많은 뉴샤가 아래층에 있는 부엌 난로 앞에 앉아, 신문지를 펼쳐 놓고 오리털을 뜯고 있었다. 두 손에 무거운 짐을 들고 있는 유리 안드레예비치를 보자, 그녀는 양귀비꽃처럼 얼굴을 붉히며 앞치마의 털을 털고는 공손하게 인사를 하고 나서, 그를 돕겠다고 나섰다. 그러나 의사는 고맙지만 직접 들고 가겠다고 말하고, 위층으로 올라갔다.

그가 안나 이바노브나의 옛 수납실에 들어서자마자, 두 번째인지, 세 번째 방인지, 멀리서 아내가 부르는 소리가 들려왔다.

"유라, 들어오셔도 돼요!"

그는 사셴카에게 갔다.

지금 아이 방은 예전에 자신과 토냐가 공부방으로 쓰던 곳이었다. 작은 침대에 있는 아이는 사진에서 본 것만큼 예쁘지는 않았지만, 고인이 된 유리 안드레예비치의 어머니, 마리야 니콜라예브나 지바고를 놀랍도록 닮아서, 그녀가 죽은 후, 유리가 간직하고 있던 어떤 초상화보다 비슷했다.

"이분이 아빠야. 너의 아빠란다. 아빠에게 손을 줘 보렴." 안토니나 알렉산드로브나는 이렇게 말하며, 아버지가 좀 더 편하게 아이를 안고, 손을 잡게 하려고, 침대의 한쪽 그물을 아래로 내렸다.

사셴카는 턱수염이 덥수룩한 낯선 남자가 가까이 다가올 때까지 가만히 있다가, 안으려고 몸을 굽히자 깜짝 놀라 그를 밀치고, 벌떡 일어나 엄마의 웃옷을 붙잡고, 화를 내며 그의 얼굴을 때렸다. 사셴카는 자신의 거친 행동에 놀라서, 엄마의 품에 얼굴을 묻고, 어린아이처럼 눈물을 흘리며 계속 서럽게 울어 댔다.

"오, 오!" 안토니나 알렉산드로브나가 아이를 나무랐다. "사셴카, 그러면 안 돼. 아빠가 사샤를 나쁜 아이, 심술쟁이라고 생각하실 거야. 네가 뽀뽀를 해줘야지. 아빠에게 뽀뽀해 줘. 울지 마, 울면 안 돼. 왜 우는 거야? 바보처럼."

"그냥 놔둬요, 토냐." 의사가 말했다. "애를 귀찮게 하지 말고 내버려 둬요. 당신은 지금 괜한 추측을 하고 있어. 당신은 아이의 행동을 단순하게 생각하지 않고, 어떤 나쁜 징조일지도 모른다고 생각하겠지. 이것은 아무것도 아니야. 오히려 당연한 거야. 아이가 지금까지 나를 한 번도 본 적이 없잖소. 내일이면 익숙해질 거고, 아무 일도 없을 거요."

그러나 정작 본인은 풀이 죽어, 불길한 예감을 느끼며 방을 나갔다.

4

다음 며칠을 지내는 동안, 그는 자신이 얼마나 홀로 소외되어 있는지 알게 되었다. 그러나 아무도 탓할 수가 없었다. 자신이 원해서 그렇게 된 것이다.

이상하게도 동료들은 무기력해지고 활기를 잃어 갔다. 그 누구도 자신의 세계나 견해를 갖고 있지 않았다. 그들은 그의 기억 속에서 오히려 훨씬 더 생생하게 느껴졌다. 어쩌면 예전에 그가 그들을 과대평가했을지도 모를 일이었다.

유산층이 무산층의 희생을 담보로 전횡을 일삼고 특권을 누리던 구질서가 유지되는 동안은, 그리고 대다수의 사람들이 참고 견디는 동안에는, 아무렇지도 않게 소수의 사람들만이 누려 왔던 전횡과 무위도식의 권리를 진정한 개성과 독창성으로 인식했다!

그러나 일단 하층계급들이 들고일어나, 상층계급의 특권이 없어지자마자, 그들은 어찌나 빠르게 빛을 잃고, 흡사 그들에게 존재한 적도 없었다는 듯, 순식간에 독자적인 사고 능력을 상실하게 되었던가!

이제 유리 안드레예비치에게 미사여구와 가식적인 감탄을 표현하지 않고도, 가까이 지낼 수 있는 사람은 아내와 장인, 그리고 두세 명의 동료 의사들, 소박한 노동자들, 평범한 근로자들 몇 명뿐이었다.

그가 도착한 지 이삼 일 후에, 예정대로 오리와 술을 준비한 저녁 파티가 열렸다. 초대된 모든 사람은 그동안 이미 만나서, 처음 만나는 것은 아니었다.

당시는 굶주리던 시절이라, 기름진 오리는 보기 드문 사치였지만, 곁들일 빵을 구하지 못해, 모처럼의 호사스러운 요리가 의미가 없어져 버렸고, 오히려 거슬리기까지 했다.

고르돈은 약병에 독한 술을 담고, 단단히 마개를 닫아서 가져왔다. 술은 암거래에서 최고의 교환 수단이었다. 안토니나 알렉산드로브나는 묘안을 내어, 병을 손에서 내려놓지 않고, 필요할 때마다 조금씩 희석했기 때문에, 기분에 따라 어느 때는 너무 독하고, 어느 때는 너무 약했다. 일정하지 않은 도수는 일정한 도수의 알코올보다 훨씬 더 독하고 더 취하는 것 같았다. 그것 역시 짜증스러웠다.

가장 우울했던 것은 그 식사 모임이 당시의 상황과 맞지 않는다는 사실이었다. 바로 그 시간에, 길 건너 다른 집들이 그들과 똑같이 먹고 마신다고는 생각할 수 없었기 때문이었다. 창밖엔 어둡고 배고픈 침묵의 모스크바가 있었다. 상점들은 텅텅 비고, 오리와 보드카 따위는 상상조차 할 수 없었다.

진정한 삶이란 주변 사람들과 똑같이 생활하고, 그 생활 속에 자연스럽게 어울리는 것이며, 홀로 누리는 행복이란 행복이 될 수 없으며, 어쩌면 그 도시에서 유일한 것일지도 모르는 오리와 술은 이미 오리도 술도 아닌 것이다. 그것이 가장 가슴 아픈 사실이었다.

손님들 역시 유쾌한 기분을 가질 수 없었다. 고르돈은 진지하게 사고하며, 감상적이고 두서없이 말할 때는 좋은 사람이었다. 유리 안드레예비치의 가장 가까운 친구이기도 했다. 학교에서도 모두들 그를 좋아했다.

그러나 지금 그는 자신을 혐오하며, 도덕적인 모습으로 변하려고 했지만, 잘 되지 않았다. 그는 유쾌하고 명랑한 척, 항상 위트 있는 척, 자주 '정말 유쾌해.' '정말 재미있어.'라는 말들을 즐겨 썼지만, 그런 것들은 한 번도 인생을 유흥으로 생각하지 않았던 그의 사전에서 나올 수 있는 어휘들이 아니었던 것이다.

두도르프가 도착하기 전에, 재미 삼아, 친구들 사이에 떠도는 두도로프의 결혼 사연을 그가 이야기해 주었다. 유리 안드레예비치가 모르는 이야기였다.

두도로프는 일 년 정도 결혼 생활을 한 다음, 아내와 헤어졌다고 했다. 거짓말 같은 그 사건은 이랬다.

두도르프는 착오로 인해 징집되었다. 그것이 실수였다는 것이 판명될 때까지 그는 복무를 했고, 그 와중에 부주의한 성격과 길에서 상관에게 경례를 하지 않았다는 이유로 벌을 받은 일도 있었다. 그 때문에 그는 군대를 나온 후에도, 오랫동안 장교만 보면, 손이 저절로 올라간다든가, 항상 주변을 살피곤 했고, 어디를 가든 견장이 눈에 어른거리곤 했다.

당시 그는 모든 일에 서툴러, 이런저런 실책과 실수를 저지르곤 했다. 한번은 그가 볼가강 선착장에서 같은 배를 기다리던 두 자매를 만났다. 그는 주변에 수많은 군인들이 있는 데다, 군 시절의 경례의 후유증으로 정신이 멍해진 탓이었는지, 잘 생각해 보지도 않고, 한순간에 사랑에 빠져, 자매 중 동생에게 무작정 청혼을 했다. "재미있지, 안 그래?" 하고 고르돈이 물었다. 그 순간 이야기를 멈춰야 했다. 문밖에서 사건의 주인공의 목소리가 들렸던 것이다. 두도로프가 방으로 들어왔다.

두도로프는 전혀 다른 측면으로 변했다. 예전에 그는 변덕스럽고 무분별하고 경박한 사람이었는데, 지금은 진지한 학자가 되어 있었다.

그는 학창 시절, 정치적 망명 조직 사건에 가담했다는 이유로 학교에서 쫓겨났다. 한동안 여러 예술학교를 떠돌다가 마지막에는 그리스 로마 고전이라는 강가에 이르게 되었다. 두도로프는 친구들보다 늦은 전시 중에 대학을 졸업하고, 러시아사와 세계사의 두 분과에 남게 되었다. 처음에 그는 이반 대제의 토지 정책에 대한 논문을 썼고, 그 다음에는 생-쥐스트*에 대한 연구서를 저술하기도 했다.

지금 그는, 감기라도 걸린 듯 낮은 목소리로, 눈을 치켜뜨거나 내리깔지도 않고, 꿈을 꾸듯, 한쪽만 지그시 응시하며, 강의를 하듯, 모든 것을 진지하게 설명하고 있었다.

저녁 모임이 끝나 갈 무렵, 수라 실레진게르가 갑자기 치돌어와 비난을 해대자, 그렇지 않아도 흥분해 있던 사람들이 일제히 고함을 질러 댔고, 어려서부터 유리 안드레예비치와 친구였으면서도, 항상 존대를 하던 이노켄티**가 몇 번이나 이렇게 물었다.

"『전쟁과 평화』와 마야콥스키의 『등뼈-플루트』*** 읽어 보셨

---

* 루이스 데 생-쥐스트(1767~1794)는 로베스피에르와 함께 프랑스 자코뱅당의 독재와 공포정치를 확립하는 데 힘썼고, 빈농에게 토지를 무상 분배할 것을 주장했다.
** 애칭이 니카였던 두도로프의 이름.
*** 『전쟁과 평화』, 『등뼈-플루트』, 그리고 다음에 나오는 『인간』은 블라디미르 마야콥스키 (1893~1930)가 전쟁과 혁명기에 펴낸 시집의 제목들이다. 파스테르나크는 이 초기 작품들과 시인을 매우 높이 평가했다.

어요?"

유리 안드레예비치는 이 작품들에 대한 자신의 견해를 그에게 말했지만, 두도로프는 떠들썩한 소란에 듣지 못하고, 잠시 후에 다시 물었다.

"『등뼈-플루트』와 『인간』을 읽어 보셨어요?"

"이노켄티, 벌써 대답했네. 내 말을 못 들은 건 자네 잘못이야. 뭐, 좋아. 다시 말하지. 나는 항상 마야콥스키를 좋아했네. 그는 어떤 부분에서는 도스토옙스키의 후계자라고 할 수 있어. 더 정확히 말하면, 이폴리트, 라스콜리니코프, 혹은 『미성년』의 주인공 같은 도스토옙스키의 반항적인 젊은이들* 가운데 누군가가 쓴 서정시라고도 할 수 있을 정도니까. 그는 모든 것을 흡수하는 놀라운 재능을 가지지 않았나! 얼마나 단호하고 직설적이고 솔직한가! 그리고 무엇보다 더 중요한 것은 그가 용맹하고 단호한 기세로 기존 사회를, 더 나아가 우주를 정면으로 후려치고 있다는 점일세!"

그러나 이날 모임의 주요 인물은 당연히 콜랴 외삼촌이었다. 안토니나 알렉산드로브나가 니콜라이 니콜라예비치가 별장에 가 있다고 했던 것은 잘못 알고 있었던 것이다. 그는 조카가 도착한 날 돌아와, 시내에 머물고 있었다. 유리 안드레예

---

* 이폴리트는 도스토옙스키의 『백치』에 나오는 폐결핵 환자이자 반항아이고, 라스콜리니코프는 동 저자의 『죄와 벌』의 주인공이며, 아르카디 돌고루키는 『미성년』의 내레이터이자 주인공이다. 그들은 모두 젊은 인텔리들이자 무신론자들이다.

비치는 이미 두세 번 그를 만났고, 대화도 실컷 하고 웃고 떠들며 서로 상대방에 감탄하기도 했다.

그들은 흐릿하고 우울한 어느 저녁 무렵에 처음으로 만났다. 가랑비가 먼지처럼 가늘고 촉촉하게 내리고 있었다. 유리 안드레예비치는 니콜라이 니콜라예비치가 묵고 있는 호텔로 갔다. 그때는 이미 시 당국의 긴급 요청이 있을 때에만 호텔에 머물 수 있었다. 그러나 니콜라이 니콜라예비치는 잘 알려진 인물이었고, 예전의 인맥도 아직 여전했다.

호텔은 직원들이 버리고 달아난 정신병동 같은 느낌이 들었다. 층계와 복도는 텅 비어 있었고, 뒤죽박죽인 데다 무슨 일이 일어날지 모를 상황이었다.

어질러진 호텔 방의 커다란 창문 밖에는 아무도 없는 커다란 광장이 보였다. 호텔 창문 아래 실제 존재하는 것이 아니라, 꿈속에서 본 듯한, 그 당시의 광기 어린 어떤 섬뜩함이 느껴지는 광장이었다.

그날의 만남은 잊을 수 없을 만큼 놀랍고 깊은 의미가 있는 만남이었다. 어린 시절의 우상이자, 소년 시절의 그의 영혼을 지배했던 인물이 생생한 모습으로 그의 눈앞에 다시 나타난 것이다.

니콜라이 니콜라예비치는 백발이 잘 어울렸다. 헐렁한 외국 양복도 잘 어울렸다. 그는 나이에 비해 매우 젊어 보였고 또 미남이었다.

물론 그도 주변에서 일어난 엄청난 사건들로 많은 것을 잃었다. 많은 사건들이 그를 덮쳤다. 하지만 유리 안드레예비치는 그를 그런 잣대로 재려고 생각하지는 않았다.

그는 니콜라이 니콜라예비치가 정치 문제에 대해 말할 때 보이는 냉담하고 조소적인 어조에 놀랐다. 그는 자신을 통제하는 능력에 있어서 현재 러시아 사람들보다 훨씬 뛰어났다. 바로 이런 부분이 그가 외국에서 도착한 지 얼마 되지 않았다는 것을 말해 주는지도 몰랐다. 이런 특성은 눈에 거슬렸고, 시대에 뒤떨어지고, 어색한 느낌을 주었다.

아아, 그러나 그들이 만난 처음 몇 시간 동안은 이런 것들이 아닌, 전혀 다른 것들로 흥분해 있었다. 그들은 서로 목을 껴안고, 울음을 터뜨리기도 했고, 흥분으로 숨이 막혀, 빠르고 격정적인 그들의 대화가 도중에 자꾸 끊어지기도 했다.

창조적인 두 사람이었지만, 혈연으로 맺어진 만남이었기에, 서로 옛 추억을 떠올리고 지난 일을 되살리며, 그들이 헤어져 있었던 동안 일어났던 상황을 피상적으로 언급하기도 했지만, 창조적 성향의 인물들이 갖는 주요 관심사가 화제에 오르자, 외삼촌이니 조카니, 연령의 차이니 하는 문제는 금방 사라지고, 두 사람 사이에는 오직 본성과 본성, 에너지와 에너지, 근원과 근원의 유사성이라는 하나의 관계만이 남았다.

지난 십 년 동안 니콜라이 니콜라예비치는 그 순간만큼 시의적절하고 자기 생각에 충실하게 학술의 가치와 창조적 사명의 본질에 대해 말한 적이 없었다. 유리 안드레예비치는 지금의 논의에서처럼 핵심을 정확하게 찌르는 매혹적이고 고무적인 답변을 들은 적이 없었다.

두 사람은 서로 간의 추측이 딱 맞아떨어졌다는 사실에 머리를 감싸 쥐고 계속 탄성을 질렀다가, 빠르게 방 안을 서성이기도 했고, 창으로 다가가 서로 정확하게 이해했다는 사실에 감격하며 말없이 손가락으로 유리창을 두드리기도 했다.

그랬던 그들의 첫 만남과는 달리, 나중에, 의사가 보통 다른 사람들과 함께 있는 니콜라이 니콜라예비치를 몇 번 더 만났을 때는, 그가 전혀 다른 사람으로 변해 알아보기가 힘들었다.

그는 자신을 모스크바에 온 손님으로 여겼고, 계속 그런 생각을 고수했다. 그가 페테르부르크를 자신의 집으로 생각하는지, 아니면 다른 어떤 곳을 집으로 생각하는지조차 분명하지 않았다. 정치적 웅변가와 매력적인 사교계 인물로서의 역할에 그는 고무되어 있었다. 어쩌면 그는, 파리협정 전의 마담 롤랑*의 집에서와 같은 정치 살롱이 모스크바에도 생길 거라고 상상했을지 모를 일이었다.

---

* 롤랑 부인(1754~1793) 혹은 마담 롤랑으로 불렸던 그녀는 프랑스대혁명 당시, 지롱드당의 내무부 장관이었던 롤랑의 부인이었고, 프랑스 작가이자 프랑스혁명 지도자였다. 뛰어난 미모와 지성 그리고 교양을 겸비했으며, 그녀를 중심으로 파리에서 정치 토론 모임이 만들어져, 많은 유명 인사들이 여기에 참여했다. 1793년 11월 8일, 39세의 젊은 나이에 자코뱅당의 공포정치의 희생양이 되었다.

그는 여자 친구들을 방문하거나, 즐겨 손님들을 초대하며 조용한 모스크바의 뒷골목에 살고 있는 부인들을 방문하곤 했고, 그녀들과 그 남편들이 결단성이 없이 주저주저하며, 모든 문제를 우물 안 개구리처럼 판단한다고 살짝 비웃곤 했다. 그리고 예전에 아포크리파 책이나 오르페우스* 텍스트들을 읽는다고 과시했던 것처럼, 지금은 시사에 밝은 것을 과시하고 다녔다.

그에 대한 소문도 돌았는데, 스위스에 젊은 새 애인이 있으며, 마무리 짓지 못한 일들과 아직 끝내지 못한 저술을 남겨 두었기 때문에, 조국의 격렬한 소용돌이 속에 잠깐 몸을 담갔다가, 다행히 나중에 무사히 나올 수 있게 되면, 알프스로 날아갈 것이며, 더 이상 그를 볼 수 없을 것이라는 이야기였다.

그는 볼셰비키를 지지했고, 그와 같은 견해를 가진 좌파 사회주의 혁명가 두 명의 이름**을 자주 언급하곤 했다. 그중 한명은 미로시카 포모르라는 가명으로 글을 쓰는 기자이고, 다른 한 명은 출판인인 실비야 코테리였다.

알렉산드르 알렉산드로비치는 그를 못마땅하게 여기고 비

---

* 오르페우스는 고대 그리스신화에 나오는 음유시인이며, 리라의 명수로, 그의 노래와 리라 연주는 초목과 짐승들까지 감동시켰다고 전해진다. 그의 아내 에우리디케가 뱀에 물려 죽게 되자, 저승으로 내려가 음악을 연주해 저승의 신들을 감동시켜 다시 지상으로 데려가도 좋다는 허락을 받았지만, 지상의 빛을 보기 전에는 절대 뒤를 돌아보지 말라는 경고를 지키지 못해 결국 아내를 데려오지 못하고 비탄에 잠겨 지내다 비참한 죽음을 맞았다. 이런 오르페우스를 창시자로 하여 디오니소스를 숭배하는 밀교를 말한다.
** 여기서는 사회주의 혁명당의 두 명의 좌파 인사를 말하며, 그 당시에는 통상 필명을 썼는데, 그 필명이 일치하지는 않는다.

난했다.

"니콜라이 니콜라예비치! 당신이 어디에 빠졌는지 아시오? 정말 무서운 일이오. 당신의 그 미로시카 부류들 말이오. 완전 시궁창이오! 그리고 리지야 포코리는 어떻고."

"코테리요." 니콜라이 니콜라예비치가 정정해 주었다. "그리고 실비야입니다."

"어쨌든 다 매한가지요. 포코리든 포푸리든, 이름이 문제가 아니잖소."

"하지만 아무튼 잘못되었어요. 코테리니까요." 니콜라이 니콜라예비치도 자기주장을 굽히지 않았다. 그는 알렉산드르 일렉산드로비치와 이런 대화를 나누곤 했다.

"지금 우리가 무슨 언쟁을 하는 겁니까? 그런 사실을 따지고 있다는 것이 부끄러울 뿐이오. 이것은 아주 기본적인 겁니다. 수 세기 동안 대부분의 민중들은 상상할 수도 없는 삶을 살아왔어요. 아무 역사책이나 한번 보세요. 명칭이 무엇이든 간에, 봉건제든 농노제든, 혹은 자본주의든 대량생산이든, 이 모든 제도들은 오래전부터 부자연스럽고 부적절한 것으로 밝혀졌고, 이미 오래전부터 준비되어 온 대변혁이 앞으로 민중들에게 서광을 비추어 주고, 모든 것을 제자리에 돌려놓으려는 참이오.

당신도 알다시피, 지금 이 상황에서 묵은 체제를 부분적으로 손보는 건 아무 의미도 없어요. 완전히 붕괴되어야 합니다.

그 체제의 붕괴가 전체 건물의 붕괴를 동반할지도 모르지요. 하지만 무슨 상관이겠소? 그것이 무서워, 그 일을 막아야겠소? 이것은 시간문제일 뿐이오. 이것이 논쟁거리가 됩니까?"

"에, 사실 그런 이야기가 아닙니다. 제가 그런 이야기를 했나요? 제가 무슨 이야기를 했는데요?" 알렉산드르 알렉산드로비치는 화를 냈고, 논쟁은 험악해졌다.

"당신의 그 포푸리와 미로시카 같은 부류는 양심이 없는 자들입니다. 말과 행동이 달라요. 그리고 거기에 무슨 논리가 있어요? 아무것도 맞지 않아요. 아니, 잠깐만요, 당신한테 지금 당장 보여 줄 것이 있어요."

그는 반대 의견이 실린 어떤 잡지를 찾느라, 책상 서랍을 열었다 닫았다 소란을 피웠고, 그렇게 수선을 피움으로써, 자기 이야기에 설득력을 부여하려고 했다.

알렉산드르 알렉산드로비치는 이야기 도중에 무엇이든 방해물이 끼어들기를 바랐는데, 방해물이 그가 말을 우물거리며 '으음', 혹은 '어어' 하며 말이 끊어지는 것을 정당화시켜 주기 때문이었다. 그가 말이 많아지는 때는, 잃은 물건을 찾을 때, 예를 들어, 어두운 현관에서 덧신의 나머지 한 짝을 찾을 때라든가, 아니면 어깨에 수건을 걸치고 욕실 문턱에 서 있을 때, 혹은 식탁에서 무거운 접시를 건네줄 때, 그리고 손님들의 잔에 포도주를 따라 줄 때였다.

유리 안드레예비치는 장인의 이야기를 기분 좋게 듣고 있었다. 고양이가 가르릉거리는 소리처럼, 목젖을 울리는 부드러운 목소리로 노래하는 듯한, 그로메코 집안의 귀에 익은 옛날 모스크바 발음을 그는 매우 좋아했다.

콧수염을 짧게 자른 알렉산드르 알렉산드로비치의 윗입술은 아랫입술 위에 살짝 튀어나와 있었다. 그것은 마치 그의 가슴팍에 툭 튀어나온 나비넥타이와 비슷했다. 그 입술과 나비넥타이 사이에 존재하는 모종의 이 공통점은 알렉산드르 알렉산드로비치에게 남을 감동시키는 어린아이 같은 솔직한 인상을 풍기게 해주었다.

밤이 늦어, 손님들이 막 떠나기 직전에 수라 실레진게르가 나타났다. 그녀는 무슨 모임에 들렀다가 곧장 오던 길이어서 재킷 차림에 노동자 모자를 그대로 쓰고 있었다. 그녀는 활기차게 방으로 들어와, 모든 사람들과 차례로 악수를 하며, 한바탕 비난을 하고 불평을 늘어놓았다.

"잘 있었니, 토냐? 안녕하세요, 사네츠카.* 모두들 너무하셨어요. 여기저기서 그가 돌아왔다는 소식이 들리고, 모스크바 전체에 그 이야기가 퍼졌는데도, 저한테는 지금까지 귀뜸조차 안 해주었군요. 모두들 정말 너무하셨어요. 여러분에게 제가 그만한 가치가 없는 거죠. 그건 그렇고, 오랫동안 고대하던 그는 지금 어디 있어요? 좀 지나갈게요. 모두가 벽처럼 그

---

* 알렉산드르의 애칭.

이를 둘러싸고 있군요. 아, 안녕하세요! 정말 잘됐어요, 잘됐어요. 당신 책을 읽었어요. 아무것도 이해할 수는 없었지만, 정말 천재적이에요. 그건 바로 알 수 있죠. 안녕하세요, 니콜라이 니콜라예비치? 유로치카, 좀 있다 봐. 특별히 중요한 할 이야기가 있거든. 안녕들 하세요, 젊은 양반들? 아, 너도 여기 있었구나, 고고치카? 거위야, 거위야, 꽥 꽥 꽥, 배고프니, 그래, 그래, 그래?"

마지막 언급은 그로메코 집안의 먼 친척인 얼간이 고고치카에게 한 말로, 그는 새로운 세력이 등장하면 무조건 열렬히 숭배하는 데다, 바보 같고 우스꽝스러워, 거위로 불리기도 했고, 큰 키에 비쩍 말라서 포충증이라고 불리기도 했다.

"모두들 여기서 먹고 마시고들 계시는군요? 저도 곧 합류할게요. 오, 여러분, 여러분. 여러분들은 전혀 모르실 거예요. 전혀 짐작도 못하실 테죠! 세상이 어떻게 돌아가고 있는지 말예요! 무슨 일들이 일어나고 있는지 말예요! 책에서가 아닌, 진짜 노동자, 진짜 군인들, 진짜 하층민의 모임에 한번 가보세요. 전쟁이 최후의 승리에 이르게 되리라는 것을 짐작할 수 있을 거예요. 그곳에서 그들이 여러분들에게 승리를 담보해줄 겁니다!* 나는 지금 막 어떤 수병의 말을 듣고 왔어요! 유로치카, 너도 놀랄 거야! 얼마나 열정적이었는지! 그리고 얼마

---

* 이월혁명 이후 독일과의 전쟁을 계속하겠다고 맹세한 케렌스키와 임시정부의 표어.

나 완벽한지 몰라!"

사람들이 수라 실레진게르의 말을 가로막았다. 모두들 소리를 질렀다. 그녀는 유리 안드레예비치에게 가까이 다가앉아 그의 손을 잡아 얼굴에 바짝 갖다 대고는, 다른 사람들의 소리보다 더 크게 들리도록 높낮이도 없이, 나팔을 불듯 소리쳤다.

"유로치카, 언제 한번 나와 같이 가자. 너에게 소개해 줄 사람들이 있어. 알다시피 너는 반드시, 반드시 안테우스*처럼 땅에 발을 디디고 서야 한다. 왜 눈을 휘둥그레 뜨는 거니? 내 말에 놀랐니? 내가 늙은 군마이자, 예전의 베스투제프** 졸업생이라는 걸 모르나 보구나, 유로치카, 나는 감옥에도 가고 바리케이드를 치고 싸우기도 했다. 물론이야! 어떻게 생각하니? 아, 우리는 민중을 알지 못했어! 지금 막 그 무리들과 함께 있다가 왔어. 나는 그들에게 도서관을 만들어 줄 거다."

이미 그녀는 술을 마셔 취한 것이 분명했다. 유리 안드레예비치의 머리도 빙글빙글 돌았다. 그는 어떻게 수라 실레진게르가 방의 한쪽 구석에, 그리고 자신은 다른 쪽 구석의 식탁 끝에 있는지 알 수가 없었다. 그는 자신도 모르게 사람들 앞에 서서, 의도치 않게 연설을 하고 있었다. 청중들은 처음에는 관심을 갖지 않았다.

---

* 고대 그리스신화 속의 포세이돈의 아들로 땅을 디디면 힘이 나는 거인.
** 러시아의 역사가인 베스투제프 류민(1829~1897)이 1878년에 창설한, 페테르부르크의 좌익 학생이 많았던 여자대학.

"여러분…… 제가 하고 싶은 말은…… 미샤! 고고치카! 사람들이 듣지를 않으니, 토냐, 어떻게 하지? 여러분, 제가 두어 마디만 하도록 해주십시오. 전대미문의 미증유의 사건이 일어나고 있습니다. 그 일이 닥치기 전에 여러분께 드리고 싶은 말이 있습니다. 그런 일이 일어나더라도 신께서 우리를 서로 흩어지거나 정신을 잃지 않게 해주시기를 바랍니다. 고고치카, 만세는 나중에 외쳐. 아직 이야기가 끝나지 않았어. 자, 모두 말을 멈추고, 제 말을 잘 들어 주십시오.

전쟁이 삼 년째 접어든 지금, 조만간 전선과 후방의 경계가 무의미해지고, 각자에게 피바다가 밀려올 것이며, 피란자도, 참호 속에 숨은 자도, 모두 삼켜 버릴 것입니다. 그 홍수는 바로 혁명입니다.

혁명이 일어나면, 여러분은 전시 때와 같이, 삶이 중단되고, 모든 개인적인 삶이 종말을 고하고, 이 세상에는 오직 죽이고 죽는 일 외에는, 아무것도 남지 않을 거라고 생각될 것입니다. 그리고 만약 우리가 이 시대에 대한 기록이나 회상록이 나올 때까지 살아남아 그 회고록을 읽게 된다면, 다른 사람들이 한 세기 동안 겪는 일보다, 지금의 오 년, 혹은 십 년 동안에, 더 많은 일을 겪었다는 확신을 하게 될 것입니다.

민중들 스스로 봉기해 밀물처럼 나아갈지, 혹은 모든 것이 민중의 이름으로 이루어질지, 저는 모르겠습니다. 이 거대한 사건은 극적인 증명을 요구하지 않습니다. 증명할 필요도 없이, 확신할 수 있으니까요. 이 거대한 사건의 원인을 파헤치는 것은 의미 없는 일입니다. 그런 사건들은 원인이 없으니까요. 이것은 가정에서 일어나는 부부 싸움과 같은 원리로, 서로 머리카락을 잡아당기고 접시를 깬 후에는, 아무도 누가 먼저 시작했는지 따질 필요가 없는 것처럼 말입니다. 우주와 같이 진정 위대한 것은 시작이 없는 법입니다. 그것은 마치 항상 있어 왔거나 혹은 하늘에서 뚝 떨어진 것처럼 갑자기 나타납니다.

저 역시, 세상이 생겨난 이후, 러시아가 최초의 사회주의 왕국이 되도록 운명 지어졌다는 생각이 듭니다. 이런 일이 일어난다면, 우린 오랫동안 충격에 빠질 것이고, 설사 정신을 찾게 되더라도 상실된 기억은 되돌릴 수 없을 것입니다. 우리는 과거의 한 부분을 잊고, 전대미문의 사건에 대한 설명을 시도하지도 않을 겁니다. 새로 생겨난 체계기 지평선 위의 숲이나 머리 위의 구름처럼 익숙하게 우리를 둘러쌀 것입니다. 사방에서 우리를 에워쌀 것입니다. 다른 것은 아무것도 없습니다."

그는 몇 마디 더 했지만, 시간이 지나면서 술도 완전히 깼다. 예전처럼 그는 주위에서 하는 말을 잘못 알아들어 엉뚱한 대답을 하곤 했다. 그는 손님들이 모두 자신을 사랑한다는 것을 알고 있었지만, 슬픔을 떨칠 수가 없었고, 슬픔으로 제정신이 아니었다. 그가 입을 열었다.

"감사합니다. 감사합니다. 전 여러분의 마음을 압니다. 하지만 저는 그런 자격이 없습니다. 혹시라도 나중에, 더 많은 사랑을 줘야 할 그런 상황이 염려되어, 서둘러 미리 사랑을 주실 필요는 없습니다."

모두들 그의 말을 의도된 농담으로 여기고, 웃고 손뼉을 쳤지만, 그는 눈앞에 닥친 불행에 대한 예감과 선을 지향하고 행복을 가질 만한 능력이 있음에도, 앞으로 닥칠 일에 대해 완전히 무기력하다는 생각에 그저 막막한 마음뿐이었다.

손님들이 돌아갈 채비를 했다. 모두들 지쳐서 얼굴이 핼쑥해져 있었다. 하품을 하느라 턱이 열렸다 닫혔다 하는 그들의 얼굴이 말처럼 보였다.

작별 인사를 나누고, 창문의 커튼을 젖혔다. 창문을 열었다. 희뿌옇게 동이 트고 있었고, 습기를 머금은 하늘은 지저분하고 탁한 황갈색 구름으로 뒤덮여 있었다.

"우리가 수다를 떠는 동안 천둥이 친 모양이군." 누군가 말했다.

"여기 오는 도중에 비를 만났어요. 정신없이 달려왔어요." 수라 실레진게르가 맞장구를 쳤다.

아직 어둠이 가시지 않은 인적 없는 골목에서는 나무에서 떨어지는 빗방울 소리와 이에 질세라 비에 흠뻑 젖은 참새들의 짹짹거리는 소리가 들려왔다.

쟁기로 이랑을 갈듯 하늘을 온통 가로지르며, 천둥이 요란하게 울리고는 잠잠해졌다. 잠시 후에 천둥의 반향이 네 번 울려 퍼졌다. 그 소리가 마치 가을에 부드러운 흙 이랑에서 큼직한 감자를 삽으로 파서 던지는 소리 같았다.

천둥은 방 안에 가득 찼던 담배 연기를 깨끗이 쓸어 냈다. 갑자기 감전이라도 된 것처럼, 물, 공기, 기쁨의 추구, 땅과 하늘 등, 모든 생물체의 구성 성분들이 선명하게 감지되었다.

골목 안이 돌아가는 손님들의 목소리로 시끌벅적했다. 지금껏 집에서 토론하던 이야기를 길에 나와서도 계속 큰 소리로 이어 갔다. 소리는 점차 멀어지며 조용해지더니 이내 들리지 않았다.

"너무 늦었군." 유리 안드레예비치가 말했다. "자러 갑시다. 이 세상 모든 사람들 가운데 사랑하는 사람은 오직 당신과 아버님뿐이라오."

5

8월이 지나고 9월도 끝나고 있었다. 피할 수 없는 시간이 다가오고 있었다. 겨울이 가까워 오고, 인간 세계에도 겨울의 냉기 같은, 이미 예정된 사실이 공기 중에 퍼져 가며, 입에서 입으로 전해지고 있었다.

추위에 대비해 식량과 땔감을 준비해야 했다. 유물론이 한창인 때였지만, 물질이 관념으로 변해, 먹거리와 땔감이 식량 공급 문제와 연료 공급 문제로 대체되었다.

도시에 사는 사람들은 마치 어린아이처럼, 가까이 다가오는 미지의 대상 앞에 속수무책이었다. 이 미지의 대상은 본래 도시에서 태어났고, 도시 사람들이 만든 것이었지만, 이것이 한번 지나가면, 기존의 모든 질서가 파괴되고 폐허가 되곤 했다.

주변에는 온통 기만적이고 공허한 이야기들뿐이었다. 일상의 삶은 절름거리며 허우적대고 있었고, 엉거주춤 예전의 습관대로 어디론가 끌려가고 있었다. 그러나 의사는 삶을 똑바로 직시했다. 삶에 내려진 선고를 피할 수가 없었다. 자신과 주변 환경을 비극적 운명으로 받아들여야 했다. 시련이, 어쩌면 죽음이 닥쳐올 수도 있다. 그들에게 남아 있는 얼마 안 되는 날들이 눈앞에서 녹아 사라지는 중이었다.

그는 잡다한 일상사와 일거리, 그리고 근심거리들이 없었다면 미쳐 버렸을 것이다. 아내와 자식, 돈을 벌어야 한다는 의무감, 그러니까 본질적이면서 사소한 것들이, 일상적인 생활 습관과 직장과 환자들을 돌보는 일이 그를 구해 주었다.

그는 자신이 미래의 무시무시한 괴물 앞에 선, 미물에 불과하다는 사실을 알고 있었다. 그래서 그는 그것을 두려워했고, 한편으론 사랑했으며, 내심 자랑스럽기도 했다. 그는 작별을 앞에 둔 사람처럼, 구름과 나무들, 거리를 오가는 사람들, 불행을 잘 견뎌 내고 있는 거대한 러시아의 도시를 영감에 찬 갈망의 최후의 시선으로 바라보며, 조금이라도 그 모든 것들이 나아질 수만 있다면, 기꺼이 자신을 희생할 각오도 되어 있었다. 하지만 정작 할 수 있는 일은 아무것도 없었다.

그는 스타로코뉴센느이 거리의 모퉁이에 자리 잡고 있는 러시아 의사협회 부속 약국 근처에 있는 아르바트 거리를 가로질러 가다가, 인도 중간쯤에 서서 지나가는 사람들과 하늘을 자주 바라보곤 했다.

그는 예전에 근무하던 병원에 다시 근무하게 되었다. 성십자라는 이름의 단체는 해체되었지만, 병원은 아직 그 이름으로 불리고 있었다. 더 어울리는 이름을 생각해 내지 못한 것이다.

병원에서는 벌써 파벌이 나뉘어 있었다. 의사를 놀라게 할 만큼 우둔한 온건파들에게는 의사가 위험인물로 보였고, 정치적으로 진보적 견해를 가진 사람들에게는 아직 충분히 적화되지 않은 사람으로 치부되었다. 그렇게 그는 이쪽에도 저쪽에도 속하지 못한 채, 한쪽 해안에서는 멀어졌지만, 다른 쪽 해안엔 정박하지 못한 채 머물러 있었다.

원장은 그에게 병원에서의 직접적인 그의 업무 외에 일반적인 통계 업무도 맡겼다. 얼마나 많은 설문조사와 설문지와 서류를 살펴보았던가, 얼마나 많은 지시사항을 채워야 했던가! 사망률, 질병증가율, 직원들의 수입 상태와 그들의 시민의식 수준, 투표참여율 상황, 연료, 식량, 만성적인 의약품의 부족 상태 등, 중앙 통계국청이 관심을 가지고 있는 모든 것에 응해야만 했다.

의사는 외과 병동 창문가에 있던 자신의 옛 책상에 앉아,

그 모든 업무를 수행했다. 다양한 형태와 크기의 사무용지가 그의 책상 위의 한쪽에 쌓여 있었다. 그의 의료 행위에 관한 정기적인 기록 외에도, 틈이 날 때마다 그는 여기서 가끔 떠오른 인상적인 글들로 이루어진 '사람 놀이'라는 것을 쓰곤 했다. 이것은 절반이 넘는 사람들이 자아를 망각하고, 자신이 무슨 역할을 하는지도 모르고 있다는 인식에서 쓴 산문이나 시, 이런저런 잡다한 종류로 이루어진 우울한 일기, 혹은 그 시절의 기록이었다.

아침마다 서리가 내리고, 겨울 박새들과 까치들이 성글어진 숲속의 울긋불긋한 환한 빛 속으로 날아드는 성모승천제* 이후 날들을 특징짓는 황금빛 가을 햇살을 받아, 흰색 벽으로 환한 데다 햇볕이 잘 드는 의사실은 우윳빛으로 빛나고 있었다. 그즈음이면 하늘이 한없이 높고, 북쪽으로부터 냉기를 머금은 검푸른 공기가 하늘과 대지 사이의 투명한 대기층으로 밀려들곤 했다. 그 어느 때보다 세상 만물은 가까이 보이고 가깝게 들려왔다. 멀리 떨어진 곳에서 들리는 쩍쩍 얼어붙은 소리는 더 명료하고 또렷하게 들려왔다. 멀리 있는 풍경들이 우리의 먼 미래의 인생을 펼쳐 보여 주듯, 선명하게 보였다. 아주 빨리 사라지지 않았더라면, 순식간에 땅거미가 지는 짧은 가을날의 끝자락이 아니었더라면, 이 숨 막힐 듯한 광경을

---

* 구력으로 8월 15일이 성모승천제일이다. 신력으로는 8월 28일이다.

결코 견뎌 내지 못했으리라.

잘 익은 황금 사과처럼 즙이 많고 매끈하고 연한 가을빛이, 그토록 일찍 기울어 가는 그 빛이 의사실을 비추고 있었다.

의사는 책상 앞에 앉아, 펜에 잉크를 찍어 가며, 잠깐 생각에 잠겼다가 글을 쓰곤 했다. 이름 모를 새들이 가만히 의사실의 커다란 창문 옆 가까이를 날며, 방 안에 소리 없이 그림자를 드리웠다. 움직이는 의사의 손등 위를, 서류가 쌓인 책상 위를, 의사실 마루와 벽을 지나 소리 없이 그림자는 다시 사라졌다.

"단풍이 지는군." 해부실 주임이 들어오며 말했다. 한때 몸집이 좋은 사내였던 그는 지금은 살이 빠져 피부가 자루처럼 축 늘어져 있었다. "비가 퍼붓고 바람이 몰아쳐도 끄떡하지 않았는데, 하루아침 서리에 저렇게 되다니!"

의사는 고개를 들었다. 이제 보니, 창문 옆으로 날아가던 기이한 새들은, 포도주 색깔로 불타던 단풍잎들이었다. 나뭇잎들은 가볍게 날아올라 대기 속을 유영하다, 나무에서 멀리 떨어진 병원 잔디밭 위로 오그라든 오렌지빛 별이 되어 떨어졌다.

"창문 틈은 막았겠죠?" 해부실 주임이 물었다.

"아뇨." 유리 안드레예비치가 필기를 계속하며 대답했다.

"그래요? 막을 때가 됐잖아요."

필기를 하는 데 열중한 유리 안드레예비치는 아무 대꾸도 없었다.

"에이, 타라슈크가 없으니까……" 해부실 주임이 말을 이었다. "우리의 보물이었는데. 부츠도 고치고, 시계도 고치고, 뭐든지 했지요. 못하는 것이 없었다니까. 창틈을 막아야 할 때가 됐어요. 우리라도 해야겠어요."

"접합제가 없습니다."

"직접 만들어야죠. 제조 방법을 일러 줄게요." 해부실 주임은 올리브유와 분필로 접합제를 제조하는 법을 설명해 주었다. "이런, 당신에게 방해가 되는군요."

그는 다른 쪽 창문으로 다가가, 약병들과 표본들을 살펴보았다.

밤이 되었다. 잠시 후 그가 말했다.

"눈 버리겠어요. 어둡잖아요. 불이 들어오지 않아요. 퇴근합시다."

"아직 할 일이 좀 있어요. 한 이십 분쯤 더 걸릴 것 같은데요."

"그 사람 부인이 여기 병원 유모예요."

"누구의 부인 말입니까?"

"타라슈크의 부인 말이오."

"알고 있어요."

"그런데 그가 어디 있는지는 아무도 몰라요. 전국 방방곡곡을 돌고 있겠죠. 여름에 두 번 찾아온 적이 있어요. 병원에 들렀더군요. 지금은 시골 어딘가 있다고 했어요. 새로운 삶을 시작하려나 봐요. 그는 길거리나 열차에서 흔히 볼 수 있는 볼셰비키 병사들 중 한 명이죠. 결과를 알고 싶소? 타라슈크를 예로 들어 볼까요? 들어 보세요. 그는 무엇이든 만들 줄아는 기술자였죠. 무슨 일이든 못하는 게 없었어요. 무슨 일이든 척척 해냈으니까. 군대에서도 똑같았겠죠. 다른 기술처럼 전쟁 기술도 배우고. 명사수가 되었다죠. 남몰래 참호 속에서 연습을 했다더군요. 그의 눈과 손은 최고였으니까요! 그의 모든 훈장들은 그가 용맹해서가 아니라, 전투에서 사격이 백발백중이었기 때문이었어요. 그는 무슨 일이든 열정적이었죠. 군 복무도 좋아하게 되었어요. 총이 힘이라는 것, 그것을 이용할 수 있다는 것을 알았지요. 그는 자신이 그 힘이 되려고 했습니다. 총을 가진 사람, 그는 이미 단순한 사람이 아니었어요. 예전에는 이런 자들이 군인에서 강도로 변하곤 했었죠. 지금 그에게서 총을 빼앗으면 어떻게 될 것 같소. 그러면 순식간에 '총부리를 지배계급에게 돌려라.' 하고 외치지 않겠어요? 그렇게 그는 총부리를 겨누었어요. 바로 이것이 이야기의 전부예요. 이것이 마르크스주의의 모든 것이죠."

"더구나 인생 자체를 통해 나온 진정한 마르크시즘이지요. 당신은 어떻게 생각해요?"

해부실 주임은 가까운 창틀로 다가가 시험관을 살펴보았다. 잠시 후에 그가 물었다.

"난로 기술자는 어땠소?"

"소개해 줘서 고마웠습니다. 재미있는 사람이었어요. 한 시간가량 헤겔과 베네딕토 크로체*에 대한 이야기를 했어요."

"아마 그랬을 겁니다! 하이델베르크 대학의 철학 박사니 말이오. 그런데 난로는 어때요?"

"말 마세요."

"연기가 새던가요?"

"온 방에 가득 찹니다."

"연통을 잘못 뺀 모양이군요. 연통을 난로에 연결해야 하는데, 들창으로 뺀 모양이오."

"네, 네덜란드식 난로에 연결했어요. 그런데도 연기가 나요."

"그럼, 굴뚝을 찾지 못해 환기통으로 낸 것이 분명해요. 아니면 통기구이거나. 에이, 타라슈크가 없으니, 원! 견디는 수밖에 없지요. 모스크바도 하루아침에 세워진 것이 아니니까요. 난로를 피우는 것은 피아노를 치는 것과는 다르잖아요. 배워야 합니다. 장작은 구했어요?"

"어디서 그걸 구하겠습니까?"

"내가 교회 문지기를 보내 드리죠. 장작 도둑이거든요. 담장을 뜯어다가 연료로 쓰지요. 한 가지 일러둘 것은, 흥정을 잘해야 한다는 것이오. 바가지를 씌우니까요. 아니면 해충 소독하는 여자가 나을지도 모르겠군."

---

* 독일관념론 철학을 완성시킨 근세의 체계적·형이상학적 철학자인 게오르그 빌헬름 프리드리히 헤겔(1770~1831)과 그의 영향을 받은 이탈리아의 역사철학 주창자이자 신헤겔주의자였던 베네딕토 크로체(1866~1952).

그들은 관리실로 내려와 외투를 입고 거리로 나왔다.

"해충 소독하는 여자는 왜요?" 의사가 물었다. "우리 집에 빈대는 없는데요."

"빈대는 무슨? 나는 포마, 당신은 에레마 이야기를 하는 셈이오.* 빈대 이야기가 아니라, 땔감 이야기를 하고 있어요. 그 여자가 장사를 시작했어요. 장작 장사를 하려고 통나무 구조물이나 집들을 마구 사들이고 있거든요. 대단한 납품업자예요. 발 조심하세요. 아주 어두워요. 예전에는 눈을 감고도 이곳을 지나갈 수 있었는데. 돌 하나하나까지 알았으니까. 여기 토박이거든요. 그런데 이젠 담장들을 모두 허물어 놓아서, 낯선 곳에 온 것처럼 눈을 뜨고도 전혀 모르겠어요. 덕분에 어떤 골목들은 전망이 확 틔었어요! 관목 숲에는 앙피르 양식**의 작은 십들과 둥근 정원 탁자와 절반은 썩은 벤치들이 있어요. 언젠가 세 갈래로 길이 난 그곳의 공터를 지나간 적이 있었어요. 백 살도 더 되어 보이는 노파가 지팡이로 땅을 파헤치고 있었어요. 내가 물었죠. '할머니, 뭐 하세요? 낚시에 쓰려고 벌레라도 찾으시나요?' 물론, 농담이었소. 그런데 할머니는 정색을 하고는 '그게 아니오, 젊은이. 버섯이오.' 이렇게 대답하는 거예요. 정말, 도시가 숲이 되고 말았어요. 썩은 잎사귀

---

* 포마와 에레마는 러시아 민담에 나오는 쌍둥이 형제로 겉은 같아도 본질은 다르다는 의미로, 속담에서 두 사람이 서로 다른 대상을 이야기할 때 쓰는 말.

** 앙피르는 나폴레옹 시기의 '제1제정'이란 뜻의 근세 프랑스 장식 양식의 하나로 1830년 경까지 실내장식, 가구, 복장 등에서 유행했다.

냄새며, 버섯 냄새가 난다니까요."

"거기가 어딘지 알 것 같군요. 세레브라니와 몰차노프카 사이에 있는 곳이죠? 저도 그곳을 지날 때마다 뜻밖의 사건을 겪곤 했거든요. 거의 이십 년 동안이나 못 만났던 사람을 만난다든가, 무엇을 발견한다든가 했어요. 사람들 말로는 그곳에 강도가 나타난다고 하더군요. 그럴 만도 해요. 사방이 뚫려 있는 데다, 도둑 소굴이 아직 남아 있는 스몰렌스키 부근으로 가는 길에는 온통 철조망이 쳐져 있으니까요. 강도질을 하고 옷을 벗겨서는 순식간에 사라져 버리니, 들판에서 바람 찾기나 마찬가지죠."

"그런데도 가로등 불빛은 얼마나 어두운지 보세요. 괜히 멍든 가로등이라고 부르겠어요. 넘어지기 십상이죠."

6

사실, 그 장소에서 의사는 이상야릇한 일들을 겪었다. 10월 전투가 있기 얼마 전인 늦가을이었는데, 춥고 캄캄한 어느 날 밤에, 그곳 도로에서 의식을 잃고 쓰러져 있는 한 사람을 발견한 적이 있었다. 그는 두 손을 벌리고 두 다리는 도로에 걸친 채, 길가의 기둥에 머리를 기대고 쓰러져 있었다. 간간이 희미한 신음 소리를 냈다. 의사가 정신을 차리라며 흔들어 깨워서 큰 소리로 질문을 던지자, 그는 띄엄띄엄 분명치 않는 무슨 말인가를 중얼거리더니, 다시 잠시 의식을 잃었다. 머리가 깨져 피가 흘렀지만, 얼른 살펴보니, 뼈는 온전한 것 같았다. 분명히 그는 강도를 당한 듯했다. 그가 "지갑, 지갑." 하고 두어 번 중얼거렸던 것이다.

의사는 가까운 아르바트 거리에 있는 약국으로 가서, 전화로 성십자병원의 응급환자용 마차와 늙은 마부를 불러 병원으로 그를 옮겼다.

피해자는 저명한 정치가로 밝혀졌다. 의사는 그가 완치될 때까지 치료해 주었다. 나중에 의혹과 불신에 가득 찬 시기가 도래했을 때, 오랫동안 의사의 보호자 역할을 해주며, 수많은 의심을 피해 갈 수 있게 해주기도 했다.

7

일요일이었다. 의사는 비번이었다. 그는 출근할 필요가 없었다. 가족들은 안토니나 알렉산드로브나가 계획한 대로 시브체프 집의 방 세 개에서 겨울 날 준비를 마쳤다.

바람이 불고 눈구름이 낮게 떠 있는 춥고 아주 흐릿한 날이었다.

아침부터 불을 땠다. 연기가 나기 시작했다. 난로에 대해 아무것도 모르는 안토니나 알렉산드로브나는 불이 붙지 않는 축축한 장작과 씨름하는 뉴샤에게 어리석고 바보 같은 잔

소리를 해댔다. 방법을 알고 있는 의사가 그것을 보고 조언을 해주려 했지만, 그의 아내는 살며시 그의 어깨를 끌어당겨 방에서 내몰며 말했다.

"당신 방에 가 계세요. 그렇지 않아도 머리가 지끈거리고 정신이 없는데, 당신은 꼭 그럴 때 끼어드는 버릇이 있어요. 그것이 불에 기름을 붓는다는 걸 모르세요?"

"아하, 기름! 토네치카, 그거 아주 괜찮은데! 기름이 있으면 난로에 금방 불이 붙을 텐데. 기름이나 불이 없는 것이 문제군."

"농담할 때가 아니에요. 그런 말도 할 때가 따로 있죠."

불을 땔 수 없게 되어, 일요일의 하루 계획이 모두 허사가 되어 버렸다. 모두들 밤이 되기 전에 할 일을 다 끝내고, 밤에 쉬려고 했지만, 다 허사가 된 것이다. 점심식사도 늦어지고, 뜨거운 물로 머리를 감으려던 기대와 다른 이런저런 계획들이 모두 어그러졌다.

순식간에 방 안이 연기로 가득 차서, 숨쉬기도 힘들었다. 세찬 바람이 불더니, 방 뒤쪽으로 연기를 몰아갔다. 그쪽에는 동화 속의 깊은 소나무 숲에 나오는 도깨비 같은 검은 연기구름이 피어 있었다.

유리 안드레예비치는 모든 가족들을 옆방으로 피신시키고 들창문을 열었다. 난로 속에 있던 장작의 절반을 꺼내 한쪽으로 던져 놓고, 나머지 장작 사이에 조그만 막대기와 자작나무 부스러기를 집어넣었다.

들창문으로 신선한 공기가 들어왔다. 창문 커튼이 춤을 추며 위로 나부꼈다. 책상 위에 있던 종이 몇 장이 흩날렸다. 바람은 어딘가의 방문을 쾅 닫고는, 쥐를 쫓는 고양이처럼 온 구석을 돌아다니며 남은 연기를 내쫓았다.

불붙은 장작들이 확 타오르며 탁탁 소리를 냈다. 난로가 불꽃을 피우며 달아올랐다. 쇠로 된 난로의 몸뚱이가 결핵 환자의 발열 같은 시뻘건 얼룩들로 덮였다. 방에 가득 찼던 연기는 점점 옅어지다가 모두 사라졌다.

방 안이 훨씬 밝아졌다. 해부실 주임이 일러 준 대로 얼마 전에 유리 안드레예비치가 창틈을 발라 놓은 창문들이 삐걱거렸다. 창틈을 바르는 데 사용된 접착제의 들큰한 기름 냄새가 풍겨 왔다. 난로 옆에서 말라 가던 잘게 쪼갠 장작에서는 전나무 껍질의 탄내로 목을 매캐하게 하는 독한 냄새와 갓 베어 낸 신선한 사시나무의 싱그러운 향기가 풍겨 났다.

바로 그때, 들창문으로 밀려드는 바람처럼, 니콜라이 니콜라예비치가 황급히 방 안으로 들이닥치며 속보를 전해 주었다.

"시가전이 벌어졌어. 임시정부를 지지하는 사관생도들과 볼셰비키를 지지하는 수비대 사이에서 전투가 일어났어*. 가

---

* 1917년 이월혁명으로 수립된 임시정부의 케렌스키 수상과 볼셰비키 등 여러 당파의 분쟁이 생기고, 레닌이 주축이 된 볼셰비키 세력과 임시정부의 사관생도들과의 전투가 벌어졌다. 이후 볼셰비키 세력을 중심으로 시월혁명이 일어나고 소비에트 정권이 수립된다. 그 후부터 1922년에 걸쳐 볼셰비키 정권의 적군과 군주제를 옹호하는 세력, 자본주의 세력, 사회민주주의 세력의 연합군이 백군이 되고, 양 진영과는 독립적으로 남우크라이나의 흑군, 우크라이나의 녹군, 탐보프의 청군 등 다양한 세력 간의 내전이 발생했다.

는 곳마다 충돌이 벌어지는 중인데, 폭동의 본거지가 어딘지 일일이 셀 수도 없어. 여기까지 오는 도중에도 볼쇼이 드미트롭카 골목에서 한 번, 니키츠키 문에서 한 번, 두서너 번이나 혼이 났지. 지금은 곧장 갈 수 있는 길이 없어서, 돌아가야 해. 자, 유라! 옷을 입어라, 가보자. 이 전투는 꼭 봐야 해. 이것은 바로 역사야. 일생에 한 번 있을 일이라고."

그러나 정작 그는 두 시간가량 앉아 이야기를 계속하다가 함께 식사를 했다. 그가 집으로 돌아갈 준비를 하면서, 의사와 함께 나가려고 했을 때, 고르돈이 왔다고 알렸다. 그 역시, 니콜라이 니콜라예비치와 같은 소식을 가지고 뛰어들었다.

그동안 사태는 더 심각해져 있었다. 새로운 소식들이 덧붙여졌다. 고르돈은 점점 총격이 격화되고 빗나간 총탄에 행인들도 사망했다고 전했다. 그에 따르면, 통행이 전면 차단되었다는 것이다. 그는 골목길을 기적적으로 빠져나왔는데, 그의 등 바로 뒤에서, 돌아갈 길이 차단당했다고 했다.

니콜라이 니콜라예비치는 그의 말을 귀담아듣지 않고 거리로 나갔다가, 금세 되돌아왔다. 골목길마저 통제되었고, 그 옆으로 총알이 휙휙 날며, 골목길의 벽돌과 회벽들을 때리고 있다고 했다. 거리에는 사람의 그림자 하나 찾을 수 없었고, 통신도 모두 두절되었다.

사셴카는 지난 며칠 동안 감기를 앓고 있었다.

"어린애를 난로 근처에서 놀게 두면 안 된다고 내가 백 번은 이야기하지 않았소." 유리 안드레예비치가 화를 냈다. "더운 것은 추운 것보다 마흔 배는 더 나빠요."

사센카는 목도 좋지 않았고 열도 높았다. 그는 이상할 정도로 욕지기와 토사吐瀉에 초자연적이고 미신적인 공포감을 갖고 있었는데, 점점 더 이런 증상이 심해졌다.

사샤는 후두경을 든 유리 안드레예비치의 손을 밀치며, 목구멍을 보지 못하도록 입을 다물었고, 소리쳐 울다가 질식할 지경이었다. 아무리 달래고 위협해도 소용없었다. 갑자기 사센카가 무의식적으로 입을 크게 벌리고 기분 좋게 하품을 하자, 의사는 그 기회를 이용해, 재빨리 숟가락을 그의 입속에 넣어 혀를 누르고, 사센카의 붉은빛이 도는 목구멍과 부어 오른 편도선에 하얀 반점들이 난 것을 발견했다. 그것을 보자 유리 안드레에비치는 불안해졌다.

잠시 후, 의사는 같은 방법으로 날렵하게 손을 놀려, 사센카의 목에서 병원체를 채취했다. 알렉산드르 알렉산드로비치는 현미경을 가지고 있었다. 유리 안드레예비치는 그것을 가져와 우선 아쉬운 대로 직접 병원체를 살펴봤다. 다행히 디프테리아는 아니었다.

그러나 사흘째 밤, 사센카는 가성후두염 발작을 일으켰다. 고열에 호흡곤란을 겪었다. 아이를 고통에서 구해 줄 힘이 없는 유리 안드레예비치는 가엾은 아들을 바라볼 수가 없었다. 안토니나 알렉산드로브나는 아이가 죽어 가는 것처럼 느꼈다. 번갈아 아이를 안고 그들이 방을 왔다 갔다 하자, 조금 나아졌다.

아이에게 줄 우유와 탄산수, 혹은 소다수를 구해야 했다. 하지만 거리에서는 시가전이 한창이었다. 사격과 포격이 잠시도 멈추지 않았다. 유리 안드레예비치가 생명의 위험을 무릅쓰고, 전투 지역을 가로질러 가본다 한들, 불길 너머에서 만날 수 있는 사람은 아무도 없을 터였다. 최종적인 승패가 날 때까지, 온 도시는 죽은 거나 마찬가지였다.

그러나 승패는 이미 자명했다. 노동자들의 세력이 우세하다는 소식이 도처에서 들려왔다. 산개한 사관생도들은 여기저기 고립되었고, 사령부와 연결이 끊긴 채, 계속 싸우는 중이었다.

시브체프 지역은 도로고밀로프에서 중심부로 진격해 온 부대의 수중에 떨어졌다. 골목에 파놓은 참호 속에 숨어 있던 독일전 참전 군인들과 어린 노동자들은 어느새 근처의 주민들과 얼굴을 익혀, 대문에 서서 내다보거나 도로에 나온 주민들과 농담을 주고받게 되었다. 도시 곳곳에 활기도 되살아났다.

사흘 동안 지바고의 집에 갇혀 있던 고르돈과 니콜라이 니콜라예비치는 사흘간의 포로 생활에서 풀려났다. 유리 안드레예비치는 사셴카가 앓고 있던 어려운 시기에 그들이 함께할 수 있었던 것이 위안이 되었고, 안토니나 알렉산드로브나는 그렇지 않아도 엉망인 상황에 혼란을 가중시킨 그들을 용서했다. 그러나 두 사람은 자신들을 묶게 해준 데 대한 고마움을 표하기 위해 주인에게 계속 수다를 떨어야 할 의무가 있다고 생각했고, 유리 안드레예비치는 사흘 동안의 쓸데없는 잡담에 지쳐, 그들과 헤어지는 것이 다행스러울 지경이었다.

8

그들이 집에 무사히 도착했다는 연락이 오긴 했지만, 전체적으로 사태가 안정되었다고 볼 수는 없는 상황이었다. 여러 곳에서 여전히 전투가 계속되고 있었고, 몇몇 지역은 봉쇄되어 있어서 의사는 근무하던 병원에 한동안 갈 수 없게 되어 지루했고, 그의 '사람 놀이'와 학술 원고는 의사실의 책상 서랍에 그대로 놓인 체였다.

집 안에 남아 있던 이웃들은 아침마다 빵을 구하려고 집 근처로 나왔고, 누군가 우유가 든 병을 들고 지나가면, 그를 불러 세우고, 그에게 몰려들어 우유를 구한 장소를 물어보곤 했다.

그러다가 가끔 거리에 총소리가 울리기라도 하면, 사람들은 다시 흩어지곤 했다. 사람들은 양 진영 사이에 모종의 협상이 이루어지고 있을 것이라고 추측했고, 협상이 성공적인지 아닌지는 총소리의 강약에 나타나곤 했다.

구력으로 10월 말의 어느 날 밤, 열 시경에 유리 안드레예비치는 특별한 볼일 없이 가까운 곳에 살고 있는 한 동료의 집을 향해 빠르게 걷고 있었다. 그곳은 평소엔 붐비는 곳이었지만, 그날은 인적이 드물었다.

유리 안드레예비치는 서둘러 걸었다. 점점 더 강해지는 세찬 바람을 동반한 첫눈이 휘날리는가 싶더니, 유리 안드레예비치 눈앞에서 폭설로 바뀌었다.

유리 안드레예비치는 한 골목에서 다른 골목으로 돌아가다가, 갑자기 눈이 펑펑 쏟아지며 눈보라로 변하는 바람에 방향감각을 잃었다. 드넓게 트인 들판이었더라면 횡횡 소리를 내며 대지 위로 떨어졌을 눈보라가 시내에서는 길 잃은 사람처럼, 좁고 막다른 골목 안에서 요동을 쳤다.

이와 똑같은 현상이 정신세계와 물질세계 사이에, 가깝고 먼 곳 사이에, 지상과 대기 사이에서 일어나고 있었다. 어디선가 고립되어 무너진 저항자들의 마지막 총소리가 섬처럼 울려 퍼지곤 했다. 잦아들던 불길의 미약한 빛이 지평선 어느 곳에선가 거품처럼 부풀어 오르다가 사그라들곤 했다. 눈보라는 고리 모양과 깔때기 모양으로 휘몰아치다가, 축축한 거리와 보도 위에 서 있는 유리 안드레예비치의 발밑에서 연기처럼 흩어졌다.

어느 사거리에서 신문팔이 소년이 옆구리에 새로 찍어 낸 신문 다발을 끼고 "호외요!"라고 외치며 그의 옆을 지나 달렸다.

"잔돈은 필요 없다." 의사가 말했다. 소년은 축축한 신문 뭉치에서 신문 한 장을 꺼내 의사의 손에 건네주는가 싶더니, 눈보라 속에서 나타났던 것처럼, 순식간에 다시 눈보라 속으로 사라졌다.

의사는 두어 발자국 떨어진 희미한 가로등 앞으로 다가가, 신문의 주요 골자를 바로 훑어보았다.

한 면만 인쇄된 호외 판에는 소비에트 인민회의의 성립과 러시아에 소비에트 정권이 들어섰고 프롤레타리아독재가 수립되었음을 알리는 페테르부르크 정부의 성명이 실려 있었다. 그리고 새로운 정권의 첫 법령들이 이어졌고, 전신과 전화로 전달된 다양한 소식들도 실려 있었다.

눈보라가 의사의 눈을 때리고, 사각사각 떨어지는 잿빛 싸라기눈이 되어, 신문의 글자를 덮어 버렸다. 그러나 신문을 읽을 수 없었던 것은 그 때문이 아니었다. 그 순간의 위대성과 영원성에 전율한 그의 눈에 글자가 들어오지 않았던 것이다.

어쨌든 뉴스를 끝까지 다 읽기 위해, 눈발을 피할 수 있고 불빛이 있는 곳을 찾아, 사방을 둘러보았다. 그는 자신이 세레브랴니와 몰차노프카가 교차하는 마법 같은 사거리에 있는, 높은 5층 건물의 유리문과 전등불이 켜진 넓은 현관 근처에 서 있다는 것을 발견했다.

의사는 그 건물 현관으로 들어가 전등 불빛 아래서 뉴스를 읽었다.

위쪽에서 발소리가 들려왔다. 누군가 주저하는 듯, 잠깐씩 멈춰 서며, 층계를 내려오고 있었다. 계단을 내려오던 사람이 생각을 고쳐먹고, 뒤로 돌아서더니 다시 위로 급히 올라갔다. 어디선가 문 열리는 소리가 들리더니, 두 사람의 목소리가 크게 들렸다. 그들의 목소리가 어찌나 큰지, 남자인지 여자인지도 알 수 없었다. 잠시 후에, 문이 쾅 닫히고 조금 전에 내려오던 사람이 더 단호한 걸음걸이로 아래로 뛰어 내려왔다.

신문을 읽느라 정신이 없던 유리 안드레예비치의 눈은 아래로 향해 있었다. 눈을 들어 낯선 사람을 쳐다볼 여유가 없었다. 그러나 그가 마지막 층계까지 달려 내려와 그의 앞에 멈춰 서자, 유리 안드레예비치는 얼굴을 들어 그를 쳐다보았다.

그의 앞에는 열여덟 살가량의 소년이 서 있었다. 그는 안팎에 털을 댄 시베리아풍의 뻣뻣한 사슴 가죽 외투에 똑같은 털모자를 쓰고 있었다. 그는 키르기스인의 가느다란 눈매에 가무잡잡한 얼굴을 하고 있었다. 귀티가 나는 얼굴에는 어느 먼 외국에서 온, 복잡한 혈통의 혼혈인들에게서 나타나는 특징인 예리한 번뜩임과 내적인 섬세함이 드러나 보였다.

청년은 유리 안드레예비치를 누군가 다른 사람으로 착각한 것 같았다. 그는 어색하고 당황한 모습으로 의사를 쳐다보며, 의사가 누구인지 알지만, 말을 걸어야 할지 말지, 결정을 못한 것처럼 보였다. 그가 사람을 잘못 보았다는 사실을 알려주기 위해, 유리 안드레예비치는 알은체하려는 상대를 무시하고 차가운 시선으로 그를 훑어보았다.

청년은 당황해서 한마디 말도 못한 채, 출구로 향했다. 그곳에서 그는 다시 한번 뒤돌아다보고는, 육중하고 흔들거리는 문을 열어, 쾅 소리가 나도록 닫고는 거리로 나갔다.

십여 분이 지난 후, 유리 안드레예비치도 거리로 나왔다. 그는 청년에 대해서도, 방문하려던 동료에 대해서도 잊어버렸다. 그는 지금 읽은 뉴스에 대한 생각으로 가득 찬 채, 집으로 향했다. 그는 집으로 가는 도중, 일상의 소소한 문제지만, 당시로서는 매우 중요했던 문제를 모른 체하고 지나갈 수 없는 상황이 벌어졌다.

그는 집에 조금 못 미치는 어둠 속에서, 포장도로 끝에 길을 가로질러 거대한 판자와 통나무 더미를 발견한 것이다. 그 골목에 어떤 관공서가 있었는데, 그곳에 필요한 연료를 공급하기 위해 변두리의 통나무집에서 뜯어 온 것이 분명했다. 마당에 다 쌓을 수 없어, 남은 것을 그냥 길가에 놓아둔 것이다. 총을 든 보초가 마당을 왔다 갔다 하며 보초를 서다가, 가끔 골목으로 걸어 나오곤 했다.

보초가 마당 쪽으로 돌아선 순간, 휘날리던 눈보라가 공중에 뿌옇게 눈가루를 흩날리자, 유리 안드레예비치는 생각할 겨를도 없이 그 틈을 이용했다. 그는 가로등 불빛이 닿지 않는, 그림자가 드리운 통나무 더미로 접근해, 맨 아래에 놓인 묵직한 통나무 하나를 살짝 움직여 가며 빼냈다. 그는 어렵사리 장작더미에서 통나무를 끄집어내어, 어깨에 들쳐 메고는,

무거운 줄—자기 짐은 무겁지 않은 법이다—도 모르고 담벼락을 따라 몰래 시브체프의 집까지 가져갔다.

때마침 집에는 장작이 떨어지고 없었다. 통나무를 톱으로 켜, 장작으로 쓸 수 있게 잘라 쌓았다. 그러고는 유리 안드레 예비치는 난로를 피우기 위해 쭈그리고 앉았다. 말없이 그는 달가닥거리며 덜컹거리는 문 앞에 앉아 있었다. 알렉산드르 알렉산드로비치가 몸을 녹이려고 난로 앞으로 의자를 끌고 와서 앉았다. 유리 안드레예비치는 윗도리 주머니에서 신문을 꺼내 장인에게 내밀며 말했다.

"이거 보셨어요? 한번 보세요. 읽어 보세요."

유리 안드레예비치는 일어서지도 않고 계속 쭈그리고 앉아, 작은 부지깽이로 난로 속의 장작을 뒤척이며 큰 소리로 중얼거렸다.

"얼마나 멋진 수술인가! 해묵은 고약한 종기를 단번에 기술적으로 도려내다니! 숭배하고 추종하고 굴종하는 데 익숙해진 수 세기 동안의 불의를 사족이 없이 간명하게 선고한 셈이야.

이렇게 겁 없이 끝장낸 걸 보면, 오래전부터 익히 알려진 어떤 민족적 성격을 알 수가 있단 말이야. 푸시킨의 정확한 담백함과 톨스토이의 진실에 대한 확고부동한 신념에서 비롯된 무언가가 있어."

"푸시킨이라고? 그게 무슨 말인가? 잠깐만 기다리게. 일단 끝까지 읽을 테니. 읽으면서 동시에 듣는 것은 역부족일세."

알렉산드르 알렉산드로비치는 유리 안드레예비치의 혼잣말을 자신에게 한 말로 잘못 알고 사위의 말을 가로막았다.

"무엇이 천재적인가 하는 것이 중요한 문제이다! 만약 누군가에게 새로운 세상을 창조하고 새로운 기원을 시작하라고 한다면, 가장 먼저 해야 할 필수적인 일은 필요한 공간을 청소하는 것이다. 새 시대를 건설하기 위해서는 먼저 낡은 시대가 끝나야 하며, 새로운 수, 새로운 단락, 새로운 페이지가 필요하다.

그런데 현 상황을 보라. 이러한 전대미문의 사건이, 역사적 기적이, 이러한 계시가 지금까지 계속되어 온 가장 진부한 일상에 아무런 예고도 없이 무시무시한 충격을 가한 것이다. 이것은 처음부터 시작된 것도 아니고, 미리 정해진 기한도 없이, 중간에서, 우연히 조우한 어느 일상적인 날의 첫닐, 시내를 달리는 전차가 가장 붐비는 순간에 발생한 것이다. 바로 이 점이 그 무엇보다 천재적인 것이다. 가장 위대한 것은 이렇게 엉뚱하고 돌발적인 것이다."

9

모두가 예측한 대로 혹독한 겨울이 되었다. 이번 겨울은 뒤에 이어질 이 년 동안의 겨울만큼 무시무시하지는 않았지만, 마찬가지로 어둡고, 굶주리고, 춥고, 익숙했던 모든 것이 파괴되고, 모든 존재 기반이 바뀌며, 허물어져 가는 삶을 붙잡기 위해 초인적인 노력을 해야 했던 계절이었다.

그런 끔찍한 겨울이 삼 년이나 계속되었기 때문에, 지금 생각해 보면, 1917년에서 1918년에 걸쳐 일어난 모든 일이 실제 일어났던 것이 아니라, 나중에 일어난 일이었던 것일지도 모를 일이다. 계속된 당시의 겨울들이 모두 한데 뒤섞여, 따로따로 구별해 생각하기가 어려웠다.

이전의 삶과 새로운 질서가 아직 하나로 융합되지 않았다. 일 년 후, 내전이 일어났을 때처럼, 그 두 가지가 격렬하게 대립하지는 않았지만, 서로 접점을 찾지 못하고 있었다. 두 가지가 서로 대립하고 분리되어 합쳐지지 않았다.

건물의 소유권 관리소, 각종 조직, 관공서, 공공복지 기구 등, 도처에서 통치 구조가 재편되었다. 조직의 구성원들도 바뀌었다. 모든 기관에서 무제한의 권력을 가진 인민위원들이 임명되기 시작했다. 그들은 각종 위협 수단과 연발 권총으로 무장하고 검은 가죽점퍼를 입고, 면도도 거의 하지 않았으며, 잠도 자지 않는 강철 같은 의지를 가지고 있었다.

그들은 국채를 약간 소유한 중산층이나 비굴한 순응주의자들의 속물근성에 대해 잘 알고 있었기 때문에, 눈곱만큼의 동정심도 없이 그들에게 메피스토펠레스의 조소를 보냈고, 좀도둑을 잡듯 그들을 다루었다.

그 사람들은 강령에 따라 모든 것을 장악했고, 기업이든 조합이든 차례로 볼셰비키식으로 만들었다.

성십자병원은 이제 제2개혁병원으로 불렸다. 병원 내부에도 변화가 생겼다. 일부 직원들이 해고당하는가 하면, 많은 직원들은 병원 근무가 별 이득이 없다고 판단해 그만두기도 했다. 그들은 주로 현대적 의료 기술을 가진 수입이 좋은 의사들이거나, 사교계의 인기 있는 사람들이거나 요설가들, 혹은 호사가들이었다. 그들은 자신의 이해타산에 따라 병원을 떠나면서도, 마치 시민의식의 발로인 것처럼 공공연하게 떠벌리며, 남은 사람들을 배척하고 멸시하는 태도를 취했다. 지바고는 그렇게 남아서 모멸당하는 부류에 속했다.

밤이면 부부는 이런 대화를 주고받곤 했다.

"수요일에 의사협회 지하실로 냉동 감자를 가지러 오는 것 잊지 말아요. 두 자루를 배급받을 거요. 몇 시에 내가 나올 수 있는지 알려 주겠소. 내가 거들어야 할 테니까. 둘이서 썰매를 타고 오면 될 듯하오."

"알았어요. 잘될 거예요, 유로치카, 빨리 주무세요. 늦었어요. 모든 일을 당신이 다 할 수는 없어요. 당신은 쉬어야 해요."

"전염병이 돌고 있소. 몸이 약해지면 저항력이 없어지는 법이오. 당신이나 아버님 안색이 몹시 좋지 않아요. 무슨 대책을 세워야겠소. 하지만 무슨 수를 낼 수가 있나. 우리 모두 너무 방치되어 있어요. 내 말 듣고 있소? 당신 자는 거요?"

"아니에요."

"나는 튼튼하니까, 내 걱정은 안 해도 되지만, 혹시 만에 하나, 내가 쓰러지면, 바보같이 집에 그냥 내버려 두면 안 되오. 곧바로 병원으로 옮기도록 하시오."

"당신 지금 무슨 말을 하는 거예요, 유로치카! 하나님이 보호하실 거예요. 왜 그런 불길한 말을 하세요?"

"이젠 더 이상 믿을 사람도, 친구도 없다는 걸 기억해요. 게다가 전문가는 더더욱 없어요. 무슨 일이라도 생기면, 믿을 사람은 피추즈킨밖에 없소. 물론, 그가 무사하다면 말이오. 당신 안 자오?"

"네."

"그들은 더 좋은 보수를 바라고 나갔으면서도, 지금은 마치 시민의식이나 정의감에서 나간 것처럼 군다니까. 길에서 만나면 마지못해 손을 내밀지. '당신은 그들을 위해 일하고 있소?' 하면서 눈썹을 찌푸린다니까. '그렇소.' 하고 대답하고 나서 말하지. '기분 나쁘게 생각하지는 말아요. 난 우리의 궁핍을 자랑스럽게 생각하고, 우리를 궁핍함으로 명예롭게 해준 그들을 존경하니까요.'"

10

오랫동안 대다수 주민들의 주식은 잡곡을 끓인 죽과 청어 머리를 끓인 수프였다. 몸통은 기름에 튀겨서, 두 번째 코스로 먹었다. 호밀과 밀 알갱이로 생계를 연명하기도 했다. 그것으로 죽을 끓여서 말이다.

안면이 있는 교수 부인이 안토니나 알렉산드로브나에게 네덜란드식 난로 바닥에 빵 굽는 방법을 가르쳐 주며, 빵 일부를 내다 팔아, 이익을 남기면, 옛날식으로 타일을 붙인 난로를 살 수 있다고 했다. 그렇게만 된다면, 연기만 나지, 따뜻하지도 않고, 온기도 전혀 유지되지 않는 끔찍한 임시방편의 작은 난로 때문에 겪는 고통에서 벗어날 수 있을 것 같았다.

안토니나 알렉산드로브나는 빵을 잘 구웠지만, 장사는 전혀 되지 않았다. 결국 이루어질 수 없는 계획을 포기하고, 치워 두었던 조그만 난로를 다시 꺼낼 수밖에 없었다. 지바고 가족은 매우 궁핍하게 생활을 이어 갔다.

어느 날 아침, 유리 안드레예비치는 평소 때처럼 일터로 나갔다. 집 안에 남은 장작은 두 개비뿐이었다. 안토니나 알렉산드로브나는 몸이 약해진 탓인지 날씨가 따뜻한데도, 심한 한기를 느끼며, 외투를 입고 땔감을 구하러 나갔다.

가끔 근처 시골에서 감자와 야채를 가져오는 농부들이 지나가곤 하는 골목길에서 그녀는 반 시간가량을 서성댔다. 그들을 붙잡아야만 했다. 사람들이 짐을 든 농부들을 불러 세우곤 했다.

그녀는 얼마 지나지 않아, 찾고 있던 목표물을 낚았다. 두꺼운 외투를 입은 젊고 건장한 장정이 안토니나 알렉산드로브나를 따라 장난감 같은 가벼운 썰매를 끌고 조심스레 골목을 지나 그레메코 집 안의 마당으로 들어섰다.

썰매 안의 바구니에는 19세기의 사진에 나오는 옛날 저택의 난간 두께만도 안 되는 자작나무 다발이 매트에 덮여 있었다. 안토니나 알렉산드로브나는 이름만 자작나무지, 갓 베어 낸 가느다란 나뭇가지가 땔감으로는 적당치 않다는 걸 알고 있었다. 그러나 선택의 여지가 없었고 불평할 처지도 못 되었다.

젊은 농부는 그녀의 이층 방에 가느다란 장작을 대여섯 다발 올려다 주고, 대신 자기 아내에게 선물로 줄 안토니나 알렉산드로브나의 거울 달린 작은 찬장을 아래로 들고 내려가 썰매에 실었다. 그는 옆으로 지나가며, 다음번에는 감자를 가져다주겠다고 말하며, 현관에 놓여 있던 피아노의 값을 물었다.

집에 돌아온 유리 안드레예비치는 아내가 구입한 것에 대해 아무 말도 하지 않았다. 찬장을 내어 주느니 차라리 그것을 쪼개서 쓰는 것이 더 이익이었겠지만, 차마 그들은 자기 손으로 그렇게 할 수가 없었다.

"책상 위에 있는 쪽지 보셨어요?" 아내가 물었다.

"병원장이 보낸 것 말이오? 들어서 알고 있어요. 왕진 요청이오. 물론 가야지. 조금 쉬었다 가겠소. 상당히 먼 곳이오. 개선문 근처 어디인 것 같은데. 주소는 나한테 있어요."

"그들이 이상한 왕진료를 제안했어요. 보셨어요? 한번 읽어 보세요. 독일산 코냑 한 병이나 아니면 숙녀용 반스타킹 한 켤레를 준다고 했어요. 그런 것으로 유혹을 하다니. 어떤 사람들일까요? 요즈음 사람들이 어떻게 사는지 전혀 모르는 바보 같은 사람인가 봐요. 무슨 벼락부자들인가."

"아마, 조달업자인가 보오."

그런 명칭으로 불리던 사람들은 영업권 소유자나 대행업자, 혹은 소규모 업자들이었는데, 정부 당국은 개인 상업을 폐지했지만, 경제가 악화되자, 그들에게 특권을 주고 그들과 다양한 물자를 조달하는 계약을 하기도 했다.

물론 그 속에 옛날 회사의 몰락한 사장이나 강력한 권력을 가진 자산가는 포함되지 않았다. 그들은 아직 자신들이 입은 타격에서 회복되지 못했다. 이 범주에 속하는 사람들은 주로 선생과 혁명 덕분에 밑바닥에서부터 일어난 임시 사업가, 뿌리가 없는 외지인들이었다. 끓인 물에 우유와 사카린을 타서 마신 의사는 여자 환자를 보러 떠났다.

보도며 차도가 양쪽으로 늘어선 건물 사이의 거리를 완전히 뒤덮은 높은 눈더미 속에 깊이 묻혀 있었다. 곳곳에 쌓인 눈더미가 건물 아래층 창문 높이까지 닿았다. 넓은 땅 위에는 반쯤 죽은 그림자들이 약간의 식량을 손에 들거나 썰매에 끌고, 말없이 어른거리고 있었다. 마차를 타고 가는 사람은 거의 없었다.

건물 여기저기에는 예전의 간판이 아직 남아 있었다. 간판

밑에는 간판과는 아무 상관없는 소비조합 매점과 협동조합이 창문에 창살을 붙이고 자물쇠를 채우거나 빗장을 걸어 두고 있었고, 그 내부는 텅 비어 있었다.

그곳에 자물쇠가 채워지고 텅 비어 있는 것은 물건이 없기도 했을 뿐만 아니라, 상업을 포함한 생활 전반에서의 개편이 가장 통상적인 측면에서만 실행되었을 뿐, 빗장 걸린 이런 자잘한 가게까지는 영향을 미치지 못했기 때문이었다.

11

의사가 왕진을 간 집은 브레스츠카야 거리의 끝에 있는 트베르스카야 관문 근처에 있었다.

볼품없는 병영식 벽돌 건물에, 안마당과 건물 뒤쪽 벽을 따라 세 개의 계단참으로 이루어진 목조 계단이 딸린 집이었다.

마침 그곳에서는 지역 소비에트의 여성 대표가 참석한 가운데, 예정되어 있던 거주자 총회가 열리고 있었는데, 갑자기 군사위원이 가택수색을 하러 들이닥쳐 무기소지증과 불법 무기를 검사했다. 가택수색을 지휘하던 상관이 여성 대표에게 수색은 오래 걸리지 않을 것이고, 조사를 마친 거주자들이 모이면 중단된 회의는 곧 속개될 수 있을 거라고 장담하며, 자리를 뜨지 말라고 요청했다.

의사가 건물 입구에 다다랐을 때는, 수색이 거의 끝나고,

마침 그를 기다리던 거주자의 방을 조사할 차례였다. 줄에 매단 라이플총을 든 군인이 베란다로 들어가는 층계에 서서 망을 보고 있다가 유리 안드레예비치가 들어가는 걸 엄하게 막았지만, 부대장이 그들의 실랑이에 끼어들었다. 그는 의사를 방해하지 말라고 지시하고, 의사가 환자를 진찰하는 동안 방 수색을 연기하라고 했다.

의사를 맞이한 방 주인은 칙칙하고 가무잡잡한 얼굴에 음울한 검은 눈동자를 가진 예의 바른 젊은 남자였다. 그는 아내의 병과 곧 있을 수색과 의학과 의사들에게 품고 있던 한없는 존경심 등의 여러 이유로 몹시 흥분한 상태였다.

의사의 수고와 시간을 절약해 줄 셈으로, 주인은 가능한 한 간략하게 사정을 설명하려고 노력했지만, 조급한 마음에 오히려 말이 장황하고 두서가 없었다.

사치품과 싸구려 물건들이 뒤죽박죽 섞여 있는 방 안은, 좀 더 확실한 곳에 돈을 투자할 목적으로 급하게 사들인 물건들이 가득 쌓여 있었다. 짝이 부족한 가구 세트에는 구색을 맞출 수 없는 낱개의 가구들을 덧붙여 놓았다.

주인은 아내의 병이 충격으로 인한 모종의 신경성 질환이라고 생각했다. 그가 주제에 맞지도 않는 딴소리를 늘어놓으며 설명한 내용에 따르면, 그들은 이미 오래전에 고장난, 음악이 나오는 구식 자명종 시계를 하나 싼값에 샀다는 것이다. 그들이 시계를 산 것은 오직 시계 장인이 만든 명작이자 희귀

성 때문이라고 했다(환자의 남편은 의사를 옆방으로 데려가 시계를 직접 보여 주었다). 그것을 고칠 수 있을지도 의문이었다. 그런데 갑자기 오랫동안 태엽을 감아 준 적도 없는 시계가 저절로 움직이더니, 복잡한 미뉴에트 곡을 들려주고 다시 멈추었다는 것이다. 젊은 남자의 말에 의하면 그의 아내는 그것이 자신의 마지막 순간을 알리는 신호라고 생각하고, 공포에 질려, 자리에 누워 헛소리를 하며 먹지도 마시지도 않고, 심지어는 그를 알아보지도 못한다고 했다.

"그래서 당신은 신경성 쇼크라고 생각하십니까?" 유리 안드레예비치가 의심스럽다는 목소리로 물었다. "환자에게 안내해 주시오."

그들은 도자기 샹들리에와 커다란 더블 침대, 그리고 그 양쪽으로 마호가니 탁자 두 개가 놓여 있는 옆방으로 들어갔다. 침대 끝에 커다란 검은 눈동자에 작은 체구의 여자가 담요를 턱까지 올리고 누워 있었다. 그녀는 들어오는 두 사람을 보자, 담요 밑으로 손을 내밀어, 나가라고 손을 저었다. 그러자 가운의 헐렁한 소매가 겨드랑이까지 흘러내렸다. 그녀는 남편을 알아보지도 못한 채, 방 안에 아무도 없는 것처럼, 나직한 소리로 어떤 슬픈 노래의 첫 구절을 부르다가, 제풀에 처량한 생각이 들었는지, 울음을 터뜨리고, 아이처럼 흐느끼며 집으로 데려다 달라고 빌었다. 의사가 그녀에게 다가서려 할 때마다, 등을 돌리며 진찰을 거부했다.

"진찰을 해봐야 알겠지만⋯⋯" 유리 안드레예비치가 말했다. "결론은 분명합니다. 발진티푸스를 앓고 있는데, 아주 심각한 상태입니다. 부인은 가엾게도, 지금 많이 고통스러울 겁니다. 병원으로 옮기는 것이 좋겠어요. 그녀에게 이곳의 시설이 부족해서가 아니라, 발병 후, 처음 일주일 동안은 반드시 의사의 지속적인 관찰이 필요해서 그렇습니다. 우선 환자를 잘 감싸, 병원으로 데려가야 할 것 같아요. 부서진 썰매 같은 것이라도 괜찮으니, 환자를 옮길 수 있는 마차나 이동 수단을 구할 수 있겠습니까? 당신에게 허가서를 써드리겠습니다."

"물론입니다. 해보죠. 그런데 정말 발진티푸스가 맞습니까? 끔찍하군요."

"저도 유감입니다."

"아내를 보내면 영원히 잃게 되지는 않을까 겁이 납니다. 선생님께서 가능한 한 자주 집으로 오셔서 치료하는 방법이 전혀 없을까요? 선생님이 원하시는 대로 무엇으로든 사례비를 지불하겠습니다."

"제가 말씀 드리지 않았습니까? 부인을 지속적으로 관찰해야 한다고요. 잘 들으세요. 최선의 조언입니다. 무슨 수를 써서라도 마차를 구해 오면, 입원에 필요한 서류를 작성하겠습니다. 차라리 이곳 주택위원회 사무실에 가서 쓰는 편이 낫겠습니다. 허가서 밑에 이 주택위원회의 도장도 찍어야 하고, 몇 가지 수속이 더 필요하니까요."

12

조사와 수색을 마친 입주자들이 따뜻한 숄과 외투를 걸치고, 예전에 달걀 창고로 쓰이다가 지금은 주택위원회가 사용하고 있는, 불기 없는 방으로 한 사람 두 사람 되돌아왔다.

방 한구석에 사무용 책상과 의자 몇 개가 있었지만, 그 많은 사람들이 모두 앉기에는 턱없이 부족했다. 그래서 의자 옆에 빈 달걀 상자를 거꾸로 길게 늘어놓고, 벤치처럼 세워 두었다. 방 반대편에는 빈 상자들이 천장까지, 산더미처럼 쌓여 있었다. 그쪽 구석에는 깨진 달걀에서 흘러나온 노른자와 얼어붙은 대팻밥을 뒤섞어 쓸어 모아 놓은 무더기가 벽면에 쌓여 있었다. 이 무더기 속을 바스락거리며 돌아다니는 쥐들이 가끔 넓은 석조 마루로 기어 나왔다 다시 숨어들곤 했다.

그럴 때마다 목청이 높고 뚱뚱한 한 여성 거주자가 비명을 지르며, 상자 위로 펄쩍 뛰어오르곤 했다. 그녀는 손가락을 쫙 펴서 요염하게 치맛자락을 치켜들고, 유행하는 굽 높은 여성용 부츠를 신은 발을 동동 구르며, 술 취한 여자처럼, 쉰 목소리로 소리를 질렀다.

"올리카, 올리카, 그쪽에 쥐들이 뛰어다녀. 우, 저리 가, 징그러워! 어어, 내 말을 알아듣나 봐, 이 몹쓸 것들이! 씩씩거리는 꼴 좀 봐, 저런, 상자를 따라 기어가네! 치마 밑으로 기어 들어오면 어쩌지? 아이, 징그러워, 아이, 징그러워! 신사 양반들,

이쪽을 좀 보세요. 어머, 죄송해라. 지금은 신사 양반들이 아니라, 시민 동무들이라고 불러야 하는 걸 깜빡했네."

수선을 떨고 있는 여자는 아스트라한 가죽 외투의 단추를 풀어 헤치고 있었다. 외투 속으로 그녀의 이중 턱과 풍만한 가슴, 그리고 실크 원피스로 감싼 배가 세 층을 이루며, 흐물흐물한 젤리처럼 출렁거렸다. 그녀도 한때는 분명 삼류 상인들과 가게 점원들의 암사자로 인기를 누렸으리라. 지금은 두터운 눈두덩이 때문에 돼지처럼 작아진 두 눈이 겨우 보일 정도였다. 오래전에 어느 사랑의 연적이 그녀에게 황산이 담긴 병을 휘둘렀지만, 그것이 빗겨 가면서 그녀의 얼굴에 두세 방울만 튀어, 왼쪽 뺨과 왼쪽 입가에 가벼운 흔적을 남겼는데, 눈에 띄지 않을 만큼 흉터 자국이 작아서 오히려 매력적으로 보였다.

"흐라푸기나, 떠들지 마세요. 회의를 전혀 진행할 수가 없잖아요." 총회에서 의장으로 선출된 지역 소비에트 여성 대표가 책상 앞에 앉아서 말했다.

이 건물에 사는 토박이들은 예전부터 그녀를 잘 알고 있었고, 그녀도 그들을 잘 알고 있었다. 그녀는 회의를 시작하기 전에 예전부터 건물의 여자 문지기였던 파티마 아주머니와 작은 목소리로 사적인 이야기를 나누었다. 파티마 아주머니는 이전에는 남편과 아이들과 함께 지저분한 지하실에서 살았지만, 지금은 양지바른 이층 방 두 개를 차지해서 그곳으로 이사해 딸과 둘이서 살고 있었다.

"파티마, 일은 좀 어때요?"

파티마는 혼자서 이렇게 크고 많은 사람들이 사는 건물을 감당하기 어려운데, 아무도 도와주지도 않고, 각 가구당 안뜰과 거리를 청소하도록 분담시켰는데도, 아무도 지키지 않는다고 불평을 늘어놓았다.

"걱정 마세요, 파티마. 우리가 본때를 보여 줄 테니, 진정해요. 위원회는 대체 뭘 하는 겁니까? 이게 말이나 됩니까? 범죄자가 숨어 있는가 하면, 도덕성이 의심스러운 자들이 거주 증명서도 없이 살고 있잖아요. 그들을 내쫓고 다른 이들을 뽑아야겠어요. 이 건물 책임자를 시켜 줄 테니, 아무 말 말고 있어요."

여자 문지기는 여의장에게 제발 그러지 말라고 애원했지만, 여의장은 들은 체도 하지 않았다. 여의장은 방 안을 둘러보고 나서 사람들이 충분히 모였다고 생각되자, 조용히 해달라고 주의를 주고는 짧은 개회사로 회의를 시작했다. 그녀는 이전의 주택위원회의 태만을 비판하고는, 선거를 새로 하기 위해 후보자를 지명하자고 제안한 다음, 다른 문제로 넘어갔다. 말을 끝낸 그녀는 슬쩍 지나가는 말처럼 이야기했다.

"동무들, 사정이 그렇게 되었어요. 솔직하게 말하겠습니다. 이 건물은 커서 합숙소로 적당한 곳입니다. 회의에 참석차 각지에서 대의원들이 모여들곤 하는데, 그들을 수용할 장소가 없어요. 그래서 지역 소비에트로 이 건물을 귀속시켜 손님들을 위해 사용하기로 결정하고, 건물 명칭은 모두 잘 알고 있는 대로, 추방되기 전까지 이곳에 살던 티베르진 동무의 이름을 따기로 했어요. 반대 의견 없죠? 그럼, 이제 집을 비울 계획을 세워야겠어요. 서두를 필요는 없어요. 아직 일 년이란 기한이 있으니까요. 노동자 주민들에게는 필요한 공간을 마련해서 이사를 시켜 주고, 비非노동자 주민들은 스스로 거주지를 찾을 때까지, 일 년간의 여유를 줄 것입니다."

"아니, 여기서 누가 비노동자란 말이오? 우리 중에 비노동자는 없어요! 모두 노동자예요." 여기저기서 사람들이 외쳐 대는 가운데, 한 사람이 절규하는 소리가 들렸다. "이건 대국주의의 쇼비니즘이오! 지금은 모든 민족이 평등합니다. 당신의 말이 무엇을 암시하는지 다 알아요!"

"모두 한꺼번에 떠들면 안 됩니다! 누구 말에 답변해야 할지 모르잖아요. 무슨 민족을 말하는 겁니까? 발디르킨, 더구나 여기서 민족이라니요? 예를 들어, 흐라푸기나는 민족 문제라고는 없어요. 하지만 쫓아낼 거예요."

"쫓아내다니! 네가 어떻게 날 쫓아내는지 두고 보자. 찌그러진 소파 같은 년! 직업이 열 개나 되는 년!" 화가 난 흐라푸기나는 여의장에게 별 의미 없는 별명을 퍼부어 댔다.

"저런 뱀 같은 년! 저런 악마 같은 년! 너는 부끄러운 줄도 모르냐!" 문지기 아주머니가 악을 썼다.

"상관하지 말아요, 파티마. 나 혼자도 처리할 수 있어요. 그만해, 흐라푸기나. 오냐오냐하니까, 아예 기어오르는 거야 뭐야! 입 닥쳐! 안 그러면 밀주를 만들고 은신처를 제공한 죄로 체포도 되기 전에 당장 기관에 고발할 거야."

몹시 소란스러워졌다. 아무도 말을 할 수 없었다. 바로 그때 의사가 창고 안으로 들어왔다. 그는 문 앞에서 처음 만난 사람에게, 누구든 주택위원을 한 사람 알려 달라고 부탁했다. 그 사람이 두 손을 나팔처럼 포개 입에 갖다 대고는, 소음과 고함 소리 보다 더 큰 소리로 한 마디 한 마디 소리쳤다.

"갈―리―울―리―나! 이리 와 봐요. 여기 누가 찾아왔어요."

의사는 자신의 귀를 의심했다. 야위고 허리가 약간 굽은 여자, 바로 여자 문지기가 다가왔다. 의사는 어머니와 아들이 너무 닮아 깜짝 놀랐다. 그러나 그는 바로 인사를 건네지는 않았다. 그가 말했다.

"이곳에 거주하는 한 여성―그는 그녀의 성을 말했다―이 발진티푸스에 걸렸습니다. 사람들에게 전염되지 않도록 조심해야 합니다. 그리고 환자를 병원으로 옮겨야 합니다. 그녀에게 필요한 서류를 작성해 줘야 하는데, 주택위원회의 승인이 필요합니다. 어떻게 해야 할까요?"

여자 문지기는 문제가 첨부 서류의 작성에 있는 것이 아니라, 환자를 옮기는 것에 있다고 이해하고 말했다.

"지역 소비에트에서 데미나 동무를 데리러 마차가 오기로 했어요." 갈리울리나가 말했다. "데미나 동무는 좋은 분이라서, 내가 이야기하면, 마차를 양보해 줄 거예요. 걱정 마세요, 의사 동무, 당신 환자를 옮겨 줄 테니까요."

"제 말은 그게 아닙니다! 저는 그저 어디서 허가서를 써야 하는지 물었습니다. 그런데 만약 마차가 있다면……. 실례지만, 당신은 혹시 갈리울린, 그러니까 오시프 기마제트디노비치 중위 어머니 아니십니까? 저는 그와 함께 전선에 있었습니다만."

여자 문지기는 온몸을 떨며 얼굴이 하얗게 변했다. 그녀는 의사의 손을 잡고 말했다.

"밖으로 나갑시다. 뜰에서 이야기해요."

문밖으로 나오자마자, 그녀는 서둘러 말했다.

"조용히 이야기해요. 누가 들으면 안 됩니다. 큰일 납니다. 유수프가는 길을 잘못 들었어요. 생각해 보세요, 대체 유수프카가 누구입니까? 견습생, 노동자일 뿐이에요. 유수프카는 이제 평범한 사람들에게 좋은 세상이 되었다는 것을 알아야 해요. 이것이 무슨 말인지는 장님도 다 아는 일 아닌가요? 당신은 어떻게 생각할지 모르지만, 아마 이해할 수 있을 겁니다만, 유수프카는 죄를 지었어요. 하나님이 용서하지 않을 겁니다. 유수프카의 아버지는 군인들 손에 잡혀서 살해당했어요. 얼굴도, 팔도, 다리도 남아 있지 않았다고들 하더군요."

그녀는 더 이상 말할 힘이 없어, 손을 휘휘 내젓고는, 잠시 흥분이 가라앉기를 기다렸다. 그런 후에 계속 말을 이었다.

"갑시다. 당신에게 곧 마차를 구해 줄게요. 나는 당신이 누군지 알고 있어요. 그 애가 여기서 이틀 머물렀는데, 그때 이야기해 주었어요. 당신이 라라 기샤로바를 알고 있다고 했어요. 좋은 처녀였지요. 우리 집에 놀러 오곤 했던 것이 기억납니다. 하지만 지금 그녀가 어떻게 변했는지 누가 알겠어요. 귀족이 귀족을 반대하다니요? 하지만 유수프카는 그래서는 안 되죠. 마차를 구하러 갑시다. 데미나 동무가 빌려줄 겁니다. 데미나 동무가 누군지 아시오? 올랴 데미나는 라라 기샤로바의 어머니 양장점에서 재봉사로 일했었죠. 바로 그 사람이에요. 그녀 역시 여기 출신이에요. 바로 이 집 말이오. 갑시다."

13

벌써 어두워졌다. 사방이 캄캄한 밤이었다. 데미나의 회중전등이 비추는 하얗고 둥근 한 줄기 빛만이 다섯 발자국쯤 앞에서, 여기저기 눈더미 위를 널뛰고 있었다. 불빛은 길을 밝혀 주기보다는 오히려 어지럽게 했다. 주변은 온통 칠흑같이 어두웠고, 라라를 잘 아는 사람들이 살고 있는 곳, 그녀가 소녀 시절을 보냈던 곳, 사람들이 그녀의 미래의 남편 안티포프가 소년 시절을 보냈다고 말하는 그 집은 저만큼 뒤에 남겨졌다.

데미나가 보호자연하는 농담 투로 그에게 물었다.

"회중전등 없이 계속 갈 수 있겠어요? 네? 걱정이 된다면

제 것을 드릴 수도 있어요. 의사 동무, 맞아요. 저는 언젠가 농담이 아니라, 실제로 라라에게 완전히 반해서, 정신없이 좋아했던 적이 있었어요. 우리가 아직 소녀였을 때지요. 그녀의 집은 재봉 시설을 갖춘 양장점이었어요. 나는 그 집에서 수습 재봉사로 일했고요. 올해 그녀를 만났어요. 이곳에 왔었거든요. 모스크바로 가는 길이라고 했어요. 그녀에게, '이 바보야, 어디로 간다는 거야? 여기에 남아 있으면 안 되겠어? 나랑 함께 살면서 일을 찾아보면 어때?' 하고 물었죠. 하지만 소용없었어요! 싫다고 하더군요. 뭐, 사정이 그렇다니 어쩔 수 없었지요. 그녀는 가슴이 아닌, 이성으로 파샤와 결혼했어요. 그때부터 머리가 돈 거예요. 그러고는 떠나 버렸죠."

"그녀를 어떻게 생각하십니까?"

"오, 조신하세요. 여기는 미끄러워요. 문 앞에 물을 버리지 말라고 수차례 일렀는데도 이러니, 차라리 벽에 대고 소리치는 편이 낫겠어요. 그녀를 어떻게 생각하느냐고요? 어떻게 생각하겠어요? 생각할 게 뭐가 있나요? 한 번도 생각해 본 적 없어요. 나는 여기 살아요. 그녀에게 감춘 것이 한 가지 있는데, 사관이었던 그녀의 남동생 말인데, 아마 총살당했을 거예요. 전에 나의 여주인이었던 그녀의 어머니는 내가 힘닿는 데까지 돌봐 주고 도와줄 거예요. 자, 그럼, 난 이쪽으로 갈게요. 안녕히 가세요."

그러고는 두 사람은 헤어졌다. 데미나의 전등이 좁은 돌층계의 내부를 뚫고 지저분한 층계의 더러운 벽을 비추며 앞으로 달아나 버리자, 의사는 어둠에 둘러싸였다. 오른쪽에는 사도바야 개선문 거리가, 왼쪽에는 사도바야 마부 거리가 나 있었다. 저 멀리 검은 눈 위의 어둠 속에 보이는 길은 일반적 의미로서의 길이 아니라, 우랄이나 시베리아의 깊은 밀림 같은, 길게 늘어선 석조 건물로 이루어진 타이가에 난 두 줄의 벌채지처럼 보였다.

집 안은 밝고 따뜻했다.

"왜 이렇게 늦었어요?" 안토니나 알렉산드로브나가 물었다. 그녀는 그의 대답을 기다리지도 않고 계속 말했다. "당신이 없는 동안 이상한 일이 일어났어요. 정말 기이한 일이에요. 당신에게 말하는 걸 깜빡했어요. 어제 아버지가 괘종시계를 고장 내서 낙심하셨어요. 집에 하나 남은 시계였거든요. 수리를 하려고 서툴게 이것저것 만져 보았지만, 소용없었어요. 모퉁이에 있는 시계방에서는 빵을 3파운드나 내라고 하는데, 말도 안 되는 가격이죠. 어쩔 도리가 없었어요. 아버지는 낙담이 이만저만이 아니었어요. 그런데 갑자기, 믿어지세요? 글쎄, 한 시간 전쯤에, 째질 듯한 커다란 종소리가 울리지 뭐예요. 괘종시계 소리였어요! 시계가 다시 가다니, 말이 돼요?"

"그건 내 티푸스 시계가 울린 것이군." 유리 안드레예비치는 농담을 하고는 가족들에게 자명종 시계를 가진 환자 이야기를 해주었다.

14

하지만 그가 티푸스에 걸린 것은 훨씬 나중의 일이었다. 그 동안 지바고 가족의 굶주림은 극에 달했다. 그들은 생활고에 시달려 죽어 가고 있었다. 유리 안드레예비치는 언젠가 그가 구해 준 적이 있는 강도당한 당원을 찾아갔다. 그는 의사를 위해 할 수 있는 모든 일을 도와주었다. 그러나 다시 내란이 시작되었다. 그의 후원자는 이곳저곳으로 계속 돌아다녔다. 더구나 그는 당시의 어려움을 당연히 감내해야 한다는 신념을 갖고 있었고, 자신 역시도 굶주리고 있으면서 내색을 하지 않았다.

유리 안드레예비치는 트베르스카야 관문 근처에 살던 배급업자를 찾아가 보기도 했다. 그러나 몇 달 지나는 사이에 그 역시 자취도 없이 사라졌고, 병이 완쾌된 그의 아내 역시 행방을 전혀 알 수 없었다. 그 건물의 거주자들도 바뀌었다. 데미나는 전선으로 나갔고, 유리 안드레예비치는 건물 책임자인 갈리울리나조차 만날 수가 없었다.

어느 날 그는 관이 고시한 가격으로 장작을 구할 수 있는 배급명령서를 받아, 빈다프스키역에서 장작을 가져오게 되었다. 그는 뜻밖에 구하게 된 장작을 마차에 싣고 끝없이 긴 메찬스카야 거리를 따라 마부와 함께 달려가고 있었다. 갑자기 의사는 메찬스카야 거리가 보통 때와 달리 보이고, 몸이 휘청

거려 몸을 가눌 수가 없었다. 그는 각오는 하고 있었지만, 정말로 티푸스에 걸리고 말았다는 것을 깨달았다. 마부가 쓰러진 그를 추슬러 데려왔다. 의사는 자신이 어떻게 장작더미에 얹혀 집까지 왔는지 기억하지도 못했다.

15

그는 이 주 동안 앓으며, 이따금 미망에 빠져들곤 했다. 몽롱한 상태에서 그는 토냐가 그의 책상 위에 사도바야 거리에 길 두 개를, 그러니까 사도바야 왼쪽에 사도바야-마부 길을, 오른쪽에 사도바야-개선문 길을 만들어 놓고, 뜨겁고 아주 강한 그의 오렌지색 책상 램프를 그곳에 가져다 놓은 것이 보였다. 양쪽 거리가 환하게 보였다. 작업을 할 수 있을 것 같았다. 그는 글을 썼다.

언제나 글쓰기를 원했고, 이미 오래전에 써야 했던 그는 아직까지 쓰지 못한 글을 열정적으로 술술 써 내려갔고, 상당한 진척이 있었다. 다만 이따금 시베리아나 우랄 지방 주민들이 입는 사슴 가죽 외투를 입고 가느다란 키르기스족 눈을 가진 소년이 방해를 했다.

그 소년이 그의 죽은 영혼, 아니면 간단하게 그의 죽음이라는 사실이 확실했다. 하지만 그가 서사시의 집필을 도와주고 있는데, 어떻게 그가 자신의 죽음이란 말인가, 죽음이 무슨 필요가 있고, 죽음이 무슨 도움이 된단 말인가?

그는 부활이나 매장에 대해서가 아니라, 그 사이를 지나가는 날들에 대한 서사시를 썼다. 그 서사시는 「혼란」이었다.

그는 항상 쓰고 싶었다. 바다의 파도가 거세게 밀려와 해변을 삼키는 모습 그대로, 사흘 동안 어떻게 벌레 먹은 검은 땅의 폭풍우가 불멸의 사랑의 화신을 향해 진흙과 흙덩이를 던지며 포위하고 습격하는지를. 사흘 동안 어떻게 검은 땅의 폭풍우가 소용돌이치며 휘몰아쳤다가 사라지는지를.

그 뒤를 이어 운이 맞는 두 시행이 떠올랐다.

'만져서 기쁜 것들'과 '깨어나야 하리.'

만져서 기쁜 것들은 지옥, 부패, 분해, 죽음이며, 그와 더불어 봄, 막달라 마리아, 그리고 생명 역시 만져서 기쁜 것들이다. 그리고…… '깨어나야 하리.'이다. 깨어나야 하고 일어나야 한다. 부활해야 한다.

16

그의 몸이 회복되기 시작했다. 처음에는 얼이 빠져, 사물들 사이의 연관 관계도 생각지 못하고 모든 것을 당연하게 받아들였고, 아무것도 기억하지 못하고, 어떤 일에도 놀라지 않았다. 아내는 버터 바른 흰 빵을 그에게 주고, 설탕을 넣은 차를 마시게 했으며, 커피도 주었다. 그는 현 상황에서 그런 것들이 구하기 어려운 것이라는 사실도 인지하지 못하고, 회복기에 들어선 환자가 당연히 섭취해야 할 음식인 듯, 시나 동화를 즐기듯 맛을 즐겼다. 그러다가 문득 상황을 파악하게 된 그는 아내에게 물었다.

"이것들이 모두 어디서 났소?"

"모두 당신의 그라냐가 가져온 거예요."

"그라냐라니?"

"그라냐 지바고요."

"그라냐 지바고라고?"

"맞아요. 옴스크에 있는 당신 동생 예브그라프 말예요. 당신의 이복동생이잖아요. 당신이 의식을 잃고 누워 있을 때, 찾아왔어요."

"사슴 가죽 외투를 입었소?"

"네, 그래요. 당신은 의식이 없었을 텐데 어떻게 알았죠? 그가 어느 건물 층계 앞에서 당신을 본 적이 있다고 하더군요. 당신을 알아보고 인사를 하려 했지만, 당신이 어찌나 무섭게 쳐다보던지 아무 말도 할 수 없었다고 했어요! 그는 당신을 존경하고 당신의 글을 즐겨 읽는다고 했어요. 어디서 이런 물건들을 가져오는지 모르겠어요! 쌀이며 건포도, 그리고 설탕 같은 것들 말예요. 그러고는 다시 자기 집으로 떠났어요. 우리를 초대하겠다고 하더군요. 정말 놀랍고 수수께끼 같은 사람이에요. 아무래도 내 생각엔 정부와 무슨 관계가 있는 것 같아요. 그가 우리더러 일이 년 정도 대도시를 떠나 어디에서든 '땅을 일구며' 사는 것이 좋겠다고 했어요. 그래서 크류게르 마을은 어떠냐고 물어보았죠. 그가 아주 좋은 생각이라고 하더군요. 채소도 기를 수 있고, 숲도 바로 가까이 있잖아요. 이렇게 양처럼 순하게 앉아서 죽을 수는 없으니까요."

그해 4월, 지바고는 가족을 모두 데리고 멀리 우랄 지방으로, 유랴틴시 근처에 있는 옛 영지 바르이키노를 향해 떠났다.

제7장

여행길

1

일 년 중, 처음으로 날씨가 풀리는 3월 말의 날들이 이어졌다. 그러나 이런 날들은 나중에 어김없이 꽃샘추위가 닥치는 가짜 봄의 전령이었다.

그로메코 집안에서는 여행 준비로 부산했다. 지금은 길가의 참새들보다 더 불어난 이 집의 많은 입주자들에게는, 그 소란이 부활절 전에 대청소를 하는 것으로 비쳤다.

유리 안드레예비치는 이 여행을 반대했다. 그는 떠날 준비를 방해하지는 않았지만, 이 계획이 불가능하다고 생각하고 결정적인 순간에 무산되기를 기대하고 있었다. 그러나 일이 하나하나 진행되어 거의 마무리 단계에 이르게 되었다. 이제는 심각하게 논의해야 할 때가 왔다.

그는 이 문제에 대한 가족회의에서 아내와 장인에게 자신의 의구심을 다시 한 번 피력했다.

"결국 제 생각이 틀렸다고 생각하시는군요. 기어이 떠날 생각이십니까?" 그가 반대의 뜻을 전하자, 아내가 말을 이었다.

"당신은 앞으로 일이 년 정도만 견디면, 토지제도가 새로 정비될 테고, 모스크바 근교에 약간의 토지를 청구해서 채소밭을 일굴 수 있다고 했죠. 하지만 당신은 그때까지 어떻게 견며 낼 것인지 대책이 없잖아요. 그런데 사실 가장 중요한 문제는 그 문제잖아요. 그 부분에 대한 이야기를 해보세요."

"말도 안 되는 소리지." 알렉산드르 알렉산드로비치가 딸을 거들었다.

"좋아요, 제가 졌어요." 유리 안드레예비치가 동의했다. "제가 망설이는 것은 그곳에 대한 정보를 전혀 알지 못해서입니다. 우리가 가는 곳이 어떤 상황에 놓여 있는지 전혀 모른 채, 아무 사전 지식도 없이 가겠다는 거잖아요. 바르이키노에서 살았던 세 분 중, 장모님과 당신의 외할머니 두 분은 돌아가셨고, 나머지 한 분인 크류게르 외할아버지께서는 설사 살아 계신다 해도 인질로 잡혀 감옥에 계실 겁니다.

전쟁 마지막 해에 외할아버지는 계략을 꾸며, 임야와 공장을 어느 가공인물 혹은 은행에 판 것처럼 꾸몄거나, 아니면 타인의 명의로 바꾸어 놓은 것 같아요. 하지만 우리가 그 거래에 대해 아는 것이 없잖아요? 우리의 재산인지 아닌지, 지금 그 토지가 누구의 명의로 되어 있는지 하는 것은 상관없지만, 문제는 현재 그 토지를 책임지고 있는 사람이 누구인가 하는 것이죠. 누가 관리하고 있느냐가 문제예요. 숲을 벌채하고 있는지, 공장은 움직이는지, 그리고 무엇보다도 그곳에 지금 어떤 정부가 들어서 있는지, 우리들이 거기에 도착할 즈음에는 어느 정권이 들어설 것인지가 문제죠.

장인어른과 당신은 관리인 미쿨리친을 구원의 닻으로 생

각하고, 계속 그의 이름을 들먹이는군요. 하지만 그 늙은 관리인이 지금도 바르이키노에 살고 있다고 누가 보장합니까? 더구나 우리가 그에 대해 아는 것이라곤 당신의 외할아버지가 그의 성을 발음하기 힘들어했다는 것과 그래서 우리도 그 성을 기억하고 있다는 사실뿐이잖아요.

하지만, 뭐 더 이상 언쟁할 필요가 없지요. 당신과 장인어른이 가기로 결정했으니, 저도 가야지요. 이제는 어떻게 실행에 옮길지나 알아봐야죠. 지체할 이유가 없으니까요.”

2

유리 안드레예비치는 그 문제를 알아보러 야로슬라브역으로 갔다.

열차를 기다리는 수많은 사람들의 무리가 대합실로 연결된 난간 달린 통로를 막고 있었고, 돌로 된 대합실 바닥에는 잿빛 외투를 입은 사람들이 누워서 이쪽저쪽으로 몸을 뒤척이며 기침을 하거나 침을 뱉었고, 메아리가 울리는 크고 둥근 천장 밑에서는 소리가 크게 울린다는 생각을 미처 하지 못한 사람들이 서로 말을 주고받을 때마다, 매번 커다란 소리가 울리곤 했다.

이들 대부분은 발진티푸스에 걸렸던 환자들이었다. 병원이 가득 차서 위험한 고비를 넘기기만 하면, 다음 날 환자를 퇴원시키곤 했다. 유리 안드레예비치도 의사로서 불가피하게 그런 사람들을 퇴원시키긴 했지만, 그런 불운을 겪은 사람들이 이토록 많은지, 기차역이 그들의 피난처라는 사실은 미처 알지 못했다.

"출장증명서를 구해야 합니다." 흰색 앞치마를 두른 짐꾼이 그에게 말했다. "그리고 매일 나와서 상황을 알아봐야 해요. 지금은 열차 운행이 거의 없어, 운에 맡길 수밖에 없거든요. 물론 이것—짐꾼은 엄지손가락을 옆의 두 손가락에 대고 비볐다—이 있어야…… 밀가루든 무엇이든. 기름칠을 하지 않으면 열차도 움직이지 않거든요. 그리고 가장 중요한 것—그가 자기의 목을 톡톡 쳤다.*—은 ……이것만 한 것이 없지요."

3

그 당시 알렉산드르 알렉산드로비치는 최고인민경제회의에 비상근 자문위원으로 몇 번 초빙되었고, 유리 안드레예비치도 중병에 걸린 정부 요인을 치료한 적이 있었다. 두 사람모두 당시로서는 최고 보수를 받게 되었는데, 그것은 그 무렵처음 개설된 비공개 배급소의 배급표**였다.

---

* 보드카를 말하는 제스처.

** 전쟁과 혁명이 이어지면서 식량 부족이 심화되자, 최초의 사회주의 공화국 정부는 개인적으로 물품을 거래하는 것을 금지시키고 특별 쿠폰으로 물건을 배급해 주었다. 이것은 소비에트 시대에 걸쳐 계속 시행되었다.

배급소는 시모노프 수도원 근처의 어느 수비대 창고에 있었다. 의사는 장인과 함께 교회와 병영의 마당을 가로질러, 문지방도 없이 곧장 지면에서 점점 지하 깊숙이 내려가는 지하창고의 석조 아치 밑으로 들어갔다. 그 끝부분의 넓은 공간을 가로질러 기다란 카운터가 설치되어 있었고, 그 옆에 창고지기가 있었는데, 그는 창고로 물품을 가지러 가느라 이따금 자리를 비우기도 하고, 느긋하게 식료품을 저울에 달아 건네고는, 연필을 휘갈기며 해당 품목의 칸에 체크를 하기도 했다.

배급을 받는 사람들은 많지 않았다.

두 사람의 배급표를 힐끔 본 창고지기는 교수와 의사에게 "자루를 주시오." 하고 말했다. 두 사람이 작은 쿠션이라고 불리는 여성용 베개 커버와 좀 더 큰 쿠션 커버 몇 장을 내밀자, 거기에 밀가루와 곡물, 마카로니와 설탕을 부어 주고, 훈제된 돼지비계와 비누, 그리고 성냥을 쑤셔 넣고 나서, 다시 두 사람 각자 몫으로 종이에 싼 무슨 덩어리를 하나씩 집어넣었다. 그것을 보고 두 사람은 눈이 휘둥그레졌는데, 나중에 집으로 돌아와 펴보니 그것은 캅카스 치즈였다.

사위와 장인은 혹시라도 서툴게 수선을 피워 자신들에게 은혜를 베풀어 준 창고지기의 눈에 조금이라도 거슬릴까 봐, 몇 개의 작은 보따리를 커다란 두 개의 자루에 얼른 쑤셔 넣었다.

지하 창고에서 밖으로 올라온 그들은 기쁨에 취해 있었다.

그 기쁨은 동물적인 것이 아니라, 그들이 이 세상에 쓸모없는 사람이나 하릴없이 빈둥거리는 사람이 아니라, 젊은 주부인 토냐의 칭찬과 인정을 받을 만큼, 가사를 돌보고 있다는 기쁨이었다.

4

남자들이 여러 관청을 쫓아다니며, 출장증명서와 비워 두고 가는 방의 권리확인서를 받으려고 분주하게 돌아다니는 동안, 안토니나 알렉산드로브나는 짐을 꾸릴 물건들을 챙기고 있었다.

그 순간 그녀는 그로메코 가족에게 정식으로 할당된 세 개의 방을 불안스레 돌아다니며, 짐을 꾸려 놓은 여행가방에 끼워 넣어야 할 작은 물건들 하나하나를 손으로 몇 번씩이나 저울질해 보곤 했다.

가지고 갈 짐들 가운데 개인 짐은 극히 일부분이었고, 나머지 대부분은 여행 중에나 그곳에 도착한 뒤에 물물교환용으로 쓸 물건들이었다.

활짝 열어 놓은 통풍창으로 한입 베어 물었을 때의 프랑스 빵 같은 향기로운 봄바람이 불어 들었다. 마당에서는 수탉들이 울고 아이들이 뛰어노는 소리가 들려왔다. 방 안을 환기시킬수록, 트렁크에서 꺼낸 겨울옷에서 나는 나프탈렌 냄새가 더 강하게 느껴졌다.

무엇을 가지고 가야 하고 무엇을 남겨 놓을지에 대해서는, 먼저 떠난 사람들의 경험을 통한 완벽한 설명서가 존재했고, 그들의 교훈은 남은 지인들 사이에 널리 퍼져 있었다.

말할 필요 없는 간단명료한 지침이 되는 조언은 안토니나 알렉산드로브나의 뇌리에 어찌나 강하게 새겨졌는지, 마당에서 지저귀는 참새 소리와 아이들이 뛰노는 소리처럼 들리고, 거리에서 어떤 비밀스러운 목소리가 그녀에게 귓속말을 해주는 것 같았다.

'옷감, 옷감······.' 하는 생각이 뇌리에 스쳤다. '잘라 놓은 것이 좋긴 하지만, 짐을 검사할 때는 그것도 위험하다. 가봉한 옷처럼 꾸려 놓는 것이 더 안전하다. 아무래도 천이나 옷감, 오래 입지 않은 옷, 그것도 윗도리가 좋다. 가능한 한 잡동사니를 줄이고, 무게를 줄인다. 자주 사용해야 할 것은 모두 각자 몸에 지니고, 바구니와 트렁크는 배제한다. 짐을 고르고 골라서 여자와 아이도 지고 갈 수 있는 작은 자루로 만든다. 소금과 담배는 괜찮지만, 경험에 따르면, 위험할 수도 있다. 돈은 케렌카*가 좋다. 가장 어려운 문제는 여러 가지 증명서들이다.' 기타 등등.

---

* 케란카는 케렌스키 임시정부가 1917년에 발행하여 1920년까지 통용된 20루블과 40루블의 지폐를 말한다.

5

출발하기 전날 밤에 눈보라가 몰아쳤다. 바람이 눈송이를 뿌리는 잿빛 먹구름을 하늘 높이 위로 불어 올리면, 눈송이들은 다시 하얀 회오리로 변해 땅 위로 내려오다, 깊고 어두운 길을 날아가 하얀 장막처럼 길을 덮었다.

집 안은 모두 정리되었다. 남겨 놓은 가재도구와 방을 관리하는 일은 예고로브나의 모스크바 친척인 중년 부부에게 맡겼다. 안토니나 알렉산드로브나는 지난겨울, 그들의 중개로 헌 옷가지와 불필요한 가구를 장작과 감자로 바꾸며 알게 되었다.

마르켈은 신뢰할 수 없었다. 그는 자신의 정치 클럽의 하나로 선택한 민간 경찰에서 과거의 집주인 그로메코 가족에게 고혈을 착취당했다는 불만을 토로하지는 않았지만, 뒤에서는 주인 가족이 오랜 세월 동안 자신을 무지몽매한 상태로 방치했고, 세상이 원숭이에서 시작되었다는 사실을 가르쳐 주지 않았다고 비난했다.

안토니나 알렉산드로브나는 예전에 상점 점원으로 일했던 예고로브나의 친척 부부를 동반해, 마지막으로 다시 한번, 방들을 둘러보며, 어느 자물쇠에 어느 열쇠가 맞는지, 무엇을 어디에 놓아두었는지 보여 주고, 그들과 함께 장롱 문을 여닫기도 하고, 서랍을 뺐다 닫았다 하며, 모든 것을 일러 주고 설명했다.

방 안의 탁자와 의자는 모두 벽에 밀어 놓고, 가져갈 보따리들은 한쪽 옆으로 모아 두었으며, 커튼은 창문에서 모두 떼어 놓은 상태였다. 눈보라는 안온했던 겨울 방 안이었을 때보다는 방해를 덜 받으며, 벌거벗은 창문을 통해, 휑한 방 안을 들여다보고 있었다. 눈보라는 가족들 모두에게 각자 다른 생각을 불러일으켰다. 유리 안드레예비치는 유년 시절과 어머니의 죽음을, 안토니나 알렉산드로브나와 알렉산드르 알렉산드로비치는 안나 이바노브나의 임종과 장례를 기억했다. 가족 모두, 이것이 이 집에서의 마지막 밤이며, 이제 다시는 이집을 볼 수 없을 거라고 생각했다. 그들의 예측은 잘못된 것이었지만, 괜한 오해로 서로를 슬프게 하지 않으려고, 각자 이집에서 살았던 지난날을 되돌아보고, 두 눈에 흐르는 눈물과 남몰래 씨름했다.

그 와중에도 안토니나 알렉산드로브나는 타인들 앞에서 고상한 품위를 잃지 않았다. 그녀는 집의 관리를 맡긴 여자 친척과 계속 이야기를 했다. 안토니나 알렉산드로브나는 그녀가 해주는 봉사의 의미를 과장하고 있었다. 그녀의 선의에 배은망덕하게 보일까 봐, 계속 미안해하며, 옆방으로 가서 숄이나 블라우스, 혹은 면직물이나 사라사천 등을 가져와 선물로 건네곤 했다. 하나같이 검은색 옷감에 그려진 흰 체크무늬나 물방울무늬의 반점들처럼, 커튼도 없는 휑한 창문으로 이별의 밤을 지켜보는 어두운 눈 내린 거리에도 하얀 반점들이 찍혀 있었다.

6

아침 일찍 날이 밝자, 그들은 기차역으로 출발했다. 건물 입주자들은 아직 일어나지 않았다. 평소에도 친목을 도모하는 일에 발 벗고 나서는 제보로트키나라는 여자 입주민이 집집마다 문을 두드리고 소리를 지르며, 자고 있는 사람들을 깨우러 뛰어다녔다.

"일어나세요, 동무들! 작별 인사하세요! 즐겁게, 즐겁게, 작별 인사를 합시다! 옛날 가루메코프* 가족들이 떠난답니다."

사람들이 작별 인사를 하기 위해, 뒷문 현관과 층계참 입구—정문 쪽은 지금까지 일 년째 못질이 되어 있었다—로 한꺼번에 밀고 나와, 단체 사진이라도 찍듯, 계단 위에 반원형으로 늘어섰다.

입주민들은 하품을 하며, 어깨 위에 걸친 얇은 외투가 흘러내리지 않도록 몸을 웅크린 채, 서두르느라 헐렁한 펠트 장화를 신고 달려 나온 맨발이 시려서 발을 동동 구르고 있었다.

마르켈은 요즘처럼 알코올이 귀한 때에 어디에서 구했는지, 치명적인 무언가에 잔뜩 취해, 뒤꼍 계단 난간에 몸을 거꾸러뜨린 채, 다 부숴 버리겠다고 으르렁댔다. 그는 자청해서 기차역까지 짐을 나르겠노라고 했지만, 거절당하자 부아가 났던

---

* '옛날'은 몰락한 귀족을 암시하며, 가루메코프는 우크라이나 성씨인 그로메코를 러시아식으로 부른 것이다.

것이다. 그들은 간신히 그를 떼어 놓았다.

거리는 아직 어두웠다. 바람은 잦아들었지만, 눈은 전날 밤보다 더 평평 쏟아졌다. 깃털 같은 큼직한 눈송이가 천천히 지면 가까이 내려오더니, 땅 위로 내려앉을 듯 말 듯 망설이며 한참을 떠돌았다.

골목길을 벗어나 아르바트 거리로 나오자, 날이 더 밝아졌다. 길바닥까지 눈이 하얗게 휘장을 드리웠고, 휘장 가장자리의 수술들에 발이 얽히고설켜 움직임이 둔해진 행인들은 마치 제자리에서 발을 구르고 있는 것처럼 느껴졌다.

거리는 인적이 드물었다. 시브체프를 떠난 여행자들은 누구도 마주치지 않았다. 잠시 후, 묽은 밀가루 반죽 속에서 나온 듯, 온통 눈을 뒤집어쓴 마부가, 역시 눈으로 하얗게 뒤덮인 빈 마차를 끌고 일행에게 따라붙었다. 마부는 1카페이카도 안 되는, 당시로는 믿을 수 없는 가격으로 일행과 짐을 모두 마차에 태워 주었다. 유리 안드레예비치는 자청해서 짐 없이 홀가분하게 기차역까지 걸어갔다.

7

역에 이미 도착한 안토니나 알렉산드로브나와 그녀의 아버지는 벌써 목재 난간 사이에 끼인 채, 끝도 없이 늘어서 있는 줄에 섞여 있었다. 요즘에는 플랫폼이 아니라, 플랫폼의 선로 앞에서 반 베르스타나 떨어진 출구신호기 근처에서 승차를 하고 있었는데, 플랫폼으로 들어오는 선로의 눈을 치울 일손이 부족해, 정거장의 절반이 얼음과 쓰레기에 덮여 증기기관차가 그곳까지 들어올 수 없었기 때문이다.

뉴샤와 슈로치카는 어머니와 외할아버지와 같은 행렬 속에 보이지 않았다. 둘은 바깥쪽 입구의 거대한 돌출 지붕 밑으로 자유롭게 돌아다니다가, 가끔 어른들과 합류할 때가 되었는지, 살펴보러 대합실로 와 보곤 했다. 아이들은 심한 등유 냄새를 풍겼는데, 티푸스를 예방하기 위해 복사뼈와 손목, 목덜미에 등유를 잔뜩 발라 놓았기 때문이었다.

바쁘게 다가오는 남편을 발견한 안토니나 알렉산드로브나는 손을 흔들어 보이며, 멀리서 소리를 질러, 그쪽으로 오지 말고, 출장증명서에 도장을 받는 창구로 가라고 전했다. 그는 그쪽으로 향했다.

"무슨 도장인지 보여 주세요."

돌아온 그에게 그녀가 물었다. 의사는 난간 너머로 접은 서류 뭉치를 내밀었다.

"그건 대의원 승차증이군요." 안토니나 알렉산드로브나의 뒷줄에 서 있던 사람이 그녀의 어깨 너머로 증명서에 찍힌 도장을 보고 말했다. 그녀 앞에 서 있던 사람은 이 세상 모든 경우의 모든 법칙을 알고 있는 형식주의-법률가처럼 아주 자세히 설명을 덧붙였다.

"이 도장이 있으면 여러분들은 등급차, 말하자면 일반 객차에서 좌석을 요구할 수 있습니다. 열차에 일반 객차가 연결되어 있을 경우에 말이죠."

이 경우를 두고 줄을 선 사람들이 각자 참견을 했다. 여기저기에서 이야기 소리가 들렸다.

"먼저, 등급차가 있는지 찾아야 할걸요. 정말 좋겠어요. 지금은 화물열차의 완충기에 올라탈 수만 있어도 다행인데 말예요."

"출장 가시는 양반, 이 사람들 이야기 들을 필요 없어요. 내가 설명해 주겠소. 지금은 모든 열차가 혼성열차 한 가지뿐이오. 군용열차도 되고 죄수열차도 되고, 가축용으로도 쓰이고 여객용으로도 쓰여요. 혀야 유연하니까, 무슨 말을 하든 자기 마음이지만, 괜히 그런 말로 사람을 혼란에 빠뜨리지 말고, 알아듣게 설명을 해야 합니다."

"거, 말 한번 잘하시네. 대단한 분 나셨어. 이 사람들이 대의원 승차증을 가졌다 한들 무슨 소용이 있다고요. 먼저 이 사람들을 좀 보고 나서 말을 하세요. 이렇게 눈에 띄는 용모를 하고 어떻게 대의원 열차에 탈 수 있단 말이오? 대의원 열차는 우리 같은 동지들로 가득 차 있소. 수병들은 눈이 예리할 뿐 아니라, 끈이 달린 '나강' 연발 단총을 가지고 있어요.*

---

* 벨기에 총기 개발자 나강 형제가 만든 고정축식 리볼버. 당시 러시아와 동구권에서 주로 사용됨.

한눈에 유산계급이라는 것을 알 테고, 더구나 또 의사라면, 옛날의 나리 출신이잖소. 만약 수병이 '나강'을 쥐고 한 방 쏘면, 파리처럼 쓰러지고 말걸."

만약 그때 새로운 사태가 벌어지지 않았더라면, 의사와 그의 가족들에게 향했던 동정심이 어떻게 되었을지는 아무도 모를 일이었다.

얼마 전부터 군중들은 두꺼운 거울 유리로 된 커다란 역사 창문 너머 멀리 눈길을 보내고 있었다. 먼 곳까지 길게 이어진 플랫폼의 지붕 때문에 선로 위로 눈이 내리는 풍경이 멀리 아스라하게 보였다. 그렇게 멀리서 보면, 눈이 거의 움직이지 않고 대기 중에 머무르다가, 물고기에게 던진 빵 부스러기가 물기를 머금고 물속으로 천천히 가라앉듯, 천천히 내려앉는 것처럼 보였다.

벌써 오래전부터 사람들이 혼자서, 혹은 여럿이서 멀리 그쪽으로 향해 걸어가곤 했다. 그 사람들의 수가 얼마 되지 않았을 때는, 흔들리는 눈의 그물망 뒤로 희미하게 보이는 사람들이 침목을 따라 작업을 나가는 철도원들로 보였다. 그런데 갑자기 사람들의 수가 부쩍 늘었다. 그들이 향해 가고 있는 저 멀리서 기관차가 연기를 뿜어 대고 있었다.

"문을 열어라, 악당들아!" 줄에서 고함 소리가 났다. 군중들이 법석을 떨며, 문 쪽으로 향했다. 뒷줄에 서 있던 사람들이 앞으로 몰려들었다.

"저것 보시오, 무슨 짓을 하는지! 여기에는 목책을 쳐놓고, 저곳에서는 줄도 없이 길을 돌아서 가고 있잖아! 열차는 지붕까지 만원인데, 우리는 순한 양처럼 여기에 서 있으라는 거야? 문을 열어라, 이 악마들아. 자, 부숴 버립시다! 이봐요, 같이 밀어붙여요!"

"바보같이, 저 사람들을 부러워하다니." 모르는 것이 없는 법률가가 말했다. "저 사람들은 페트로그라드*에서 동원된 강제노역자**들이오. 북쪽의 볼로그다로 호송하려다가, 지금은 동부 전선으로 내몰리고 있다고요. 가고 싶어서 가는 것이 아니오. 감시를 받고 있어요. 참호를 파러 가는 중이라니까."

8

열차를 탄 지 벌써 사흘이 지났지만, 모스크바에서 그리 멀리 가지는 못했다. 거리는 겨울 풍경을 보여 주고 있었다. 선로와 들판과 숲, 그리고 마을의 지붕들이 온통 하얗게 눈에 덮여 있었다.

다행히 지바고 가족은 상단 침상의 왼쪽 구석에, 어두컴컴하고 기다란 천장 바로 아래의 창문 쪽에 자리를 잡았다. 그

---

* 상트페테르부르크 명칭은 1914년 제1차 세계대전이 발발한 이후 페트로그라드로 바뀌었다가, 1924년에는 레닌그라드로, 1991년에는 다시 상트페테르부르크로 바뀌었다.
** 1918년 12월 소비에트 정부가 모든 노동 가능한 사람들은 국가 건설에 참여해야 한다는 선언을 하면서 시행되었다.

곳은 다른 사람들과 섞이지 않고, 가족끼리 있을 수 있는 자리였다.

안토니나 알렉산드로브나는 화물열차를 타고 여행하는 것이 처음이었다. 모스크바에서 열차에 처음 오를 때는 유리 안드레예비치가 무거운 미닫이 철문이 달린 객차 바닥의 높이까지 여자들을 팔로 들어 올려 주었다. 그 후, 길을 가는 동안에, 여자들도 익숙해져, 혼자서도 난방 화차를 오르내리곤 했다.

처음 한동안, 안토니나 알렉산드로브나는 객차가 바퀴 달린 마구간처럼 느껴졌다. 그녀는 이 헛간 같은 것들이 어디에 한번 부딪히거나 흔들리기만 해도 부서지고 말 거라는 생각이 들었다. 그러나 객차가 벌써 사흘째, 속력과 방향이 바뀔 때마다, 앞뒤 좌우로 흔들리고, 셋째 날에는 태엽이 달린 장난감 북의 채처럼 객차 바닥 밑에서, 점점 심히게 차축이 덜커덩거리는 소리를 냈지만, 열차는 아무렇지도 않게 달리고 있었으니, 안토니나 알렉산드로브나의 걱정은 괜한 기우였다.

스물세 칸—지바고 가족은 열네 번째 칸에 있었다—으로 이루어진 긴 열차는 플랫폼이 짧은 시골 역에서는 앞쪽이나 뒤쪽, 아니면 중간의 어느 한 부분만 플랫폼에 걸쳐 있곤 했다.

앞쪽 칸들은 군용 칸이었고, 중간은 일반 승객, 뒤쪽 차량에는 징용된 노역자들이 타고 있었다.

노역자들 칸의 승객들은 모두 오백여 명에 이르렀고, 나이나 직업이나 신분이 아주 다양했다.

이들이 차지하고 있는 뒤쪽 여덟 칸은 갖가지 광경을 연출하고 있었다. 옷을 잘 입은 부자들과 페테르부르크의 주식매매인과 변호사인 듯 보이는 사람들이 착취계급이라는 딱지가 붙은 마부, 마루 닦는 청소부, 목욕탕의 때밀이, 고물상인 타타르인, 폐쇄된 정신병원에서 탈주한 환자, 소매상, 수도사 등과 나란히 함께 타고 있었다.

첫 번째 부류의 사람들은 빨갛게 달아오른 작은 난로를 빙 둘러, 윗옷을 벗고 짧게 잘라 세워 놓은 장작들 위에 앉아, 질세라 앞다퉈 이야기를 주고받으며 큰 소리로 웃어 대곤 했다. 그들은 연줄이 든든한 사람들이었다. 그들은 의기소침해하지도 않았다. 영향력 있는 일가친척들이 뒤를 보살펴 주고 있었기 때문이다. 앞으로 여행하는 동안, 최악의 사태가 생긴다면, 돈으로 그들을 빼내 줄 수도 있었다.

두 번째 부류는 장화를 신고 단추를 풀어 헤친 카프탄을 입고 있거나, 맨발에 허리띠를 풀어 바지 위에 길게 늘어뜨린 루바시카를 입고 턱수염이 있거나 없는 사람들이었다. 그들은 답답한 난방차의 열린 문 옆의 기둥과 통로의 횡목을 붙잡고 서서, 철길 근처의 마을과 주민들을 침울한 표정으로 바라보고 있었고, 누구와도 말을 하지 않았다. 이 사람들은 의지할 만한 연고가 없었고, 아무 데도 기댈 곳이 없었다.

이들 모두가 그들에게 허용된 객실에만 머무르는 것은 아니었다. 몇몇은 중간 객실로 건너가 자유 승객들과 함께 있기도 했다. 그중에는 열네 번째 칸으로 온 사람들도 있었다.

9

보통 열차가 기차역에 닿을 때면, 상단 침상에 누워 있던 안토니나 알렉산드로브나는 천장이 낮아 몸을 똑바로 펼 수가 없어, 엉거주춤 몸을 일으켜, 머리를 낮추고 살짝 열린 문으로 밖을 내다보며, 그곳이 물물교환을 하기에 괜찮은 곳일지, 침상에서 내려가 밖으로 나가 볼 필요가 있을지 살펴보곤 했다.

지금이 바로 그런 때였다. 열차가 속도를 줄이기 시작하자, 그녀는 잠에서 깼다. 많은 전철기轉轍機를 연달아 지나고, 그 때마다 난방 화차가 점차 디 크게 덜컹거리는 것으로 보아, 이번 역은 아주 크고 오랫동안 정차할 것 같았다.

안토니나 일렉산드로브나는 몸을 구부리고 앉아서, 눈을 비비고, 머리를 바로잡은 뒤, 물건이 담긴 자루 속에 손을 깊숙이 넣어, 이리저리 그것을 뒤적인 다음, 그 안에서 수탉과 젊은 이, 말 멍에와 수레바퀴가 수놓인 수건을 한 장 끄집어냈다.

그때 잠이 깬 의사가 먼저 침상에서 뛰어내린 뒤, 아내가 객차 바닥으로 내려오는 것을 도왔다.

그 사이 활짝 열린 객차 문 옆으로, 건널목 간수의 초소와 신호등이 스쳐 지나가고, 이어서 벌써 역 주변에 선 나무들이 스쳐 지나갔다. 열차를 향해 층층이 눈 쌓인 가지를 쭉 내밀고 선 나무들은 빵과 소금*이라도 내밀며 기차를 맞이하는 듯했다. 여전히 빠르게 달리는 열차에서 맨 먼저 수병들이 아무도 밟지 않은 눈 쌓인 플랫폼으로 뛰어내려서는 역사 모퉁이 뒤쪽으로 질세라 달렸다. 보통 건물 옆 모퉁이에서는 벽을 방패 삼아 여자들이 몸을 감추고 금지된 음식을 팔고 있었다.

수병들의 검은 제복과 제모의 나풀거리는 리본, 그리고 발목 부분이 나팔처럼 넓게 퍼진 바지로 인해 그들의 걸음은 훨씬 빠르고 가열차게 느껴져, 사람들은 전속력으로 활강하는 스키 선수나 스케이트 선수를 피하듯, 그들에게 길을 비켜 주곤 했다.

역사 모퉁이 뒤에는 가까운 마을에서 온 농군 아낙들이 점을 칠 때처럼 흥분한 채, 온기와 냄새를 보존하기 위해 솜 덮개로 싼 오이 피클과 응고시킨 우유, 삶은 소고기와 호밀 빵 등을 들고, 서로에게 몸을 숨긴 채, 거위 떼처럼 늘어서 있었다. 모피 반코트의 깃 속에 머릿수건의 끝자락을 밀어 넣은 아낙들과 처녀들은 낯선 수병들의 농담에 양귀비꽃같이 얼굴을 붉히면서도, 속으로는 수병들을 불보다 두려워했다. 투기와 암거래를 단속하는 부대의 대부분이 바로 수병들로 이루어져 있었기 때문이다.

---

* 러시아의 손님맞이 풍습으로, 손님이 오면 쟁반에 빵과 소금을 담아 환영의 표시를 했다.

시골 아낙들은 금세 활기를 찾았다. 열차가 멈춰 섰다. 다른 승객들도 찾아왔다. 승객들이 한데 뒤섞였다. 거래가 활기를 띠기 시작했다.

안토니나 알렉산드로브나는 어깨에 타월을 걸친 채, 눈뜰으로 얼굴을 씻으려고 역 뒤쪽으로 온 것처럼 꾸미며, 물건을 사고파는 아낙들을 한 바퀴 둘러보았다. 늘어선 줄 가운데서 벌써 몇 번이나 그녀를 부르는 소리가 들렸다.

"이봐요, 이봐요, 도시에서 온 아주머니, 그 자수 타월과 바꾸고 싶은 것 있어요?"

그러나 안토니나 알렉산드로브나는 멈춰 서지 않고 남편과 함께 앞으로 걸었다.

대열 끝 쪽에서 한 아낙네가 진홍 꽃무늬에 검은 머릿수건을 둘러쓰고 서 있었다. 그녀는 자수 타월을 알아보았다. 대담한 그녀의 두 눈이 번득이며 타올랐다. 그녀는 주위를 한번 둘러보고는, 전혀 위험하지 않다는 것을 확인한 다음, 재빨리 안토니나 알렉산드로브나에게 바싹 다가와 자기 물건의 덮개를 벗기고, 아주 빠르고 흥분된 말투로 속삭였다.

"이것 보세요. 이런 것 본 적 없죠? 좋죠? 오래 생각할 것도 없어요. 안 그러면 빼앗겨요. 자수 타월과 이것 반쪽을 바꿔 가세요."

안토니나 알렉산드로브나는 반쪽이라는 말을 알아듣지 못했다. 그 무슨 머릿수건에 대한 말이라고 생각했다. 그녀가 되물었다.

"뭐라고 하셨어요?"

시골 아낙이 반쪽이라고 말한 것은 그녀가 들고 있는 머리에서 꼬리까지 통째로 구운 토끼의 반 마리를 의미했다. 그녀가 재차 말했다.

"자수 타월을 이것 절반과 바꾸자는 거예요. 뭘 그렇게 보세요? 보다시피 개고기가 아녜요. 내 남편이 사냥꾼이에요. 이것은 토끼예요, 토끼."

교환이 성사되었다. 각자 자신이 크게 이익을 보고 상대방이 손해를 보았다고 생각했다. 안토니나 알렉산드로브나는 가난한 시골 아낙을 속인 것 같아 마음이 무거웠다. 거래에 만족한 시골 아낙도 자기 죄를 서둘러 감추려는 듯, 거래를 끝낸 옆의 아낙을 불러, 그녀와 함께 발에 밟혀 다져진 길게 뻗은 눈길을 걸어 집으로 돌아갔다.

그때 군중 속에서 소동이 일어났다. 어디선가 한 노파가 소리쳤다.

"이봐, 청년! 어딜 가? 돈을 줘야지! 이런 양심도 없는 놈이 있나. 나한테 돈을 안 줬잖아? 저런, 도둑놈의 심보 같으니라고. 소리를 질러도 뒤도 안 돌아보고 가네. 서, 서라고! 여러분! 도둑이야! 날강도야! 바로 저놈이오, 저놈 잡아라!"

"누구 말이오?"

"저기, 수염 없는 작자 말이오. 웃으면서 걸어가고 있어요."

"팔꿈치에 구멍이 나 있는 작자 말이오?"

"그래요, 그래. 저놈 잡아요, 저 이교도 놈 말이오!"

"저기 소매에 헝겊을 덧댄 놈 말이오?"

"그래요, 그래. 아이고, 맙소사, 저놈이 강도짓을 했어요!"

"무슨 일이 일어났어요?"

"저 사람이 할머니한테 파이와 우유를 산다며, 실컷 먹고는 도망쳤대요. 그래서 저렇게 울고 난리가 났어요."

"저걸 그냥 내버려 두면 안 되지. 붙잡아야지."

"어디 한번 잡아 보세요. 온몸에 탄창을 감고 있는데요. 오히려 당신이 잡히겠어요."

10

14호 난방차에는 군부대 노역자로 징용당한 몇 사람이 타고 있었다. 호송병 보로뉴크가 그들을 감시하고 있었다. 그 가운데 세 사람은 여러 면에서 특이했다. 그 세 사람은 예전에 페테르부르크 국영 주점의 계산원이었고, 난방차 안에서는 '카스텔'이라고 불리던 프로호르 하리토노비치 프리툴리예프와 철물점에서 심부름꾼 노릇을 했던 열여섯 살 난 소년 바샤 브리킨, 그리고 백발의 혁명가-협동조합원*인 코스토예

---

* 러시아의 자유사상가이자 혁명가인 크로포드킨의 사상을 받드는 무정부주의자를 일컫는다.

드 아무르스키였다. 제정 시대에 유배지란 유배지는 다 거쳐 왔던 그였는데, 새로운 시대가 도래하자, 다시 새 유배지 순례를 시작한 참이었다.

이 징용자들은 서로 생면부지의 남남이었지만, 여행 중에 여기서 만나 안면을 트게 되었다. 열차에서 서로 이야기를 주고받는 중에, 계산원이었던 프리툴리예프와 점원이었던 소년 바샤 브리킨은 두 사람 모두 바츠크 태생의 동향인이라는 것이 밝혀졌다. 잠시 후에, 열차는 그들의 고향을 지나갈 참이었다.

말미즈시市의 소시민 프리툴리예프는 땅딸막한 체구에 뒷머리를 짧게 쳐올리고, 얼굴이 얽은 사나운 몽골의 남자였다. 겨드랑이가 땀에 젖어 거무스름해진 회색 제복은 풍만한 여성의 가슴에 꼭 끼는 사라판*처럼 몸에 착 달라붙어 있었다. 석상처럼 말수가 적은 그는 몇 시간씩이나 생각에 잠긴 채, 손톱으로 자신의 주근깨투성이 손등의 사마귀를 피가 나도록 팠고, 그 바람에 그곳이 곪기 시작했다.

그는 일 년 전 가을에 네프스키 거리를 걷다가 리테이니 거리 모퉁이에서 가두 검문에 걸렸다. 그는 신분증을 요구받았다. 그가 가지고 있었던 증명서라곤 비노동자에게 발급되었지만, 실제로는 한 번도 배급을 받아 보지 못한, 제4종 식량 배급 카드뿐이었다. 그 때문에 그는 붙잡히게 되었고, 같은 이

* 사라판은 러시아의 농촌 여성들이 주로 입는, 소매가 없고 허리띠가 달린 긴 원피스를 말한다.

유로 거리에서 붙잡힌 수많은 사람들과 함께 감시를 받으며 병영으로 내몰린 것이다. 이렇게 징용된 부대는 이전에 붙잡혀 아르한겔스크 전선에서 참호를 팠던 사람들과 마찬가지로, 처음에는 볼로그다*로 이송될 계획이었다가, 도중에 행선지가 바뀌어 모스크바를 거쳐 동부전선으로 가게 된 것이다.

프리툴리예프의 아내는 전쟁 전, 그가 페테르부르크에서 근무하기 전에 살았던 루가에 계속 남아 있었다. 소문으로 남편이 화를 당한 사실을 알게 된 아내는 남편을 노역부대에서 빼내려고 남편을 찾아 볼로그다로 달려갔다. 그러나 부대의 이동 경로와 그녀가 알고 있던 정보가 서로 맞지 않았다. 그녀의 노력이 모두 수포로 돌아갔다. 모든 것이 뒤엉켜 버렸다.

프리툴리예프는 페테르부르크에서 펠라게야 닐로브나 탸구노바라는 여자와 함께 살았었다. 그가 네프스키 거리의 사거리에서 붙잡혔을 때는, 골목길에서 그녀와 막 헤어져, 다른 볼일을 보러 가던 참이었고, 리테이니 거리에서 아직 먼발치로 그녀의 뒷모습이 통행인들 사이에서 어른거리다가 막 사라진 순간이었다.

통통하고 우람한 체격의 소시민 출신이었던 탸구노바는 예쁜 손을 가지고 있었고 탐스러운 머리카락을 땋아 내리고 있었다. 크게 한숨을 쉬며, 땋은 머리채를 어깨 너머 이쪽저쪽

---

* 러시아 북부와 서부를 잇는 요충지로, 주도(州都)이며, 제6적군이 그곳에서 백위군과 전투를 벌였다.

으로 넘기거나, 앞가슴 쪽으로 늘어뜨리곤 하는 그녀는 프리툴리예프를 쫓아 스스로 호송대를 따라왔다.

프리툴리예프처럼 목석같은 남자가 어디가 좋아서, 여자들이 그렇게 달라붙는지 알 길이 없었다. 탸구노바 외에도 기관차와 더 가까운 군용 난방차에는 어디서 어떻게 탔는지 알 수 없는, 프리툴리예프의 또 다른 여자 친구가 타고 있었다. 흰 눈썹에 깡마른 체구의 오그르이즈코바라는 처녀였는데, 탸구노바는 '콧구멍'이니 '주사기'니 하는 온갖 모욕적인 별명으로 그녀를 불렀다.

서로 앙숙 관계인 이 두 경쟁자는 얼굴을 부딪치지 않으려고 피해 다녔다. 오그르이즈코바는 한 번도 그 난방차에 얼굴을 비치지 않았다. 그녀가 자신의 숭배자를 어디서 몰래 만나는지는 알 수 없었다. 어쩌면 승객들이 한꺼번에 달려들어 장작과 석탄을 실을 때, 그저 먼발치에서 그의 얼굴을 보는 것만으로 만족하는지도 몰랐다.

11

바샤의 인생사는 남달랐다. 그의 아버지는 이번 전쟁에서 사망했다. 어머니는 바샤를 시골에서 페테르*에 사는 삼촌에

---

* 페테르부르크의 약칭.

게 일을 배우라고 보냈다.

　아프락신 드보르*에서 철물점을 운영하던 삼촌은 지난해 겨울 소비에트에 어떤 문제를 해명하도록 소환을 요구받았다. 그때 그는 실수로 통지서에 표기된 방이 아니라, 옆방으로 잘 못 들어갔다. 마침 그 방은 노역자 징용위원회의 대기실이었다. 실내는 몹시 붐볐다. 이 위원회에 출두한 사람들이 충분히 모인 것으로 보이자, 적군 병사들이 나타나 방 안에 있던 사람들을 모두 포위해, 세묘노프 병영으로 데려가 밤을 보내고, 아침에 볼로그다로 가는 열차에 태우려고 역으로 호송해 갔다.

　그렇게 수많은 주민들이 붙잡히자 소문이 시중에 쫙 퍼졌다. 다음 날 많은 가족들과 친지들이 작별 인사를 하기 위해 역으로 몰려왔다. 바샤도 숙모와 함께 삼촌을 전송(傳送)하러 왔다.

　삼촌은 역에서 초병에게 목책 밖에 있는 아내에게 잠깐 다녀오게 해달라고 부탁했다. 그 초병이 지금 14호 차량의 호송병인 보로뉴크였다. 보로뉴크는 돌아온다는 확실한 보장 없이 보내 줄 수는 없다고 거절했다. 삼촌과 숙모는 조카를 보증으로 남겨 두겠다고 제의했다. 보로뉴크는 동의했다. 삼촌은 목책 안으로 바샤를 들여보내고 밖으로 나갔다. 그 후에 삼촌과 숙모는 돌아오지 않았다.

---

* 아프락신은 페테르부르크의 다른 말로, 이곳은 페테르부르크의 최대의 상점가였다.

그들이 거짓말을 하리라고는 의심하지 못했던 바샤는 그것이 속임수였다는 것을 알고는 울음을 터뜨렸다. 바샤는 보로뉴크 앞에 무릎을 꿇고, 그의 손에 입을 맞추며, 풀어 달라고 통사정을 했지만, 아무 소용이 없었다. 호송병이 그의 간청을 들어주지 않은 것은 그가 냉혹해서가 아니었다. 위급한 시기여서 규율이 엄했던 것이다. 호송병은 점호로 피호송자들을 확인하고 목숨 걸고 그 인원수를 책임져야 했다. 바샤는 이런 사정으로 징용부대에 들어오게 된 것이다.

제정 시대든, 현 정부 아래서든 모든 교도관들의 존경을 한 몸에 받고, 항상 그들과 사적으로 좋은 관계를 유지했던 협동조합원 코스토예드-아무르스키가 나서서, 바샤의 딱한 사정을 호송대장에게 여러 차례 호소했다. 대장은 사실 그것이 매우 잘못된 것이라는 사실을 인정하긴 했지만, 호송 중에는 이런 복잡한 문제를 해결하는 데 절차상의 어려움이 있다며, 현지에 도착하면 해결해 보겠다고 했다.

바샤는 그림 속에 나오는 황제의 친위병이나 천사들처럼, 이목구비가 반듯하고 준수한 소년이었다. 그는 보기 드물게 순수하고 순박했다. 그는 어른들의 발치에 앉아, 두 손으로 무릎을 안고 고개를 뒤로 젖힌 채, 어른들이 주고받는 대화나 담화를 즐겨 들었다. 그럴 때면, 터져 나올 것 같은 눈물을 억누르고 있는지, 아니면 억지로 웃음을 참고 있는지, 그의 얼굴 근육의 움직임만 보고도 이야기의 내용을 짐작할 수도

있을 정도였다. 감수성이 풍부한 소년의 얼굴에 대화의 내용
이 거울처럼 반사되었던 것이다.

12

협동조합원인 코스토예드는 상단에 자리한 지바고 가족의
권유에 응해, 차려 놓은 토끼 고기의 앞다리를 뜯고 있었다.
그는 창틈으로 새어 드는 바람과 감기를 걱정했다. "바람이
들어오는군요! 어디에서 새어 들어오죠?"라고 연신 물으며,
바람이 들어오지 않는 곳으로 자리를 바꾸어 앉았다. 바람이
새어 들지 않는 곳으로 자리를 잡고 나서는 "이제 됐어요." 하
고 말하더니, 토끼 앞다리를 다 뜯고 난 손가락을 빨고는, 손
가락을 손수건에 닦으며, 지바고 가족에게 감사를 표했다.

"그쪽 창문에서 바람이 들어오는 것 같은데요. 막아야겠어
요. 그건 그렇고, 좀 전에 하던 이야기로 돌아갑시다. 의사 선
생, 당신의 의견은 옳지 않아요. 구운 토끼 고기는 물론 훌륭
하지요. 그렇다고 해서 시골이 마냥 좋다고 할 수는 없어요.
죄송하지만, 그런 결론은 아무리 생각해도 무모하고 위험한
비약입니다."

"오, 이젠 그만하세요." 유리 안드레예비치가 반박했다. "이
곳 역을 좀 보십시오. 나무들이 벌채되지 않은 채로 있습니
다. 목책도 멀쩡하고요. 그리고 시장은 또 어떻습니까! 그 아

낙들 보세요! 얼마나 만족스러워 보입니까! 어딘가에는 일상의 삶이 존재합니다. 행복한 사람이 있단 말입니다. 모두가 신음하며 살지는 않아요. 이것으로 모든 것이 설명되지 않습니까."

"그렇다면 얼마나 좋겠소. 하지만 그렇지가 않아요. 어디에서 그런 정보를 얻으셨소? 철로에서 100베르스타 정도 떨어진 곳으로 가 보시오. 여기저기서 농민 폭동이 일어나고 있어요. 누구를 반대하는지 궁금하죠? 어느 쪽이 권력을 쥐는지 살펴보며, 백군도 반대하고 적군도 반대합니다. 당신은, 으음, 농민은 모든 체제의 적이다. 무엇을 원하는지는 자신도 모르고 있다고 말하시겠지요. 죄송하지만, 아직 의기양양해하지 마세요. 농민은 당신보다 그것을 더 잘 알고 있지만, 농민이 바라는 것은 저나 당신이 원하는 것과는 전혀 다릅니다.

혁명으로 눈을 뜬 농민은 오랜 세월에 걸친 자신들의 염원이 실현되리라고 기대했지요. 완전히 독립된 삶, 자기 손으로 노동해서 누구에게도 기대지 않고, 그 어떤 정권에도 의무를 지지 않는 무정부주의적 독립 농가로 살아가는 것 말입니다. 그런데 전복된 구체제의 압제를 벗어나기 무섭게, 이번에는 새로운 혁명적 초국가의 훨씬 혹독한 압제가 기다리고 있지 않았습니까? 그래서 농촌은 동요하고, 어디에서도 안정을 찾지 못하고 있는 것입니다. 그런데 당신은 농민들이 잘살고 있다고 합니까? 내가 보기엔 당신은 아무것도 모를 뿐만 아니라, 알고 싶어 하지도 않는 것 같소."

"제가 알고 싶어 하지 않는다는 것은 사실입니다. 바로 보셨어요. 아, 잠깐만요! 무엇 때문에 내가 그 모든 것을 알아야 하고, 그 모든 것에 십자가를 져야 합니까? 시대가 나를 무시하고, 오히려 시대가 원하는 것을 나에게 강요하고 있어요. 그러니 내가 그 사실을 무시하든 말든 상관하지 마세요. 내 말이 현실과 부합되지 않는다고 말씀하셨죠. 하지만 지금 러시아에 현실이 있기라도 할까요? 제 생각에는 너무 놀라 그 현실은 몸을 감추고 있어요. 나는 농촌이 승리하고 번영하리라고 믿고 싶어요. 만약 그것이 착각이라면 저는 어떻게 해야 할까요? 저는 어떻게 살아야 하며, 누구를 믿어야 할까요? 나는 살아야 합니다. 가족이 있으니까요."

유리 인드레예비치는 손을 내저으며, 코스토예드와 벌이던 논쟁의 결론을 알렉산드르 알렉산드로비치에게 맡기고, 자기 침상 끝으로 옮겨 가, 고개를 숙여 아래쪽에서 일어나고 있는 일을 살폈다.

밑에서는 프리툴리예프, 보로뉴크, 탸구노바, 바샤, 네 사람이 같이 이야기를 나누고 있었다. 고향이 가까워지자 프리툴리예프는 어느 역까지 열차를 타고 가야 하는지, 어디에서 내려야 하는지, 그곳에서부터 도보나 말로 어떻게 가야 하는지, 가는 방법을 떠올렸고, 바샤는 아는 마을이나 부락의 이름이 나올 때마다, 눈을 반짝이며 벌떡 일어나 흥분된 목소리로 마을 이름을 불렀다. 마을 이름들이 마치, 마법의 동화처럼 들려왔기 때문이다.

"수호이 브로드에서 내리시나요?" 그는 목이 메어 몇 번이나 물었다. "그렇겠죠! 우리 마을 대피역이에요! 우리 역이에요! 그리고 다음에는 부이스키 마을로 가겠죠?"

"그 다음엔 부이스키 오솔길로 이어지죠."

"네, 제가 말한 바로 그 부이스키 오솔길이에요. 부이스키 마을이요. 모를 리가 없죠! 우리 고향으로 가는 갈림길이거든요. 그곳에서 오른쪽으로 죽 돌아가면 우리 마을이 나와요. 베레텐니키예요. 하지만 하리토노 아저씨, 아저씨 마을은 강에서 왼쪽으로 좀 멀리 떨어진 곳이죠? 펠가강이라고 들어 보셨어요? 들어 보셨을 거예요! 우리 마을 쪽으로 흘러요. 강둑을 따라가면 우리 마을이 나오죠. 바로 그 강변의 높은 언덕에 우리 베레텐니키 마을이 있어요. 그곳이 바로 우리 마을이에요! 바로 절벽 위에 있어요. 기슭이 매우 가파르고요! 우리는 그곳을 긴 선반이라고 해요. 위에서 아래를 내려다보면 무서울 만큼 가파르죠. 금방이라도 굴러떨어질 것 같아요. 사실이에요. 채석을 하고 있거든요. 그것으로 맷돌을 만들죠. 그곳 베레텐니키 마을에 저의 엄마가 계세요. 그리고 두 누이인 알룐카와 아리쉬카도 있고요. 팔라샤 아줌마, 엄마 이름은 펠라게야 닐로브나인데, 엄마도 아줌마처럼 젊고 하얀 피부를 가졌어요. 보로뉴크 아저씨! 보로뉴크 아저씨! 제발 부

닥터 지바고 1

탁이에요…… 보로뉴크 아저씨!"

"어쩌라고? 왜 그렇게 계속 뻐꾸기처럼 불러 대는 거야, '보로뉴크 아저씨, 보로뉴크 아저씨'라니? 나는 네 아저씨도 아니고 아줌마도 아니잖아? 어쩌라는 것이냐, 너를 풀어 달라는 것이냐? 무슨 소리를 하는 것이야? 너를 놓아주면 나는 아멘이야, 총살이라고!"

펠라게야 탸구노바는 멍한 눈길로 입을 다문 채, 옆쪽 어딘가 먼 곳을 바라보고 있었다. 그녀는 바샤의 머리를 쓰다듬으며, 무언가 생각에 잠겨, 그의 붉은 머리카락을 손가락으로 매만졌다. 가끔 그녀는 소년에게 고개를 끄덕이기도 하고, 눈짓을 하거나 미소를 지어 보였다. 그렇게 바보처럼, 모든 사람들이 있는 곳에서 큰 소리로 보로뉴크와 말을 하지 말라는 표시였다. 그리고 입을 다물고 때를 기다리면, 모든 것이 잘될 테니 걱정하지 말라는 뜻이었다.

13

중부 러시아 지대에서 동쪽으로 멀리 나갔을 때, 예기치 못한 일들이 발생했다. 무장한 강도들이 출몰하는 위험한 지역과 얼마 전에 폭동이 진압된 지방이 교차하는 곳을 지나고 있었기 때문이었다.

벌판 한가운데 열차를 세우고, 공안 부대가 열차 안을 돌며 짐을 검사하고 신분증을 조사하는 일도 잦았다.

한번은 한밤중에 어디선가 열차가 선 적이 있었다. 객실 안을 들여다보거나 사람들을 깨우지도 않았다. 무슨 일이 생겼는지 궁금했던 유리 안드레예비치는 난방차에서 뛰어내렸다.

칠흑 같은 밤이었다. 열차는 특별한 이유 없이, 여느 들판처럼 전나무로 둘러싸인 역 구간의 이정표 옆에 멈춰 서 있었다. 유리 안드레예비치보다 먼저 기차에서 뛰어내린 승객들이 쌓인 눈을 밟으며 난방차 앞쪽에 서서 전해 준 이야기로는, 특별한 일도 없이 기관사가 임의로 열차를 세운 것 같은데, 아마도 이 지역이 위험해서, 미리 궤도차로 선로의 안전을 확인하지 않고는 열차를 운행하지 않겠다고 했다는 것이다. 들리는 말로는 승객 대표들이 기관사를 설득하러 갔고, 필요한 경우에는 돈을 좀 쥐어 줄 모양이라고 했다. 그런데 여기에 수병들이 끼어들었다는 소문이 돌고, 그들이 기관사를 설득 중이라고 했다.

유리 안드레예비치가 이런 설명을 듣는 동안, 기관차의 화통과 아궁이의 재 받침에서 타오르는 불꽃이, 춤추는 모닥불의 불꽃처럼, 증기기관차 옆의 선로 앞에 펼쳐진 눈밭을 환하게 비추어 주었다. 그 순간 설원의 한쪽과 기관차 프레임의 가장자리를 달려가는 몇몇 검은 그림자들이 불꽃에 확연하게 비춰 보였다.

앞쪽에서 어른거리는 사람은 기관사인 것 같았다. 그는 발판의 끝까지 달려가서, 위로 뛰어올라 기관차의 완충기를 뛰어넘더니, 시야에서 사라졌다. 수병들이 그 뒤를 쫓아 똑같이 움직였다. 그들 역시 무개차 끝으로 달려가 훌쩍 뛰어, 공중에서 어른거리는가 싶더니, 땅속으로 꺼진 듯이 사라져 버렸다.

이 광경에 호기심이 발동한 유리 안드레예비치는 호기심 많은 다른 몇 사람들과 함께 기관차 앞쪽으로 다가갔다.

열차 앞에 쭉 뻗은 선로 한쪽에 기이한 광경이 펼쳐지고 있었다. 기관사가 한쪽 노반에 쌓인 눈 속에 몸의 절반이나 파묻혀 있었다. 수병들이 짐승몰이를 하는 몰이꾼들처럼 반원형으로 기관사를 둘러싸고 있었고 그들 역시 허리까지 눈 속에 파묻혀 있었다.

"고맙군, 바다제비* 여러분들! 별꼴을 다 보겠어! 단총을 들고 지기 형제들인 노동자를 겨누다니! 내기 더 이상 열차기 못 간다고 해서 말이야! 승객 동무들, 증인이 되어 주시오. 도대체가 이들이 누구 편인지. 누구든 마음만 먹으면 어슬렁거리며, 나사를 빼내고 있다고요. 이런 염병할 놈들아, 나한테 왜 이러는 거야? 이 빌어먹을 놈들아, 나를 위해서가 아니라, 바로 너희들에게 무슨 일이 일어나지 않게 하기 위해 그런 거야. 내가 감독해야 할 일이 바로 그거라고. 그래, 쏠 테면 쏴봐, 수뢰정 대장! 승객 동무들, 내 증인이 되어 주시오. 자, 내

---

* 1901년 막심 고리키의 장시 「바다제비의 노래」가 있는데, 혁명 세력의 노동자를 상징하는 것이 되었다. 러시아혁명은 발트함대의 수병들로부터 시작되었다.

가 여기 있어요, 숨지 않아요."

선로 언덕 위에 모여 있던 사람들 사이에서 이런저런 소리가 들렸다. 몇몇 사람들이 놀라 소리쳤다.

"왜 그래요? 정신 차려요…… 만약 우리가…… 누가 그런 짓을 하게 두겠소? 저 사람들은 그냥…… 협박을 하는 것뿐이오……."

큰 소리로 격려를 하는 사람들도 있었다.

"그 말이 맞아요, 가브릴카! 지면 안 돼요, 기관사!"

눈 속에서 맨 먼저 기어 나온 사람은 붉은 머리 거인 수병으로, 머리가 어찌나 큰지 얼굴이 납작해 보일 정도였다. 그가 모여든 사람들을 향해 천천히 몸을 돌려, 보로뉴크와 같은 우크라이나 사투리가 섞인 굵은 목소리로 몇 마디 했다. 한밤중에 일어난 돌발 사태와는 사뭇 다르게 느껴지는 그의 차분한 말투가 다소 우스꽝스럽게 느껴졌다.

"죄송하지만, 왜 이 소란들입니까? 찬바람에 감기에 걸리지 않도록 주의하십시오. 시민 여러분, 날이 차니 얼른 열차 안으로 들어가세요!"

군중들이 조금씩 흩어져, 각자 난방차로 돌아가기 시작하자, 붉은 머리 수병이 아직 흥분해 있는 기관사에게 다가가 말했다.

"기관사 동무, 히스테리는 이제 그만 부리시오. 구멍에서 기어 나와요. 자, 갑시다."

14

다음 날, 가볍게 휘날린 눈보라가 그대로 쌓인 선로 위로 혹시라도 탈선을 할까 봐 조심조심 계속 속도를 줄이며 천천히 달리던 열차가 갑자기 인적이 전혀 없는 황량한 들판 가운데 멈춰 섰다. 나중에야 그곳이 화재로 파괴된 역의 폐허라는 것이 밝혀졌다. 새까맣게 그을린 역 정면에 '니즈니 켈메스'라고 새겨진 것이 보였다.

화재의 흔적은 역사에만 남아 있는 것이 아니었다. 역사 뒤쪽으로 보이는 눈 덮인 텅 빈 마을 역시 역사와 함께 무참한 화를 당한 것 같았다.

마을 변두리의 집은 새카맣게 탔고, 그 옆집은 통나무 몇 개가 건물 모서리에서 빠져나와 마구리가 안에서 뒤집어져 있었고, 한길에는 여기저기 부서진 썰매와 쓰러진 담장, 찢어진 철판, 부서진 세간 잔재들이 널려 있었다. 그을음과 연기로 더럽혀진 눈 때문에 불탄 숲속 빈터 너머는 거무스름하게 보였고, 얼어붙은 숯 검댕이며 화재와 소화의 잔해물들이 구정물 속에 얼어붙어 있었다.

마을이나 역에 인적이 전혀 없는 것은 아니었다. 곳곳에 드문드문 살아 있는 사람들이 보였다.

"마을이 통째로 다 타 버렸소?" 플랫폼으로 뛰어내린 차장이 불탄 자리에 등장한 역장을 만나자, 관심을 보이며 물었다.

"안녕하세요. 무사히 도착하셨군요. 불에 탄 건 탄 것이지만, 화재보다 더 심각한 문제가 있어요."

"무슨 일인데요?"

"모르는 게 나아요."

"설마 스트렐리니코프가 나타난 것은 아니겠죠?"

"바로 그 사람이 문제요."

"당신들이 무슨 잘못을 했는데요?"

"우리가 잘못한 것은 없어요. 철도와는 직접 관계가 없으니까요. 옆 마을 사람들 때문이오. 우리가 같이 휩쓸렸어요. 보세요. 저기 마을이 보이죠? 저 사람들이 잘못을 저질렀어요. 우스티-넴진스카야 면의 니즈니 켈메스* 마을이지요. 모두 그자들 때문입니다."

"그들이 왜요?"

"최소한 모두 일곱 가지 대역죄를 지었소. 첫째는 마을의 빈농위원회를 몰아냈다는 것이고, 둘째는 적군赤軍에게 말을 조달하라는 법령을 거부했다는 것인데, 보시다시피 이 사람들은 모두 타타르인들로 말을 좋아하는 사람들 아닙니까? 그리고 세 번째는 동원령에 따르지 않았다는 것입니다."

"아, 그렇군요. 이제 알겠습니다. 그 보복으로 포격을 했군요?"

---

* 지금의 키로프주. 작은 마을 우스티 넴다는 뱌트카강 왼쪽에 위치해 있다.

"바로 그렇소이다."

"장갑차였나요?"

"물론이오."

"정말 안됐군요. 아주 유감입니다. 하지만 우리가 가타부타 할 일은 아니죠."

"더구나 이미 지난 일이니까. 제가 여러분들에게 전해 줄 좋은 소식은 하나도 없소. 하루 이틀 여기에서 정차하세요."

"농담 마세요. 그런 한가한 상황이 아니오. 지금 전선으로 보충 병력을 수송하는 중이거든요. 정차를 하지 않는 데 익숙해졌어요."

"농담이라니요. 저기 쌓인 눈더미 안 보여요? 이 지역에 일주일 내내 눈보라가 쳤어요. 온통 눈으로 뒤덮여 있잖아요. 눈을 치울 사람이 아무도 없습니다. 마을 사람 절반이 도망져 버렸으니까요. 남은 사람들에게 시켜도 불가능합니다."

"아, 이런, 큰일이군, 큰일이야! 낭패야, 낭패! 그럼 이제 어떻게 해야 하나?"

"어떻게든 눈을 치우고, 가야지요."

"눈이 깊이 쌓였나요?"

"아주 깊지는 않아요. 지대에 따라 다르지요. 눈보라가 비스듬하게 노반에 휘몰아쳤거든요. 가장 힘든 곳이 중간 부분이에요. 3킬로미터 정도가 움푹 들어가 있어요. 그곳이 실제로 힘든 지형입니다. 눈에 완전히 묻혔거든요. 거기만 지나면 괜찮은데. 타이가 숲 지대라서 숲이 선로를 막아 주니까요. 그리고 역시 움푹 팬 곳까지는 앞이 툭 트여서 심각하진 않아요. 바람이 눈을 날려 버렸거든요."

"아, 이런 제기랄. 이 무슨 난리야! 나도 승객을 모두 동원해 돕도록 하겠소."

"저도 그러는 것이 좋겠다고 생각합니다."

"수병과 적군은 제외해야겠어요. 대신 노역 부대가 한가득입니다. 일반 승객과 합치면 칠백 명은 족히 될 겁니다."

"그 정도면 충분합니다. 삽을 가져오면 바로 시작합시다. 삽이 모자랍니다. 그래서 옆 마을로 가지러 보냈어요. 어떻게 될 겁니다."

"아, 정말 야단났군. 일이 잘될까요?"

"물론이지요. 군사가 많으면 도시도 뺏을 수 있다고 하지 않습니까? 철도입니다. 주요 교통로인데요. 괜찮을 겁니다."

15

선로의 눈을 치우는 데 꼬박 사흘이 걸렸다. 지바고 가족들은 뉴샤까지 포함해 모두 작업에 적극적으로 참가했다. 이때가 여행 중 가장 즐거운 시간이었다.

이곳은 왠지 폐쇄적이며 비밀스러운 부분이 있었다. 왠지 이곳은 푸시킨이 본 푸가초프의 농민운동과 악사코프*의 아

시아적 풍광이 느껴졌다.[*]

파괴와 남아 있는 몇몇 주민들의 폐쇄성이 이곳을 더욱 비밀스럽게 보이게 했다. 주민들은 겁을 먹고, 열차의 승객들을 피했으며, 자기들끼리도 밀고를 두려워해 경계를 늦추지 않았다.

제설 작업에는 모든 승객을 동시에 참가시키지 않고 나누어 동원했다. 작업 구역은 경비병이 감시했다.

선로의 눈은 일정한 거리를 두고, 여러 팀으로 나뉘어, 각 위치의 끝에서부터 동시에 치워 나갔다. 제설된 각 구간 사이에는 마지막까지 손대지 않은 설산이 남아 있었고, 그것이 각 팀들 사이의 경계를 만들어 냈다. 모든 구간을 다 치우고 나서, 맨 마지막에야 이 설산들을 치웠다.

맑고 추운 날이 계속되었다. 며칠 동안, 사람들은 낮에는 밖에서 보내고, 밤에 잠잘 시간이 되어야 객실로 돌아가곤 했다. 많은 작업자에 비해 삽이 모자라, 짧은 시간마다 교대가 이루어져 피로하지는 않았다. 지치지 않을 정도의 노동은 만족감을 주기에 충분했다.

지바고 가족들이 작업을 나간 곳은 앞이 탁 트여 그림처럼 아름다운 곳이었다. 이 지대의 지형은 처음에는 노반에서 동쪽을 향해 내려가다가, 다음에는 저 멀리 지평선까지 물결 모양으로 올라가는 모습이었다.

---

[*] 악사코프(1791~1859)는 사실적이고 유머러스한 필치로 당대의 생활상을 묘사한 작가이다.

언덕 꼭대기에는 사방에서 다 보이는 집 한 채가 서 있었다. 여름에는 무성한 가지들이 정원으로 둘러싸인 이 집을 막아 주었을 테지만, 지금은 당초무늬 서리로 뒤덮인 가지들이 앙상해져서 보호막이 되지 못했다.

눈의 장막이 모든 것을 평평하고 둥그렇게 만들어 놓았다. 그러나 눈의 장막으로도 울퉁불퉁한 경사면은 다 덮이지가 않았고, 지금은 솜이불을 뒤집어쓴 어린아이처럼 높은 눈더미에 덮여 있지만, 아마도 봄에는, 위쪽에서부터 개울이 구불구불한 골짜기를 타고 철둑 아래로 흘러내렸으리라.

저 집에 누군가 살고 있을까, 아니면 면이나 군의 토지위원회에 접수되어 빈집으로 허물어져 가는 중일까? 예전에 저 집에 살던 사람들은 어디로 갔으며, 무슨 일을 당했을까? 외국으로 도망쳤을까? 농민들의 손에 살해당한 것은 아닐까? 아니면 선행을 베풀며 산 덕분에 군내에 교양 있는 전문가로 일자리를 얻었을까? 마지막까지 여기에 남아 있었다면, 스트렐리니코프가 그들을 용서했을까, 아니면 다른 부농*들과 함께 그에게 처형을 당한 것은 아닐까?

언덕 위의 집은 호기심을 불러일으켰지만, 침묵에 잠긴 채 구슬프게만 보였다. 그러나 그 당시 누구도 질문하지 않았고,

---

* 러시아어로 '쿨락'이라고 하며 1906년 토지개혁 이후 등장한 계층으로, 개인 토지를 소유했다. 볼셰비키는 빈농에 대한 대립 개념으로 다양한 형태로 그들을 박해하고 근절시키려고 했다.

누구도 그것에 답하는 사람이 없었다. 오직 태양만이 눈부시게 하얀 빛을 설원에 비추고 있었다. 삽은 얼마나 정확한 조각으로 눈의 표면을 잘라 내는가? 잘린 단면은 얼마나 메마른 다이아몬드의 섬광으로 찬란하게 반짝이는가! 이 광경은 또 얼마나 먼 유년 시절을 떠올리게 하는가! 그 시절 아직 어렸던 유라는 밝은 털실로 테를 두른 방한모를 쓰고 곱슬곱슬한 검은색 양털 외투의 단추를 단정하게 채우고 마당으로 나가, 지금처럼 눈부신 눈으로 피라미드를, 큐브를, 크림 케이크와 요새와 지하도시를 만들지 않았던가! 아, 그때는 이 세상에 산다는 것이 얼마나 맛나고, 눈에 비친 주변의 모든 것이 얼마나 즐겁고 풍요로웠던가!

그러나 최근 밖에서 보낸 사흘 동안의 일상에서도 어떤 포만감을 느낄 수 있었다. 물론 이유가 있었다. 밤이면, 누구의 명령으로 어디에서 가져왔는지 알 수 없지만, 작업에 나간 사람들에게 곱게 체에 친 밀가루로 갓 구운 따끈한 빵이 배급되었던 것이다. 통통하고 아주 먹음직스러운 빵은 옆구리가 터지고 반들반들 윤이 났으며, 딱딱한 빵 껍질 밑에는 구울 때 붙은 숯 부스러기가 묻어 있었다.

16

눈 덮인 산을 오르다가, 잠시 동안 머무른 피난처에 애착이

가듯, 불에 탄 이 역에 정이 들었다. 정거장의 위치, 건물의 외양, 피해를 당한 이런저런 특징들이 사람들의 기억에 남았다.

해가 지면 사람들은 정거장으로 돌아오곤 했다. 해는 지금껏 그랬던 것처럼, 언제나 같은 장소로, 전신 기사의 당직실 정면 창문 옆에 서 있는 오래된 자작나무 뒤로 기울곤 했다.

이곳은 외벽이 안으로 무너져 방을 가득 메우고 있었다. 그러나 온전한 상태로 남은 창문 반대편의 방 뒤쪽은 허물어지지 않았다. 커피색 벽지와 쇠사슬이 달린 청동 뚜껑 밑에 배기구가 딸린 타일을 붙인 난로, 그리고 벽 위에 검은 테가 둘러진 비품 목록의 액자 등, 모든 것이 본래 모습대로 남아 있었다.

불행을 당하기 이전이나 똑같이, 땅 위에 빛을 비추는 햇빛은 타일을 붙인 난로까지 뻗어나가, 커피색 벽지에 갈색 불을 피우고, 자작나무 가지 그림자를 여자의 숄처럼 벽에 걸었다.

건물 다른 쪽에 있는 응급실은 문에 못을 박아 폐쇄해 버렸고, 분명 이월혁명 초나, 그 직전에 붙여진 것으로 보이는 내용의 안내문이 붙어 있었다.

환자 여러분은 약품 및 붕대에 대해서 전혀 동요하지 마시오. 원인을 조사하기 위해 문을 폐쇄합니다. 우스티-넴다 지구 수석 군의관 (아무개).

제설된 선로 사이에 둔덕처럼 남아 있던 마지막 눈까지 모두 치워지자, 시야가 확 트이며 화살처럼 날아가는 반듯한 선로가 눈에 훤히 들어왔다. 양옆으로는 치워 놓은 흰 눈더미가 쌓여 있었고, 그 뒤로 끝없이 펼쳐진 검은 소나무 숲이 두 개의 벽처럼 둘러쳐져 있었다.

선로 여기저기의 눈길이 닿는 곳마다 삽을 든 사람들이 모여 서 있었다. 처음으로 다 함께 모이게 된 사람들은 놀랄 정도로 수가 많았다.

17

늦은 시각, 한밤중인데도 불구하고, 몇 시간 뒤에 열차가 떠날 거라는 이야기가 돌았다. 유리 안드레예비치와 안토니나 알렉산드로브나는 열차가 출발하기 전에, 깨끗이 치워진 선로의 멋진 모습을 마지막으로 한 번 더 보려고 열차에서 내렸다. 노반에는 아무도 없었다. 잠시 자리에 서서 의사 부부는 먼 곳을 바라보며 몇 마디 이야기를 나누고는, 난방차로 돌아왔다.

돌아오는 길에, 서로 욕지거리를 해대는 두 여자의 앙칼지고 거친 고함 소리가 들렸다. 오그리이즈코바와 탸구노바의 목소리라는 것을 바로 알아차렸다. 두 여자는 의사 부부와 같은 방향, 즉 열차 앞에서 뒤쪽으로 걷고 있었지만, 열차를 사이에 두고, 두 여자는 정거장 쪽에서, 유리 안드레예비치와 안토니나 알렉산드로브나는 반대쪽, 그러니까 숲 쪽에서 걷고 있었다. 끝없이 이어지는 열차가 두 쌍을 벽처럼 나누고 있었다. 두 여자는 의사와 안토니나 알렉산드로브나가 걷고 있는 거리와 가까워지는 법이 없이, 조금 앞지르거나 멀리 뒤처지곤 했다.

두 여자는 몹시 흥분해 있었다. 그들은 점점 힘이 빠지는 모양이었다. 걸음걸이가 일정치 않았고, 고함을 지르며 목소리가 갑자기 높아졌다가, 다시 속삭이듯 낮아지곤 해서, 길을 걸으며 눈 속에 엎어지기도 하고 구르는 것도 같았다. 탸구노바가 오그리즈코바를 쫓아가 붙잡아서 주먹으로 때리는 것 같았다. 그녀는 연적에게 입에 담지 못할 욕지거리를 퍼붓고 있었는데, 거만한 도시 여자의 싹싹하고 리드미컬한 욕지거리는 남자의 거칠고 험악한 욕지거리보다 백 배는 더 추악하게 들렸다.

"에이, 요 갈보년아, 에이, 요 암캐야!" 탸구노바가 소리쳤다. "어디 갈 데가 없어서, 이렇게 졸졸 따라다니며, 치맛자락을 질질 끌고 눈깔을 번득이는 거야! 그러면서 꼬리를 치고 추파를 던지는 꼴 좀 보게! 에이, 이 암캐야, 내 서방으로도 부족해 갓난애한테까지 추파를 던지고 꼬리를 쳐서 어린애를 망치려고 해?"

"아하, 그럼, 바센카*는 네 남편이야?"

* 바센카는 바샤의 애칭.

"그래, 내가 남편인지 아닌지 보여 주마. 요, 싸움쟁이, 잡년 아! 살아서는 돌아가지 못할 거다. 내 손에 피를 보게 하지 마!"

"오, 오, 대단하네! 손 저리 치우지 못해, 미친년아! 나한테 원하는 게 뭐야?"

"네년이 뒈지는 거야. 이 화냥년아. 암내 나는 고양이, 뻔뻔 한 계집아!"

"나에게 말 다 했냐? 그래, 나는 암캐이고 암고양이다. 누 구나 다 알지. 그런 너는 참 대단한 귀족인가 보네. 시궁창에 서 태어나 개구멍에서 결혼하고 쥐새끼를 배어 고슴도치를 낳은 년이……. 아이고, 사람 살려, 사람 살려, 누구 없어요! 이런, 역병에 걸린 악귀가 사람 죽이네. 이봐요, 이 처녀 좀 살 려 줘요, 불쌍한 나 좀 도와줘요……."

"빨리 가요. 도저히 들을 수가 없네요. 정말 구역질 나요." 안토니나 알렉산드로브나가 남편을 재촉했다. "좋게 끝날 것 같지가 않네요."

18

갑자기 지형도, 날씨도 모든 것이 변했다. 평원이 끝나고 언 덕과 기복이 심한 산간 고지대 사이로 선로가 뻗어 있었다. 얼마 전까지 불어오던 북풍도 멎었다. 남쪽으로부터 난로의 온기처럼 따뜻한 기운이 풍겨 왔다.

그곳은 산비탈에 층을 이루며 숲이 우거져 있었다. 숲을 가로질러 철길을 달리는 동안, 열차는 처음에는 급경사를 올라가다가, 중간쯤에 이르러서는 완만한 내리막으로 내려가야 했다. 숨을 헐떡이며 숲으로 기어 들어갔다가 가까스로 그곳을 다시 빠져나온 열차는 마치 주변을 살피며 이런저런 이야기를 나누는 승객의 무리를 인도해 가는 늙은 산지기 같았다.

그러나 아직은 특별히 눈에 띄는 것이 없었다. 깊은 숲은 겨울처럼 잠들어 있었고, 평온하기만 했다. 그저 가끔, 여기저기 관목들과 나무들이 사각거리며, 낮게 드리운 가지에서 목줄이 풀리고 단추가 풀리듯, 계속 미끄러져 내리는 잔설을 털어 내고 있을 뿐이었다.

유리 안드레예비치는 졸음이 쏟아졌다. 요사이, 그는 상단에 있는 침상에 누워 잠이 들었다가 깨어나기를 반복했고, 무슨 생각에 잠기거나, 주변에 귀를 기울이기도 했다. 그러나 특별히 귀담아들을 만한 것은 없었다.

19

봄은 유리 안드레예비치가 실컷 잠을 자는 동안, 모스크바를 출발할 때 내렸던 눈과 여행 내내 내렸던 눈, 그리고 우스티 넴다에서 사흘 동안 파냈던 눈과 몇 천 베르스타의 지역에 상상할 수 없을 만큼 두껍게 쌓인 눈을 태우고 또 녹이는 중이었다.

눈은 처음에는 안에서부터 소리 없이 살며시 녹기 시작했다. 그 어마어마한 작업이 절반 정도 진행되고 나면, 더 이상 그것을 감출 수 없었다. 이제 그 기적이 밖으로 드러나기 시작했다. 조금씩 움직이는 눈의 장막 밑으로 물이 솟아나고 콸콸 흘러나왔다. 사람의 발길이 닿지 않은 깊은 숲속 마을들은 부산해지기 시작했다. 그 안의 모든 것들이 잠에서 깨어났다.

녹은 물은 아무 데나 제멋대로 흘러내렸다. 낭떠러지로 떨어져 내려, 연못을 가득 채우고는 사방으로 흘러넘쳤다. 숲은 물소리와 수증기와 향기로 가득 찼다. 물길은 숲을 따라 뱀처럼 이리저리 기어 다니다가, 길을 막고 있는 눈더미 속으로 파고 들어가 녹아들기도 하고, 요란스레 평지를 흐르다 낭떠러지로 떨어져 물보라를 뿌리기도 했다. 대지는 더 이상 물을 흡수하지 못했다. 오래된 전나무들은 뿌리를 뻗어, 현기증이 나는 구름 높이까지 물을 빨아올렸고, 전나무 밑동에는 맥주를 마신 입가의 맥주 거품처럼, 건조한 담갈색 물거품이 소용돌이를 쳤다.

꼭대기까지 뻗어 오른 봄기운에 취한 하늘은, 취기로 몽롱해진 얼굴을 구름으로 감추었다. 숲 위로 낮게 드리운 채 떠가는 펠트 같은 먹구름 속에서 흙냄새와 땀 냄새를 풍기는 따뜻한 소나기가 물방울을 튀기며 숲으로 떨어져 내리자, 대지를 덮고 있던 구멍 난 검은 얼음 갑옷의 마지막 파편들이 물에 씻겨 내려갔다.

잠에서 깬 유리 안드레예비치는 덧창 틀을 떼어 낸 네모난
채광창으로 다가가, 팔꿈치를 짚고 귀를 기울였다.

20

광산지대*가 가까워질수록 주민들의 수가 차츰 늘어나고,
역과 역 사이의 구간도 짧아졌으며, 정차도 잦아졌다. 타고 내
리는 승객도 많아졌다. 크지 않은 간이역에서도 타고 내리는
사람들이 많았다. 훨씬 짧은 거리를 가는 사람들은 오래 앉
아 있거나, 침상에서 잠을 자지 않고, 밤이면 어딘가 난방차
가운데의 문 근처에 자리를 잡고 앉아, 자기들만 아는 이 고
장의 이야기를 수군거리다가, 다음 대피역이나 간이역에서 내
리곤 했다.

유리 안드레예비치는 최근 사흘 동안 열차에 타고 내린 이
지역 승객들의 이야기를 통해, 현재 북부에서는 백군이 우세
하며, 이미 유랴틴을 점령했거나 점령하기 직전이라는 결론을
내렸다. 뿐만 아니라, 그가 잘못 들었거나, 동명이인이 아니라
면, 이 방면의 백군을 지휘하고 있는 사람은 유리 안드레예비
치가 잘 아는, 멜류제예프 병원에서 함께 지냈던 갈리울린이

---

* 광산지대는 페름에서 북동쪽으로 125킬로미터 떨어진 중부의 우랄산맥 기슭에 있다.

라는 것을 짐작했다.

유리 안드레예비치는 소문이 확인되기 전까지는 쓸데없이 가족들이 불안해하지 않도록 이 사실을 한마디도 하지 않았다.

<h1 style="text-align:center">21</h1>

밤이 깊어 갈 무렵, 유리 안드레예비치는 왠지 모를 행복한 기분에 잠에서 깼다. 그것은 잠이 깰 만큼 강한 느낌이었다. 열차는 야간에 어느 역에 정차 중이었다. 기차역은 투명한 백야의 어스름에 잠겨 있었다. 이 밝은 어둠을 미묘하고 강력한 어떤 것이 가득 채우고 있었다. 바로 이것이 이곳이 광활하고 활짝 열린 공간임을 증명해 주고 있었다. 동시에 이것은 이 대피역이 넓고 확 트인 시야를 확보해 주는 높은 위치에 있다는 것도 암시해 주었다.

플랫폼을 따라 몇 사람의 그림자가 발소리를 죽이고 작은 소리로 이야기를 주고받으며 난방차 옆으로 지나갔다. 그들의 행동에 유리 안드레예비치는 감동을 받았다. 이렇게 발소리를 죽이며 목소리를 낮추는 행동은 전쟁 전의 옛 시절에나 지켜졌던, 밤 시간에 갖춰야 할 예의와 열차 안에서 자고 있는 승객에 대한 배려였기 때문이다.

그것은 의사의 착각이었다. 플랫폼은 다른 곳과 마찬가지로 고함 소리와 장화 소리로 요란했다. 그런데 근처에 폭포가 있었고, 이 폭포가 생기와 자유를 불어넣어 백야의 경계를 넓혀 주었다. 그것이 꿈속에서 의사로 하여금 행복을 느끼게 했던 것이다. 끊임없이 떨어지는 폭포의 낙하 소리가 대피역의 모든 소리를 삼켜 버려, 정적에 싸인 듯한 착각을 불러일으킨 것이다.

폭포가 있다는 것도 모른 채, 이곳 공기 중의 알 수 없는 탄성에 취한 의사는 다시 깊은 잠에 빠져들었다.

난방차 아래쪽에서 두 사람이 대화를 나누고 있었다. 한 사람이 상대에게 물었다.

"그래, 녀석들을 잠잠하게 해놓았나? 꼬리를 낚아챘어?"

"그 장사치들 말이야?"

"그래, 양곡 장사치들 말이야."

"고분고분하게 만들었지. 비단결처럼. 본보기로 몇 놈 때려눕혔더니, 나머지 놈들은 모두 조용해졌어. 배상금을 받았지."

"그 지역에서 얼마나 거둬들였는데?"

"4만."

"거짓말하지 말게!"

"내가 왜 거짓말을 하겠어?"

"4만이라니, 그런 헐값에?"

"4만 푸드*라고."

---

* 1푸드는 곡물량의 단위로 약 16.38킬로그램의 양이다.

"아, 그래? 그거 대단하군, 잘했네! 잘했어."

"박력분 밀가루로 4만 푸드야."

"뭐 놀랄 일도 아니지. 이 지역은 일급 지역이잖아. 가장 큰 곡물 시장이니까. 여기서 르인바강을 따라 유랴틴까지 올라가면, 마을마다 양곡장과 곡식 창고가 있지. 셰르스토비토프 형제라든가, 페레카드치코프와 아들들은 모두 대단한 도매업자들이지!"

"목소리가 너무 커. 사람들이 깨겠어."

"알았어."

이야기를 나누던 사람들이 하품을 했다. 상대가 제안했다.

"잠깐 눈 좀 붙일까? 아마도 출발하려는 모양이야."

그때, 뒤쪽에서 폭포의 물소리가 들리지 않을 만큼, 귀가 멍멍할 정도로 커다란 굉음을 점점 크게 울리며, 대피여의 반대편 선로를 따라 구식 열차가 맹렬한 속도로 달려오더니, 기적을 울리며, 멈춰 선 군 수송열차 옆을 쏜살같이 지나, 마지막으로 불빛을 한번 깜박이고는, 이내 흔적도 없이 사라졌다.

아래쪽에서 대화가 다시 이어졌다.

"이런, 이거 야단났군. 오래 서 있을 것 같은데."

"빨리 출발하지는 않겠어."

"스트렐레니코프일 거야. 특별 임무를 띤 장갑열차지."

"틀림없이 그 사람일 거야."

"반대자들에겐 무섭게 굴지."

"아마 갈레예프를 쫓고 있을걸."

"그게 누군데?"

"아트만* 갈레예프 말일세. 그가 체코 군단**과 함께 유랴틴을 봉쇄하고 있다는 소문이야. 젠장, 그곳을 점령해 장악한 다음, 봉쇄하고 있다는군. 아트만 갈레예프라나 뭐라나."

"아마 갈릴레예프 공작일지도. 확실치는 않지만."

"그런 공작은 없어. 아마 알리 쿠르반일 거야. 자네가 혼동한 거야."

"쿠르반일지도 모르지."

"그것은 다른 이야기야."

22

아침이 가까워 올 무렵, 유리 안드레예비치는 다시 잠에서 깼다. 그는 어떤 즐거운 꿈을 또 꾸었다. 가슴은 행복한 기분과 자유로운 느낌으로 가득 차 있었다. 열차는 또 멈춰 서 있었다. 어쩌면 새로운 간이역일 수도 있고, 아니면 전의 역일지도 몰랐다. 다시 폭포 소리가 소란스럽게 들려왔는데, 아마 이전의 그 폭포일 수도 있고, 아니면 다른 폭포일 수도 있다.

---

* 러시아 내전 당시 '아트만'으로 불렸는데, 여러 부류의 코사크 지휘자들을 부정적인 의미로 '아트만'이라는 단어를 사용했다.
** 체코슬로바키아 군단으로, 1916년 오스트리아군에서 투항한 장병 4만 5천 명의 군인.

유리 안드레예비치는 어느새 다시 잠에 빠져들었고, 잠결에 뛰어다니는 발소리와 소란을 느꼈다. 코스토예드가 호송대장과 다투며, 서로 상대에게 고함을 질러 댔다. 밖은 한결 더 상황이 나아졌다. 이전에 없던 새로운 향기가 감돌았다. 그것은 축축하게 녹아내리는 눈가루들이 땅에 떨어져 땅을 하얗게 덮기는커녕, 오히려 땅을 더 검게 만드는 5월의 눈보라의 습격처럼, 신비한 봄의 희한하고 희미한 흑백의 향기였다. 유리 안드레예비치는 잠결에 '산벚나무였구나!' 하고 생각했다.

23

아침에 안토니나 알렉산드로브나가 말을 건넸다.

"당신은 정말 이상해요, 유라. 완전히 모순 덩어리예요. 파리 한 마리만 날아가도 잠이 깨고, 아침까지 눈을 붙이지 못하다가, 이렇게 시끄럽게 싸우고 난리인데도, 그렇게 잠에 푹 빠져 있었으니 말이에요. 밤중에 계산원 프리툴리예프와 바샤 브리킨이 도망쳤대요. 놀랍죠! 탸구노바와 오그리즈코바도 같이 말예요. 그것이 전부가 아니에요. 보로뉴크도요. 그래요, 모두 도망쳤어요. 믿어지세요? 잘 들어 봐요. 문제는 그들이 어떻게 자취를 감추게 되었는지, 같이 도망쳤는지, 아니면 따로따로인지, 누가 어떻게 했는지 전혀 모른다는 거예요. 물론 보로뉴크는 다른 사람들이 도망친 것이 드러나면, 자신이 위험해지기 때문에 도망친 것이 분명하죠. 그러나 다른 사람들은 어떻게 된 것일까요? 모두 자기 의사로 도망쳤을까요, 아니면 강제로 당했을까요? 그러니까, 여자들이 아주 의심스러워요. 그렇지만 누가 누구를 죽였는지, 탸구노바가 오그리이즈코바를 죽였는지, 오그리이즈코바가 탸구노바를 죽였는지 아무도 몰라요. 호송대장은 열차의 이쪽 끝에서 저쪽 끝까지 뛰어다니느라 야단이에요. '누가 감히 열차를 출발시키려고 기적을 울리려는 겁니까?' 하면서 소리를 치고 있어요. '법의 이름으로 도망자들을 찾을 때까지 열차의 정차를 요구합니다.' 그러자 열차의 차장이 이렇게 대꾸했어요. '당신 미쳤소?' 하고 말이죠. '나는 전선으로 보충부대를 수송하는, 가장 긴급한 임무를 수행하는 중이오. 당신들의 그 형편없는 징용부대 따위를 기다리라니! 대체 무슨 말을 하는 거요!' 그러고는 둘이서 코스토예드에게 비난을 퍼부었어요. 협동조합원으로 의식 있는 사람이 옆에 같이 있었으면서도, 무식하고 지각없는 호송병의 무모한 짓을 말리지 않았다는 거죠. '더구나 나로드니키 아니오.' 하면서요. 물론 코스토예드도 가만히 앉아 있지는 않았어요. '그것 참 재미있군!' 하고 말했어요. '그러니까 당신들 말로는 죄수가 호송병을 감시해야 한다는 말이오? 그래요? 이건 정말 암탉더러 수탉처럼 울라는 것 아니오.' 라고 했다니까요. 제가 당신의 허리며 어깨를 흔들어 깨우며 '유라, 일어나요.' 하고 소리쳤어요. '누가 도망갔대요!' 하고요.

그런데 어떤 줄 아세요! 대포 소리가 나도 일어날 것 같지 않더라니까요……. 그건 나중에 이야기해요. 지금은…… 할 수 없어요……. 아빠, 유라, 저기 좀 보세요, 정말 멋지네요!"

누운 채, 고개를 내밀고 있는 사람들 옆의 창문 틈으로, 녹은 눈이 홍수처럼 땅 위로 끝없이 흘러넘치고 있는 광경이 보였다. 어디선가 강둑이 넘쳐 한쪽 지류의 물이 철둑 가까이까지 흘러들었다. 상단 침상에서 내다보이는 좁은 시야 안에서는 마치 열차가 물 위를 유연하게 미끄러져 가는 것처럼 보였다.

수면 위에는 군데군데 철분 성분의 검푸른 빛이 떠돌았다. 그 외의 나머지 수면 위에는 요리사가 버터에 적신 깃털로 따끈한 파이의 표면을 칠하는 듯, 뜨거운 아침 햇살이, 거울같이 반들거리는 빛의 반점들을 쫓고 있었다.

낱이 보이시 않는 물웅덩이 속에는 풀밭이며 구덩이, 덤불숲과 말뚝처럼 물속으로 뻗친 기둥 모양의 구름들이 잠겨 있었다.

홍수가 난 이 웅덩이 가운데에는 하늘과 땅 사이, 위아래, 두 겹으로 나무들이 드리워진, 띠처럼 좁다란 땅이 보였다.

"오리떼다! 새끼 오리떼야!" 알렉산드르 알렉산드로비치가 그쪽을 향해 외쳤다.

"어디요?"

"섬 근처야. 그쪽이 아니고. 좀 더 오른쪽, 오른쪽에, 오, 저런, 날아가 버렸어. 놀란 모양이야."

"아, 맞아요. 보여요. 그런데 알렉산드르 알렉산드로비치, 드릴 말씀이 있습니다만, 그냥 나중에 하겠습니다. 그 징용된 노역자들과 여자들이 도망친 것은 잘된 일입니다. 제 생각에 그 사람들은 유순하고, 어느 누구에게도 해를 끼치지 않았다고 생각합니다. 그저 물이 흘러가듯, 도망쳤을 뿐이죠."

24

북쪽의 백야가 끝나 가고 있었다. 산과 수풀과 절벽들은 눈앞에 보이는데도, 거짓말처럼, 그린 듯 서 있었다.

수풀은 이제 막 싹이 돋기 시작했다. 그 가운데 몇 그루 산 벚나무가 꽃을 피우고 있었다. 수풀은 가파른 낭떠러지를 이루는 산 아래쪽의 약간 돌출된 작은 터에 있었다.

그곳에서 멀지 않은 곳에 폭포가 있었다. 폭포는 숲 맞은편 절벽 끝에서만 보였고, 다른 쪽에서는 보이지 않았다. 경이감과 환희에 휩싸인 바샤는 폭포를 보기 위해 지치도록 왔다 갔다 했다.

주변에는 폭포에 견줄 만한 것이나, 비교할 만한 것이 아무 것도 없었다. 폭포는 홀로 우뚝 선 모습으로 공포감을 불러일으켰다. 그 모습으로 인해 폭포는 생명과 의식을 가진 대상으로, 이 지역에서 조공을 거두고 이 지방을 황폐화시키곤 했다는, 옛날이야기에 나오는 용이나 구렁이로 변했다.

폭포는 중간 지점에 튀어나온 바위의 돌기에 부딪혀 두 갈래로 갈라졌다. 위쪽의 물기둥은 거의 움직이지 않았지만, 두 갈래로 갈라진 아래쪽의 물기둥은 거의 알아보기 힘들 만큼, 끝없이 좌우로 흔들리고 있었다. 그것은 마치 폭포가 미끄러졌다가 일어섰다가 또 미끄러졌다가 일어서며, 계속 비틀대면서도 의연하게 두 발로 버티고 서 있는 것처럼 보였다.

바샤는 양피 외투를 깔고 수풀가에 누웠다. 날이 환히 밝아 오자, 거대한 날개를 가진 커다란 새 한 마리가 산 위에서 아래로 날아 내려가, 수풀 위를 유연하게 선회하고 나더니, 누워 있는 바샤 옆의 전나무 꼭대기에 앉았다. 바샤는 고개를 들어, 까마귀의 푸른 목과 회청색 가슴팍을 정신없이 쳐다보며, 작은 목소리로 "론댜." 하고 속삭였다. 이 새의 우랄식 이름이었다. 바샤는 자리에서 일어나 땅바닥에 펴놓았던 양피 외투를 들어 올려, 걸쳐 입은 다음, 수풀 속의 조그만 공터를 가로질러 동행자에게 다가갔다. 그가 말했다.

"이제 가요, 아주머니. 몸이 꽁꽁 얼어, 이가 덜덜 떨려요. 뭘 그렇게 놀라서 보세요? 인간적으로 말해서 지금 가야 한다니까요. 안전한 곳으로 가야죠. 마을까지는 버텨야 해요. 마을에 가면 사람들이 그들과 같은 처지의 우리를 내치지 않고 감춰 줄 거예요. 이틀 동안 아무것도 먹지 않아, 굶어 죽겠어요. 틀림없이 보로뉴크 아저씨가 난리를 치며 우리를 찾으러 나섰을 거예요. 빨리 이곳을 벗어나야 해요. 팔라샤 아주

머니, 한마디로 빨리 도망쳐야 한다니까요. 이틀 동안 한마디
도 안 하는 아주머니와 같이 있으니 정말 답답해요. 너무 슬
퍼서 말문이 막혔나 봐요. 그런데 무엇이 그렇게 슬퍼요? 카
탸 아주머니를, 카탸 오그리이즈코바를 열차에서 떼민 것은
일부러 그런 것이 아니었잖아요. 잘못해서 허리를 부딪친 거
예요. 제가 다 보았어요. 카탸는 곧바로 아무렇지도 않게 숲
에서 일어났어요. 일어나서 도망쳤다고요. 프로호르 아저씨,
프로호르 하리토노비치도 마찬가지였어요. 그분들이 우리들
을 뒤따라오면, 다시 모두 같이 가게 될 텐데, 다른 생각할 것
이 뭐가 있어요? 무엇보다 중요한 것은 자책해서는 안 된다는
거예요. 그러면 말도 할 수 있을 거예요."

탸구노바는 바닥에서 일어나 바샤에게 한 손을 내밀며 나
직하게 말했다.

"그래, 가자꾸나, 애야."

25

열차는 온 몸통을 흔들며, 높은 경사면을 따라 산을 오르
고 있었다. 경사면 아래로는 선로의 높이만큼 아직 자라지 못
한 어린 잡목들이 서 있었다. 그 밑으로 물이 빠진 지 얼마 되
지 않은 풀밭도 보였다. 모래가 섞인 풀밭 곳곳에는 침목용
통나무가 널린 채, 아무렇게나 나뒹굴고 있었다. 어느 가까운

벌채지에서 띄워 보내려고 쌓아 두었던 통나무들이 해빙기의 홍수에 밀려 여기까지 떠내려 온 것이 분명했다.

제방 아래 어린나무 숲은 겨울처럼 아직 거의 벌거숭이 상태였다. 숲에는 오직 촛농처럼 점점이 흩뿌려진 싹눈 속에만 먼지나 부스럼 딱지 같은 어떤 잉여적인 것, 어떤 무질서한 것들이 생겨나기 시작했는데, 이렇게 잉여적인 것이, 무질서한 것이, 먼지 같은 것이 맨 처음 싹을 틔우는 숲속의 나무들을 불꽃같은 푸른 잎사귀로 휘감아 줄 생명이었다.

여기저기에는 이제 막 싹이 난 쌍떡잎의 새싹들이 톱니나 화살처럼 꽂혀 있는 자작나무들이 순교자들처럼 곧추서 있었다. 눈으로만 보아도, 자작나무들이 풍기는 향기를 알 것 같았다. 그 향기는 자작나무 몸통의 광택과 같은 향기였다. 니스를 만드는 메딜알코올의 냄새였다.

어느새 선로는 떠내려 온 통나무가 원래 있었을 장소와 같은 높이로 이어져 있었다. 굽은 숲길을 돌자, 가운데 3사젠*의 길이로 자른 장작더미가 쌓여 있고, 주변에 장작 부스러기와 톱밥이 널려 있는 벌채지가 나타났다. 기관사는 벌목장 근처에서 브레이크를 걸었다. 열차는 몸을 떨더니, 커다란 원형의 높은 아치 모양으로 살짝 휘어진 곳에, 같은 모양으로 정차했다.

기관차에서 개 짖는 듯한 짧은 기적 소리가 몇 번 울리더

---

* 예전의 러시아의 길이 단위로 1사젠은 약 2.134미터에 해당한다.

니, 누군가의 고함 소리가 들렸다. 승객들은 신호가 없어도, 연료 공급을 위해 기관사가 열차를 세웠다는 것을 짐작했다.

난방차의 작은 문들이 열렸다. 작은 도시의 인구만큼은 될 듯한 많은 사람들이 일시에 선로 가로 쏟아져 나왔다. 그러나 앞쪽 객실의 징용자들은 제외되었다. 그들은 전원이 참가하는 작업에서 항상 면제되었고, 지금도 작업에 참여하지 않았다.

벌채지의 연료용 짧은 장작더미만으로 탄수차를 가득 채우기에는 부족했다. 기다란 3사젠 길이의 통나무를 톱으로 잘라 부족한 양을 채워야 했다.

기관차 비품 목록에는 항상 톱이 들어 있었다. 희망자들에 한해서 두 사람당 한 자루씩 톱을 나눠 주었다. 교수와 사위도 톱을 지급받았다.

군인들의 난방차에서는 열린 미닫이문으로 수병들이 쾌활한 얼굴을 내밀고 있었다. 아직 포화를 겪지 않은 어린 수병들, 해군 학교의 상급생들, 역시 전투에 참가해 본 적도 없고, 분명 무슨 착오로 동원되었다가 이제 막 군사훈련을 마치고 온 무뚝뚝한 기혼 노동자들이 심각해지지 않으려고 일부러 더 나이 든 수병들과 떠들어 대며 농담을 주고받았다. 그런 그들 모두가 시련의 순간이 다가왔음을 감지하고 있었다.

그 농담꾼들이 톱질하는 남녀를 따라다니며 깔깔대고 조롱했다.

"이봐요, 영감님! 난 아직 젖먹이야, 아직 젖을 떼지 못해서,

육체노동을 할 힘이 없어요." "어이, 마브라! 톱으로 치맛자락 자르라, 바람 들어요." "이봐, 아가씨! 숲에 가는 대신 차라리 나한테 시집을 와요."

26

숲속에는 열십자로 줄줄이 묶은 말뚝의 끝부분을 땅에 묻어 놓은 몇 개의 가대架臺가 놓여 있었다. 그중 일부분의 가대가 비어 있었다. 유리 안드레예비치와 알렉산드르 알렉산드로비치는 그곳에서 톱질을 하려고 자리를 잡았다.

반년 전, 눈 속에 잠겼던 땅이 그 상태 그대로 눈 위로 드러나는 봄이었다. 질식할 것처럼 축축한 숲은 잘게 찢어진 영수증과 편지, 각종 통지서 따위를 오랫동안 치우지 않고 내버려둔 방처럼, 지난가을의 낙엽으로 온통 뒤덮여 있었다.

"천천히 하세요, 지치십니다." 느리고 율동적으로 톱질을 조정하던 의사는 알렉산드르 알렉산드로비치에게 이렇게 말하며, 잠시 쉴 것을 제의했다.

합쳐졌다 어긋났다 하면서 앞뒤로 움직이는 다른 톱들의 날카로운 소리가 숲속에 메아리쳤다. 저 멀리 어디선가 꾀꼬리 한 마리가 맨 먼저 목청을 가다듬었다. 한참이 지나자, 검은 개똥지빠귀가 먼지 낀 플루트를 불듯, 휘파람을 불었다. 기관차의 배기밸브에서 새어 나오는 증기도 아이 방의 알코올

램프 위에서 끓고 있는 우유처럼, 뽀글뽀글 노래하며 하늘로
올라갔다.

"무슨 할 이야기가 있다고 하지 않았었나, 잊어버린 건 아
니지?" 알렉산드르 알렉산드로비치가 물었다. "저번에 해빙된
웅덩이를 지날 때, 오리들이 나는 것을 보고 무언가 생각에
잠겨 '드릴 말씀이 있습니다만……' 하고 말했던 것 같은데."

"아, 네. 그것을 어떻게 간단히 말씀드릴 수 있을지 모르겠
습니다. 그러니까 지금 우리는 점점 더 깊은 곳으로 들어가고
있는데…… 이곳은 어디나 난리 속입니다. 우리는 곧 도착할
거예요. 목적지에 도착하면 무슨 광경이 펼쳐져 있을지 전혀
알 수 없습니다. 만일의 경우를 대비해서 미리 의논을 해야겠
다고 생각했어요. 저는 각자의 신념을 말하는 것이 아닙니다.
이런 봄날, 숲에서 오 분 동안의 대화를 통해 그것을 밝히고
결정한다는 것은 어리석은 일이니까요. 우리는 서로 잘 알고
있지 않습니까? 아버님과 저와 토냐, 세 사람은 우리 시대의
다른 많은 사람들과 함께 하나의 세계를 구성하고 있습니다.
다만 각자 다른 점은 이해의 정도뿐일 겁니다. 제가 말씀드리
려고 하는 것은 이것이 아닙니다. 이것은 자명한 일이니까요.
저는 다른 측면을 이야기하는 겁니다. 우리가 어떤 상황에서
어떻게 처신할 것인가를 미리 정해 두어야 한다는 것이죠. 서
로 얼굴을 붉히거나, 오점을 남기지 않기 위해서 말입니다."

"됐네. 알겠네. 이 문제를 제기한 것은 잘한 걸세. 꼭 해야

할 이야기를 한 거야. 내가 말하겠네. 한겨울 눈보라가 치던 날, 자네가 최초의 포고가 실린 신문을 가져온 날을 기억하지? 얼마나 생경하고 강압적이었나. 매우 위압적이고 직설적 표현이었지. 그런 것들은 오직 만들어 낸 사람들의 머릿속에서만, 처음의 순수한 상태에서나 존재하는 법일세. 그것도 그런 선언을 한 첫날에 한해서 말이야. 다음 날이면, 정치적 궤변으로 뒤집어지기 마련일세. 자네에게 무슨 말을 하겠나? 난 그들의 철학에 동의하지 않네. 그 권력은 우리를 적대적으로 생각하거든. 이 변혁은 내 동의를 필요로 하지도 않았어. 그러나 그들은 나를 신임했고, 설사 내가 그것을 억지로 했다 할지라도, 나는 그런 행동을 해야 할 의무가 있었던 걸세.

토냐는 나에게 텃밭을 가꾸기에 너무 늦게 도착하는 것은 아닌지, 파종 시기를 놓치게 되는 것은 아닌지 물어보곤 하네. 그 애에게 뭐라고 대답해야 하나? 나는 이곳의 토질도 모르네. 기후 조건은 또 어떤가? 여름도 너무 짧아. 이곳에 무엇이 자라기는 하겠나?

그건 그렇고, 지금 우리가 텃밭이나 가꿔 먹자고, 이렇게 먼 곳까지 가나? '젤리를 먹기 위해서는 7베르스타도 간다.'는 농담은 있을 수가 없지. 유감스럽게도 우리가 지나온 길은 7베르스타가 아니라 족히 3, 4천 베르스타가 될 테니까. 아니, 솔직히 말해, 우리가 이렇게 먼 곳까지 찾아온 것은 전혀 다른 목적 때문 아닌가. 우리는 현대적인 무위도식을 즐기려고,

어떻게든 옛날 할아버지의 숲과 공장들과 자산을 탕진하는 데 끼어 보겠다고 가는 거야. 할아버지의 자산을 회복하기 위해서가 아니라, 그것을 파괴하고 푼돈을 얻어 보자고 수천의 자산을 공유화로 탕진하고, 한 번도 생각해 보지 못한 지금 같은 비정상적인 혼란 상태에서, 모든 것들이 그렇듯이 확실하게 탕진하려는 것일세. 설령 나에게 황금을 준다 해도, 심지어 무상으로 제공한다고 해도, 옛날과 같은 방식으로 공장을 소유하지는 않겠네. 그런 짓은 맨발로 뛰어다니기 시작하거나, 읽고 쓰기를 모두 잊어버린 것처럼 야만적인 것이야. 이제, 러시아에서 사유재산의 역사는 끝났어. 더구나 개인적으로 우리 그로메코 집안은 이미 조상들 세대에 재산 축재의 욕망을 버렸네."

27

객실 안은 덥고 답답해 잠을 이룰 수가 없었다. 의사는 땀에 흠뻑 젖은 베개를 베고, 머리를 뒤척이고 있었다.

그는 다른 사람들을 깨우지 않으려고 침상에서 조용히 내려와, 객실 문을 밀어서 열었다.

굴속 거미줄에 닿았을 때처럼, 끈적끈적한 공기가 그의 얼굴에 닿았다. 그는 '안개다.'라고 짐작했다. '안개. 무덥고 쨍한 하루가 되겠군. 그래서 이렇게 숨쉬기가 힘들고 가슴이 답답

했던 거야.'

의사는 선로에서 내리려다가, 잠시 문 앞에서 주변에 귀를 기울였다.

열차는 분기역으로 보이는 어느 커다란 정거장에 정차하고 있었다. 안개와 정적만이 주위를 감싸고 있었고, 열차는 실재하지 않는 어떤 곳에 내팽개쳐지고, 버려진 것 같았다. 열차가 멈춰 선 곳이 역의 가장 구석진 곳이었고, 멀리 떨어진 정거장 건물과 열차 사이에는 거미줄 같은 선로들이 끝도 없이 펼쳐져 있었기 때문이다.

멀리서 희미하게 두 종류의 소리가 들려왔다.

열차가 지나온 뒤쪽에서는 철썩거리는 소리가 일정하게 들려왔다. 빨래를 헹구거나 젖은 깃발이 바람에 나부껴 깃대에 부딪히는 소리 같았다.

앞쪽에서는 단조롭고 뭔가 구르는 듯한 소리가 들려왔다. 전투를 경험했던 의사는 그 소리에 몸을 부르르 떨며, 귀를 기울였다.

'장거리포가 분명해.' 낮고 절제된 톤으로 규칙적이고 나직하게 울려오는 굉음에 귀를 기울이며, 그는 그런 결론을 내렸다.

'그래. 전선 가까이 왔어.' 의사는 이렇게 생각하며, 머리를 흔들고는 열차에서 아래, 땅바닥으로 뛰어내렸다.

그는 앞으로 몇 발자국 걸어 나갔다. 두 차량 앞쪽에서 열차가 끊겨 있었다. 기관차도 연결되어 있지 않은 것이, 앞쪽

차량만 끌고 어딘가로 사라진 모양이었다.

'바로 그것 때문에 병사들이 어제 그렇게 위세를 부렸군.' 의사는 생각했다. '아마 도착하자마자, 곧바로 전투에 투입되리라는 것을 알고 있었던 거야.'

그는 선로를 횡단해 역사로 가는 길을 찾으려고, 열차의 맨 앞쪽을 빙 돌았다. 차량 한쪽 뒤에서 갑자기 땅 밑에서 솟아난 듯 총을 든 초병이 나타났다. 그는 길을 막고 작은 소리로 물었다.

"어디 가? 통행증 내놔!"

"이곳이 어느 역이오?"

"어느 역이든 무슨 상관이야. 너는 누구냐?"

"모스크바에서 온 의사요. 가족과 함께 이 열차에 타고 있소. 자, 신분증명서가 여기 있소."

"이런 신분증명서 따윈 다 쓰레기야. 내가 바보인 줄 알아? 이렇게 어두운 데서 어떻게 글씨를 읽으라는 거야. 눈 버린다고. 이렇게 안개가 낀 것 안 보여? 네놈의 신분증명서 따위는 보지 않아도 네가 어떤 의사인지는 한눈에 알 수 있어. 저기서 너 같은 의사 놈들이 우리한테 12인치 포를 쏘고 있잖아. 지금 당장 네놈에게 한 방 먹이고 싶지만, 아직은 일러. 몸이 성할 때 얼른 돌아가."

'나를 다른 누군가로 잘못 알고 있구나.' 하고 의사는 생각했다. 초병과 말다툼을 하는 것은 무의미했다. 정말 늦기 전에 물러나는 것이 좋을 것 같았다. 의사는 반대쪽으로 몸을 돌렸다.

포성은 그의 등 뒤에서 멎었다. 그쪽은 동쪽이었다. 비누 거품과 김이 가득 서린 목욕탕에서 벌거벗은 사람들이 어른거리는 것처럼, 동쪽에서 연무에 싸인 태양이 둥둥 떠가는 안개 사이사이로 어렴풋이 나타났다.

의사는 열차 차량을 따라 걸었다. 차량을 모두 지난 후에도 계속 앞으로 걸어갔다. 걸음을 옮길 때마다 그의 발은 부드러운 모래밭 속으로 푹푹 빠져들었다.

단조로운 물소리가 점차 가까워졌다. 지형은 완만하게 경사를 이루고 있었다. 몇 발자국을 더 걷다가, 의사는 안개 때문에 유난히 커 보이는 희끄무레한 형체 앞에서 발을 멈추었다. 다시 힌 발지국 옮기자, 안개 속에서 강 언덕 위로 끌어 올린 작은 배의 고물이 유리 안드레예비치 앞에 드러났다. 그가 선 곳은 널따란 강 언덕 위였다. 고깃배의 뱃전과 선창의 나무 발판을 잔잔한 물결이 지친 듯 느릿느릿 철썩대고 있었다.

"누가 여기서 어슬렁거리라고 했나?" 다른 초병이 강둑으로 나오며 물었다.

"이게 무슨 강이죠?" 의사는 좀 전의 경험에 비추어, 절대 질문은 하지 않겠다고 마음먹었음에도 불구하고, 자기도 모르게 불쑥 질문을 하고 말았다.

초병은 대답 대신 호각을 입으로 가져갔지만, 미처 호각을 불 여유가 없었다. 호각을 불어 첫 번째의 초병을 부르려고 했지만, 아까부터 유리 안드레예비치의 뒤를 몰래 밟고 있었는지, 그가 직접 동료에게 다가왔던 것이다. 두 사람이 이야기를 나누었다.

"이건 생각할 필요도 없어. 새는 날아가는 것을 보면 아는 법이지. '여기가 무슨 역이오, 이건 무슨 강이오.' 하고 물었어. 우리 눈을 속이려는 수작이지. 어떻게 하지? 바로 강으로 데려가 없애 버릴까, 아니면 우선 열차로 데리고 갈까?"

"열차로 데리고 가세. 대장이 알아서 하겠지. 신분증명서 이리 내." 두 번째 초병이 고함을 치고는 의사가 내민 서류를 잡아챘다.

"이봐, 잘 보고 있어." 그는 누구에게 한 것인지, 분명치 않게 말을 하고는, 첫 번째 초병과 함께 선로 안쪽으로 역사를 향해 걸어갔다.

그때 모래 위에 누워 있던 어부 행색의 사내가 상황을 설명하려는 듯, 목구멍을 그르렁거리며 일어났다.

"대장한테 데리고 간다니, 당신은 운이 좋군. 당신을 살려 줄지도 모르니까. 그래도 저 사람들을 비난하지는 마시오. 그것이 저들의 임무니까. 지금은 인민의 세상이오. 어쩌면 그것이 좋은 방향일지도 모르지요. 하지만 지금은 그런 말을 해선 안 돼요. 필시 저 사람들이 잘못 본 것 같소. 저들은 지금 어떤 사람을 찾느라 혈안이 되어 있거든. 그런데 당신을 그 사람으로 오해한 모양이오. 바로 그자, 노동자 권력의 적을 잡았다고 생각한 게요. 잘못 봤지. 이보시오, 만약에 일이 생기면, 대장을 찾으시오. 그자들이 마음대로 하게 해서는 안 되오. 저자들은 의식 분자들이오. 불행한 일이지. 별일 없어야 할 텐데. 당신 하나 없애는 것은 저자들에게 아무것도 아니거든. 저자들이 가자고 해도 따라가지 마시오. 대장을 만나게 해달라고 하고."

유리 안드레예비치는 어부의 이야기를 통해, 눈앞에 보이는 강은 기선이 왕래하는 유명한 르인바강이라는 것, 강과 가까운 철도역은 라즈빌리예역이라는 것, 그리고 유랴틴 근교의 강변 공장지대라는 것을 알게 되었다. 유랴틴은 이곳에서 2, 3베르스타 정도 떨어진 상류에 위치하며, 최근에 계속 전투가 벌어졌는데, 지금은 백군에게서 탈환된 것으로 보인다는 사실을 알게 되었다. 어부는 그에게, 라즈빌리예도 혼란 상태에 빠져 있었는데, 역시 진압되었고, 지금 주변이 이렇게 조용한 것은, 일반 시민들을 역 주변으로 접근할 수 없게 하고, 교통을 철저히 차단했기 때문이라고 귀띔해 주었다. 마지막으로 그는, 역 구내에 정차 중인 열차마다 군사령부가 설치되어 있고, 그 가운데 지방 군사위원인 스트렐리니코프의 특별열차도 있는데, 그 열차로 의사의 신분증명서를 가지고 갔다는 사실도 이야기해 주었다.

시간이 어느 정도 지났을 때, 의사의 등 뒤에서 새로운 초병이 나타났다. 이전의 두 초병과는 달리 그는 금방이라도 고꾸라질 것처럼, 총대를 땅에 질질 끌기도 하고, 술에 취한 벗을 부축하듯, 자기 앞에 총을 바로 세우기도 하면서 걸어왔다. 그가 군사위원이 있는 열차로 의사를 데리고 갔다.

28

두 개의 차량을 연결한 복도에 가죽이 깔려 있는 특별객차 중 하나에서 웃음소리와 왁자지껄한 소리가 들려왔다. 초병이 경기병에게 암호를 대며 의사를 데리고 그곳으로 들어가자 갑자기 조용해졌다.

초병은 좁은 복도를 따라 중앙에 있는 넓은 방으로 유리 안드레예비치를 데려갔다. 그곳은 조용하고 잘 정돈되어 있었다. 깨끗하고 쾌적한 공간에서 단정하게 차려입은 사람들이 사무를 보고 있었다. 의사는 짧은 기간에 이 지역 일대에서 이름을 떨치며 공포의 대상이 되고 있다는 비당원 군사 전문위원의 사령관실이 이런 모습일 거라고는 전혀 예상치 못했다.

그러나 그의 활동 무대는 이곳이 아니라, 어딘가 야전사령부와 가까운 전투 지역에 있을 것이고, 이곳은 그의 사적인 장소, 그러니까 가정적인 소규모의 집무실이나 이동 캠프의 침실 같은 곳일 터였다.

그 때문에 이곳은 코르크와 카펫이 깔린 뜨거운 바닷가의 탈의실 복도처럼 조용했고, 근무자들은 부드러운 슬리퍼를 신고 소리 없이 걸어 다녔다.

중간에 위치한 차량은 원래 카펫이 깔려 있던 식당 칸이었는데, 사령관실로 개조되어 있었다. 실내에는 테이블 몇 개가 놓여 있었다.

"잠깐 기다려." 입구 바로 앞에 앉아 있던 젊은 군인이 말했다. 그러자 책상 앞에 앉아 있던 사람들은 모두, 더 이상 의사에 대해 신경 쓸 필요 없다는 듯, 무관심한 태도를 보였다. 예의 그 군인이 초병에게 무덤덤하게 고개를 끄덕이자, 초병은 복도의 금속제 가로대를 총대로 긁으며 사라졌다.

의사는 입구에서 자신의 신분증명서를 발견했다. 서류는 맨 안쪽의 책상 끝에 놓여 있었고, 그 앞에는 구시대의 대령을 연상시키는 군인이 앉아 있었다. 그는 일종의 군사 통계 담당자였다. 뭔가를 웅얼거리며 안내서를 살펴보기도 하고, 작전 지도를 조사하기도 하고, 무엇인가를 대조하고 비교한 후, 오려 내어 풀로 붙이기도 했다. 그는 방 안의 창문을 모두 빙 둘러보더니 '오늘은 덥겠군.' 하고 말했다. 마치, 창문을 모두 둘러본 후에 내린 결론이지, 창문 하나를 보고 결론을 내린 건 아니라는 듯한 태도였다.

군 기술자가 책상들 사이의 마루를 기어 다니며, 고장난 전선을 고치고 있었다. 그가 젊은 군인의 책상 밑으로 기어 들어가자, 군인은 방해가 되지 않도록, 자리에서 일어났다. 그 옆에서는 카키색 남성 재킷을 입은 타이피스트가 고장난 타자기와 씨름하고 있었다. 타자기의 캐리지가 옆으로 너무 쏙 들어가 틀에 끼어 버린 것이다. 젊은 군인이 그녀의 걸상 뒤로 가더니, 위에서 들여다보며 고장 원인을 찾고 있었다. 군 기술자도 타이피스트 쪽으로 기어서 건너와 레버며 전동장치를 밑에서 살피고 있었다. 옛날 대령을 연상시키는 군인도 자리에서 일어나 그들 쪽으로 건너갔다. 네 사람이 모두 타자기에 매달렸다.

이 광경을 보며 의사는 안심했다. 앞으로의 그의 운명을 분명 잘 알고 있을 사람들이, 죽음의 위협을 느끼는 사람 앞에서, 저렇게 태평하게 사소한 문제에 관심을 보일 수는 없을 터였기 때문이었다.

'하지만 누가 그것을 알겠는가?' 하고 그는 생각했다. '이들의 이런 무사태평한 태도가 어떻게 가능하지? 이들은 바로 근처에서 포성이 울리고, 사람들이 죽어 가는데도, 오늘은 덥겠다는 예보나 하고 있지 않은가. 뜨거운 전투가 아니고, 날이 덥겠다는 예보를 말이다. 아니면 너무 많은 것을 겪다 보니, 감각이 완전히 마비되어 버렸나?'

그는 할 일이 아무것도 없어서 제자리에 선 채, 방 맞은편의 창문 너머로 밖을 내다보았다.

29

여기서부터 열차 앞으로 나머지 선로가 뻗어 있고, 라즈빌리예의 언덕 위로 동일한 이름의 역이 바라다보였다.

세 개의 층계참으로 이루어진 무채색 나무 계단이 선로에서 역사까지 연결되어 있었다.

이쪽에서 보면, 선로들이 거대한 기관차의 묘지처럼 보였다. 탄수차가 없는 낡은 기관차들이 커다란 찻잔 모양이나 장화의 목처럼 생긴 화통을 서로 맞댄 채, 부서진 차량 더미 사이에 서 있었다.

기관차의 무덤 아래로 보이는 교외의 무덤들과 도로 위에 놓인 찌그러진 철판, 그리고 변두리의 녹슨 지붕들과 간판 등이 이른 아침의 열기에 달궈진 하얀 하늘 아래서, 낡고 황량한 풍경을 만들어 내고 있었다.

모스크바에 사는 동안, 유리 안드레예비치는 도시에 얼마나 많은 간판이 있고, 또 간판들이 얼마나 크게 가게의 전면을 덮고 있었는지 의식하지 못했었다. 그런데 이곳의 간판을 보고서야 그는 그것을 생각해 냈다. 그중 절반은 열차에서도 읽을 수 있을 만큼 글씨가 컸다. 간판들이 기울어진 단층집의 기울어진 창문 바로 위까지, 어찌나 바짝 내려앉아 있는지, 간판 아래 납작 엎드린 작은 집들이, 마치 아버지의 모자를 푹 눌러쓴 시골 아이들의 머리처럼 가려져 있었다.

그 사이 안개가 말끔히 걷혔다. 안개는 동쪽 멀리, 왼쪽 하늘에만 흔적이 남아 있었다. 그러나 그 흔적마저 무대 위의 막처럼 살짝 흔들리며 움직이더니 이내 흩어져 버렸다.

라즈빌리예에서 3베르스타 정도 떨어진 곳에, 주변보다 더 높은 언덕 위에 읍사무소나 군청 소재지 정도의 큰 도시가 모습을 드러냈다. 태양은 도시의 빛깔에 황금빛을 더해 주고 있었고, 먼 거리는 도시의 윤곽을 단순하게 만들어 주었다. 도시는 값싼 목판화에 그려진 아토스산山*이나 벽지의 수도원처럼, 집 위에 집, 길 위로 길이 산 중턱까지 층층이 연결되어 있었고, 꼭대기 중앙에는 커다란 교회가 서 있었다.

'유랴틴이다!' 유리 안드레예비치는 흥분에 휩싸이며 생각했다. '고인이 된 안나 이바노브나가 자주 회상하던 곳, 간호사 안티포바가 수없이 이야기했던 곳이다! 그들이 수없이 들었던 도시의 이름이었는데, 그 도시를 이런 상황에서 처음 마주하다니!'

그 순간 타자기 위에 몸을 구부리고 있던 군인들의 관심을 끄는 것이 창밖에 보였다. 그들이 모두 그곳으로 고개를 돌렸다. 유리 안드레예비치도 그들을 따라 시선을 돌렸다.

포로가 되었거나 체포당한 몇몇 사람들이 역사로 통하는 계단으로 연행되는 중이었는데, 그들 중에는 머리를 다친 김

---

* 그리스 에게해 연안에 있는 그리스정교의 성지로, 바다에 면한 가파른 산 중턱에서 산꼭대기에 걸쳐 여러 채의 교회 건물이 세워져 있다.

나지야 학생도 있었다. 그는 붕대를 감고 있긴 했지만, 붕대 위로 피가 배어 나와 있었고, 땀에 범벅된 그을린 얼굴에 흐르는 피를 손바닥으로 문지르고 있었다.

행렬 뒤에서 두 명의 적군 병사들 사이에 끼어 있던 김나지야 학생이 주의를 끈 것은, 그의 아름다운 얼굴에 드러난 결기라든가, 어린 반란군에 대한 연민 때문만이 아니었다. 두 호송병과 그가 벌이는 어리석은 행동이 사람들의 이목을 끌고 있었다. 그들이 불필요한 행동을 계속 하고 있었던 것이다.

붕대가 감긴 학생의 머리에서 교모校帽가 자꾸 벗겨졌다. 모자를 벗어 손에 들면 될 텐데, 학생은 상처에 좋지 않은데도 불구하고 계속 모자를 고쳐 푹 눌러썼으며, 두 적군 병사들은 또 그것을 애써 도와주는 것이었다.

상식에서 벗어나는 이런 어리석은 행동에는 어떤 상징적인 면이 있었다. 의사는 그 의미심장한 사실에 부응해, 층계참으로 뛰어나가 목구멍까지 치밀어 오르는 소리로 학생의 행위를 그만두게 하고 싶었다. 소년과 열차 안에 있는 모든 사람들에게 '구원은 형식을 지키는 것이 아니라, 형식에서 해방되는 데에 있다.'고 외치고 싶었던 것이다.

유리 안드레예비치는 다른 쪽으로 시선을 돌렸다. 반듯하고 빠른 걸음으로 지금 막 스트렐리니코프가 그곳으로 들어와 한가운데 멈춰 섰다.

의사인 그가 불특정 다수의 사람들과 인연을 맺어 오면서도, 어떻게 지금껏 이런 독특한 인물을 한 번도 만나지 못했을까? 어떻게 운명은 그들을 비켜 가게 했을까? 왜 그들의 인생행로는 교차되지 않았을까?

무슨 이유 때문인지는 알 수 없지만, 그가 완벽한 의지의 화신이라는 사실은 한눈에 드러났다. 그는 자신이 원하는, 내적인 것과 외적인 모든 것이 완벽한 모범이 될 수준에 이르러 있었다. 균형 잡힌 잘생긴 얼굴과 정력적인 그의 걸음걸이, 그리고 더러웠지만, 깨끗이 닦인 것처럼 보이는 장화를 신은 긴 다리, 그리고 구겨져 있었지만, 다림질이 잘된 아마천 느낌의 회색 모직 군복이 모두 그랬다.

지상의 어떤 상황에 놓인다 해도, 마치 말안장에 올라앉은 것처럼, 자신을 당당하게 느끼며, 억지스럽지 않는 자연스러운 천부적 재능이 그런 효과를 불러온 것이다.

이 사람은 분명 어떤 재능을 가지고 있었는데, 그것은 그 자신만의 것은 아닐 수도 있었다. 즉, 그의 모든 행동에서 드러나는 그 재능은 모방의 재능일 수도 있었다. 그때는 모두가 누군가를 모방하고 있었다. 역사에 이름을 남긴 영웅들을, 전선이나 도시의 폭동에서 볼 수 있는, 상상력을 자극하는 인물들을, 인민의 신망을 받는 권위 있는 사람들을, 선두에 선 동지들을, 그리고 그저 서로를 모방하기도 했다.

그는 낯선 사람을 보고 놀라거나 낯설어하지 않고, 정중한 태도를 취했다. 다른 사람들 눈에 그가 의사를 동료로 대하고 있는 것처럼 보이는 행동이었다. 그가 말했다.

"자, 축하합시다. 우리가 그들을 물리쳤어요. 이건 목숨을
건 일이 아니라, 전쟁놀이 같군요. 그들도 우리 같은 러시아인
들이니까요. 다만 그들은 어리석을 뿐이지요. 그들이 어리석
은 생각을 그만두지 않으니, 우리가 강제로 그것을 쳐부숴야
죠. 저들의 사령관은 내 친구였소. 그는 출신으로 보면 나보다
도 더 프롤레타리아였지요. 우리는 같은 건물에서 자랐소. 그
는 내 인생에서 많은 것을 도와주었소. 나는 그에게 빚을 졌
지요. 하지만 그를 강 건너, 어쩌면 더 먼 곳일지도 모르는 곳
으로 물리쳤다는 것이 기쁩니다. 구리얀! 전화 수리를 서두르
게. 전령이나 전보만으로는 부족해. 지금 덥지 않은가? 그래
도 한 시간 반은 잤군. 아, 참⋯⋯." 그는 갑자기 생각난 듯, 의
사를 향해 몸을 돌렸다. 그는 자신이 잠을 자다가 일어난 원
인을 생각해 냈다. 지금 여기 억류된, 아무것도 아닌 사람 때
문에, 그를 깨웠던 것이다.

'이 사람인가?' 스트렐리니코프는 머리끝에서 발끝까지 예
리한 시선으로 의사를 훑어보며 생각했다. '전혀 닮은 데가
없잖아. 이런 바보들 같으니라고!' 그는 껄껄 웃고는 유리 안드
레예비치를 향했다.

"실례했소, 동지. 사람을 잘못 본 것 같소. 초병들이 혼동
한 모양이오. 돌아가셔도 됩니다. 동지의 서류는 어디에 있
지? 아, 여기에 있군요. 죄송합니다만, 잠깐 살펴보겠습니다.

지바고…… 지바고…… 의사 지바고라…… 왠지 모스크바
의……. 어쨌든 잠시 제 방으로 좀 들어오시죠. 이곳은 사무
실이고 내 방은 바로 옆입니다. 잠깐이면 됩니다."

30

그런데 이 사람은 도대체 누구일까? 비당원인 그가 어떻게
이 지위에 올랐으며, 그 자리를 지켜 갈 수 있는지 놀라웠다.
아무도 그를 알지 못했다. 그가 모스크바에서 태어나기는 했
지만, 대학을 나온 후, 바로 지방으로 내려가 학교 교사가 되
었다가, 전쟁에서 포로가 되어 얼마 전까지도 러시아에서 사
라져, 전사한 것으로 간주되고 있지 않았던가.

어린 스트렐리니코프를 집으로 데려와 돌봐 주었던 진보적
철도원 티베르진이 그를 추천하고 신원보증을 해주었다. 그는
당시 임명권을 쥐고 있던 사람들의 신임을 받게 되었다. 열광
적인 파토스와 극단적인 주장이 난무하던 시대에 스트렐리니
코프의 혁명적 정신은 진정성과 열정, 그리고 타인의 목소리
를 흉내 내는 것이 아니라, 그의 모든 삶과 의지를 통해 드러
난 독창적 특성을 보여 주었기 때문이었다.

스트렐리니코프는 신뢰를 배반하지 않았다.

최근 그의 전투 이력에는 우스티 넴딘스크와 니즈니 켈메
스크에서의 사건, 식량 징발대에 무력으로 저항한 구비소프

농민 폭동 사건, 메드베지이 포이마역에서 식량 열차를 약탈한 제14보병연대의 사건 등이 포함되어 있었다. 그 외에도 투르카투예시에서 폭동을 일으켰다가, 무기를 들고 백군으로 넘어간 라진 군단* 사건과 선착장 치르킨 우스강에서 소비에트 정권에 충성한 사령관을 살해한, 군사반란 사건도 있었다.

그는 그 모든 곳에 번개처럼 나타나 신속하고 급습해, 재판에 회부하고 선고를 내렸고, 선고는 가차 없이 즉각 집행하곤 했다.

그가 열차를 타고 돌아다니며 활약한 덕분에 이 지역에 퍼진 병사들의 탈주도 근절되었다. 징병 기관에 대한 감사도 모든 것을 새롭게 변화시켰다. 적군의 징병 업무도 순조롭게 진척되었다. 징병위원회는 정신없이 일이 바빠졌다.

마지막으로 척근에 백군이 북쪽에서 밀고 들어와 정세가 심각해지자,** 스트렐리니코프에게 직접적인 군사작전의 새로운 임무가 지워졌다. 그가 개입하자 바로 성과가 나타났다.

스트렐리니코프는 자신에게 라스스트렐리니코프***라는 별명이 따라다닌다는 것을 알고 있었다. 그는 그런 것에 전혀 개

---

* 17세기 중반 러시아에서 농민 봉기를 일으킨 스텐카 라진을 추종하는 무리.
** 1919년 3~4월에 병력 11만 2천의 코르차크군이 시베리아 옴스크에 코르차크 정부를 수립하고, 우랄의 페르미를 점령했다. 그러나 4월 하순에 동부전선의 적군이 코르차크 군에 대한 반격을 해왔다.
*** 스트렐리니코프는 파벨 파블로비치 안티포프가 사용하는 다른 성으로 러시아어의 '저격자'라는 단어에서 따온 것이며, 라스스트렐리니코프는 러시아어의 '총살자'라는 뜻을 가진 별명이다.

의치 않았고, 아무것도 두려워하지 않았다.

그는 모스크바 태생의 노동자의 아들로, 아버지는 1905년의 혁명에 참가했다가 박해를 당했다. 그 당시에 그는 혁명운동에 참여하지는 않았다. 그땐 아직 나이가 어렸고, 그 이후, 대학에 들어간 후에는, 가난한 환경에서 자라 대학에 진학한 젊은이들이 보통 그렇듯이, 대학에 높은 가치를 두고, 부자들의 자녀들보다 더 열심히 공부했다. 그는 부유한 학생들 사이에서 벌어지는 소동에 무관심할 수밖에 없었다. 그렇게 대학을 졸업하게 되었을 즈음에는, 폭넓은 교양을 갖추게 되었다. 그는 수학과 함께 독학으로 역사-철학 교육까지 공부했다.

그는 법적으로는 병역이 면제되었지만, 자원해서 전선으로 나가 소위보로 활동하다 포로가 되었고, 1917년 말 러시아에서 혁명이 일어났다는 소식을 접하고 조국으로 도망쳐 왔다.

두 가지의 특징과 두 가지의 열정으로 그는 두각을 나타냈다.

그는 아주 분명하고 명석하게 사고했다. 또한 그는 드물게 보이는 도덕적 순수성과 공정성을 간직하고 있었으며, 열렬하고 고결한 감정을 지니고 있었다.

그러나 그의 지성은 학문의 새 방향을 제시해야 할 학자가 되기에는 역부족이었는데, 그것은 공허한 추측의 무익한 논리를 뜻밖의 발견으로 극복해 낼 수 있는 힘, 즉 비약의 재능이 부족했던 것이다.

더구나 선을 행하는 데 매우 원칙적이었던 그는, 일반적인 경우가 아니라, 오히려 개인적인 경우를 이해하는 것이 중요하며, 작은 일을 행할 때에 더 위대할 수 있다는 너그러운 마음이 부족했다.

스트렐리니코프는 어려서부터 가장 높은 것, 가장 밝은 것을 지향해 왔다. 그는 인생을 엄격하게 규칙을 준수하며 완벽한 성공을 위해 경쟁하는 거대한 경기장이라고 생각했다.

현실이 그렇지 않다는 것이 밝혀졌을 때에도, 그는 자신이 세계의 질서를 단순하게 이해하는 잘못을 저질렀다고 생각하지 않았다. 그는 오랫동안 속으로 굴욕을 견디며, 언젠가는 삶과 삶을 왜곡하는 어두운 근원들 간의 심판자가 되어, 삶을 방어하고 삶을 위해 복수하리라는 생각을 품게 되었다.

환멸이 그를 비정하게 만들었다. 그리고 혁명이 그를 무장시켰다.

31

"지바고, 지바고라……" 스트렐리니코프는 자기 방의 객차로 돌아와서도 계속 이렇게 되뇌었다. "어딘가 상인 같기도 하고, 귀족 같은 느낌도 드는군요. 그러니까 모스크바에서 온 의사이고, 바르이키노로 가시는군요. 이상하네요. 모스크바에서 갑자기 그런 곰이 출몰하는 벽지로 가신다니 말이오."

"바로 그 목적입니다. 평온을 찾으려고요. 알려지지 않은 벽지를 찾아가는 중입니다."

"정말 시적이군요. 바르이키노라? 그 지역은 나도 알고 있어요. 예전에 크류게르의 공장이 있었죠. 혹시 친척이세요? 상속인?"

"왜 그렇게 비웃는 투로 말씀하시죠? 여기에 '상속인'이 무슨 관계가 있습니까? 물론 아내가 실제로……."

"아하, 그것 보세요. 백군에 대한 향수인가요? 안됐습니다. 늦었어요. 그 일대는 이미 깨끗이 소탕되었거든요."

"계속 저를 놀리시는 겁니까?"

"더구나 당신은 의사입니다. 군의입니다. 지금은 전시 상황이고요. 바로 여기는 완전히 내 관할이고요. 당신은 탈주병인 셈이지요. 녹군*들도 역시 숲속에 숨어 있어요. 그들도 평온을 찾고 있죠. 그런데 당신은 무슨 이유에서죠?"

"나는 두 차례 부상을 당해 군 복무 부적격자로 제대했습니다."

"보아하니 이젠, 자기가 '완전한 소비에트인'이라거나 '동조자'라고 추천하고, 당신의 '충성심'을 보증하는 교육인민위원회나 보건인민위원회의 편지라도 내놓을 참이군요. 그러나 죄송하게도 지금은 지상 최후의 심판 시대이며, 칼을 든 묵시록

---

* 우크라이나 민족주의자들로 농민이 주체가 되어 적군, 백군의 양쪽 모두와 싸운 무정부주의적 무리들을 가리킨다.

의 무리와 날개 달린 짐승의 시대이며, 동조하는 사람이나 충성심을 가진 의사 따위의 시대가 아니오. 그러나 나는 이미 당신을 풀어 주겠다고 했으니, 다른 말은 하지 않겠소. 그러나 이번뿐이오. 왠지 우리가 다시 만날 것 같은 예감이 드는데, 그때는 상황이 달라질 거요. 조심하시오."

유리 안드레예비치는 그의 위협이나 도전에도 당황하지 않았다. 그가 말했다.

"당신이 나를 어떻게 생각하는지는 잘 알겠소. 당신 입장에서는 당신이 전적으로 옳겠지요. 그러나 당신이 나에게 제기하는 논쟁은 내가 지금껏 살아오면서 내 자신과 계속 해왔던 논쟁이고, 이젠 어떤 결론을 내려야 할 때가 왔습니다. 다만 한두 마디의 말로 다 설명할 수는 없습니다. 만약 나를 정말 풀어 주겠다면, 아무 설명 없이, 돌아가게 해주시오. 그럴 수 없다면, 원하는 대로 하시오. 당신에게 아무것도 변명할 것이 없소."

그들의 대화는 전화벨 소리에 중단되었다. 전화선이 복구된 것이다.

"구리얀, 고맙네." 스트렐리니코프는 수화기를 집어 들고, 몇 번 입김을 분 다음, 말했다. "이봐, 누구든 지바고 동무를 데려다줄 사람을 보내게. 다시 무슨 일이 일어나지 않도록. 그리고 라즈빌리예를 연결해 주게, 라즈빌리예의 체카* 수송관

---

* 1917~1922년에 반혁명 태업단속 비상위원회로 활동했고, 나중에는 비밀경찰이 되었다.

말이야."

혼자 남게 된 스트렐리니코프는 역으로 전화를 걸었다.

"포로 가운데 소년이 있었지? 자꾸 모자를 눌러쓰고, 머리에 붕대를 감은 꼴불견 녀석 말이야. 그래. 만일 필요하면 의사에게 보이도록 해. 그래, 잘 보살펴 주라고, 개인적으로 책임지고 말이야. 필요하면 식량도 주도록 해. 그렇지. 그리고 지금부터는 지시사항이야. 이봐, 나 아직 이야기 안 끝났어. 이런, 제기랄, 혼선이군. 구리얀! 구리얀! 끊어졌어."

'혹시 내 제자일지도 모르겠어.' 그는 역과 끊어진 통화를 멈추고, 한동안 생각에 잠겼다. '어느새 자라서 우리들에게 반기를 들고 싸우고 있군.' 스트렐리니코프는 자신이 교직에 있었던 시절과 전쟁, 그리고 포로로 가 있었던 햇수를 속으로 헤아리며, 소년의 나이와 비교해 보았다. 이윽고 그는 객실 창문 너머 멀리 지평선 위에 보이는 전경 속에서 유랴틴의 초입에 있는 강 위쪽의 한 장소를 찾기 시작했다. 가족들이 살던 집이 있는 곳이었다. 혹시 아내와 딸이 지금까지 저기에 살고 있을까? 당장 그들에게 달려갈까? 지금 당장! 그렇다. 하지만 과연 그럴 수 있을까? 그것은 전혀 다른 인생에 속하는 것이다. 중단된 그 인생으로 돌아가기 전에 먼저 새로운 이 삶의 결론을 내야 한다. 언젠가, 언젠가는 그런 날이 올 것이다. 그렇다. 하지만 그것은 언제, 언제일까?

제8장

도착

1

지바고 가족이 타고 온 열차는 다른 열차들로 꽉 들어찬 역 뒤편 선로에 아직 그대로 서 있었지만, 이날 아침은 왠지 여행하는 동안 내내 연결된 것 같았던 모스크바와의 관계가 완전히 끊어지고 끝나 버린 듯한 느낌이 들었다.

여기서부터는 자기만의 중력으로 빨려 들어가는 다른 지역의 세계, 다른 땅의 지대가 펼쳐져 있었다.

이곳 주민들은 도시인들에 비해 서로를 훨씬 더 잘 알고 지냈다. 유랴틴-라즈빌리예* 철도 지대는 모든 국외자들이 소탕되고 적군에 의해 봉쇄되었지만, 여전히 근교 주민들은 열차를 타려고 갖은 방법으로 선로로 숨어들고 있었는데, 요즘 말로 '침투'해 들어오다시피 했다. 사람들이 발 디딜 틈 없이 열차 안에 빼곡하게 들어차고, 심지어는 난방차 통로까지 가득했으며, 어떤 사람들은 열차를 따라 선로를 걷거나 객차 입구 옆 철둑에 서 있기도 했다.

그들은 대부분 서로 아는 사이였기에, 멀리 떨어진 상태에서도 말을 주고받았고, 가까이 지나칠 때는 서로 인사를 건네

---

* '유랴틴'은 '유리의 도시'라는 뜻이 있지만 실제 지명이 아니며, '라즈빌리예'는 '분기점'이라는 뜻을 가지고 있다.

기도 했다. 그들의 차림새 역시 도시 사람들과 달랐고, 말투나 음식, 그리고 관습도 달랐다.

그들이 어떻게 돈을 벌고, 정신적으로나 물질적으로 무엇을 먹고 살아가는지, 어려운 이 시기를 어떻게 이겨내는지, 법망은 어떻게 피하며 살아가는지 관찰하는 일은 자못 흥미로웠다.

머지않아 그 답은 아주 명확하게 밝혀졌다.

2

의사는 초병의 안내를 받으며 열차로 향했다. 그는 소총을 땅바닥에 질질 끌거나 지팡이 대신 짚고 걸었다.

날이 몹시 무더웠다. 선로와 객차의 지붕이 햇빛에 작열하고 있었다. 석유 자국이 남은 거무스름한 땅바닥은 금박을 입힌 듯 노랗게 타고 있었다.

초병이 모래 위에 소총의 개머리판을 질질 끌자, 먼지가 일었다. 소총이 침목에 부딪히며 달가닥달가닥 소리를 냈다. 초병이 말했다.

"지금이 바로 딱 좋은 때지요. 귀리며 밀이며 수수를 파종하기 딱 좋은 날씨란 거죠. 제일 좋은 때인데. 메밀은 아직 좀 이르고요. 우리 마을에서는 메밀을 아굴리나의 날*이 돼서야

---

* 아굴리나의 날은 구력 6월 13일로, 민간의 농사력에 메밀을 파종하는 날로 정해져 있다.

파종하니까요. 우리는 이 지역 출신이 아니라, 탐보프*의 모르샨스크 출신이에요. 그건 그렇고, 의사 동무! 이런 빌어먹을 시민전쟁이니, 반혁명의 괴물이니, 하는 이따위 것들이 없었다면, 지금 같은 계절에 이렇게 타지를 어슬렁거리며 돌아다닐 필요가 있었겠습니까? 계급이니, 뭐니 하는 검은 고양이가 우리 사이를 가로질러 달아나는 바람에** 이렇게 되었지 뭡니까!"

3

"고맙소, 혼자 타겠소." 유리 안드레예비치는 그의 도움을 거절했다. 난방차에 타고 있던 사람들이 그를 올려 태우려고 허리를 구부려 손을 내밀었다. 그는 애써, 열차 안으로 혼자 훌쩍 뛰어올라, 그의 아내를 안았다.

"이제야 돌아왔군요. 그래도 아무 일 없어서 정말 다행이에요." 안토니나 알렉산드로브나가 말했다. "물론 당신이 무사하다는 것은 벌써 다 알고 있었지만요."

"어떻게 알았단 말이오?"

"다 알고 있었죠."

---

* 러시아에서 손꼽히는 농업지대로 1917년 봄에 이미 반지주 농민운동이 일어난 곳이다.
** 러시아에서는 검은 고양이가 두 사람 사이를 가로질러 달아나면 싸움이 일어난다는 속설이 전해 내려온다.

"아니, 어떻게 말이오?"

"초병들이 귀띔해 주었어요. 우리가 당신이 어떻게 된지도 모르고 있었을 것 같아요? 저와 아빠는 죽는 줄 알았답니다. 지금 아빠는 곤히 잠들어 계세요. 깨우지 말아요. 몹시 걱정한 탓에 지치신 것 같아요. 깨우지 마세요. 그리고 승객들이 새로 탔어요. 곧 소개할게요. 하지만 먼저 주변에서 하는 이야기 좀 들어 보세요. 우리 객실의 모든 분들이 당신이 무사히 풀려난 것을 축하하고 있잖아요. 아, 바로 저분인데, 정말 대단해요!" 그녀는 갑자기 화제를 바꾸더니 고개를 돌렸다. 그러고는 어깨 너머로, 새로 열차에 탄 승객들 가운데 한 사람을 향해 남편을 소개했다. 그는 옆 사람들에 밀려, 뒤쪽 난방차 안쪽으로 들어가 있었다.

"삼데뱌토프입니다." 그쪽에서 누군가의 목소리가 들려왔고, 다른 사람들 머리 위로 중산모 하나가 올라오는가 싶더니, 자기 성명을 밝힌 남자가 빼곡히 들어찬 사람들을 헤치며 의사에게 다가왔다.

'삼데뱌토프라고?' 그 순간 유리 안드레예비치는 생각했다. '이건 뭐야? 나는 또 옛날 러시아 전설에 나오는 기다란 구레나룻을 기른 얼굴과 무릎까지 내려오는 소매 없는 외투, 또 장식용 징이 박힌 혁대 찬 모습을 상상했는데, 이 사람은 무슨 미술 애호가 단체 회원 같은 흰색 고수머리에 콧수염, 그리고 가느다란 턱수염을 하고 있잖아.'

"그래, 어떠셨어요? 스트렐리니코프를 만나 간담이 서늘해지지 않으셨나요?" 삼데뱌토프가 말했다. "솔직히 말해 보세요."

"아니요! 왜 그래야 합니까? 우리는 진지하게 대화를 나눴습니다. 뭐, 아무튼 강건하고 대단한 인물이더군요."

"물론입니다. 저도 그의 인물됨을 알고 있어요. 이 고장 출신은 아니고, 당신처럼, 모스크바 출신입니다. 요즘 우리 새 체제가 다 그렇듯 말입니다. 모두가 도시에서 온 수입품이라니까요. 우리 머리로는 생각도 못할 일들이죠."

"유로치카, 이분은 안핌 예피모비치*이신데, 만물박사세요." 안토니나 알렉산드로브나가 말했다. "당신이나 당신의 아버지에 대해서, 그리고 저의 할아버지에 대해서까지 모르는 사람이 없어요. 아무튼 서로 인사들 하세요." 그러고는 안토니나 알렉산드로브나가 아무 내색 없이 슬쩍 물었다. "그리고 분명 이곳의 교사였던 안티포바도 알고 계시죠?" 그 질문에 삼데뱌토프 역시 무심하게 대답했다.

"안티포바는 왜요?"

유리 안드레예비치는 모른 척하며 듣고 있었다. 안토니나 알렉산드로브나가 계속 말했다.

"안핌 예피모비치는 볼셰비키랍니다. 조심하세요, 유로치

* 삼데뱌토프의 이름과 부칭이다.

카. 이분 앞에서는 주의하셔야 해요."

"설마요, 사실입니까? 전혀 짐작도 못했습니다. 겉으로는
예술가처럼 보입니다만."

"부친이 여관을 운영하셨죠. 일곱 대나 되는 트로이카*를
부리셨고요. 저는 대학 교육을 받았습니다. 그리고 사실 사회
민주당원입니다."

"저, 유로치카, 안핌 예피모비치의 말씀 잘 들으세요. 그건
그렇고, 화내시지는 마세요. 안핌 예피모비치! 당신의 이름과
부칭은 발음하기가 무척 어렵군요. 그런데 유로치카, 이분 말
씀으로는 우리가 아주 운이 좋대요. 지금 유랴틴시로는 열차
가 들어갈 수 없답니다. 시내에서 화재가 나고, 철교도 폭파되
어 지나갈 수가 없다는 거예요. 그래서 우리 열차가 지선支線
을 따라 도시를 돌아서 다른 선으로 갈 텐데, 바로 그 선이 우
리의 목적지인 토르퍄나야역을 지나는 선이라는 거예요. 얼
마나 잘됐어요? 그러면 도시를 가로질러 이쪽에서 저쪽 정류
장으로 짐을 끌고 다니면서, 열차를 갈아탈 필요가 없잖아요.
그 대신, 본선으로 들어설 때까지 여기저기 노선을 이동해야
해서 번잡스러울 거예요. 열차 교체 작업을 오래 해야 한대
요. 안핌 예피모비치가 자세히 설명해 주셨어요."

---

* 세 필의 말이 끄는 마차.

4

모든 것이 안토니나 알렉산드로브나의 예상대로였다. 원래의 차량을 교체하고 새 차량을 잇느라 열차는 인입선을 따라 계속 앞뒤로 이동했다. 그럴 때마다 주변의 다른 열차도 따라 움직이는 바람에, 열차는 넓은 들판으로 진행하는 것이 오랫동안 지연되었다.

도시는 경사진 지형에 가려, 멀리서 보면 절반 정도밖에 보이지 않았다. 건물의 지붕과 공장의 굴뚝들, 그리고 종루의 십자가들이 지평선 위로 드문드문 보일 뿐이었다. 도시의 변두리 한쪽에서는 불이 타고 있었다. 연기가 바람에 날렸다. 연기가 흩날리는 말의 갈기처럼 온 하늘로 퍼져 나가고 있었다.

의사와 삼데뱌토프는 난방차 바닥 가장자리, 출입구 턱에 다리를 걸치고 앉아 있었다. 삼데뱌토프는 손가락으로 계속 먼 곳을 가리키며, 유리 안드레예비치에게 무엇인가를 설명했다. 이따금 쿵쿵 울려 대는 난방차 소리 때문에 그의 말소리가 묻혀, 무슨 말인지 알아듣기가 힘들었다. 그럴 때마다 유리 안드레예비치는 다시 질문을 하곤 했다. 안핌 예피모비치는 의사에게 얼굴을 가까이 대고, 그의 귀에 자신이 방금 했던 이야기를 큰 소리로 반복했다.

"저곳은 영화관 '거인'이 불타고 있는 것입니다. 그곳에 사관학교 생도들이 잠복해 있었어요. 물론 그들은 그전에 항복했죠. 그렇다고 전투가 다 끝난 것은 아니었어요. 저기 종루 위에 검은 점들이 보이시죠. 저것이 아군입니다. 체코군*을 소탕 중이에요."

"아무것도 보이지 않는데요. 어떻게 그렇게 모든 것을 파악하고 계시나요?"

"그리고 저것은 호흐리키라는, 수공업 지대가 불타는 중입니다. 그리고 저쪽은 상점가가 있는 홀로제예프죠. 왜 제가 저곳에 관심을 갖는 줄 아세요? 우리 여관이 저 상점가에 자리 잡고 있기 때문입니다. 화재가 크지는 않은 것 같군요. 중심가는 아직 무사한 것 같아요."

"뭐라고요? 잘 안 들려요."

"중심가, 중심가라고 했어요. 성당과 도서관이 있는 곳이에요. 그리고 우리 삼데뱌토프라는 성姓은 성-도나토를 러시아식으로 고친 것이랍니다. 데미도프** 가문에서 나온 것 같아요."

"잘 안 들려요."

---

* 오스트리아-헝가리제국 군인으로 제1차 세계대전에 참전했다가 러시아군의 포로로 참전했던 체코인, 슬로바키아인, 재러 체코인들로 구성된 군단이다. 체코군단은 러시아 제국군 소속으로 독일과 오스트리아에 맞서 싸우다가 볼셰비키 혁명으로 러시아제국이 붕괴되자, 소비에트 정부와 협약을 맺어 시베리아 횡단철도를 따라 블라디보스토크로 이동했다. 그러나 우크라이나 지역에서 백군과 싸우던 적군들이 매우 단련되고 조직적인 체코군이 백군과 연합할 수 있다는 불신을 하게 되었고, 체코군은 독일과 강화한 적군에 대항해 싸우게 된다.

** 이탈리아 왕족 산 도나토의 가문(家紋)을 사용했던 데미도프는 표트르 1세 때, 우랄의 토지를 하사받아 철을 생산한 대부호로, 19세기 초 러시아 선철의 4분의 1을 생산할 정도였다.

"샴데뱌토프 가문이 성-도나토를 러시아식으로 고친 것이라고 했어요. 우리 가문이 데미도프 가문에서 나온 것 같다고요. 데미도프 성-도나토 공작 가문요. 어쩌면 거짓말일지도 모르죠. 집안의 전설일 뿐일지도요. 그건 그렇고, 이 지역은 스피리긴 저지대라고 해요. 별장들이 있는 유원지입니다. 이름이 아주 특이하지 않습니까?"

눈앞에는 들판이 펼쳐져 있었다. 철도의 지선들이 들판을 여러 방면으로 가르고 있었다. 들판을 따라 전신주들이 한 걸음에 7마일씩이나 되는 걸음으로 멀어지며 지평선 뒤로 사라져 갔다. 기찻길에 질세라 넓은 포장도로도 리본처럼 휘어지며 멋진 풍광을 자랑했다. 도로는 지평선 너머로 사라졌다가, 어느 한 지점에서 커다란 활 모양을 그리며 다시 눈앞에 나타났다. 그러고는 이내 사라졌다.

"아주 유명한 도로죠. 시베리아를 온통 가로지르는 죄수들의 노래에도 나오죠. 지금은 파르티잔의 거점이 됐지만요. 사실 이곳엔 아무것도 없어요. 그래도 살다 보면 정이 들 거예요. 이 도시의 독특한 점들을 좋아하게 될 겁니다. 저기 급수장 같은 것들이 그렇지요. 사거리마다 있어요. 저곳이 바로 겨울철의 지붕 없는 여성 클럽 아니겠습니까?"

"우리는 시내에 머물지 않을 거예요. 바르이키노에서 살 겁니다."

"압니다. 부인이 말씀하시더군요. 어차피 마찬가지예요. 볼

닥터 지바고 1

일을 보러 시내에 나오실 테니까요. 저는 첫눈에 부인이 어떤 분인지 알아봤어요. 눈이나 코, 이마가 크뤼게르 씨를 꼭 닮았거든요. 외할아버지와 똑같아요. 이 지역 사람들은 모두 크뤼게르를 알고 있지요."

들판 끝자락에 원형의 높은 석유 탱크가 불그스름하게 도드라져 있었다. 높은 탑 위에는 회사의 광고판들이 걸려 있었다. 그중에 무심코 의사의 눈에 들어온 한 광고에는 다음과 같이 쓰여 있었다. '모로와 베트친킨 회사. 파종기. 탈곡기.'

"좋은 회사였어요. 우수한 농기구를 생산했죠."

"잘 안 들려요. 뭐라고 하셨어요?"

"회사 이야기를 했어요. 회사 말예요, 아시겠어요? 농기구를 생산했었어요. 주식회사였지요. 저의 아버지도 주주였고요."

"여관을 경영했다고 하셨잖아요?"

"여관은 여관대로 운영했지요. 그렇다고 주주를 할 수 없는 것은 아니잖아요? 아버지는 영리하게 가장 좋은 기업에 투자하셨지요. 영화관 '거인'에도 투자했고요."

"아주 자랑스러운 모양이군요."

"아버지의 판단력 말입니까? 물론이지요!"

"그러면 당신의 사회민주주의는 어떻게 된 겁니까?"

"그것이 이것과 무슨 상관이겠어요? 마르크스 사상을 가졌다고 꼭 우유부단하고 침이나 질질 흘리는 바보라야 한다는 법이 있습니까? 마르크스주의는 실용적인 과학이자 현실에 대한 교리이며, 역사적 상황에 대한 철학이잖아요."

"마르크스주의가 과학적이라고요? 잘 알지 못하는 분과 이런 문제로 논쟁을 하는 것은 그다지 바람직하지 않은 것 같습니다. 그러나 이왕 말이 나왔으니 말인데, 마르크스주의를 과학이라고 하기에는 매우 역부족이라고 봅니다. 과학은 훨씬 더 균형적이니까요. 마르크스주의와 객관성이라? 저는 마르크스주의만큼 폐쇄적이고 사실에서 벗어난 사상이 없다고 생각합니다. 모두가 경험을 통해 자기 생각을 시험하려고 하는데, 권력자들은 온 힘을 다해 자신의 무오류성의 신화를 만들어 내려고 진실을 외면하고 있지 않습니까? 제 입장에서는 정치에서 아무것도 얻을 것이 없다고 봅니다. 진실에 무관심한 사람들을 저는 싫어하거든요."

삼데뱌토프는 의사의 말을 기이한 독설가의 비상식적인 이야기로 치부했다. 그는 빙그레 웃을 뿐, 아무 반박도 하지 않았다.

그 사이 열차는 선로를 바꾸고 있었다. 열차가 신호기 옆 선로 교체틀 쪽으로 갈 때마다, 우유통을 허리춤에 찬 중년 여자 전철수가 열중해 있던 뜨개질감을 다른 손으로 바꿔 들며 허리를 구부려 전환 레버를 돌려 열차를 다시 후진시키곤 했다. 열차가 조금씩 뒤로 멀어지자, 그녀는 허리를 펴더니 열차 꽁무니에 대고 주먹질을 했다.

삼데뱌토프는 왠지 그녀의 행동이 자신을 향한 것이라는 생각이 들었다. '지금 누구에게 저러는 거지?' 하고 그는 생각했다. '어딘가 낯이 익은데, 툰체바가 아닐까? 그런 것 같아. 그런데 내가 지금 무슨 생각을 하는 거지? 그럴 리가 없어, 글라시카라고 하기엔 너무 늙었는걸. 설사 그렇다 한들 그것이 나와 무슨 상관이람? 조국-러시아*는 혼란에 빠지고 철도는 엉망이다 보니, 가엾은 저 여자 역시 고통을 당했겠지만, 내가 무슨 잘못을 했다고, 나에게 주먹질을 한단 말인가? 이런, 제기랄, 왜 내가 저 여자 때문에 골치를 썩어야 하지?'

이내 여자 전철수가 기를 흔들며 기관사에게 무슨 말인가를 외치더니, 열차를 신호기 뒤쪽에 멀리 뻗어 있는 본선으로 통과시켜 주었다. 그러고는 그녀는 기차의 열네 번째 칸이 옆을 지나가자, 차 바닥에 앉아 눈에 거슬리게 수다를 떨고 있는 두 사람을 보며 혀를 쑥 내밀었다. 그러자 삼데뱌토프는 다시 그녀에 대해 생각했다.

5

불타는 도시의 주변, 원통형 석유 탱크, 전신주, 그리고 상품 광고판들이 점점 뒤로 멀어져 가다가 이내 자취를 감출 즈

---

* 본문에는 'Руси-матушке(어머니-루시)'로 표현.

음, 작은 나무숲들과 구릉들이 보이고, 구릉들 사이로 휘돌아가는 길들이 보이는 새로운 풍경이 나타났다. 그때 삼데뱌토프가 말했다.

"이제 그만 일어나 자리로 돌아가야겠습니다. 저는 곧 내립니다. 당신들은 다음 역이고요. 지나치지 않도록 하세요."

"이 지역을 잘 아시는군요."

"아주 잘 알지요. 100베르스타 안에 모르는 곳이 없습니다. 제가 변호사 아닙니까? 이십 년째 일하고 있어요. 사건들로 사방팔방으로 돌아다니죠."

"지금도요?"

"물론입니다."

"요즘은 어떤 사건들이 있습니까?"

"별별 사건들이 다 있지요. 해묵은 미해결 계약이나 매매, 채무 불이행 등등, 정말 눈코 뜰 새 없습니다."

"그런 계약 건들은 모두 무효가 되지 않았나요?"

"물론 명목상으로는 그렇습니다. 하지만 현실에서는 서로 양립될 수 없는 것들이 동시에 요구될 때가 있는 법입니다. 기업들은 국유화된 반면에, 연료 제공은 시 소비에트, 우마차 제공은 군 소비에트 경제회의의 관할이니까요. 그리고 어쨌든 사람들은 살아야 하지 않겠습니까? 이론이 아직 실현되기 전의 과도기적 특징이라고 봐야죠. 그러니 지금은 저처럼 판단력과 지략을 가진 사람들이 필요합니다. 복 있는 자는 아무 상관치 않고 떼돈을 번다고 하지 않습니까?* 제 아버지가 자주 하셨던 말처럼, 그러다가 가끔은 따귀를 맞는 것도 어쩔 수 없지요. 이 지역의 절반은 제가 먹여 살리는 셈이니까요. 댁에도 장작 조달 문제로 들를 겁니다. 물론 말을 탈 수 있게 되면요. 하나 남은 말이 발을 절고 있거든요. 그렇지 않았다면, 흔들거리며 이런 낡은 폐물을 타는 일도 없었을 겁니다! 이런 망할, 이렇게 질질 끌며 기어가는데도 열차라고 하다니. 제가 바르이키노로 댁을 방문하면, 도움을 좀 드릴 수 있을 겁니다. 미쿨리친 집안사람들에 대해서는 모르는 것이 없으니까요!"

"우리가 이곳으로 온 이유를 아십니까? 우리가 온 목적이요?"

"대충, 짐작해요. 알 만합니다. 흙으로 돌아가고 싶은 인간의 영원한 동경 때문이 아닐까요? 자기 손으로 땅을 일구고 살아가고 싶은 꿈 말입니다."

"그런데, 당신은 별로 동의하지 않는 것 같군요? 어떻게 생각하세요?"

"소박하고 목가적인 꿈입니다. 반대할 이유가 있겠습니까? 잘되길 빕니다. 그러나 저는 믿지 않아요. 너무 유토피아적입니다. 원시적이기도 하고요."

---

* 시편 1장 1과 2절에 나오는 "복 있는 사람은 악인의 꾀를 쫓지 아니하며, 죄인의 길에 서지 아니하며……" 구절에서 앞부분을 차용해 유머러스하게 한 말이다.

"미쿨리친은 우리를 어떻게 생각할까요?"

"문지방에 발도 못 들어오게 하고, 빗자루로 쫓아낼 겁니다. 당연해요. 지금 그곳은 당신들이 아니라도 소돔에, 천일야화 상황이거든요. 일꾼들이 도망가 공장이 멈춘 데다, 먹고살 방도가 막막한 상황에 갑자기 당신네 가족들이 불쑥 나타나면, 좋아할 리가 없지요. 당신들을 죽이려 한다 해도 그를 비난할 수 없을 겁니다."

"아니, 당신은 볼셰비키라면서, 당신 스스로 지금의 현실이 정상적인 삶이 아니라, 이해하기 힘든 환각상태에 비정상임을 인정하시는 겁니까?"

"네, 그렇습니다. 하지만 이것은 역사적 필연이라고 할 수 있습니다. 그 과정을 통과해야지요."

"왜 필연이라는 겁니까?"

"아니, 당신이 어린애입니까, 아니면 일부러 그러는 겁니까? 아니면 달에서라도 내려왔습니까? 지금껏 걸신들린 자들과 식충이들이 굶주린 노동자들의 등에 올라타, 죽을 때까지 그들을 부려 먹으며 살아왔는데, 앞으로도 계속 그래야 한다는 뜻입니까? 그뿐 아니라, 온갖 다른 형태의 유린과 학대가 자행되었던 것은 또 어떻고요? 정말, 민중의 분노의 정당성과 공평하게 살고 싶다는 의지, 정의의 추구를 이해할 수 없다는 말입니까? 아니면, 혹시 의회 제도를 통해 두마에서 근본적인 개혁이 성취될 수도 있었고, 민중들의 독재 없이도 가능했다는 생각을 하십니까?"

"우리 대화가 엇나간 것 같은데, 이런 식이면, 백 년을 입씨름을 해도, 합치점을 못 찾겠습니다. 저도 매우 혁명적인 생각을 가졌었지만, 지금은 폭력을 통해 얻을 수 있는 것은 없다는 것을 알게 되었습니다. 선善은 선善으로 이끌어 가야 합니다. 하지만 문제는 그것이 아니죠. 미쿨리친 이야기로 돌아갑시다. 만약 그런 상황이 우리를 기다리고 있다면, 우리가 그곳으로 갈 이유가 없지 않습니까? 다시 되돌아갈 수밖에 없겠네요."

"무슨 그런 말씀을. 먼저, 이 세상에 불 켜진 창문이 미쿨리친 집만 있는 것은 아니잖습니까? 게다가 미쿨리친은 선량하고 매우 인정이 넘치는 사람입니다. 잠깐 소란을 피우며 거부하겠지만, 결국은 받아들일 겁니다. 자신의 루바시카라도 벗어 주고, 마지막 빵 부스러기까지 나누어 줄 사람이에요." 삼데뱌토프는 이야기를 계속했다.

6

"지금으로부터 이십오 년 전, 당시 공과대학 학생이었던 미쿨리친은 페테르부르크에서 이곳으로 왔습니다. 그는 경찰의 감시를 받으며 이곳에 추방되었던 거죠. 이곳에 온 그는 크류게르에게서 관리인 자리도 구하고 장가도 들었어요. 그때 이곳 툰체프가에 자매가 넷 있었는데, 체호프의 연극에 나오는 세 자매보다 한 사람이 많았었죠. 모든 유랴틴의 학생들이 네 자매의 꽁무니를 따라다녔지요. 이름은 아그리피나, 예브도키야, 글라피라, 세라피마였고, 부칭은 세베리노바였습니다. 부칭을 사용해, 처녀들을 세베랸키*라고 부르곤 했었죠. 미쿨리친은 그 가운데 장녀 세베랸키에게 장가들었어요.

그 후 얼마 되지 않아 부부 사이에 아들이 태어났어요. 자유사상에 심취된 어리석은 아버지는 아들에게 리베리**라는 독특한 이름의 세례명을 주었답니다. 줄여서 리프카라고 불리던 리베리는 개구쟁이로 자랐지만, 여러 방면에서 비범한 재능을 보였어요. 그러다 전쟁이 터졌습니다. 리프카는 호적상 나이를 속여, 열다섯 살짜리 소년이 전선으로 지원해 나갔어요. 원래 병약했던 아그리피나 세베리노브나는 그 충격을 이기지 못해, 몸져누운 후, 자리에서 일어나지 못했고, 재작년 겨울, 그러니까 혁명 직전에 죽었습니다.

전쟁이 끝나고, 리베리가 돌아왔어요. 그가 누군지 아세요? 세 차례나 십자 훈장을 받은 영웅이자 소위보였죠. 물론 철저히 세뇌당한 볼셰비키 전위대원이었고요. '숲의 형제들'이라는 말을 들은 적 있습니까?"

"죄송하지만, 못 들었습니다."

---

* '북부 지역의 사람'이라는 뜻을 지님.
** '자유'라는 뜻의 러시아어.

"그러면 이야기할 필요가 없겠네요. 효과가 반감되니까요. 창밖의 저 도로를 쳐다볼 이유도 없지요. 저 도로가 왜 의미가 있는지 아세요? 요즘 벌어지고 있는 파르티잔 전투 때문입니다. 파르티잔이 무엇입니까? 시민전쟁의 중추 아닙니까? 이 세력은 양쪽의 두 세력을 토대로 창설되었어요. 하나는 혁명의 주도권을 쥔 정치조직, 그리고 또 하나는 패전 뒤에 구정권에 불복했던 하급병사들입니다. 이 두 세력이 합쳐져 파르티잔 부대가 만들어진 겁니다. 구성원은 매우 다양하지요. 그 주력은 중농층이고요. 그러나 그 외에도 별별 사람들이 다 있어요. 빈농도 있고, 파계승도 있고, 아버지와 싸우는 부농의 아들들도 있습니다. 그리고 이상을 꿈꾸는 무정부주의자들이나 여권이 없는 부랑자들, 이미 결혼할 나이가 되어, 학교에서 퇴학당한 에비여 학생들도 있어요. 자유를 주고, 조국으로 보내 준다는 약속에 넘어간 독일군과 오스트리아군의 포로들까지 가담하고 있어요. 그런데 수천 명이나 되는 인민군 부대 가운데 하나인, '숲의 형제들'로 불리는 군단을 지휘하는 인물이 바로 숲의 동지, 즉 리프카, 리베리 아베르키예비치로, 아베르키 스테파노비치 미쿨리친의 아들이랍니다."

"그것이 정말입니까?"

"정말이고말고요. 이야기를 계속하지요. 아내가 죽은 뒤 아베르키 스테파노비치는 재혼했습니다. 새 아내는 옐레나 프로클로브나라는 김나지야 여학생이었는데, 교실에서 곧장 결혼식장으로 달려간 셈이죠. 천성적으로 소박한 처녀인데도 일부러 더 소박한 척하고, 아직 젊은데도 더 젊은 척하지요. 그래서 들판의 종달새처럼, 항상 재잘재잘 지저귀며 돌아다니고, 순진한 아가씨 흉내를 내곤 합니다. 당신을 만나면, 당장 구술시험을 보자고 할 겁니다. '수보로프*가 태어난 해는 언제죠?'라든가, '면적이 같은 삼각형의 수를 세어 보세요.' 하고 말입니다. 그러고는 당신의 말을 가로막고, 웃음거리로 만들며 환호성을 지를 겁니다. 아무튼 몇 시간 후면, 당신이 직접 그녀를 만나, 제 이야기를 확인할 수 있겠지요."

"그 사람 '본인'에게도 여러 약점이 있어요. 파이프 담배와 '추호도 의심의 여지가 없도다.'라는 신학교의 교회슬라브어 말투가 그래요. 그는 원래 바다에서 활동해야 했던 사람이었어요. 대학에서 조선造船학과를 다녔으니까요. 그 흔적이 외모나 습관에 아직 남아 있죠. 깨끗이 면도를 하고, 날마다 하루 종일 파이프를 물고 다니며, 파이프를 문 채로 정중하고 느긋하게 말을 하지요. 애연가들처럼 아래턱이 튀어나왔고, 눈빛은 차가운 잿빛이에요. 오, 이런, 하마터면 한 가지 중요한 점을 잊을 뻔했군요. 그는 사회혁명당** 당원으로 이 지방

---

* 알렉산드르 바실리예비치 수보로프(1729~1800)는 역사상 단 한 번도 패배하지 않은 드문 명장 중 한 사람으로, 러시아제국의 네 번째이자 마지막 대원수이다. 이탈리아 원정과 알프스를 넘은 것으로 유명하다. 림니크의 수보로프 백작, 이탈리아 공, 신성로마제국의 백작이라는 칭호와 저서 『승리의 과학』으로도 유명하다.
** 사회혁명당은 시월혁명에는 찬성했지만, 그 직후 볼셰비키 쿠데타로 대부분 추방당한 나로드니키계의 혁명 정당이다.

의 제헌회의 대의원으로 선출되었어요."

"그건 정말 심각한 문제군요. 아버지와 아들이 서로 적대 관계라는 말 아닙니까? 정치적 적이라는 것이죠?"

"물론, 명목상으로는 그렇지요. 하지만 실제로는 숲 사람들은 바르이키노 쪽과는 싸우지 않습니다. 아무튼 이야기를 계속하겠습니다. 툰체프가의 다른 딸들, 즉 아베르키 스테파노비치의 처제들은 지금도 유랴틴에 살고 있습니다. 영원한 처녀들이지요. 물론 시대가 변하자 처녀들도 변하긴 했지만요.

남은 세 딸들 중에서 가장 위인 아브도티야* 세베리노브나는 시립도서관에서 사서로 일하고 있죠. 검은 머리의 사랑스러운 아가씨인데, 심하게 수줍음을 탑니다. 약간만 놀림을 당해도 작약꽃처럼 얼굴을 붉히곤 하죠. 도서관은 무덤처럼 고요하고 매우 조심스러운 곳이죠. 만성 비염에 걸려, 스무 번이나 재채기를 하면 어찌나 부끄러워하는지 쥐구멍에라도 숨고 싶어 하죠. 하지만 어떡하겠습니까? 신경과민 때문인데요.

가운데 자매인 글라피라 세베리노브나는 가장 복 받은 아가씨죠. 대담한 처녀로 훌륭한 노동자예요. 어떤 어려운 일도 마다하지 않으니까요. 사람들이 숲 사람, 파르티잔 대장이 이이모를 닮았다고 하더군요. 최근에도 양장점이나 양말 공장에서 그녀를 보았다는 사람도 있어요. 그런데 또 어느새 이발

---

* 앞에서는 예브도키야로 나옴.

사로 일하고 있는 거예요. 유랴틴의 인입선에서 우리에게 주먹질을 하던 여자 전철수 기억나세요? '어, 글라피라가 철도 감시원이 되었나!' 하고 생각했었지요. 하지만 그 여자가 아닐 거예요. 너무 나이 들어 보였거든요.

그리고 막내가 시무시카*인데, 그녀가 집안의 십자가인 셈으로, 몹시 골칫거리죠. 예전에는 학구적이고, 교양이 있는 처녀였어요. 철학을 공부하고 시를 좋아했습니다. 혁명이 일어난 후에는 가두시위니 광장에서의 연설회니 등의 영향으로 전체 분위기가 고조되자, 그 영향을 받아, 머리가 이상해지더니, 종교적인 광신자가 되어 버렸어요. 그녀는 언니들이 출근하면서 문을 잠가 놓아도, 창문을 넘어 거리로 달려 나가, 사람들을 모아 놓고, 그리스도의 재림이나 세상의 종말을 설교하곤 합니다. 그러나저러나 제가 너무 지껄였군요. 제가 내릴 역에 다 왔네요. 당신들은 다음 역입니다. 준비하세요."

안핌 예피모비치가 열차에서 내리자, 안토니나 알렉산드로브나가 말했다.

"당신은 어떻게 생각할지 모르지만, 저는 저분이 하늘이 우리에게 보낸 사람 같다는 느낌이 들어요. 제 생각엔 앞으로 살아가는 데, 저분이 도움을 줄 것 같거든요."

"그럴지도 모르지, 토네치카. 그런데 당신이 할아버지를 닮

* 세라피마의 애칭.

아 사람들이 당신을 알아보고, 사람들이 할아버지를 기억하는 것이 좀 걱정되는군요. 바로 그 스트렐리니코프도 내가 바르이키노라고 말하자마자, 농담 투로 '바르이키노, 크류게르 공장 말입니까? 그렇다면 친척인가요? 상속인이세요?' 하고 물었거든.

모스크바에서보다 여기서 우리가 더 쉽게 사람들 눈에 띄게 될까 걱정이오. 사람들의 눈을 피하려고 모스크바에서 도망쳐 나왔는데 말이오.

그래도 어쩔 수 없지. 머리가 떨어졌는데, 머리카락 때문에 울 수는 없잖소. 아무튼 나서지 말고 얼굴을 감추고, 조용히 숨죽이고 살아야 할 것 같소. 왠지 예감이 좋지 않아. 자, 식구들을 깨워 짐을 챙겨 벨트로 묶고 내릴 준비를 합시다."

7

잊어버리고 열차 안에 놓고 내리는 것이 없는지, 가족 수와 짐꾸러미 수를 수십 번이나 세고 난 안토니나 알렉산드로브나는 드디어 토르쟈나야역의 플랫폼에 내렸다. 사람들의 발에 밟혀 다져진 플랫폼의 모래를 발밑으로 밟으면서도, 그녀는 아직도 간이역을 지나칠까 봐 걱정했던 두려움이 계속되었고, 바로 눈앞의 플랫폼에 열차가 움직이지 않고 서 있는 것을 두 눈으로 똑똑히 보면서도, 여전히 열차가 덜커덩거리며 달리는 소리가 귓가에 들리는 듯했다. 그 때문에 그녀는 주변에 무엇이 있는지 보이지도 들리지도 않았고 멍하기만 했다.

긴 여행을 함께했던 승객들이 난방차 위에서 그녀에게 작별 인사를 했다. 그러나 그녀는 그들의 말도 알아채지 못했다. 그녀는 열차가 떠난 것도 모르고 있다가, 열차가 사라지며 푸른 들판과 파란 하늘과 더불어 저 건너편에 두 번째 선로가 눈앞에 펼쳐지는 것을 보고서야 열차가 떠난 것을 알아챘다.

기차역 건물은 석조로 이루어져 있었다. 입구 양쪽에 벤치 두 개가 놓여 있었다. 토르파나야역에서 내린 승객들은 모스크바의 시브체프에서 온 승객들뿐이었다. 그들은 바닥에 짐꾸러미를 부리고는 한쪽 벤치에 앉았다.

방문객들은 인적이 드문 역 주변이 어찌나 적막하고 한적한지 놀라울 따름이었다. 사람들이 많지 않고, 조용한 것이 아주 생소하게 느껴질 정도였다. 이곳 벽지의 삶은 역사에서 멀어지고 뒤처져 있었다. 물론 이곳 역시 조만간 야만적인 수도의 삶이 도래하겠지만.

역은 자작나무 숲에 가려져 있었다. 열차가 역에 다다랐을 때, 열차 안이 어두웠던 것은 그 때문이었다. 얼굴과 손 위, 플랫폼의 깨끗하고 습한 노란 모래 위, 그리고 길바닥과 역사의 지붕 위에 살랑살랑 흔들리는 자작나무 우듬지의 그림자가 어른거렸다. 수풀 속에서 지저귀는 새소리도 상쾌하게 어우러졌다. 천진무구하게 순수하고 신선한 지저귐이 온 숲으로 퍼지며 잦아들었다. 숲은 기찻길과 오솔길로 갈라져 있었고, 길 양쪽에는 나무들이 마루에 끌릴 정도의 넓은 소맷자락 같은 가지를 아래로 길게 늘어뜨리고 있었다.

그 순간 안토니나 알렉산드로브나는 눈과 귀가 활짝 열리는 것 같았다. 순식간에 모든 것이 그녀의 의식 안으로 들어왔다. 낭랑한 새소리와 고요한 숲의 청량함, 주변을 적시는 평온한 고즈넉함. 그녀의 마음속엔 이런 생각이 들었다. '우리가 아무 탈 없이 도착했다는 것이 믿어지지 않아요. 아시다시피, 당신의 그 스트렐니코프인가 하는 사람은 당신 앞에서는 아량을 보여 당신을 석방하는 척하다가, 이곳에 전보를 보내, 열차에서 내리자마자 우리를 모두 체포하라고 할지도 몰라요. 여보, 나는 그들의 선의를 믿을 수가 없거든요. 모두 겉으로만 그런 기예요.' 그런데 그녀는 정작 속으로 그렇게 생각한 이야기 대신, 다른 말을 꺼냈다.

"정말 아름다워요!" 주변에 펼쳐진 아름다운 풍경을 보자, 저절로 그런 말이 튀어나온 것이다. 더 이상 아무 말도 나오지 않았다. 눈물이 복받쳐 올랐다. 그녀는 울음을 터뜨렸다.

오열하는 그녀의 울음소리를 듣고, 역장인 작은 체구의 노인이 역사에서 나왔다. 그는 조심스레 벤치로 다가와, 끝부분이 빨간 역장 제모의 차양에 정중하게 경례를 붙이고는 말했다.

"부인에게 진정제를 드릴까요? 정류장의 구급약 상자에 있습니다만."

"괜찮아요. 고맙습니다. 좋아질 겁니다."

"여행하느라 시달린 데다 불안했던 모양이시군요. 누구나 흔히 겪는 일이지요. 게다가 지금 더위가 꼭 아프리카 같지 않습니까? 이 지역에서는 흔한 일이 아닙니다만. 게다가 유랴틴에서는 난리가 났지 뭡니까."

"열차를 타고 오면서 불길을 보았습니다."

"그럼, 혹시 러시아*에서 오시는 길이신가요?"

"하얀 석벽 도시**에서 오는 길입니다."

"아, 모스크바 분들이시군요! 그렇다면 부인께서 신경이 예민해지신 것도 무리가 아닙니다. 소문에는 돌 하나 돌 위에 남지 않고 다 허물어졌다***고 하던데 어땠습니까?"

"과장된 것입니다. 물론 갖은 고초를 겪었습니다. 자, 이쪽은 제 딸이고, 이쪽은 제 사위입니다. 그리고 이쪽은 두 사람 사이의 아들이고요. 그리고 이쪽은 우리 집의 어린 보모, 뉴샤입니다."

"안녕하세요. 안녕하세요. 정말 반갑습니다. 사실은 이미 연락을 받았습니다. 안핌 예피모비치 삼데뱌토프가 사크마 분기역에서 철도 전화로 연락을 주셨습니다. 모스크바에서 지바고 의사가 가족들과 함께 도착할 테니, 최대한 잘 돌봐

---

* 시베리아와 구별해 러시아라고 일컬음.

** 모스크바를 하얀 석벽과 황금 지붕의 도시라고 불렀다.

*** 마태복음 24장 2절에 나오는 구절.

드리라고 하더군요. 그러니까 의사 선생님은 바로 당신이신가요?"

"아닙니다. 지바고 선생은 바로 저 사람, 제 사위입니다. 저는 전혀 다른, 농업 전문 분야의 교수 그로메코입니다."

"아, 죄송합니다. 잘못 알아보았군요. 실례했습니다. 이렇게 뵙게 되어 반갑습니다."

"역장님의 말씀을 들으니, 삼데뱌토프를 알고 계시는 것 같군요?"

"그런 대단한 분을 모를 수가 있겠습니까? 우리의 희망이자, 우리를 먹여 살리는 분인데요. 그분이 아니었으면, 우리는 벌써 죽었을 겁니다. 최대한 잘 돌봐 드리라고 해서, '그렇게 하겠습니다.' 하고 대답했어요. 약속했습니다. 그러니 말이든, 다른 무엇이든 필요한 것이 있으면, 다 말씀하세요. 어디로 가십니까?"

"바르이키노로 갈 생각입니다. 여기서 먼가요?"

"바르이키노요? 아, 그러고 보니 당신 따님이 낯이 익습니다. 그래서 바르이키노로 가시는군요! 이제 알겠습니다. 이반 에르네스토비치* 씨와 함께 제가 이 길을 닦았습니다. 지금 서둘러 말을 구해 보죠. 준비하겠습니다. 사람을 불러 마차를 준비시키죠. 도나트! 도나트! 이 짐들을 잠시 승객 대합실

---

* 크류게르의 이름과 부칭이다.

에 옮겨 두게. 말은 어떻게 되었나? 이봐, 서둘러 찻집으로 뛰어가 알아보게, 가능한지 말이야. 오늘 아침에 바크흐가 이 근처를 어슬렁거리는 것 같던데. 아직 있는지, 물어보게. 바르이키노까지 손님이 네 분이고, 짐은 거의 없다고 전하게. 이제 막 도착하신 분들이야. 서두르게. 그런데 부인, 늙은이가 감히 충고 한마디 드리겠습니다. 당신이 이반 에르네스토비치와 어느 정도 가까운 친족인지 묻지는 않겠습니다만, 조심하셔야 합니다. 누구에게도 속마음을 이야기해 좋을 것이 없습니다. 지금이 어떤 시대인지 생각해 보시면 알겠지요."

일행은 바크흐라는 이름을 듣고 놀라서 서로 얼굴을 쳐다보았다. 그들은 고인인 안나 이바노브나가 무쇠로 튼튼한 창자를 만들었다는 동화 속 대장장이에 대해 들려준 이야기와 그 밖의 이 고장에 내려오는 이런저런 이야기들과 소문들을 기억하고 있었던 것이다.

8

새끼를 낳은 지 얼마 되지 않은 흰 말이 끄는 마차에 그들을 태우고 가는 마부는 귓불이 축 늘어진 산발한 백발노인이었다. 그는 각각의 이유로 온통 흰색으로 휘감겨 있었다. 자작나무 껍질로 삼은 새 신은 얼마 신지 않아 깨끗했고, 오래된 루바시카와 바지는 완전히 닳아서 하얗게 빛이 바래 있었던 것이다.

흰색 어미 말의 뒤를 따라, 목마처럼 생긴 곱슬머리에 칠흑처럼 새까만 망아지가 아직 연약한 가냘픈 다리로 땅을 차며 달리고 있었다.

웅덩이를 지날 때마다 튀어 오르는 마차에서 떨어지지 않으려고, 마차 가장자리에 앉은 승객들은 가로대를 꼭 붙잡았다. 그들의 마음은 평화로웠다. 드디어 그들의 꿈이 이루어져, 여행의 목적지에 다다르고 있었던 것이다. 광대하고 황홀하게 청명한 날의 저녁 어스름이 천천히 지고 있었다.

길은 숲으로 이어졌다가 널따랗고 드넓은 들판으로 이어지곤 했다. 숲길을 달릴 때면 마차가 물속에 잠긴 나무 등걸에 부딪혀 승객들이 한쪽으로 쏠리곤 했다. 그들은 몸을 움츠리고 얼굴을 찡그리며 서로에게 바짝 붙곤 했다. 마차가 들판으로 나오면, 모자를 벗은 것처럼 마음이 툭 터지는 기분이 들어, 모두 허리를 펴고 편안한 자세로 고쳐 앉으며, 고개를 젓곤 했다.

주변은 온통 산이었다. 언제나 그렇듯이, 산은 저마다의 독특한 외형과 인상을 갖고 있었다. 산들은 검은 형상으로, 위압적이고 거만한 그림자를 멀리 드리운 채, 말없이 여행객들을 지켜보고 있었다. 경쾌한 장밋빛 햇살은 들판을 따라 여행자들을 좇으며 그들에게 위안과 희망을 북돋아 주었다.

그 모든 것이 경이롭고 마음에 들었으며, 특히 연신 중얼대는 엉뚱한 늙은 마부의 수다가 그랬는데, 그의 말투에는 오래 전에 사라져 버린 고대 러시아어의 흔적과 타타르어가 섞인 그 지방 특유의 사투리와 그만의 독특한 조어 특징이 뒤섞여 있었다.

어미 말은 망아지가 뒤처질 때마다, 멈춰 서서 망아지를 기다렸다. 그러면 망아지는 파도처럼, 춤추듯 달려와 어미 말을 따라붙곤 했다. 달라붙은 기다란 다리로 서툴게 마차로 달려온 망아지는 기다란 목에 달린 조그만 머리를 끌채 밑에 들이밀고 어미의 젖을 빨았다.

"아무래도 이해가 안 돼요." 안토니나 알렉산드로브나는 흔들리는 마차에 이가 부딪치자, 실수로 혀끝을 깨물지 않도록 조심하며, 큰 소리로 띄엄띄엄 남편에게 소리쳤다. "이분이 설마 어머니가 말했던 바로 그 바크흐는 아니겠죠? 그 괴상한 이야기 기억나죠? 싸움을 하다 창자가 터져 자기 손으로 창자를 새로 만들어 넣었다는 대장장이 말예요. 그 무쇠 배 대장장이 바크흐요. 물론 다 옛날이야기라고 생각하지만요. 하지만 그 이야기가 정말 이 사람의 이야기 아닐까요? 그 당사자일지도 모르잖아요?"

"물론 아닐 거요. 우선, 당신이 직접 그것은 옛날이야기라고, 전설이라고 했잖소. 그리고 두 번째는 어머님이 그 이야기를 들었을 때도, 이미 백 년이 지난 이야기라고 말씀하셨소. 그러나저러나 어쩌자고 그렇게 큰 소리로 말을 하오? 노인이 들으면 기분 나쁘지 않겠소?"

"아무 소리도 못 들어요. 귀가 잘 안 들려요. 그리고 또 들어도 무슨 말인지 몰라요. 좀 아둔해서요."

"요 녀석, 표도르 네표지치!" 노인은 그것이 암말이라는 것을 손님들보다 더 잘 알면서도 어미 말을 남자 이름으로 불렀다. "그런데 왜 이렇게 더운 거야! 이건 마치 페르시아의 아궁이 속에 들어간 아브라함의 후손* 꼴인걸. 그런데, 요놈의 망할 자식아! 말이 안 들리느냐, 마제파**!"

그러다가 갑자기 그는 예전에 이 고장의 공장에서 불리던 속요의 한 소절을 부르기 시작했다.

잘 있거라, 중앙 사무소야,

잘 있거라, 갱도야, 광산 소장아,

주인집 빵도 이젠 그만,

연못 물 마시기도 질렸다네.

백조는 물속에서 갈퀴질을 하며

강가에서 헤엄치누나.

내가 비틀거리는 것은 술 때문이 아니라,

바냐를 군대에 빼앗겨서라네.

* 이스라엘 민족의 시조 아브라함은 '최초의 족장'으로 일컬어지며, 그 자손은 가나안 땅에 이르기 전에 페르시아 일대를 편력했다. 신명기 4장 20절에서 이집트는 도가니로 비유되고 있다.
** 16~17세기의 우크라이나 카자크군의 우두머리. 표트르 대제 때 러시아로부터 독립하고자 했지만 실패했다.

하지만 이 몸 마샤는 실패하지 않아.

하지만 이 몸 마샤는 바보가 아니야.

나는 셀랴바시로 간다네.

센테튜리하한테서 일자리를 구할 거야.

"에이, 요놈아, 하늘이 무섭지 않느냐! 이보시오, 사람들! 게으름뱅이 이 말 좀 보소! 채찍을 휘두르니 주저앉네그려. 페쟈-네페쟈야, 언제 가려고 그러느냐? 이 숲으로 말할 것 같으면, 별명이 타이가*라, 가도 가도 끝이 없네. 그곳에는 농민군이 득시글. 워, 워! 그곳에는 숲의 형제들이 득시글. 에이, 페쟈-네페쟈, 또 멈추느냐, 요, 못된 놈아!"

갑자기 그는 몸을 돌려, 안토니나 알렉산드로브나의 얼굴을 뚫어지게 쳐다보며 말했다.

"이보시오, 젊은 아씨, 당신이 어디서 온 누구인지 내가 모를 성싶소? 그렇게 생각했다면 오산이지요. 땅이 뒤집혀도 내 눈은 못 속일 테니! 암, 그렇고말고! 내 눈알을 믿을 수가 없구만요, 그리고프가 살아 돌아온 것 같으니! (노인은 눈을 눈알이라고, 크뤼게르를 그리고프라고 말했다.) 그분의 손녀가 아니시오? 내가 설마 그리고프를 못 알아볼 리가 있겠소이까? 평생을 그리고프 댁에서 일한 데다, 온갖 일을 다 했으니. 안 해본

* 시베리아에 발달한 광대한 침엽수림.

일이 없수다! 갱목도 박고, 윈치도 들어 올리고, 마구간에서도 일했소. 요요, 어서 서둘러라! 또 멈춰 서느냐, 다리가 없느냐? 이놈의 중국 귀신들아, 내 말 안 들리느냐?

저보고 그 대장장이 바크흐 아니냐고 궁금해 하셨지요? 그것 참, 어수룩하기도 하셔라, 그렇게 눈이 밝은데 어찌 그리 순진하신가. 그 바크흐로 말하자면, 포스타노고프라고 하지요. 무쇠 배 포스타노고프는 이미 오십 년 전에 땅속으로, 관 속으로 들어갔다오. 나는 성씨가 메호노신이오. 이름은 같아도 성이 달라요. 다른 사람이라오."

노인은 자기 식으로 마차 승객들에게 미쿨리친 집안에 대해 이야기를 늘어놓았지만, 대부분은 이미 삼데뱌토프에게 들었던 이야기였다. 그는 미쿨리친 부부를 미쿨리치와 미쿨리치나*라고 불렀다. 괸리인의 현재 아내를 '재취'라고 불렀지만 '돌아가신 첫 부인'은 꿀단지 같았다는 둥, 하얀 아기 천사였다는 둥 하고 말했다. 이야기가 파르티잔 대장 리베리로 옮아가, 그의 이름이 모스크바까지는 알려지지 않았고, 모스크바에서는 '숲의 형제들'에 대해 아무 이야기도 못 들었다고 하자, 노인은 믿지 않아 했다.

"못 들었다니요? 숲의 형제들을 모른다니, 저런, 중국 귀신들인가? 모스크바 사람들은 귀가 없는 모양이구려."

---

* 미쿨리치의 성은 여성의 경우에 미쿨리치나로 부름.

날이 저물기 시작했다. 마차를 탄 사람들 앞으로 그들의 그림자가 점차 길어지며 달리고 있었다. 길은 넓고 텅 빈 벌판으로 나 있었다. 군데군데 나무처럼 높이 자란 명아주와 엉겅퀴와 분홍바늘꽃들이 줄기 끝에 꽃송이를 달고 고즈넉하게 자라고 있었다. 아래쪽 지면에서부터 석양빛에 감싸인 줄기들은 군데군데 순찰을 하려고 들판에 조용히 서 있는 말 탄 감시병 모습으로 환영처럼 서 있었다.

저 멀리 전방에는 들판 끝자락이 이랑을 이루며 점점 높아져 산마루를 이루고 있었다. 벽처럼 길을 가로막고 선 산마루를 보아하니, 아마도 그 기슭으로 골짜기나 강이 흐르는 듯했다. 하늘이 성벽처럼 둘러쳐진 그곳의 성문을 통해 시골길이 이어질 것 같았다.

가파른 언덕 위에 기다란 흰색 단층 건물이 보였다.

"저기 언덕 위에 망루가 보이시오?" 바크흐가 물었다. "당신네 미쿨리치와 미쿨리치나가 사는 곳이라오. 그 아래쪽으로 슈티마라고 부르는 골짜기가 있어요."

그쪽에서 갑자기 연달아 총소리가 두 번 울리는가 싶더니, 긴 여운을 남기며 메아리가 사방으로 퍼졌다.

"이건 무슨 소리죠? 파르티잔 아닌가요, 할아버지? 설마 우리들을 향해 쏘는 건 아니겠죠?"

"괜찮아요. 파르티잔은 무슨. 스테파니치가 슈티마 골짜기에서 늑대들을 쫓는 모양이오."

9

집에 도착한 그들은 관리인의 마당에서 주인 부부를 처음 마주했다. 그들은 처음에는 아무 말도 못하고 있었지만, 이내 두서없이 시끄럽고 볼썽사나운 광경을 연출했다.

숲으로 저녁 산책을 나갔다가 귀가하던 옐레나 프로클로브나는 그때 마당으로 들어서고 있었다. 그녀의 황금빛 머리카락 같은 저녁 햇살이 그녀의 뒤쪽 너머로, 숲속의 나무들을 하나하나 비추고 있었다. 옐레나 프로클로브나는 가벼운 여름옷 차림이었다. 얼굴이 상기된 그녀가 산책으로 달아오른 얼굴을 손수건으로 닦았다. 그녀의 드러난 목에 등 뒤로 젖혀져 덜렁거리는 밀짚모자의 고무줄이 걸려 있었다.

그 반대쪽에서는 그녀의 남편이 손에 총을 들고 집으로 오는 중이었다. 좀 전에 발사를 했을 때, 총이 고장 난 사실을 알게 된 그는 총을 수리해야겠다고 생각하며 골짜기를 올라오고 있었다.

그때, 어디서 나타났는지, 바크흐가 소란한 바퀴 소리를 크게 울리며 놀라운 선물을 싣고, 자갈이 깔린 마당 안으로 당당하게 마차를 몰고 들어섰다.

일행과 더불어 급히 마차에서 내린 알렉산드르 알렉산드로비치가 우물쭈물 모자를 썼다 벗었다 하면서 자신이 먼저 상황을 설명하려고 나섰다.

당황한 주인 부부는 사실 한동안 어안이 벙벙한 상태였고, 불행한 방문객들 역시 진정 수치심으로 얼굴이 빨갛게 상기된 채, 어찌할 바를 모르고 있었다. 아무런 설명이 없이도 당사자들은 물론 바크흐와 뉴샤와 슈로치카에게까지 지금이 어떤 상황인지 자명했다. 그 거북한 분위기는 어미 말과 망아지, 황금빛 저녁 햇살뿐 아니라, 옐레나 프로클로브나의 주위를 맴돌다 그녀의 얼굴과 목에 내려앉은 모기까지도 느낄 정도였다.

"도저히 이해할 수가 없군요." 마침내 아베르키 스테파노비치가 입을 열었다. "알 수 없어, 전혀 모르겠어요. 앞으로도 절대 모를 노릇입니다. 혹시 여기 남부가 백군이 지배하고 있고 빵도 충분한 지역이라고 생각하신 겁니까? 왜 하필 이곳을 고르셨죠? 왜 하필 이곳으로, 우리를 찾아오셨냐고요?"

"아베르키 스테파노비치에게 얼마나 부담이 될지 생각해 보셨는지 모르겠네요!"

"레노치카, 가만히 있어. 바로 그겁니다. 이 사람의 말이 옳아요. 이런 행동이 저에게 얼마나 부담이 될지 생각해 보셨어요?"

"오, 하나님. 그것은 오해입니다. 무슨 그런 말씀을요! 우리가 바라는 것은 아주 작고 하찮은 것입니다. 당신 가족에게 해를 끼치거나, 성가시게 굴 생각은 추호도 없습니다. 허물어진 빈집 한구석이면 충분합니다. 아무에게도 필요 없는, 그냥 묵히고 있는 채마밭 한 뙈기하고요. 그리고 아무도 모르게 숲에서 장작 한 달구지만 해오면 됩니다. 그것이 정말 그렇게 큰 부담이 되고, 당신들의 생활에 방해가 되겠습니까?"

"물론 그거야 그렇지만, 세상은 넓고 넓은데, 왜 하필 우리입니까? 왜 다른 누가 아닌 우리가 그런 명예를 누려야 하냐고요?"

"당신은 우리가 아는 분이고, 당신도 우리를 모르지는 않을 거라고 기대한 때문입니다. 당신에게 우리가 전혀 남도 아니고, 아주 모르는 집에 찾아온 것도 아니잖습니까?"

"그러니까 문제는 바로 크류게르군요. 당신 가족이 그분과 친척이다, 이 말씀이죠? 하지만 요즘 같은 때에, 어떻게 그런 사실을 입에 올리십니까?"

이목구비가 반듯하고 머리를 뒤로 빗어 넘긴 아베르키 스테파노비치는 보폭이 큰 걸음걸이에 어름이면 술이 달린 장식끈으로 허리를 묶은 루바시카를 입곤 했다. 예전 같았으면 우시쿠이니크* 노릇이나 했었을 이런 부류의 사람들이 요즘에는 만년 대학생이나 몽상가 교사**의 전형적인 유형이었다.

아베르키 스테파노비치는 해방 운동과 혁명에 청춘을 다 바쳤다. 그의 근심거리가 있다면, 그것은 혁명을 보고 죽을 수 있을지, 아니면 혁명이 일어나긴 했지만, 너무 온건해서,

---

* 14세기의 노브고로드를 거점으로 러시아 내륙의 강으로 배를 타고 들락거리며 약탈과 교역을 일삼던 고대 노브고로드인.
** 19세기 말의 나로드니키 좌절자를 가리키는 경우가 많다.

그의 열정적이고 피비린내 나는 갈망을 충족시켜 줄 수 있을지 하는 것이었다. 그렇게 혁명은 도래했다. 그러나 혁명은 대담하기 그지없었던 그의 예상을 완전히 뒤엎어 버렸다. 그는 태생적으로 줄곧 노동을 사랑했고, '용사-스뱌토고르' 지역에 최초의 제조-공장위원회를 조직한 사람 중의 한 명이자, 그곳에서 최초로 노동자 관리 체계를 도입했음에도 불구하고, 노동자들이 모두 떠나고, 일부는 멘셰비키 편으로 돌아서 버린, 텅 빈 이 마을에 결국은 아무 일거리도 없이 남겨지고 말았다. 그리고 지금 이런 엉뚱한 상황, 그러니까 크뤼게르 후손이라는 엉뚱한 사람들이 나타났으니, 그것이야말로 운명의 조롱이고 의도적인 운명의 장난 아닌가 하는 생각이 들어, 그의 인내가 한계를 넘은 것이다.

"이런 어리석은 짓을 하다니. 말도 안 돼요. 지금 여러분들이 저를 어떤 위험에 몰아넣고 있는지, 어떤 상황에 처하게 만들었는지 모른단 말입니까? 돌겠어요. 이해가 안 돼요. 전혀 이해가 안 됩니다. 정말 알 수 없는 노릇이오."

"이 문제가 아니라도, 우리가 지금 활화산 위에 앉아 있다는 것을 알기라도 하시나요?"

"레노치카, 잠깐만! 제 아내의 말이 전적으로 옳아요. 여러분이 아니더라도 지금 저의 상황이 녹록지 않아요. 개 같은 내 인생에, 정신병원에 있는 것이나 다름없다고요. 앞뒤로 끝없이 포탄이 터지는데 피할 곳은 아무 데도 없어요. 한편에선 어떻게 그런 빨갱이 자식을, 볼셰비키를, 인민파의 총아를 만들었느냐고 비난하고, 다른 쪽에선 나더러 제헌회의에 선출된 것은 무슨 이유냐며 못마땅해 합니다. 그 누구의 편도 되지 못하고, 이렇게 버둥거리고 있어요. 그런데 이젠 당신들까지 들이닥치지 않았습니까. 당신들 때문에 총살이라도 당하면 정말 고마운 일이겠습니다그려."

"무슨 그런 말씀을요! 정신 차리세요! 오, 하나님!"

시간이 좀 지나자, 미쿨리친도 화를 좀 삭이고 말했다.

"아무튼, 마당에서 이렇게 목청을 높인들 별 뾰족한 수가 있겠습니까? 집 안에 들어가서 해도 될 것 같군요. 물론 앞으로 좋은 일이 생길 일은 없겠지만, 하나님이 '흑암으로 그 숨는 곳을 삼아, 곧 물의 흑암과 공중의 빽빽한 구름으로' 감춰 주시겠지요.* 어쨌든 우리가 디키 병사나 이교도는 아니니까요. 당신들을 숲으로 내쫓아 미하일로 포타프이치**의 밥이 되게 할 수는 없지요. 레녹, 내 생각에는 서재 옆에 있는 종려나무 방으로 이분들을 모시는 것이 좋겠소. 어디에 자리를 잡을지는 나중에 상의하기로 하고. 내 생각엔 정원 어디쯤이 좋을 듯한데. 자, 안으로 들어갑시다. 어서 들어가세요. 바크흐, 짐을 들여다 놓게. 이분들을 좀 도와드려."

---

* 시편 18장 11절 "그가 흑암으로 그 숨는 곳을 삼으사, 장막같이 자기를 두르게 하심이여, 곧 물의 흑암과 공중의 빽빽한 구름으로 그리 하시도다."를 바탕으로 만든 상용구.
** 곰을 의인화해서 사람 이름처럼 부름.

바크흐는 한숨을 푹 내쉬고는 시키는 일을 했다.

"이런 젠장! 순례자들 짐이나 진배없군. 하나같이 보따리들 뿐이야. 트렁크는 하나도 없고!"

10

밤이 되자, 쌀쌀해졌다. 손님들은 몸을 씻었다. 여자들은 안내받은 방에 잠자리를 준비했다. 슈로치카는 어른들이 혀 짧은 어린애의 말투를 귀여워한다는 것을 알고는 어느새 그런 말투가 습관이 되어 버려, 오늘도 어른들의 관심을 끌려고, 신나게 재잘댔지만, 결과는 영 신통치 않았다. 웬일인지 오늘은 그의 재잘거림도 통하지 않고, 아무도 그에게 관심을 보이지 않았다. 그는 왜 검은 망아지를 집 안으로 들여놓지 않느냐며 짜증을 부리다가, 조용히 하라고 꾸중을 듣자, 급기야 울음을 터뜨렸다. 못된 행동을 하는 자기 같은 나쁜 어린애는 부모의 집에서 태어나기 전에 사왔던 아기 파는 가게로 다시 돌려보낼지 모른다고 생각해 두려웠던 것이다. 그는 몹시 두려워하며, 주변 사람들에게 큰 소리로 하소연을 해보았지만, 그의 귀여운 어리광도 여느 때처럼 효력이 없었다. 낯선 타인의 집에 머무르게 된 거북함에 어른들은 평소보다 더 부지런히 몸을 움직이고, 저마다의 근심에 말없이 잠겨 있었다. 슈로치카는 화가 나서 유모도 감당할 수 없을 정도로 울어 댔다. 겨우 그에게 밥을 먹이고 잠자리에 뉘었다. 마침내 그가 잠이 들었다. 미쿨리친의 하녀인 우스티냐는 뉴샤를 자기 방으로 데려가서 저녁을 먹이고, 집안의 비밀 이야기를 해주었다. 안토니나 알렉산드로브나와 남자들은 저녁 티타임에 초대를 받았다.

알렉산드르 알렉산드로비치와 유리 안드레예비치는 그전에 잠시 신선한 공기를 쐬고 오겠다고 양해를 구하고 현관 계단으로 나갔다.

"별이 총총하군!" 알렉산드르 알렉산드로비치가 말했다.

밖은 어두웠다. 현관 계단에서 두 걸음 떨어진 곳에 서 있었는데도, 장인과 사위는 서로 알아보기 힘들 정도였다. 집 뒤의 한쪽 귀퉁이 창문에서 새어 나오는 램프의 불빛이 골짜기를 비추었다. 빛줄기 사이로 덤불과 나무, 그리고 무엇인지 확실치 않은 것들이 찬 안개 속에서 희뿌옇게 보였다. 그러나 이야기를 나누는 두 사람이 있는 곳까지는 빛이 닿지 않아, 그들 주변은 훨씬 어둡게 느껴졌다.

"내일 아침 일찍, 우리에게 제안한 별채를 살펴보아야 할 것 같네. 살 만하면, 서둘러 수리를 해야지. 집을 손질하는 동안, 토양도 부드러워질 테고, 땅도 녹을 거야. 그때를 놓치지 말고, 밭을 갈아야 해. 좀 전에 이야기를 주고받을 때, 얼핏 들으니, 씨감자를 좀 나누어 주겠다고 했던 것 같은데. 내가 잘못 들었나?"

"그랬어요. 나눠 주겠다고 했습니다. 그리고 다른 씨앗들도 요. 제 귀로 들었습니다. 그리고 우리한테 내주겠다고 한 별채 는 우리가 숲을 가로질러 올 때, 보았던 곳입니다. 어디였는지 기억나세요? 본채 뒤쪽에 있는데, 엉겅퀴에 파묻혀 있었습니다. 별채는 목재인데, 본채는 석조 건물이었어요. 마차에서 가르쳐 드렸었는데, 기억 안 나세요? 그곳을 갈아 밭을 일궈야겠어요. 제 생각에 그곳은 꽃밭이 있었던 자리 같습니다. 멀리서 보니 그렇게 보였어요. 뭐, 제가 잘못 본 것인지도 모르지요. 오솔길을 우회해 가긴 하지만, 묵은 꽃밭 땅이니 기름지고 부식토도 많을 겁니다."

"내일 보기로 하세. 난 잘 모르겠어. 분명 땅은 잡초가 가득하고, 돌처럼 딱딱할 거야. 저택에 텃밭이 있었을 텐데. 텃밭이 남아 있다 해도, 묵혀 두었을 거야. 어쨌든 내일이면 보게 되겠지. 여기는 아침에는 아직 서늘할 거야. 밤에는 틀림없이 서리가 내릴 테고. 어쨌든 이렇게 목적지에 도착했으니 정말 다행일세. 도착을 축하해야지. 여기는 좋은 곳이야. 마음에 드네."

"정말 좋은 사람들이에요. 특히 주인어른이요. 주인아주머니는 약간 거만해 보이고요. 그녀는 스스로에게 불만이 있어 보이는 데다, 왠지 자신을 마음에 들어 하지 않는 것같이 보였어요. 그래서 그렇게 쉴 새 없이 지껄이고, 일부러 횡설수설 투덜거리는 겁니다. 나쁜 인상을 주기 전에, 상대방의 주의를 자기 얼굴에서, 다른 데로 얼른 돌리려는 것처럼 보였어요. 그리고 모자를 벗지 않고 계속 목에 걸고 있었던 것도, 잊어버려서 그런 것 같지 않았어요. 모자가 그녀에게 아주 잘 어울렸으니까요."

"어쨌든 이제 방으로 돌아가세. 너무 오래 있었어. 그러면 결례지."

불빛이 환한 식당에서는 주인 부부와 안토니나 알렉산드로브나가 천장에 매달린 램프 아래쪽 둥근 테이블에 둘러앉아 사모바르에서 차를 따라 마시고 있었다. 사위와 장인은 식당으로 향하던 길에 관리인의 어두운 서재를 지나게 되었다.

골짜기가 훤히 내다보이는 커다란 통유리 창문이 서재의 한쪽 벽면을 온통 차지하고 있었다. 아직 날이 저물기 전에, 의사는 그 창문을 통해 바크흐가 그들을 태우고 지나왔던 골짜기와 저 멀리 펼쳐진 들판의 광경을 이미 둘러본 터였다. 창문가에는 또한 벽 전면의 크기와 맞먹는 널따란 제도용과 설계용 테이블이 놓여 있었다. 바로 그 위에 엽총이 길게 놓여 있었는데도, 좌우로 아직 충분한 공간이 남은 것을 보니, 테이블이 얼마나 넓은지 짐작할 수 있을 정도였다.

유리 안드레예비치는 서재를 지나는 그 순간, 또다시 부러운 눈길로 시야가 확 트인 창문과 넓은 테이블, 그리고 테이블이 놓인 위치며 가구를 잘 갖춰 놓은 커다란 방을 눈여겨보았다. 알렉산드르 알렉산드로비치와 함께 식당으로 들어간 그가 차가 놓인 테이블로 다가가서 가장 먼저 주인에게 칭송

한 것도 바로 이 서재였다.

"집이 정말 멋지군요. 서재는 또 어쩌나 멋진지, 도저히 작업을 하지 않고는 배길 수 없는 영감을 불러일으키는 서재입니다."

"컵에 드릴까요? 잔에 드릴까요? 진하게 드세요, 아니면 연하게 드세요?"

"유로치카, 이것 보세요. 아베르키 스테파노비치의 아드님이 어렸을 때 만든 청진기랍니다."

"그 녀석은 미숙하고 아직 여물지를 않았어요. 비록 소비에트 정권을 위해 코무치*로부터 계속 이 지역 저 지역을 탈환하고 있긴 하지만 말입니다."

"뭐라고 하셨죠?"

"코무치 말입니다."

"그게 뭡니까?"

"제헌회의의 부활을 꾀하는 시베리아 정부의 군대입니다."

"우리는 하루 종일, 계속 아드님에 관한 칭찬을 들었습니다. 정말 자랑스러우시겠어요."

"여기 우랄의 풍경 좀 보세요, 이중으로 된 입체사진 역시 아드님이 직접 만든 사진기로 찍은 거래요."

"이 쿠키는 사카린을 넣어 만든 건가요? 정말 맛있는 쿠키

---

* 제헌회의 의원위원회의 약칭으로, 최초의 반(反)볼셰비키 러시아 정부, 이른바 보수파와 제정파가 세운 옴스크 정부로 1918년 10월 블라디보스토크에서 와해되었다.

네요."

"무슨 말씀이세요! 이런 시골에 사카린이 어디 있겠어요! 진짜 설탕이에요. 금방 차에 설탕을 넣어 드렸잖아요. 정말 모르셨어요?"

"아, 그렇군요. 사진을 보고 있었어요. 그리고 차도 진짜 같 군요."

"물론이에요. 재스민차예요."

"어디서 구하셨어요?"

"마법의 식탁보한테서요. 지인인데, 우리 시대의 활동가죠. 매우 좌파적인 분이고요. 지역 경제회의의 정식 대표이기도 해요. 이곳에서 장작을 시내로 싣고 나가, 알음알음으로 곡물이나 버터, 밀가루 등으로 교환해서 우리에게 보내 주죠. 시베르카*, 시베르카, 설탕 그릇 좀 주세요. 그런데 그리보예도프**가 몇 년에 사망했는지 알고 계세요?"

"1795년에 태어난 것 같아요. 그런데 언제 살해당했는지는 잘 기억이 나지 않습니다."

"한 잔 더 드시겠어요?"

"아닙니다. 고맙습니다."

"그리고 이번에는 다른 문제예요. 님베겐 강화조약***이 맺어

---

* 그녀의 남편인 아베르키를 애칭으로 부르고 있다.
** 러시아의 극작가로 「지혜의 슬픔」의 저자이다.
*** 이 조약으로 1678~1679년 프랑스와 네덜란드 사이에 있었던 전쟁이 종식되었다.

진 것은 어느 해고, 조약국은 어느 나라죠?"

"레노치카, 손님들을 그렇게 괴롭히지 말아요. 여독을 풀게 해드려요."

"그럼 이번에는 다른 재미있는 문제예요. 확대경에는 어떤 종류의 것이 있는지 열거해 보세요. 그리고 정립상, 도립상, 실상, 허상은 어떤 경우에 나오는 거죠?"

"어디서 그런 물리학 지식을 얻으셨나요?"

"우리 유랴틴에 정말 훌륭한 수학 선생님이 계셨어요. 남자 김나지야와 우리 학교 두 곳에서 가르치셨죠. 얼마나 설명을 잘하셨는지! 정말 뛰어났죠! 신과 같았으니까요! 무엇이든 잘 씹어서 입에 넣어 주셨어요. 안티포프라는 분이셨죠. 그의 부인도 이곳 학교의 교사였어요. 여학생들 모두가 그 선생님에게 홀딱 빠져서 짝사랑을 했지요. 그런데 자원해서 전선으로 나간 뒤로 돌아오지 않았어요. 전사하셨다고 하더군요. 사람들이 신의 채찍이자, 보복의 신이라고 하는 정치위원 스트렐리니코프가 무덤에서 되살아난 안티포프 선생님이라고 말하기도 해요. 물론 헛소문이에요. 그와 비슷하지 않으니까요. 하지만 누가 알겠어요. 무슨 일이 일어날지 아무도 모르는 세상이니까요. 한 잔 더 하실래요?"

〈2권에 계속〉

닥터 지바고 1